國家社科基金重大招標項目
國家古籍整理出版專項資助項目
北京師範大學中華文化研究與傳播學科交叉平臺項目

杜桂萍 主編

清代詩人別集叢刊

馮溥集箋注

張秉國 箋注

人民文學出版社

圖書在版編目（CIP）數據

馮溥集箋注/杜桂萍主編；張秉國箋注. —北京：人民文學出版社，2019
（清代詩人别集叢刊）
ISBN 978-7-02-015804-1

Ⅰ. ①馮… Ⅱ. ①杜… ②張… Ⅲ. ①古典詩歌—詩集—中國—清代 Ⅳ. ①I222.749

中國版本圖書館 CIP 數據核字（2019）第 250885 號

責任編輯　葛雲波
裝幀設計　黄雲香
責任印製　任　禕

出版發行　人民文學出版社
社　　址　北京市朝内大街 166 號
郵政編碼　100705
網　　址　http://www.rw-cn.com

印　　刷　三河市中晟雅豪印務有限公司
經　　銷　全國新華書店等

字　　數　510 千字
開　　本　880 毫米×1230 毫米　1/32
印　　張　22.75　插頁 3
印　　數　1—2000
版　　次　2019 年 12 月北京第 1 版
印　　次　2019 年 12 月第 1 次印刷

書　　號　978-7-02-015804-1
定　　價　110.00 圓

清代詩人别集叢刊總序

昔人謂『文以興教，武以宅功』。古時國家以興學崇教爲首務，議禮以定制度，考文以興禮樂，乃有文治彬彬稱盛。於今『文化强國』，亟需傳承弘揚中華優秀傳統文化。古籍整理作爲其中關鍵之一環，具有極爲重要的意義。近三十年來，古籍整理日趨興盛，已經成爲學術研究的時代熱點和文化傳承的日常内容。各類型的整理工作可圈可點，各維度的文獻整合則又增添了别樣的景觀。新世紀以來，明清文獻整理和研究異軍突起，引人注目，如今已成爲古籍整理領域的重頭戲。

相比於清代戲曲、小説文獻的整理，清詩文獻的整理工作開始並不算晚，幾乎與清詞文獻的整理同步啓動。可惜的是，儘管有好古敏求之士多次倡導，皆因時機不夠成熟而没有形成規模和氣候。其中主要的因素，當與清詩數量巨大直接相關。據估算，清人各種著述總約有二十萬種，其中詩文集超過七萬種，存世約四萬種，有作品傳世的詩人約十萬家，有詩文集存世的作家當在萬人以上，詩歌作品近千萬首。庋藏情況尚需進一步調查，大量文獻尚散存於民間，以及相關文獻狀態駁雜不易辨析等，也是很多工作推進困難的重要原因。總之，難以一時彙爲全璧，始終是《全清詩》文獻整理不能全面展開的歷史與現實之惑。

儘管如此，相關的學術準備始終在進行著，且日見規模。譬如，上世紀开始由上海古籍出版社出版的《中國古典文學叢書》、中華書局出版的《中國古典文學基本叢書》（以别集論，前者約收一百二十種，後者約收九十種），都包含了一定數量的清代詩人别集（至二〇一六年，前者共收九種，後者共收四種）。新推出者新意頗多，如陳永正《屈大均詩詞編年輯校》（上海古籍出版社二〇一七年版），而一些修訂重版者則顯爲精進，如俞國林《吕留良詩箋釋》（中華書局二〇一五年初版，二〇一八年再版），皆以不同面相爲清代别集文獻的整理和研究提供了新的理念和視野。其他出版機構也在留意清人别集的整理和研究，如國家圖書館出版社影印出版《清代家集叢刊》（徐雁平、張劍主編）、鳳凰出版社陸續推出《中國近現代稀見史料叢刊》（張劍、徐雁平、彭國忠主編）等。人民文學出版社也在高度關注這一重要領域，先後出版《明清别集叢刊》、《乾嘉詩文名家叢刊》等，集中力量於明清文人别集的整理和研究，實有後來居上之勢。凡此也表明，學界和出版界皆已體現出高度的學術自覺，意識到清代詩文文獻的重要性。尤其是人民文學出版社，已不僅僅著眼於名家之作，對那些於文學史、文學生態結構中發生重要影響或特殊作用的文人及其文獻遺存也予以關注，這既符合文獻整理的基本原則，又有利於彰顯文學研究的開放性視角，進行多面向的學術路徑的拓展。

正是在這樣的學術語境中，由我擔任首席專家的國家社科基金重大招標項目《清代詩人别集叢刊》於二〇一四年獲批，有計劃的系統性的清代詩人别集整理工作得以展開。相關成果陸續成編，彙爲《清代詩人别集叢刊》，以奉獻給學界。

我們並没有選擇原書影印的整理方式，而是奉行『深度整理』的基本原則。以影印方式整理，固然可以使研究者得窺作品之原貌，也有利於及時呈現和保護一些珍稀古籍版本，如上海古籍出版社出版的《清代詩文集彙編》、國家圖書館出版社出版的《清代詩文集珍本叢刊》等，都具有重要的學術價值。

不過，點校、注釋、輯佚等整理方式無疑更能體現出古籍整理的學術深度。事實上，隨著文化語境的改變和學術研究的深入，文獻整理的功能也在不斷拓展，不僅應提供基礎性的文獻閱讀，還應具有學術研究的諸多要素，即在學術史的視野中呈現文獻生成的複雜過程和創作主體的生命形態，而這正是《清代詩人別集叢刊》選擇『深度整理』方式的理念和前提。

『深度整理』指向和强調『整理即研究』的古籍整理思想與學術精神。以窮盡文獻爲原則，以服務於學術研究爲目的，於整理過程中注入更明確、豐富且具有問題意識的科研內涵，使古籍整理進一步參與當代學術發展。也就是說，在一般性整理的基礎上，借助於多種方法的綜合運用，爬梳文獻，考證辨析，去僞存真，推敲叩問，完成既收羅完備、編排合理，又在借鑒以往成果基礎上推進已有研究、表達最具前沿性的科研創獲的詩人別集整理本。這既是古籍整理基本要義的延伸和拓展，也符合與時俱進的學術發展訴求，應是整理工作之旨歸所在。

如是，《清代詩人別集叢刊》突出了以下幾個方面的整理工作。

一、前言。『前言』的撰寫，不泛泛介紹作者生平和創作的一般狀況，而注重於文獻、文學、文化等視角，對著者生平進行考述，對著述版本源流加以梳理，對別集的文學價值、影響進行具有文學史意義的判斷。『前言』應是一篇具有較强學理性、權威性和前沿性的導讀佳作。

二、版本。別集刊刻與存世情況往往因人而異，或版本複雜，或傳本稀少。『必先定其底本之是非，而後可斷其立說之是非。』（段玉裁《與諸同志書論校書之難》）本叢刊堅持廣備衆本，謹慎比對，選出最佳的工作底本和主要校本，力爭使新的整理本成爲清詩研究的新善本和定本，爲學界放心使用。

三、輯佚。清代文獻去今未遠，除大量別集、總集外，清人手稿、手札、書畫題跋等近年時有發現，散存於方志、家譜的各類佚文亦在不斷披露中。故以求全爲目的，盡力輯佚，期成完帙，並合理編纂。務使每一種整理本成爲該詩人別集的全本，這也是提升整理本學術含量的重要舉措。

四、附錄。附錄豐富與否是新整理本學術含量高低的重要標志，實爲另一種形式的研究。如年譜簡編以及從族譜方志、碑傳志銘、評論雜記中勾稽出的相關研究資料等，對全景式展現詩人生命歷程、深入探究詩人乃至其時代的文學創作十分必要。有時文獻繁雜，需精心淘擇和判斷，强化『編纂』意識，避免文獻堆積，充分體現深度整理的學術含量。

古籍文本生成於歷史，負載了豐富的歷史文化信息。對於整理者而言，不僅應使古籍文本能夠被有效閱讀，還應借助閱讀活動等促其進入公共和現實視域，成爲當下文化結構的有機組成部分。也就是說，整理活動本身應始終處於在場的文化狀態，立足於學術史，並直面其所處之研究領域的一些難點、疑點和熱點問題，進而通過整理過程中的辨析、考論解決文學演進中的某一方面或幾個方面的問題，形成專題性研究，這是深度整理應達成的重要目的。所以，整理活動其實是一個思維創新的過程，指向的是知識和觀念整合的結果。考訂史實，發現文本之間的各種意義和多層面内涵，使之成爲當代人可閱讀的文學文本，並參與歷史與現實文化建設，其實也是在回答我們進入歷史的方式。

總之，以窮盡文獻、審慎校勘爲路徑，以堅實、充分的文獻史實研究爲基礎，通過對文獻的慎用和智用，借助歷史的、邏輯的思路甚至心靈的啓迪，系統、全面地收集、篩選史料，勾連、啓動其内在聯繫，從而將古籍整理與史實探析深度結合，强化了整理性學術著作的研究内涵，是一種真正包含了主體自由性的學術實踐活動。這種由專門研究完善古籍整理、由古籍整理深化專門研究的深度整理方式，對整理者的研究意識和整理本的學術含量都提出了更高的要求，不僅標示了整理觀念和方法上的更新，更是當代學術發展的必然訴求。我們願努力嘗試之，並推出一系列具有較高水準和重要學術意義的整理成果。

杜桂萍　二〇一八年十二月十六日

總目錄

前　言

一

馮溥（一六〇九—一六九二），字孔博，號易齋，山東臨朐人，清順治三年中進士，四年補殿試，改翰林院庶吉士。歷官至太子太傅、刑部尚書兼文華殿大學士。

臨朐馮氏爲明清時期頗著聲譽的世家。自馮裕於明代正德三年中進士起，這個家族人材輩出，二世的馮惟健、惟重、惟敏、惟訥，三世的馮子履、子咸，四世的馮琦、馮瑗、馮珣，五世的馮士標、士衡等，文章事功，均有所稱。馮溥已是這個世家的第六世。

萬曆三十七年十二月初五日（公元一六〇九年十二月三十日），馮溥生於益都里第。父親士衡，母白氏。馮溥兄弟五人，依次爲涵、溥、灝、泌、漢。馮溥自幼好學，七歲始讀書，次年，其父士衡開始授讀《左傳》、《國語》和秦漢唐宋名家之文。兩年後，馮溥又受教於外祖父白采。外祖性嚴苛，對其督責甚嚴。馮溥讀書博雜，「窮極經史，旁及外氏六通、五覺、十祕、九府之書。目追手録，以至俯仰觀察，推步占驗，奇門遁甲、三命六壬諸學，皆親爲圖畫，張之屏幛以求必得」[一]。

[一]　毛奇齡《易齋馮公年譜》，《北京圖書館藏珍本年譜叢刊》本。

天啟五年（一六二五），馮溥十六歲，娶妻房氏。次年，補益都縣學生，受到山東提學項希憲的賞識。崇禎二年（一六二九），父士衡謁選，次年出任湖州孝豐知縣。幾年中，馮溥往返於孝豐和益都之間，閑暇則溫習經史。崇禎六年補爲廩膳生。九年，赴鄉試下第。十一年，賃於益都城西藥王庵，讀書其中。

崇禎十二年（一六三九），鄉試中舉，次年赴會試不第。十四年，雙親去世，馮溥丁憂在家。十五年，李自成的大順軍佔據了青州一帶。不久，清軍攻入青州，百姓大多挈家逃亡，不少慘遭清軍屠戮，馮氏一族卻獲保全。

清朝入關後，對山東的文人采取了極爲有效的安撫政策[一]。清順治二年（一六四五），在地方官的敦促下，馮溥與族叔士標進京謁選，士標選授兵部主事，馮溥則不果而歸。三年，馮溥入京赴會試中式，因盤費已空，未赴殿試，徑返；四年入京，補殿試，中二甲第十一名，改庶吉士。

此後，他任職於清華，十多年間都在翰林院遷轉：六年四月，授内翰林弘文院編修；八年，奉使頒詔江寧並蘇、松、常、鎮諸府。九年，充會試同考；十年五月，改經局洗馬兼修撰，七月遷翰林國史

〔一〕美國學者梅爾清在《清初揚州文化》中提及王士禛的家庭背景時注到：『Wakeman 指出，山東大多數的文人都支持新朝，並到北京爲官。清初山東人崛起一方面是由於先前山東省的秩序比較安定，另一方面是當地地方精英在難以控制的地區，通過法制已建立了對新秩序的認同。』（朱修春譯，復旦大學出版社，二〇〇四年，第四〇頁）

院侍讀；十一年七月，授國子監祭酒，『惟按期課士，親閱試卷，務使學術一底醇正』〔二〕。十三年正月，授內翰林弘文院侍講學士，十二月，轉侍讀學士；十四年九月，充經筵講官，深受順治帝的賞識。十六年九月，他陞爲吏部右侍郎，仍兼翰林院侍讀學士。

康熙二年（一六六三），馮溥乞假回籍。五年回京，六年任會試主考。七年陞都御史，掌院事，多所建白。九年，陞刑部尚書。是年上疏請老，不許。十年入閣，授文華殿大學士，立即上書薦魏象樞、成性。十一年，再上疏請老，仍不許。十二年，任武會試主考。此年冬，吳三桂反，閣中事務繁多，馮溥更不敢言去。十七年，三藩之亂已漸次平定，馮溥又上疏乞休，不允。十八年，馮溥任會試主考，隨後又任博學鴻詞試的考官。二十一年六月，馮溥又上疏請休，得旨放歸。馮溥謝恩，上賜飯，並傳旨至瀛臺遊玩。臨行前，康熙帝特賜詩一首，『適志東山』篆章一方，墨刻《昇平嘉宴詩》一冊，派講官牛鈕、陳廷敬往宣旨意，並遣中書羅映臺護送到家。本年冬，《太宗文皇帝實錄》告成，加太子太傅，並賜予銀幣、鞍馬。康熙三十年十二月十一日（公元一六九二年一月二十八日），卒於家。次年三月，賜謚『文毅』。

馮溥繼承了家族的理學傳統，持正立朝，不阿附黨植，以下兩個事例可見一斑：康熙五年，四大臣秉政，欲各省派欽差大臣兩員，並別立衙門，以監督、撫。馮溥認爲此舉勞民傷財且會造成權責不明，因而極力反對。大臣太必兔因與馮溥意見相左，竟至張拳相向，馮溥堅執己見，不爲所動，最終上疏奏停。康熙六年，輔政大臣鼇拜欲取回已發紅本改批，馮溥力言不可，不懼得罪權傾一時的鼇拜。

〔二〕毛奇齡《易齋馮公年譜》。

這種持正不阿的品格，也使他深受兩代君主的眷遇。順治帝曾譽其爲『真翰林』[一]，並在他被彈劾爲『徇私』時爲其開脱：『吾固知馮溥不爲也。』康熙帝即位後，更對馮溥信任有加，於康熙十年將其陞爲文華殿大學士。

二

明清時期的大學士雖俗稱『宰相』，但地位與漢唐時的宰相已不可等量齊觀；作爲清代『滿漢共治』背景下的漢人大學士，權力更是有限。順治、康熙年間的内閣，權力更多地掌握在滿人大學士手中。所以，人稱馮溥『相業彪炳中外』[二]，無疑是溢美之辭。馮溥的『相業』，主要表現在宏奬人才，影響文風。盡管他的詩文造詣無法媲美當時一流名家，但他提拔人才，培養士氣，影響清初文風於無形。除了曾任國子監祭酒之外，他還兩主會試（武會試除外），一任同考，九任讀卷官，提拔了大量士人。《馮文毅公事略》稱：『國初諸大臣，宏奬人才，以益都馮文毅公稱首。』[三]這種評價，馮溥當之無愧。

最可稱道者還是康熙十八年博學鴻詞之試。馮溥傾心延接應詔諸儒，一時名流如朱彝尊、陳維

〔一〕毛奇齡《易齋馮公年譜》。
〔二〕王嗣槐《佳山堂詩集序》所附評點：『益都公相業彪炳中外，其詩特以餘閑及之耳。』《桂山堂文選》卷一，青筠閣藏板。
〔三〕李元度《國朝先正事略》卷三《名臣·馮文毅公事略》，《清代傳記叢刊》本。

崧、施閏章、毛奇齡、王嗣槐輩皆稱弟子。《新世說》載：『博學鴻詞之試，應召至者皆一時名宿，公無不傾心延攬，貧者爲授館，病者饋以藥，喪者賻以金，聞人有異才，輒大書名姓揭座隅，汲引如不及。』〔一〕《清史稿》本傳亦稱其『性愛才，聞賢能，輒大書姓名於座隅，備薦擢，一時士論歸之』〔二〕。這次博學鴻詞試也是清初文治的一大體現。從此，這批士人或入史館纂修《明史》，或隱居鄉里，不再與清廷對抗。這次博學鴻詞考試，馮溥禮賢下士並竭力斡旋於清廷和遺民之間，很大程度上緩和了二者之間的矛盾。從這一層面上看，馮溥對清初文治的貢獻，確實非同小可。魏象樞在《佳山堂詩集序》中說『若其輔弼大業，啟沃深心，天子鑒之，士大夫諒之』，『天子鑒之，士大夫諒之』一語，其真正含義是馮溥既爲朝廷信任，又爲士大夫認可，是緩和朝野關繫的關鍵人物。

這次博學鴻詞試，更使馮溥成爲海内人望。除了會試和鴻博試的弟子外，很多文人也投到馮溥門下，如水之歸海。方象瑛稱其『文章行業，朝野倚重者三十餘年』〔三〕。

與博學鴻詞試密切相關的是馮溥引導的萬柳堂唱和活動。萬柳堂唱和是康熙前期京師詩壇的一大景觀，時間集中於康熙十七年（一六七八）至二十一年（一六八二）。康熙六年，馮溥與友人在夕照寺興辦育嬰會時，購下寺旁棄地，建成園林，初名『亦園』，不過作爲公事之餘寄興泉林的休憩之所。馮

〔一〕易宗夔《新世說》卷三《識鑒第七》，《清代傳記叢刊》本。
〔二〕《清史稿》，中華書局，一九七七年，第九六九三頁。
〔三〕方象瑛《佳山堂集序》，見《佳山堂詩集》卷首。

溥或獨遊，或與友人雅集，還未出現大規模的唱和活動。十一年，馮溥六十四歲，再次乞休，帝許以七十歲方可告退。爲了消磨在京的歲月，他開始精心營構亦園，到康熙十六年前後，亦園的經營布置已全部完成，而園名也改稱萬柳堂了。

康熙十七年詔舉博學鴻詞，四方俊彦彙聚京師，其中王嗣槐、毛奇齡、朱彝尊、陳維崧、吴農祥、方象瑛等人，均受馮溥禮遇，馮溥與應試諸儒到萬柳堂的次數漸多，但真正較大規模的雅集始於次年。十八年春，應博學鴻詞試的諸子齊聚萬柳堂。這是『己未諸子』的第一次大集會，與會者三十人，即席作賦，並規定每人作七律二首。賦成，由馮溥評定高下。此次雅集，以毛奇齡《萬柳堂賦》爲壓卷。此後，馮溥與應詔諸儒屢屢在萬柳堂宴集，其中規模達數十人的集會就有數次，如康熙二十年的上巳修禊，陪遊者皆爲應詔諸儒，達二十八人；二十一年的上巳修禊除馮溥外，參加者三十二人，每人各賦七律二首，會後結集爲《萬柳堂修禊詩》，王嗣槐作《萬柳堂修禊詩序》，一仿蘭亭故事。萬柳堂唱和影響了當時詩風的走向。

康熙十五、十六年間，詩壇的宗宋之風漸興，代表人物是王士禛。十七、十八年左右，宋詩風越刮越烈，馮溥對此頗爲憂慮，希望施閏章等人能承擔振興詩風的重任。據施閏章在《佳山堂集序》中説：『嘗竊論詩文之道與治亂終始，先生則喟然歎曰：「宋詩自有其工，采之可以綜正變焉。近乃欲祖宋元而祧前古，風漸以不競，非盛世清明廣大之音也。願與子共振之。」』〔二〕可見，馮溥並非一味地否定宋

〔二〕施閏章《佳山堂集序》，馮溥《佳山堂詩集》卷首；亦見《學餘堂文集》卷七，《四庫全書》本。

詩風，而是從『聲音』有關『治道』的角度認爲宋詩風『非盛世清明廣大之音』。馮溥引導的萬柳堂唱和，旨在提倡與『清明盛世』相稱的大雅之音。

馮門弟子倪燦在《佳山堂集跋》中也說：『今天下言詩者多矣，謏聞目學之徒，易其鋪陳終始，排比聲韻，大或千言，小猶數百者，而從事於幽憂僻奥之音。識者審時歌風，岌岌乎有衰晚之懼焉……公詩出而幽憂僻奥者方且改弦易轍，其關氣運顧不大歟！』可知，馮溥不追求詩藝層面的『排比聲韻』，而是有『衰晚之懼』，正是從此立場出發，來反對『從事於幽憂僻奥之音』的宋詩風。

從馮溥的創作看，其首倡的萬柳堂唱和帶有濃厚的『詩教』色彩，卻並未有明顯的斥宋尊唐的傾向，其門人毛端士稱其詩『調尚正聲，體從大雅，不必凌宋轢元，而宏音亮節，依然漢魏三唐之遺響矣』〔一〕，另一門人吳任臣也稱其詩『取材於八代而歸宿於三唐』〔二〕，都說明馮溥博采漢魏六朝至三唐之精華，而並未專主唐音。

毛奇齡《西河詩話》載：『益都師相嘗率同館官集萬柳堂，大言宋詩之弊，謂開國全盛，自有氣象，頓驁此佻涼鄙弇之習，無論詩格有陞降，即國運盛殺，於此繫之，不可不飭也。……時侍講施閏章、春坊徐乾學、檢討陳維崧輩皆俯首聽命，且曰：「近來風氣日正，漸鮮時弊。」』〔三〕毛奇齡此話未免言過其

〔一〕毛端士《佳山堂集後序》，馮溥《佳山堂詩集》卷末。
〔二〕吳任臣《佳山堂集跋》，馮溥《佳山堂詩集》卷末。
〔三〕毛奇齡《詩話》卷五，康熙間書留草堂刻《西河合集》本。

實，且不説馮溥門下弟子中如汪懋麟、曹禾等人都是宋詩派的成員，就馮溥的相關言論看，施閏章説馮溥言『宋詩自有其工』即與毛氏的『大言宋詩之弊』有所出入。錢鍾書先生就指責其『藉馮溥「師相」之「大言」以儆作者，舉康熙「皇上」之「聖制」以示楷模，意在杜絕「宋詩之弊」。假威倚勢，恫嚇諂佞，技止此乎，顔之厚矣』〔二〕。

總之，從康熙十七年至二十一年，馮溥引領的萬柳堂唱和是京師詩壇的盛事，在很大程度上影響了當時的詩風，也在一定程度上抑制了當時的宋詩風，影響了當時詩壇的走向。

三

《佳山堂詩集》、《二集》中的詩，絕大多數是馮溥晚年的詩作，内容多爲公宴郊廟、賡歌唱和，格調雍容典雅，給人留下的印象只是高居廟堂的宰輔優遊歲月的風流儒雅之態。李天馥在《佳山堂集序》中將馮溥詩分爲四類：『其郊廟之詩莊以嚴，戎兵之詩壯以肅，朝會之詩大以雝，公讌之詩樂而則。』這種分類，倒是很切當地體現了馮溥詩『得之詩教爲多』（施閏章序）的特色。

馮溥的早期詩作多不存，毛端士《佳山堂二集後序》稱：『夫子性質直，不好馳聲譽，生平著作輒不留藁。是集也……猶僅什一耳。』《佳山堂詩集》中僅存的早期詩作《丁亥二月予以廷試北上過臨邑

〔二〕　錢鍾書《談藝錄》，中華書局，一九八四年，第四七二頁。

宿旅店中半夜聞警罔知所避同店中男婦竄伏荒田荊棘中迨曉方歸途中口占》，『驚聞角起蜩螗沸，親見鳩形婦子逃』，述寫清兵劫掠、民不聊生的圖景，蒿目時艱，實具『詩史』性質。可惜這類詩作太少，作爲館閣詩人的代表，馮溥經歷明末亂離而欣逢清初『盛世』，備受人主優禮，歌詠清平成爲其後期詩作的一個基調，尤其是在平定三藩之後寫下的《四川大捷志喜》、《閩中聞湖南大捷志喜》、《平涼奏捷凱歌十二首》、《閩中奏捷凱歌十二首》等『戎兵之詩』表現得就很明顯。從馮溥詩的思想内容看，『溫柔敦厚』的詩教觀奠定了其詩的基調，也使得其詩缺乏哀思鬱積的情感力量，『郊廟』、『戎兵』、『朝會』、『公宴』的分類也體現了這一基調。

倒是那些純粹的寫景之作，繼承了馮氏家學的傳統，質樸自然，清新有趣。如《憶熏冶泉》：『我有千竿竹，留在熏冶潯。空庭古木合，烟雨蛟龍吟。巖光換朝夕，鳧雁恣浮沉。晴旭散綠猗，秀色潤煩襟。嘉遯此焉寂，簪紱勞寸心。』（《詩集》卷二）體現作者身在魏闕而心繫江湖的心態。

從『詩藝』的層面看，馮溥詩未臻一流，其在詩壇的地位主要因萬柳堂唱和，從而而影響了一時詩風。所以，在《佳山堂詩集》和《二集》付梓時，門人弟子紛紛爲序，極盡褒揚之能事。但時過境遷，隨著馮溥致仕歸鄉，這種影響也就漸趨消歇。四庫館臣稱馮溥『得人最盛』，『其詩則未爲精詣也』[二]，正是基於詩藝本身而作的蓋棺論定。徐世昌《晚晴簃詩匯》也稱：『《佳山堂集》，王貽上、毛大可、陳其

[二] 永瑢《四庫全書總目》卷一八一《佳山堂集》，中華書局，一九六五年。

年諸人爲之序，至謂其「言大義深，渾括萬有，上繼謨、誥、《風》、《雅》之遺」。稱頌師門，不無太過。』[一]

馮溥詩的『未爲精詣』，主要表現在情感内容和詩藝技巧兩個方面。情感内容方面，由於壯歲出仕新朝，其詩歌沒有同時代遺民詩人那種托足無門的錐心泣血之慟；加之歷仕清華，他自然沒有偃蹇失志、坎壈不遇的士人那種怨憤沉鬱之情，濃厚的館閣氣息也使其難以獲得詩壇的廣泛認同。在詩藝技巧上，由於其『不欲以詩名』的心態，其詩缺乏精雕細琢，失之粗率。鄧之誠《清詩紀事初編》就稱『溥詩或傷之率』，而其詩的創作過程也印證了此點，據毛奇齡《西河詩話》載：『康熙辛酉冬大雪，陪益都夫子游善果寺歸，燈下夫子取陳檢討《雪詩》長句，與予同和其韻，作即事詩，使一人唱韻，一人給寫，信口占叶，不許停刻，時王二舍人、胡大文學在旁知狀，凡四十二句，片刻各就。』[二]這一記載或許能說明馮溥詩『或傷之率』的原因。

但作爲清初館閣詩的代表，馮溥的詩與清代中葉以後的館閣之作還是有明顯的不同。由於當時文網尚寬，其詩時有真情流露。鄧之誠評《佳山堂集》說：『其時文網未峻，略無忌諱，是集不難見之。』[三]馮溥詩的『略無忌諱』，除了那些刪落未盡的早期詩作外，民胞物與、憫時傷世的情懷在其詩中隨處可見，如《膝痛行五首用東坡先生韻》其二：『道路見牽累，飢寒婦子泣。』其三寫旱災：『老農

[一] 徐世昌《晚晴簃詩匯》卷二四，中華書局，一九九〇年。

[二] 毛奇齡《詩話》卷六，《西河合集》本。

[三] 鄧之誠《清詩紀事初編》，上海古籍出版社，一九八四年，第六六二頁。

日引領，不見郊原濕……典賣耰鉏空，稱貸妻孥急』，『路逢熱死人，犬馬曾無羃。』其四寫水災：『念茲民力艱，茭薪未易得……繞岸如鱗次，柴荊蓄鵝鴨。坐付澎湃中，滔天何遮羃。』再如《苦熱行》其二寫三藩之亂時百姓之苦：『更憐行役苦，暍死實狼藉。浮生等草木，災疫疇能惜。東南正用兵，芻糧貴精覈。運解有程限，遲緩畏罪譴。驛騎流星下，咄嗟千里發。馳突無停踠，鞭撻已見骨。積骸道路臭，人畜一溝瘠。』這些詩作在『文網未峻』的清初館閣詩中也頗爲罕見，更遑論文字獄大興的雍正之後。

另外，作爲緩解朝野關係的人物，馮溥與遺老交遊唱和的詩，對於我們了解當時朝臣與遺民詩人的關係頗具認識價值。這些詩人大多是博學鴻詞試的應詔諸儒，其中也包括那些誓不與清廷合作的人物。比如傅山，康熙十八年被强徵赴試，據丁寶銓《傅青主先生年譜》：『先生辭大科不就，當事必欲致之，檄邑長，踵門促上道。先生稱疾，有司令役夫舁其床以行，二孫侍。既至京師三十里，以死拒不入城，於是益都馮相國溥首過之，公卿畢至。先生臥床不起。』[一]《清史稿》傅山本傳載：『詔免試，加内閣中書以寵之。馮溥强其入謝，使人舁以入，望見大清門，淚涔涔下，仆於地。魏象樞進曰：「止，止，是即謝矣。」翼日歸，溥以下皆出城送之。』馮溥先後有《贈傅青主徵君》五言和七言詩，對傅山的『孤潔留高義』由衷欽佩。傅山的亢節與馮溥的禮賢是當時在野在朝兩種士人心態的真實寫照，也反映出『三藩之亂』後兩者由對立到趨同的態勢。鄧之誠說：『其時居高位者，皆稱好士，遺民野老，

[一] 丁寶銓《傅青主先生年譜》，《北京圖書館藏珍本年譜叢刊》本。

常與黃閣均禮數。溥尤喜延接，以此頗得士心……詩中每可考見當時典故。』（《清詩紀事初編》）肯定了馮溥詩『可考見當時典故』的認識價值。

四

馮溥之所以能以黃閣引領詩壇，進而影響一時的詩風，除了其詩作具備一定的水準外，還在於他有明晰的詩歌主張。馮溥主張詩歌吟詠性情，同時資以學力，追求性情與學問的統一。歸納起來，主要有三點：

其一，好學深思，融通古今。馮溥重視學問對創作的滋養，在《唐嵐亭詩文集序》中主張『深造自得』、『好學深思』，《西山集序》稱作者張能麟『博學思深』，在《學文堂集序》中稱陳玉璂『以其十年之力，矻矻於學，以能卒有成如是』，均見其對學問的重視。重視學問，勢必學習古人，在這一方面，他反對擬古，主張融通古今，其《健松齋詩序》稱：『夫詩，原本於性情，資深於學力，夫人而知之也。若夫掇拾膚竊，嗜古未融，妍皮癡骨，識闇神離，其病非一端而止也。譬之織縑然，一手弗柔，便有浮絲；譬之審音然，一聲未諧，便乏逸響。揆諸古人得心應手之妙，何啻倍蓰？蓋古人佳句，往往於無意得之。今刻畫求奇，氣傷弗貫，一不似也。古人沉鬱頓挫，海立雲垂，皆好學深思，兼得山川之助、聞見之廣，積久而發，不自知其然而然也。今以弱腕而持六鈞之弩，跛足而希二華之巔，二不似也。古人蘊藉深厚，或澹而可思，或遠而愈妙，雋永之味，咀而始出。東坡亦云：「說詩即此詩，定知非詩人」，今澹則凡近，遠或晦蒙，三不似也。』指出嗜古未融者的三種弊病：刻畫求奇，學養不足，蘊藉不深。這種認識與其先人馮惟敏、馮琦等人對復古派的批評一脈相承。在《唐嵐亭詩文集序》中稱讚友人唐夢賚的詩文『剖晰疑義，闡發性靈，心所欲言者，即了了言之，無矻矻膠轕之病，無靡靡萎薾之病』，又說：『今觀其詩文，無一句一字之剿說，是爲難耳。夫雲霞無定姿而不能窮其變，花卉有殊種而不能一其香，唐子於詩，豈必盡合古法，要皆有一段光氣不可磨滅。當其運思振藻、伸楮搖筆之際，不知孰爲北地，孰爲竟陵，又何況虞山一叟蒙茸雜亂耶？』主張學古而不泥於古，實際上就是融通古今，學習古人之精神而不襲取古人之面目。

其二，崇雅黜浮，溫柔敦厚。馮溥身歷明清鼎革之際文風的嬗變，他和清初許多文人一樣，對晚明流行的『狂禪』習氣十分不滿，認爲有清開國之初應重歸儒學，培植元氣，以教化世俗人心。馮溥在《贈王仲昭》詩中稱『論文把酒交情適，崇雅祛浮道氣常』（《佳山堂詩集》卷六），他和門人弟子也都以『崇雅祛浮』爲責任。職此之故，其創作大都雍容典雅，溫婉和平，表現出濃厚的詩教色彩。門人徐嘉炎在《佳山堂詩集》的跋語中說：『吾師之言曰：詩之爲教也，溫柔敦厚，文已盡而義有餘。是道也，四始六義而降，楚騷漢魏靡不由之，豈不以指事造形，窮情寫物，味之者無極，聞之者感心，舍是則無爲詩耶。』這種詩教觀一承前人，並無創新之處，但對清初經世致用的實學思潮影響頗大。施閏章的《佳山堂集序》稱：『跡其志行，皆溫柔敦厚之意，得之詩教爲多……憂時愍事，不無小雅淒惻之言。』陳玉璂在序中則稱：『今觀《佳山》一集，大率皆忠君愛國之言，至如詠史抒懷諸作，靡不寄託深遠，有裨風化。』『寄託深遠，有裨風化』，正是馮溥詩的旨趣所在。

其三，適乎性情，不計工拙。馮溥認爲詩歌的功能在發舒性情，不必屑屑於字句之工。他在《補臘月八日正月八日遊萬柳堂詩序》中説：『予每遊萬柳堂，皆有詩，聊以適夫性情，非云計乎工拙。』（卷六）陳玉璂在《佳山堂詩集序》中感歎：『此所謂真性情之詩乎？』『以夫子之詩專求之性情已工，況又益之學問如此』。指出了馮溥詩重性情兼重學問的特色。但馮溥所言『性情』，已較其先人爲狹窄。其性情，不出『溫柔敦厚』、『怨而不怒』的範疇，其詩過於典雅雍容，從而缺乏那種憂憤感激的情感力量。另一方面，過於强調『性情』而『不計工拙』，不願在詩藝層面用力，導致其詩失之粗率。

五

與著述宏富的馮惟敏、馮惟訥、馮琦等祖先相比，馮溥則顯得遠遜先人。除了後人輾轉傳抄的《佳山堂書目》（今傳者乃劉喜海抄本，據稱抄自李文藻，似非馮溥本人所記），馮溥作品僅有《佳山堂詩集》十卷、《二集》九卷。

本集即以山東圖書館藏康熙間刻本《佳山堂詩集》十卷、《二集》九卷爲底本整理。馮溥留存的詩，除了個別殘句外，全部保存於這兩個集子中。據各種序跋，可知《詩集》十卷於康熙二十年（一六八一）春，即博學鴻詞試的次年稍後付梓。《二集》九卷於康熙二十七年（一六八八）冬付梓。《二集》刊刻後，與《詩集》合訂爲一函八册。兩集均按樂府、五古、七古、五律、七律、五絶、七絶的詩體以次編排，《詩集》十卷共收八百六十九首，《二集》九卷共收四百三十九首。二集相加，得詩凡一三〇八首。每卷卷首均題『益都馮溥易齋著』，並附校勘人姓名，兹移録如下：《詩集》卷一：門人西河毛奇齡大可、陽羡陳維崧其年同校。卷二：門人江都汪懋麟蛟門、遂安方象瑛渭仁同校。卷三：門人江都汪楫舟次、江陰曹禾峨眉同校；卷四：門人武林吴任臣志伊、金陵倪燦闇公同校；卷五：門人平湖陸葇義山、吴江潘耒次耕同校；卷六：門人平原董訥默庵、虞山歸允肅孝儀同校；卷七：門人寶應喬萊石林、吴江徐釚電發同校；卷八：錢塘吴農祥慶伯、武進陳玉璂椒峯同校；卷九：門人秀水徐嘉炎勝力、蘭陵周清原雅楫同校；卷十：門人錢塘王嗣槐仲昭、毘陵毛端士行九同校。《二集》卷一：門人王嗣槐仲昭，男治世虞臣、慈徹冒聞、協一躬暨同校；卷二：門人毛奇齡大可，男治世虞臣、慈徹冒聞、協一躬暨同校；卷三：門人周清原雅楫，男治世虞臣、慈徹冒聞、協一躬暨同校；卷四：門人彭孫遹羡門，男治世虞臣、慈徹冒聞、協一躬暨同校；卷五：門人李澄中渭清，男治世虞臣、慈徹冒聞、協一躬暨同校；卷六：門人李孚青丹壑，男治世虞臣、慈徹冒聞、協一躬暨同校；卷七：門人汪霦昭彩，男治世虞臣、慈徹冒聞、協一躬暨同校；卷八：門人曹禾峨眉，男治世虞臣、慈徹冒聞、協一躬暨同校；卷九：門人趙執信申符，男治世虞臣、慈徹冒聞、協一躬暨同校。從上述情況看，馮溥詩都是由其門人和其三子負責校勘的。

《詩集》、《二集》自刊刻後再無重刻，山東省圖書館的藏本（下省稱『省圖本』）署『本衙藏板』，其實就是康熙刻本。另外，《四庫全書存目叢書》和《清代詩文集彙編》都收録了北京大學圖書館藏本（下省稱『北大本』），實際都是這一版本的不同印本。但北大本漫漶之處頗多，遠不如省圖本清晰，所以本次整理就以省圖本爲底本。

爲盡量尊重原詩集的面貌，本次整理一仍《詩集》、《二集》的次序（序跋有所調整，具體情況見凡例）。『輯佚』部分是輯得的殘句和各類文章。馮溥的各類文章在其生前身後從未纂輯，所以多所亡佚。爲彌補這一缺憾，筆者搜查了幾乎所有可以查閱的文獻，輯得各類文章三十一篇（包括節文一篇）。這些文章對於了解和研究馮溥的文學造詣及其生平都有重要價值。然而書囊無底，馮溥的文章肯定還有遺漏，比如其奏疏目前尚未找到，也是本次整理的一大遺憾。所幸馮溥的相關傳記中，概括了其部分奏疏的内容，讀者可藉以了解其大概。另外，有些明顯的捉刀之作，如爲汪懋麟所作的《汪君蛟門傳》，實爲張貞代筆（見於張貞的《杞田集》卷六），則未加收錄。

本書附錄部分爲馮溥的各類傳記資料，共十九種。

這裏略述一下整理此書的機緣。二〇一五年春，承人民文學出版社編審葛雲波先生告知，杜桂萍教授主持的國家社科基金重大招標項目《清代詩人别集叢刊》擬收錄馮溥詩文，問我是否有意整理。由於馮溥是我從事研究的臨朐馮氏世家的一員，其在清初詩壇的影響至今還未被學界充分注意，杜教授的敏鋭眼光也使我倍受鼓舞，於是欣然接受了這一任務。但整理馮溥作品，也有實際的困難，首先是版本有限，缺乏校對之資；另外，繁瑣的考證和輯佚也是一個艱辛的過程。所幸在這一過程中，我得到了許多師友的幫助。山東師範大學的王勇先生爲我提供了收錄於《淄博石刻》中的《孫文定公墓志並銘》。孫廷銓此墓碑由其後人孫會正先生於一九五四年閣老墓搬遷時抄錄，石碑後毁於『文革』，故而此文彌足珍貴。《金瓶梅》研究專家吴敢先生爲我提供了《拙存張公墓志銘》和《恭賀量翁張太老公祖壽序》兩篇佚文，並惠寄相關資料，其熱忱令人難忘。王漁洋文化研究中心的魏恆遠先生也時常資我未備，《湖廣兵備王公顯傳》一文即其提供。邳州馮子禮先生也熱情地惠寄了馮氏家譜資料。師妹劉曉麗女士也不辭辛苦，爲我查閱了不少網絡資源。齊魯書社的劉玉林先生和我的同事范麗敏教授也爲我捎帶資料，並幫忙聯絡。山東省圖書館的唐桂豔女士、金曉東先生，也爲我查閱資料提供了便利。另承唐女士告知，青州的馮氏後裔馮漢君先生已點校整理了《佳山堂詩集》（濟南出版社，二〇一六年），在聯繫上馮先生之後，他不僅熱情地惠寄大作，還爲我提供了《西山樂樵文集序》和《孝廉張先生傳》兩文及有關馮溥的珍貴圖片。老同學孟川、王興芹伉儷也不辭辛勞，專門爲我拍攝了臨朐老龍灣和青州偶園的照片。這些讓我在整理過程中多了一份神往，增加了整理的熱情。葛雲波先生不僅詳細審閱拙稿，還提出了不少寶貴的修改意見，爲拙稿質量的提陞功不可沒。這些師友們的古道熱腸，給我青燈黃卷的跋涉之旅留下了溫暖的記憶。

整理凡例

一、本書全面輯録馮溥詩文作品，收録《佳山堂詩集》及《二集》，以山東省圖書館藏康熙間刻本爲底本（簡稱『省圖本』），以北京大學圖書館藏康熙間刻本爲參校本（簡稱『北大本』）。集外輯佚其詩、聯語、文等，篇末注明出處。

二、省圖本有序跋二十二篇，北大本多一篇（徐乾學序），今據北大本補入。二本序跋次序不同，以北大本更合理，本次整理，《詩集》前序依北大本。《詩集》中施閏章、梁清標、徐乾學三序，實則爲《二集》序，兹移置於《二集》前。《二集》後所附六篇跋實則爲《詩集》所作，兹移置於《詩集》之後，《二集》後僅保留毛奇齡爲《二集》作的後序。凡位置有更動的序跋下，均出校説明。

三、本書對輯録詩文進行箋注，『注』主要注釋詩中所涉人物及事件，『箋』則集解與詩歌有關的本事等。

四、附録部分包括年譜、傳記、集評。年譜收録毛奇齡《易齋馮公年譜》及新編續譜。

五、對底本中的明顯誤字，徑改，不出校記，如《詩集》卷一《從軍行五首》其二中的『吴釣』顯爲『吴鈎』之訛。原書中的避諱字回改，不出校記，如避諱之『元』，徑改爲『玄』。一般異體字則徑改爲通行規範字。

目錄

佳山堂詩集

卷一　樂府

樂府補遺

卷二　五言古詩

卷三 七言古詩

卷八　七言排律

卷九　五言絶句

卷十　七言絶句

佳山堂詩二集

卷一　五言古詩

卷二　七言古詩

卷三　五言律詩

卷四　七言律詩

卷五　七言律詩

卷六　五言排律

卷七　五言絕句

卷八　七言絕句

卷九　五言三韻律　六言詩

詩文輯佚

詩

聯語

文

附錄

佳山堂詩集

佳山堂詩集

序

高珩

天下文明，國家之上瑞也。而天官之學，類占之於奎壁，末矣。予以爲聖主而擅風雅之宗，元臣而紹賡颺之烈，詠歌所被，爛於卿雲，五緯之垣，交光未逮，此予讀易齋先生之詩，而深爲景運致慶者也。先生爲青社名門，三百年來，代有聞人，以文章世其家。至文敏公爲海内大師，式士諸策，以古筆籌時，尺幅淵涵，董、賈輻輳，確然前代第一手，子瞻、元美猶將左辟，餘者鄶以下無譏矣。

先生早紹家學，蜚英翰苑，時一發爲詩歌，膾炙同人，然未見有成集也。今歲，予至都門，乃得奉一冊卒業焉，如乍聆鈞天九奏，爲之驚喜，不能已已。又數月，門下士再三請授梓人，則盈耳洋洋，與表東海者同稱矣。予回環竟月，手不忍釋。五七言律則聲光沉麗，義藴嶔崎；五七言古則五章陸離，九霞翕霍，淵淵金石之音，煌煌訓典之製；樂府則音節頓挫，俯仰動人，太沖停驂，西崖卻步。至其中《從軍行》、《定武功》、《詠史》以及《雜詠》、《雜詩》並《雜興》、《慈烏行》、《示行善人》，則又經絡宏深，寄托綿邈，經國訏謨，出塵逸響，無不一一引人入勝地，觀止矣。昔人以『大海回風』、『峨嵋天半』形容王、李，可謂工於寫照。然而峨嵋高秀，呼吸雯章，麗矣，而抑知有嶙峋五岳、作鎮神州者，視峨嵋之爲撮土乎？紫瀾回薄，魚龍飛舞，奇矣，而抑知有歸墟萬里、盪搖兩曜者，視回瀾之爲尺瀫乎？至於一言之義，可以弼庸《天保》；一字之功，可以扶轂《采薇》，可以參《訪落》、『宥密』之箴，可以代『勞止』、《出車》之奏，蓋元氣鬱隆，菁華粲發，所自裕也。斯豈與裁雲鏤月者校工拙耶！

予嘗有言：周孔方是文人，曇瞿亦屬才子。周什琴歌，固千秋樂府之嶓岷；梵唄伽陀，亦三途聾聵之錞鐸。先生於此，妙叶圓通，陶鎔庶類，固餘事也。

予以衰殘，靦顏京洛，戚戚寡歡，而中心慰藉者，幸有二端：上之則天章宸翰，雲漢昭回，婆娑六藝之材，翱翔四始之圃。聖學日益，聖政日新，中天堯舜，不意竟於吾身見之，允矣千載一時；而側席幽人，風雲蔚起，四海人才一時羅之金門玉堂中，視彼前代人君以『寒食東風』、『殿閣微涼』寥寥數語之激賞，遂豔羨千秋者，爲何如耶！而更喜諸君子得先生爲之大冶，咸在函丈之列，一觴一詠，郁郁雲章，視漢人後堂絲竹，則又過之遠矣。今集中略見一班，固東閣盛事，豈平津所敢望耶！滇雲捷書，旦夕且至，韓碑淮雅，自當待燕許大手，而《鐃歌》、《朱鷺》，上繼《江漢》、《常武》之什，以彰天子之豐功於萬世者，翹足可俟也。虎僕生花，固佑辟宅，師之餘事乎？而奎壁之光，散自薇垣，君相一德，化成天下，盛矣哉！則文明之徵，固在此不在彼，明矣。蓋先生年日卲而神日王，學日勤，道日進，而詩歌亦日多，睿聖抑抑之篇，去人何必有間哉！諸君子之爲玄晏者，固已彬彬，美無度矣。

先生特以予鄉曲之誼，周旋有年，習先生也久，知先生也深，昔人所謂初見成賦、後列掃門者，庶幾近之，而忘其不堪糠秕也。予懸車屆期，奉職無狀，行即歸里，磯上青蓑，隴頭綠酒，手琬琰之新篇，憶雲霄之舊夢，其樂寧有既哉？是爲序。

時康熙庚申菊月東蒙高珩拜手撰。

序

魏象樞

國運方升，君子道長，朝有都俞吁咈之慶，野有《康衢》、《擊壤》之風，此盛世之音、天壤不朽者也。若夫學問之醇，性情之正，形諸歌詠，發爲文章，足以挽風俗、勵人心，或追風雅，或接初盛唐，亦得其意思之所在而已。

樞於丁酉、戊戌間，喜讀宗伯先生集，大約詩溫而厚，文大而真，望而知爲端人正士，初不知即先生伯祖也。迨己亥歸養時，得先生《偶拈詩》一卷，攜去，每於芥園松下讀之，光明正直之氣透出紙背，然意在說理，不在詩也，尚以未見全集爲憾。壬子入都以後，先生居揆席，樞列臺班，體先生東華待漏之勞，不敢輕瀆。歲問起居者不三五次，僅一茶揖別。嗣樞遞遷他署，事務繁多，吟詠都不暇及。前歲值先生七袠誕辰，謬成一詩爲壽，先生笑而存之。至庚申冬杪，見貽全集，乃於辛酉元日，開函朗誦，雪夜春燈，肅然起敬。蓋以先生之詩，上之紀郊廟之典儀、朝廷之賚予，下之紀郡國之災異、兵民之苦辛，而殷殷意中齒間者，尤在人材之進退、教化之興衰，關於風俗人心者，必三致意焉。方之古大臣珥筆著述，良有同心。先生生平學問性情，於此略窺一二。若其輔弼大業，啟沃深心，天子鑒之，士大夫諒之，海内之凡有知識者咸曰益都清剛君子、百僚楷模也。但先生引年請告，疏凡六七上，悉蒙慰留。頃以勤勞久著，寰宇蕩平，特奉溫綸馳驛遣官優送歸里。

樞謂先生完名全節，不世之榮，忠愛之報也。先生曰：『余何德當此，此皇上格外施恩，余先人積纍所致耳。』先生之欿然不自是有如此。憶先生曾以詩集屬樞敘，竊愧素不能詩，何能爲敘，恐佛頭著糞矣。自念受知於先生有日，光明正直之氣，今又從全集中遇之，獨是文章奏議諸稿俱散佚，視《宗伯集》猶非全豹。或有密勿入告，外庭不知，而史官書之者，則聖主良臣一心一德，賡歌千載，所謂盛世之音、天壤不朽者，當不獨以詩傳矣。先生行矣，樞適奉命巡畿輔，行色匆匆，後會難期。敢爲先生述數語，兼以志別云。

雲中年弟魏象樞謹序。

序〔一〕

汪懋麟

國家命相，寄以軍國重事，進賢退不肖，審制度，定禮樂，取諸道山川圖籍，風俗人才，水旱凶豐，經營區畫，指諸掌上。入告於朝廷，相與咨嗟戒警，無少暇逸，故天下有事，則疆圉險要，命將遣師，唯相臣是問。無事則經邦坐論，賡歌太平，唯相臣是資。所謂宰相繫社稷之安危，人君每慎其選，隆其禮，尊之而不名，歷代以來，未之有改也。明初，矯往代之失，以翰林五品官入辦閣事，遂去宰相之名，懼侵權也。及其弊，而侵者尤甚焉。夫人主操其柄於上，相臣贊其政於下，道實有在。若用一人，出一政，相臣不與焉，曰：此妨其侵也。只以書詞頭而已，則又何取乎相哉？

我國家命相之法爲最善，無首輔、次輔之嫌，有同堂協恭之美，事分隸於六曹，而持衡必準於政府，進止必請於朝廷。三十餘年，命相非一，率皆都俞一德，無少嫌微。朝而贊政，暮而退食，多優遊閒泰之樂，無赫奕照灼之勢，固國家立法使然，亦由在位之多賢人也。

吾師益都馮公，初由侍從佐吏部，晉位左都御史，領刑部尚書事，遂入贊大政。在位盡職敢言，爲尚書時，上封事數千言，皆立國化民之本，天子嘉納。及爲相，首疏薦賢，果稱其官。不數年躋位九列，上益歎公爲知人。公事業備矣，然時時以負國恩、竊祿位爲懼，嘗云：『宰相當平章天下事，乃爲無愧。予老人何爲者？』故累疏求去，溫旨慰留。噫嘻！昔人謂司馬相公不可一日去，朝廷當留相天子，其我公之謂與！

公生平無嗜好，唯喜讀書靜坐，吟弄以自適，偶闢京城東隅廢地數百畝，種樹疏池，爲萬柳堂，時偕朋友觴詠其上，予小子獲從遊焉。因得竊讀公所爲詩，渾質精嚴，出入經史，憫時籌國之意，隱然言表，洵大臣之言也。夫古人得位行道，則專一於事功，文字其緩也。乃我公身司帷幄，每託興於丘園，寄情於文酒，或其所懷，猶有未盡發者與？非予小子所敢測矣。

公從父琢庵先生奏議、詩、古文，卓然稱前代名臣，所著有《北海集》，迄今爭購其書，則斯集其濟美矣。天下不將共寶之乎！

揚州門下士汪懋麟謹撰。

【注】

〔一〕《百尺梧桐閣文集》卷二題作《佳山堂詩集序》。

序〔一〕

毛奇齡

士大夫有一言而足爲天下重者，其繫天下之望何如也。夫士大夫不言則已，言必求爲天下重，則所言不既難乎？曰：以理爲言，非難也。學深而養裕，不卑不抗，嚴氣正性，寓於婉而多諷之中，其入人也必深，其感人也必至。

惟詩亦然。方其溯四始，案六義，博求名物，旁及鐘律，初亦殊覺其漫漶。而源本既得，循行習坎，隨其勢之所自至，如通波赴壑，備極洄演，皆足以見其根淵之所存。予誦夫子之爲詩久矣，方予誦夫子詩時，每歎其言大而旨博，義深而見遠，絪緼闔闢，渾括萬有，渢渢乎大人之言也。暨予以應召來京師，會天子蓄時機，無暇親策制舉，得倣舊例，先具詞業繳丞相府，予因得隨儕衆謁府門下。適單馬從閤中出，揭板倒屣，延入爲賓客。當其時，先予居門下，設食授室，粲然成列者，已不啻昭王之館、平津之第也。乃予以受教之久，時執經侍側，見其所爲大文者，代言應制，端坐而卓筆，儼治絲然，纚緒及而縷成，而即其泛泛酬酢，日或十往返，彼唱此和，印符取照，莫此之速。則當誦夫子詩時，望洋浩歎，冥兆俱絕，又安知其如此。嘗大雪中請沐歸，取門下從遊所爲詩，句繁而韻僻，篝火伸帛，夫子口授，門人筆追，形之不逮聲且尋丈也。夫文猶風也，風發而囓嘘飀颸，力能載物，夫然後垂天之翼，挾而萬里；文猶水也，水盛而天吳所舉，極魚蟲物怪、吞舟撼岳之奇，包幕不失。蓋至言若桴鼓，而大文無方幅，理固然也。

今夫子之詩，自樂府古體以迄兩韻，分班定部，類有成書。其間上紹三百，下掩八代，就其裁製，皆足統源流而窮正變。乃嶒崆博大，動無細響，上之爲登歌拊詠之音，次之亦不失三調五聲，出納治忽之數，自非義蘊於中、氣流於外，涵容槖籥，而羅絡紛賾於無盡，則玉臺太一限於樸斵，吾見其敝也。

在昔文教之興，每與運會相終始，故三代初闢，渾渾灝灝，漢唐開國，猶不失扶輿之氣。今聖天子大啟文明，賢宰相百執各展〔一〕，其經緯以鬱爲國華。習俗偶岐，易成頗僻，而夫子悉有以正之。《卷阿》、《七月》，豈止張、蘇論撰已與！

明世相臣甚尊，無三省之分，又無取旨降敕、覆奏施行之異。其所爲政事堂者，雖尚書、門下莫敢參預，獨內廷傳奉，多假之中貴之手。而今則錄白書黄，委之門下施行，封駁移於六曹。惟是君臣之間，一德一心，諮諏可否，往往出一言以爲天下蒼生之幸，其獻納所裨，有過於前代什伯者。況乎文章喉舌，同在司命，豈無讀夫子之詩而愾然思、蹶然而進乎道者？然則敦厚之教，風人不廢。固知夫子之矢歌，即夫子之所爲坐論者也。

康熙十九年八月西河門人毛奇齡百拜謹識於長安邸舍。

【校】

〔一〕展：底本作『殿』，據《西河集》卷四十四改。

【注】

〔一〕《西河集》卷四十四題作《益都相公佳山堂詩集序》。

序

曹禾

相國益都先生以道德經術輔佐天子，憂勤宵旰。數年之間，滌除姦頑，興起文教，功在日月之上。先生之文章，高古精粹，當代奉爲模楷。顧雅好爲詩，退食之暇，端居一室，惟以吟哦著述爲事。門人弟子日得誦先生之作，無不洞心駴目，驚歎古人未有。今年秋，羣請於先生，將付之梓。於是合前後所作，彙爲十卷，命曰《佳山堂詩集》，而禾得任較訂之役。既卒業，起而言曰：『先生之學何其勤，先生之業何其深也。』

夫詩之爲境無窮，而其塗甚遠，不求其至，則膚辭讕語盈篇溢幅無當也。若探其奧窔，盡其精微，雖單詞隻句，使人流連尋味而難已。世傳『詩窮而後工』，蓋謂能窮風雅之正變，極比興之指歸，進乎技而求盡其量，斯寄託之言多，而排比之文少，不求工而自工焉。至宋，歐陽子始謂工者必出古窮人之辭，是以雕琢之語爲工，非以大雅之音爲工也。不亦謬歟！《詩》三百篇上自君相，下逮野夫紅女，大都發乎情，止乎禮義，和平溫厚。備之樂章，播之聲歌，諧神人，合上下，工莫工於是矣。而豈以雕琢之語爲工也哉！

先生學無不窺，自《風》、《騷》、漢、魏、唐、宋、元、明諸家，從源溯流，先河後海，無不會也，無不貫也，而先生以川嶽篤生之才，渾融高闊，無所不有，爲宏博絕麗之言，如雲霞，如錦繡，天真煥爛，而不可仰視也。時而出於離奇詭幻，汪洋縱軼，如遊蛟龍，如鬭獅象，如回風吹瀾，如砯崖轉石，氣震蕩而愈長，聲轟輵而益厲也。至於澄泓藴蓄，海涵地負，根極體要，而汗瀾迤演，窮神盡變，轉側偭背，不可端倪，蓋先生之學久而極深，先生之詩於是而大成矣。古有專工一體，足以傳不朽、名後世。先生無體不工，其必傳於後，何疑乎？

先生介以持身，忠以事主，故能成功業，立名義。大節昭昭，載在國史，非門墻下士所敢稱述。而先生之學，又不能仰見萬一。管窺蠡測，竊比於善言德行之徒，以爲先生廉於嗜好而奢於辭章，澹於榮名而勇於著述，與古之作者較其毫釐分寸，而無讓焉。則歐陽子之言爲無徵，而先生學窮於正變比興，故其工不可及也。

佳山堂者，益都鄉治園之堂也。先生念不忘歸，故以名其集。禾從學最久，受知最深，綴言末簡，附名無窮，是何遭際之多幸也。謹序。

康熙十九年歲在庚申九月門人曹禾頓首拜撰。

序

李天馥

詩學之興，君若相實始倡之，而其流風乃浸盛於學士大夫，下迄閭巷宫闈，翕然而成風。蓋貞淫正變，歷代有盛衰，而郊廟、戎兵、朝會、公讌之辭，君若相實始倡之。故詩學之興，可以觀政教焉。

今上崇文治，游泳藴藉於詩。皇情暇豫，或以命將出師，春原秋獮，裒然有作，傳闕下，一時執政大臣稽首賡歌，擬爲雅、頌《天保》、《卷阿》之章，《鶴鳴》、《魚藻》之詠，自漢而下所弗屑也。猗歟盛哉！

益都馮先生以名世資，於經史諸子之奧無不窺。早以侍從主成均，掃齊梁之舊而起其衰，天下士鼓舞則之，以爲文章之大繫乎此也。公獨超然遠寄，精名山之業，每詩成，輒不存藁，而宇内之流傳歌頌者殆遍焉。及今躋政府又數年，而郊廟、戎兵、朝會、公讌之辭益日富。

間者不佞侍坐政事之堂，暇與先生商確風雅，乃得謂曰：『今上好文章，而公久以文章名，敷揚休美，正十五國之風。公有事焉，請以詩受諸簡。』公曰：『吾鄉以仕者不復詩也，並心於職守且懼弗逮，而何以詩爲？即詩亦以發吾情、達吾之志與事，而過則已焉。今乃聞吾子之言，是也，然則詩亦吾職守乎？』命公子某振篋於羣書中，索宿藁，寸寸而積之，計得如干首，緘以示不佞，命較而序之。爰卒業，而歎曰：『猗歟盛哉！此雅、頌《天保》、《卷阿》之章，而《鶴鳴》、《魚藻》之詠也。』

公賦海岱之奇，雲門扶桑，泱泱大國之風，而乃游神於靜，蕭然簡遠。故其郊廟之詩莊以嚴，戎兵之詩壯以肅，朝會之詩大以雝，公讌之詩樂而則，靡弗砥礪風義，發爲忠孝，則宜乎宇内之流傳而歌誦之者，以爲文章之大，繫乎此也。今聖天子方勤於學，正雅頌於上，而公也拜稽賡歌，以之敷揚休美，浸盛於學士大夫，下迄閭巷，翕然而正十五國之風，則詩之神於政教也，庸詎宰相之職守乎哉！

昔者宋文憲既處機務，兼典文章，其時歌詠所及，海内望爲指南。蓋由文憲平居與黄溍、柳貫之徒，導揚朱程正學，清其本源，故出其緒餘，以爲詩文，遂能卓立千古。然則先生之未嘗肯以詩文示世人，安知其意不出於此哉！余因序先生之詩，而旁引及此，俾天下知大雅復作，斯文不墜，必有原本之學裕之於先，於以扶運會而正人心，然後知詩之爲用大也。是亦先生之志也夫。

朝霞後學李天馥頓首拜撰。

序〔一〕

王士禛

二百年來，海岱間稱世學者，必首臨朐馮氏。蓋自閭山公從醫閭賀先生遊，得白沙之傳，歸而講學於鄉。正、嘉以還，青社諸先生理學淵源，遞相授受，遠有統緒，實自公發之。又以餘事鼓吹風雅，爲青社耆英之會，風流弘長，迄今稱道弗衰。再傳而四馮公出，以文章震耀海内，一時弇州、中麓諸賢交相引重，而光禄少洲公撰《風雅廣逸》、《詩紀》諸書，談藝者至今奉爲規矩。又再傳而宗伯文敏公以經術文章領袖館閣，論者謂其『學有根柢，詞尚體要』，其奏議論事之文，比諸賈長沙、陸敬輿無愧色，世所傳《北海集》是已。自閭山公以逮文敏公，凡歷四世，遠而彌耀。譬之江河發源崑崙，岷山爲塞，外經秦、豫、吴、楚數萬里，然後匯於溟渤，洩於歸墟。若吾師相國易齋先生，殆馮氏之溟渤歸墟歟？

先生承累世家學，繼文敏公之後，涵蓄演迆，蔚爲巨儒。壯而登朝，受知世祖章皇帝，回翔臺閣，高文典册多出其手。是時四方無事，上方嚮用儒雅，萬幾燕閒，屢召先生入侍孚齋，講求治道，商較經史，或至夜分乃罷。皇上登極，遂總臺憲，進尚書。尋命入閣，參預機務。蓋世祖皇帝知先生深而不及枋用，皇上陟降紹庭，人惟求舊，故爰立作相而不疑。先生自念受兩朝知遇最深，正色立朝，卓然以古大臣自命。史稱宋璟善守文以持天下之正，姚崇善應變以成天下之務，先生之爲相，兼有之矣。先生以文學侍從久，撰著最富，既躋綸扉，不欲復以文章自見，諸門人請於先生，得藏稾，次爲若干卷，而命士禛序之。

竊惟國家值休明之運，必有偉人碩德，以雄詞鉅筆敷張神藻，鏗乎有聲，炳乎有光，聳功德於漢唐之上，使郡國聞之，知朝廷之大；四裔聞之，知中朝之尊；後世聞之，知昭代之盛。然後文章之用，爲經國之大業，而與治道相表裏。夫惟先生之文爲足以當之。《詩》三百篇，以《七月》冠《豳風》之首，以《文王》、《下武》、《卷阿》諸什爲《大雅》之正，而《尚書》、《旅獒》、《無逸》諸篇皆出周公、召公。成周之治，於斯爲盛。後有推本朝制作，以上繼謨誥風雅之遺者，微先生其孰歸歟！謹序。

濟南門下士王士禛頓首拜撰。

【注】

〔一〕《帶經堂集》卷三十九題作《佳山堂集序》。

序〔一〕

方象瑛

昔孔子删詩，一言蔽之曰『思無邪』。夫詩以道性情，而思者，性情之所發也。思出於正，貞静專一，可以感人心、易風俗。不得其正而雜用之，其憧憧往來於吾心者，蓋不知何如矣。故欲治詩，先治思。思，固詩之本也。

吾師益都馮先生文章行業，朝野倚重者三十餘年。自官侍從至掌邦禁，所爲進思盡忠、退思補過者，業孜孜勿替。輔政以來，經綸密勿，仰佐太平，士大夫皆能稱道之。乃先生政事之暇，正襟危坐，門無雜賓，與二三及門揚扢風雅，發爲詩歌，累累成帙。象瑛受知先生，又得與邸第接近，每入侍，輒命取新詩授讀。竊意先生遐齡碩德，爲國元老，即稍自娛樂，亦何所不可，顧乃勞神瘁慮如此！先生固曰：『吾非欲以詩名。夫人精神有限，思無窮，不善用之，將聲色貨利，雜然不可復問矣。故吾以詩靜吾思，非必與古今詞人較工拙也。』嗟乎！世固有貞靜專一若先生者哉！未有詩而思赴之，既有思而詩文又絡繹赴之。一日之中，治其思如是，豈復有雜然者往來於吾心乎？然則先生之詩，先生之思之所寄也。貞靜專一之極，發於性情，止乎禮義，潛移默化乎人心風俗而不自知，以相天下，視此矣。

在《易》之《艮》曰：『君子思不出其位。』而孔子正樂，又曰：『雅頌各得其所。』夫《易》言『位』，猶《詩》言『所』也。思適其位，則詩復有所矣。故思正，詩亦正也。依永和聲，與宅揆亮工，並命《周南》、《召南》，豈泊然一無所思者哉！

《佳山堂詩》刻成，因推先生所以作詩之本，若夫性情之發，若者《風》，若者大小《雅》，若者《頌》，門弟子既各述所見，余小子何足以知之！

遂安受業方象瑛百拜謹撰。

【注】

〔一〕《健松齋集》卷二題作《益都先生佳山堂詩序》。

序〔一〕

王嗣槐

嗣槐讀夫子《佳山堂詩》既卒業，而歎興也。或曰：『子有得於作者之旨而然歟？』余曰：『望岱者莫窮其高，觀海者莫測其深，余小子何足以知之？』

『然則子之歎，何歎也？』曰：『夫子之於學也，無所不窺。自通籍以至執政三十餘年，公事之餘，退朝之暇，舍古今文史而外無他嗜好也。日聞所未聞，取資博而植體弘。以之行己，則廉而靜；以之立政，則明而肅；以之出言，則安而和；以之爲文詞，則大而婉，麗而有則。余於夫子之詩，辟之於聆《陽春》者，不必解音而歎其佳；睹南威者，不必聞名而知其美。而謂遂足以測其所至，則吾不敢也。』

『雖然，古之爲詩者，發乎性情，非苟然而作也。是詩也，其於三百篇之義何居？』曰：『必管窺而蠡測之。其於《雅》、《頌》之間求之乎？』

夫子少壯登朝，遭逢世祖皇帝眷顧之隆。及今上臨御之八年，入政府，贊密勿，凡郊廟、封祀、臨雍、耕籍、選舉、辟除、蒐狩、征討、朝會、燕饗諸大典，夫子侍御陪軒，未嘗不鋪張揚厲，優游彬蔚，美盛德之形容，以昭成功也。至於水旱蟲蝗、寇賊刑獄，日星垂象於上，水土告災於下，未雨之防，日中之惕，危明憂盛，咨嗟驚惕，一篇之中再三致意。而人心風俗之偷媮，官常吏治之缺失，思所以扶維而整頓之，以奏治平之效，雖游眺山水、流連花月之餘，未嘗不形諸詠歎，亦不自知其所以然也。故自開國以來三十有六年，夫子之朝乾夕惕，入告我后，出咨僚友，或狃於一時，以爲思之深而慮之過。迄於今，人民之瘡痍漸復，四海之反側漸平，朝野風尚之間，知所以革易其舊，而漸幾於理，灾祥譴告，亦若天之仁愛無已，而漸至於綏邦屢豐之盛。然後歎古大臣正己立朝，不欲以暇逸間上心，而厪厪於馭朽納溝之談，其詞之深切著明，千古有同揆也。

不觀公旦之爲詩者乎？《生民》、《瓜瓞》、《公劉》、《文王》諸篇，陳祖宗之功德，述創垂之弘遠，奏之清廟，頌之明堂，既已喬皇景鑠，使其君知統緒之所由承；至於民生疾苦，稼穡艱難，以及流言東征，未堪多難，則《豳風》、《鴟鴞》之什，軫恤於茅綯晝夜之苦，隕涕於破巢毀室之危，必使其君嗟《訪落》嘆《閔予》，歌《敬之》，懲《小毖》，知天命之不假易，而國家苞桑之固可保無虞，公喜而後可知也。至今反復《雅》、《頌》之篇，不足繹其志，而想見其人也哉！

夫子之相業彪炳於當世，自非一詩所能盡。余小子之窺見一班，亦若是則已矣。若夫格律之精嚴，意旨之渾厚，遣辭押韻之典確，詩家之能事，亦既決其藩籬，而入其閫奥矣。又豈徒雕蟲篆刻，矜妍於句字之微，足以比長而較力也哉！

錢塘門弟子王嗣槐拜撰。

【注】

〔一〕《桂山堂文選》卷一題作《佳山堂詩集序》。

序〔一〕

陳維崧

命巂分官以後，肇始篇章；斷鰲立極而還，權輿述作。姚廷吁咈，半皋夔渾噩之音；姬代升歌，多旦奭春容之製。揲蓍繫《象》，理本元公；緝雅稱《詩》，義緣上相。莫不仰規天漢，俯察華虫，舒慘協乎陰陽，清濁調乎律呂。麟麟炳炳，喬喬皇皇，文字之興，由來尚矣。

且夫言以旌心，文原載道，若使情弗篤乎君王，志不存乎民物。色工朱紫，徒成藻繢之容；韻合宮商，未便克諧之奏。縱復博綜正變，雜撰高深，審音者例之自《鄶》無譏，觀禮者歎爲既灌而往。蓋自昔興文，要於養氣；從來立德，方許著書。辭須能達，此言啚自宣尼；思貴無邪，其說原於魯頌（一）。必膏深而光沃，斯理沛而詞昌。往說雖多，斯言不易。

我夫子益都相國馮公，光嶽分靈，穆明一德。樞機密勿，龍馬佐其苞符；參贊經綸，日月資其糺縵。孕灝博兩間之氣，有而不尸；滙汪洋百谷之墟，積而彌讓。亳都負俎，躬調五味之鹽梅；元子徂東，手補千章之衮繡。番番格人之貌，泱泱大國之風。於是暉映三才，發皇萬有。龍文扛鼎，噌吰鞺鞳之聲；鴻筆摩空，拏攫連蜷之狀。周情孔思，杼軸吟謠；夏鼎商盤，雕鑱籀篆。卿雲之麗碧落，卷舒本出無心；大海之生紫瀾，浩蕩仍歸何有？若乃九霄退食，三殿書思，蒿目時艱，盡懷國是。嘆密雲之不雨，望切虹霓；慨洚水之懷山，憂深昏墊。碧雞乍梗，嗟戍卒之仳離；金馬旋開，感征夫之況瘁。年年下瀨，樓船則楊僕遲歸；歲歲橫江，澤國則盧循尚在。以致星飛紫孛，屢聞宵旰之朝；甚而地坼黃輿，偏警殷憂之聖。戀殷魏闕，思謝政以奚從；念結蒼生，欲引年而未可。謂予不信，爰作歌以告哀；問我何求，用賦詩而見志。老臣納牖，語必纏綿；元老匡時，言皆忠愛。絕少憑虛之論，原非漫興之言。

然而秋盈綠野，時致門生；春到黃扉，恒招屬吏。或飛觴而命酒，每授簡以摛文。偏師一奮，砰鍧喧八月之濤；險韻重拈，撇捩激萬鈞之弩。行間光怪，盤硬筆以橫飛；楮上騰掀，蘸渴毫而突起。客嘲賓戲，亦莊亦諧；西竺南華，半仙半佛。此則語多寄託，仍爲有謂而然；義屬興觀，詎是無因而作？陶融元氣，終難越其範圍；籠蓋羣倫，鮮能窺其涯涘也。

崧以菲材，獲承隆眄。道旁苦李，過蒙匠石之知；爨下焦桐，謬荷鍾期之聽。雕斲宰我，鑄愧顔回。猥於鑽仰之餘，得與校讐之役。於是剖厥紛繁，釐其前後。同西園之子弟，商訂魯魚；偕東閣之生徒，整齊亥豕。懸之通國，副在名山。極知卑不頌尊，愚難知聖。敢矜莛叩，思擬議夫淵深；逞恣管窺，冀稱揚夫高厚。祇以一堂請益，數載從遊，略綴輯夫俚言，敬敷陳乎末簡。竊比卜商握管，弁《毛詩》之首；粗同安國濡毫，序《書傳》之前云爾。

陽羡受業門人陳維崧撰。

【校】

〔一〕魯頌：底本作『在駉』，據《湖海樓全集》本改。

【注】

〔一〕清康熙間患立堂刻本《湖海樓全集》題作《佳山堂詩集序》。

序

陳玉璂

嘗慨天下之無詩也久矣，非無詩也，無真詩也。詩之所以不真者，由無真性情故爾。《三百篇》，學士大夫以至征夫思婦莫不工詩，其性情真也。後世徒求之語言文字，較聲律，辨體裁，若倣漢魏，若倣初盛唐，倣愈似而性情愈漓，譬之附塗而粉澤之，施以藻繪，則何益之有哉！雖然，性情而焉有不真者？自人故爲真性情之詩，而真失之矣。夫喜而笑、悲而哀者，真性情也。不喜而笑，不悲而哀，非真矣。即宜喜而非誠然之喜，宜悲而非誠然之悲，與優伶顰笑何異？嗟乎！山有朽壤必崩，棟樑有朽木必壞，凡物無真氣行乎其間，鮮有不敗者，非獨詩爲然也。

丁巳春，玉璂入都謁夫子，出示《佳山堂稿》，反復吟誦，歎曰：『此所謂真性情之詩乎？』愚又謂上古之詩，專求之性情而已工，後世之詩，必參之以學問。蓋上古民風沕穆，性情不期真而自真，後世淳澆相雜，非深研於學問之間，則隱微之際，亦有難言者。故曰：『發乎情，止乎禮義。』禮義何由而止，微學問不爲功，斷斷然也。

夫子博學好問，於古人書無不窺，政府之暇，手一編不輟。夫以夫子之詩專求之性情已工，況又益之學問如此，故淵乎莫測其端，浩乎莫窮其涯際，其所以合於《三百篇》之故，即作者亦不自知也。昔李百藥與文中子論詩，剛柔清濁畢究，而文中子不答。薛收曰：『吾聞夫子言詩，上明三綱，下達五常，於以徵存亡，辨得失。今子之言是夫子所病也。』由是知凡詩無關於倫常政教，祇以風雲月露、諧聲叶韻爲工者，即性情果真，亦無足取。

今觀《佳山》一集，大率皆忠君愛國之言，至如詠史述懷諸作，靡不寄託深遠，有裨風化。故今日海内蒸蒸向風，交頌以爲本朝文教在是者，此集之功，詎不大哉？吁！孔子作《春秋》，非游、夏之徒所能贊，小子亦何能贊一詞？緣奉命爲序，故識之末簡，以自比於薛氏之述其師，而他何知焉。

常州門下士陳玉璂謹撰。

讀佳山堂詩集

馮源濟

世際文明會，人宗禮樂鄉。經綸敷化澤，干羽靖欃槍。大業鏤金版，鴻文貯錦囊。退思垂典則，托意在篇章。旭日三槐閣，春風萬柳堂。龍門桃李盛，珠樹蕙蘭香。佳致雲成綺，幽懷月入塘。山川供嘯詠，喜起載賡颺。玉骨澄秋水，金聲叶鳳凰。淵涵收八代，風度軼三唐。逸韻規時陋，雄才見大方。筆酣魚藻麗，思靜海天長。嶽氣騰文苑，星精遜夜郎。一時追雅頌（一），千載式圭璋。不作驚人句，偏多照乘光。開函皆燦爛（二），觸目盡汪洋。雨潤羣芳豔，天空萬鳥翔。幾人扶大雅，此日識深藏。擊節心忘倦，篝燈夜未央。高深何可極，仰止意茫茫。

弟源濟拜書。

【校】

（一）追：底本衍一『追』字。兹删。

（二）開：底本無，據文義補。

佳山堂詩集卷一

樂府

明堂篇

禮樂被八荒，天子坐明堂。東封長白山，南諭交趾王。懷柔遍北極，渥洼入西涼。直諫四門闢，璽書徵賢良。漸陸無逸羽，乞言羅酒漿。騷人賦兩都，國體重柏梁。慨焉念前代，嶽猷未舉揚。弘文開紫禁，詞苑列三長。鳳凰聲噦噦，梧桐發高崗。明詔下列郡，逸書毋得藏。盡出石渠祕，琬琰陳兩廂。將以深鑒戒，豈止重文章。赤管賜近臣，龍賓啟芬芳。闡幽述盛烈，直筆忠佞詳。大哉綸綍宣，此舉實輝煌。班馬詎足匹，千秋揚耿光。勿以私害義，斯民念否臧。大典副誠難，奉命宜恐皇。

白日行

白日照空谷，寒風折舊枝。行旅半藏匿，跨馬邊州兒。一解。
邊州紛虎豹，儦儦三五連。倉猝兩相遇，抽箭正當弦。二解。
當弦意氣殊，釋弓入酒壚。叱咤絕恆態，不讀一行書。三解。
讀書何區區，盈盈府中趨。隱隱張公子，娟娟明月珠。四解。
明珠出遠邸，陸離彩無比。婉轉一朝間，入君懷袖裏。五解。
懷袖豈久長，棄擲少輝光。君心不可料，賤妾淚成行。六解。
淚下誰復聞，役使苦紛紜。主人索我履，小姑索我裙。七解。
裙成不上要，履成不作根。君看束縛去，疇能不斷魂。八解。

扶南曲歌詞八首

美人正華年，朱樓大道邊。風來吹衣袖，香落疑九天。日暮鳴箏坐，含情私自憐。
郎騎桃花馬，妾著石榴裙。繡陌香吹雨，巫山岫貯雲。簫聲雙引鳳，一氣不能分。
面繡雙鴛鴦，背繡回文字。爲郎裁作襦，出入芬懷次。願郎反覆看，露出思君意。

羨君貴爲郎，出入有輝光。珥筆趨金殿，題詩下建章。朝回一並坐，尚帶御爐香。

蔦蘿附松柏，纏綿竟忘形。君非三春草，妾非九秋螢。雨露無偏滋，根下孕茯苓。

皓齒揚清歌，綠珠未足多。晚風動銀蒜，雙持金叵羅。曼聲知曲變，倚玉兩相和。

明珠玉搔頭，玲瓏雙鳳銜。髮膩釵復滑，侍婢捲珠簾。步步煩郎顧，相隨笑道鹽。

京兆風流慣，深閨擅畫眉。妝成每閒坐，徙倚待郎歸。章臺多巧笑，莫令頻搴帷。

登高丘而望遠海

登高丘，望遠海。浩瀚廓無垠，波濤接崔嵬。扶桑不可攀，瑤華若爲采。尾閭瀉渺茫，盈虛閟光彩。橐籥或至微，吾欲問真宰。顧念道里遙，歲月倏已改。邁征豈不力，常虞集尤悔。黽勉繼前修，佩紛以蘭茝。鳳飢不妄食，鵬運奚所待。望古期遙集，堅貞得爽塏。鄙哉博望查，庸愚互相紿。七襄虛跂次，支機果安在。所以釣瀨人，孤往如不逮。客星亦尋常，小舟自欸乃。

公無渡河二首 有敘

夢中有人投予《公無渡河行》二首，復有一人據案改削，亦未詳其爲何許人。醒而錄其一，次首不復記憶，因援筆足之。

公無渡河，公竟渡河。鼋鼉得人如猛虎。魚鰲跳舞，怒濤如山暗銀浦，金支翠羽在何許？我歌捉搦歌，微月墜滄波。公無渡河，公竟渡河。

其二

公無渡河，洪波浩淼。日月傾仄，巨艦雖高敵不得。鰲魚之腹横千里，白骨如山貪未已。回車頓轡樂田谿，卑棲覷時如伏雞。人生榮枯安可齊，昆吾雖云利，慎莫恃剸犀。

戰城南

戰城南，短兵接，血流没髀氣不慴。盤龍刀缺矢集面，目眥裂盡光如電。夙矢忠義報君恩，馬革有無何足論。人拾斷羽將軍字，鳶啄遺骸烈士魂。日光暗兮黑雲合，雨色淒淒風蕭颯。舊時部曲半存亡，馬嘶丹旐猶蹴蹋。元戎不動屹如山，六博高歌意氣閒。雙鬢醉擁封侯骨，待畫麒麟奏凱還。

從軍行五首

從軍有苦樂，仲宣陳其辭。僭竊尚如此，況乃王者師。大將奉天威，偏裨亦光輝。建功萬里外，仗節錦衣歸。詎意賊負險，三年缺斧斨。城上雖烏啼，疆圉亦已荒。芻粟輸吳越，道路阻且長。衣裳不暇製，銜枚仍戎行。我兵勇戰鬬，狡賊工匿藏。鯨窟幾時盡，潸焉心悲傷。

其二

丈夫志封侯，吳鈎不去身。結束事戎馬，英氣冠群倫。每戰必殲敵，論功後兩甄。不仁不可爲，匪義曷由取。婉辭謝衆人，歸以報明主。

其三

羣醜非我敵，望纛先潰遁。謀猷貴式固，勿徒爭尺寸。冒進慚豕突，糜餉愧賈販。利或貪得亡，兵以婦人鈍。主者未嗔喝，位卑何敢論。

其四

兵以毒天下，天子聖且仁。臨軒諄告誡，痌瘝實切身。吾徒備武略，慈惠衆所親。君看軍中舞，劍氣動若神。電光盤旋合，寒風震四鄰。妙在不傷物，舞罷四座春。此中有至理，爾我常書紳。

其五

滇黔抗我師，鴟張勢自削。不煩羆虎力，行見兇徒縛。我歸未云久，永有室家樂。人情大抵同，伍員入楚宮。忿師兵不戢，遂失霸王風。《杕杜》詩有作，君王賞不薄。試觀將帥臣，幾人畫麟閣。

長干行

生長長干里，不識長干路。婉孌嫁夫壻，仍是對門住。少小相攜手，今日别離久。芳草有時歇，君行音書絕。欲問羞向人，含淒對明月。

短歌行

君不見秦時渭水魚大上，輕車重馬皆東向。黔首苦戰爭，貴賤增惆悵。煩苛法令細如毛，狐書鴻鵠志尤豪。十日大索不可得，領徒復見亭長逃。之罘小篆縱如故，烟霞功德兩俱誤。貪説蓬萊日月長，倏忽畧杙已南傃。

其二

君不見劉表遊讌呼鷹臺，亦是平世三公才。顧廚已盡何足問，英雄割據且徘徊。鹿門識龍鳳，風雲向誰開。千里須騏驥，詎云駕駑駘。荊州沃野天下少，江東諸子殊草草。赤壁一炬未足奇，欲話兵機吾已老。

行路難三首

長安豪貴起大屋，日食萬錢苦未足。洛陽年少來上書，旁觀笑破絳灌腹。昔日信陵謀孔艱，車騎喧闐老抱關。太史猶記東門裏，過者徘徊不忍還。嗚呼！躡屩擔簦日三喟，人生報恩會有地。

其二

少年結交意氣豪，杯酒歡娛贈寶刀。出門一笑輕其曹，銘鐘鑄鼎等鴻毛。白日晻曖不相待，霜刃繡澀沉光彩。無復伏波銅柱動，空愁薏苡飛書在。嗚呼！茫茫塵氛無要津，棄繻破浪屬何人。

其三

紉蘭不耐久，摩刃空傷手。樹鍛既不堪，犢鼻亦可醜。丈夫懸弧志四方，焉能跼蹐徒俯首。脂車秣馬越太行，自信險阻無掣肘。我車脱幅，我馬卒瘏。前有虺蛇，後有猛虎。將伯無助，困於林莽。咄嗟歌白石，慷慨問青旻。孰知坎壈蓬蒿士，亦有當年稷契臣。

湘妃怨

渺渺洞庭水，雲霧遞隱見。不聞帝子來，愁絕鸞車宴。蘭蕙杳難求，虚傳杜若洲。木落湘痕淺，斑深竹影秋。魚龍徙窟宅，月明汀沙白。烽火逆浪過，搴芳斷行跡。蘭橈何時集，淒以鮫人泣。瑟罷不須彈，日暮烟波立。

棄婦詞

君看花作葉，莫看葉作花。花作葉，妾意藏深篋。葉作花，君情委泥沙。

荷鉏行

荷鉏往田，虎抉其藩。食人不可禁，兩子備一餐。婦驚匿土塋，顔色槁如木。出者幸得全，歸來已成獨。

其二

日午如燎，我鎛伊趙。望饁不來，俾我心擾。薄言往迎，筐筥在途。粗糲半傾，傍有啼烏。啟戶闃無人，淚下肝腸摧。傳説誰家婦，不上歌姬臺。頸血一以濺，閭里共悲哀。

枯魚過河泣

尾赬日已久，行役無休息。愧不爲鮫人，淚下猶堪織。

其二

腹内不得食，一居誰復假。遠徙恐棄捐，尚有垂釣者。

子夜四時歌四首

歡去方浴蠶，繅車聲齒齒。遺繭化爲蛾，生子已滿紙。

其二

采荷挹荷露，清氣香如許。悵望不見人，與荷相爾汝。

其三

舟人半夜起，共言秋水長。誰家歡新到，門前正停槳。

其四

薰籠薰我襦，薰籠薰我襪。薰籠薰我衾，臥處如霜月。

興元行

興元復，巴山好作屋。好作屋，多貯粟。誰家蕩子去從軍，不肯食粟食人肉。

烏生八九子

烏生八九子，晝夜啼相呼。常虞禍患至，不克保其雛。毛羽幸長成，暇豫乃吾吾。樂極悲斯生，突與鷹隼俱。饕餮其恆性，攫取恣腹腴。老烏救不得，兀坐終集枯。

隔谷歌二首

白日荒荒夜未央，姦人賣我去遠方。無衣無食摧肝腸。豈無親故？難以告哀。救我來，救我來。

其二

兄體肥壯，弟瘦露骨。病臥道旁，白日西沒。呼兄不見，氣細如髮。

定武功

皇帝十三載，賊臣亂紀綱。鞭長覬不及，狡焉思啟疆。廟算赫斯怒，下令飭戎行。將軍從天降，樓船奮鷹揚。戈甲蔽原野，金鼓震瀟湘。天道原助順，妖星遠掩芒。其眾鳥獸散，崩角遠相望。湯網開三面，堯仁宥一方。爰命偏師，搗彼益梁。殲厥渠魁，資我軍糧。王者無戰，天威莫當。閩海清兮兩粵平，金馬碧雞，冥頑弗靈。六師奮武，入其中扃。縛取遺孽，獻俘以懲。六合無塵，皇心克寧。念生民之塗炭，憫禁旅之遠征。慎選賢良，撫綏生成。五大不在邊，五細不在庭。相彼雨雪，先集維霰。覽古準今，可爲永鑒。

采蓮曲

女伴相招邀，横塘采蓮子。蕩舟深浦去，鴛鴦雙飛起。懷抱自回紆，低頭拂繡履。忘卻所持荷，纈解墮寒水。同伴攜抱歸，素手弄晴暉。露下霑襟袂，日暮心轉微。

搗衣曲

白露滴金盤，念彼征夫寒。抱縑下堦砌，力怯倚闌干。拂砧舉素腕，遥望銀河爛。豈是支機石，相思歲已晏。搗衣不停手，肝腸斷已久。掩淚捲衣去，夢魂聽刁斗。

獨漉篇

獨漉獨漉，蘭生空谷。王者之香，豈羨華屋。丈夫遠期，白日西馳。功業不建，疇則問之。太行匪險，笑言是檢。我實寡術，不能自貶。佐饔者嘗，佐鬬者傷。桃李成蹊，不言自芳。蜂毒莫莽，虎尾莫履。鑒於未形，而況哆侈。朝露易晞，刈葵傷根。俟其自化，與爲無垠。攫金於市，衆皆云可。我爲犨麑，其禍則那。太丘道廣，羣情所安。言葆其素，思我故歡。

君馬黄

君馬黄，臣馬驪，與君縱轡夾道馳。臣以下駟，當君上駟，一輸兩贏那得知。馳馬當御道，取金兩襠垂。旁睨者誰子，騎奴鞭莫遲。歸去入新宫，衆雌羅一雄。君王有敕旨，猶在夢魂中。

將進酒

將進酒，樂復作。皇帝千秋萬萬歲，天地清寧，雨暘時若。綿綿瓜瓞，百世本支。非其種者，鋤而去之。禎符臻，萬寶成。朝無佞諛，雕鑿來庭。聖人戒慎如履冰，迺歌《伐木》詠《鹿鳴》。嘉賓燕衎，神聽和平。荒裔始知有日月，閭閻始樂有父兄。翠葆繽紛兮鷺羽下，擊鼓坎坎兮《肆夏》，觥籌交錯兮奠斝。工歌《既醉》兮卜夜，合坐兮促卮。聲容盛兮令名垂，臣拜稽首兮戩穀。以天下之樂爲樂兮樂無涯，倒載干戈兮蒙之以虎皮。

仙人好樓居

滄溟湧三山，鬱鬱遥相望。雲端聳傑構，珊瑚高十丈。飄渺鸞鳳舞，去天真尺五。日月互吐吞，蛟龍蟠柱礎。白玉爲門闕，珠光鑑毫髮。仙人時過從，游戲忘歲月。我來尋赤松，適遇安期生。飲我以瓊漿，邀我遊赤城。笙鏞正迭奏，天樂忽中停。上帝有敕旨，飢餓憫頑冥。無食至仳離，父子各東西。骨肉委虎豹，含淒不敢啼。雉罹於兔網，李樹代桃僵。葛藟不庇根，蓬飛無定鄉。紫府多曠逸，功罪炳如日。痌瘝與世隔，豈能免罰黜。

燕歌行

寒露降，木葉稀。白日曀，失光輝。念子阻河梁，涕下沾裳衣。灼灼黄金，豔豔歌舞。銅雀臺，西陵土。鴛鴦七十舊成行，滹沱冰結多豺虎。

讀史十四首

文終秩，酇君述，乃第一。刀筆不越，依光日月。前有鮑生，後有邵平。再納客說，不言姓名。吁嗟噫嘻，奚其貞！

其二

壯士重然諾，季布良不愧。曹丘非長者，乃得行其智。其中實好名，金錢爲彼利。悠悠千載下，達人識所棄。

其三

陸生使越越王喜，著爲《新語》稱上旨。退既晦跡，好畤乃宅。子爲主人我爲客，絳侯與我戲，何不交太尉？曲逆更爲食飲費。漢庭公卿數稱賢，雖非曹丘生，良亦顧金錢。

其四

勃安劉，濞亂劉，二者何悠悠。知人者帝誠哉周。楚歌復楚舞，百歲終棄汝。周昌貴彊空復然，美人作彘淚如雨。

其五

參相齊，善黃老。蓋公既舍，獄市不擾。賓客言事得醇酒，後園歌呼吏何有？窋歸欲諫丞相嗔，天子安用欽四鄰？惜哉孝惠乃不振。

其六

通小臣，戲殿上。天子親爲謝丞相。臣節存，絕私門。絕私門，朝廷尊。功名著否真帝恩。

其七

魏其失勢灌夫遊，引繩披根多所尤。賓客聚散亦偶然，武安已貴復好田。斗酒爭席不相下，斬頭陷胸何爲者。醉人容可誤，將軍不宜故，丞相車茵莫妄吐。

其八

齊人初治《詩》，守經義不辱。既無城旦書，如何仰高禄。天子方右文，平津乃側目。剌臯雖倖免，白首空碌碌。

其九

張季久宦不得調，遷爲廷尉數違詔。持議雖平何其憂，王生計免已白頭。廷會結襪不爲恥，身老淮南徒爾爾，嗚呼子摯乃不仕。

其十

雖有親父，安知不爲虎。斯言悖亂不忍道，豐芑燕詒足千古。天子有詔臨江祖，軸折車廢父老苦。酷吏殘賊莫與伍，春風慘澹燕飛舞，後人惟説墳上土。

其十一

仙可睹，方士侮，將軍已封更尚主。羽衣白茅視不臣，西京樓觀今可數。君不見相如文章本絕倫，恨不同時好自真，枚皋作賦乃不嗔。

其十二

將軍日以封，漢馬日以少。驃騎方蹋鞠，士飢竟不曉。意氣發舒本天幸，詎曰孫吳方矯矯。尊貴舊出馬前奴，少兒未嫁先有夫。天子用人乃不次，輪臺悔後功有無。

其十三

長沙傅，膠西傅，陰陽鬼神兩俱誤。經術只合老王門，金馬待詔多詞賦。枚皋俳，方朔優，君王一笑一回頭。天道反覆何由定，東閣甫開賓客盛。

其十四

更生鑄黃金，其言竟不售。校書感太乙，忠鯁託封奏。歆既善辭，乃爲國師。君不見子雲閣，成都賣卜相酬酢，多識奇字終爲錯。

樂府補遺

捉搦歌

女兒十五嫁與郎，羅襦滿桁鞋滿箱。孃來喚女女不去，誰能作婦兩頭忙。

其二

鵲巢庭樹巔，雄來就雌眠。男兒在家坐地賈，女學河間工數錢。

其三

婉轉憐夫壻，不知別離苦。一旦軍符下公府，牽衣頓足淚成雨。

其四

舂黃粱，作軍糧，縫衣補綻摧肝腸。隻身徘徊泣空房，一呼夫壻兩呼孃。

擬豔歌行

華堂擊鼓復吹竽，烹羊宰牛親戚俱。尚書侍中曳珠履，寶馬香車錦繡襦。芬芳溢路人所羨，華燈九枝重開宴。門外天風不知寒，侍史微覺零如霰。須臾雪凍銀床冷，烹茶猶自挽素綆。雞鳴天曙雪花霽，曈曈日照金屏影。

其二

今日宴樂千黃金，銅盤銀燭夜沉沉。美人起舞揚清音，移商換羽感人心。金爐火熾瑪瑙紅，珍珠葡萄酒不同。沍寒滿座生春風，貂褕解擲暖融融。樂極悲生歲月徂，街頭遥指執金吾。桃李蹊中人不度，星河愁聽夜啼烏。

佳山堂詩集卷二

五言古詩

雜詠二十首

天地日開闢，蒙翳跡屢掃。霜風隕籜去，燧政改火早。神化槖籥微，乾坤不終老。聖賢間迭興，與世期濯澡。於變既帝德，革除亦王造。質文代所尚，刑辟警天討。浮囂剷務盡，其本不可夭。《誓》《誥》嚴金石，精意循穹昊。保殘守缺士，措置勿顛倒。

其二

山川信佳麗，公子歌來遊。好鳥鳴我前，微風清且柔。巖谷錦繡錯，林薄疏長流。撫景相徘徊，因之論前修。三五際輓近，英傑輔皇猷。王道無黨偏，深懷黎庶憂。資豈乏聖哲，吐握越恆儔。治忽如列眉，炳鑒垂千秋。諄復詠斯義，庶以資綢繆。

其三

蜉蝣炫美羽，苕華呈鮮顔。經營務久遠，安論眉睫間。華實不相副，無乃鄰愚頑。哲士秉道義，矩矱循前賢。期殿邦家基，鞏以黄牛堅。秩秩郊廟謨，大猷如經天。小物稱克勤，煩苛永棄蠲。手口亶卒瘏，乃以卜其年。

其四

朱樓俯廣陌，窈窕綺疏異。美人甫二八，一笑萬寶值。夫壻正貴盛，歡讌寡戚慮。灼灼桃李花，陽春復培植。逞豔傲松柏，賢愚同一喟。君子守固窮，無爲時勢猝。造化妙回斡，孤榦慎自閟。霜雪滯泥塗，柔脆隔遠致。德業規久大，浮薄昔委置。

其五

歲運微燠寒，如土辨沃埆。躔次有常度，則壤亦成格。律吕聽軒皇，璿璣晰差忒。洪範責在人，恪恭審朝夕。刑賞本忠厚，厥惟攸好德。寵綏曰助帝，民依即馨食。如水注方圓，因器以爲則。如影取短長，詎照與形隔。舒徐布元化，競業去蟊賊。執極納軌物，過曆鮮終迫。

其六

淳樸日以薄，囂競益滋蔓。探丸如兒劇，怒目鬭魁健。扞網不可禁，往往煩司憲。孝弟虧本根，媢睦誰能遜。治理所關鉅，俗吏計稗販。禮義一汩沒，併令良莠溷。督責非不嚴，何能進尺寸。四維固其藩，好惡循侗愿。愚賤懷天良，轉移責操券。善惡詎恆性，反掌如瓴建。勿徒較錙銖，因之忽崇論。

其七

虞舜揮五弦，薰風日在御。盛世理菑畬，咨茹每戒豫。《豳風》遡王業，《月令》詳考據。爲繹損益爻，補助普仁恕。漢詔歲首下，寬租動宸慮。良以民力艱，細籌婦子飫。沴氣乘木金，閭里鮮迫遽。介止髦士烝，阡陌羽旄翥。儲蓄無善謀，罶內三星曙。

其八

奉若考說命，干戈省惟謹。抑戒首威儀，戎兵遏蠻蠢。鑿兇毒天下，仁者詎能忍？君德視吊伐，威愛適其準。謀猷貴式固，震疊無域畛。莫以玉石焚，因之盡齠齔。鬼方三年憊，遲留懼滋疢。

其九

有國患土滿，云棄自然利。惰農不服耜，餘夫滿天地。贅聚仰縣官，斯爲治理累。民數上天府，穀數所由備。王者晰其原，拜受恆深惴。無男何以耕，無婦饁斯匱。鵲巢有鳩居，暴骨莽如寄。孑遺一二還，迫值察荒吏。熟田委蔓草，磽确增新税。包賠避敲朴，走險亦心悸。死亡能幾存，嗸嗸待攸曁。

其十

大禹勤九州，無間德惟儉。《葛覃》首王化，污澣煩親檢。露臺惜産廢，衣綈絕欣厭。深念本計裕，不爲侈靡漸。樽節即生成，豈徒自損貶。詎謂力不給，瀸澤亦已湛。菲薄自躬矢，樂利鮮坎險。植國如植木，滋溉勿遽斬。朘削寡餘恩，實乃光輝掩。哲后鑒在微，謹度慎無濫。

其十一

乾坤有定位，尊卑燦以陳。五禮曰天秩，綱肅紀亦振。冠裳凜式序，愚賤安等倫。虞芮質成日，心折讓路人。囂陵日以化，軌物納陶鈞。奏假初無言，不怒而民馴。威匪示鈇鉞，禮亦已强臣。少長無乖次，兵氣遂懾鄰。範圍有矩矱，率履悉遵循。六逆不可訓，淵默念風淳。

其十二

古帝仁天下，往往慎舉措。斯民三代直，好惡秉其素。風聲示標準，趨尚無錯誤。任專代天工，當宁切倚注。萋菲不得入，道行資調護。漢治際渾淆，浮議起黨錮。范滂非俗吏，澄清失故步。

其十三

漢代重循良，其道乃近古。璽書勤褒賞，或以陟公府。功名損治郡，獎勸亦已普。卓茂尤老病，特與功臣伍。跡其仕莽時，輿論何比數。我度長厚人，卑屈匪華膴。惟帝念舊德，帶礪錫茅土。況爲召公棠，況爲郇伯雨。窮餓有塵甑，貪墨較熟釜。所用非所重，何以絕乳虎。慈惠良亦難，勿爲縱尋斧。姓字書御屏，往往見莽鹵。安用赫赫名，去思憶何武。

其十四

典謨史之始，其言一何質。渾噩不可見，光華耀出日。姬籙繼二代，郁郁聿難匹。經緯天地間，後哲遞祖述。煌煌制作大，黼黻隆帝室。鐘鼓開愚蒙，爛漫卿雲矞。流失昧其原，鬱爲尼山筆。文章運會繫，詎徒飾篇帙。

其十五

至治貴清靜，異物非所寶。《旅獒》著召誡，聖哲防微早。良以嗜慾濬，遐邇得自保。淫巧與奇技，如油漬素縞。治理絕纖瑕，屏棄跡如掃。菽粟及金玉，貴賤無顛倒。黎庶安耕鑿，馨香答穹昊。瑤室繪龍鳳，視之等萍藻。深觀古今轍，君德資稽討。松雲生棟牖，塗墍何草草。

其十六

汲黯重漢廷，初時亦入貲。賢者志致主，挾持匪等夷。慷慨存匡正，戇直無詭詞。諸侯銷逆謀，屹然山嶽姿。擊蒙振落者，碌碌亦奚爲。奈何後世人，賢愚遂渾施。懲貪法不嚴，人各營其私。即墨不得烹，慶封仍復恣。去就如取攜，展轉朘民脂。對此三嘆息，吏治污清時。因尋漢帝紀，濫觴良在兹。

其十七

昔人陳《無逸》，懷保實所先。漢詔當春下，詎知非豐年。先憂在廟堂，瘠壞亦沃田。天道視君心，風氣日回旋。艱難念畎畝，競業達陌阡。五月鳴蜩際，荷鋤火欲然。滌場在十月，玉粒薦瓊筵。從此辨豐歉，補助賴旬宣。苟昧月令義，奉職愧前賢。誣罔頌《大有》，千秋史册傳。

其十八

朝上泰山巔，遥望九州色。黄鵠凌紫烟，青松覆白石。巋然秦時碑，杳無仙人跡。豈以靈氣薄，恍疑雲霧隔。學道重師資，夾輔亦云亟。文王稱至聖，尚藉四友力。茫茫宇宙間，英傑固難識。一德獲同心，金玉辨溶液。苟非灼見者，薰蕕懼染習。返思清其原，庶免浮囂入。聰明莫外形，静理貴守一。無以望道難，委靡安薄殖。

其十九

蓬萊水清淺，桑田行復變。麻姑髮下垂，遊戲已三見。何以搏挽力，溟渤獲清宴。此理誠至微，睿聖或獨擅。樞機在民風，懿德時更奠。黿龍呈嘉祥，懷柔速飛電。六合咸在宥，貝闕亦侯甸。水族幽暗苦，引領藉天眷。鞭石不足奇，奚爲波濤濺。性適無改移，竚俟澄於練。

其二十

宣子愛玉環，鄭卿嗤其鄙。令名實所難，黷貨奚足齒。謀國睦鄰封，端爲社稷倚。納賂羣望虛，具瞻疑叛始。丹臒半拂雲，笙鏞去天咫。窈窕閟房櫳，光鑑車流水。我行歷巖穴，乃見藜藿子。曳履歌金石，深悉安危指。豈是巢由賢，清風不可滓。就之聆緒論，嘯入烟霞裏。

送宋犢文同年南還五首〔一〕

朱夏茲已謝，涼飈拂微躬。采采菖蒲花，朝下明光宮。寄情手一編，不逢河上翁。盈虛難具陳，此道將終窮。

其二

天地浩無涯，吾心與之俱。俯仰觀物化，夢覺適蘧蘧。美人振霞佩，芙蓉委路隅。忽焉愴予懷，嘆息秋光徂。

其三

微雲倏已合，風雨侵櫓楣。中夜不能寐，索照讀爻辭。敬義豈不立，遑遑亦奚爲。吁嗟千載下，君子乃處暌。

其四

此曲非常音，陶令琴無弦。夙昔託微尚，竊亦以爲然。匪徒憂寡和，哲人意彌堅。豈有適俗韻，而以諧聖賢。

其五

黄鵠志寥廓，高舉千里翮。我有金石心，相期在疇昔。羽翼未能施，峥嶸歲空迫。仰視雲中翔，愧之雙頰赤。

【注】

〔一〕宋轅文：即宋徵輿（一六一八—一六六七），字轅文，又字直方，號佩月主人，華亭人。明末爲諸生，與陳子龍、李雯等倡幾社。清順治四年舉進士，歷刑部主事、員外郎、太常卿，遷左副都御史，轉福建學使。有《林屋文稿》、《林屋詩稿》等。（清張維屏《國朝詩人徵略初編》）

和高念東秋日遊城南見懷韻〔一〕

睡覺聞秋聲，晨起拭兩目。出門一遐眺，世故相紛逐。抱此徑寸心，經年祕幽獨。故人示我詩，清逾絲與竹。中言山色佳，秋光滿廣陸。酒酣藉草茵，清泉時在掬。遥見對弈者，欲觀重自卜。柯爛尋常事，牛馬有拘束。踟躕未能前，望中雙黄鵠。讀罷一軒渠，逢仙竟碌碌。

【注】

〔一〕高念東：即高珩（一六一二—一六九八），字蔥佩，號念東、紫霞道人，淄川人。明崇禎十六年（一六四三）進士，入清官至刑部侍郎。有《棲雲閣集》（王士禛《誥授通奉大夫刑部左侍郎念東高公神道碑銘》）。與馮溥交厚。

題丁野鶴夢遊天台圖卷〔一〕

神仙不可學，凡庸無仙骨。遥望安期舄，乃與烟濤沒。曠懷五嶽遊，婚嫁侵華髪。如何對衆盲，抵掌金銀闕。丁子負逸才，王侯絕干謁。豪氣隘溟渤，乘舟嘯海月。忽夢度赤城，風雲生屨韈。絕頂視九州，如海一漚發。縱筆圖所歷，芙蓉鬱蓬勃。中是真主人，對之歎超忽。我有玉拄杖，烟巒能排突。春日好同登，莫待眾芳歇。

【注】

〔一〕丁野鶴：即丁耀亢（一五九九—一六六九），字西生，號野鶴，別號紫陽道人、木雞道人，山東諸城人。有《丁野鶴遺稿》、《續金瓶梅》等（朱汝珍《詞林輯略》）。《四庫全書總目》謂其『少負儁才，中更變亂，栖遲羈旅，時多激楚之音。自入都以後，交遊漸廣，聲氣日盛，而性情之故亦日薄』。

題張識之同年新居二首〔一〕

曠懷無俗構，卜室含清素。僻巷屏雜氛，經復發其趣。清暉朝氣屬，窈窕歛烟霧。登堂縱遐矚，遠色隱城樹。周覽庭戶下，霽景澄鮮露。遲留睠回轉，曲折步屢誤。心幽人境寂，天高秋氣翥。微風逗綺窗，今古欣情愫。接論詎云遠，乘暇展良晤。

其二

幽眺苦戚慮，卜築帝城闉。啟扉懷曠邈，文質紛已陳。結構忘所自，但覺耳目新。位置各有宜，偃仰無一塵。翰墨發藻麗，几席亦精神。雙闕芙蓉逼，城陰赴近鄰。旭日媚檐楹，雲光耀華茵。適己欣所託，徜徉藴其真。常思聽曳履，不爲近星辰。

【注】

〔一〕張識之：即張弘俊（一六二二—一六六三），字識之，號及庵，順天府大興人。順治四年二甲進士，選庶吉士，授編修，出爲湖廣布政司參議、廣西按察副使，補太原道，至福建按察使（王熙《張觀察傳》）。

膝痛行五首用東坡先生韻辛亥除日作〔一〕

夏月毳帳臥，汗出如潑汁。入冬兩膝痛，醫云屬風濕。痛止既有時，欣然聊自得。浮生質本幻，微恙吾何急。已見身傴僂，寧憚步如鴨。有客饋我酒，洗盞發其冪。未睹潤下功，徒憎雙目赤。更聞紅鉛製，加以人乳白。入腹三日醉，頹放棄巾幘。健步有奇勳，足令三尸泣。老去血氣虧，誰能足無缺。機心幸勿用，百年一過客。不如歸去來，神曠期道集。

其二

衰病未能飲，偶一啜其汁。醉鄉亦云樂，胡爲似東濕。血虧賴潤滋，酥酪頗易得。入門稱飢疲，家人識緩急。點酥傾一盞，蒸瓠如蒸鴨。但覺放箸空，瓶罍仍重冪。兒童望我笑，枯顔何曾赤。早趨東華塵，逢人雙目白。騎馬踏層冰，俯仰畏墮幘。道路見牽累，飢寒婦子泣。災傷煩屢賑，天地有虧缺。人生樂故鄉，寧愛遠作客？慚愧曠官人，念之百憂集。

其三

今夏屬亢陽，草木槁無汁。老農日引領，不見郊原濕。二麥既已枯，一飽何由得？典賣耰鉏空，稱貸妻孥急。糟糠未敢饗，何況數鵝鴨。路逢熱死人，犬馬曾無羃。今日期明日，炎暑雲正赤。幸賴蠲賑活，入冬望三白。復畏北風寒，裹頭無破幘。華屋繁鼓吹，不聞窮簷泣。貴賤亦偶然，轉換如補缺。君看酬酢者，交互作主客。有餘莫狼戾，因果緣所集。

其四

河流未潰時，蟻穴如浸汁。防之不及豫，洶湧千里濕。念茲民力艱，茭薪未易得。古者君臣勞，《瓠子》歌何急。繞岸如鱗次，柴荊蓄鵝鴨。坐付澎湃中，滔天何遮羃。矧方憂旱荒，一望郊原赤。冥爾逢懷襄，雪浪排空白。茅屋壓泥沙，高亦水爲幘。吁嗟昏墊苦，魚鼈相對泣。金錢誠民膏，何能補其缺。逃亡幸猶存，傭身敢言客。成功會有待，勞勞哀鴻集。

其五

膝痛屬血枯，醫教食蜜汁。誠如方士言，何能祛其濕。不如姑置之，勿藥亦云得。我聞治病者，先診其緩急。春山如點黛，春波綠於鴨。放眼無拘檢，天地真帟羃。沿溪饒桃杏，方春蕊應赤。薔薇數丈强，往往間紅白。扶笻穿林麓，緩步岸輕幘。但覺三徑寬，寧憂二豎泣。羊求有清致，濁醪未云缺。

地主水石間，吾園吾亦客。余病此爲良，緩方慎莫集。

【注】

〔一〕辛亥除日：即康熙十年臘月三十日（公元一六七二年一月二十九日）。此組詩題名《膝痛行》，當非原題。唐夢賚有《雜興五首效馮易齋先生用東坡韻》（《阮亭選志壑堂詩》卷之一）亦步此韻，高珩《佳山堂集序》亦稱：『至其中……《雜詠》、《雜詩》並《雜興》……則又包絡宏深，寄托深遠』，則此組詩原題爲《雜興》。

秋日飲酒詩

秋色從西來，吾齋何蕭灑。涼颸拂襟袖，老眼作小楷。念此筋力微，自笑如童騃。山容淨遠眸，天清暑已解。重曝晏子裘，莫怪侏儒矮。高朋正滿座，樽空更須買。取樂少年同，頓忘吾體憊。況有吹簫人，取材谷之嶰。華燈宜高張，梁塵娟娟擺。不醉未云達，遑恤旁觀駭。試看戰士苦，甲披猶重鎧。

病起

病起一榻寂，高車過深巷。握手坐前軒，夕霞如披絳。笑指明朝晴，不見華渚虹。留客稍浮白，蚊蚋猶相撞。共譽孔光賢，微嫌汲黯戇。海宇尚未平，殷憂豈能降。飲酒但勿言，達人資腹脹。

偶與毛大可論韻學大可云休文四聲譜失傳久矣沿至唐宋間增改紛雜以訛襲訛學者無所考據今欲訂正之未暇也感而賦此〔一〕

休文譜四聲，倚席不肯講。望洋汎溟渤，猶如隔斷港。紛錯互是非，膠固持鷸蚌。學士循陋習，相將沒槁項。焉得巨靈手，爲我劈簫鉅。

【注】

〔一〕毛大可：即毛奇齡（一六二三—一七一六），原名甡，字大可，一字于一，號初晴，又以郡望稱西河，浙江蕭山人。康熙己未召試博學鴻詞，列二等，授翰林院檢討，充《明史》纂修官。精於史學、經學及音律（《清史列傳》）。『佳山堂六子』之一，與馮溥最稱交契。

憶熏冶泉〔一〕

我有千竿竹，留在熏冶潯。空庭古木合，烟雨蛟龍吟。巖光換朝夕，鳧雁恣浮沉。晴旭散綠猗，秀色潤煩襟。嘉遯此焉寂，簪紱勞寸心。

【注】

〔一〕熏冶泉：在臨朐冶源海浮山下。《水經注·巨洋水》：『巨洋水自朱虛北入臨朐縣，熏冶泉水注之。水出西溪，飛泉側瀨於窮坎之下。泉溪之上，源麓之側有一祠，目之爲冶泉祠……斯地蓋古冶官所在，故水取稱焉。』

送徐仲山南還仲山名咸清，浙之會稽人也，精字學，著有《資治文字》〔一〕

天涯已白露，猶爾折楊柳。激楚動商音，惜別況病叟。君識子雲字，不飲子雲酒。興來過我廬，枵腹恣所扣。膚受愧末學，訛音隨衆口。款啟滯習聞，享之類敝帚。君披二酉藏，考證窮真母。如星分舍次，燦陳無妄耦。如水有淄澠，易牙辨已久。乾坤得正聲，取材良非偶。暗室朗一燈，餘冊廢八九。奇情凌鮑庾，灑落謝升斗。白駒不可縶，如失左右手。秋色滿蒹葭，溯洄懷我友。勸君盡一觴，歸帆信風吼。願言各努力，相期在不朽。

【注】

〔一〕徐咸清（？—一六九〇）：字仲山，浙江上虞人。精通小學，博極墳典。妻商景徽稱仲商夫人，爲明吏部尚書商周祚女，與女徐昭華皆以才聞（毛奇齡《徵士徐君墓碑銘》）。康熙十八年召試博學鴻詞，罷歸，馮溥此詩即作於此時。

送韓元少侍講假歸〔一〕

化成觀人文，王者散樸略。鳳羽振九苞，光華擅卓犖。至治貴黼黻，聖德亦追琢。末學安卑近，衆喙爭咿喔。沿襲代滋變，風尚日紛濁。昌黎起其衰，羣峯如拱嶽。白頭有遺恨，詞場誰先覺。君才天挺秀，江漢爲灑濯。一鳴冠南宫，天子親拔擢。異幟不敢張，崇閎折其角。海内遂丕變，古今知揚搉。啟沃存納牖，稚圭望益倬。芳修表孤詣，淵靜遠謠諑。永言吾道昌，深思繼絶學。林壑莫久戀，廊廟虚雲幄。小詩送君行，東山資鼻捉。

【注】

〔一〕韓元少：即韓菼（一六三七—一七〇四），字元少，號慕廬，長洲人。康熙十二年狀元，授翰林院修撰，歷官贊善、侍講學士、禮部侍郎，官至禮部尚書。以文章名世，尤擅八股文。有《有懷堂文稿》、《有懷堂詩稿》等（《清史列傳》）。康熙十八年（一六七九），韓菼以侍講乞假歸，馮溥作此詩送之。

送吴玉隨侍讀假歸〔一〕

予病乞骸骨，仍爾綴三事。病中聞君行，喜慰重涕泗。秋氣逢蕭瑟，良友復予棄。老至易悲傷，别緒難委置。予室正飄搖，陰陽際乖異。鐘鼓駭爰居，地懸驚郤至。頽壓偶然活，乾坤猶昏閟。乍甦省前愆，灾變豈猝值。輪輓疲東南，流冗滿恆冀。中懷遂誠難，俯仰盡心悸。伊人水一方，吁嗟遠讟議。驪歌莫再陳，凄矣增憔悴。

【注】

〔一〕吴玉隨：即吴國對（一六一六—一六八〇），字玉隨，號默巖，全椒人。吴敬梓曾祖。順治十一年，馮溥任國子監祭酒，將吴國對拔置第一，本年鄉試中式。順治十五年，中探花，授編修，累遷侍讀（陳廷敬《翰林院侍讀吴默巖墓志銘》）。從詩中有關地震之描寫（康熙十八年七月廿八日京師地震），可知吴國對乞假歸在康熙十八年（一六七九）秋。

苦熱行

大暑來清風，如同百朋錫。東華軟塵内，拂面亦易失。赤日爭微陰，紛然衆走集。予亦策其馬，望署稍憩息。機務繁重地，飲冰一執筆。昏昧屢訛舛，舊例或粘壁。隕越豈偶然，天威儼咫尺。僚友幸協恭，改竄藉衆力。跼蹐默自愧，休致未易得。聖恩詎常貸，會見譴責及。退食下直廬，惕若何能釋。寓舍喜入門，未遑開卷帙。解衣付僮僕，澣濯汗厭浥。袒裼不可耐，吾廬復偪側。伏枕思愆尤，剝啄來熟客。人情大抵同，襤襶有何急。金石應銷爍，霖雨望涓滴。陰陽恆錯迕，黎庶憂傷迫。顰蹙無可言，但覺浹背濕。堅忍人所難，此是作官質。

又

上帝鞭火龍，下土厄毒炙。罡風四十里，迴與世塵隔。豐霳既不至，雨師亦惰僻。我欲呼問之，氣逆殫炎赫。皓月流清光，煩懣竟終夕。婦子相怨嗟，起臥不貼席。沴氣或時乘，耗斁鮮餘隙。解慍與阜財，二者空嘆息。更憐行役苦，暍死實狼藉。浮生等草木，災疫疇能惜。東南正用兵，芻糧貴精覈。運解有程限，遲緩畏罪謫。驛騎流星下，咄嗟千里發。馳突無停踠，鞭撻已見骨。積骸道路臭，人畜一溝瘠。祝融權太盛，定例無乃斁。禾黍盡枯焦，黎庶何由食。況復久戍人，金甲未解釋。絺綌如挾纊，私語亦嘍嘈。天子憂雲漢，藴隆居齋室。會見精誠達，霖雨沐皇極。

喜雨

藴隆日已久，生理費調劑。入夜雨忽來，清爽恍再世。不獨衣袂涼，頓失胸膈滯。枕席稍安貼，睡美神思憩。目昏熱頗增，晨起掃其翳。農事畏及秋，懷此桂珠惠。深宮切焦勞，政治恆審計。諭令各直陳，憂時祛蒙蔽。侍臣徒珥筆，皇衷有默契。事天不以文，循省務根柢。搦管期昭格，切實悉自製。捧讀罪己言，彌覺日星麗。致齋飭潔肅，雲氣遽連綴。不待鑾車戒，諸靈森拱衛。隔日清道塵，會睹甘霖繼。感召桴鼓捷，深思天人際。

示行善人偈

云何是福德，即非福德性。是性等虚空，了然泯動静。住相非布施，萬物各自正。天地本虚空，陰陽發妙用。曠然釋厥懷，無取亦無證。譬如一體中，手足生隱痛。治之而得安，詎得矜凡聖。譬如炎暑時，苗以雨爲命。高下悉沾溉，誰其尸感應。是法住法位，初學及二乘。竭力所思維，無以測谿徑。茫茫六合間，憑生如大夢。廣談不二門，維摩常在定。至理無窮極，悠然聆清磬。

紀異〔一〕

己未秋七月，廿八直官廨。震動起重淵，衰老適相邂。初聽蛟龍吼，水勢湧澎湃。復擬雷霆怒，擊物刀必夬。奔走爭一門，洶洶羣奪隘。帽脱鮮結纓，袒裼任衣衩。跬步暗前途，舉足迷所屆。造物胡不仁，或是天地噫。倉猝遘乖異，喘定神尤憊。戰慄色各變，相對不能話。招魂幸得活，傾壓分一界。豈是九河復，溝裂分多派。屋覆勢連雞，墻徹溷貴介。嗟哉土中人，狼藉如填債。上帝降鞠凶，下土横彫瘵。貧者束縛去，富室或歌薤。逆旅親戚絶，慘被蠅蚋嘬。皇仁真浩蕩，發帑賑頹壞。無主敕官瘞，丁寧勤告誡。小人復貪利，木石十倍賣。至今露處多，入室如畏蠆。席亦不易得，婦子衣裳絓。街頭燈火繁，團聚渾結砦。淒涼逢陰雨，鄭圖非所畫。灾祥昧其原，夫子不語怪。俗訛鰲極翻，吾將具十犗。

【注】

〔一〕康熙十八年（一六七九）七月二十八日，京師大地震。《清聖祖實録》卷八二：『（七月）庚申，京師地震……諭户部、工部：朕御極以來，孜孜求治……乃於本月二十八日巳時，地忽大震，變出非常，皆因朕躬不德……念京城内外軍民房屋多有傾倒，無力修葺，恐致失業。壓倒人口，不能棺殮，良可憫惻，作何加恩軫恤，速議以聞。』《康熙起居注》十八年七月：『二十八日庚申……巳時，地大震，京城倒壞城堞、衙署、民房，死傷人民甚衆。』此次地震多見於記載，如顧景星《白茅堂記》、毛奇齡《西河詩話》、釋大汕《離六堂記》等。馮溥作此詩後，毛奇齡作《康熙十七（當作八）年七月二十八日京師地震，大厭，朝廷下詔修省，群工怵惕。予以謹戒之餘，竊讀政府作續記一首和益都夫子韻》。

讀故相國孫文定公厚德録有感〔一〕

聖人無毀譽，廓然示大公。好惡仁天下，胞與袪私衷。細推造物心，來復乃融融。過曆羨姬年，麟趾開王風。刑賞本忠厚，湛恩實龐洪。慈母雖云怒，折躨惠在中。如何逮後世，深刻爲豪雄。商君稟天資，申韓辨益工。殺身不足惜，所嗟熒主聰。熊皮不上蟻，弱水絕浮萍。霜重鮮豐草，波澈游鱗窮。爲腹不爲目，顓愚返愿侗。薄言申此理，天工庶以崇。

【注】

〔一〕孫文定公：即孫廷銓（一六一三—一六七四），字伯度，又字介黄、次道、枚先等，號沚亭，青州顔神鎮（今山東博山）人。崇禎十二年與馮溥、高珩同舉於鄉。十三年成進士。入清後，歷官吏、户、兵三部尚書。康熙二年（一六六三）拜内祕書院大學士。卒謚文定。（馮溥《孫文定公墓志銘》）有《沚亭文集》、《沚亭詩集》、《顔山雜記》等。《厚德録》亦其著作之一種。

冬日飯雀

陰雲覆户牖，冬日常起晚。飢雀噪簷除，爭窺廚下飯。難遺一物微，拯濟意綣綣。天地值閉塞，物理遂屯蹇。吾分其有餘，於我初無損。詎足補缺陷，聊圖共安穩。因念流亢民，鄉里不得返。老幼呼道周，如登九折坂。捐棄未能活，吾床猶息偃。即此負鬼神，降罰豈云遠。浮生本無二，榮瘁分枯菀。錦繡圍廁墻，珠玉飾車幰。金彈驅飢雀，勿令滋聒混。天寒何處歸，啁啾伺上苑。不敢怨主人，偷眼視橐鞬。

冬至

淒風肅廣陌，嚴霜凋林坰。老樹深抱液，蟄蟲閟重扃。黃鐘吹葭灰，天地正沍冥。羣陰雖密固，孤陽已潛形。聖人有憂患，扶植意靡寧。閉關息商旅，占雲望歲靈。端居靜嗜慾，建中類獨醒。因知造物意，急欲返常經。來復方七日，陽德期建瓴。夬夬理無託，同心蘭自馨。層冰結厚地，苞芽乃淵渟。松柏表勁姿，崢嶸歲獨青。何如彙征吉，衆芳揚王庭。養微君子心，惕惕存典型。

雜詩二首

蘭蕕不同器，非云蕕不生。亭亭松柏姿，女蘿亦附榮。蜂尾雖辛螫，智者無弃迎。醉尉一怒呵，將軍意不平。登龍誠非易，千載悲東京。聖人不絶物，君子貴守貞。紛紜多變態，乘勢各縱橫。嗟哉楊白花，終化爲浮萍。

其二

絲亂貴能斷，馬惡貴有制。虎豹恣爪牙，其文不可棄。所以跅弛士，遺俗非爲累。臥内奪軍符，諸將倏易置。將軍壁大梁，以得劇孟利。王者闢四門，俊傑濟時匱。多用賈人子，誠爲兵家忌。踽踽魯兩生，咫尺何所暨。

孫樹百給諫以候補尚遲暫歸里門詩以送之〔一〕

古諫無專官，睿知恢闊達。抒忠非一途，芻蕘俎時越。盛衰有倚伏，治理隱毫末。直戇慮尤悔，智或尚囊括。朝廷闢四門，九列共裁奪。以此得昌言，忌諱蒙屏豁。子方少壯年，召杜聲已掇。鬱勃策治安，環堵久圭撮。人思賓帶橋，帝倚蒼龍闥。需次未得除，怛懷無咄咄。東山二月春，般水魚撥剌。濁酒呼良朋，鸞刀紛細割。絲竹聊可怡，塵務善擺脱。上書會有待，功業詎能遏。捉鼻恐不免，趨駕駒思秣。笑看遲暮人，曳履等疐跋。躊躇歸計拙，勞心每怛怛。故里咫尺間，相思頻蹙額。山中有薄田，豈乏裘與葛。

【注】

〔一〕孫樹百：即孫蕙（一六三二—一六八六），字樹百，號泰巖、笠山，淄川人。歷官寶應縣令、户科給事中，有《笠山詩選》。（《清史列傳》）孫蕙於康熙十五年擢户科給事中。

廣修篇

彈琴拂珠柱，仰窺帝清都。洪崖拍我肩，貽我白玉壺。瓊漿一入口，神骨與世殊。金晶飛我肘，紫霞腴我膚。雙龍盤前楹，虎豹守四隅。仙闕何巍峨，仙路何回紆。俯視塵世間，衆生一何愚。城郭千歲來，仍於華表呼。飢餓絶生理，況覬金液俱。飄然復遠去，不屑誨愕孤。真宰怒其隘，獨善非吾徒。罡風四十里，吹我下天衢。倏忽喪其寶，幸寬斧鉞誅。夙稟理無昧，默觀元氣符。衆生爲我心，我爲衆生軀。烹煉合自然，元始乃同途。因知大道要，匪爲一身圖。廣大擴其垠，胞與切來蘇。分别終凡骨，恥此一追呼。

亦園土山成四首〔一〕

爲山匪云高，幽壑虚窈窕。日麗成文章，抒懷攬衆妙。奇峯如自然，清景入遐眺。興起陟層巔，因之發長嘯。

其二

巢由不買山，而況復云假。混跡市朝内，遊神林壑下。肖像以事之，每來必奠斝。箕潁有新豐，莞爾銷長夏。

其三

新築土尚童，夏木不可栽。脱帽當赤日，安得松風來。虬枝相蔽虧，如登舞雩臺。明年多移植，務令絕纖埃。

其四

仲夏即炎蒸，絺綌亦已單。小亭俯綠水，蛙鳴恨在官。形拘神不曠，巒秀鳥足餐。安得御風去，八極恣羽翰。

【注】

〔一〕亦園：馮溥在京城東南廣渠門内東南角所建園林，初建於康熙六年，是萬柳堂之前身。《易齋馮公年譜》載康熙六年：『時建育嬰會於夕照寺，收無主嬰孩，貰婦之乳者育之。就其傍買隙地，種柳萬株，名萬柳堂。』

題汪舟次新居〔一〕

達士戀丘壑，俯仰天地寬。僦居長安城，性情如畜樊。豈無花月夕，偪側興已闌。汪子卜新寓，層折改舊觀。軒窗俱有意，瀟灑開心顔。几席生輝光，豁達類天然。栽花不數本，種竹兩三竿。清韻流前除，逸致接烟巒。乃知君子心，陋室亦易安。第乏經濟術，不克展所歡。廣廈豈足侈，窈窕秀可餐。主人工翰墨，華省列崇班。朝回頻醉客，不使玉缸閒。雖損大官俸，而無局促嘆。北溟與天池，一勺具往還。大小靡定形，耳目隨遇遷。客情自各適，幽意滿欄干。百靈簾外聚，白雪坐中傳。新秋亦已涼，觴詠託肺肝。

【注】

〔一〕汪舟次：即汪楫（一六三六—一六九九），字舟次，號悔齋，江都人，原籍休寧。康熙十八年（一六七九）召試博學鴻詞，授檢討，與修《明史》。累官至福建布政使。有《悔齋集》、《中州沿革志》等。（《清史列傳》）

附 兒協一詩

近市營新寓，幽棲靜不譁。短墻猶薜荔，小徑已烟霞。冰簟秋濤起，文窗暑氣遐。打門人問字，載酒客看花。左史書能讀，右軍筆最誇。剪裁歸博物，風雅冠京華。逸致聽揮麈，高談足建牙。登龍深道氣，附驥忝通家。不憚追隨數，寧辭步履賒。中秋看已近，明月正當衙。

遨遊篇

遨遊求賢達，沉沉二儀否。四海一黄鵠，奮翼去天咫。虚曠迷前途，爲問浮丘子。玉弦奏清商，泠泠發纖指。蓬瀛絳闕巍，紫水洗泥滓。虔奉心肺言，達此精誠理。鬼神森玉陛，日月耀金戺。鴻寶懼宣洩，回飈一何駛。緘默固其樸，擊蒙聯端委。群疑未能涣，往往見呰毁。茫茫六合間，賢愚同一軌。

遇合勢誠難，要言不可市。矯矣雲中翔，天倪混元始。

壽徐健庵宮贊二首〔一〕

皎皎三珠樹，胸皆羅二酉。兩弟廊廟姿，難兄復何有。焜耀梧桐間，千仞鳳翔久。文章衆所儀，公望無先後。蘊含儒術真，吐納笑山叟。亦有丹砂人，對此朱顏醜。誰識偓佺理，乃在燕許手。

其二

燕許一代才，輝映崑崙壁。黼黻日月傍，天路資平格。金莖露所滋，挺然凜松柏。貞固元氣合，委蛇見雙舄。鄴架滿縹緗，朋酒對賓客。緩急亦時有，羣情望斯迫。曠然神志舒，金玉吞二液。

【注】

〔一〕徐健庵：即徐乾學（一六三一—一六九四），字原一，號健庵，昆山人。康熙九年（一六七〇）中探花，授編修，歷官至刑部尚書。有《憺園集》。（《清史列傳》）大儒顧炎武之外甥。與弟徐秉義、徐元文號稱『昆山三徐』。此詩『皎皎三珠樹』者，即指『三徐』也。

送少司寇高念東先生東還〔一〕

宇宙有至理，末學泥言詮。人心一故神，天機虛則圓。觸石而石開，置火火不然。唯誠與之合，智識匪所先。我聞《金剛經》，傳注多前賢。斐然各有述，西來意茫然。公也號得髓，寢食三十年。加以止觀力，動靜依真傳。神清氣自健，宿痾永棄蠲。浮雲等富貴，麋鹿夥林泉。朅來魏公薦，驅車復來燕。西曹繁重地，雅非性所便。詔下煩詰責，恐懼理彌虔。自陳衰多誤，和藹動上憐。已甘罷斥去，乃蒙溫旨宣。公子自黔歸，幾年豺虎邊。堅貞拒逆命，苦節終得全。萬里重趼至，恰奉杖履旋。此事真難遘，我聞涕淚漣。天道自與善，鬼神呵護專。妙在不思議，誰操冥穆權。般水舊烟霞，天倫即神仙。我亦從此去，歸臥雲山田。雞鳴風雨夜，相思老友偏。會能訪我遊，冶湖水澄鮮。村市酒易沽，兼有櫥頭船。

【注】

〔一〕高念東：即高珩。康熙十九年十月，高珩以老乞休，《清聖祖實録》卷九二：『（康熙十九年十月戊申）刑部右侍郎高珩以老乞休，允之。』

佳山堂詩集卷三

七言古詩

上賜御筆石刻大字三幅恭紀一格物，一敬慎，一清慎勤〔一〕

西京石搨翻重重，帝王法書約略同。淳化鈎摹集往蹟，規模不越尺幅中。上溯岣嶁推禹記，蝌蚪蟠結摩蒼穹。是時篆籀尚未變，丈尺楷書何由見。我皇大字洵奇絕，側理疏密宛天設。闢盡乾坤傳正鋒，縱有公權疇能說。昨賜綸扉大幅三，微臣叨忝亦在列。石上磨礲尚爾工，飛毫滿志墨光融。初視渾疑龍怒攫，諦觀乃見鸞翔空。垂露偃波入窅渺，赤文綠字開鴻濛。捧歸再拜繹天貺，光芒直透雲霄上。鴻寶惟虞鬼神奪，藏之什襲孰敢放。臣聞貫蝨如車輪，庖丁解牛亦有神。大小之形惟心造，肯綮不嘗邁等倫。我皇聰明天所縱，擬議揣摹懼失真。遜敏深思惟格物，聖敬日躋本慎獨。大臣法，小臣廉。寅恭夙夜嚴匪懈，治理瑕疵絕毫纖。帝心訓誡非偶然，錫極近光無黨偏。惟期一德襄王化，詎止書垂億萬年。

【注】

〔一〕《康熙起居注》康熙十九年六月二十七日：『上命衣都額真飛耀塞、對親，侍衛爾格，捧上諭及御書大軸至瀛臺前亭，頒賜大學士索額圖、勒德洪、明珠、李霨、杜立德、馮溥各一。』

憶昔

略見芳菲新，纔過已成塵。日華無停馭，苦樂難具陳。仙郎歌白雪，上徹黄金闕。我擊珊瑚枝，念子生華髮。竝駕雲中豈足多，蹉跎到處起滄波。回車苦憶鸞龍味，懊惱天風公渡河。

古意三首

夜來寵魏宮，乃稱鍼入神。火珠龍鸞簪不得，非雲非雨絕輕塵。居前玉聲輕，居後金色豔。辟寒未易得，何以重君念。讒口銷骨不可當，君前咫尺是羊腸。芳華能有幾時好，落葉哀蟬紈扇早。君不見翔風十五光動人，三十已退爲房老。

其二

趙高學丹云得仙，棄屍九衢雀凌烟。路人或疑尸解去，故冊相傳多猶豫。可惜六公子，先向望夷死。無間叫天不忍聞，咸陽一炬爭奇勳。關中已散諸侯軍，木衰火盛何紛紜。上皇鑄劍字不識，三猾殲盡起白雲。

其三

我欲短衣隨李廣，山深日黑走魍魎。腰垂兩鞬射不得，顏厚匪去能逃賞。龍鳳躍天衢，蛇虫喜負嵎。露布武能奮，露沉文自趨。列侯甲第歸如簇，相如車騎安得都。君不見鳳腦燈中蟠膏燭，光明盡用冰荷覆。歸來屏息倚檐立，枯魚遺書慎出入。

送同年馬玉筍吏部終養〔一〕

論交良不易，夙昔賤黃金。與子通籍各十年，惟有寧靜磊落之素心。君家積德在隱逸，爲署爲郎意弗失。吏部文章日月懸，每把我詩歎超軼。山公舊許阮籍狂，古道顏色最膠漆。燕市北風雪如席，西山醉望何崒嵂。聞君遷謫不得意，我視子面如昨日。第言母在倚閭久，有弟薄宦復離母。菽水難將遊子心，高堂少婦持箕帚。先人舊業行零落，今日君恩許南畝。姑射山頭少女榭，板輿容與春光下。壽酒常承阿母顏，斑衣不請尚書假。我聞此語意惻然，北海亦有雲山田。即此無錢亦歸去，豈必疎傅始稱賢。胡爲濡滯重惆悵，衰白屢聽驪駒唱。相憶惟憑尺素書，山川未必常無恙。逼歲崢嶸感慨多，數君幾日渡滹沱。欲將世德稱觴意，題取萱花對薜蘿。

【注】

〔一〕馬玉笥：即馬光裕（一六一一—一六七一），字繩貽，號玉笥，又號止齋，山西安邑人。順治四年進士，歷工部、吏部主事，官至吏部郎中，有《止齋集》。（《清史列傳》）

積雨嘆

今年三月雨如織，紫電黑雲撥不得。旌旗低垂濕不翻，林花慘澹無顔色。客子抱書徒窺牖，床頭鼠跡聲唧唧。已將今日望昨日，豈信天心竟難測。濁醪數斗睡差强，蛟龍怒號情何亟。長鯨跋浪攪風雷，西山黝渺羣峯黑。黄鵠東飛歸不能，九州明滅日月塞。街頭冒雨出看人，牛軛翻泥車没軾。已愁飛輓如上天，盡室徒聞空嘆息。黄昏野哭星斗微，烟霧噴濛燐火熄。角聲盤薄風益振，百靈不散守其職。我欲驅之力不贍，況兼蒼茫失南北。茅茨傾欹雨脚多，床床屋漏添反側。盜賊未盡征輸逼，天地低昂行鬼蜮。恆陰若此傷稼禾，吁嗟人事宜痛惻。

方渭仁園松歌〔一〕

方家雙松如偃蓋，亭亭霜質雲霄外。歷盡滄桑無剪伐，鬼神呵護巋然在。當年移植如人强，異種由來出括蒼。風雨咿唔互響答，虬龍卑伏未昂藏。歲時土沃蟄龍奮，五粒森秀琴書潤。一園虧蔽有餘涼，謖謖清風正解慍。忽驚寇盜蜂蟻起，主人奔崩去邑里。兵來殲寇馬雲屯，梧竹摧殘喬木死。方子入京爲予言，殘書數卷隨奚肩。已嗟城市丘墟盡，黛色參天故依然。爲思先澤栽培久，造物鍾靈原非偶。摩挲鱗甲涕淚垂，詎忍棄之同敝帚。掃除瓦礫勉修復，緺茅重葺讀書屋。展卷欣如對故人，吟眺留連苦不足。孫綽庭前止一樹，於今猶記盤桓處。孰知亂後倍相親，鶴棲雙頂無來去。方子方子莫嘆嗟，喜君身已列清華。此松瑞色亙今古，君家世德人咸睹。惟願貞操比歲寒，莫教空與鸞鳳伍。

【注】

〔一〕方渭仁：即方象瑛（一六三二—？），字渭仁，號霞莊，遂安人。康熙六年（一六六七）進士，十八年召試博學鴻詞，與修《明史》。有《健松齋集》、《松窗筆乘》等。（《清史列傳》）園松：指方象瑛舊居雙松，『健松齋』取名以此。

六月酷暑連句不解立秋陡涼因而有作

今年鬱蒸天示罰，恨不聳身如蒼鶻。夜半猶呼大扇風，老脚晨起亦不韈。啖瓜最喜蒲鴿青，入口冰霜齒頰滑。一雨纔過逢立秋，蕭爽直將肺氣收。天地回旋那可料，杲曜綴目成新眺。前日酷暑作民瘼，清風掃盡如吹籜。驕陽乘勢詎有窮，霜落沾衣愁寄託。

苦雨簡毛大可

與君十日不相見，月離畢兮雨如箭。滂沱晝夜未肯休，頹壁風來濕侵面。庭中桂樹始放花，寒氣摧折零如霰。對此寂寥思苦吟，勍敵不逢作獨戰。夜半披衣赴直廬，街頭數尺泥波濺。輿人傾側跬步難，扶掖呼號爭一綫。衰朽復遭阽危值，黑雲如墨燈火眩。歸來斗酒飲不得，兀坐小齋驚飛電。豈有高歌動鬼神，詩筒咫尺無方便。絶少玲瓏唱黄雞，隱几思君久忘饌。淒風苦雨疏朋好，稍霽欣荷百靈眷。陰陽錯迕人事乖，憶昨歡呼顧曲變。遣兒書此聊寄君，波瀾那得擬公讌。

觀友人寶劍歌

豐城寶氣亙今古，延津一合無人取。神物顯晦自有時，爲君重拭華陰土。鐔璏班離雜彩珠，芙蓉之鋒照座隅。何當持問風胡子，還是當年舊鹿盧。已聞秋霜不可觸，更見文章媚幽獨。龍鳴虎吼非偶然，除灾辟患集百福。一天風雨電光寒，把酒婆娑檢櫝看。白虹蜿蜒初生色，黄金錯落未疑殘。太乙豈爲妖血供，至人用之以不用。晉鄭頭白未足多，一揮千里安能重。行仁服義鬼神通，吉祥不羡楚王宫。自是延齡後天地，寶鍔慎莫倚崆峒。

戲簡吳志伊〔一〕

衣不經新何由故，羨君清節仍寒素。浹旬高臥爨烟稀，破壁懸魚表情愫。涼風八月雨瀟瀟，借得蹇驢不早朝。我有銅錢三百個，與君爛醉太平橋。亦園橋名。

【注】

〔一〕吳志伊：即吳任臣（一六二八—一六八九），字志伊，號爾器、征鴻、託園，浙江仁和人。康熙己未（一六七九）舉博學鴻詞，授檢討，與修《明史》。『佳山堂六子』之一。著述甚豐，有《春秋正朔考》、《周禮大義》、《十國春秋》、《山海經廣注》、《字匯補》等。（嚴文鬱《清儒傳略》）

送少司馬孫怍庭歸里〔一〕

君才早歲負經濟，磊落不事家人計。藝苑恣態如曳雲，偶過青郡得投契。從此轞軻君備嘗，時平乃會風雲際。掖垣珥筆奏草多，雕鶚秋風羽翮厲。先帝咨嗟真諫臣，致主堯舜夙曾誓。當時德量文定優，相與款洽稱昆弟。文定門墻非舊時，公也周旋獨不替。清節人歸司馬門，厚德不數張老勣。抗疏區畫有深衷，蚩尤無致乾坤噎。詎意書生能料敵，卻喜樞府存兵制。海宇烽烟漸欲銷，幅巾蕭散歸私第。即今叢桂嶠湖秋，詩卷長留白雪樓。絲竹東山人未老，攜家我亦問丹丘。

【注】

〔一〕孫怍庭：即孫光祀（一六一四—一六九八），字溯玉，號怍庭，山東平陰人，以歷城籍應試。順治十二年（一六五五）進士，歷官至兵部侍郎。有《澹餘軒集》。（《四庫全書總目》）康熙十八年京察，孫光祀自陳乞休，馮溥作此送之。

感興八首

天地有至文，迴與章句殊。大武震環區，詎曰習孫吳。有時展卷一咿唔，有時撫劍呼酒徒。龍性不馴窺其膚，沐猴而冠胡爲乎？西上太行道里紆，南浮洞庭波浪俱。歸來囊橐問騎奴，徒倚市門非丈夫。

其二

神龍不見首，至人行於水。黄鐘萬物根，其初乃黍累。戰勝豈爲獄得情，微彰不知衆人耳。執殳綰符半年少，雄心呼叱輕法咫。集霰不忍戒，駢陰遂抗趾。聖壽八萬六千歲，三十六宫春未已。氤氲元氣養太和，天地清寧從此始。

其三

盛夏既亢旱，秋雨乃連綿。九月授衣候，吾廬尚未全。漢家雙闕咸陽裏，千門萬户連雲起。丞相賓客相馳逐，滑稽小臣飢欲死。我聞天上諸真人，相見宮殿各隨身。更得維摩香積飯，普令貧餓盡回春。

其四

我有鞶帨詞，自愧同小草。黼黻既無用，不如棄去好。驂鸞翳鳳真天爵，蓬萊方丈波浪惡。世人憚險不肯渡，遂令安期稱獨樂。黃石相約五更頭，圯橋之下水東流。一卷素書讀未了，暮年竟誤赤松遊。

其五

客從遠方來，遺我青精飯。食之顏色好，久令神骨健。玉液豈得從外求，還丹以此真浮渲。我與天地同一根，天地之氣吾身存。盎然胞與無夭札，晨昏何用數蒙屯。感君惠我意孔嘉，衰朽直欲作春華。功罪計來吾自識，安食荑稗理亦得。

其六

南山松柏風雪侵，枯枝猶作蛟龍吟。願君保此歲寒操，此是天公玉汝深。鸞鳳不來虛高岑，夙夜雝喈抱素心。

其七

魯連有玉貌，談笑圍城裏。履尾既不咥，儵然遠泥滓。天地大哉嘆偪側，古人相去乃如此。九衢車馬紛馳突，老死誰能惜華髮。海國烟霞不用耕，野蠶作繭自然成。櫻筍滿盤春酒熟，即是東山絲竹情。

其八

古人去已遠，尚論每參差。如何不自勗，吹索有浮辭。潔修欲勵謠該起，薰蕕十年知誰是？況復陽春和更寡，悠悠自少同心者。聖賢芳躅有合調，下士不知時大笑。君不見春秋原非世所宜，老聃乃踞竈觚而聽之。

九日同王仲昭毛大可吳志伊陸義山登善果寺毘盧閣〔一〕

淒淒風雨連宵惡，九日登臨問佛閣。出門快指新霽佳，西山翠色還如昨。少年健如黄犢走，自笑蹣跚一病叟。凌虚爾躡丹梯霞，攢眉我憶遠公酒。尋遍東籬不見花，排空雁字如呼友。戲馬臺邊鼓角鳴，長房杖底蛟龍吼。老去干戈已厭聞，壺中仙術吾何有。寺僧卻述去年事，梵宫麗景真難偶。亦是重陽佳節候，羣賢倡和留連久。我聞此語嘆滄桑，倏忽白雲變蒼狗。參差古樹隱頹廊，斷碑仄仆贔屭首。人生歡娛不可定，幻質幸爾脱陽九。且放遠峯入戶來，何必區區寶敝帚。晚歸小砌菊盈把，呼杯更酌秋光下。今日茱萸須醉看，明朝述作待陶謝。

【注】

〔一〕王仲昭：即王嗣槐（一六二〇—？），字仲昭，號桂山，錢塘人。康熙己未召試博學鴻詞，以詩韻誤一字落榜。『佳山堂六子』之一。工詩善賦，有《桂山堂文選》。（錢林《文獻徵存錄》）毛大可：即毛奇齡。吳志伊：即吳任臣。陸義山：即陸棻（一六三〇—一六九九），原名世枋，字次友，號義山，浙江平湖人。康熙六年（一六六七）進士，十八年召試博學鴻詞，授編修，與修《明史》。歷官至禮部侍郎，有《雅坪詩文稿》、《歷朝賦格》等。（《清史列傳》）善果寺：在北京廣安門内，初名唐安寺。建於五代後梁時期，歷代有修繕。清康熙元年、十一年皆重修。十八年京師地震遭毁，二十一年修復。清末敗落。毘盧閣在善果寺内。康熙十一年重修，馮溥撰《善果寺碑》。

古意

曉烟玲瓏紅成印，博山之爐香欲燼。車聲鸞動青絲紖，鵶翅光浮對理鬢。銀牀轆轤百尺井，水渫不汲閒素綆。沆瀣曾否凝露盤，纖步徘徊來照影。

秋日王仲昭毛大可吳志伊陳其年汪舟次潘次耕胡朏明小集西齋和其年重陽登高見憶之作原韻〔一〕

古今靈氣何曾歇，腐儒徒惜少陵沒。忽傳高朋取次來，倒屣迎之不及韈。但能清健常過從，曲逆原無肥糠覈。執戟方朔慣苦飢，何怪昌黎帶磨蝎。紛紛詞人白玉堂，文光繚繞黃金闕。作史三長夙稱優，豈等初學但倉卒。論文深更看燭跋，不顧盤中缺餚核。前日霪雨不肯休，街頭深尺泥侵骨。月食西戌色慘淡，文昌復爾遭彗孛。爾來灾異亦頻見，羣公鍵戶斷請謁。素履自宜省愆尤，虛文奚足逭天罰。菊花今年最遲發，我意花神亦被訐。重陽已過眼底稀，繁蕊疏枝何淪忽。諸子閒時登我堂，所示篇什嚴袞鉞。茲爾談笑評花酒，依然勃窣入理窟。從此曳履上星辰，老夫敢說有傳笏。

【注】

〔一〕陳其年：即陳維崧（一六二五—一六八二），字其年，號迦陵，宜興人。陳貞慧子。康熙十八年召試博學鴻詞，列一等，授翰林院檢討，與修《明史》。詩詞文俱佳，詞爲陽羨詞派領袖，駢文亦清初大家。入京後，列名『佳山堂六子』。有《陳迦陵文集》、《湖海樓全集》等。（徐乾學《陳檢討志銘》）汪舟次：即汪楫。潘次耕：即潘耒（一六四六—一七〇八），字次耕，又字稼堂，吳江人。師事顧炎武，博涉經史、曆算、音韻之學。康熙十八年召試博學鴻詞，授檢討，與修《明史》。有《類音》、《遂初堂詩集》、《文集》等。（朱彝尊《贈日講官起居注翰林院檢討徵仕郎貞靖潘先生墓志銘》）胡朏明：即胡渭（一六三三—一七一四），字朏明，號東樵，浙江德清人。清代經學大師，自康熙十五年（一六七六）始在馮溥家教館。有《易圖明辨》、《禹貢錐指》、《洪範正論》、《大學翼真》等。（江藩《漢學師承記》）此詩作於康熙十七年（一六七八）仲秋。

其年復以前韻見贈仍次韻答之〔一〕

語不驚人不肯歇，長吉已死昌黎沒。讀君投贈瓊瑤章，愧我才短如拆襪。探奇君已掇精華，下里屬和總糟麧。諸人勸我勿復爾，當值險韻如畏蝎。見獵心喜仍復然，雨血風毛那可闕。譬如主帥得孫吳，婦人女子皆勍卒。又如漢帝王母桃，歷代猶傳寶其核。晉魏以來作者多，小儒沿襲失風骨。盧仝《月蝕》更惡道，反於清虛增彗孛。即今青竹幾人登，高岑李杜絕請謁。陵伽和雅不可聞，休文應受天公罰。喜君著語悉破的，控弦注目無虛發。光氣真令安豐瞬，豈事排奡等告訐。條理分晰濃纖匀〔二〕，砥柱風流莫淪忽。老成律細機杼妙，陽秋皮裏有袞鉞。務教爛熳如卿雲，驪珠詎羨蛟龍窟。峯幽巒突兀奇絕，急須拜手具袍笏。

【注】

〔一〕陳維崧《湖海樓全集》卷六《益都夫子九日招登善果寺閣余以先往黑龍潭不克從游三疊前韻》即和此詩。

〔二〕纖：底本作『綫』，訛。

再用前韻答毛大可

銀箭銅壺聲不歇，蒼龍東上參西沒。顛倒衣裳攬敝裘，那得橘叟龍縞韈。革帶久拚瘦休文，免令世人嘲糠麩。絶慾晨興勝於藥，昏睡胡爲樹抱蝎。前騶停唱祛火城，匹馬寒光瞻華闕。入對書思反覆看，天顔咫尺莫倉卒。退食委蛇左掖門，醵錢稍爾備餚核。已辭堂饌爲變生，寅恭誡諭真刻骨。奉職無狀暗自愧，幸聞修德消彗孛。歸來思過坐小齋，絶卻傲客强請謁。昨日小兒家報至，驚心故鄉多寒罰。作息和平神亦聽，詎得紛紛事告訐。風俗頹敝關理亂，牛喘昔賢寧敢忽。廟堂赫怒念民瘼，已下嚴綸貴節鉞。撤兵省餉動深籌，干羽行看格昏窟。與君唱和聊解顔，人生何用十牀笏。

再用前韻戲爲宫怨簡陳其年〔一〕

流蘇帳底爐烟歇，金波窗影光初没。珊瑚枕冷未成眠，芬履狄香卸羅襪。當時一笑千黄金，今日簸揚等糠麩。琵琶弦斷不須安，手觸雁柱如畏蝎。銀燭熒熒長信宫，銅壺點點芙蓉闕。歌樓舞榭幾承顔，可惜流光但倉卒。翡翠明珠紫玉釵，零落無復强檢核。薄命何曾怨謠諑，清虚詎能消彗孛。飛燕身輕驟得名，豐有餘兮柔無骨。當熊卻輦素所持，咫尺難遂九閽謁。蛾眉亦自有姱修，溫惠期終免重罰。曲抱貞心只自知，含淒每被傍人訐。凌寒最愛梅花發，襲肌清芬未可忽。如姬寵重顧私恩，報德爲人圖秉鉞。賤妾例縫關塞衣，遠戍尤憐冰雪窟。欲將詞賦感君王，磨取隃糜應幾笏。

【注】

〔一〕陳維崧《湖海樓全集》卷七《益都夫子復用前韻戲作宫怨詩見簡再和一首》即和此詩。

潞河漕艘行

潞河漕米如鱗集，官倉倒壞無由入。水脚裁多盜竊頻，導行錢少交盤澀。今年大放官軍糧，大車小車搬運急。黠賈深藏待價沽，小民延竚河干泣。嗚呼平準四方酌虛盈，臣如弘羊詎可烹？

冬日同王仲昭毛大可陳其年善果寺看雪〔一〕

前朝上刹多雄麗，獨有善果稱幽異。地僻車馬不聞喧，人靜松杉皆有致。我來此寺爲看雪，千枝萬枝冰花結。不知何處散瓊瑤，飛舞綴作王恭纈。西望西山暮靄濃，玉削芙蓉知幾重。谷口雲深埋虎豹，狐貍跳擲墜巖松。寺僧煨芋來邀客，王生毛生共此夕。陳子掀髯更論詩，陽春爭共梨花白。浴室香溫濯垢盤，紅爐圍幙卻初寒。菊花十月猶爭豔，門外天風帶笑看。我今與子真仙人，水晶之域迥絕塵。君不見馬牛蜎縮車轍没，野哭啾啾多凍骨。

【注】

〔一〕此詩作於康熙十七年冬十月。據王嗣槐《桂山堂詩選》卷十一《冬日同大可、志伊、冒聞、躬暨陪益都公善果寺看雪和韻》，除王嗣槐、毛奇齡、陳維崧外，同游者還有吳任臣及馮溥二子馮慈徹、馮協一。

【箋】

阮葵生《茶餘客話》卷九：『馮益都文毅溥攜諸名士，雪中遊善果寺。晚歸，取陳檢討其年詩，令毛西河奇齡和，一人唱韻，一人給寫，隨唱隨詠，信口占叶，不許停晷，亦絕技也。』亦見天台野叟《大清見聞錄》下卷《藝苑志異》『吟詩寫字之敏捷』、《清朝野史大觀》卷九。

和陳其年善果寺登高看雪原韻〔一〕

風撼金莖折物華，嚴封密窖養蘭芽。芬芳併傳錦字至，啟卷已覺正而葩。雕繢滿眼一快讀，擲地何用揀金沙。寒氣侵凌雪復作，城隅古木盡槎枒。濕枝低壓作人立，望裏恍疑霜毛加。海宇多事休沐缺，愧我雙鬢久鬖髿。天機深探叩冥漠，不謂世故莽紛拏。人情飄忽薄秋雲，交道率易如輕紗。隱几坐忘勢誠難，狂呼就我相要遮。幸同良友登佛閣，衝寒接翅歸慈鴉。西山突兀望不極，堆鹽飛絮埋龍蛇。栴檀鼻觀入靜心，僧梵和雅聽陵伽。伊蒲之饌亦脆美，何羨仙廚飫胡麻。栗駭充盤並棗脯，側生況復剝龍牙。塔勢巍峨狀積玉，不見晚霽引紅霞。恨乏天際真人想，企脚窗下彈琵琶。矧我東山去不能，攜妓徒笑謝公奢。浴堂香草祛宿疾，活火烹煎仙掌茶。佳貺更煩冰雪句，正需癢處麻姑爬。今日雪鴻泥作印，明春相望天一涯。作詩爲筒須遠寄，山中薜荔日易斜。

【注】

〔一〕陳維崧原作即《湖海樓全集》卷七《冬日陪益都夫子善果寺看雪》。

賀友人納姬〔一〕

梅花香豔鬭新妝，曉星熒熒三五光。畫堂絳蠟列兩行，照郎鬑鬑鬚未長。金叵羅，將進酒。明金釧壓怯郎懷，憐取纖纖雙覆藕。枕畔含羞起未明，媠語低聲問小名。斜梳鴉鬢臨鏡坐，畫眉郎慣拂痕輕。君情妾意堅如石，百年歡愛永今夕。君贈妾兮玳瑁簪，妾贈君兮連環璧。從來繡閣惜娉婷，紅牙欲按聲轉停。聞君雅善周郎顧，妾若歌時君細聽。

【注】

〔一〕馮溥友生中，入京納妾者有陳維崧和毛奇齡，此詩當爲毛奇齡納妾而作。康熙十八年，馮溥幫毛奇齡娶豐臺賣花翁之女張曼殊爲妾，毛奇齡《曼殊回生記》：『先是，予來京，相國馮公，予師也，憐予無子，擇取曼殊爲小妻。』

送訥生任典試閩中十四韻〔一〕

鯨吹巨浪湧作嶺，蜃氣噴薄幻形影。怪異眩迷鳥雀墮，轂扇陰霾饕噬猛。珊瑚網斷黿鼉窟，老蛟涎並龍漦遲。旭日未出嗟戴盆，雨黑風腥棲笭箵。聖人不忍絕異類，化雨溶入文明境。特遣輶軒羅俊才，爲闢龍門屈頑梗。汝去莫嫌溟渤鄉，文獻舊是金華省。武夷秀色天下無，晦翁木鐸衆尤警。亂後摧殘席珍在，簡拔務令羽毛整。樓船横浦勢破浪，芙蓉秋盡天機秉。宗慤長風應躍如，洪鐘大呂祛蛙黽。文德武功兩俱絕，赫濯威懾羣心耿。封侯誰云無虎頭，彩筆天懸凌倒景。鱷魚遠徙昌黎文，海波如掌永藩屏。

【注】

〔一〕訥生：即馮雲驤（一六二八—一六九八），字訥生，代州人。順治十二年進士，歷官福建督糧道。有《飛霞樓詩》、《雲中集》、《約齋集》等。（常贊春《山西獻徵》）代州馮氏與臨朐馮氏同宗，馮溥與馮右京、馮如京等繫譜爲同輩，雲驤爲如京之子，故稱侄輩。康熙十七年，馮雲驤典福建鄉試，馮溥作此以送之。

送鄧元固榷蕪湖關〔一〕

與子結交十年餘，我黼子佩意泊如。李廣不射南山虎，任公不釣東海魚。暇日與子讀素書，龍吟虎嘯嬰兒居。漆園苦縣一蘧廬，風塵憔悴獨何歟？子今榷關蕪湖去，正值天地兵戈際。盜賊未滅庚癸呼，司農仰屋真無計。通商裕國念民瘼，清風垂槖甘如薺。馬如羊，不入廄。人生富貴亦有極，我輩昂藏無夙垢。金如粟，不入懷。魯連猶向平原笑，與子拂衣歸去來。

【注】

〔一〕鄧元固：即鄧秉恆（一六三七—一七一〇），字元固，號龙江，又號忍庵，聊城人。順治六年（一六四九）進士，歷昆山、永豐縣令，戶部主事、員外郎、郎中，升福建漳汀巡海道，官至湖南荊南道。有《石堂集》、《春秋解》等。（《碑傳集》）康熙十九年，鄧秉恆以戶部郎中出爲安徽蕪湖鈔關監督，馮溥作此以送。

大風行

大風夜半起西北，屋瓦震摇户傾側。馬嘶脱櫪雞亂號，星河慘淡無顔色。誰家少婦理殘機，手冷梭寒燈火微。裁成錦字當中斷，織就鴛鴦相背飛。拔樹崩屋聲未已，川源凍合魚龍死。高堂火熾炙兔肩，絕塞鐵衣裹墮指。瑶瑟雖存不忍彈，弦澀塵凝玉柱殘。風來吹動音切切，轉使愁人泣夜闌。

籠中篇

籠中鴨望水中鷗，羡爾緑莎芳藻相沉浮。大風吹雪白日凍，惟爾卧足滄洲夢。楊白花落浮萍起，五湖浩淼桃花水。吁嗟虞人布網羅，羽毛奇整去烟波。挾爾直入光明殿，五侯七貴常相見。飲啄豐腆得自如，回頭不見鳧鷖伴。旭日清沙，豈乏魚蝦？緤爾雙翼，爾當奈何？水中鷗答籠中鴨：爾無歡凄且唼唼。與世無爭水曲狎，虞人偶爾承其乏。我聞鳳凰食瑯玕，丹穴遙望渺羽翰。雪中鴻爪亦偶然，天地爲柙詎得寬。雄雞憚爲犧，我羽不可以爲儀。漸陸非所選，鼎俎焉能供一臠。古者命官，必以匹儔。鷗無可紀，不及爽鳩。主恩重如山，昌蒲不貫環。報德銜羽，精衛是填。倘邀異數，與爾同還。

送王仲昭之江南〔一〕

去歲上書謁帝閽，今歲驅車憐芳草。丈夫志氣雲霄上，潦倒思向丘園老。子才銛利勝吳鈎，張華雷煥兩悠悠。且沽美酒銷離憂，寶氣已浮雙蒯緱。沽酒雖云美，慷慨歌未已。送子江南去，舊是春申里。毘陵太守畫堂春，子爲賓客嘉謀陳。香凝燕寢知無事，會見閭閻風俗淳。陳子椒峯實我友〔二〕，家貧落拓山中久。胸羅萬卷筆有神，太守曾知姓名否。吾之譽人有所試，下榻定是使君志。一堂二妙凝雙龍，龔黃功名應不啻。帝里元宵風氣清，大餔不見傷別情。鞭贈繞朝無復爾，好將皓月送君行。

【注】

〔一〕王仲昭：即王嗣槐。康熙十八年博學鴻詞，王嗣槐以誤改一韻落第，賜中書舍人罷歸。除馮溥此詩外，諸子皆有詩送之，如陳維崧《湖海樓全集》卷七《送王仲昭舍人南歸》。

〔二〕陳子椒峯：即陳玉璂（一六三六—？），字賡明，號椒峯，武進人。康熙六年進士。康熙十八年博學鴻詞，馮溥曾舉薦。有《學文堂集》。（張維驤《清代毗陵名人小傳》）

送陳緯雲赴江陰幕〔一〕

丈夫不得志，抑鬱撫吳鈎。鴻寶非世賞，白璧嗟暗投。渥洼之足行千里，黃金臺下塵不起。咄咄冀中顧已稀，況辨鹽車服騄駬。子今别我何方去，爲惜江陰多佳趣。結束陸離顔色華，下榻賢侯聊借箸。賓主相逢應盡歡，一邑兩賢政非難。朝看山色垂吟袖，暮醉江頭壓繡鞍。令兄與我敦素好，名家子弟常相保。中江入海咫尺間，神龍變化當不早。神龍騰奮豈偶然，滄溟噴薄路幾千。泥蟠一勺何足道，石渠天祿相聯翩。英雄志氣有如此，一旦上書見天子。子今且去問春申，當年養客成何事，精靈好護天下士。

【注】

〔一〕陳緯雲：即陳維岳（一六三六—？），字緯雲，號苦庵，江蘇宜興人。陳貞慧子，陳維崧三弟。長期飄泊爲幕客。工詩善文，有《蠟鳳集》、《吹簫集》、《紅鹽詞》等。（侯方域《陳緯雲文序》）詩中『令兄』即謂陳維崧。

歲晏行

歲晏北風入戶涼，諸子過我論文章。隻雞斗酒笑語長，敲金戛玉協宫商。坐來不覺移星斗，燈炮火燼寒何有。慷慨頻擊唾壺口，銀漢挂我床頭久。吾衰不逮建安才，諸子滚滚黄金臺。黼黻日月看昭回，掃除榛蕪天地開。自古朝廷集賢哲，飛揚豈比鷹隼紲。鳳闕光華連海碣，詞人更笑梁園雪。漢家鐘鼓動長安，祀地郊天雨露寬。禮樂祼薦動高乾，干羽節奏格兇殘。即今諸子皆大手，三峽詞源羅二酉。虎觀異同堪覆瓿，龍門著述應不朽。合樽促坐樂未央，一陽來復氣光昌。霜雪關河虎豹藏，千秋萬歲莫相忘。

善果寺慈烏行

善果寺内多慈烏，予昔來遊得兩雛。老烏據樹聲頻呼，不忍攜歸乃放徂。寺僧爲言烏返哺，千百之烏如一烏。千百之烏無異雛，陰陽稟氣真獨殊。吁嗟爲遡人生初，一父之子有賢愚，一君之臣忠佞俱。八元八愷佐唐虞，窮奇檮杌胡爲乎？慈烏孝德天下無，梟獍之誅不宜逋。予思除去呼湛盧，人言此理君徐圖。天地生理非一途，鳳凰飛鳴號即都，鵁鶄攫子目方盱。猗蘭幽谷植原孤，荊榛滿路誰能鉏。若使羣類皆烏似，善人之封屋可比。兵戈不動歲屢豐，欃槍掃盡無蛇豕。我今爲子難具陳，天子何以欽四鄰。百花開放百舌叫，奚言君側有讒人。

題高念東先生見示文徵仲雪景圖卷〔一〕

誰能畫雪窮殊想，令我開卷神清爽。前朝待詔最稱優，灞橋風味如同賞。古來畫工各有人，每逢一物必寫真。韓幹畫肉不畫骨，空令滿堂有埃塵。天地蒼茫骨何在，萬彙蕭疏逗真宰。五嶽之形亦有圖，春花秋葉總浮采。千峯萬峯白玉成，深巖茅屋不聞聲。幽人高臥應無事，舞罷胎仙朝玉京。此時或有真消息，琉璃一片人不識。騎驢戴笠愜素心，蒼梧虞舜多荊棘。我友昔登嶽麓門，思騎赤龍叩天閽。偶得此卷歎奇絶，寒光如攝水晶魂。崑崙之上閬風起，乾坤誰知幾萬里。秦碑漢碣盡劫灰，鼠肝蟲臂何泥滓。攜歸來示座上客，筆精墨妙絹素窄。瀟灑共題冰雪句，瓊瑤直探仙靈宅。即今東華軟塵里，清嚼梅花芬頰齒。安得赤脚踏層巔，養我谷神終不死。

【注】

〔一〕文徵仲：即文徵明（一四七〇—一五五九），原名壁，字徵明，號衡山居士，長洲人。詩文書畫無一不精，畫與沈周、唐寅、仇英號『吳門四家』，詩文與祝允明、唐寅、徐禎卿號『吳中四才子』。（《明史》）此詩作於康熙十九年冬，高珩致仕將歸之時。陳維崧《湖海樓全集》卷七《題文衡山〈雪景〉送少司寇高念東先生還淄川》、徐釚《南州草堂集》卷八《題文待詔〈雪景〉送高念東侍郎歸淄川》皆提及文徵明《雪景圖》，可知皆作於同時。

題陸天濤萬年冰〔一〕

陸子手持一寸冰，中有草蟲水藻之層層。細如毫髮皆可數，云是萬年乃結凝。造物奇幻何不有，西北沍寒冰積久。鼴鼠窟穴號異珍，此物孕靈良非偶。大理之石出滇中，好事往往爲屏風。山水圖畫天然具，精妙不復假人工。陰陽偏勝質斯異，瑰奇不產中華地。拘彌綿渺道里絕，千年萬年疇能記。自昔天子坐明堂，大球小球集梯航。玉能鎮火則寶之，下此不以煩職方。君今得此世所訝，摩挲老眼知無價。懸之藜閣生輝光，照此明珠同不夜。

【注】

〔一〕陸天濤：據方象瑛《健松齋集》卷十八《題萬年冰送陸雲士宰郯縣》、潘耒《遂初堂詩集》卷三《送陸天濤之官郯縣》二詩，則陸天濤當即陸雲士。陸雲士即陸次雲，字雲士，號北墅，錢塘人。監生，考授州判。康熙十八年應博學鴻詞試，報罷。次年選郯縣知縣。後補江陰令。詩文詞并工，有《澄江集》、《北墅緒言》、《玉山詞》等，另有《八紘譯史》、《八紘荒史》、《嵩谿織志》等。（《四庫全書總目》）

附　兒慈徹詩

萬年冰結水晶寒，月孕胎光更曲蟠。蟾影清虚疑玉闕，琪花馥郁閟瑶壇。欲窺蝶粉招魂遠，似對仙姿隔霧難。鴻寶由來神鬼羨，君須珍重百回看。

附　兒協一詩

誰琢堅冰造玉璜，萬年孕育此非輕。隔邪細認無風草，注目真疑不夜城。瀛海雲開山半露，廣寒月照水長清。碧紗籠内奇如許，應有波斯識舊名。

和葉訒庵尚書翰林院題壁之作〔一〕

霜風肅肅吹堤沙，尚書肩輿早入衙。擊鼓升堂何所見，凄凄舊蕊寒菊花。尚書啟沃陳至道，領局復值多名家。待漏時瞻曉星曙，退食已聞啼暮鴉。浩氣久傳濂洛祕，天才吞吐紛奇葩。石渠同異何足數，麟經千載尤疏爬。桐馬寵分天禄酒，酪漿宣賜大官茶。太極一論徹天髓，何殊戰勝奮金撾。吾衰不能數請益，病中伏枕徒咨嗟。會見文德招攜遠，大手普作滿天霞。

【注】

〔一〕葉訒庵：即葉方靄（一六二九—一六八二），字子吉，號訒庵，蘇州昆山人。順治十六年探花，選庶吉士，授編修，歷官至禮部尚書。卒謚文敏。有《讀書齋偶存稿》。（《清史列傳》）

冬日諸子邀飲祝氏園亭〔一〕

長安名園如錯繡，長安遊者無暇晝，踏雪來過此獨秀。我遊不及二月春，花間那有白頭人，灞橋風雪亦佳辰。況逢良友盡陶謝，林巒回繞庭戶下，把酒對雪不知夜。雪裏梅花尚未開，花開相約復重來，今日不醉莫空回。

又

群賢邀我遊祝園，雪花如席庭樹凍。怪石參差虎豹蹲，危橋蜿蜒龍蛇動。乍驚曲徑步屢迷，忽睹欄干及畫棟。郊壇數里疑飛虹，瑯玕十个曾棲鳳。小童引我複壁過，主人翰墨尋常貢。座中有客善吹簫，恰是梅花第三弄。金樽瀲灩未肯休，交誼雲霄堪伯仲。嘯詠歸來醉不醒，五更羸馬猶能控。

【注】

〔一〕冬日：指康熙十七年（一六七八）冬。諸子：指應鴻博試諸子。祝氏園亭：位於北京城南，爲京師著名園林。陳維崧《湖海樓全集》卷八《雪後陪益都夫子游祝園敬和原韻四首》即和此二詩。

蘆溝橋行

蘆溝之橋走百貨，柴車阻塞斷人過。前車脱軛扶牛立，後車挨幫騎馬坐。須臾十車五車横，千車百車不肯行。目中相望愁日暮，九衢遥矚徒崢嶸。豪貴馳來鞭撻厲，回轅讓路開復閉。念子氣驕衣裳單，天寒露宿真拙計。都城百雉開九門，九門亦復如雲屯。侯家應有車千輛，牛馬風塵日月昏。憶昔子鍼來奔晉，華軒炙轂夾道進。觀者驚愕未敢言，雷轟電掣公卿震。富貴事君莫等倫，不見詩詠車轔轔。寄言行役冠裳客，好避驅車獨力人。

【箋】

《清詩紀事》引《順天府志》：『宛平縣曰盧溝橋，治南三十里，跨永定河。初架木，金大定二十九年易石，明昌三年三月成，命名廣利。元、明修之。國朝康熙元年修。七年水溢，橋圮東北十丈，重修，御製碑文，建亭於橋北。』

冬日同諸子遊王大司馬園亭〔一〕

羣賢多雅趣，司馬有名園。挈壺陟翠巘，萬里風雲翻。畫閣層層山幾仞，滹沱一線凭欄認。霜華滿天木葉脱，健翮蒼鶻摩空迅。日月盤鬱錦繡開，東山未起人如晉。我今眠食百無憂，登臨何須嘆白頭。詩成欣賞吟復謳，酒酣灝氣凌滄洲。冶水亦有蜻蜓舟，笑指浮山是舊遊。

【注】

〔一〕王大司馬：即王熙（一六二八—一七〇三），字子雍，别字胥庭，號慕齋，順天宛平人。禮部尚書加太子太保王崇簡之子。順治四年進士，選庶吉士，授檢討，累官至保和殿大學士兼禮部尚書。時任兵部尚書。（《清史列傳》）其園名怡園，在今北京宣武門外菜市口以南，最初爲明代嚴嵩别業，清初歸王崇簡、王熙父子。

念東先生東還臥病不能出餞夜半呻吟不寐索燭題歸去來兮七章情見乎辭因寄唐濟武〔一〕

歸去來兮冬日黄，老友相别淚沾裳。床邊置硯手腕殭，長歌短調不成行，暗雲塞戶風正狂。

其二

歸去來兮雁影孤，篝燈不寐夜色徂。魂去隨君月滿途，起視屋梁影模糊，金壺漏盡聽啼烏。

其三

歸去來兮尚盤桓，蘆溝東望路漫漫。北風吼雪氣轉寒，村醪莫厭且强歡，霜壓河梁衣裳單。

其四

歸去來兮酒不陳，驪歌欲發床褥親。與子結交五十春，輾轉反側濕我巾，索燭題詩動鬼神。

其五

歸去來兮夙所計，君今驅馬先我逝。霜空夜靜正三更，抬頭强起茫無際，尋鞋摸襪還如囈。

其六

歸去來兮凍雲飛，風起月暈星宿稀。偎衾瘦骨不能肥，因思絲竹東山事，謝傅原無並馬歸。

其七

歸去來兮悦情話，東鄰舊友唐子介。含毫濡墨烟雲屆，與君應結山中戒，待我同來依梵唄。

【注】

〔一〕高珩於康熙十九年歲暮東還，馮溥因卧病不能出餞，作詩以紀之。唐濟武：即唐夢賚（一六二七—一六九八），字濟武，一字子介，號豹嵒，淄川人。順治六年進士，選庶吉士，授檢討。以救李呈祥獲罪放歸。年未三十，卒於家。有《志壑堂集》、《林皋漫録》、《借鴿樓小集》、《濟南府志》、《淄川縣志》等。（王士禛《敕授徵仕郎内翰林祕書院檢討豹嵒唐公墓志銘》）

佳山堂詩集卷四

五言律詩

扈從聖駕南苑閲武應制是日，上以前代朋黨爲戒〔一〕

訓武乘農隙，春蒐典制同。甲開光吐日，弓勁響隨風。九陛都俞切，三門禮讓崇。微臣叨侍從，珥筆愧難工。

【注】

〔一〕南苑：即南海子，元代爲皇家獵場，明成祖朱棣遷都北京後，進行擴建，内建衙署，設總提督、提督進行管理。清代改稱南苑。康熙帝屢幸南苑。此詩張廷玉《皇清文穎》卷六七收録。

五日侍上瀛臺泛舟賜宴恭紀

蕤賓初轉律，佳節應天中。旌旆瞻龍日，簪裾並鷁風。蒲分水殿碧，榴向御筵紅。不用長生縷，蓬萊路已通。

扈從聖駕獵晾鷹臺先日大雨泥淖難行三鼓入紅門陰晦不辨道路與同列馬上口占

南苑盤洿地，東方溟涬天。遙迎同省燎，相問繞朝鞭。語笑知人密，遲回避水旋。晾鷹臺欲近，芳草亦堪眠。

秋日瀛臺即事十首

芳湖當玉殿，奏對芰荷香。山色開朝爽，花陰帶露涼。微風迎翠輦，初日隱紅廊。曳履蓬萊路，賡歌興味長。

其二

待漏百花芳，君王問未央。星辰催曙色，鴛鷺接班行。學士收封事，詞臣進講章。遊魚時出聽，御製協宮商。

其三

楊柳千條綠，虹橋百折多。人從花裏度，水向御階過。滉漾波紋變，啁啾鳥語和。睿懷逢暇豫，集艦看漁蓑。

其四

日月空濛裏，雲霞捧御筵。柳堤回曲徑，龍艦挾飛仙。香挹金莖露，晴窺玉井蓮。太華峯頂住，花雨潤諸天。

其五

靈境塵寰隔，秋光水際饒。波疑雲漢落，臺受閶風飄。罨靄三山暮，蒼茫百谷朝。鈞天聞雅奏，髣髴對《簫》《韶》。

其六

鳳闕鐘聲啟，芙蓉別院通。鑣銜人濟濟，荷蓋影重重。曉月明仙掌，晴霞抱石虹。天威儼咫尺，鵠立肅臣工。

其七

鑾輿行幸地，秋淨絕纖埃。雨急蛟龍浴，波清日月回。亭臺非世境，詠眺藉仙才。莫擬丹青儉，深宮念草萊。

其八

滄溟依紫禁，簫鼓憶揚舲。露下蒹葭晚，風高雁鶩停。戴星衣進絮，倚樹坐當屏。衰老朝簪忝，棲遲意未寧。

其九

懸車年已過，尚爾逐簪裾。雁齒遲衰步，龍賓笑誤書。豈應存老馬，祇覺愧遊魚。不盡《卷阿》頌，蕭蕭鬢髮疏。

其十

武功横四海，鳧雁亦光輝。石動鯨魚甲，秋高織女機。朝宗無别注，飛躍有同歸。奚必昆明鑿，千年鞏帝畿。

八月早涼入署偶詠

秋露凝階白，蕭蕭旅雁呼。月華疑湛水，風勢似吹蘆。烏鵲驚還定，星河淡欲無。徘徊吟病骨，轉覺宦情孤。

其二

月涼人語寂，酒暈已痕消。待漏時瞻斗，添裘夜度橋。觚棱龍影直，劍佩馬蹄遥。爲憶山中桂，蟾光早見招。

廷試武進士閲卷即事二首〔一〕

拊髀旁求切，遴尤簡命申。晴雲開殿陛，英氣動星辰。技是穿楊舊，花知夢筆新。熊羆羅鳳闕，不待屬車塵。

其二

閶闔雲霄迴，英雄奏對來。丹書原佐命，武庫舊奇才。貍首雕弧勁，螭頭彤管開。天顔應有喜，絕足羨龍媒。

【注】

〔一〕康熙十二年（一六七三）九月，馮溥充武會試主考，《清聖祖實録》卷三二『十二年九月』：『庚辰，以大學士馮溥爲武會試正考官，侍講學士陳廷敬爲副考官。』張廷玉《皇清文穎》卷六七收録此二首。徐元文《含經堂集》卷四《武殿試讀卷次益都相公韻四首》和此。

讀左傳感興八首

絳縣老人

承匡何歲月，曠也識其年。老不辭身役，貧能得上憐。復陶名遂假，典尉姓無傳。謀國多君子，鄰封事勉旃。

南風不競

諸侯方睦晉，逞志復官臣。設塹全無勇，濟河信有神。城烏師遁久，援卒涷呼頻。江漢休憑險，南風已不振。

肉食者鄙

豢養誠何事，倥偬拙善謀。敢忘貧賤志，不繫廟堂憂。小惠非良略，虚心决勝籌。野人芹曝急，一戰喜功收。

公臣不足

燕射全三耦，公臣迺式微。如何牛馬走，盡作蟻蠅飛。賓客占强弱，工歌念是非。明王深杜漸，錫福莫私肥。

慶封之富

廉隅澌滅盡，易内縱交歡。臣屬朝私室，宗婚啟巨姦。光華車可鑒，竄避體終殘。天道懲貪墨，淫兇欲免難。

顔高之弓

履險心忘戒，一弓喜衆譽。止知勇可賈，詎意敵乘虚。奪射雖身殉，中眉亦遁餘。春秋原責帥，失律竟無書。

子反酒亡

共王傷目後，司馬醉方酣。棄士寧如戲，忘君奚所堪。二卿嫌可伺，三日穀終慚。申叔多言者，無爲妄指南。

子常貪敗

敗類貪夫戒，禍延乃不支。誅求無厭日，顛覆豈踰時。神短嘉謀左，仁虧敵國嗤。馬裘何用物，宗社致如斯！

宿遷〔一〕

落日孤城晚，黄河一帶流。民疲新玉璧，土滿舊厷猶。荒驛雞啼早，寒沙雁羽秋。征輪聞父老，休養未深謀。

【注】

〔一〕此詩以下至《岳州謠》，皆順治八年（一六五一）馮溥奉使頒詔江寧時所作。毛奇齡《易齋馮公年譜》：『四十三歲辛卯，先生奉使頒詔江寧，并蘇、松、常、鎮諸府。』

天妃閘〔一〕

一線天妃路，黄淮爭鬭强。客帆欹側過，水力叫呼忙。冥冥精靈集，煌煌祀典將。懷柔吾欲問，神貺是何方。

【注】

〔一〕天妃閘：原址在江蘇淮陰西南舊縣東。明萬曆六年，河臣潘季馴移通濟閘於甘羅城南泰山墩北，因在天妃廟口，故稱。清乾隆十年移建於縣東草壩下，即今址。

邗關〔一〕

隋堤烟柳舊，絲管動江雯。估艑真疑鶴，村農半解耘。濤來秋氣壯，日暮海光曛。遊冶高樓客，鴻笳最厭聞。

【注】

〔一〕邗關：即今江蘇揚州邗江區南瓜洲鎮，在長江中。

瓜步

驍騰神策士，萬騎扼雄關。蹴鞠嫖姚貴，射麋虎豹閒。樓船依北固，小隊駐舟山。欲網珊瑚客，烟波幾處還。

真州〔一〕

江岸秋花發，烽烟雉堞開。人環攜劍浦，客上讀書臺。柝急霜初重，笳清響易哀。閭閻十萬戶，保障賴雄才。

【注】

〔一〕真州：宋大中祥符六年（一〇一三）升建安軍爲真州，治所在揚子縣，即今江蘇儀徵市。

登金山寺〔一〕

獨有金山寺，江心翠欲流。羣鴉爭楚樹，一雁叫邗溝。法席馴龍性，離筵動客愁。蒼茫鄰北固，鐵笛正橫秋。

【注】

〔一〕金山寺：又名龍游寺、江天寺，在今鎮江市西北金山上。始建於東晉。

登焦山

載酒櫂歌輕，來尋《瘞鶴銘》。風雲生履襪，梵唄動江城。波濺摩殘碣，酣餘嗅落英。漁罾明遠火，歸路尚含情。

【注】

〔一〕焦山：位於今鎮江市東北，與金山、北固山合稱『京口三山』。

岳州謠

洞庭波漸落，下瀨閱千艘。火尾龍初伏，蒐靈虎欲逃。爭舟真擲指，驗級盡顛毛。身沒頭行遠，矢窮覆若敖。

初夏雜感四首

多病從清署，支頤小市東。雨寒遲麥秀，風急褪棠紅。白羽搖秦甸，青雲集漢宮。三驅王者事，躍馬氣何雄。

其二

芳菲春事盡，積雨對寒窗。野日桑陰暗，風烟雉堞雙。千秋誰寫照，五字意難降。已遣番禺使，將軍更建幢。

其三

風塵餘短髮，簪紱亦投閒。閉户慚官俸，攤書見遠山。牛羊夕下早，鼓角日來殷。雞肋寧堪惜，糟床送素顔。

其四

風起角聲驕，悲涼雨近宵。宫雲隔苑度，河柳去堤遥。吟眺違孤賞，疏狂定久要。小山藂桂發，猿鶴狎漁樵。

秋日徐望仁總憲招飲水亭四首〔一〕

滿目滄洲趣，誰知在鳳城。芳傳荷芰密，秋入管弦清。杖屨今年勝，風塵此地輕。願言攜襆被，倚月聽吹笙。

其二

水上雲初白，樓中桂已黄。雨聲穿石罅，霜氣變銀塘。薜荔依墻月，芙蓉落客裳。鄉思渾欲忘，幽眺得瀟湘。

其三

微雲依檻外，疏雨挂城頭。湍激蛟龍鬬，沙崩雁鶩浮。月連銀漢白，柳幔石梁秋。夜氣香能發，清吟散客愁。

其四

畫閣淩霄迥，清樽對夕暉。霞光雲外度，花氣雨中霏。病骨秋能健，羈懷醉欲微。更深催畫角，戀月許遲歸。

【注】

〔一〕徐望仁：即徐起元（一五八五—一六五八），字貞復，號望仁，遼陽人，明末舉人，累官至鄖陽巡撫。順治二年，降清。三年，授都察院右副都御史。順治五年，遷左都御史。順治六年，加太子太保。卒謚僖靖。（金之俊《光禄大夫太子太保左都御史望仁徐公墓志銘》）

送羅篁庵前輩二首〔一〕

惜别且停車，蕭蕭落木餘。高蹤逸賀監，久客倦相如。經濟存前輩，風流賦《子虚》。更看桃葉渡，暫住謝公輿。

其二

落日揚帆遠，冥鴻何處求。石渠推大隱，華髮向扁舟。不用歌《行路》，相看是暮秋。南昌有高士，風動白蘋洲。

【注】

〔一〕羅篁庵：即羅憲汶（一六二四—？），字植于，號篁庵，南昌人。明崇禎十六年（一六四三）進士，選庶吉士。入清，改檢討，升司業，轉翰林院侍讀學士，至少詹事。有《漢柏居詩文集》。（尹繼善等《江西通志》）順治十三年九月，羅憲汶以疾乞休，見《清世祖實録》卷一〇三。

送郭快庵宫贊謫山西憲幕二首〔一〕

秋晚仍分袂，寒風越太行。家空星是客，宦累鬢成霜。羸馬秦關近，悲吟楚問長。鷫鸘無以贈，貰酒意徬徨。

其二

柏梁誰第一，今日嘆途窮。平子愁初劇，江淹賦未工。寒風吹易水，邊氣肅雲中。尺素能相憶，天池正起鴻。

【注】

〔一〕郭快庵：即郭棻（一六二三—？），字芝仙，號快庵、快圃，直隸清苑人。順治九年中進士，選庶吉士，授檢討，升贊善，謫山西僉事，升大理寺副，歷經筵講官、詹事，晉内閣學士兼禮部侍郎。工詩文，善書法，有《學源堂文集》。嘗纂《畿輔通志》。（《大清一統志》）順治十三年（一六五六）五月，郭棻降三級，左遷山西按察司僉事，見《清世祖實錄》卷九九。

送李兼山同年之任九江二首〔一〕

溽暑連朝雨，西江萬里情。戰場遺廢壘，驅馬向孤城。笛憶桓伊貴，詩傳靖節清。使君諳治術，安靜是生成。

其二

匡廬奇勝地，此日駐幨帷。天曠連鴻渚，時平靜女陴。瘡痍茲欲起，憲節爾無私。江畔多棲寄，芙蓉採自怡。

【注】

〔一〕李兼山：即李世鐸，字伯端，又字兼山，山東膠州人。順治三年進士，歷山西交城、直隸蠡縣知縣，擢戶部浙江司主事、江南司員外郎，晉福建司郎中，遷江西按察司僉事、分巡九江道，補湖廣按察僉事，署湖廣布政使，卒於任。著有《易義》、《四書當下義》等。（張同聲、李圖《膠州志》）順治十六年，李世鐸分巡九江道，馮溥作此以送。

送徐山琢侍御視鹺河東二首〔一〕

侍御名烏府，榷鹺佐計臣。澄清高攬轡，淡泊切書紳。虞廟薰弦舊，秦關繹路春。霜威白簡重，詎只算餘緡。

其二

封事頻蒿目，銀河未洗兵。邊儲應有額，按部盡知名。國體崇寬大，君才足老成。春風蘇萬彙，應逐馬蹄生。

【注】

〔一〕徐山琢：即徐越（一六二〇—一六八七），字山琢，號存庵，江蘇山陽（今淮安）人，順治九年進士，授行人，升浙江道監察御史，補兵部督捕理事。（徐元文《兵部督捕理事官前浙江道御史徐公神道碑》）

元宵前二日雪過趙韞退三首〔一〕

風塵無俗吏，雨雪亦相過。浮蘗春痕淺，凌寒酒思多。鶯花餘散漫，天地此蹉跎。授簡梁園客，拈毫賦若何。

其二

坐久催鐘鼓，深觥未放乾。移樽傍火樹，遲月到欄干。呵凍詩成晚，迎香梅鬬寒。應添清角曉，不醉好誰看。

其三

春日陰連句，百靈勢倍振。嵇康方欲懶，公瑾最能醇。玉闕歌中樹，瑤臺醉後人。神仙如可接，應不厭吾真。

【注】

〔一〕趙韞退：即趙進美（一六二〇—一六九二），字嶷叔、韞退，號清止，益都顔神鎮（今山東淄博博山）人。明崇禎十三年（一六四〇）進士，授行人。入清，歷太常博士、刑科給事中、禮科給事中、江西副使，仕至福建按察使。與馮溥同窗交厚。（田雯《清止趙公墓志銘》）

秋日亦園小集次韻二首

風日逢秋好，言同杖屨尋。千章雲樹暗，一逕野花深。魯酒堪投轄，吳歌得賞音。銷兵乘廟算，颯爽一披襟。

其二

城隅咫尺地，曠歲隔幽尋。草木秋容淡，登臨客思深。唱酬矜郢調，絲管動商音。日暮休辭醉，青巒落滿襟。

秋日池亭小集次韻三首

烟霞思結伴，應傍水爲門。濁酒人無恙，輕雲月有痕。笙歌秋色晚，談笑燭光渾。共喜干階舞，行空虎豹屯。

其二

吟眺高齋迥，濠梁興倍奢。清風來浩淼，詩句帶烟霞。把酒天難問，聽歌日易斜。重陽看欲近，落帽好誰家。

其三

鸜唱意翛然，清光近酒天。老思元亮倦，狂憶步兵賢。雲影留歌後，筆花落醉前。仙緣堪結契，詎只羨長年。

集亦園復次前韻

暇日舒長嘯，高歌動薊門。歸鴻林外影，殘月水中痕。舊雨消彭澤，新詩寄陸渾。故園薰冶上，幾處白雲屯。

其二

長城天上落，五字鬬豪奢。彳亍穿雲檻，低徊散彩霞。紅牙珠串巧，白雪玉山斜。觴詠消良夜，垂鞭莫問家。

其三

城南韋曲地，尺五宴涼天。憑眺山河壯，登臨杖屨賢。曲誇郎顧後，花綻雨聲前。坐見銀河瀉，真堪樂歲年。

乙卯六十七歲初度〔一〕

遲暮君恩重，遂初未恝然。勉隨鵷鷺後，時憶聖賢編。周任言難副，蒼生望久懸。因循成過咎，吾亦愧吾年。

【注】

〔一〕乙卯：爲康熙十四年。馮溥生日在十二月初五日，臨朐冶源本家譜《馮氏世録·奉祀神主》：『顯考光禄大夫太子太傅刑部尚書文華殿大學士加一級謚文毅府君馮公諱溥，字孔博，行二。神主生於萬曆三十七年己酉十二月初五日寅時……孝子治世奉祀。』

憶李厚庵編修〔一〕

閩海烽烟歇，飄零念友生。蠟書餘涕淚，土窖避弓旌。魑魅窺人易，冰霜鑒爾誠。艱難猶契闊，企望待春明。

【注】

〔一〕李厚庵：即李光地（一六四二—一七一八），字晉卿，號厚庵，别號榕村，泉州人。康熙九年（一六七〇）進士，選庶吉士，授編修，累官至文淵閣大學士兼吏部尚書。康熙十二年五月，李光地乞假省親。次年遇耿精忠之亂。十四年上蠟丸疏。（《清史列傳》）此詩云『閩海烽烟歇』，則當作於十五年九月耿精忠亂平之後。

經廢觀有感

鑿壁山門古，穿霞磴道微。崖欹丹竈偃，雲破白龍飛。入室猶懸磬，登樓舊掩扉。徘徊不能去，蒼翠濕人衣。

歲暮雜感二首

朔風號四野，歲暮感離居。斷續千聲角，辛勤一紙書。賣刀農病穀，彈鋏客無魚。漸喜收諸郡，鴻恩望玉除。

其二

東南猶戰壘，籌餉析秋毫。改折憂天庾，飄搖慮賊壕。簪裾階易進，弓矢慣偏高。瘴嶺千層險，捷書五夜勞。

己未五月二十一日病熱遽至委頓上遣翰林院學士喇薩里問病安慰深至具疏乞骸骨未蒙俞允及病稍愈啟奏復親承上諭再慎加調理健後入署感恩恭紀四律〔一〕

老去蒙恩渥，尤憐病起遲。講臣承睿命，天語慰支離。一榻光輝迴，盈庭冠佩移。衰庸無報稱，伏枕涕横垂。

其二

二豎纏衰骨，九重念老臣。兒扶纔下拜，枕畔頓生春。醫藥煩頻問，喇公問藥方併醫人姓名，皆奉上旨。風寒懼失真。深慚犬馬疾，殊覺股肱親。

其三

閭巷驚光寵，棲遲有歲年。頻經三伏熱，曾是百憂煎。簪紱吾何補，駑駘主自憐。天顔重慰藉，懷抱一凄然。

其四

骸骨恩頻乞，溫綸每慰留。豈耽麋鹿適，原乏廟堂謀。歲月愆仍積，乾坤戰欲休。病魔何未去，更廑睿慈憂。

【注】

〔一〕己未：康熙十八年（一六七九）五月二十一日，溥病。六月一日，上遣學士喇薩里問病。《康熙起居注》十八年六月：『初一日甲子……上命翰林院掌院學士喇沙里往視大學士馮溥疾於其私第。』

送汪存庵學博二首〔一〕

如此才名久，寒氈莫患貧。眾皆憂酒價，子有問奇人。徒步睨官長，高歌動鬼神。詩書期不負，吏隱見天真。

其二

四海一詩囊，廣文興味長。束脩稱弟子，琴瑟問先王。汾水優英傑，扶風列女倡。何如官廨靜，化雨近宮墻。

【注】

〔一〕汪存庵：生平俟考，與陳維崧交厚。陳維崧有《送汪存庵廣文出都》。

示兒輩四首〔一〕

百行何爲首，承歡獨色難。揚名千古重，養志一心安。飲食調飢飽，衣裳候燠寒。有親當孝順，留與子孫看。

其二

百行何爲首，天倫爾自看。殷勤存定省，扶掖念衰殘。莫依衣冠盛，須知繼述難。邁征期不忝，應博老人歡。

其三

百行何爲首，舅昆共勉旃。出門求士行，問業信師傳。静識詩書理，深思父母年。吾家有世澤，慎莫負青氈。

其四

百行何爲首，親心每預期。詩書爾不力，疾病我先知。驥貴都過早，犢憐老更癡。衰年凝望切，池上鳳毛遲。

【注】

〔一〕高珩《棲雲閣詩》卷七有《和易齋示兒二首》。

暮春獨遊萬柳堂感興十首

因循春欲暮，策杖俯孤岑。柳暗溪痕淺，花明燕語深。山河聊縱目，風雨得憑襟。嵇阮無逢處，翛然自入林。

其二

來遊方落屐，僧梵尚晨鐘。宿鳥窺人噪，巖花映水重。觀瀾思浩淼，拄笏喜從容。謝傅無相笑，圍棋老更慵。

其三

鷩沙塵拂面，忽爾接烟汀。蒼翠侵衣冷，菰蒲到岸青。崇崗初日麗，碧沼宿雲停。爽氣西來滿，居然是畫屏。

其四

勾漏丹砂客，棲遲老薊門。蜂喧花近眼，漁唱酒盈樽。老脚衝泥怯，輕雲倚石存。塵囂聊可避，吾道自能尊。

其五

學圃經營久，荒蕪井沒苔。攜鋤牽物役，抱甕惜年衰。河上廬能結，漢陰首重回。鈔書方種樹，抛卷一登臺。

其六

烟籠晨照淺，地曠土香深。樹側全欺徑，橋支半藉岑。文魚無赤尾，紫燕果紅襟。祓禊遲逢閏，浮觴向碧潯。

其七

宿雨添朝綠，溪光映翠微。棠花堆柵重，柳絮撲筵飛。已闢浮香逕，旋開新釣磯。攜壺隨坐臥，春思倍依依。

其八

晨曦來谷口，幽逕轉多姿。補綴皆新意，芟除異舊時。買舟將繫柳，泥壁待題詩。豈必平泉石，經綸慰所思。

其九

小亭何次第，徙倚對松風。曲澗迷飛鳥，懸崖飲斷虹。承匡推絳縣，岱谷笑愚公。花信休狼藉，鄉心逐轉蓬。

其十

都人歡節序，春晚亦羣遊。攜女爭花鈿，呼朋落杖頭。水深魚撥剌，風細鳥鈎輈。生趣閒中得，吾簪盡可投。

【箋】

錢泳《履園叢話》卷下：『萬柳堂在京師廣渠門外，今爲拈花寺，余嘗往遊數次。國初馮益都相公别業，仿元時廉希憲遺制，亦名萬柳。當時如毛西河、喬石林、陳其年、朱竹垞輩，皆有詩文紀之。然昔之所謂蓮塘、花嶼者，即今日之瓦礫蒼苔也。成親王有詩云：「十日春陰五日雨，崇文門外無塵土。寒草回青趁馬蹄，越陌度阡成漫與。居人猶自説馮家，指點荒亭帶殘堵。野春無門關不住，鎖緑惟憑萬烟縷。老僧灑掃御書樓，滿壁雲龍照騰翥。國初筆蹟此間多，竹色橋邊無片楮。不知秋井幾回塌，莓苔掩抑雙猊礎。故老風流杳可思，詞林句律能從古。賦詩飲酒樂承平，攬迥臨深慰羈旅。豈無葫蘆嘲學士，亦有蓮華歌相府。敝車羸馬江南客，眼明到此思洲渚。羣鴉剩有後棲啼，雙燕如看舊時舞。希憲崇情且莫論，淡對淒如别南浦。落花紛紛已覺多，回首東風真莽鹵。」』

喜曹峨眉至都賦贈三首〔一〕

寥廓鴻翔遠，文章會有神。船移書畫重，人對酒樽頻。國舉標風格，天懷逸等倫。長卿工檄蜀，應是廟堂珍。

其二

閒居追契闊，染翰舊丰姿。白雪逾千里，黄金恰一時。論文知道勝，把袂感昌期。幾載鬱陶思，澄懷得所披。

其三

羣賢羅鳳闕，彩筆應登壇。白虎分新論，銅龍改舊官。君王憑几待，學士堵墻看。叉手詩成後，扶搖望羽翰。

【注】

〔一〕曹峨眉：即曹禾（一六三七—一六九九），字頌嘉，號峨眉，一號未庵，江陰人。康熙三年進士，官内閣中書。康熙十八年舉博學鴻詞，授編修，官至國子監祭酒。在京與田雯、宋犖、曹貞吉、汪懋麟等稱『都門十子』。（《清史列傳》）此詩作於康熙十七年曹禾入京後。

法黄石年兄旅邸喪子痛不勝情爲文寫哀殆不可讀詩以慰之公子行八，工繪事〔一〕

天意窮巫卜，人情惜畫師。嚴親雙淚暗，素旐一棺遲。形影燈前問，丹青覺後疑。魂歸應未遠，痛絶感殤詞。

其二

元愷才皆八，修齡定有因。如何驚早慧，竟爾負哀親。炎暑椒漿薄，淹留旅館貧。死生知定數，明月憶前身。

其三

南國旬宣舊，頻年旅食營。官遲催鬢短，子病對燈横。顔路推師誼，西河愧友生。勉知狥道義，太上豈忘情。

其四

芝蘭猶滿砌，遽爾厭芳叢。畫作龍飛壁，人疑鶴唳空。老翁憐少子，良友問蒼穹。細繹哀詞苦，他生定可逢。

【注】

〔一〕底本目録本詩正題末有『得四首』三字。法黄石：即法若真（一六一三—一六九六），字漢儒，號黄石、黄山，膠州人。順治三年進士，歷官至安徽布政使。有《黄山詩留》。（《黄山年略》）

無題四首

賓筵談笑倦，歌吹復新謀。散步花低帽，穿廊月上鈎。鶯疑深樹語，麝近繡屏留。細鏤梁塵落，回燈豁醉眸。

其二

銀燭光初吐，紅牙板已催。歌喉天上落，舞袖月中來。雅謔存吴語，微香入酒杯。留髠情未厭，漏盡復徘徊。

其三

屋内春常滿，筵前翠欲流。曲翻新譜豔，笛愛舊囊收。友人俞天木嘗爲予言，得佳笛須以舊錦爲囊方妙。〔一〕拂黛初開靨，簪花未上頭。二分明月好，髣髴似揚州。

其四

司空渾見慣，今日醉忘歸。南國聞桃葉，西園賦洛妃。蘭芬隨字換，雲影傍衣微。欲盡芳妍態，須教燭十圍。

【注】

〔一〕俞天木：即俞鐸（一六二七—？），字天木，號膽人，泰州人，順治九年進士。（《順治九年壬辰科會試進士履歷便覽》）授翰林院庶吉士，十三年改江南道監察御史。

立秋

炎蒸猶昨日，新露滴梧桐。霞散朝來雨，涼侵夜半風。蠹魚驅稍稍，舊帙檢重重。朋好邀能過，開樽興味同。

七夕

誰識銀河路，仙軿問渡難。鵲橋波影直，羅袖淚痕乾。乍覺風姨爽，翻憐月姊寒。人間多乞巧，別緒正闌珊。

其二

秋光凝絳闕，蟾影射銀河。天上別離苦，閨中笑語多。良人驕玉勒，賤妾望金梭。只此盈盈水，天孫奈爾何。

戊午秋七月十一日上幸内閣閲庶常試卷應制

秋色分東壁，奎光映紫微。皇情逢暇豫，文苑奉恩暉。麗句珠璣湧，鴻章道德歸。縹緗留聖鑒，常傍五雲飛。

贈傅青主徵君二首〔一〕

僧廬高卧穩，令節客情孤。祝噎遲鳩杖，乞言尚帝都。寢興惟子問，湯藥倩人扶。慚愧平津閣，留賓事有無。

其二

大隱樂林泉，鶴鳴徹九天。上庠虞氏典，稽古漢庭賢。孤潔留高義，凄涼動世憐。衰遲吾未去，惆悵詠斯篇。

【注】

〔一〕傅青主：即傅山（一六〇七—一六八四），字青主，號嗇廬，山西陽曲人。明諸生，明亡不仕。康熙己未，被强徵應博學鴻詞，不試，賜中書舍人，不受而歸。工詩、書、畫及醫學。有《霜紅龕集》。（丁寶銓《傅青主先生年譜》）此詩既稱『徵君』，則當作於康熙十八年博學鴻詞試後。

【箋】

《傅青主先生年譜》：十八年己未，七十三歲。先生辭大科不就，當事必欲致之，檄邑長，踵門促上道。先生稱疾，有司令役夫舁其床以行，二孫侍。既至京師三十里，以死拒不入城。於是益都馮相國溥首過之，公卿畢至。先生卧床不起，蔚州魏公象樞乃以其老病上聞，詔免試，放還山。時徵士中報罷而年老者，恩賜以官，益都密請，以先生與杜徵君紫峯雖皆未豫試，然人望也，於是特加中書舍人以寵之。益都强先生入謝，先生不可，益都令其賓客百輩説之，遂稱疾篤。乃使人舁以入，望見午門，淚涔涔下。益都强掖之使謝，則仆於地。蔚州進曰：『止，止，是即謝矣。』次日遽歸，大學士以下皆出城送之。先生嘆曰：『自今以還，其脱然無累哉！』既而又曰：『使後世或妄以劉因輩賢我，且死不瞑目矣。』聞者咋舌。

送陳椒峯南還八首〔一〕

巧宦知能免，春風别緒長。臨岐言款款〔二〕，把酒意茫茫。吾道窮應固，斯民真可望。驪歌愁不醒〔三〕，誰謂次公狂？

其二

與子周旋久，言歸淚不禁。新帆高士艑，舊雨故人心。夙約惟招隱，深情憶盍簪。蘭芬思數挹，金玉望遥岑。

其三

稽古千秋業，雌黄慎所評。闡幽天地朗，抉隱鬼神驚。疑義前賢闕，虛衷尚論平。芳猷深仰止，澄念寄遐情。

其四

淳風嗟久散，此去欲何之。已被才名誤，休言運數奇。乾坤容悔過，師友恕箴規。抑戒聞圭玷，恭人秉德基。

其五

聞說倚閭望，高堂白髮新。寧能隆鼎養，況復去官貧。萊舞詩書設，春輿筍蕨陳。承歡期不忝，菽水古人真。

其六

孤帆天際去，談笑倏成空。歲月嗟吾老，文章羨爾工。原無驚寵辱，奚必問窮通。不朽賢豪事，終期月旦同。

其七

史才良不易，棄擲復何言。記事譏班馬，删繁陋宋元。俗情憎素璧，名士喜朱旛。博物多君子，白頭汗簡繁。

其八

凌霄非近玩，莫作《五噫歌》。留滯中書省，淒涼春夢婆。止樊蠅未散，擊楫客先過。爲問淮南米，新來價若何。

【注】

〔一〕陳椒峯：即陳玉璂，字賡明，號椒峯，武進人。康熙六年（一六六七）進士，歷官内閣中書。康熙十八年應博學鴻詞試，罷歸。有《學文堂集》。（張維驤《清代毗陵名人小傳》）此詩作於博學鴻詞試後回鄉之時。盧文弨《常郡八邑藝文志》卷十一録其一、其四。

〔二〕臨岐：《常郡八邑藝文志》作「訂期」。

〔三〕不醒：《常郡八邑藝文志》作「滿臆」。

上以久旱親禱南郊先期一日而雨恭紀志喜

民力疲征繕，天心厭寇戎。流離環九陌，耕稼厪重瞳。祀典期先戒，齋宮意已通。甘霖隨地足，歡舞四方同。

其二

帝德馨香久，寧煩圭璧陳。精誠通降鑒，感格協神人。已慰桑林禱，終還綺陌春。三農頻悵望，澤滿屬車塵。

其三

霡霂遲春澤，祠官走望多。傳呼天仗簇，沾灑野田過。入夜聲猶急，隨風氣轉和。劬勞鴻雁影，百堵莫蹉跎。

秋日題李繪先年兄新齋四首〔一〕

積水明空岸，薜蘿映短扉。雲留一榻靜，院曠數螢飛。細雨蛩聲晚，疏鐘月影微。經過時不厭，幽眺欲忘機。

其二

疏簾通野氣，秋色傍琴樽。地僻容孤賞，心閒可共論。晴雲依渚近，旅雁入霄翻。林壑抒新響，高懷澹自存。

其三

常有登高興，無如此地偏。客心原靜穆，小設即雲烟。隱几消塵事，憑虚閲物眠。著書堪永日，濠濮憶周旋。

其四

鄰架縹緗滿，青蓮自逸才。開樽花對發，問字客能來。落日孤雲細，微風衆壑哀。一窗秋意足，不用更登臺。

【注】

〔一〕李繪先：即李含章，字繪先，號浮玉，山東樂安人。副貢生。

夏日同孫枚先高念東李吉津王稚崑趙韞退王子下集先農壇分賦三首〔一〕

言有招攜地，微風古殿疏。長廊人意愜，喬木鳥聲徐。散帙花能映，敲枰響徹虚。青巒杯底落，得遣客懷舒。

其二

只有松濤起，寧知暑氣侵。地靈禾自異，人靜境逾深。高閣思神貺，薰風憶舜琴。五雲雙闕迥，歸路晚蟬吟。

其三

壇影虛無際，松陰靄碧空。詩清畏大手，病渴得長風。細草分樽綠，明霞入座紅。晴沙隄路永，幾處馬蹄同。

【注】

〔一〕孫枚先：即孫廷銓。高念東：即高珩。李吉津：即李呈祥（一六一七—一六八七），字其旋，又字吉津，號木齋，山東霑化人。明崇禎十六年（一六四三）進士，選庶吉士。入清授編修，累遷少詹事。因疏陳除滿官而流放遼東。有《東村集》。（孫光祀《少詹事李公暨配周淑人合葬墓志銘》）王稚崑：《光緒益都縣圖志》卷三七《人物》：『王玉生，字稚崑，父克能，贈保寧府知府。玉生以拔貢爲湖州府通判，遷懷慶府同知，駐清化鎮，塞決河。攝溫縣知縣，或誣修武知縣於上官，玉生爲力白，得解。其人來謝，卻之曰：「此公論，非私黨也，何謝爲？」進保寧知府。時川北初定，州縣丘墟，玉生招徠撫恤，歲餘，戶口漸繁，民得安業。乞歸，貧甚，授學著書以卒。玉生家世清寒，及入仕籍，乃廉介自矢，宦遊二十年，家無擔石，人咸服其清節云。子璵似，別有傳。』趙韞退：即趙進美。王子下：即王樛（一六二七—一六六五），字子下，號息軒，淄川人。王鰲永之子。以蔭任指揮僉事，歷官太常少卿、祕書院侍讀、通政司右通政。有《息軒草》。（《晚晴簃詩匯》）

題孫枚先太宰沚園圖卷四首〔一〕

羣峯環綠野，松菊盡堪圖。水碧烟嵐接，沙明雁鶩呼。巖從秋樹老，風入夜弦孤。帝切嘉謨念，無疑是鑑湖。

其二

柳色參差處，溪流帶小橋。石床醒酒易，竹逕借風饒。雜沓香粘屐，微茫黛點椒。謝公丘壑興，几案對漁樵〔二〕。

其三

何時憑杖屨，樽酒傍湖濱。展卷山中客，科頭世外人。霞明遮石壁，松種長龍鱗。奚必曾經者，方知釣瀨真〔三〕。

其四

相期尋舊約，山徑入深冥。此日三公圃，他年二老亭。月明環水白，雲散一峯青。寫意重煩補，吾衰倚石屏〔四〕。

【校】

〔一〕此四詩亦見孫廷銓《顔山雜記》卷四，題作《題沚園秋望卷詩》。

〔二〕『雜沓』四句：《顔山雜記》作『露下香沾屐，朝來黛點椒。何時扶病過，未惜馬蹄遥』。

〔三〕此詩《顔山雜記》作『謝公多逸興，小築水之濱。静得川原適，清無市井塵。霞鮮遮日壁，松種長龍鱗。魚鳥歡情性，忘機傍主人』。

〔四〕此詩《顔山雜記》作『相期尋舊約，山徑久曾經。此日三公圃，他年二老亭。月明環水白，雲散見峯青。誰唱滄浪曲，悠悠最可聽』。

春日送關内道宗尼叔東還省覲五首叔在任平商洛賊數萬〔一〕

久役秦關夢，忻逢燕市春。風前人易醉，戰後語多新。柳眼窺行路，桃花笑别人。如何方聚首，卻令淚沾巾。

其二

惜别還同勗，吾宗近若茲。燕臺垂祖武，秦樹識孫枝。行役猶飢渴，淹留閲歲時。東山他日屐，絲竹慰相思。

其三

曾因白雪對，不佩紫羅囊。驅馬燕秦隔，春風戰伐長。驊騮原故步，樽酒是他鄉。若值驪歌發，衰顔醉欲狂。

其四

華嶽貞珉在，幨帷幾度看。偏隅初秉鉞，大樹舊登壇。祖德行思合，慈顔淚欲彈。潘輿稽導綵，取次卸歸鞍。

其五

數年分虎旅，今日拜龍顔。京國鳴珂盛，高堂晝錦斑。飛花依袖舞，好鳥報春閒。薰冶多明媚，停舟幾度還。

【注】

〔一〕宗尼叔：即馮士標（一六一〇—一六五五），字端明，號宗尼，馮惟健之曾孫。明崇禎十三年進士，入清授兵部武選司主事，升陜西按察司僉事，分巡關内道，歷右參議、四川建昌兵備副使、福建按察副使。（《馮氏世録·朝議大夫福建按察使司閩海道副使宗尼馮公行述》）順治五年春（一六四八），馮士標以升右參議入覲，旋便道歸青州省親，馮溥作此以送。

過亦園

衰遲官未罷，乘興屢來過。落屐歡新徑，除巾礙舊柯。耕聲催布穀，魚影避淘河。閒步桔槔處，機心忘已多。

送兒治世東還四首〔一〕

多病愁爲客，趨庭喜汝來。漫天風雨急，匝地鼓鼙催。舊業行零落，新詩愧剪裁。賢愚原分定，懷抱且須開。

其二

弱質經行險，炎天道路長。承歡吾自鑒，才拙爾何妨。宦況朝參懶，歸思寤寐狂。藜燈來末照，能否共裁量？

其三

烽火書難寄，斑衣爾獨翩。秋風方欲薦，匹馬遽言旋。莫負懸弧志，行看抱子年。乾坤吾自老，執手一淒然。

其四

歸路憐風雨，兼之豺虎過。逢人知禮讓，憶爾減婆娑。惜別言無緒，多愁鬢欲皤。故園秋水上，涼月滿漁蓑。

【注】

〔一〕馮治世（一六三一—？）：字虞臣，庠生，馮溥長子。（毛奇齡《易齋馮公年譜》）

送別宋轅文二首

長卿方病渴，賀監竟辭官。入世誠何有，忘情適所難。優遊新興足，斟酌舊盟寒。不淺蓴鱸意，逢秋一倍看。

其二

豈爲驪駒唱，居然激楚音。將知同白業，久解賤黄金。斥鷃終相笑，冥鴻豈易尋。乾龍稱遯世，蹤跡任浮沉。

亦園雅集答默庵見贈之作三首

地僻秋偏好，同人載酒來。柳陰藏曲徑，鳥語勸深杯。鷗鷺盟諄切，蒹葭水溯洄。高歌笑爽氣，首唱藉雄才。

其二

雨霽彌朝爽，晴光落酒巵。合簪人易醉，連袂步多遲。動植皆生意，行藏有愧詞。漁樵真可問，水過丈人師。

其三

相邀涼雨後，洗濯物華新。山色如招隱，人情欲問津。路迷烟樹合，萍動躍鱗頻。坐看斜陽外，清波隔丈塵。

送陳實庵前輩南還其尊翁爲先宗伯祖所取士〔一〕

世講初能悉，脂車竟此晨。贈遺慚令問，涕淚憶前人。守道終違俗，耽書豈療貧。可憐仍避地，好及五湖春。

其二

縞紵吾堪命，寸心貴不違。干戈千里暮，江海一人歸。揚子風烟接，龍門著述微。休教招隱盡，寥落雁來稀。

【注】

〔一〕陳實庵：疑即陳美發，浙江上虞人，崇禎元年進士，官至左贊善。入清不仕。先宗伯祖：謂馮琦，馮琦在明代曾任禮部尚書，故稱。

送程其相少詹假歸二首〔一〕

十載同詞賦，相憐各鬢斑。爲尋疎傅傳，共說謝公還。永日牙檣穩，孤城畫角閒。龍眠蒼翠好，捉鼻一開顏。

其二

攜尊送客處，極目逐雲平。五雨微風遠，千峯落炤明。長卿遊易倦，賀監隱難并。遥憶東山屐，鶯花不用名。

【注】

〔一〕程其相：即程芳朝（一六一一—一六七六），初名鈺，字其相，號立庵，桐城人。順治四年榜眼，授編修，累官至太常寺卿。有《皇華草》、《中裕堂集》。（潘江《龍眠風雅全編》）據《清實錄》順治十四年十月『甲申，升侍讀學士程芳朝爲詹事府少詹事兼内翰林國史院侍讀學士』，此詩作於順治十四年十月之後。

寒食

微雨疏庭戸，花明已及晨。無人懸麈尾，隨意遺龍賓。客久諳求火，病餘問守申。城闉新柳色，何事惱比鄰。

九月三日對菊

未及登高節，東籬已放花。買將數種色，來作一窗霞。香覆書全潤，酣餘帽半斜。何時拖兩屐，爛醉野人家。

題大司寇李五弦亡姬畫卷〔一〕

逸韻知何許，嬌姿識畫圖。月微憐趙瑟，喉巧憶吳歈。芳樹庭陰滿，流蘇帳影孤。遺釵猶在匣，莫遺侍兒呼。

【注】

〔一〕李五弦：即李化熙（一五九四—一六六九），字五弦，淄川周村（今山東淄博周村）人。明崇禎七年中進士，歷官至陝西巡撫、三邊總督。降清，入清後累官至刑部尚書。（高珩《刑部尚書五弦李公墓志銘》）

淮南水

聞説淮南水，依稀雉堞平。人家浮斷梗，舟子待漂籝。高竈黿鼉徙，餘糧雁鶩爭。可憐輸運苦，疏鑿竟無成。

其二

道路喧災異，田塍何處求。逃亡烟不突，炎夏雨連秋。遠樹真如薺，孤城只泛舟。乘槎天畔客，直欲犯牽牛。

其三

今歲淮揚麥，雖豐不薦新。一門傳疫鬼，千里付波臣。日月終埋照，雷霆横擊人。蕭條城市盡，何處哭秋旻。

其四

萬物原芻狗，天心不可論。干戈猶滿眼，溝壑已招魂。田沒名存籍，波深吏到門。誅求貧徹骨，魚腹念兒孫。

秋日其年邀同大可舟次行九子啟暨兒慈徹協一集萬柳堂分賦〔一〕

其一

秋晚經荒圃，蕭蕭蘆荻天。橋危時落屐，水涸尚浮烟。拈韻矜詩壘，分曹問酒泉。移樽藉朋好，吾醉正陶然。

其二

秋色橫拖綠，羣峯翠欲連。日穿林作繡，露浥草如烟。塞雁窺寒渚，池魚聚暗泉。笙歌情正適，新月已娟然。

【注】

〔一〕其年：即陳維崧。大可：即毛奇齡。舟次：即汪楫。行九：即毛端士，字行九，號匏村，武進人，屢赴試不第。善詩文，著有《匏村詩稿》。（《清代毗陵書目》）子啟：即陸子啟，與陳維崧、馮溥交厚，生平俟考。慈徹：即馮慈徹，馮溥次子，字冒聞，號玉爽，官至兵部司務。協一：即馮溥第三子馮協一（一六六一—一七三七），字躬暨，監生，以蔭至臺灣府知府。有《友柏堂遺詩選》。（趙執信《中憲大夫福建臺灣府知府退庵馮君墓志並銘》）

又得二首

約伴皆陶謝，鳴鑣向曙天。花垂千葉露，雲散一溪烟。紫蟹應輸稻，檀槽似滴泉。山公今日醉，童笑已茫然。

其二

常有攜壺興，羣賢屐齒連。水寒魚映藻，天闊樹浮烟。觸石驚雲岫，浸薪聽氿泉。酣餘詩不檢，揮麈意逌然。

閏月中秋

兩度中秋月，流光玉𢓜開。清風飄練去，素影委波來。華琯依前調，寒花引後杯。閨人霜露切，半臂已先裁。

其二

共愛中秋月，誰知去復來。嫦娥深窈窕，玉兔重徘徊。露冷霜凝杵，香繁桂映杯。清光留勝概，步屧盡瑤臺。

【注】

〔一〕此詩作於康熙十九年（一六八〇）閏八月中秋。

詠齋中盆桂兼贈行九

盆桂芬芳發，枝頭蕊尚含。丹葩移硯北，金粟自江南。書幌天香合，燈華月姊探。仙人曾命餌，摘取助餘酣。

九日問周雅楫病〔一〕

秋來同病久，咫尺信空傳。莫倚君臣藥，誰憐子母錢。孤燈先怯睡，長夜正如年。今日登高客，幾人帶醉旋。

【注】

〔一〕周雅楫：即周清原（？—一七〇七），字浣初，一字雅楫，號且樸、蓉湖，武進人。康熙十八年召試博學鴻詞，授檢討，官至工部侍郎。有《司空遺集》、《西湖二集》等。（《光緒武進陽湖縣志》）此詩作於康熙十八年重陽節。

病中問朱錫鬯病〔一〕

寒花催晚節，伏枕念吾徒。露下侵衣冷，晨興倚席孤。參苓書作質，茶竈藥爲爐。何日舒長嘯，雙扶肺氣蘇。

【注】

〔一〕據《易齋馮公年譜》，康熙十八年五月（一六七九），馮溥『嬰熱疾，乞疏益切。上遣翰林滿學士喇薩里就家問病，且傳諭：調理稍痊，即出供職，不必求去』。此詩當作於是年。

病中偶吟

移疾無人事，閒情閱菊叢。偶披《高隱傳》，獨對葛仙翁。采藥雲長碧，伏砂火尚紅。吾家住北海，鸞鶴有來風。

其二

澄慮靜神明，爽然夜氣清。有身皆是幻，無念始爲誠。呼吸從升降，膏肓任使令。庸醫愁二豎，吾欲問長生。

雅楫久病未愈詩以慰之

我病初能愈，君痾尚未平。故鄉千里夢，微月一窗橫。内省原無愧，中懷自得清。行看驅二豎，相晤笑浮生。

對菊

佳節今年晚，黄花爛漫開。寒風愁落帽，斜日怯登臺。燕塞霜初重，梁園客未來。杜陵多病後，誰復共銜杯。

冬日諸子遊祝氏園亭

喜得名園僻，塵襟此欲棲。雲從雙闕度，雪映萬峯迷。林密開樵徑，窗閒聽鳥啼。振衣一眺望，身世嗒然齊。

其二

誰築辟疆館，閒從求仲過。雪巖封斷石，寒日抱庭柯。興至披書卷，重來認薜蘿。何須詢地主，竹裹自高歌。

其三

近天韋曲地，精舍儗蓬壺。地靜雲來去，巖空乳有無。當歌塵自落，欲醉鳥頻呼。笑語增强健，翛然不用扶。

其四

回廊深窈窕，雲樹自能幽。壇影波間出，山光檻内浮。乾坤容放達，花鳥解綢繆。不淺林泉興，蒼茫動暮愁。

【注】

〔一〕祝氏園亭：位於今北京城南，清初文人雅集之地。此詩作於康熙十九年（一六八〇）十月。陳維崧《湖海樓全集》卷八《雪後陪益都夫子游祝園敬和原韻四首》、徐釚《南州草堂集》卷八《雪後陪益都公飲祝氏園亭奉和原韻四首》皆作於此時。

冬日同諸子遊王大司馬園亭〔一〕

司馬園林好，來遊愜素心。桃源不易到，金谷偶相尋。雪霽千峯出，雲懸衆壑陰。支笻圖畫内，時欲理瑤琴。

其二

雪徑倚層巒，梅花欲破寒。登樓憐窈窕，看竹問平安。雲氣生陰洞，天光落碧湍。莫窮深處探，恐有蟄龍蟠。

其三

病喜人初健，樽慚酒似澠。盤餐猶假館，勝地藉良朋。丘壑塵中静，乾坤雪後澄。登臨時極目，爲問幾人曾。

其四

物役真成懶，林泉夙所耽。孤亭藏仄徑，傑閣俯晴嵐。攜手才名重，開襟酒興酣。飛揚詞賦意，吾道在東南。

【注】

〔一〕王大司馬：即王熙，康熙十二年至十七年任兵部尚書，其園即怡園。此詩作於康熙十九年（一六八〇）十月十九日，陳維崧《湖海樓全集》卷八《益都夫子招游王大司馬怡園敬和原韻四首》、徐釚《南州草堂集》卷八《十月十九日益都公招遊王司馬怡園奉和原韻四首》皆作於此時。

夜風

疑是蛟龍吼，真成虎豹過。欹斜支戶牖，昏黑失星河。馬縮皆如蝟，松摧半有柯。村醪行役客，莫漫惜蹉跎。

佳山堂詩集卷五

七言律詩

扈從南苑大閲賜宴晾鷹臺恭紀二首

鞢韐蒐田禮及春，六龍時御慶芳辰。高峯立馬山河壯，平野行營禮讓均。鷹喜絛閒方晾羽，矢當札貫欲留賓。時有蒙古諸王。綢繆未雨真長策，愧乏嘉謨黻座陳。

其二

草軟沙鋪輦路清，虞人預戒待晨征。纖塵不動驊騮步，萬騎無聲虎豹營。細柳鳴鐃趨上將，長楊珥筆閑書生。恩霑既醉歸鞍緩，旌旆悠悠頌大成。

上御經筵辛亥二月十七日侍班賜宴恭紀〔一〕

聖主宵衣帝業光，危微直欲接垂裳。共傳啟沃承親命，真見都俞在一堂。手捧牙籤天咫尺，經開瓊簡日輝煌。樗材佐理慚無補，拜舞惟期遜敏長。

【注】

〔一〕辛亥：即康熙十年（一六七一）。《清聖祖實錄》卷三五：十年二月丙戌（十四日）『命吏部尚書黄機、刑部尚書馮溥、工部尚書王熙、都察院左都御史明珠……國子監祭酒徐元文充經筵講官』。

癸丑六月上幸瀛臺賜諸王大臣宴泛舟竟日恭紀二首〔一〕

玉輅凌晨拂芰荷，諸峯晴靄待鳴珂。花迎香襲金莖露，雨霽涼分太液波。身到蓬萊聞語笑，任叨鼎鼐愧調和。璈吹一曲來天上，縹緲薰風入載歌。

其二

晴霞散綺日初長，菡萏波明御苑香。嘉樹回陰環紫禁，珍禽戢翼護銀塘。瓊筵天近千官肅，鵷首風來六月涼。更捧溫綸沁肺腑，醉賡《魚藻》意難忘。

【注】

〔一〕癸丑：即康熙十二年（一六七三）。本年六月初九，瀛臺賜宴觀荷。《康熙起居注》十二年六月『初九日丁未，設宴瀛臺，禮部官傳諸王、貝勒等及内閣滿漢大學士、學士、翰林院學士、六部、都察院、各卿寺、國子監堂上官，翰林、科道等官，俱集瀛臺門内橋邊……上御迎薰亭……滿漢客官在瀛臺亭前依次列坐，賜宴畢』。

癸丑仲冬上賜黑狐裘一襲實出異數恭紀〔一〕

珍異名裘出尚方，喜從黼發被春陽。温歸巖窟千年質，寒退天街五夜霜。人羡風雲占氣色，班殊鵷鷺焕文章。微臣衰朽真難稱，拜祝深恩與日長。

【注】

〔一〕癸丑仲冬：即康熙十二年十一月。

乙卯九月十八日上念天寒賜閣臣錦緞貂皮恭紀二首〔一〕

曉漏寒光禁掖通，温綸寵賚重宸衷。捧來異錦花紋燦，揀就名貂色樣同。在笥衣裳藏有待，具官調燮愧無功。春迎陽月知常暖，夙夜還依聖澤隆。

其二

疏愚無術補山龍，被服君恩歲月重。奇彩遙驚天府貯，溫純還憶尚方供。春回五夜光華盛，賜念初寒雨露濃。退食自公慚雅化，垂裳下逮見從容。

【注】

〔一〕乙丑：康熙二十四年（一六八五）。

冬至陪祀南郊恭紀二首

嚴齋肅肅夜沉沉，劍佩遙聞步履音。寒氣侵凌星欲淡，祥光縹緲帝將臨。肇禋久識前王典，日靖還窺聖主心。不待《蕭》《韶》成九奏，已知天意重居歆。

其二

惟馨德久鑒蒼旻，長至迎陽百禮陳。燈繞瑤堦瞻紫氣，柴燔朱火動霜晨。桓桓虎旅扃廬肅，穆穆龍顏對越親。景福溥將靈貺洽，皇風節次喜還淳。

上賜御筆石刻大字三幅恭紀後再賦一首〔一〕

宸翰端嚴鳳翥同，鐫來波折巧能通。六書分會神彌異，八法全諧體更雄。琬琰天家垂大訓，球圖聖代睹宗工。綸扉捧處光輝滿，飛白慚爭御榻中。

【注】

〔一〕事在康熙十九年六月二十七日，見《康熙起居注》。

【箋】

毛奇齡《西河合集·詩話》：『康熙十九年六月二十七日，上駐蹕瀛臺，命侍衛頭領票色對親、三等侍衛二哥捧御書一軸，特賜大學士李霨、馮溥。奉上諭：「朕萬機餘暇，留心經史，時取古人墨蹟臨摹，雖好慕不衰，實未窺其堂奧。歲月既深，偶成卷軸。卿等佐理勤勞，朝夕問對。因思古之君臣美惡，皆可相勸，故以平日所書者賜卿，方將勉所未逮，非謂書法已工也。」』

問宋轅文同年病二首

先朝舊識白雲司，暇日登臨亦賦詩。江左春花人醉後，薊門霜角月明時。論交我輩風流遠，搔首時名涕淚垂。莫續《大招》深楚怨，蕭條宋玉不勝悲。

其二

搖落深知去住難，蓴鱸莫憶廢加餐。每疑湖海元龍氣，不著金門子夏冠。病起雲連山色暗，愁來春盡雨聲寒。崚嶒彩筆還堪賦，莽莽風塵向爾看。

送太宰孫枚先假還〔一〕

分攜遙憶沚亭幽，背郭堂成枕一丘。人是謝公初命屐，月同庾亮舊登樓。花繁曲磴香吹細，樹夾崇巖錦色稠。醉後知君頻眺望，勝情殊不厭滄洲。

【注】

〔一〕孫枚先：即孫廷銓。孫廷銓以吏部尚書乞假歸在順治十八年（一六六一）七月，馮溥時任吏部右侍郎。

送少宗伯楊雪嵐同年侍太夫人還里〔一〕

柳色河橋導彩輿，鶯花滿路羨歸與。天留三月遲車騎是年閏三月，人向五雲憶起居。菽水須知明主意，淳風時誦大臣書。幾多子舍能垂涕，不爲都門餞二疏。

【注】

〔一〕楊雪嵐：即楊運昌，字雪嵐，又字石齋，懷慶河内（今河南沁陽）人，順治三年進士，選庶吉士，歷國史院侍讀學士，累官至工部侍郎。（王士俊等《河南通志》）順治十六年（一六五九）閏三月，禮部右侍郎楊運昌以母老乞假歸，事見《清世祖實録》卷一二五。

送周立五同年還宜興〔一〕

茗椀詩懷慵不矜，與君搴柳曉霜凭。閒情暫爾隨鷗鷺，吾道淒然感廢興。燕市風塵還擊筑，龍池烟雨憶傳燈。約同仙洞遊能待，老脚終期試一登。

【注】

〔一〕周立五：即周啟嶲，字立五，宜興人。順治四年二甲第二名，選庶吉士，累官遷右庶子，歷鴻臚少卿。

送張子礎少參之任關内〔一〕

巖城朔氣隱笳鳴，千騎雄關二華迎。瑞色常思瞻北極，詞人自古賦西京。地連漢畤黄雲起，天入韓原紫塞清。到日詩懷應浩蕩，鐃歌不盡是秦聲。

【注】

〔一〕張子礎：即張道湜，字渙之，號子礎，沁水人。順治六年（一六四九）進士，選庶吉士，歷翰林院編修，出爲陝

西商洛僉事，累官至天津道副使。工詩文，有《史鑒節録》。（覺羅·石麟等《山西通志》）

中秋潘仙客招飲玉河石梁以病未赴〔一〕

長安客久喜相攜，樽酒同人問水西。中夜魚龍藏舊窟，一天風露散新溪。書依楊子無佳況，秋到潘郎有妙題。多病月華辜負慣，不因此夕倍淒淒。

【注】

〔一〕潘仙客：即潘瀛選（一六二四—一六六八），字仙客，號梅庵，宜興人。順治六年（一六四九）進士，授中書，選兵部郎中，出知河間府，以原籍罣誤降調寧波同知，遷青州府推官，卒於任。（《大清一統志》）

送潘仙客典試粵西二首〔一〕

遐荒喜見帝紘振，嶺嶠光華動隱淪。三楚雄風新倡始，五君高詠舊陶甄。界標銅柱知無外，賦入湘靈定有神。此去莫嫌程萬里，干階久已屬昌辰。

其二

鬱葱紫氣過蒼梧，廷簡掄才帝曰都。南國久傳騎省賦，灕江初闢彙征途。地連巫峽元通楚，文起毘陵近入吳。不盡藻思題處遍，繞城勝概是西湖。

【注】

〔一〕潘仙客：即潘瀛選。順治十四年（一六五七），潘瀛選以中書充任廣西鄉試考官。

送楊元凱提督江南二首〔一〕

飲醇十載追隨舊，再涖青齊海不波。島嶼瞻旌鷩道復，朝廷推轂重廉頗。無棲中澤哀鴻雁，有律巖城羡鸛鵝。江左由來脣齒地，莫教衣帶隔黃河。

其二

畫角朱旛舊建牙，元臣帝簡近移家。雲間士女歡無恙，江上旌旗靜不譁。賓從賦詩酬夜月，將軍緩帶問桑麻。二東桴鼓安和久，猶疑甘棠慰望賒。

【注】

〔一〕楊元凱：即楊捷（一六二七—一七〇〇），字元凱，義州人。初爲明裨將。順治元年，降清，授山西中軍游擊。歷參將，擢副將。累官至江南提督，卒贈少傅兼太子太傅，謚敏壯。（《大清一統志》）有《平閩紀》，馮溥序之。順治十六年，楊捷擢江南提督，馮溥作此以送。

贈陳子端學士〔一〕

玉堂學士擅奇英，領袖羣賢作國禎。誰使風流驚代渺，卻憐歲月問參横。錦袍天上雙承旨，彩筆人間盡識名。鸞禁珠塵挹晝接，始知燕許重登瀛。

【注】

〔一〕陳子端：即陳廷敬（一六三九—一七一二），字子端，號説巖，山西城陽人。順治十五年進士，選庶吉士，累官至吏部尚書兼文淵閣大學士。（《清史列傳》）此詩作於康熙十二年九月武會試期間，陳廷敬《午亭文編》卷十《武闈貳益都相國次韻》即和此詩。

武闈即事簡同事諸公〔一〕

百戰山河鞏固同，羣賢誰在未央中。一人恭己思長策，四海威加仰大風。已愧綸扉修黼黻，還從紙上辨英雄。簡書畏負時冰惕，幸藉奎光透日紅。

【注】

〔一〕武闈：指康熙十二年（一六七三）九月武會試，馮溥任主考，陳廷敬爲副主考，『同事諸公』即指陳廷敬等人。陳廷敬《午亭文編》卷十《奉次益都相國武闈韻》即和此詩。

和李坦園先生重陽武闈監射遇雨〔一〕

帝簡元臣閱武來，菊花遥傍射場開。即看七札穿楊手，不數千秋戲馬臺。此日風雲符睿卜，他年忠孝掩羣才。茱萸縱有仙人佩，報國何緣更舉杯。

【注】

〔一〕李坦園：即李霨（一六二五—一六八四），字景霱，又字臺書，號坦園，直隸高陽人。順治三年（一六四六）進士，選庶吉士，授編修，累官至保和殿大學士加戶部尚書、太子太傅、太子太師。謚文勤。有《心遠堂詩集》。（《清史列傳》）李霨詩見《心遠堂詩集》卷六《武場監射是日重九值雨二首》。據《心遠堂詩集》編年，此詩在戊戌年，即順治十五年（一六五八），馮溥時爲侍讀學士，李霨時爲大學士。

和李坦園先生武闈監射再宿金剛寺志感〔一〕

祇林話舊信前緣，佳節重來一慨然。風送虎羣塵作霧，月棲龍藏靜含烟。兩朝簡命掄才地，九日登臨細雨天。菊蕊淒淒僧已老，黑頭仿佛對當年。

【注】

〔一〕金剛寺：俗稱『石佛寺』，位於今北京延慶區龍慶峽金剛山山腰。

九日

遥天秋色一登臺，坱莽風塵首重回。不信囊萸真厭勝，卻憐戲馬是雄才。危樓倚遍笳初咽，候雁聲遲菊未開。何處東籬無事客，陶然只待白衣來。

秋望

獨倚高樓雉堞開，雁飛不度繞層臺。風迎病骨寒砧急，秋老江鄉畫角哀。九點茫茫烟欲辨，四愁黯黯賦難裁。關河驛騎流星便，摩盾雄文望異材。

亦園新築二首〔一〕

買地栽花何用卜，鑿池通水更題詩。蛙鳴已聽依塘曲，鶯語懸知待柳絲。香引荷風開小徑，霞催山色到東籬。喧闐遊屐紛來往，翻笑溫公獨樂時。

其二

湧翠噴濤入望遙，傴僂城市問山椒。豈無佳客同朝爽，何必名莊似午橋。清淺新塘看蕩漾，扶疏小樹剪枝條。酒簾待得漁梁滿，始信烟霞帝里饒。

【注】

〔一〕馮門弟子多人有和詩，徐元文《含經堂集》卷四《次韻奉和大學士益都馮公亦園詩二首》即和此。

【箋】

吳長元《宸垣識略》卷十六：『馮益都萬柳堂始創時，隄上募人植柳，凡植數株者，即可稱地主。李笠翁句云：「祇恨隄寬柳尚稀，募人植此棲黄鸝。但種一株培寸土，便稱業主管芳菲。此令一下植者衆，芳塍漸覺青無縫。十萬纖腰細有情，三千粉黛渾無用。」蓋紀其實也。』

亦園春興四首〔一〕

小築城隅柳滿堤，綠雲低護草初齊。閒消客況花千樹，徐聽民謠雨一犂。薦牘幾人推薊北，捷書昨日奏荊西。江湖老去思彌切，入目青青意總迷。

其二

霽色湖光上女墻，和風好趁醉爲鄉。亂飄柳絮鋪新徑，細數桃花過野塘。雲以春閒還聚散，愁憑酒去故顛狂。美人未作驚鴻遠，只此烟波望渺茫。

其三

雨過春城料峭寒，繁枝綻影墮闌干。魚甘舊餌遊來易，藥茁新苗辨每難。抱甕真能忘帝力，占雲竊幸近郊壇。經綸小試無乖謬，日晚園工報治安。

其四

旭照林開宿霧收，瀠渟春水羡浮鷗。花當僻地紅偏豔，柳喜新條緑更柔。龍浴曲池常作雨，風生虛閣恍疑秋。天涯極目飛鴻遠，一藉陶然萬慮酬。

【注】

〔一〕王鴻緒《横雲山人集》卷十一有《亦園春興奉和益都閣師原韻》四首和之。

【箋】

朱一新《京師坊巷志稿》卷下：「《京畿古蹟考》：『萬柳堂在廣渠門内，國初大學士益都馮溥别業。康熙時開博學宏詞科，待詔者嘗雅集於此。』案：今爲拈花禪寺，詳《寺觀》。《藤陰雜記》：『馮文毅仿廉孟子萬柳堂遺制，買夕照寺旁隙地爲萬柳堂，毛西河、喬石林作賦，陳其年序，朱竹垞記。』又高念東珩《亦園記》：『萬縷將披細柳，知濃陰行埒蘇堤；數尺自出清泉，是神力驅成香海。』是萬柳堂又名亦園。馮益都《亦園春興》詩：『小築城隅柳滿堤，緑雲低護草初齊。』次首：『亂飄柳絮鋪新徑，細數桃花過野塘。』是園即萬柳堂。王横雲和詩：『春濃亭榭護沙堤，翠碧千重柳帶齊。吹去雜花迎緩鞚，飛來好鳥唤扶犁。輕陰色散栴檀外，斜日烟濃漢苑西。佳景欣當調鼎暇，關河即目暮雲迷。」嚴存庵我斯《題亦園詩》：「清時謝太傅，此地即東山。物我風塵外，經綸魚鳥間。幾人能後樂？半壑有餘閒。吾亦忘機者，披襟自往還。濠梁秋水上，窈窕赤欄干。石細縈書帶，藤低礙籜冠。樹聲千壑雨，雁影一汀寒。絕似江南景，憑誰把釣竿？草堂開綠野，曲榭俯清渠。最愛陶家柳，還同杜老居。天高秋射隼，沙暖晝觀魚。到處乾坤大，何須賦遂初？」毛西河《修禊亦園》詩：「曲江修禊已三年，勝飲無如柳下偏。地曠盡教油幔接，溪回不礙羽觴傳。沿堤草向春深發，夾路花從雨後妍。陪得蓬山舊仙侶，到來滿座盡雲烟。良會何須絲竹偕？春風處處遠塵霾。東流水色清堪戀，北地晴光淺亦佳。高柳隔簾拋粉絮，新蒲刺水簇金釵。洛中禊飲年年事，丞相同行豈易儕？」朱筠《笥河詩集》：「康熙中，堂歸石氏，時邸貴欲得之，石召工建大悲閣，一夕成，以家祠謝貴人，乃已。自此遂爲拈花寺。」端木國瑚《太鶴山人集》：「道光戊子七月五日，胡竹村培翬祀鄭康成於萬柳堂，以是日庚戌生日也，繪圖徵詩。」』

亦園秋興四首〔一〕

纔營結構便烟霞，三徑紆回萬柳斜。約客登臨爭步健，逢秋悵望憶人遐。風塵澒洞無招隱，水木清華有釣槎。樽酒偶攜淹坐晚，歸鞍燈火市門譁。

其二

小圃秋光映薜蘿，剪蔬猶喜故人過。素心每憶陶元亮，勳業誰爭馬伏波。千里蓴鱸縈病骨，幾家鮭菜起漁歌。西山暮靄橫雲斷，砧杵遙情奈若何。

其三

柳色秋拖一水濱，柴關雖設迥無鄰。亭能遠市浮烟少，客有新談促膝頻。楚澤何人憐九畹，金臺市駿見重綸。哀哀鴻雁飛鳴急，愁聽笳聲到綠蘋。

其四

蒹葭凝露水痕收，極目烟嵐夕照浮。楫影歌留桃葉渡，角聲吹動隴西頭。湖邊歸雁迷前渚，江上秋雲擁二矛。搔首天涯聊復醉，真疑此地是瀛洲。

【注】

〔一〕王鴻緒《横雲山人集》卷十一有《亦園秋興奉和益都閣師原韻》四首和之。

九日登善果寺毘盧閣

寶閣崚嶒俯帝京，芙蓉西望削初成。龍窺方丈三更雨，天假重陽一日晴。入眼黄花矜晚節，舉頭鴻雁惜歸程。茱萸剩有仙人佩，池草何緣寄遠情。

燕臺憶舊雜感八首

少年喜鬬鬭雞場，介羽紛綸賽寶裝。細寫烏絲傳赤檄，旋營塒杙作金湯。養成盛氣猶虚矯，羣奉威名假木彊。季郈不知亡國禍，機深五夜帶冰霜。

其二

高國臨淄舊盍簪，往來尺素啟新函。王孫白馬猶江左，豪士朱旛過濟南。蘭閣春深憐玉碎，巖城兵刃報啣參。請看嶽嶽東牟客，千古丹青史不慚。

其三

曾登嶽麓譤天門，縹緲霓裳醒夢魂。跨鶴仙人傳玉䍐，驂鸞侍女奉金根。秦松龍蜕鱗含雨，漢碣苔封篆有痕。欲遡滄桑尋往事，海波澎湃湧朝暾。

其四

當年壇坫障狂瀾，旗鼓中原振羽翰。縱筆波濤皆自闊，定交杵臼有餘歡。薊門軍事參孫楚，海内蒼生望謝安。一代風流零落盡，西州回首淚空彈。

其五

繡衣袂向穆陵分，瘴嶺丰姿識使君。父老壺漿如望歲，將軍寶玉已先焚。忠魂應化啼鵑血，濁酒誰澆揭帝雲。鼙鼓灘江仍在眼，《大招》歌罷不堪聞。

其六

元白情親數寄詩，玲瓏喜唱黄雞辭。忽驚燕子分飛日，正是琵琶入破時。馬上胭脂原北地，夢中梅萼發南枝。鬑鬑認取鬚非故，雨淚樽前碧海期。

其七

蘂珠雲笈隱真參，記協旌陽共啟函。柱下蒼顏非去國，關門紫氣待抽簪。即看一鶴歸遼左，漫信雙鳧到闕南。英俊精誠應不化，金仙好爲訊瞿曇。

其八

廢苑荒涼基盡空，銅駝誰識舊桐封。油油麥秀迎風緑，冉冉棠花刺眼紅。麇鹿羣呼池草畔，衣冠遊向月明中。精靈莫滯興亡恨，千古繁華是轉蓬。

沈贈君九十

耆英雪水儼飛仙，不數香山九老筵。榮子鼓琴遊岱日，伏生扶女授書年。簪裾繞膝晨隨饍，賓從投詩案滿箋。桃熟三千猶未艾，方瞳我欲問真詮。

送總憲外祖海客房公歸里二首舊作〔一〕

舊聽星辰動履聲，經綸密勿泰階平。老成謀國殷憂細，時事求名噂𠴲輕。鳳闕依留存愛日，雲山登眺見銷兵。草堂臥繫蒼生望，太傅風流萬古情。

其二

即看攬轡盡霜姿，誰識風流表素絲。諫草十年有漢闕，行歌三徑有商芝。浮雲不散鳴笳夕，春色還逢載酒時。平地神仙真可羨，肯教雅志負襟期。

【注】

〔一〕房公：即房可壯（一五七八—一六五三），字陽初，一字海客，益都人。明萬曆三十二年（一六〇四）進士，累官右副都御史。入清，仕至左都御史。有《偕園詩草》。（《清史列傳》）馮溥妻房氏，爲房可壯孫女輩。

過淄川高念東先生留飲即席同謝起東唐際五分賦舊作〔一〕

樽酒同人惜夜闌，巖城鐘鼓報平安。貧逢儉歲欲求盡，病愛良朋笑語寬。紫府應知攜手易，白頭誰信挂冠難。豪來且踞元龍坐，烟霧終隨伴釣竿。

【注】

〔一〕念東先生：即高珩。謝起東：即謝賓王（一六二一—一六七一），字起東，臨淄人。順治三年進士，官至南康府推官。有《蘭雪堂詩集》。（《四庫全書總目》）唐際五：即唐夢賚，字濟武，亦作際五。

送何省齋歸里二首〔一〕

驪歌欲續未成章，霜剪黄蘆上客航。别在秋雲生桂樹，望來涼月動荷裳。西園飛蓋人垂老，東閣遺書歲漸長。爲羡柴桑依白社，菊花時發滿籬香。

其二

已驚秋老芙蓉晚，況復天高鴻雁飛。鄴下才名留典論，江邊楓葉冷初衣。廣騷時入玄亭草，通隱何妨白板扉。獨有龍眠牽遠夢，汀蘭湘芷倍相違。

【注】

〔一〕何省齋：即何采（一六二六—一七〇〇），字敬輿，號省齋，又號南磵，原籍桐城，以上元籍應試。順治六年進士，選庶吉士，歷左春坊左中允、内國史院侍讀。有《讓村集》、《南磵集》等。（《全清詞·順康卷》）順治十三年秋，何采致仕歸。

癸丑八月萬柳堂成志喜〔一〕

畚鍤經年結構初，山園平楚屋臨渠。乾坤納納湖光淨，花柳娟娟客興疏。樹外鐘聲分遠寺，水邊雲氣護藏書。蒼蒼凝望秋將晚，可有伊人一起予。

【注】

〔一〕癸丑：康熙十二年（一六七二）。萬柳堂：在京城廣渠門内東南，康熙六年馮溥在夕照寺建育嬰會，購買寺旁隙地，建亦園。康熙十一年，馮溥乞休，不允，始精心營構。次年八月萬柳堂構成。

客有欲爲余種萬柳者因預寫其景〔一〕

堂名萬柳倚山隈，柳色參差入檻來。幾處蒼松人作埒，恰當疏際客登臺。回廊日影玲瓏見，曲沼天光次第開。更喜黄鸝聲韻好，不煩歌吹已銜杯。

【注】

〔一〕客：即張漣、張然父子。張漣，號南垣，宜興人，明清之際著名的造園大師。《光緒嘉興府志》卷五一《嘉興藝術》：『張南垣……少學畫，得山水趣，因以其意壘石成山，有黃大癡、梅道人筆意。挾術游江南，一時名園丘壑皆出其手，董其昌、陳繼儒亟稱之。』戴名世《南山集》卷七《張翁家傳》：『益都馮相國構萬柳堂於京師，遣使迎翁至，爲之經畫，遂擅燕山之勝。』張漣因馮溥之請至京，然萬柳堂規劃多出其子張然之手。

秋日登善果寺毘盧閣

寶閣登臨俯近皋，憑虚蕭爽作松濤。堦前花雨翻紅葉，象外神光散白毫。菊蕊凄清鄉思切，梵音和雅雁行高。頻遊喜入無生樂，不獨閒情寫鬱陶。

壽萊州太守柴雲巖公壽七月七日〔一〕

潁川治術復萊城，太守風流舊識名。化雨千村鈴閣静，仙軒七夕羽旄輕。共傳曹相能師蓋，須信夷吾不用兵。勾漏丹砂真遠計，邦黎全活已長生。

【注】

〔一〕柴雲巖：即柴望，字秩于，號雲巖，浙江仁和人。順治四年進士，累官至廣東布政使。康熙十四年任萊州知府，《乾隆萊州府志》卷九《宦蹟》：『柴望……康熙十四年守萊，修城濬池，岸上桃柳間植，春來彌望如繡……郡城東一帶皆崇山高埠，夏秋間野水從東下，路皆橫衝嚙斷，乃於壕外築長隄禦之，水南入掖河，不復爲患……值膠州牧與總兵有隙，兵嘩，禍幾不測，親往撫定，膠人賴之。』

秋日過許氏園亭二首

中丞別館讌方秋，花護雕欄小徑幽。鳥語晴窗人度曲，簫聲明月客登樓。麝蘭氣近消金琖，環珮風來響玉鈎。最是愁懷難擺落，紅牙一串盡淹留。

其二

錦繡簾櫳玳瑁筵，花香酒氣夜籠烟。態憐窈窕雙垂手，情慰纏綿小比肩。釵影半橫欹醉後，梁塵細鏤落樽前。纏頭詑有春如海，詎道秋光不可憐。

燈下觀王會圖卷

珊瑚作柱玉爲窗，十丈金莖霄汗雙。禹鼎精靈驚膽鏡，堯堦蓂莢傍雲幢。祥光日月千層繞，休烈梯航百道降。惟有塗山曾此會，芳型重憶對蘭釭。

癸丑六十五歲初度二律〔一〕

崢嶸歲暮逢初度，雙頰添紅藉一巵。自笑詩無丁卯健，敢言客是甲辰雌。知途馬齒寧嫌長，執戟星精不厭卑。若取相形真愧竊，大椿天意屬樗姿。

其二

潞公九十真言老，不許人稱五福篇。豈有金晶飛肘後，强將緑蟻鬬樽前。座中親友容衰鬢，朝裏君王問大年。人世期頤真泡影，如何荒廢故山田。

【注】

〔一〕癸丑：即康熙十二年，本年十二月初五，馮溥六十五歲初度。

贈吳耕方館丈左遷國子監博士二律〔一〕

國子先生晝掩關，簪裾常似道人閒。昌黎著論還名解，《繁露》成書不用删。薄禄自安求世德，大儒羣望待崇班。諸生誰識平津貴，高議噌吰動聖顏。董仲舒、公孫弘皆嘗爲國子監博士。

其二

兩世通家情最關，羨君清節一生閒。帖臨乞米能全妙，官爲輸租未盡删。耕方以欠糧降官。業重箕裘心似水，學窺美富道誰班。詩成惠我珠盈把，重念先猷淚滿顔。余先伯祖文敏公曾受知於耕方迺祖崑麓先生，先生時官國學。余於耕方，亦有一日之雅。耕方復自翰林左遷國子監博古，故詩中云然。〔二〕

【注】

〔一〕吳耕方：即吳珂鳴，字耕方，號蕊淵，武進人。順治十五年（一六五八）進士，選庶吉士，晉侍讀，以奏銷案降爲國子監助教。尋復原官。文章博贍，性好施與。（《清代毗陵名人小傳》）

〔二〕文敏公：即馮琦（一五五九—一六〇三），字用韞，號琢庵，萬曆五年進士，選庶吉士，累官至禮部尚書。謚文敏。有《宗伯集》、《經濟類編》、《宋史紀事本末》等。（《明史》）崑麓先生：即吳嶔，字宗高，號崑麓，武進人。明嘉靖二十五年舉人，官長垣教諭、國子監助教。《康熙常州府志》卷二三《人物》：『吳嶔，字宗高，武進人，嘉靖鄉舉……選長垣教諭，大名知府王叔杲檄主元城書院，魏吏部允中、李督撫化龍、馮宗伯琦，皆所受業者。』

贈謝起東同年

蘧蘧睡覺憶清談，暫引瑯函當小參。身世虛如雲外鶴，行藏羞作繭中蠶。琴嫌俗韻初翻譜，客喜高情舊盍簪。一念無生深領略，漫疑金粟是司南。

漫興二首

秋滿江濤畫角悲，將軍橫海已多時。愁聞公子歌桃葉，好遣修羅入藕絲。盾鼻欲成今日檄，祈招莫誦古人詩。蕭蕭犀甲樓船月，會看潮平錦纜遲。

其二

杼軸東南望七襄，珊瑚兀自阻降王。三吳徵召秋聲急，六代風流暮雨長。鞭石何時填貝闕，射蛟今日憶樅陽。懸知陰火隨波遠，好挂雕弧浴日桑。

給假將歸別周立五同年二首〔一〕

寓近頻過不數弓，香山無用寄詩筒。雌黄斷盡談鋒妙，吏隱兼時客興同。弈似先天超劫外，酒須白眼踞壺中。立五不善弈，好飲酒。雪鴻何處留泥印，笑語燈前愧轉蓬。

其二

此身只合老雲巖，竹上鮎魚是大凡。眼暗燈前難細注，心蒙僧舍啟初函。倦遊漸見雲歸岫，狂喜真如馬脱銜。今日句成須鄭重，他年南北幾書緘。

【注】

〔一〕周立五：即周啟雋。馮溥乞假在康熙二年七月，《清聖祖實錄》卷九『康熙二年七月丙寅朔』：『乙未，吏部左侍郎馮溥乞假還葬，允之。』

送張及庵同年之太原憲副公以詞林出爲粵西道，再補太原〔一〕

曾因分陜望彌清，憶得靈和楊柳生。簪筆風流傳後進，浮湘勞勩重西征。晉祠木下寒飈轉，姑射山深戍火明。應愧賈生久不見，莫將芳草怨王程。

其二

西園數子句能工，共羡文章日月同。遊歷山川多楚賦，股肱畿甸有唐風。領藩鰲禁名原重，攬轡詞臣禮舊崇。遥望褰帷山左右，可能黄閣讓羣公。

【注】

〔一〕張及庵：即張弘俊，字識之，號及庵。順治十六年七月，張弘俊補爲山西按察司副使，事見《清世祖實錄》卷一二七。

雨中過丁野鶴陸舫齋賦贈二首〔一〕

懶隨烟霧釣珊瑚，時復誅茅住帝都。雙眼乾坤留劍嘯，百年事業聽人呼。金門隱去詠諧貴，漢殿書傳綿蕝無。但使舫間能載酒，一庭風雨是江湖。

其二

落拓狂歌酒後刪，羽衣縹緲到人間。娉婷欲惜波還媚，車馬頻過客自閒。簾外百靈聽白雪，雨中小樹見青山。五湖烟水鷗難定，且取停雲照醉顏。

【注】

〔一〕丁野鶴：即丁耀亢。陸舫齋：丁耀亢於順治年間建於北京的寓所，其集《陸舫詩草》以此取名。

【箋】

《宸垣識略》卷十六：『丁野鶴充内廷教習，於米市築室，與王覺斯、傅掌雷、薛行屋、張坦公諸前輩賦詩其中，王敬齋額曰「陸舫」。後官椒丘廣文，忽念京師舊遊，策長耳驢，冒風雪，日馳三四百里，至華嚴寺陸舫中，召諸貴遊、山人、琴師、劍客，雜坐酣飲，笑謔怒罵，筆墨淋漓。興盡，策驢而返。』

贈魏環極令兄錫伯環極爲光祿丞，寓有亭曰可亭〔一〕

光祿能詩愛可亭，難兄重見少微星。自將孝友爲經濟，應有夔龍問典型。滿几圖書相對解，聯床風雨總堪聽。閒中我憶程明道，傍柳隨花是畫屏。

【注】

〔一〕魏環極：即魏象樞（一六一七—一六八七），字環極，亦字環溪，號庸齋，晚號寒松齋老人，蔚州人。順治三年進士，選庶吉士，歷刑科、工科給事中，升詹事府主簿，晉光祿寺丞，順治十六年乞歸。康熙十一年，以馮溥薦，起爲貴州道御史，累官至刑部尚書。（陳廷敬《刑部尚書致仕謚果敏魏公墓志銘》）錫伯：魏象樞之兄魏象懸，字錫極，號可亭，順治八年（一六五一）中武舉，授朔州守備，在官多惠政，民有去後之思。以疾歸，年九十一卒。（李英《蔚州志》）魏象樞《寒松堂全集》卷五《次韻答同年馮易齋先生見過可亭家兄與坐》即步馮溥此詩之韻，作於順治十二年乙未（一六五五）。

賦得玉河冰泮

鳳城草色覆春雲，波綠初添漾早曛。片斷蛟冰含雪下，方芽魚藻映潮分。薰風一散金仙掌，佳氣先浮玉帶紋。柳岸鷺磯新浴得，日籠汀浦瑞氤氳。

報國寺送周立五二首〔一〕

蕭寺遲君酒重攜，松陰鶴影共淒淒。鐘沉僧梵龍藏桷，雲挂鴟稜月吐霓。路入隋堤烟柳舊，山連越嶠戍樓低。江南風景春來好，莫遣笳聲到水西。

其二

小豎囊輕喚小舟，捆來書卷殿東頭。一官共笑貧如此，十載誰能泯怨尤。國學韓公猶蹭蹬，馬曹王氏最風流。予先任成均，公爲太僕。櫂歌聽發滄波遠，曲徑春花入舊秋。

【注】

〔一〕報國寺：位於北京市西城區報國寺前街。周立五：即周啟寯。

丁野鶴過寓話別〔一〕

二月相過共一樽，故交心事喜重論。久經濁劫人情改，少有完名我輩存。薄宦偏拘如馬勒，逢春有客說桃源。獨慚投轄陳遵老，不使分攜帶酒痕。

【注】

〔一〕丁野鶴：即丁耀亢。丁耀亢於順治十年（一六五三）選容城教諭，是秋還里，臨行過訪馮溥。

喜三弟至都漫賦二首〔一〕

四月風沙匣硯封，夢餘池草亦從容。歸田我愧陶元亮，入洛君慚陸士龍。呼酒共驚雙老鬢，挑燈時話一春農。雲山不減當年翠，把手期攀最上峯。

其二

季方德業自難兄，亂後時人憶舊名。帝里共推鄉進士，吾家不愧魯諸生。鶺鴒原上行初緩，鹽鐵懷中論已成。莫以才高羞晚達，平津一日動公卿。

【注】

〔一〕三弟：即馮灝（《莒縣馮氏家譜》寫作「馮浩」），貢生，歷官至寧夏總兵，有《益都志續》。

贈行脚僧

草鞋緊峭鳳城遊，踏斷烟霞是幾秋。欲向四禪尋淨土，先從九點辨齊州。一瓶一鉢生緣老，重嶺重關汗漫休。途路若明得力句，肩頭行李亦風流。

贈僧葦庵還淨慈兼寄豁堂和尚〔一〕

薊門傾蓋識君賢，話别春風意惘然。千古綱宗誰具眼，西來消息見真傳。須知劈海惟金翅，莫怪浮空泛鐵船。此去好憑相訊問，石頭一足倍堪憐。

【注】

〔一〕僧葦庵：湖廣黄岡人，杭州淨慈寺僧人。據馮溥《豁堂禪師語録序》：『侍者定悉，以余之嘗知豁公也，裒其生平語録，總爲一編，以乞余序。』則葦庵疑即定悉。豁堂和尚：即正嵓禪師（一五九七—一六七〇），字豁堂，號隨山，原籍江寧。清初臨濟宗名僧，葦庵之師。善詩文，尤善書法，有《同凡集》。王士禛《池北偶談》卷十二《豁堂詩》：『錢塘正嵓禪師，字豁堂，賦詩清麗。予於金陵靈谷寺，見其《同凡詩集》二卷，愛之。』師徒二人與馮溥交契，馮溥曾爲作《豁堂喦禪師塔銘》。

挽法黄石尊人二首〔一〕

灼爍乾坤正氣尊，烟雲北海問招魂。庚桑俎豆空能憶，伊洛風流竟莫倫。龍去一堂知劍杳，書留百氏有孤存。鬚眉尚映滄溟水，嗚咽苔紋沒石痕。

其二

眥裂當年不爲軀，愁瞻松柏問真儒。猶懸名教高人榻，空對編摩孝子廬。公論稍從蘋藻後，史臣能憶亂離無。台光閩海箕裘遠，莫漫烟波賦左徒。

【注】

〔一〕法黄石：即法若真。順治十年（一六五三），膠州發生兵變，法若真父親及二弟被殺，八月聞訃。《黄山年略》：『（十年）八月，外補浙江道，真病不能任，會先大夫訃音，乃聽守制歸。先是，膠鎮海時行縱兵殃民，盗劫市廛，萬姓側目，而寡廉鮮恥趨其門者如市……細人獻媚，矯謂真在京有言，私遣兒女姻，紿先大夫家書，將之京，得書獻之海賊，開視之，果有「膠人苦兵」之句，深讐之。及調兵檄至，將驕士嘩，據城以叛……先大夫義不服賊，抗言大罵，奭、巽兩弟及幼侄抱父哭救不脱，同聲罵賊，皆一時遇害。』

送魏環極年兄終養二首〔一〕

幾年風雨愧交疏，柳色燕臺更索居。良史誰能題巧宦，故園且喜奉春輿。清方素攝三公履，幽静潛通四子書。自昔聖賢明底事，羡君忠孝盡徐徐。

其二

涼秋叢桂小山香，況侍慈輿赴北堂。文伯服官惟母教，封人舍肉對君嘗。劬勞我有終天恨，斑綵公無一日忘。遥憶春和萱正茂，髿髿鶴髮待稱觴。

【注】

〔一〕順治十六年（一六五九），魏象樞以母老乞歸。魏象樞《寒松老人年譜》：『己亥四十三歲，余自送母歸家後，聞李太夫人在籍多病，老況日增，余每一念及，不禁泣下，乃於六月具疏陳情……遂於八月辭朝出都門……都門諸縉紳先生贈以詩文者甚夥，余盈篋而歸，彙而存之，曰《贈言集》。』

試鷹

寶馬吳鈎拂曉霜，平蕪極望試鷹場。騎奴韝下諳情性，狡兔營多拙退藏。萬里風烟來絕塞，一天殺氣散揺光。秋高爭羡金眸俊，只恐飢禽傍帝鄉。

跳神

九天巫舞火光煴，祀事從來重大昕。漢室甘泉新宛若，秦中杜主舊將軍。祇聽伐鼓靈初降，應是祈年祕莫聞。四海承平關睿慮，恭憑精意禮神君。

西僧

毴袍偏袒具威儀，蘭若飛揚繞大旗。番族君臣尊梵冊，中原日月見豐碑。鐃歌佛化垂瓔珞，俎豆香微薦虎羆。千載宜男歡喜願，真疑教外有慈悲。

觀獵

錦帶貂褕逐隊過，雙鞬齊控紫盤陀。長空鏑落狐爭窟，平野鷹騫馬渡河。帳底氍毹調野膳，風前觱篥引明駝。酪漿捧處吳兒媚，懶學天山《敕勒歌》。

秋日池亭小集次韻二首

攜得清風散水濆，一尊荇藻更遲君。隔溪烟樹邀明月，薄暮笙歌落彩雲。人向醉中諸相合，天從秋後一陽分。羨公唾咳皆珠玉，籬菊重來看鷺羣。

其二

秋風把袂聽潺湲，縹緲嵐光落照間。天外歸鴻低野澤，雲中小樹辨青山。歌當合拍顏應破，句到驚人氣更閒。好泛湖光重載酒，空林振籟動仙寰。

送少宗伯呂伯承房師還里〔一〕

幾年函丈侍春風，濂洛真傳自啟蒙。理欲豈容淆主宰，行藏原不問窮通。仁歸克己虛無盡，學在求心靜有功。悵望長途分手去，舞雩慚愧古人同。

【注】

〔一〕呂伯承：即呂崇烈（一五九五—一六六六），字伯承，號見齋先生，山西安邑人。明崇禎十六年進士。清順治初，拜弘文院檢討，歷侍讀學士、史局纂修副總裁、禮部右侍郎，至禮部左侍郎兼侍讀學士。歸鄉，主講邑中弘運書院，晉人多從遊。有《講學語錄》。（覺羅·石麟《山西通志》）房師：順治三年，馮溥中進士，呂崇烈爲同考官。《清祕述聞》卷十三『同考官類』有：『檢討呂承烈，字見齋，山西安邑人，癸未進士。』順治十一年十一月，呂崇烈爲御史杜果劾奏，准以原官休致，事見《清世祖實錄》卷八七。

寄懷高繩東同年二首時寇入淄川，繩東得脱出無恙〔一〕

笳聲秋雨喜逢人，遠道緘書慰所親。野日狐狸嘷舊冢，荒城臺沼伴新燐。我期學道真云晚，君莫逃名更厭貧。惟有加餐重細注，季鷹愁問故鄉蓴。

其二

小山藂桂恰逢秋，蘭佩寧貽杜若洲。貌許仲連原是玉，才同王粲不登樓。倦遊泰岱無封草，遁跡滄溟有釣舟。漸喜知希忘姓字，垂楼切莫犯牽牛。

【注】

〔一〕高繩東：即高瑋（一六〇九—一六六八），字握之，號繩東，淄川人。高珩之兄。崇禎十二年，山東鄉試解元。順治三年進士，官至河間府推官。與馮溥鄉試、會試皆同年。有《留耕堂詩稿》、《南游草》。（王士禛《文林郎直隸河間府推官繩東高公墓表並銘》）

送鄧元昭年兄假歸二首〔一〕

瑟共齊門事轉分，誰邀翰墨染春雲。好因枚叟箴公子，莫遣羅敷笑使君。折柳樽前人欲醉，嗚笳陌上雁初聞。客心久斷江南賦，駟馬重來問鷺羣。

其二

角聲淒斷結回風，春氣霏霏霧塞空。燕趙悲歌時序改，應劉詞賦古今同。人經亂日交彌切，花近離亭酒正紅。別後雙魚尤欲數，須知回首等飄蓬。

【注】

〔一〕鄧元昭：即鄧旭（一六〇九—一六八三），字元昭，号林屋，壽州人。順治四年（一六四七）進士，選庶吉士，歷檢討、刑科給事中，出爲洮岷道副使。有《林屋詩集》。（錢陸燦《林屋詩集序》）

寄藥王庵僧四首有序〔一〕

家居時，讀書此庵。遇三月三日上塚回，每步至其處。今別十餘年矣，因作四詩寄守僧，以爲後日重遊之券云爾。

竹杖芒鞋老更宜，春晴無處不舒眉。喜逢逸少流觴日，恰是龐公上塚時。驢背風和樵徑穩，鶯啼水曲柳絲垂。相攜送我橋邊路，一笑風流尚可追。

其二

十年贏馬任東西，此日聽鶯過淺溪。老去襟懷非故我，醉來烟月有新題。消閒據案留僧話，遣興憑欄閲鳥棲。隔岸桃花更爛熳，尋芳斗酒正堪攜。

其三

松影參差認梵宫，東來略彴路微通。忘機水鳥時時下，野飯山僧處處同。近郭炊烟增暮碧，穿林斜照映花紅。鶯啼小樹多幽思，琥珀杯濃莫放空。

其四

幽懷小愜叩禪居，雲水閒身迴自如。好鳥迎人鳴翠柳，村童掃逕待籃輿。微舒醉眼乾坤外，幸歇狂心道路餘。老去貪眠無一事，僧房寂寂即吾廬。

【注】

〔一〕藥王庵：亦稱藥王廟、堯山祠，舊址在山東省青州市區西北的堯王山東麓。馮溥曾讀書於此。據《易齋馮公年譜》，崇禎十一年（一六三八），馮溥賃於藥王庵讀書，住持爲璽文和尚。

喜粤藩秋水大兄至都賦贈大兄以覲事入都，欲乞終養〔一〕

衰年同向帝京遊，棠棣花初躍紫騮。譜隔東西山左右，宦分南北客春秋。風流洛少休相妒，飄泊春雲總一漚。瘴海殘黎猶引領，好持萱草謝諸侯。

其二

嶺海歸來鬢已斑，春花韋曲破愁顔。馮唐論將名虚在，潁叔遺羹事可攀。笑問經綸拾瀋似，好攜薄劣乞恩還。旬宣棠蔭東南遍，幾許荒茅是小山。

【注】

〔一〕秋水大兄：指馮如京（一六〇三—一六七〇），字修隱，號秋水，又號紫乙，山西代州人。明崇禎元年恩貢，官至永平府同知，入清仕至廣東左布政使。有《秋水集》。（常贊春《山西獻徵》）代州馮氏遷自山東，與臨朐馮氏同源，據《莒縣馮氏家譜》，代州馮氏始祖馮思敬與臨朐馮氏始祖馮思忠爲堂兄弟。順治十六年十一月，馮如京以廣東左布政使致仕，見《清世祖實錄》卷一三〇。

南苑即事二首戲簡諸同人

大宫挏馬酒初嘗，皓月周廬夜有霜。侍草詞臣新掌計，繡衣使者舊爲郎。諸峯雪綴瑶臺合，别殿風來玉宇涼。羣籟不聞鈎盾肅，霓歌時復憶垂裳。

其二

班荊簪筆喜書成，毳帳論文共弟兄。華國風期留五柞，同人露宿正三更。天邊羯鼓催花信，苑外雄兵布柳營。銀椀傳來酥酪美，鄉思誰復憶蓴羹。

寄題恆山家兄代州園亭四首〔一〕

吾兄驄馬早抽簪，廬結幽嵐傍水潯。兩地誰知池草夢，百年終見老人心。籬邊松菊迎樽綠，池上鳧鷺對雨沉。領取君恩容舊隱，一枝休嘆二毛侵。

其二

茶鐺藥竈問仙籙，翠竹丹砂養鶴翎。露滴梧桐秋氣白，月明薜荔雨痕青。已諳世事如棋局，肯使浮名落客星。隱几嗒然真籟渺，天風蕭瑟散諸靈。

其三

近郭爲園似辟疆，不將風月讓襄陽。知無剝啄驚高臥，應有琴樽趁晚涼。醉後香沾花底屐，閑時客憶簡中霜。先生一笑羲皇上，取次山雲度短墻。

其四

山水經綸布置新，烟霞詎與世爲鄰。青鞋布襪真成懶，古月清琴自有春。禽哢枝頭疑度曲，雲過榻上是留賓。晦翁好語重堪贈，魚鳥原親舊主人。

【注】

〔一〕恆山家兄：即馮右京（一六〇六—一六七〇），字左之，號恆山，山西代州人。與馮如京爲兄弟。順治四年（一六四七）進士，選庶吉士，歷福建道御史、山東巡按、湖廣參議。（常贇春《山西獻徵》）

雲驤侄以少年高第不欲役情簿書輒請廣文而歸詩以送之〔一〕

一枝聊借故鄉棲，冰雪詩成卷自攜。文賦有人傳洛下，元經待爾振汾西。問奇應載玄亭酒，照閣重燃太乙藜。遙想風流貧不減，欄干苜蓿盡堪題。

其二

少年作賦動凌雲，更向君王誦鼓蕟。洗馬已空南國彥，銜魚應紀講堂文。官無積牘堪遺世，几有新詩自策勳。老我羈懷遊久倦，不禁分袂重殷勤。

【注】

〔一〕雲驤侄：即馮雲驤（一六二八—一六九八），字訥生，號約齋，如京之子。順治十二年（一六五五）進士，初授大同府教授，轉國子博士，遷户部主事、刑部員外郎。康熙十八年舉博學鴻詞，歷官福建督糧道。有《飛霞樓詩》、《雲中集》、《約齋文集》等。（常贇春《山西獻徵》）

送高念東少宰假歸時長公子新登賢書〔一〕

征衣暫理識君恩，車馬都亭有畫存。共羡青雲新玉樹，重看素節舊柴門。藥成海上人情古，論滿朝端物望尊。捉鼻東山須命屐，於今無覓莫愁村。

【注】

〔一〕順治十一年（一六五四）九月，高珩以省親歸里，見《清世祖實録》卷八六。其子高之騊本年中順天鄉試。《乾隆淄川縣志》卷五《選舉志·舉人》：「高之騊，字冀良，順天甲午科……珩子。」

秋日亦園同李坦園杜純一熊青岳杜肇予富磐伯小集次韻諸公即席見贈之作〔一〕

曲溪疏柳帶晴光，上客遥過野逕長。旋撥虬枝臨廢井，閒觀魚躍出方塘。平分風月能無句，領略雲山好命觴。絲竹自慚非謝傅，還期休沐莫相忘。

其二

薜蘿地僻藉輝光，水木清華玉屑長。峯翠遠含棲鶴樹，霞紅影帶浴龍塘。客過天上皆聯袂，秋半人間始具觴。莫惜風流愁欲減，詩成身世渾能忘。

【注】

〔一〕李坦園：即李霨。杜純一：即杜立德（一六一一—一六九一），字純一，號敬修，直隸寶坻人。明崇禎十六年進士，清順治二年授中書，歷官至保和殿大學士兼禮部尚書、太子太傅。（《清史列傳》）熊青岳：即熊賜履（一六三五—一七〇九），字青岳，又字敬修、檏園，號素九，湖北孝感人。順治十五年進士，選庶吉士，歷官至東閣大學士。卒賜太子太保，謚『文端』。（《清史列傳》）杜肇予：即杜臻（一六二四—一七〇三），字肇余、肇予，秀水人。順治十五年進士，選庶吉士，授編修，歷內閣學士、吏部侍郎，起刑部尚書，改禮部。有《經緯堂文集》、《烟霞集》等。（《清史稿》）富磐伯：即富鴻基（一六二一—？），原名鴻業，字磐伯，號雲麓，晉江人。順治十五年進士，選庶吉士，授編修，歷官至內閣學士兼禮部侍郎。（郝玉麟等《福建通志》）

復次前韻

林皋露白動清光，垂柳垂楊韋曲長。秀色遙明千點黛，霽容初澈半秋塘。誰傳雅集西園彥，莫惜狂呼北海觴。丘壑當軒歌吹足，謝公何事更難忘。

其二

斷塍曲岸隱湖光，載酒徵歌興倍長。深柳逕迷雲擁屐，林花雨潤鴨棲塘。鼓吹風雅垂文藻，憑眺河山寄羽觴。最是餘霞斜照後，峯低水碧路難忘。

春日給假將歸先寄鄉中親友二首〔一〕

漁樵此日試閒身，已覺乾坤別有春。祓禊能修同社好，鶯花不笑作官貧。千竿竹影新成閣，半夜龍歸共卜鄰。除卻濁醪吾醉外，迂疏底事更因人。

其二

繞籬春水淑風輕，柳色參差欲度鶯。扶杖穿雲觀物化，倚欄聽雨喜泉鳴。凌晨驅犢田家計，探客攜壺野老情。領略年光休鹵莽，從容耕鑿答昇平。

【注】

〔一〕春日給假：康熙二年（一六六三）春，馮溥乞假。《清聖祖實錄》卷九『康熙二年七月』：『乙未，吏部左侍郎馮溥乞假還葬，允之。』當是此年春上疏乞假，七月方允假。

送王燕又通參假歸二首燕又喜薰香，好長生之術，江南合肥人〔一〕

風流誰許冠銀臺，上塚親邀異數開。賀監賜湖終隱去，鄴侯給假自歸來。新秋父老迎車騎，隔歲君王問草萊。囊裏黄金知欲就，八公雞犬盡仙才。

其二

八月歸舟迴自涼，渡頭官柳正蒼蒼。好將逸少分甘樂，試取淮南祕枕方。風雨連宵知暑退，芙蓉紉佩入秋長。蒹葭不盡懷人意，猶挹朝來一座香。

【注】

〔一〕王燕又：即王綱，字燕友，又作燕又，號思齡，合肥人。順治九年進士，歷刑部郎中、兵部督捕、巡倉御史，累官至通政司參議。（張祥雲《嘉慶合肥縣志》）

九日登高後折菊數枝插瓶中夜飲即事

醉把茱萸問滯留，一樽風雨迴添愁。十年落帽他鄉酒，千里鴻飛故國樓。咽斷笳聲人戲馬，袖將秋色夜藏鈎。相思欲訊餐英客，辜負東籬是遠遊。

鶺鴒

此鳥舊傳魚所化，如何好勇忘其身。不爲貧士懸初服，卻向侯門鬬錦茵。自以軀微飛附草，詎同嘴利膽因人。割鮮聚處懷中得，孤注爭誇袋內珍。凡鶺鴒皆以袋盛之，納於懷中。

送宋玉叔吏部之任秦州兵備〔一〕

燕臺濁酒嘆羈棲，雪後西園更解攜。碣石雄風追楚問，洮河板屋俯秦黎。瘖痍應入山公啟，陵谷重尋水部題。枕席過師須早畫，勳名遥憶古人齊。

其二

嵯峨西望伏羲臺，憲節登臨亦壯哉。詩雜秦聲元不惡，酒逢羌管轉須哀。葡萄久奠涼州地，鎖鑰還憑漢殿才。莫向風塵嗟濩落，柏梁應待使君來。

【注】

〔一〕宋玉叔：即宋琬（一六一四—一六七四），字玉叔，號荔裳，山東萊陽人。歷户部主事、郎中，出爲隴右道僉事，升永平副使，浙江按察使。順治七年、康熙元年兩度被誣繫獄。康熙十一年，起爲四川按察使，以入覲卒於京師。詩與施閏章齊名，人稱『南施北宋』。有《安雅堂集》、《安雅堂未刻稿》等。（《清史列傳》）順治十年冬，宋琬赴秦州隴右道，馮溥作此以贈。

奉和周立五中秋早朝見曉月之作二首

建章雲斂露華濃，月映蒼龍度曉鐘。香裊玉爐分桂子，清含金掌滴芙蓉。旌旗影動瓊瑶轉，環珮聲遲步履重。白雪何人歌郢調，冰壺濡筆正從容。

其二

月華銀燭曉光寒，淅淅微風動玉鞍。金闕委波天上落，銅池和露鏡中看。霜侵兔魄輪初滿，星沒繩河夜未闌。應是瑤臺今夕宴，咬珠常挂五雲端。

春日懷王稚崑董以巽兩社丈二首〔一〕

花綻鶯啼春欲分，天涯戰後更離羣。濁醪對我悲人遠，哀角穿雲帶月聞。幾處登高還作賦，祗今薄宦羨從軍。相如雅有題橋興，點檢晴窗論蜀文。時四川新定。

其二

草堂舊俯雲山麓，載酒應同瀑水遊。文近《蘭亭》增感慨，書成《繁露》自春秋。嘯歌黃鳥來公子，睥睨青門見故侯。旗鼓中原雙健翮，好攜冰雪慰離憂。

【注】

〔一〕王稚崑：王玉生。董以巽：即董伉。《光緒益都縣圖志》卷四一《孝義》：『董伉，字以巽，府學廪膳生。博學工文詞。少孤，事母盡孝，母念寡女無依，伉迎歸養之。撫幼弟成立。篤友誼，好施與，或贈地以葬人親，或出貲以儐人賦，里中談厚德者必推重焉。』

元夕

風和烟靄舊神州，紫陌笙歌敞畫樓。珠絡雙鬟爭墮馬，貂襝疊幰盡牽牛。梅花曲度邀明月，楊柳春生弱御溝。火樹星橋何處是，衣香履跡不知愁。

丁亥二月予以廷試北上過臨邑宿旅店中半夜聞警罔知所避同店中男婦竄伏荒田荊棘中迨曉方歸途中口占舊作〔一〕

旅宿荒雞夜半號，蕭蕭書卷枕方高。驚聞角起蜩螗沸，親見鳩形婦子逃。四野雁鴻爭嘹唳，一天星斗照蓬蒿。迂疏暫脱笳聲遠，驢背招魂憶楚騷。

【注】

〔一〕丁亥：即順治四年（一六四七），馮溥北上補殿試。

春日讀書館中戲簡諸同年舊作〔一〕

笑將雞肋聽鳴笳，朋輩風流鬬齒牙。偶檢宮丸求爇火，閒分庭砌試栽花。春衣沽酒猶催令，日影移磚問放衙。爲喜追隨稱盛事，蕭蕭雙鬢任年華。

【注】

〔一〕春日：據《易齋馮公年譜》：『四十歲戊子，讀書館中』，則此詩作於順治五年春。

送王蓼航前輩終養還里〔一〕

金莖鳷鵲曉光懸，客誦由庚倍黯然。疏動御容聞歎羨，歡分鶴髮見蹁躚。小山花映潘輿度，大手人傳漢史編。雪後梁園應有寄，五雲春色總堪憐。時詞林一時外轉者二十三人〔二〕。

【注】

〔一〕王蓼航：即王紫綬（？—一六七七），字金章，號蓼航，祥符人。順治三年進士，選庶吉士，授編修，歷官浙江督糧道、布政司參政。有《知思堂詩集》。（沈德潛《清詩别裁集》）

〔二〕外轉：順治十年四月，翰林院官外轉，《清世祖實録》卷七四：『（順治十年四月庚子）上幸内院，將試過兼翰林銜侍郎及學士以下各官，御筆親定去留。命留原銜門者照舊供職。少詹事王崇簡、侍讀學士喬廷桂、侍讀王炳昆，侍講法若真、韋成賢，諭德張爾素，中允王一驥、傅維鱗、王紫綬，贊善喬映伍、李培真，編修宋杞、傅作霖、王大礽、張弘俊、張天植、胡亶、張道湜、安焕、高光夔，檢討李廷樞，俱從優外轉。』

人日集周寧章宅分賦二首〔一〕

薊門雨雪照蹉跎，七日花前客載過。倚檻春雲回北斗，凌尊寒色散滹沱。彩毫呵凍題猶濕，戴勝迎陽醉欲酡。眼底棲遲還我輩，迂疏不盡是狂歌。

其二

南郊雲物春應早，北地風光暖故遲。竹葉金花聊自放，短簫横笛不須悲。檐梅迎笑娟娟出，岸柳爭顰宛宛垂。河朔風流誰競長，看君且覆掌中巵。

【注】

〔一〕周寧章：當即周爰訪。爰訪，字延成，寧陽人，崇禎十二年與馮溥同榜中舉，十六年成進士。入清授翰林，先後分校北闈、主試荊楚，擢編修。《光緒寧陽縣志》卷十二《人物》：『周爰訪……舉己卯鄉試，十六年癸未成進士，觀政吏部，未及授職，假歸……爰訪於順治初以徵辟北上，入都選授翰林，直内宏文院，一時制詔咸與屬稿。乙酉分校京闈，丙戌典試二楚。甄摘精審，所拔皆知名寒俊，士論翕然。事竣還京，擢編修，以疾卒官，聞者莫不嘆息。爰訪儀度端凝，偉軀幹，美髭髯，丰采如玉山映人。工詩古文詞，書法遒逸，在衡山伯仲間，學者得其片楮，珍若拱璧。』周爰訪與馮溥鄉試同年，順治初又爲翰林院同僚，故此周寧章當即周爰訪，寧章或爲其號。

魚仲升年兄春日誕孫秋復舉子詩以賀之〔一〕

五老臨庭父子重，春秋燕市報雙龍。薊門紫氣浮常日，華嶽仙人降異蹤。燕翼有傳謀正遠，麟湯旋浴骨非庸。君家厚德繩繩繼，伯起關西是世封。

【注】

〔一〕魚仲升：即魚飛漢，字仲升，陝西高陵人。順治四年進士，歷河南洧川知縣，遷刑部主事，歷吏、兵、工三科給事中。順治十七年，因科場案下詔獄。（孟森《心史叢刊》）

送吴玉隨探花假歸玉隨令兄精内養之術〔一〕

鸞禁珠塵挹去年，從容退食主恩偏。天邊雲笈初抄字玉隨習清書，池上陽春舊入弦。詎謂小冠多子夏，應知家學有神仙。歸歟彭澤猶三徑，爲賦閒情已惘然。

【注】

〔一〕吴玉隨：即吴國對（一六一六—一六八〇），字玉隨，號默巖，全椒人。吴敬梓曾祖。馮溥任國子監祭酒所取士。順治十五年中探花，乞假歸。（陳廷敬《翰林院侍讀吴默巖墓志銘》）玉隨令兄：指吴國器（一六〇四—一六六四），字玉質，號懶翁，兄弟五人（國鼎、國器、國縉、國對、國龍）中惟一的布衣，精通神仙内養之術。（《民國全椒縣志》）

竹林寺聽白牯上人講成唯識論賦贈二律〔一〕

古寺頹垣佛火微，君來清梵竟忘機。靈光旋動金銀色，妙唱高驚霹靂飛。日射鵾紋供啟卷，風行龍象盡知歸。浮生欲悟真能破，莫放文殊向鐵圍。

其二

宗說誰人解兩通，即今性相亦雙融。拈來妙義忘言外，指出迷途諦聽中。酒乏豈能辭慧遠，石頑真欲點生公。松風謖謖清規肅，皓月光涵照啟蒙。

【注】

〔一〕竹林寺：舊址在北京宣武區廣安門外手帕口街一帶。白牯上人：生平俟考。《成唯識論》：十卷，唐玄奘著，中心内容爲論述世界的本原是『阿賴耶識』，一切現象是唯識所變現，外境實無，惟有内識。

扈從聖駕南苑觀獵應制

南郊駐驊詔春蒐，神策分營奉御籌。七萃連雲徵禮讓，九重未雨寄綢繆。臣工拜手賡歌切，天語銘心屬望優。湛露同沾歸騎暇，上林旌旆共悠悠。

春日偕諸同年看報國寺海棠二首

酒琖沾花花拂衣，晴霞十丈遠風微。嬋娟無語霏香屑，蛺蝶多情怨綠肥。暇日競傳聯幄去，老年羞插滿頭歸。繁弦急管催遲暮，徙倚黃昏送落暉。

其二

芳姿深淺倚東風，綺席嫣然帶笑同。落去美人妝墮馬，飛來俠客醉偎紅。清樽此日逢休沐，彩筆誰人肖化工。應是維摩留半偈，瓊葩片片笑簾櫳。

僧寺對雪

六出霏微滿帝城，乾坤氛霧盡澄清。渾淪一氣觀元化，滋溉千般閱物情。鶴入蓬瀛爭繞樹，梅含蓓蕾待調羹。誰家品字柴頭暖，不用援毫看彩明。

贈僧華庵二首有序〔一〕

炎夏火流，山居臥痾，僧華庵自京師不遠千里過訪，甚感其意，因賦近體二章爲贈，時乙巳六月也。

炎暑高蹤得得過，清齋衰病一婆娑。力艱抱甕園蔬細，談盡無生案冊多。雲窟仙人何窅昧，青州雲門山上有雲窟，舊傳有一道人於此仙去。冶湖釣艇亦烟波。余家在冶湖上。非君遠俗知元度，杖屨誰能到薜蘿。

其二

伏枕蕭然日杜門，南山映閣自朝昏。高人錫杖風塵遠，儉歲伊蒲道義存。雨過小亭生晝爽，興來半偈禮花魂。東林無盡稱相契，密意巖頭可共論。

【注】

〔一〕乙巳康熙四年，馮溥乞假在家，六月華庵自京師來訪。

出署馬上望西山

雲影嵐光上女墻，凌空晴雨潤衣裳。人家應住斜陽裏，客意常過大麓傍。似有梵音聞下界，依然秋色滿他鄉。卻慚歲歲遥相見，笑指烟巒兩鬢蒼。

其二

我望西山如點黛，西山望我亦秋毫。授衣歲歲慚周什，載策朝朝似馬曹。極目空濛烟樹靄，千秋拱護錦屏高。應知鸞鶴常相憶，耳畔天風到敝袍。

五日萬柳堂三首

衰年無病一身强，退食逍遥萬柳堂。爲喜新泉頻試汲，欲培舊徑旋栽秧。榴花照眼樽教滿，燕語依人睡正長。今日偶閒今日醉，竹林無伴亦何妨。

其二

嘆息頻年未解兵，醉中吟詠得長城。雄因愛酒能傳字，伶以怡情不用名。七聖一朝迷轍跡，五臣千古最崢嶸。接輿鳳德終成訕，把酒悠然聽鳥聲。

其三

選勝公餘逢五日，攜尊策杖一登臨。聊將酩酊酬佳節，喜聽綿蠻有好音。水色山光仍在眼，青鞋布襪最關心。何當餐玉仙人法，伏得丹砂對碧潯。

亦園小集次韻三首

野色烟含碧樹秋，小橋徙倚步中流。觴尋曲水今誠晚，筆落長城古與侔。屐折予方慚别墅，笛聲客欲問高樓。蕭蕭木葉涼颸起，杖屨陪君幾度遊。

其二

淅淅微風萬籟生，尊開曲沼喜同清。賞心曠邈漁歌適，驚眼遥空雁字横。楊柳千條朝雨暗，芙蓉雙闕晚霞明。誰成金谷園中句，擬取光華照海瀛。

其三

聯巒城隅增野興，柳陰夾岸水光賒。喜將酒琖酬秋色，賸有秋懷感物華。路轉峯巒迷徑杳，鷗藏汀渚避人譁。遲遲騶御休辭雨，返照初來已作霞。

官閒無事遍遊西山蘭若因題其壁二首舊作〔一〕

寒風瑟瑟引金繩，蘭若常瞻慧命燈。已許闍黎諳姓字，從教時俗笑模稜。色空無盡唯三界，關捩誰誇第一層。只恐海鷗分去就，前知不用佛圖澄。

其二

騰騰任運原非我，兀兀如愚復有誰。是處道場容懶漢，等閒鐘鼓閱情癡。梅花雪後牽詩興，病骨齋前對古錐。相待冰消瓦解日，一場曲調報君知。

【注】

〔一〕西山：即北京西山，是太行山的一條支阜。西山一帶的著名寺廟有潭柘寺、碧雲寺等。

復次前韻二首

漫言覺路有金繩，妙用誰能繼祖燈。隱隱鄰鐘來古寺，娟娟新月上高稜。無心何處名三觀，點額休嗟浪幾層。百尺竿頭須進步，虛空隕後是清澄。

其二

歸客金鞭徒自握，御街攜手復爲誰。千江同印非分月，百劫難逃是此癡。須信當仁無我慢，喜逢老衲有深錐。峯頭雪滿梅花放，消息遲君知不知。

簡明覺禪師二首〔一〕

四十無聞又九年，依然門外草芊芊。誰家妙叶石頭滑，何處能容普化顛。悶去惟憑閒筆墨，拈來祇疑舊因緣。聲聲色色窮諸相，敢説朝宗入臨川。

其二

四十無聞又九年，敢將蹤跡愧前賢。鶯歌燕語春光遍，牛臥斜陽塔影懸。念未生時三界離，識將忘處萬行圓。百千明鏡光非借，更莫將心向大千。

【注】

〔一〕明覺禪師：即海會寺的憨璞性聰（一六一〇——一六六六），福建延平人，臨濟宗高僧。順治十四年，奏對稱旨，賜號『明覺』。有《明覺聰禪師語錄》。（馮溥《明覺聰禪師塔銘并序》）從『四十無聞又九年』句知此作於馮溥四十九歲時，亦即順治十四年。

送張次先探花督學河南二首〔一〕

梁園詞賦本鄒枚，更簡儒臣出上台。一代文章宗大雅，千秋禮樂屬羣才。懷人齋閣生春草，佳句雲霞護嘯臺。太史歸來應有紀，夷門車騎重徘徊。

其二

南國才名爾獨先，兩河風雅一經傳。柏梁久藉陽春曲，郟鄏今當和會年。共説張華能博物，豈容司馬倦遊燕。公餘不廢蘇門詠，莫遣悲歌上管弦。

【注】

〔一〕張次先：即張天植，字次先，號蘧林，浙江秀水人。順治六年探花，歷編修、河南布政使司參議、太常寺卿、通政司使，至禮部右侍郎。以順治丁酉北闈科場案牽連，流放鐵嶺。康熙二年，援例放還。有《北游草》等。（《康熙秀水縣志》）順治十一年九月，張天植外轉河南布政使司參議兼按察使司僉事，提調學政，事見《清世祖實錄》卷八六。

歲暮懷歸簡葦庵上人

香烟書卷支除夕，銀燭清尊照旅人。閱世誰收馳後勒，思歸況復病中身。蒙莊齊物蜩鳩笑，太史占雲氣象新。待得春和同理櫂，風流二老亦前因。

其二

微吟淺酌已更闌，生厭談經辨小冠。樂事易傷遲暮歲，翻身難擲盡頭竿。枝邊有鳥鷩三匝，枕上何人解六安。消息春來佳兆在，騎驢直向碧雲端。

其三

名從隱處羞龍尾，事到癡時笑虎頭。已見祥光呈彩燕，好將協氣問春牛。風流久約陶潛柳，蝦菜何難范蠡舟。平地神仙閒便得，丹砂勾漏盡多求。

其四

雞犬仙源另一班，湖邊好鳥日關關。灌畦自忘機中事，蠟屐還登雨後山。晨夕素心相與數，丹鉛疑義不須删。誰人解款柴荊到，亭閣新成放鶴還。

重陽前一日萬柳堂雅集

風雨重陽近已收，同人高讌問芳洲。喜逢休沐騶先住，快領珠璣客獨留。水色橋分千樹碧，日光堂映萬山秋。京塵此會稱難得，何事茱萸動旅愁。

其二

帝里風光入望賒，城隅小圃近清華。山來遠照青如抹，水不渾同碧復斜。莫放酒杯酬晚景，憑將衫袖落殘霞。爲思往哲風流處，應有羣賢醉菊花。

寄祝東撫趙公松石〔一〕

閥閱聲華冠帝京，二東復睹政新成。人從禮樂占豐歲，地近蓬瀛慰洗兵。屏翰千秋垂異績，風流一代見長城。光盈海嶽逢初度，取照君侯閣上名。

【注】

〔一〕趙公松石：即趙祥星（？—一六九三），字興農，一作卉農，號松石。遼東義州人，隸漢軍正白旗。順治五年，由貢生授山西趙城知縣，歷福建、山東道御史，遷順天府丞。康熙十二年至十八年任山東巡撫。（《欽定八旗通志》）

祝金孟求開府〔一〕

英傑從龍盡世家，簪纓偉績奠京華。恩流畿甸鴻歸遠，威靖潢池士不譁。豐歲邊儲無急斂，華封野祝有頻加。即今惟岳生申旦，遥睇光芒滿建牙。

【注】

〔一〕金孟求：即金世德（？—一六八〇），字孟求，兵部侍郎金維城子。以蔭生授内院博士，累擢左副都御史。康熙七年，升直隸巡撫。在任有聲，以疾卒於官。（《大清一統志》）

祝衛澹足侍御太夫人八袠〔一〕

婺星參井徹宵明，瑞朗西崑奏玉笙。絳闕仙人新駐節，繡衣公子舊知名。鬖鬖鶴髮期頤健，冉冉霞裾步履輕。欲記籌添蓬島日，須將花甲問雙成。

【注】

〔一〕衛澹足：即衛貞元，字澹足，又字伯始，山西陽城人。順治三年進士，歷商城知縣、浙江南關監督、江寧龍江監督、工部員外郎，至江南巡按。以抗鄭成功不利，被逮，已而得釋，卒於家。（《同治陽城縣志》）

丁巳正月二日己卯，是日立春〔一〕

元日纔過恰立春，東郊雲物慶芳辰。始和應讓寅爲首元日戊寅，左个微窺芒有神。朝罷迎陽何次第，風來吹燕並鮮新。豐年樂事良非一，彩杖鞭牛接歲陳。

【注】

〔一〕丁巳：康熙十六年（一六七七）。

三日庚辰

昨日和風飄彩燕，朝來淑氣滿銅龍。一年初見哉生魄，三殿欣傳莢再重。先後甲庚奚計算，更翻戊己正從容。先二日爲戊己。六龍乘御春初到，復旦卿雲爛熳逢。

四日辛巳

四日逢辛久吉蠲，民勞帝念重祈年。蒼龍駕飭迎陽後，朱鷺聲傳于耜前。覛土普天遲霡霂，燔柴幾處望雲烟。雨暘歲歲應時若，預識薰風入舜弦。

贈醫士施培菊〔一〕

肘後靈樞用意新，難將指訣向時陳。久知易理通醫理，不爲秦人視越人。幾世衣冠仍舊業，百年懷抱只陽春。箕裘濟物功無限，漫對黄花一愴神。培菊先人愛菊，故不忍觀菊。

【注】

〔一〕施培菊：生平不詳。妙於醫術。陳玉堪《學文堂集》有《施培菊醫書序》：『施子少爲諸生，棄去，學醫，大精其術。因萃凡手所治而驗者著爲書，復集前人所傳，攟摭損益，以爲證據。嗚呼！倘今日行古之道，吾知不外施子而求所以爲訓誡者矣。』

佳山堂詩集卷六

七言律詩

丁巳三月二十九日上賜團龍紗服恭紀〔一〕

團龍章服尚方珍，寵錫殊恩到近臣。在笥藏來神彩焕，自天題處墨痕新。懸知睿慮期霖雨，俯愧嘉謨佐紫宸。德合正中光被遠，微軀竊附效攀鱗。

【注】

〔一〕丁巳：康熙十六年。

上賜御筆大字恭紀〔一〕

聖主龍文未許儔，揮毫真作鳳鸞遊。捧來誰識藏鋒妙，看去還驚折筆遒。南嶽峯高神禹畫，蘭亭紙貴寺僧留。千秋佳事同欣賞，拱璧承恩拜舞周。

【注】

〔一〕據《康熙起居注》，康熙十九年六月二十七日，上賜大學士御筆。

萬柳堂前新築一土山下開池數畝曲徑逶迤小橋横帶致足樂也因題二律紀之

峻嶒山勢徑微分，略彴疏林帶夕曛。荇藻漸除爲貯月，峯巒纔就已留雲。萬家春樹參差見，幾曲幽荷次第聞。買得扁舟漁唱穩，投閒常伴鷺鷗羣。

其二

數畝銀塘睡鴨浮，覆雲一簣即丹丘。鶯窺柳市啼常早，水隔桃源靜不流〔一〕。草木潛知天地意，巢由並入帝王州。揞笻三徑依城闕，昏黑何妨到上頭。

【注】

〔一〕此二句化用明代劉淵甫之句。王士禛《池北偶談》卷十六：『青州城南花林疃，泉石清幽，有塵外之趣。山泉翁題詩云：「山藏柳市無車馬，水隔桃源有子孫。」馮宗伯琦愛其語，遂與鍾司空羽正約卜鄰其地。』按，詩爲劉淵甫（號范泉，山泉爲其兄澄甫）《花林野趣》之句，見《海岱會集》。

山巔安放小石數塊歷落可觀并紀以詩

誰道銀河傍紫微，峯頭猶識舊支機。數拳秀發雲爲窟，一叱形成雨不歸。豈是湘零飛燕燕，卻疑元圃靜輝輝。何來醉客捫星斗，屐齒頻登折欲稀。

題張陶庵畫亦園山水圖〔一〕

穿霞小徑半莓苔，十丈朱欄畫壁開。迢嶺烟嵐回日月，飛虹步屧近蓬萊。崖懸木杪堪猿嘯，松倚雲根見鶴來。只恐毒龍蟠一葉，遊人莫到最深隈。

【注】

〔一〕張陶庵：即張然，字銓侯，號陶庵，明清之際造園大師張漣之子。得父真傳，在京先爲馮溥規劃萬柳堂，爲王熙規劃怡園，後營構中南海瀛臺、圓明園等。（王士禛《居易錄》）馮溥在青州的偶園亦是張然營構。此詩及以上二題皆作於康熙十六年前後。馮溥請張然營構萬柳堂，築山、開池、架橋，皆依《亦園山水圖》。

送少宗伯富雲麓奉使還閩時閩疆初復。海澄公芳度全家殉難，朝廷嘉之，賜以王爵，予祭葬，謚曰忠烈。公以閩人奉使，亂後還鄉，因宣布朝廷德意，縉紳榮焉，賦贈〔一〕

閩海驚看晝錦開，旌忠綸綍下三台。楓宸眷注沾松柏，宗伯威儀慰草萊。問事挽鬚嗔自少，引杯話舊客能來。瘡痍莫厭咨詢苦，入告還同父老裁。

【注】

〔一〕富雲麓：即富鴻基，福建晉江人。康熙十六年七月授禮部侍郎，奉使還閩當在本年。黄芳度（一六五〇—一六七五）：字壽儼，福建平和人。襲父爵。耿精忠之亂，芳度斬其所置都督劉豹等，守漳州。康熙十四年十一月，漳州城陷，力竭赴死。（《清史列傳》）

祝方年伯母何太夫人八袠時侍御邵村年兄已六十矣故末句及之〔一〕

女宗映婺徹天津，八袠重逢設帨辰。胎貴名從仙闕注，性恭賓對鳳池春。閨中綸綍皆香檢，膝下芝蘭半近臣。萊舞衣裳原是繡，稱觴玉樹已龍鱗。

【注】

〔一〕年伯母：舊指同年的母親，此何太夫人即方亨咸之母。邵村：即方亨咸（一六二〇—一六八一），字吉偶，號邵村，安徽桐城人。順治四年成進士，歷官獲鹿知縣、刑部主事、陝西道監察御史。善詩文，有《其旋堂詩集》，尤善書畫，有《百尺梧桐卷》等。（道光《桐城續修縣志》）此詩作於康熙十八年（一六七九）。其父方拱乾，以順治十四年丁酉科場案流放寧古塔，十八年遇赦還。

春日萬柳堂讌集次韻

學士招摇馬首偕，官街初放客懷佳。雲暗鷗鳥雙雙下，日暖棠花故故排。絲竹真堪留謝傳，烟波那得似秦淮。餘歡猶惜催霞晚，醉後人扶過御街。

其二

檀板輕敲鶯韻兼，主人留客酒重添。不辭促座初傳椀，那惜斜曛半挂檐。紅映深觥花冉冉，綠粘遊屐草纖纖。歸輿乍醒前騶唱，已聽城頭畫角嚴。

闈中聞湖南大捷志喜〔一〕

將軍已取湖南地，聖主方遴冀北羣。萬丈光芒爭射斗，一天雨露盡瞻雲。采菱女怨王師緩，振旅苗傳帝德殷。六詔風移巴蜀檄，乾坤何處更妖氛。

【注】

〔一〕湖南大捷：康熙十八年（一六七九）二月，馮溥任會試主考，時有岳州大捷，一時朝臣多詠之，毛奇齡《西河集》卷一七九《岳州大捷奉和高陽寶坻益都三相公喜賦原韻六首》等。

贈六子詩末句押韻用姓

王仲昭

才名久已賦《長楊》，篋内新詩逼盛唐。肯使蛙聲分閏竊，爲聽鳳律製宫商。論文把酒交情適，崇雅袪浮道氣常。高臥一窗人欲静，不從揮麈問諸王。

毛大可

每誦君詩擬怒濤，錢塘波撼鬼神勞。千軍横掃生花豔，一曲孤飛引調高。語可標新人共韻，酒能設醴興偏豪。鄴中《典論》誰先後，笑指西園亦羽毛。

陳其年

險韻拈來押更新，髯翁絶調迥無倫。誰傳皖皖疑龜句，我笑猩猩滴酒人。晴日雲霞增爛熳，春風花柳亦精神。高情孤寄簫聲遠，不許凡音一溷陳。

吴志伊

《十國春秋》重帝都，史才爭得似君無？三長刪盡龍門稿，一字矜傳西子湖。經濟從來歸博物，乾坤豈合老通儒。清時正歎冥鴻遠，廡下書成亦在吳。志伊前館吳門。

吴慶伯〔二〕

公子才名美且都，前朝耆德總相符。傳家舊業腴田少，問世新篇脱稿無？已判姓名留栗里，誰將徵召到西湖。醉來僧舍伸雙脚，賀監風流語帶吳。

徐大文〔三〕

雅懷稽徹古今書，一字曾無溷魯魚。人説彝光顰亦妙〔四〕大文夙患怔忡。我言孝穆豔難如。選言藝苑叢殘外，標幟皇風律吕餘。春日洛中應紙貴，銜杯且莫問南徐。

【注】

〔一〕按，王嗣槐、毛奇齡、陳維崧、吴任臣、吴農祥、徐林鴻皆應博學鴻詞試，遊於馮溥門下，時稱『佳山堂六子』。

〔二〕吴慶伯：即吴農祥（一六三二—一七〇八），字慶伯，號星叟，別號嘯臺、宜齋、大滌山樵，錢塘人。康熙己未應博學鴻詞，歸而著書，尤精於《易》。有《蕭臺集》、《梧園集》等。李岳瑞《春冰室野乘·吴徵君農祥遺事》：『吴徵君農祥，字慶百，仁和人，康熙十八年薦舉鴻博。徵君生有異稟，淹貫經史，與西河竹垞頡頏，而身後之名稍晦。方四方征車詣闕，益都相國擇其尤者六人，客之邸中。鳶肩鶴頸，指爪長三寸，鬚鬑鬑然，頽然淵放，得錢輒付酒家，而識微見遠。吳下人沿復社故態，角藝相征逐，而浙西之讀書、秋聲、登樓、孚社及慎交諸社，爭立名字應之，各欲得徵君自重。徵君曰：「是載禍見餉也，諸君子忘東京鈎黨事乎？」不答書，亦不發視，其後政府果切齒爲社事者，盡搜所刊錄摧燒之。《隨園詩話》言徵君乳哺時，啞啞私語，諦聽之，皆建文時事也。年逾十歲始不復言。此則鄰乎語怪矣。（朱彝尊《徵士徐君墓志銘》）

〔三〕徐大文：即徐林鴻，字大文，一字寶名，海寧人。康熙己未應博學鴻詞報罷，歸。

〔四〕彝光：即西施，名夷光。孝穆，即南朝著名文人徐陵。

【箋】

朱彝尊《徵士徐君墓志銘》：『君時名籍甚，又與同里吳君農祥、王君嗣槐、吳君任臣、蕭山毛君奇齡、宜興陳君維崧，咸爲大學士馮公延致邸第，都人所稱「佳山堂六子」也。僉謂讀卷者馮公，卷不彌封，君必見錄。及駕旋命下，入史館者五十人，授中書者七人，君乃見遺。君子於是歎馮公之無私，尤服君之不肯干進也。』

陳康祺《郎潛紀聞二筆》卷十五『佳山堂六子』：『康熙十七年，仿唐制開博學宏詞科，四方之士，待詔金馬門下，率爲二三耆臣禮羅延致。其客益都相國馮公邸第者，尤極九等上上之選，都人稱爲「佳山堂六子」，蓋錢塘吳君農祥、仁和王君嗣槐、海寧徐君林鴻、仁和吳君任臣、蕭山毛君奇齡、宜興陳君維崧也。時益都讀卷，卷不彌封，人謂六子者且並錄。及命下，奇齡、維崧入史館，而四子者，皆見遺，惟嗣槐因年老，賞内閣中書，乃歎馮公之無私，尤服諸君不肯干進也。』

李斗《揚州畫舫錄》卷十：『陳維崧，字其年……舉博學鴻詞，官檢討，與徐仲鴻、吳農祥、王嗣槐、吳任臣、毛奇齡同爲大學士馮公延致邸第，稱佳山堂六子。』

吴翌鳳《鐙窗叢錄》卷四：『康熙二十八年八月，益都馮相國致政歸，上「微臣去國戀主」一疏，中列五事：一曰皇上不宜費財，二曰不宜遠出，三曰勿輕遣官，四曰臺灣不宜輕剿，五曰關税鹽課不宜增額。上嘉納之。在京邸時，延致仁和吴農祥、吴任臣、王嗣槐，海鹽徐林鴻，蕭山毛奇齡，宜興陳維崧，皆積學之士，號「佳山堂六子」。』亦見其《遜志堂雜鈔》己集。

《清稗類鈔·考試類》『康熙制科有佳山堂六子』：『康熙己未開制科，四方之士，率爲二三耆臣禮羅而延致之。其客馮文毅公邸第者，世稱爲九等上上之選，呼曰「佳山堂六子」。其實亦不盡然。六子爲錢塘吴農祥、王嗣槐，海寧徐林鴻，仁和吴任臣，蕭山毛奇齡，宜興陳維崧也。時文毅奉派讀卷，卷不彌封，人謂六子者且並錄及。命下，奇齡、維崧入史館，而四子皆見遺，惟嗣槐因年老賞内閣中書。人乃歎益都之無私也。』

送吴慶伯歸里〔一〕

漫説驊騮擬過都，遽傳公子憶西湖。筑聽燕市尋常慣，人臥僧廬興味孤。國士真慚徐稚榻，名流豈盡仲卿徒。風塵劍氣干霄在，夜半猶聞吼轆轤。

【注】

〔一〕吴慶伯：即吴農祥。康熙十八年三月，試博學鴻詞，報罷即歸。

再送陳椒峯南還

扁舟一葉任雲濤，送遠深慚解孟勞。妒後娥眉波轉媚，枯餘駿骨價殊高。杼投自昔驚三至，醉後誰知有二豪。我亦東山別墅去，相思緘寄問霜毛。

其二

春風不信捲秋濤，跋浪鯨魚點額勞。靸履朱門三賦健，彈冠金馬五雲高。已知此日人情異，莫減當年酒興豪。落拓江湖狂舊相，何妨頰上更添毛。

春日同王仲昭毛大可吴志伊陳其年吴慶伯徐仲山徐大文胡朏明集萬柳堂即席賦〔一〕

閒園久矣廢經過，每到春深憶薜蘿。載酒人同蘭味合，題詩句比輞川多。雲霞絢色開新徑，山水清音感舊柯。只恐恩綸分職任，重思蠟屐欲如何。

其二

公餘邀客偶看花，小有清華水一涯。老怯春寒增舊絮，病逢穀雨憶新茶。今年茶到獨遲。人同鷗汎心無繫，目送鴻飛路不賒。獨喜梧崗鳴鳳侶，平津指日聽宣麻。

【注】

〔一〕王仲昭：即王嗣槐。毛大可：即毛奇齡。吴志伊：即吴任臣。陳其年：即陳維崧。吴慶伯：即吴農祥。徐仲山：即徐咸清。徐大文：即徐林鴻。胡朏明：即胡渭。此詩作於康熙十七年春。

送徐大文赴浙西鹽幕

紛紛車蓋滿長安，之子猶嗟行路難。把酒當歌情脉脉，懷人欲賦雨漫漫。才名初入芙蓉幕，正氣須依獬豸冠。鹽策書成閒拄頰，西湖好對晚峯看。

己未京察例用自陳預爲口占志喜〔一〕

春風好上自陳書，旨下猶如縱壑魚。戀棧難辭駑骨賤，還鄉豈是賜金餘。都亭莫繪羣公帳，長日欣乘下澤車。自笑馮唐緣底事，空教稚子望音疏。

【注】

〔一〕己未京察：即康熙十八年春的京察。《清聖祖實録》卷八一：『（十八年五月戊申）上御太和殿視朝。京察留任满漢各官及文武升轉各官謝恩。』

春日萬柳堂讌集再次前韻

三月尋春吾友偕，登臺遥望氣并佳。西峯錦嶂千秋迥，北闕卿雲一字排。酒琖豪來消磊塊，詩情老去壓江淮。更聽絲竹吴歈勝，應有人傳謝傅街。

其二

芳辰美景那能兼，况值朋簪意氣添。水曲自能還抱檻，花飛似是故尋檐。留春名劇梁塵細，拚醉深觥鳥語孅。落袖殘霞拖屐晚，人家燈火半深巖。

己未四月上以久旱步禱南郊升壇而雨四野霑足李坦園杜純一兩先生皆有詩志喜因和其韻〔一〕

次坦園韻

齋心昭事肅深宫，步禱桑林罪已同。祇以精誠期降鑒，豈云圭璧報高穹。飄摇已覺靈旗轉，呼吸真將帝座通。雲漢挽回無異理，九重一念即年豐。

次純一韻

帝宿齋宫命撤懸，南郊步禱禮尤虔。微風乍拂升中後，靈雨先霑御幄前。四野望年頻有頌，三農䂨土不成堅。膏流稌黍看垂穎，詎止來牟錫自天。

【注】

〔一〕康熙十八年四月，帝以久旱，赴天壇祈雨。《清聖祖實録》卷八〇：『（康熙十八年四月）己卯，上詣天壇祈雨，自西天門步行至祭所，讀祝甫畢，甘霖隨降。祭畢，上步行出西天門，始束馬回宫。』

送欽紫侄任濟南太守〔一〕

司農門閥清如水，即綰玉麟上郡符。夾轂鹿雙琴韻遠，隨車膚寸嶽靈孚。野王惠績西河著，白雪才名歷下孤。到日政成能得士，搴帷應羡使君都。

【注】

〔一〕欽紫侄：即馮夢星，字欽紫，直隸高陽人。父馮杰，官至户部侍郎。夢星以蔭生，歷通政使司經歷、兵部督捕司主事，至濟南知府。

己未五月七日上賜太液池鮮魚恭紀二律〔一〕

太液波深羡在淵，睿情暇豫渾忘筌。錦鱗自躍非關餌，佳節纔過更賜鮮。舉網仍留恩浩蕩，賞花倍覺日舒妍。擎來細作銀絲膾，重誦《嘉魚》燕衎篇。

其二

五月薰風荇藻舒，依蒲時躍帝舟餘。斂師勅下絲牽巧，玉饌分頒日影初。自昔鱨鯊曾命罶，從來沮漆亦多魚。何如拜賜芙蓉沼，共仰皇恩頌那居。

【注】

〔一〕己未五月七日：《康熙起居注》『康熙十八年己未五月』：『初七日庚子……是日，内閣、六部、都察院、翰林院、詹事府衙門官員各賜魚，羣臣隨於瀛臺前謝恩。』

送宋既庭〔一〕

燕市相逢酒重沽，又看秋色羃黃廬。吳門耆舊推元歎，宋玉文章本左徒。海上朝霞光射甲，天涯暮雨夜啼烏。魚龍正爾喧豗甚，莫漫悲歌激五湖。

【注】

〔一〕宋既庭：即宋實穎（一六二一—一七〇五），字既庭，號湘尹，長洲人。順治八年舉人，授揚州興化教諭。善詩文，有《志易軒文集》。《（乾隆）長洲府志》卷二五《人物四》：『宋實穎……弱冠以文受知徐宮詹汧，與汪琬輩爲研席交，挾其能，游學燕趙間。順治辛卯舉京兆，諸公卿以詩文相倡酬者無不傾倒攝席。以奏銷案起，不與會試，授揚州興化教諭。』

奉賀高念東先生再起少司寇〔一〕

于公駟馬久辭官，重領西曹巽數寬。黃石未逢虛納履，赤松有約更彈冠。陽回黍谷吹葭暖，鑑澈秦銅照膽寒。讓德虞廷尊邁種，賡歌誰信古來難。

【注】

〔一〕再起：康熙十八年（一六七九）十月，以魏象樞薦，高珩再起爲刑部右侍郎。事見《清聖祖實録》卷八五。

補臘月八日正月八日遊萬柳堂詩有序〔一〕

予每遊萬柳堂，皆有詩，聊以適夫性情，非云計乎工拙。臘月八日、正月八日，同人復起育嬰會，兩至其地，以歲事匆冗不及作，暇日補之，以記一時之事云爾。

崢嶸歲暮寒威發，此日來遊勝早春。芹茁新莖迎齒滑，酒浮臘味入脣親。誰能芻狗齵天地，總是蜉蝣悟果因。生意滿前君不見，從來補燮賴仁人。右臘月八日。

其二

敢藉羣賢共舉觴，花前小圃亦輝光。十年結構慚頹壁，八日晴和兆插秧。野棄不煩敖氏乳，天威豈假夜郎王。捷書已報蠶叢復，老去襟懷興倍狂。右正月八日。

【注】

〔一〕此二詩作於康熙十九年，補康熙十八年臘月八日、康熙十九年正月八日之作。

四川大捷志喜二首〔一〕

廟謨久軫劍南偏，壯士吹唇盡入川。玉壘春光矜細柳，錦屏山色勒燕然。檄傳白帝元通楚，鐃沸瀘河已過滇。寰宇昇平知道泰，赤松好去問芝田。

其二

將軍兩路下西川，捷奏雙傳御案前。花重錦官沾露日，威揚閬水洗兵年。爲憐久陷懲吳慘，不數奇猷笑鄧專。更喜和衷存國憲，全消疑忌邁前賢。

【注】

〔一〕康熙十九年正月，清軍攻入成都。《清聖祖實錄》卷八八：『（十九年正月）乙卯……勇略將軍陝西提督趙良棟疏報：「臣率官兵，自龍安進剿……今總兵官王進才等，分兩路直取成都，而親率大兵繼進。至綿竹，僞勁武將軍汪文元迎降。本月十一日，至成都二十里鋪，僞巡撫張文德等率文武僞官二百餘人迎降，遂復成都。」』

和兒協一枯梅再發之作

盆梅馥我窗前久，詎信枯餘蓓蕾新。同伴歲寒零落盡，孤根天畔保和勻。乘時利見非無意，殿後貞操自有真。何事嶺頭煩遠寄，欣看庭際一枝春。

其二

豈是三生雨露頻，芳魂重復試妝新。疏枝月冷瓊姿杳，嫩蕊香遲蝶粉勻。幸不棄捐同廢梗，依然剖露見天真。玉顏更奪冰霜色，紅紫應慚上苑春。

三月八日集萬柳堂

市塵盡處徑通樵，覆水桃花度石橋。鷗鷺閒情皆世外，羲皇高話永今朝。登臨老手猶堪賦，祓禊良朋正見招。試問東山絲竹事，謝公墩下草蕭蕭。

戲簡高念東先生

共説林泉勝市塵，桃花流水竟迷津。翰林裘馬猶沽酒，丞相車輪任吐茵。掉臂三千何世界，摶風九萬只因循。經綸日省成差謬，笑殺當年鄭子真。

謝人送蘭

湘浦移來禁苑西，小齋客到偶相攜。香分王者千秋慕，韻協幽人九畹齊。佳帙閒開風澹遠，良朋靜晤論端倪。孤芳憐爾猶空谷，指下琴聲入鳳兮。

四月八日集萬柳堂

山容寂歷柳陰涼，路轉東郊浴佛場。隔寺鐘聲僧乞襯，入林鳥語客傳觴。三生偶話童姿異，客言青城七歲童子甚異。一卷閒披聖學長。座有攜道學書者。俯仰乾坤烽漸息，豐年況復到吾鄉。

贈楊水心〔一〕

青齊人物壓羣英，獨羨君才更老成。龍性自難諧俗尚，虎頭何用博時名。從無荊棘留靈腕，剩有瑯玕寄別情。此日長安親道範，金莖遙映玉壺清。

【注】

〔一〕楊水心：即楊涵，字水心，又名輔峭，字雲峭，號雲笠，山東益都人。歲貢生。工書畫，善詩文，有《雲峭詩

稿》。（法偉堂等《光緒益都縣圖志·隱逸傳》）

和喬石林遊萬柳堂韻四首〔一〕

灌園偶習鳳城偏，曲徑爲籬手自編。種樹小條皆向日，疏池半鍤已通泉。晨曦窈窕山藏壑，夕霧空濛水有烟。乍脱塵囂人欲静，洗兵應接太平年。

其二

豈是卷阿風欲飄，偶逢休沐馬蹄遥。初晴雲氣留烟樹，近水蟲飛傍露蕭。北闕朝回碁易睹，西山爽到酒能消。老年自笑猶頑健，策杖還過雨後橋。

其三

閒來徙倚對斜曛，蒼翠巖成錦繡紋。隔寺鐘聲沉梵響，遥天兵氣散妖氛。懷人悵望盈盈水，落屐行穿冉冉雲。逢閏猶嫌春去早，披襟莫厭酒十分。

其四

水木清華别一隈，種魚閒課近荷栽。層崖丹溜雲初度，曲沼香浮雨欲來。詩句誰能追李杜，清修每擬得宗雷。鄰翁樸魯聊堪話，時饋茶瓜坐露苔。

【注】

〔一〕喬石林：即喬萊（一六四二—一六九四），字子靜，號石林，寶應人。順治六年進士，授內閣中書，乞養歸。康熙十八年，舉博學鴻詞，授檢討，與修《明史》。累遷侍讀。詩文集有《應制集》、《直廬集》、《使粵集》、《歸田集》等。（潘耒《翰林侍講喬君墓志銘》）

挽大司寇長人艾老先生二首〔一〕

輿頌徒聞推定國，祥刑無復見庭堅。讜言抗疏功名薄，公以議新例削級。詎意停舂婦子憐。紫府仙班新注籍，白雲詩稿舊成編。老懷涕淚徒盈把，前輩風流孰與傳。

其二

槐聲依舊曲池幽，繐帳空懸月一鈎。壁際吟蟲秋露冷，庭餘宿草夜燐遊。人琴俱失惟留恨，詩畫徒存未可收。箕尾光芒天上路，欲憑精爽問嘉猷。

【注】

〔一〕長人艾老先生：即艾元徵（一六二四—一六七六），字允治，號長人，山東濟陽人。順治三年進士，選庶吉士，授檢討，歷戶部侍郎、左都御史、刑部尚書。康熙十五年（一六七六）七月，艾元徵病逝，馮溥作此以挽之。（葉方藹《刑部尚書濟陽艾公墓志銘》）唐夢賚作《艾長人司寇先生挽詩三首》（《阮亭選志壑堂詩》卷四），題注：『丙辰七夕前二日歿』。

挽周伯庸憲副周諱體觀，遵化人，己丑進士，仕至江南憲副，致政歸。予以賢才薦之，部議湖南軍前補用，未及任職而卒。〔一〕

一紙賢書動客愁，還疑劉表鎮荊州。參卿軍事無孫楚，嗟我懷人望庾樓。不信行吟仍澤畔，卻憐易簀在荒丘。炙雞絮酒秋郊隔，芳潔應同正則遊。

其二

楚水湘山望夕烽，將軍緩帶擬殊庸。莫嫌雅量無公瑾，最識清操似邴容。鸚鵡文章國士去，汨羅憔悴左徒逢。一聞訃到橫波淚，卻恨當年啟事重。

【注】

〔一〕周伯庸：即周體觀，字伯衡，又字伯庸，直隸遵化（今河北遵化）人，順治六年進士，選庶吉士，遷給事中，出爲江西道副使。善詩文，有《晴鶴堂詩鈔》、《南洲草》等。（《國朝詩人徵略》）

戊午春正月捧誦求賢上諭恭紀〔一〕

聖武方揚文命敷，典謨干羽毖皇圖。翻經丙夜旁求切，視草金門待詔殊。一代詞源宗睿藻，千秋岳降應真儒。佇看春澤銷兵甲，彩筆從容賦兩都。

其二

雲漢昭天仰化工，菁莪棫樸萬方同。已驚俊乂承恩渥，旋沐弓旌降典隆。濂洛誰傳真姓字，文章始信有窮通。大觀在上賓王利，漸陸何憂隔遁鴻。

【注】

〔一〕戊午春：即康熙十七年春。《清聖祖實録》卷七一『康熙十七年正月癸酉朔』：『乙未，諭吏部：「自古一代之興，必有博學鴻儒振起文運，闡發經史，潤色詞章，以備顧問著作之選。朕萬幾餘暇，遊心文翰，思得博學之士，用資典學。我朝定鼎以來，崇儒重道，培養人材。四海之廣，豈無奇才碩彥、學問淵通、文藻瑰麗可以追蹤前哲者。凡有學行兼優、文詞卓越之人，不論已仕未仕，令在京三品以上及科道官員，在外督、撫、布、按，各舉所知，朕將親試録用。其餘内外各官果有真知灼見，在内開送吏部，在外開報督撫，代爲題薦。務令虚心延訪，期得真才，以副朕求賢右文之意。爾部即通行傳諭。」』

次湘北學士韻紀盛四首〔一〕

求賢側席意常虚，雅操猗蘭迴不如。南詔尚憂三窟狡，東封誰上萬年書。時初封長白山。簡編搜討傳心久，辟召申重籲俊初。奮武揆文闢睿慮，願將皋座起橫渠。

其二

詔出徵車遍所司，休移猿鶴北山辭。少微已映台星動，白雪無憂下里爲。豈有陳琳工檄草，翻來卜式助軍貲。普天文德招攜遠，翰墨春雲濯鳳池。

其三

詞壇特達重彈冠，曠典能無報稱難。市駿恆虞酬骨賤，拔茅尤愛彙徵寬。一人追琢思綱紀，六字光華見治安。豹變霞蒸應次第，爲占紫氣五雲端。

其四

思如陶謝願同遊，霄漢尤煩寤寐求。魯國儒生詞自詘，桐江釣客櫂何由。校書乙夜尊劉向，作史三長笑魏收。潤色太平真盛事，從教賓客厭諸侯。

【注】

〔一〕湘北學士：即李天馥（一六三七—一六九九），字湘北，號容齋，永城籍合肥人。順治十五年進士，選庶吉士，授檢討，官至武英殿大學士兼吏部尚書。謚文定。有《容齋集》。（韓菼《李公墓志銘》）

送宮宗衮之河南糧道〔一〕

英年掞藻冠詞場，驄馬威嚴簡挾霜。裕餉朝端資轉運，搴帷海内見文章。倦遊舊識風流最，司計新懸格例長。謀國深猷知獨異，行春先遣課耕桑。

【注】

〔一〕宮宗衮：即宮夢仁（一六四二—？），字宗衮，號定山，江蘇泰州人。順治十五年進士，選庶吉士，遷貴州道御史，歷河南布政使司參議、湖廣按察使、湖北鹽驛道參議、提督山東學政、山東按察副使，升大理少卿、左僉都御史，累官至福建巡撫。有《廿一史名臣言行録》、《讀書紀數略》等。（趙宏恩等《江南通志》）

次歲暮韻三首

疏慵無意問飛騰，拚醉屠蘇病未能。事忘妻孥嗟老去，書來親友笑官仍。寒凝馬索常虞朽，暖映梅花類得朋。散帙小齋聊寓目，敢言半部對華燈。

其二

履端王會謙彌久，愁對朝元驛使來。隴首梅花誰遠寄，天涯魚麗應常開。舞干遲日懸佳貺，摩盾巖疆待異才。鐘鼓顒瞻酬錫命，蕭蕭華髮尚追陪。

其三

朔氣連雲接地陰，火城佳事那重尋。天顏有喜烽傳緩，鄉夢頻煩客思深。夜五曉風吹雪鬢，晝三丹陛飲冰心。歸來兒女燈前話，藍尾誰能一再斟。

贈唐濟武〔一〕

折檻焚魚句獨工，參禪學道跡雙融。閒來幾捆牛腰卷，醉後千村驢背風。小過舊知惟硯北，同人新興在江東。即今握手春明裏，不擬人間問轉蓬。

其二

籬菊花繁九月秋，去年有客賦同遊。文章海内無雙手，公望詞林最上頭。狎主齊盟鄰友在，竭來燕市酒徒留。蜀箋欲買三千葉，鈔取新詩慰老眸。

其三

讀罷新詞一破顔，驚人句軼宋元間。欲攜謝朓峯頭問，只恐淵明柳下閒。荏苒歲華催白髮，輝煌辟召滿青山。騷流不廢思公子，千古君親總一般。

【注】

〔一〕唐夢賚《志壑堂詩集》卷九《戊午己未集》之《和馮易齋先生贈詩四章，才見三章》即和此三詩。據《戊午己未集》自序，戊午夏（一六七八）唐夢賚入京，己未春（一六七九）里居，是集『從益都相國馮易齋先生，得宣城施愚山侍講手爲評定』。又據馮詩『籬菊花繁九月秋，去年有客賦同遊』等句，知此詩作於康熙十八年春（一六七九）。

濟武以軍需浩繁欲行鈔法著或問一編辨論特詳〔一〕

蒿目軍儲盼止戈，諸公謀遠道如何。山靈竟爾虚銀甕，估客空憐較白鹺。一紙真賢過十萬，滿囊輕匪慮江河。元明舊法成來易，經濟書詳自不訛。

【注】

〔一〕《或問》：見唐夢賚《志壑堂文集》卷九《籌餉戹言》，包括《或問》十二篇、《大錢古式》、《寄司農公草》等。

喜王蓼航同年至都賦贈〔一〕

巖城終日角聲飛，纔到西湖又拂衣。腰下湛盧猶帶血，樽前鷗鳥已忘機。嵩高雲物英雄起，梁苑風流海嶽稀。標準詞林須舊學，此身原不爲輕肥。

其二

豈是長沙逐客哀，芙蓉猶對鬱孤臺。金戈耀日猷方壯，彤管生花夢欲來。投紱已拚西子笑，脂車不受北堂猜。莫驚捫蝨新談快，終古風雲護異才。

【注】

〔一〕王蓼航：即王紫綬。康熙十七年（一六七八），王紫綬因魏象樞之薦赴京試博學鴻詞，此詩當作於此時。

同諸老薦舉文學次韻〔一〕

奏對書思午夜攜，流鶯初繞建章啼。喜傳騏驥羣空北，應見瑯玕笑向西。天上春雲吹鳳曲，苑邊晴雪賦霜蹄。幾逢盛典光華滿，市駿先將姓字題。

【注】

〔一〕諸老：指大學士李霨、杜立德等人。《清史列傳·馮溥》：『十七年，詔舉博學鴻詞，溥同大學士李霨、杜立德合薦原任布政使法若真，副使道曹溶，參議道施閏章，進士沈珩、葉舒崇，中書曹禾、陳玉璂，知縣米漢雯，并得旨召試。』

再疊前韻四首

宵衣餘暇倚清虛，煥發天章錦不如。文苑弘開通鳳沼，王言珍重進賢書。山中草木敷榮外，海畔蛟龍奮蟄初。曾是弓旌來異數，諸公何以答勤渠。

其二

助理分符各有司，十行細讀繹徵辭。高才豈合嗟遲暮，公望於今應有爲。殷室庶明猶籲俊，漢庭郎署恨多貲。衮龍黼黻真儒賴，會見鴻篇出液池。

其三

賡揚每愧進賢冠，盡網珊瑚勢倍難。待詔徒傳金馬盛，談經今見石渠寬。雄文相似三都麗，沈律惟求五字安。明試幾時同入奏，須教詞賦厭朝端。

其四

曾從扈蹕賦來遊，梧鳳歌成識應求。退舍妖星風不競，高棲巖客勢無由。璠璵舊是千秋賞，騏驥新經一顧收。橐筆從容尊顯在，何煩汗馬列通侯。

戊午秋七月十日試庶吉士上出秦漢文一部裝潢精美備出題之用恭紀

每羡龍文被石渠，五雲清切啟函初。誰傳蠹食神仙字，喜值題逢天老書。雨滴梧桐秋色淺，香浮甘露齒芬餘。先是，上命日備内閣清茶。鳳池珥筆光華盛，一曲陽春笑《子虛》。

九日同沈繹堂羅振彝王仲昭吴志伊陳椒峯登善果寺毘盧閣〔一〕

蒼涼霜氣未深寒，九日招提倚佛欄。過眼征鴻難並翼，入盤紫蟹且加餐。天龍八部垂垂老，日月雙丸冉冉看。陶謝賓朋欣滿座，黄花欲插更彈冠。

【注】

〔一〕沈繹堂：即沈荃（一六二四—一六八四），字貞蕤，號繹堂，别號充齋，江南青浦（今上海市）人。順治九年探花，授編修，轉河南按察副使，分巡大梁道，累官禮部侍郎。卒謚文恪。善詩文，工書法。有《一硯齋詩集》。（邵長蘅《翰林院侍讀學士加禮部侍郎沈公神道碑》）羅振彝：即羅秉倫（一五八七—？），字振彝，上元（今江蘇南京）人，康熙十二年進士，選庶吉士，轉河南道御史，遷大理寺丞，累官至通政使。（朱珪等《皇朝詞林典故》）

贈傅青主徵君二首

函谷青牛得縶無，徒瞻紫氣滿皇都。雍中簴業遲更老，殿上夔龍問楷模。誰識承匡仍絳縣，多應金粟待文殊。於今好倩丹青筆，爲寫淵明栗里圖。

其二

病緣豈藉世情醫，高詠誰堪繼《五噫》。歲儉欲留香積供，文成不讓漆園奇。星能犯座還稱客，雲可怡人自有詩。驢背春風歸去穩，外臣箕潁拜恩時。

和李坦園先生岳州大捷志喜〔一〕

將軍牙帳紫雲飛，十道巴陵大谷圍。已剷賊壕橫雪刃，旋書露布换春衣。風馳鐵騎瀟湘震，雨洗桃花士女歸。從此鬼方看破竹，南人原自懾天威。

【注】

〔一〕李坦園：李霨。岳州大捷：康熙十八年正月，貝勒察尼督水師圍岳州，收復岳州。事見《清聖祖實録》卷七九。

和李坦園先生喜雪之作

六出飄颺瑞帝城，遥知九土盡飛英。冥濛共仰同雲色，淅瀝還聽潤物聲。臘後疏梅仍帶萼，春前布穀欲催耕。干戈銷去恩膏遍，眼底三農于耜成。

贈周雅楫〔一〕

賦就長楊冠切雲，斗間佳氣見龍文。十年閉户遲遊洛，千里過都早逸羣。彈鋏豈能窮國士，清談真可補參軍。況逢側席求賢日，倡始風流正望君。〔一〕

【校】

〔一〕《清詩紀事》録此詩題作《贈周清原》，頗多異文：『尊酒高齋話夕曛，斗間佳氣識龍文。十年閉户遲遊洛，千里過都早不羣。春草已看傳白傅，飛花定見詔韓君。九重側席今方切，振筆蓬山爲爾欣。』

【注】

〔一〕周雅楫：即周清原。

【箋】

法式善《槐廳載筆》引《國子監志》：『康熙間，太學生周清原有詩名，大學士馮溥見其雍試諸作，目爲奇才，詩以贈之云云。後清原果以博學鴻詞授翰林。清原雍試諸作，有《太學白丁香》詩，句云：「月明有水皆爲影，風靜無塵別遞香。」一時傳誦都下，上達宸聽。比官翰林，召見，上猶誦其詩句獎之。』

陳康祺《郎潛紀聞初筆》卷三『周太學白丁香詩』：『康熙間，太學生周清原盛負時名，益都相國見其應試諸作，目爲奇才。太學《白丁香詩》有云：「月明有水皆爲影，風靜無塵別遞香。」傳誦都下，上達宸聽。比官翰林，召見時，上猶誦此一聯獎之，見《國子監志》。按，益都贈周詩，有「飛花定見召韓君」之句，後果以詩名上聞，可謂佳讖。』

贈周紫海〔一〕

早從經濟振詞華，頓脱塵羈久棄家。九轉丹砂參道妙，幾番語句洗宗瑕。慈悲閲世婆心切，慷慨懷人爽氣賒。應會凌風生羽翼，蓬萊沆瀣玩朝霞。

【注】

〔一〕周紫海：生平俟考，號懶雲，歸隱出家，性愛山水，與田雯、董思凝、高層雲皆有交往。

和陸義山見贈原韻〔一〕

夏五初聞鶯語遲，盤飧呼酒話離思。鴻文筆落生花巧，大手人傳哲匠知。富貴無庸唐舉相，顧廚幸遇李膺時。三千水擊風多少，斥鷃徒矜枋地窺。

其二

賢聲久藉日華東，三語何嫌掾史同。作賦幾人逢狗監，授詩今日憶毛公。尉佗驕僭新篇好，蜀道艱難論草工。奉職莫嫌需次晚，姓名别注五雲中。

【注】

〔一〕陸義山：陸棻號義山。

和黄庭表見贈之作原韻〔一〕

鳳詔輝煌海域開，羣賢需次屬車陪。文强舊識無雙士，叔度今推蓋代才。萬丈光芒知養氣，一天雨露好銜杯。南溟快徙風多少，聽取喧傳後命催。

【注】

〔一〕黄庭表：即黄與堅（一六二〇—一七〇一），字庭表，號忍庵，江蘇太倉人。順治十六年（一六五九）進士，授知縣。康熙十八年應博學鴻詞，列二等，授編修，與修《明史》。累遷左贊善。有《忍庵集》。（秦瀛《己未詞科錄》）

寄懷高念東先生〔一〕

壇坫當年插飲齊，獨慚龍尾嘆羈棲。西州每下羊曇淚，東郡難邀逸少攜。九畹湘蘭應有路，一丸函谷欲封泥。好將二老風流話，留共先生醉後題。

其二

東望蓬萊結紫雲，仙人勾漏奏奇勳。應知需次彈冠客，定遜當年誓墓文。藥採名山幾兩屐，詩成橫筆掃千軍。歸來丹竈封初啟，好看黃芽出鼎芬。

【注】

〔一〕康熙十九年冬，高珩致仕歸鄉。此詩當作於康熙二十年間。

寄懷鍾一士二首〔一〕

衰遲每憶故交疏，爲倩雙魚候起居。絲竹東山人健否，樽罍北海興何如。邴容自免非干禄，虞老雖貧尚著書。回首少年談笑事，風流淹貫倍愁予。

其二

當年舄履更留髡，一石猶能記醉痕。賀老琵琶原內府，花卿絲管動江門。彈成天際真人想，歌斷湘靈帝子魂。荏苒歲華零落盡，思君握手復重論。

【注】

〔一〕鍾一士：即鍾諤，字一士，山東益都人，明工部尚書鍾羽正之侄。崇禎十六年（一六四三）進士，入清官至觀察。善畫山水。（《光緒益都縣圖志》）

豐臺芍藥

名花誰種帝城隅，馥郁遥傳士女趨。十里春圍香步障，千重地展錦氍毹。俗非溱水羣相贈，品並花王號獨殊。載酒頻過真勝事，應劉賓客況同驅。

簡高念東〔一〕

我過古稀君欠一，頻年苦憶話通宵。論詩止許諳情性，作客何堪溷市朝。禾黍故鄉今歲好，雞豚舊社里朋邀。卜期攜手同歸去，皓髮商山未寂寥。

【注】

〔一〕此詩作於康熙十九年（一六八〇）秋，時高珩乞休獲允，馮溥作此以寄。

報國寺海棠〔一〕

琪樹高霏十丈花，一天紅雨散晴霞。春來塵鞅憐休沐，老去心情惜物華。片片瓊瑤窺説偈，輕輕風日欲籠紗。韋公寺内曾相見，縹緲香魂入夢賒。東城外韋公寺海棠較此尤勝，今摧折無復存者。

【注】

〔一〕報國寺：又名慈恩寺，位於北京市西城區報國寺前街，其海棠爲京師一景，王崇簡《看海棠行》：『鳳城西南報國寺，海棠雙樹藏幽邃……燕京此花馳聲價，韋祠爲最此爲亞』，可與此詩相印證。李漁《笠翁詩集》卷一亦有《都門報國寺海棠》。

欽賜御書大軸恭紀

瑤池波漾日華明，捧誦溫綸感愧生。宸翰昭垂星斗燦，龍文珍重鼎彝輕。遠超羲獻知天錫，遥憶皋夔見聖情。寵賚持歸什襲祕，猶期世世拜恩榮。

代兒輩贈徐紫函紫函浙人，攜一侄一壻入都，皆少年俊才。

感君意氣對門居，瀟灑盃傳溽暑餘。檻外蛟龍時作雨，堦前烏雀愛吾廬。才人膝下雙呈賦，醉眼閒中一命書。會看鳳池齊奮翼，婆娑客興未應疏。

其二

渡江誰問祖生鞭，慷慨如君領衆賢。對酒聊爲河朔飲，當歌不讓美人篇。攜來小阮情何達，種出藍田玉有烟。奚羨機雲入洛日，翩翩公子正髫年。

贈孫白雲〔一〕

虛室傳聞松菊香，一天風雨伴繩床。人如五柳羲皇近，家比三吴德業長。尚友時删今古論，高歌日在水雲鄉。蒹葭遥溯知何日，爲憶風流向草堂。

【注】

〔一〕孫白雲：生平俟考。

和毛行九題小齋初啟南窗之作二首〔一〕

小齋偪側無餘地，爲啟南窗一線天。爽氣自能通甕牖，新涼好爲理芸編。仰窺黼座勤開卷，遥望烽臺早息烟。湛露秋香分桂子，莫教容易復還牽。

其二行九先寓長椿寺內

寓西即是長椿寺，誰賃僧房問四禪。毛子天才原嶽嶽，豚兒孱質更拳拳。從來師說遵前輩，自昔圉人視後鞭。粉飾一齋容膝地，好將定力望希賢。

【注】

〔一〕毛行九：即毛端士。

題山陰王氏暢心閣閣在蘭亭東〔一〕

蘭亭遺跡久荒榛，一敘當年儗季倫。地闢烟霞堪繼武，天開圖畫宛成鄰。風流仍是瑯琊裔，詞賦誰爲祓禊人。藝苑中原虛想像，幾時艇泛剡溪春。

【注】

〔一〕山陰王氏：即浙江紹興山陰王氏，爲東晉瑯琊王氏後人。

送田子綸督學江南〔一〕

江左掄文異數開，事同三錫重徘徊。廷推人識無雙士，睿照心期不世才。六代風流行欲復，中原旗鼓日相催。菁莪那得陵阿掩，汝往親承帝命來。

【注】

〔一〕田子綸：即田雯（一六三五—一七〇四），字子綸、紫綸、綸霞，號漪亭、蒙齋，德州人。康熙三年（一六六四）進士，歷官至戶部侍郎。有《古歡堂集》。（田雯《蒙齋自編年譜》）康熙十九年六月，以戶部郎中田雯爲江南按察使司僉事，提調學政，事見《清聖祖實錄》卷九〇。

題漢文帝幸代圖

漢帝當年歌大風，歡留父老樂融融。誰知將相調和後，更有君王宴賞同。每飯未嘗忘鉅鹿，故居猶自憶新豐。旌旗十萬雲中駕，休擬登臺出塞雄。

【箋】

沈德潛《清詩別裁集》卷二評曰：『從高帝歌風一氣直下，第六語又復回環，結意於異代武帝之耀武。此種篇法，惟少陵有此，變化入神。』

《漁洋詩話》卷上：『臨朐馮文毅溥《題漢文帝幸代圖》云：（略）』亦見《帶經堂詩話》卷十一。

李鍈《詩法易簡錄》卷十『七言律詩』：『首二句以高帝之幸豐、沛，歌《大風》襯起，三四句轉到本題，一氣相承，是學古法而加以變化者。第六句又用回環照應，末二句再用武帝襯結，見文帝之幸代，異於武帝之耀武也。筆勢縱橫，希風飯顆。溥字孔傳（博），山東臨朐人，順治丁亥進士，官至大學士，謚文毅。』

贈毛行九〔一〕

方正從來數學先，況兼詩賦盡堪傳。耆髦舐犢真三瀆，七十懸車又二年。君到頻揮白玉麈，我歸不用繞朝鞭。相期明歲秋風健，看取扶搖路幾千。

【注】

〔一〕毛行九：即毛端士。此詩作於康熙十九年，馮溥時年七十二。『相期明歲秋風健』云云，乃勉勵毛端士明年之鄉試。

春日諸子讌集西齋即席賦贈〔一〕

良朋讌集及芳辰，金谷觴嚴漫等倫。氣借芝蘭杯共馥，人如王謝語恆新。鑑湖恩緩思前輩，鳳閣春濃看後塵。欲洗甲兵隆雅化，高歌一曲徹天津。

其二

一堂嘯詠恰春風，雩舞前賢興味同。簫韻恍吹緱嶺上，歌聲休擬大江東。當年題柱羞司馬，此日通家笑孔融。四海英豪簪共盍，陽秋餘論竟誰公。

送宗尼叔之閩中海道任二首〔一〕

日日相過解佩貂，南征憲節問秋潮。愁看越嶺千層瘴，笑憶成都萬里橋。叔以四川建昌道改補此任〔二〕。遣興有時題海賦，懷人何處駐仙橈。春明濁酒初堪醉，欲寫離憂已半消。

其二

擁傳炎天盼客亭，荔枝風近海濤腥。東方千騎知公子，南國誰人問歲星。聞說么麽猶寇盜，莫教寬大負朝廷。中原尺素時能寄，應憶題詩滿翠屏。

【注】

〔一〕宗尼叔：即馮士標。順治十二年（一六五五）春，馮士標改任福建按察副使，九月初六日病卒於赴任途中。事見臨朐七賢梨花埠本《馮氏世錄》之《宗尼馮公行述》。

〔二〕萬里橋：即今四川成都市南門大橋，始建於三國時，今橋爲清康熙五十年重建。

壽大兄七十初度二律舊作〔一〕

少微星合歲星明，南極光輝動帝京。甲子十年周後健，庚申三日守初成。羨兒戲彩饒文藻，有弟稱觴擅盛名。不惜春塘生遠夢，大茅君正駐霓旌。

其二

絳節朝看下九天，冰桃雪藕映初筵。蓬萊水淺滄桑變，松菊園存歲月遷。家世箕裘功不替，仙人龍虎語空傳。即今四月芳菲裏，共拱靈椿識大年。

【注】

〔一〕大兄：即馮涵（一六〇五—一六七六），字孔淵，庠生，未仕。據臨朐冶源《馮氏世錄·奉祀神主》，馮涵『生於萬曆三十三年乙巳四月初七日』，則此詩作於康熙十三年（一六七四）四月。

西湖淨慈寺豁堂和尚以詩見訊依韻卻寄舊作〔一〕

欲向西湖禮法王，蒹葭南望已蒼涼。功名老去如雞肋，町疃年來半鹿場。明月自通千里照，旃檀遙認一爐香。許多龍象飛騰地，敢擬凌霄是鳳凰。

【注】

〔一〕豁堂和尚：即淨慈寺正嵓禪師。

贈李琳芝侍御察荒河南舊作〔一〕

慷慨陳書吾道存，蕭蕭雙鬢識霜痕。直旌折檻雲霄迥，心苦批麟雨露溫。諫果由來深後味，返魂敢合忘前恩。只今驄馬黄河渡，耆德中原向舊論。

【注】

〔一〕李琳芝：即李森先（？—一六六〇），字琳芝、琳之，掖縣（今山東萊州）人。崇禎十三年（一六四〇）進士，授國子監博士。入清爲江西道監察御史，疏劾大學士馮銓，巡江南，嚴懲惡棍，有『海瑞再世』之譽。（《清史稿》）順治十五年（一六五八）十月，察荒河南，見《清世祖實録》卷一二一。

送張爾成殿讀之青萊道二首舊作〔一〕

帝念民勞海國偏，詞臣銜命節雙懸。當年輿論推中祕，此日朝恩重左遷。風月誰人吞渤澥，烟霞有吏望神仙。二東臥理知霖雨，莫忘嘉謨侍御筵。

其二

淅淅秋風引去驂，香凝晝戟潤烟嵐。文章終覺蓬瀛近，斥鹵遥看雨露湛。策詘魚鹽羞管仲，民當清靜憶曹參。姓名久藉占雲奏，東國歸來慶盍簪。

【注】

〔一〕張爾成：即張永祺（一六二六—？），字爾成，順天大興人，祖籍江南宜興。順治九年榜眼，授編修，任國子監司業、國史院侍讀，累遷至大理寺少卿。（《順治九年壬辰科進士履歷便覽》）順治十五年（一六五八）六月，以國史院侍讀張爾成爲山東布政司參政、青登萊道，事見《清世祖實録》卷一一八。

送許鶴沙宮贊之江西參議二首〔一〕

十年祕閣草猶存，此日褰帷識帝恩。孺子舊名懸榻重，詞臣新例外臺尊。旌旗共憶從南苑，鎖鑰何須在北門。千古灌嬰飲馬地，不將勳業辨金根。

其二

歲星歲久笑侏儒，脱穎參藩列大夫。豪士肯容雙鬢改，西江今見數賢俱。山當廬阜官非俗，笛憶桓伊興不孤。暇日應裁佳句在，鴻飛常傍蠡東湖。

【注】

〔一〕許鶴沙：即許纘曾（一六二七—一七〇〇），字孝修，號鶴沙，别號定舫、環溪老人，華亭人。順治六年進士，選庶吉士，授檢討，累官至雲南按察使。有《滇行紀程》、《東還紀程》。（陳垣《華亭許纘曾傳》）順治十五年七月，許纘曾爲江西按察司副使、驛傳道參議，事見《清世祖實録》卷一一九。

送張華平宮允參藩汝南二首〔一〕

兩河氣色動嵩雲，憲節新經禁闥分。客到梁園思授簡，郊鄰初服憶從軍。英賢月旦千秋合，鴻雁哀鳴四野聞。侍從深知文德意，中原雅望正遲君。

其二

馬首黄河憶佩貂，平原樹色鬱蕭蕭。相如詞賦繁臺近，羊祜功名峴首遥。地自絲綸通岳牧，人從談笑辨征徭。汝南舊有先賢傳，弘獎風流屬本朝。

【注】

〔一〕張華平：即張瑞徵（一六一九—一六八二），字卿旦，號華平，山東萊陽人。順治九年（一六五二）進士，選庶吉士，授編修，歷宮允，出爲汝南道，折獄明敏，辨寃晰枉，尤表表一時。精書畫，善詩文，有《滋樹館稿》。（岳濬等《山東通志》）順治十五年九年，以左春坊左中允張瑞徵爲河南按察司副使，分巡汝南道，事見《清世祖實録》卷一二〇。

送曹錫予日講參藩鄖陽〔一〕

鄖陽四塞舊蹄輪，鎖鑰猶煩借講茵。鐵騎時屯稱重鎮，牙籤日捧是親臣。久經戰伐人三戶，聊算舟車歲幾緡。清貴如君堪臥理，紗籠遥護少年身。

【注】

〔一〕曹錫予：即曹申吉（一六三五—一六八一），字錫余，又作錫予，號逸庵，山東安丘人。曹貞吉之弟。順治十二年進士，授編修，擢日講官，歷禮部、吏部、工部侍郎，轉都察院副都御史、貴州巡撫。吳三桂叛，被執殉難。（張貞《通奉大夫巡撫貴州工部右侍郎兼都察院右副都御史加一級曹公墓志銘》）順治十五年十月，曹申吉遷湖廣布政使司參議，事見《清世祖實録》卷一二一。

寄代州愚谷二兄二首有序〔一〕

丁亥春，予始識恆山兄於燕邸〔二〕，以年誼故，問地問齒，雖相友愛，未繫譜牒。居無何，詢及遷徙之自，乃知水木之同，因嘆近世族譜不修久矣。使非驥附，烏識雁行？日從恆山兄，後知愚谷兄亦長予數月，惠連之才不減康樂，夙稱入洛，今已拂衣。聊寄短章，書之扇頭，不勝棣萼之懷，用當平安之報。

偃蹇沙塵復避喧，歸來五柳足柴門。盟因鷗鷺官難繫，心入羲皇道自尊。木落關河天地晚，雪吹巖窟虎狼存。馮唐漢署初通籍，剩數風流到弟昆。

其二

舊來宗譜嘆西東，此日升堂見敬通。籍自金門詢水木，書從玉署辨魚蟲。人間漫説雙龍合，眼下猶遲二妙同。聊寄短章憑涕淚，聯床細語待春融。

【注】

〔一〕代州愚谷：即馮容（一六〇九—？），號愚谷，馮如京之弟，以舉人仕至新河縣知縣。（馮曦《代州馮氏族譜》）

〔二〕恆山兄：指馮右京（？—一六七〇），字左之，號恆山，代州人。順治四年與馮溥同榜進士，選庶吉士，歷福建道監察御史、巡按山東、山東道監察御史、湖廣參議等。（常贇春《山西獻徵》）

上御瀛臺賜大臣蓮藕紀恩〔一〕

帝澤弘深太液寬，雲房曲榭護雕欄。水芝賜出珠千顆，白蒻擎來玉滿盤。甘脆分擕天上味，清涼疑飫暑中丹。延年競說仙人餌，珍異恩頒出大官。

【注】

〔一〕康熙二十年七月，帝賜大臣蓮藕等。《清聖祖實録》卷九七『二十年七月』：『壬申……召大學士以下各部院衙門員外郎以上官員至瀛臺，命内大臣佟國維等傳諭曰：「内閣及部院各衙門諸臣，比年以來，辦事勤勞。今特召集爾等賜宴。因朕方駐瀛臺，即以太液池中魚藕等物賜諸臣共食之。」又賜彩緞表裏。大學士率諸臣叩謝，各依次坐。』

贈施愚山

東山絲竹護烟霞，齊魯皋比憶絳紗。時詘官方存劑量，雅亡風尚見浮華。玄暉終自留餘論，正始何人識永嘉。不信叢殘多款啟，須憑子野辨灰葭。

和田髴淵見贈原韻〔一〕

年來伴食愧公餘，又見崢嶸近歲除。老我衝寒遲倦羽，羡君鍵戶校藏書。千秋大業乘時起，一代名賢倒屣疏。豈是平津多曲學，試詢賓客意何如。

其二

翩躚鴻羽起漁樵，盛世旁求續食招。信史賡颺應特筆，切雲冠佩識高標。欣逢經術尊三代，更有文章鄙六朝。棫樸芃芃承雅化，老夫徒愧奉科條。

【注】

〔一〕田髴淵：即田茂遇，字楫公，號髴淵，江南青浦人。與陳子龍交厚，子龍歿，爲刻遺集。順治十四年（一六五七）舉人，授直隸新城知縣，不赴。康熙十八年舉博學鴻詞，罷歸。善詩文，有《水西草堂遺集》等。（《清史列傳》）

鼒淵復以原韻見贈再次韻答之

詩從藝苑擷芳餘，細響浮聲務盡除。老氣九州横健筆，琴心三疊對奇書。怡情自覺乾坤闊，閲世何妨禮法疏。今日朝廷須異等，天人劇論復誰如。

其二

勳名豈合老漁樵，我友卬須志共招。已識清姿同鳳翽，重看佳句勝龍標。文章原不資前代，茅茹於今盛本朝。豹變霞蒸真蔚起，天街瑞色滿三條。

三疊原韻答鼒淵

白雪新辭屢贈餘，報章蕪陋未全除。騰驤冀北初空駿，留滯周南舊著書。縞帶交情原自重，衰年病骨每多疏。卻看賦就《長楊》好，司馬風流愧不如。

其二

《通志》閒翻憶鄭樵，欣聞開館試弓招。康齋奏對銜猶假，周黨逡巡姓已標。久悉潛夫工政論，寧無碩畫答興朝。繽紛文德銷兵氣，笑指梧崗看鳳條。

四疊原韻答鼒淵

莫訝田方傲有餘，遊巖館職亦經除。孟嘗愛士酬彈鋏，表聖尊君燬諫書。豈謂千秋一語契，翻令思孟半綸疏。即今屈指盧龍塞，縱説分荊恐不如。

其二

志亨雅意隱山樵，弘正勳庸豈待招。何也談經名自重，鳳兮題柱史尤標。共知敬仲昌陳裔，詎識延年奠漢朝。極目金陵書萬卷，休移棲息向中條。

五疊原韻答鼒淵

學深何用説冬餘，潘陸才名供掃除。謾儗十行尊上詔，誰稱三篋誦亡書。吳中華譜傳應盛，稷下朱幡會較疏。特達珪璋原不淺，風雲幸際幾能如。

其二

軍符頻下慰耕樵，廟略從容定策招。銅柱銘功誰偉績，金門需次見清標。傳經雅志留千古，籲俊深心奉兩朝。沴氣潛消和氣住，行看霜雪不封條。

六疊原韻答鼒淵

光華復旦右文餘，濟濟諸賢待辟除。恨不同時應有賦，雖稱已治豈無書。詩成叉手才還敏，興到銜杯樂未疏。爲語洛陽年少道，機雲閉戶近何如。

其二

從來奧博說孫樵，落紙烟雲似可招。欲借清談王謝麈，獨慚高義褚殷標。文心自擅雕龍技，彥會還歌振鷺朝。拜獻須明干羽意，營平十二細分條。

春日同坦園先生湘北學士遊萬柳堂次韻二首〔一〕

鶯領深林桑扈交，花枝拂帽露凝梢。乾坤欲息龍蛇鬬，楊柳同探翡翠巢。酒琖幾番遲案牘，芥舟今日泛堂坳。鄉思入夢烟波隔，且喜聯鑣在帝郊。

其二

東望春林烟霧交，園丁和露架藤梢。軟塵誰結箕山侶，遲日來看燕子巢。落屐花茵忻覆檻，題詩墨瀋欲連坳。公餘杖履重來此，爛熳卿雲看滿郊。

【注】

〔一〕坦園先生：即李霨。湘北學士：即李天馥。

杪秋登雲門山作〔一〕

一杖登臨萬壑風，橫穿雲竇踏飛虹。波光匹練窗間白，日暮晴霞谷口紅。洞裏仙人常穩睡，天邊秋色正飄蓬。循崖遙指花林疃〔二〕，舊是吾家五畝宮。

【注】

〔一〕雲門山：在青州，《齊乘》卷一：『雲門山，府城南五里。上方號大雲，頂有通穴如門，可容百餘人，遠望如懸鏡。泉極甘洌。』馮溥在康熙二年至五年七月乞假家居，此詩當作於康熙二年至四年的秋天。

〔二〕花林疃：在雲門山東麓，《嘉靖青州府志》卷六《山川》：『（雲門山）山麓爲花林疃，地多柿葉，秋深霜葉蔓衍平鋪，登山遠望如錦，青州一佳勝景也。』

【箋】

王士禛《池北偶談》卷十六：『青州城南花林疃，泉石清幽，有塵外之趣。山泉翁題詩云：「山藏柳市無車馬，水隔桃源有子孫。」馮宗伯琦愛其語，遂與鍾司空羽正約卜鄰其地。』

佳山堂詩集卷七

五言排律

送何雲子同年之福建漳泉道任即捧誥命便道過家上塚十二韻〔一〕

閩海徯蘇日，皇恩錫類年。過家錦不夜，上塚禮逾先。聖鑒臣心苦，人欽孝德全。焚黄思燕翼，奠斝喜鶯遷。綸綍層霄下，松楸奕葉綿。已憐裘作冶，將見海成田。驄馬石城最，棠陰渭水偏。輿人清節頌，蜃氣好音傳。羣醜皆延頸，勞民欲息肩。旬宣拱北極，疆理盡南天。鐘鼓宫懸久，旂常帝望專。酬恩期國士，莫惜别離筵。

【注】

〔一〕何雲子：疑即何可化，直隸宛平人，順治三年進士，歷員外郎、監察御史，分守關内道，轉福建興泉道，歷至參議。（《康熙宛平縣志》）康熙十二年，何可化分守興泉道。

夏日亦園偕友人小酌二十韻

入夏寒猶劇，凌晨花自鮮。雨餘增氣色，水際得澄妍。西望瑤峯合，東來紫氣懸。鶯啼初選樹，蝶戲亦隨肩。閶闔雲霄迥，園林市肆偏。酒杯浮綠蟻，荷葉疊青錢。天意容疏放，群情值靜便。老懷思憩息，病骨恣留連。別墅非安石，高才有服虔。浩歌多野興，分賦拂華牋。農事聞蠲賦，妖星喜退躔。兵威方振楚，殺氣已横滇。禮數羣公假，瘡痍睿慮全。洗兵霖已沛，觀詔淚應漣。柏府新司計，柳營共待銓。飽騰資内帑，歌舞宴中權。王者原無戰，羣兇只暫延。虞人防即鹿，癡雀敢攖鸇。湯網開三面，堯民保一廛。會期天宇淨，復睹拱垂年。

九月三日送何省齋還里二十韻舊作。省齋以僧服歸〔一〕

秋色引歸驂，蕭蕭試負擔。風流仍謝傅，行李總瞿曇。騎省情多感，柴桑醉不慚。忽驚陽入九，遙憶徑還三。戲馬人何處，呼鷹氣正酣。棲遲猶薊北，舟楫即江南。走送衝塵市，蒼茫問蔚藍。黄花開已爛，白社禁初諳。我欲憑魚寄，君還策杖探。烟霞心自癖，吟眺事非貪。落葉流哀響，空庭下遠嵐。殘鐘殷古寺，斜日照江潭。李郭舟難並，何周累未甘。詩奇呼小謝，渭唱想何勘。門雀全欺網，床書半化蟫。已嗟身傴僂，更笑髮鬖鬖。雞肋寧終惜，鶯風素所耽。山川容落帽，江海任投簪。蘭紉公子佩，花散老僧龕。何日舒長嘯，青鞋訪夜談。

【注】

〔一〕何省齋：即何采。《清世祖實錄》卷一〇三：順治十三年八月二十一日：『丙申，考察漢人京官，侍讀何采、編修張表……等七十二員分别致仕、降調、革職有差。』九月初三日，何采起程還里，馮溥作此以送之。

扈從聖駕南苑閱武恭紀十六韻

四海同文日，九重詰武時。春蒐昭帝制，神策識龍旗。細草承三扈，和風拂九逵。葭萌呈盛瑞，貉表著隆儀。虎旅翔金埒，龍文帶紫陂。玉虬天上落，金甲日邊移。雹鶩旌旄合，雲連鵷鷺隨。上林淑色度，五柞翠華披。輸獸羞前典，彎弓下大綏。聖心寬浩浩，春日正遲遲。戎事徵閒暇，神威邁等夷。瓊漿申燕喜，珍膳沐恩私。曠代驚雄舉，長楊愧拙辭。矜持逢道泰，鐃吹託榮滋。拜手臣工肅，垂衣帝宇熙。三驅非黷武，銜橜莫輕規。

九日登善果寺毘盧閣晚眺十六韻

九日毘盧閣，茱萸醉後看。雁傳鄉信杳，菊帶雨聲寒。畫角纏秋闕，斜陽挂晚巒。眼昏迷靉靆，鼻觀得栴檀。笑語星辰近，徜徉法界寬。傳衣歸七偈，閱世轉雙丸。鐘鼓音初寂，蛟龍勢欲蟠。青郊愁戲馬，白社喜登壇。渺渺鴻遵渚，蕭蕭月映欄。長房寧有術，元亮本無官。鬼祟符書易，籬閒酒送難。黄花知節綻，紫蟹近霜繁。飛蓋披文藻，餐英振羽翰。良辰容策杖，嘉客慶彈冠。帽落從風便，杯深吸月乾。羈懷期稍稍，寒露已漙漙。人事歡終卜，天涯歲欲闌。故園兄弟宴，東望路漫漫。

扈從聖駕幸西苑閱武進士馬步箭恭紀十六韻

御苑凌晨啟，翠華拂曙翔。大風傳聖武，多士奮鷹揚。侍從親除祓，材官盡蹶張。祥光浮幄殿，瑞氣傍宫墻。鼓角疑天上，旌旄捧玉皇。閣臣承巽命，司馬記戎行。珥筆觀殊典，提壺望酪漿。修容儼虎衛，選騎必龍驤。弦發鐃催響，旗招羽載飈。俟遙棲鵠正，弓勁趁風將。賈勇徵餘技，詢年注本鄉。拔尤期國士，羅駿待旂常。羣列環瀛水，題名徹御床。衆情矜巧力，睿鑒越驪黄。共慶風雲會，還看宇宙康。雕弧垂帝式，左右燕君王。

郊祀

肅肅瑤壇閟，沉沉寶篆霏。千官嚴虎衛，萬騎簇龍旂。玉輦開黄道，祥雲護紫微。升中容穆穆，將享思依依。樂奏天神降，燎香騂牡肥。百靈覘奠斝，上帝鑒垂衣。功德乾坤並，儀章海嶽輝。前王圖籙矯，今代烈謨希。九變尊虞是，三呼恥漢非。總干旄羽歇，依磬管鞉歸。日月環金匱，松梧鎖玉扉。

告成仍夙夜，曠典頌巍巍。

耕耤

淑氣郊原動，青壇帳殿開。甸師清直道，掌舍淨纖埃。種稑三宮獻，寅賓太史推。蒼龍嚴夙駕，黛耜候班來。擊壤田夫導，交旗豹尾陪。粢盛勤玉趾，勞勸耤金罍。秉耒公侯繼，終耕億兆恢。所期惟孝敬，不憚問蒿萊。倉廩三時望，艱難七月裁。淳風覘播植，灌木盡條枚。禹甸看千耦，堯仁遍八垓。秋成先秉穗，春禁及蟲胎。湛露群霑德，長歌首重回。

長椿寺去敝寓不數武前朝所建也幽邃弘廠傑閣金輪甲於諸刹地震後傾頹殆盡寺僧無譽獨力募化不數月頓還舊觀且山門甫就有兩金蛇蟠其鴟尾寺僧與遊觀焚香頂祝移刻不去真異瑞也余偶過隨喜見其僧醇樸無他兼屢受人侮亦不之校余喜而贈之以詩二十二韻

招提新氣象，鐘鼓動長安。行苦諸靈鑒，律嚴五夜寒。忘軀供眾指，忍辱禮悲壇。傳法千人易，克家一子難。弘深乘願力，金碧認旃檀。法象曾無異，光華改舊觀。問心人繞座，行脚客投單。巍峻前朝建，貂璫内力寬。腴田皆上賜，瓊瑤盡宮紈。飛閣臨丹壑，金輪降紫鑾。雲霞護寶几，日月抱雕欄。否泰曾何有，盈虛只自看。詎期翻地軸，頓爾陷泥蟠。頹壁風雷吼，欹碑贔屭殘。慈容無蓋覆，行路共辛酸。歲月倏移晷，春秋似轉丸。人驚丹臒迅，客喜鳳鸞摶。一木支全廈，雙龍出蟄湍。精誠知夙矢，闤闠殫交歡。懦弱終如此，强梁亦可嘆。洵能慈勝勇，誰謂樸輸姦。努力竿頭步，風雲日鬱盤。

【箋】

《日下舊聞考》卷五十九載宋德宜《重修長椿寺碑略》：『長椿寺在宣武門之右，故明萬曆二十年爲水齋大師敕建，賜金冠紫衣住寺焚修者也。規模宏敞，爲京師首刹。去今未百年，而壇席荒涼，僧徒零落。康熙己未秋七月地震，京城内外寺觀浮圖相輪之屬莫不傾圮，而茲寺尤甚。寺近相國益都馮公第宅，公一日遊寺中，見而憫之，捐資修葺，煥然更新云。康熙二十年八月立。』

諸將

群兇猶格鬬，諸將正横戈。芻粟蠶叢險，旌旗虎旅多。渡瀘遲六詔，依洞匿諸羅。剛愎人情異，晏安暑氣過。良謨殊鄧艾，壯志憶廉頗。螳臂寧終拒，虎頭只自訛。圖功無寡算，師克賴調和。殘寇雖金馬，遺雛豈尉佗。越裳人不後，貴竹境無他。打箭爐非隔，澂江水自波。三軍擁節鉞，百道壓牂柯。巢穴行傾覆，山川奉凱歌。莫教銅柱績，千載嘆蹉跎。

佳山堂詩集卷八

七言排律

送納生侄進士赴金陵省覲兼懷秋水大兄十二韻〔一〕

中朝文獻吾家事，此日風流報國才。東壁遙連句注起，西園近接建安來。召公分陝原南紀，董氏研番號玉杯。天子久懷可思賦，少年初上郭生臺。上林校獵周廬肅，敕使傳宣列騎催。策到治安雲五色，顏驚咫尺日三臺。藜非天祿從吾老，花是河陽待爾栽。遊子雕鞍垂錦繡，薇垣芳泗宴蓬萊。齊開畫角傳千里，白下鱸魚近四腮。夢遶鶺鴒人遠近，柳深齋閣客徘徊。文章時覺陳琳壯，潦倒空餘庾信哀。憶爾趨庭多暇日，懷人尺素更能裁。

【注】

〔一〕納生侄：即馮雲驤，字納生、訥生。秋水大兄：即馮如京。

上駐瀛臺賜大臣藕恭紀〔一〕

面額迎□敞□建，今上臨御簇寫□。水□進膳時秋實，珍藕分賜出尚方。種自華峯來太液，味含莖露比瓊漿。雪腴入齒銜冰冽，星影羅胸引臂長。玉樹森森風節勁，鮫機片片素絲颺。玲瓏自不埋污澤，瑩潔應堪浣俗腸。楚后江萍難並美，秦公海棗詎差强。恩沾鳳闕邀先賚，侍近麟臺幸飽嘗。此日霜華堆碧盌，往時菡萏記銀塘。朝暉映采青山麗，晚雨翻波白鷺翔。密葉如規排翠蓋，柔莖列戟挺朱房。鑾輿駐蹕回芳沼，龍艦乘流過石梁。幾見敷榮當熇暑，倏看收蓄已清商。遲留衮職慚無補，優渥何由答昊閶。

【注】

〔一〕參卷六《上御瀛臺賜大臣蓮藕紀恩》注。

九日擬約同人登高以病不果悵然有作

去歲登高矜力健，今年伏枕憶登高。西風入戶香浮蘂，北雁排空酒貯醪。海內交遊淹日月，堦前菊蕊半蓬蒿。誰家落帽傳佳話，何處囊萸照錦袍。天欲洗兵人戲馬，地當選勝客持螯。久知作賦三都貴，莫厭題糕九日豪。佳節已虛投轄賞，良朋還藉問醫勞。千山返照鳥雙去，一榻孤眠雞再號。案冊不堪留宿孽，參苓豈得變霜毛。黄芽白雪丹砂在，休笑衰遲更老饕。

送慕瑟玉榷北新關便道省覲〔一〕

仙郎畫省日籌兵，佐計今煩擁傳行。天上麒麟原有種，人間騕褭舊知名。吳門開府遲斑袖，越水移舟號錦城。報國心勞傳令子，怡親誼重識難兄。瘡痍涕淚堪連牘，商賈逃亡莫取盈。荒徼烟塵猶轉運，廟堂丁地已寬征。過庭日近官仍達，爲政心閒賦自清。紫氣關門來上瑞，白雲親舍有名卿。冬依吳苑人思暖，宦到蘇堤興益生。攬轡霜華迎橘柚，前驅長吏避旂旌。秦川甲第承餘烈，江左風流繼老成。到日功名孚物望，還朝忠孝欲分榮。

【注】

〔一〕慕瑟玉：疑即慕天顔（一六二三—一六九六），字拱極，一字鶴鳴，甘肅靜寧人。順治十二年進士，歷錢塘知縣、南寧府同知，升福建興化知府，擢湖廣上荊道，遷江蘇布政使、江寧巡撫，累遷漕運總督。（《清史列傳》）北新關：清代戶部稅關之一，初由杭州織造兼管，後改歸巡撫。

冶湖小景〔一〕

茅屋依巖卜築幽，小亭傍水鷺鷗浮。客來村市常沽酒，纜解柴門好放舟。檻外青收疑緑野，杯中紫照恍丹丘。菰菱結子堪供餤，荷芰裁衣不避秋。細雨垂綸蓑笠具，閒雲繞舍桂松留。耕田半在垂楊裹，洗耳還尋杜若洲。雪浪一灣龍自躍，瑯玕千个鳳曾遊。凭襟閣上天如鏡，捉馬潭邊樹似虬，湖東有池，名捉馬潭〔二〕。自有樵人能問答，時聽語鳥正鈎輈。日穿籬戶炊烟細，月滿林塘錦色稠。嶺入層霄看放鶴，橋通曲巷數歸牛。人非摩詰詩圖拙，水似桃源漢魏流。隱隱鐘聲牽遠夢，蕭蕭雪色動披裘。聊題小景真愁絕，不爲衰遲懶上樓。

【注】

〔一〕冶湖：即臨朐熏冶湖，俗稱老龍灣。以歐冶子曾鑄劍於此，稱冶源。

〔二〕憑襟閣：亦名憑襟亭，清乾隆年間尚存，光緒年間已不存。《光緒臨朐縣志》卷四《古跡》：『憑襟亭在冶泉東，亦馮氏建，蓋取酈善長「此焉棲寄，實可憑襟」之語。《漁洋精華錄》中有詩云：「萬竹蔭中置一亭，四圍碧玉響清泠。我來想見憑襟日，紗帽籠頭注《水經》。」即詠此亭也。』捉馬潭：即今老龍灣內濯馬潭。

佳山堂詩集卷九

五言絶句

古意四首

拾得古刀頭，土花繡不識。摩挲欲礪看，風雨黑如墨。

其二

我有白鼻騧，款段負行李。借與碧眼兒，一日行千里。

其三

神物不可觸，暗夜匕首吼。魑魅或竊窺，一人而九首。

其四

十年不出門，不識門前路。客騎青騾來，還騎青騾去。

四時閨怨四首

春日園林好，相憐結伴遊。忽驚啼鳥喚，不到水西頭。

其二

荷葉田田發，侍兒倚檻呼。蘭槳且莫盪，怕是鴛鴦湖。

其三

簾内窺秋色，空堦月影寒。嫦娥隔半面，不去倚欄杆。

其四

拂琴當歲晏，指冷不成音。淒絕無聲曲，難將萬里心。

送張平子還雲間四首〔一〕

世事形骸外，相思別夢長。如何一樽酒，容得次公狂。

其二

雨洗平沙淨，秋添江上波。太湖烟水闊，風月奈君何？

其三

長安行樂地，塵網綴遙翮。相過面目華，知君非俗客。

其四

雲間多異士，道在不鳴躍。試問鹿門人，何如王景略？

【注】

〔一〕張平子：生平事蹟不詳，俟考。

閨思二首

秋風吹去雁，聞説到瀟湘。繒繳君知避，應非是戰場。

其二

搗衣還自卜，石上流光彩。征戍身應强，肥瘦莫輕改。

七夕

巧豈希恩用，持針更上樓。可憐牛女夜，別是一番秋。

偶拈詩二十首

面南日色佳，北行風孔優。造化本無別，陰陽分向背。

其二

乾坤一生人，善惡恣所好。有子各望佳，如何還大造。

其三

大道本自然，慾昏則不見。不識剛近仁，氣質奚由變。

其四

達士有曠懷，狥物失其真。試觀垂釣者，盡是羨魚人。

其五

有過貴能改，頻復即爲厲。風霾非佳事，幸無終日曀。

其六

愚人寡特操，妍媸喜隨語。出口已茫然，汝心那得許。

其七

寒煥身先覺，二氣同我體。不識我爲誰，此乃大肯綮。

其八

古人重治心，心治乃浩然。治心是心否，此語古不傳。

其九

怒時既無喜，喜時亦無怒。喜怒無去來，達者知其故。

其十

習氣既難除，如何希厥悟。積行以爲基，終身防軼步。

其十一

聖賢皆可到，要從克己始。深心學道人，數年去矜字。

其十二

氣至物候新，春花散芳甸。未能示厥根，爲君通一線。

其十三

爲學古有方，靜坐求未發。此理苟勿融，毫釐問胡越。

其十四

人好不足恃，醜亦有時移。好醜本自形，安用汝形之。

其十五

言有有誠滯，言無無亦淫。無弦陶靖節，千古是知音。

其十六

得失境循環，隨轉因作苦。去來須臾中，仁者稱安土。

其十七

釋氏言解脱，貴不爲法縛。鳶魚詩有詠，何處須穿鑿。

其十八

言人不如己，慚愧乃不生。邁征期無忝，須見古人情。

其十九

動静貴光明，止乃爲無咎。執者昧其原，於焉成兩負。

其二十

虚空誠無盡，吾心良亦同。如何一念起，海浪竟隨風。

【箋】

魏象樞《寒松堂全集》卷七《壽同年益都相國七十》：『曾讀先生《偶拈吟》，克己改過完至性。』

題烏棲杏花圖

安棲借一枝，魂夢無驚擾。春暖杏花天，貪眠不知曉。

題鼯食秋果圖

秋露垂朱實，鼯戲果其腹。莫嗤五技窮，不爲稻粱逐。

兒輩留客夜飲

門前長者轍，倉卒具樽罍。愧之凌雲侶，文星落上台。

其二

寒風捲落葉，霜氣夜沉沉。喜汝能留客，休辜白雪吟。

其三

汝曹未解事，上客忝通家。誨爾殷勤意，更深剪燭花。

其四

周旋初學步，尊長已忘年。今夕樽前話，飛騰爾自憐。

燕京曲十二首

健順千祥合，車書萬里通。梯航來絕域，拜舞漢儀同。

其二

鳳闕雲霞麗，龍樓日月高。蟬貂集衛霍，制作掩劉曹。

其三

郊廟前王典，儀章此日煌。繁詞無祝史，天子正當陽。

其四

太液回仙島，龍舟漾碧空。昆明羞漢製，不藉石鯨風。

其五

南苑離宫敞，晾鷹講武多。龍媒真絕足，天馬匆庸歌。

其六

上刹西山列，曾經駐六龍。人傳巖谷裏，時聽有呼嵩。

其七

玉帳黄羊肋，金盤熊白肪。堂餐時有賜，兼帶上尊香。

其八

甲第連雲起，山河帶礪雄。金貂留累葉，常侍未央宫。

其九

雲漢昭回久，英賢盡網羅。彈冠稱濟濟，詞賦近來多。

其十

紫陌馳千騎，輕烟散五侯。狎客芙蓉館，簫聲翡翠樓。

其十一

苑柳長條綠，虹橋倒影重。玉泉山下水，千古識朝宗。

其十二

瀚海真天塹，居庸亦鳳翔。太平不恃險，聲教普遐荒。

題桃源圖

豈是乾坤隔，居然雞犬遙。桃花流不到，明月自吹簫。

其二

跫然喜足音，好鳥報春深。瑤瑟何年調，桃花一片心。

其三

人間說漢魏，洞内不曾知。一盂胡麻飯，商山笑紫芝。

報國寺市八首

畏寒時隱几，病渴解煎茶。承恩今日市，承恩，報國寺舊名也。聞説有梅花。

其二

雙松天下奇，攫拿覆琳屋。貪僧租茗竈，火燎虬枝禿。

其三

一片雨花地，竟成百寶臺。遊人隨貨去，棲烏不曾來。

其四

書畫多名筆，閒尋認宋唐。攜歸三兩冊，客至酒杯長。

其五

毘盧踞寶座，平等法應齊。如何穀貴日，珠玉賤如泥。

其六

雜沓眾人呼，佛宮非狗屠。刺人白晝裏，喋血駭專諸。前市中叢集，竟刺殺一人。

其七

入市無君子，衣冠亦屢過。五都真富貴，誰復憶羊何。

其八

司馬多詞賦，窮年守俸薪。覽閱資博物，莫作倦遊人。

佳山堂詩集卷十

七言絕句

邊詞

嘉峪關前大草芊，吐番牧馬射飛鳶。不知羽獵人多少，親見嫣支到酒泉。

其二

遥聞黑水羡中華，一夜笳聲便建牙。駝背酪漿重載婦，鬢邊爭插野棠花。

其三

戍人夜半傳烽火，大將旌旗到北門。驚睹前驅鳥獸散，爭歸達賴乞皇恩。

代兒輩壽毛大可

夙賦才名擅兩都，呼盧曾隱舊潛夫。莫言公子賓朋盛，猶自親身下博徒。

其二

從來詩義重河間，瀛水猶傳教授閒。今日清華誰比似，伏生止仗一雙鬟。

其三

曾聞脱穎著奇勳，珠履三千迥出羣。不是臨軒親命策，令人卻憶平原君。

其四

憶説孝先嚴啟事，當年藻鑑重人倫。紅藥翻堦君自取，秉鈞慎勿厭清貧。

亦園秋懷六首

新涼雨霽草堂幽，片片閒雲映水流。卻憶吾家熏冶上，千竿竹影一漁舟。

其二

聊將緩步答秋塗，健翮飛鴻萬里呼。搔首看雲開口笑，一天涼雨足江湖。

其三

含露迎風葉半低，繁枝猶許坐黃鸝。莫教憔悴秋容老，罨畫樓臺蔭碧溪。

其四

扶杖過橋尋小徑，柳遮遊屐隔溪聞。分明畫出滄洲趣，休沐重來是鷺羣。

其五

亂霞烟樹影離披，不盡蒼茫有所思。匝地鼓鼙人去後，遥天風雨雁來時。

其六

露壓藤梢手自扶，漁歌苦憶過菰蘆。縱教海内銷金甲，老去烟波仍慣無？

小遊仙詩六首

天香馥郁覆諸仙，玉殿前頭結紫烟。滿袖攜來洞裏放，金爐原不爇龍涎。

其二

不閃雙眸步履輕，千峯萬壑上層城。只因弟子開求乞，一道飛虹萬里驚。

其三

王母書來讌五城，晚逢子晉教吹笙。飛筇到處皆堪醉，不識人間阮步兵。

其四

蓬萊起屋種桑田，鞭叱蒼龍播紫烟。舊養珊瑚高幾丈，截來恰好作茅椽。

其五

朝騎赤鯉泛滄波，暮約麻姑載酒過。醉裏不知瓊島事，但聞鞭石血痕多。

其六

赤城戲罷白龍趨，醉草華陽洞裏圖。莫使人間傳隻字，揣摩恐誤作陰符。

送同年范正之任杭州副使四首〔一〕

西湖簫鼓競如雲，此日風流屬使君。萬竈貔貅猶海上，會看摩盾頌雄文。

其二

東南民力困誅求，綮戟遙臨控上遊。竚息鯨鯢春雨遍，月明參佐送詩籌。

其三

梅花覆水水西灣，畫角巖關未暫閒。君去好憑相寄語，從教放鶴到人間。

其四

何遜當年憶范雲，夢魂風雪總隨君。西園飛蓋生春草，取次人歌幕府勳。

【注】

〔一〕范正之：即范印心（一六〇九—一六六八），字正其，河内溫縣人。順治四年進士，知崞縣，有政績。遷戶部主事、郎中，升浙江杭嚴道，補山西參議、河東分守道。（《國朝耆獻類徵初編》）順治十三年十一月，戶部郎中范印心出任浙江按察司僉事，分巡杭嚴道，事見《清世祖實錄》卷一〇四。

寄懷李吉津魏昭華遼左十首〔一〕

漫道高陽是酒徒，興來錯認舊呼盧。天津橋下直沽水，欲倩雙魚得到無？

其二

聞說君王憶沛宮，旌旗百萬入遼東。聖恩縱許十年復，不在新豐父老中。

其三

歲暮依然嘆寂寥，風搖霜鬢怯清宵。笳聲何處催烏鵲，三匝哀鳴未可招。

其四

虎豹天門霜雪寒，投荒君子正南冠。繩床縱令穿應盡，誰識當年管幼安？

其五

春風不度關門柳，五月寒沙擁敝裘。木落天高秋未盡，鄰家皸瘃已先憂。

其六

霜冷邊州墮指威，鐘聲早夜叩禪扉。病餘剩有安心法，禮足醫王試布衣。

其七

垂老何堪亦此行，孤燈殘月夜三更。關河契闊知生死，風雨聯床是弟兄。

其八

寒城不見杜鵑啼，莽莽蓬飛落照低。夢裏幾回青瑣近，紅霞一道萬峯西。

其九

豈是三生石上魂，空庭促膝又黄昏。支離病裏開雙眼，總有寒氈不忍吞。

其十

聖明燭照無遺策，前席終憐痛哭書。青海黄沙驚客夢，一時春到醫無閭。

【注】

〔一〕李吉津：即李呈祥。順治十年二月（一六五三），因疏陳部院衙門除去滿官而流放盛京，順治十八年放還。魏昭華：即魏琯，字昭華，山東壽光人。明崇禎十年（一六三七）進士，官御史。入清以原官薦起，累官大理寺卿。後以直諫奪官，流徙遼陽，卒於戍所。（《清史稿》）

再寄李吉津遼左四首

十月風吹塞角哀，行人泣望李陵臺。飢烏啄雪羣狐立，此地曾淹異代才。

其二

縮頸羊裘月有霜，一天風雪照遼陽。干戈定後遺黎在，爲問黄門舊講堂。

其三

辛勤作屋更移居，雨雪泥塗計亦疏。攜得破囊應自笑，西風何處是吾廬。

其四

匿影孤村人事少，故人書到旅懷開。不知積雪三家戍，也有生徒問字來。

桃花

劉郎舊入武陵源，種樹仙人不出村。此桃有種今須種，紅紅白白對清樽。

柳枝

柳絲著雨枝枝綠，摇曳河橋只送人。彭澤門前惟五樹，一拖烟霧伴垂綸。

客來

客來共話長生事，客去翛然盡日眠。前月華山傳祕訣，君真疑我是神仙。

出郭

出郭尋花入野寺，數聲清磬一溪風。枕流臥月無能住，辜負斜陽壓嶺紅。

西山四首

白鶴飛來好寄聲，夜深誰弄紫鸞笙。二分垂足先生慄，莫遣仙人瞰帝城。

其二

矗矗芙蓉不可攀，西風遥望一開顔。道人莫挾白龍去，留與山靈伴老頑。

其三

層疊千峯錦繡開，碧雲何處是仙臺。秋風欲踏金鼇背，更約麻姑載酒來。

其四

曉起裁書報赤松，詩懷酒琖意多慵。仙笻偕我登高去，秋好還應第幾峯。

元宵二首

佳人倚月弄箜篌，公子垂鞭躍紫騮。直至夜深猶不去，侍兒一曲《小梁州》。

其二

高樓燈火春如海，斗酒十千倚檻歌。唐帝霓裳人去盡，簫聲何處送嫦娥。

亦園春歌十首

斸得清泉處處通，擬將竹木駕長虹。風吹楊柳千條綠，雨洗桃花一片紅。

其二

鉏草成畦籬作門，雨肥菜甲長兒孫。轆轤別有通池法，無事閒來記水痕。

其三

山色西來染翠羅，紅霞映水錦成窩。魚龍盡入光明藏，不羨江湖雨露多。

其四

小河新濬喜容舠，簫管遊人上畫橋。西望高梁林樹盡，餳盤粉擔此中饒。

其五

海棠著雨鮮於染，蛺蝶輕盈來去飛。萬緑叢中看不見，十分春色上人衣。

其六

茅亭初構兩三椽，白鷺朱魚遶檻前。食櫟緑陰爭作埒，無人來索地租錢。

其七

如篁深柳聽啼鶯，舌澀初調尚未成。乘興續來容領略，春和宜雨又宜晴。

其八

飛燕銜泥掠水輕，遊魚唼藻映波明。鄰翁有約攜孫至，釃酒扶笻看放生。

其九

呼盧覓句曲池邊，醉藉蒼苔亦快眠。青翠滿身渾不覺，晚霞斜挂綠楊烟。

其十

柳市烟籠春雨餘，酒簾遥引太平車。欲將擊壤兒童唱，寫入橐駝種樹書。

送方吉偶同年〔一〕

風催霜落角聲哀，塞北江南淚滿腮。五十七年方吉偶，今秋容易上京來。

【注】

〔一〕方吉偶：即方亨咸。從此詩『五十七年方吉偶』看，方亨咸此次入京在康熙十五年（一六七六）。

騎馬

騎馬狂風吹我笠，兒童笑我手雙扶。雲中行雨鞭龍急，爲問羣龍借得無？

山雨

萬木糾紛津逮幽，龍蛇不辨雨初收。蒼茫我欲分天地，雲氣横空景倒流。

題達磨渡江圖

臺城烟霧空伸脚，揚子風濤不斂眉。千古望洋同隻履，白鷗閒浴引雛兒。

題毛女圖

雪徑雲巖松有鱗，人傳毛女是秦人。月明石上飛來去，不共桃源作主賓。

題舉案齊眉圖

高風不讓桐江釣，廡下何如冀缺妻。更老漢庭稽古力，曾無辨論到祁奚。

卓茂

掀天雷雨問功宗，獨有循良憶舊庸。英氣雲臺三十二，笑將儒術折從龍。

題汪蛟門百尺梧桐閣圖四首〔一〕

嘉樹凌空草閣幽，白雲時到碧山頭。最憐摩詰官猶冷，不盡藍田憶舊遊。

其二

元龍豪氣未全舒，回首清齋舊雨餘。賴得龍眠工繪事，千峯霽景照圖書。

其三

參差古木千章合，蕭瑟西風萬壑哀。《梁父吟》成高臥足，不須更上讀書臺。

其四

一尊風雨聽秋聲，祕枕淮南問藥成。猿鶴共知丹竈寂，無人谷口亂題名。

【注】

〔一〕汪蛟門：即汪懋麟（一六四〇—一六八八），字季角，號蛟門，晚號覺堂，江都（今江蘇揚州）人。康熙六年馮溥主會試所取士，歷官刑部主事。（徐乾學《刑部主事季角汪君墓志銘》）揚州有百尺梧桐閣，爲其讀書之處。康熙十五、六年前後，方亨咸爲汪氏畫《百尺梧桐閣圖》，一時名流紛紛題詩，馮溥、魏象樞、陳廷敬、李天馥、徐乾學等均有題詩。魏象樞《寒松堂全集》卷七《題汪蛟門百尺梧桐閣圖》「手持方子圖，堂前娱老親」、李天馥《題龍眠方邵村畫汪蛟門百尺梧桐閣圖》均證此圖爲方亨咸所畫也。

紀夢有序

戊戌七月二十八日，夜夢天河甚明，其中星皆三連而位次整齊，星下綴以金篆如斗大，不可識，一老人從旁指予觀之，醒而紀以詩。

星滿銀河兩兩横，中間金篆更分明。仙人指點從頭説，攬我華胥是此生。

七夕

露濕風微酒半醒，貪看牛女卧前庭。朝來一事渾忘卻，不及擕尊餞武丁。

宮詞二首

舞罷陽阿玉殿風，當年羞影燭雙紅。婕妤聞有新封號，問訊腰肢更不同。

其二

轆轤金井夜無聲，露濕羅衣欲二更。閒把守宮相戲問，朦朧月色尚分明。

贈剔宗上人〔一〕

芋熟燈熒識懶殘〔二〕，藏身蹤跡向來寬。不知金粟前生是，猶對文殊話一官。

【注】

〔一〕剔宗上人：生平俟考。

〔二〕懶殘：即唐代的懶殘禪師，名明瓚，性懶而食殘，故號懶殘。李泌往拜，師撥牛糞火中，出一芋，以半授李啖之。事見《指月錄》卷二。

山行遇雨溪深泥滑問田家借雨具不得因止宿焉愛其風味紀之以詩

泥爛溪深馬渡難，漫天風雨罩征鞍。山翁不賣盧龍塞，屈指前村尚幾灘。

其二

茅屋欹斜席蔽風，居人不解出村中。一聞雨具軒然笑，傳集兒童看遠翁。

其三

夜宿篝燈燒柿葉，鄰翁來問客餐無？慇懃濁酒提攜至，土銼披衣興不孤。

其四

婦子嘈嘈憂客寒，征衣火焙勸加餐。欣然夜語科頭坐，只問鄉園不問官。

扈從聖駕南苑閲武應制

朱鷺聲遲華蓋張，羽林十萬校長楊。兔罝競起風雲會，魚藻長依日月光。

醉起二首

稚川勾漏伏波功，醉倒花前理亦同。支枕不知天已晚，一庭清露月明中。

其二

乾坤不與吾心似，南北東西亦有涯。閲盡機關開口笑，休教辜負滿溪花。

送客

送客何人唱渭城，春風一片柳青青。離亭莫怨天涯晚，酒肆吴姬盡可停。

其二

雪色燕臺結早春，春風疋馬淚沾巾。君王欲下輪臺詔，誰是當年諫獵人。

平涼奏捷凱歌十二首

逆寇逋誅久阻兵，將軍十道下孤城。天戈指處么麼息，不用俘纍上帝京。

其二

詔書甫下盡歡呼，士女壺漿已載途。爭說將軍非嗜殺，更蠲逋稅問民蘇。

其三

如天帝德赦强梁，百計無如廟算長。戰士韜弓無一事，前歌後舞入平涼。

其四

聖主憂深民力窮，降書夜奏未央宮。耕桑先問無驚擾，麟閣應推第一功。

其五

稽首軍前復向隅，泣思往事不容誅。聖恩斧鑕皆寬貸，濃□□□□□。

其六

裹鐵沙場戰鼓催，□□□□□□。□□如□天街淨，好把金刀換酒□。

其七

閣臣奉命入長安，緩帶輕裘意自寬。談笑功成一戰後，頓回瀚海作平巒。

其八

血染郊原草木腥，笳聲曉夜未曾停。而今幸挽天河水，磨盡崆峒好勒銘。

其九

虎豹雲屯尚募兵，官家飛輓有期程。早知尺素能平敵，悔卻從前浪請纓。

其十

邊城羽檄暫舒徐，當宁猶憐汗馬餘。百萬貔貅蒙渥澤，不憂内帑歲空虛。

其十一

聞道將軍進上公，封侯邊帥禮尤隆。朝廷爵賞原非吝，竚看鼯鼯五技窮。

其十二

百二山河指顧間，金湯萬里凱歌還。會當更草平蠻檄，盡繫降王覲聖顔。

閩中奏捷凱歌十二首

倉卒隨人便負恩，懷光鐵券竟無論。不邀聖度如天闊，海澨誰招望帝魂。

其二

不信癡騃更弄兵，潢池隔遠許横行。輕將祖父先猷棄，妄擬波濤有弟兄。

其三

倚恃仙霞嶺最高，衢州守禦更堅牢。軍鋒一指常山路，九玉抛關早遁逃。

其四

炎方戶戶困誅求，蜃氣腥吹荔浦舟。飛檄到時應乞命，好將輿櫬幕青油。

其五

雷轟電掣入閩疆，羣帥威名勢莫當。聞説前鋒真膽落，旌旗擁處是親王。

其六

閭閻無力早歸降，此日壺漿婦子雙。感頌皇恩揮不去，香烟繞遍碧油幢。

其七

無諸城接九仙山，蠢爾蜂屯敢逆顔。不是遏劉傳聖諭，肯容一騎放生還？

其八

海島殘魂竄伏餘，餌來一紙叛臣書。孫恩横暴無歸路，環向西風泣舊居。

其九

嘆息漳州淚滿頤，孤臣日夜望旌旗。今朝掃盡鯨鯢窟，更築京觀祭義師。

其十

雞犬遺黎共幾家，將軍留意問桑麻。鸛鵝有律哀鴻集，一夜笳聲滿縣花。

其十一

閩江正賦本無多，協濟原從内帑那。詔下蠲租應不惜，深宫減膳候民和。

其十二

親王擐甲履行間，天子彤弓待凱還。此日山川增氣象，野花隨路送歸顔。

夜夢登一高臺四面皆水樹色蒼鬱可愛有兩老人對酌命予賦詩因題一絕句其上醒而録之

樹陰崇臺緩步登，春風習習碧波澄。不妨杖履遊三日，此是蓬萊第一層。

題秦撫賈膠候補石經孟子圖五首〔一〕

干戈甫定撫秦軍，獨有中丞最尚文。手把一編金石録，凝香晝戟對清芬。

其二

政成膏澤遍秦疆，欲擬文翁化蜀方。不爲春雲邀翰墨，低回千古憶中郎。

其三

中郎石榻流傳久，斂手欽看龍鳳姿。獨怪七篇無續處，摩挲不盡起遺思。

其四

爲諮碩德補遺經，手筆休教太劣生。恰喜鐫來無二樣，感通共道有精誠。

其五

世上誰傳幼婦辭，石經鄭重是吾師。當年不盡揮毫意，留取西京一段奇。

【注】

〔一〕賈膠候：即賈漢復（一六〇六—一六七七），字膠侯，號靜安，山西曲沃人。明末爲淮安副將。順治二年降清，隸正藍旗漢軍。歷任佐領、都察院理事官、工部侍郎、河南巡撫，轉陝西巡撫，加兵部尚書。（《大清一統志》）賈漢復從康熙元年到七年正月任陝西巡撫。

題陶朱公二首

一葉扁舟信所之，江湖安用許多貲。辱妻喪子能無恨？正是心機未了時。

其二

謀國謀家智有餘，盈虛小試計然書。苧羅載去姦人入，千古黄金霸術疏。

戲爲八絕句

赤烏扇火散雲濤，六月凌陰價倍高。爭說冰寒能救暍，十錢買得似葡萄。

其二

太倉紅粒蒸腐久，官俸支餘庾庎饒。對半春來消暑氣，健脾猶勝好長腰。

其三

赤日家家漏炙痕，晚來土坌更嫌熅。官嚴漸喜偷兒少，家睡街頭不閉門。

其四

處處斂錢賽火神，驚傳回祿響熛輪。捍灾按戶置缸便，缺懶中嚴御史嗔。

其五

房價年來減半開，空房到處鎖莓苔。而今辟召如鱗集，喜看巢由賃屋來。

其六

捐貲薦辟共書升，笑向春河車馬仍。寓舍魁元不貼字，三途并進好應承。

其七

窮民無靠喜投身，一入豪門氣倍振。滿路乞錢贖婦女，繁華不戀總癡人。

其八

仕途未入已頻加，妻妾羣讙一品華。笑説紅綾曾啖餅，爭教舞袖窄長沙。

題徐電發楓江漁父圖〔一〕

楓江一棹五湖灣，秋月蘆花亦等閒。誰使金門飢索米，更牽魂夢到吳山。

其二

一艇烟波秋色虚，倏然釣得太湖魚。玉璜不合隨鈎出，卻使非熊應後車。

【注】

〔一〕徐電發： 即徐釚（一六三六—一七〇八），字電發，號虹亭、鞠莊，晚號楓江漁父，吳江人。康熙十八年召試博學鴻詞，授翰林院檢討，與修《明史》。擅詩詞書畫，著有《詞苑叢談》、《菊莊樂府》、《菊莊詞譜》、《南州草堂集》等。（朱彝尊《贈翰林院檢討徵仕郎徐先生墓志銘》）康熙十四年，徐釚請錢塘名家爲繪《楓江漁父圖》，廣徵題詠，屬題者有陸棻、沈爾燝、高詠、倪燦、謝重輝、王士禛、毛端士、高珩、馮溥等凡七十二人，成《楓江漁父圖詠》一卷。《徐電發楓江漁父小像題詠》收此第一首，題爲「電發年兄並正，駢邑馮溥」，鈐「馮溥之印」、「易齋」兩方印章。

【箋】

《徐電發楓江漁父小像題詠》亦收馮協一詩： 「一艇蘆花秋色虛，翛然釣得太湖魚。玉璜不合隨鈎出，卻使非熊應後車。」落款「駢邑馮協一」，鈐「馮協一印」、「躬暨」兩方。

蘆溝橋迎大軍作五首〔一〕

鑾輿翠蓋出西城，月滿蘆溝照御營。十萬貔貅齊勒馬，親看拜纛至尊行。

其二

親王捧膝動龍顏，辛苦長征萬里還。日麗河山增氣象，鐃歌直入五雲間。

其三

千官錦繡鳳城西，朱鷺聲遲曉色齊。天語遙聞加慰藉，歡呼雷動馬長嘶。

其四

肩摩轂擊過蘆溝，日暮移營海甸頭。下令移營海甸。睿慮尤憐諸將勩，從容飲至拜龍樓。

其五

少婦流黄望捷書，沉沉關塞渺雙魚。今朝喜極還零涕，拂拭征袍問起居。

【注】

〔一〕康熙十九年（一六八〇）三月，安親王自湖廣凱旋，上勞之於蘆溝橋。《康熙起居注》『十八年三月』：『初八日丁酉，辰時，上以寧遠靖寇大將軍和碩安親王岳樂自湖廣凱旋，率在京諸王、貝子、公等，内大臣、侍衛、八旗都統精奇尼哈番、副都統阿思哈尼哈番及滿漢大學士等官，出郊迎勞，越蘆溝橋，駐蹕。』

題畫冊三首

種松到處龍鱗長，茅屋高寒少爨烟。冰介滿枝如綴玉，鶴棲不見説秦年。

其二

家住千峯頂上頭，白雲來往自春秋。閒揹竹杖聽流水，不過溪來問小舟。

其三

爲是丹成不欲仙，方瞳鶴髮舊巖前。案頭琴已無弦在，誰識元音滿洞天。

跋〔一〕

徐嘉炎

吾師相國益都夫子從諸門人之請，刻《佳山堂詩集》成，而屬嘉炎書其後。嘉炎竊惟吾師德業文章，炳麟海内，其所繇冠絶今古、工於天而㑲於人者，諸子論之詳矣，奚庸贅！惟是嘉炎少即稱詩，妄謂有得，及觀當世論説趨尚指歸，不能無疑。近者摳衣函丈，獲聆吾師之緒論，乃不禁抃舞踴躍，怡情而適志也。

吾師之言曰：「詩之爲教也，溫柔敦厚，文已盡而義有餘。是道也，四始六義而降，楚騷漢魏靡不由之。豈不以指事造形，窮情寫物，味之者無極，聞之者感心，舍是則無以爲詩耶。昔人云：『專用比興，則患在意深，意深則詞躓。不知詞躓之病，艱晦爲累，非真能深也。若其曠然取境，悠然會心，言在耳目之内，情寄八荒之表，非遠非近，如或遇之，比興之妙，其至矣乎。至于但用賦體，則患在意浮，意浮則文散，語或流移，文無止泊，有蕪漫之累焉。』是良然矣。夫則倣乎古人者得其神明，則必遺其糟粕。漢魏唐人之精微具在，其所存者雋而膏，味無窮而旨愈出也。然徒掇其陳言，則已芻狗矣。況乎過此以往，等而下之、矯枉過正者，顧可尋其郛廓、啜其糟醨乎！眉山之論詩曰：『故可爲新，俗可爲雅。』是言也，爲剽竊影似、拘牽聲病者，偶發對症之藥，非真舍新而以故爲新、棄雅而以俗爲雅也。且眉山言之，自可不失邯鄲之步，而壽陵餘子之徒從而炫之，吾虞其終溺於故與俗而不自知也。余非墨守於一端之説而有所左右者。惟是讀書好古，歷有年歲，知清新大雅之作出於比興者爲多，溯流以窮源，而寔見其然也。

蓋吾師之論説如此。嘉炎既得略而聞之矣，退而伏處，探諸茫昧之思，考諸六藝百家之學，喟然歎曰：所謂好學深思，心知其意者，其吾師之謂乎！斯文未墜，必有英絕領袖之者，非吾師誰屬？光禄公之編輯，宗伯公之著述，三齊家學久爲百代津梁，得吾師而光大之，酆鎬之於邠岐，不是過矣。

是集既成，衣被海内，豈復與尋章摘句者較天人、競工拙哉！小子述吾師之言而附名於簡末，身非游、夏，又安能於吾師之詩獲贊一詞也。

浙西門下士徐嘉炎謹撰。

【注】

〔一〕徐嘉炎《抱經齋文集》卷七題作《佳山堂詩集後序》。

跋

倪燦

《佳山堂集》者，吾師益都相國馮公之所著也。昔歐陽公云：『君子之學或施之事業，或見於文章，而常患於難兼。蓋遭時之士，功烈顯於朝廷，名譽光於竹帛，故嘗視文章爲末事，而又有不暇爲、不能爲者。至於坎壈失志之人，當其窮愁隱約，苦心極慮，每有感動激發，一寓之於文辭，而又無所施行於世，是以劉、柳無稱於事業，而姚、宋不見於文章。彼四君子且猶如是，而況其下焉乎！』

惟我公則不然。公少而沉潛聖賢之學，回翔館閣，在世祖章皇帝時，爲名卿；今上踐祚，進登政府，爲賢相。其決大事、定大議，嘉謀讜論，著在國史。而又富於文章，長歌短詠，至今傳誦於學士大夫。且其性好獎成後學，推挽才儁，風流弘長，衣被海内，是他人所不能兼者，公獨兼而有之。何其盛也！

燦嘗謂詩文雖小道，而氣運因之。聖主在上，治成化洽，命太史陳詩，凡世道之隆汙，政事之得失，皆見於正變之中。上自郊廟燕享，下至里巷謳吟，無不隸於樂官。王澤既遠，矇史失職，春秋列國之大夫猶有知其意者。季札適魯，觀六代之樂；趙孟聘鄭，命七子賦詩以見志，蓋其遺也。今天下言詩者多矣，謏聞目學之徒，易其鋪陳終始，排比聲韻，大或千言，小猶數百者，而從事於幽憂僻奥之音。識者審時歌風，岌岌乎有衰晚之懼焉。惟公以博大之質，振朱弦清廟之章，含咀宫商，吐納元雅，不騁奇於篇什，不求巧於字句，舂容而弘麗，鏗鏘而鞺鞳，渢渢乎如四時之有春，而五音之有宫也。天地元聲具在，於是公詩出而世之幽憂僻奥者，方且改弦易轍，其關氣運顧不大歟！

燦少而不慧，早汨没於世人俗學之中，自奉教我公以來，獲聆先生長者之緒言，稍知向方，而斯集實導其先路。今又命懷鉛握槧，較定編輯，有厚幸焉。但愧軨才末學，無以發揚其萬一，而因述我公之兼得者如此。讀是集者，其亦知所取衷哉！

金陵受業門人倪燦頓首謹跋。

跋

吳任臣

益都夫子詩集刻竣，夫子呼任臣曰：『盍爲我跋數語以志知己之雅乎？』任臣愧不文，亦何能效游、夏贊一辭？竊以謂古之名卿賢相，類多盛德大業，發爲聲歌有韻之言，用黼黻廟堂，以光茲邦國。若周文公製《豳風》、《七月》之詩，龡之籥章，列爲《豳雅》、《豳頌》，而尹吉甫《崧高》八章，其詩孔碩，其風肆好，至今諷誦不衰。越唐宋以來，宋廣平、張曲江、晏同叔、周平園諸君咸以秉鈞元老，文采鬱然。迄夫有明之代，前則楊東里，後則李西涯，《沙羨》、《懷麓》二稿，詩人每嘖嘖稱道，以爲黃閣盛事，則甚矣！文章關乎國是，而相業之昭於辭華者，固如此也。

公詩取材於八代而歸宿於三唐，元氣渾淪，磅礴無際，讀之者若睹山龍藻火之章，聆黃鍾大呂之奏，要非雕蟲小儒所能臆擬，蓋將上希夫公旦、吉甫而媲美廣平、曲江數君子者矣。望洋興歎，斯爲觀止。謹撮其大端，以附一言於卷末云。

康熙庚申重陽後十日受業弟子吳任臣撰。

跋〔一〕

徐釚

《佳山堂詩集》十卷，今相國益都馮先生著。先生以問世偉人致身公輔，本諸經術，發爲文章，凡一切治教、政令可垂竹帛而勒鼎彝者，已昭然足光史乘。獨是於退朝之暇，偶一爲詩，固非先生意之所存也，無不原本《三百》而涵泳乎漢魏六朝唐人以上。

一日，及門諸子彙輯先生之詩，而釚亦得效校讐之役。剞劂甫竣，客有謂釚者曰：『以子之得侍教於先生者，匪朝伊夕矣，先生及門諸子咸有所稱誦，子寧無一言以敘先生之詩乎？』釚曰：『予吳人也，昔嘗登乎莫釐縹緲之峯，泛乎三江五湖之勝，以爲天下之至高且大者，莫踰於此也。及一旦渡沂水，陟龜蒙，躋夫泰岱之頂，周覽七十二君封禪處；東至蓬萊，觀滄海日出，見夫雲物惝恍、浩邈不可即之狀，不覺憮然自失，以爲向之所見，烏得謂天下之至高且大者哉！今讀先生之詩，無以異是，以予之淺陋寡昧，而欲敘述先生之詩，是猶登泰山者必欲爲詩，覽滄海者强使作賦，雖窮極窅渺，終無以狀泰山之高、形滄海之大也。況予之才不逮諸子遠甚，而更喋喋不休乎？』

客默然而退，釚因綴斯語於簡末。時康熙庚申菊月吳江門人徐釚百拜撰。

【注】

〔一〕《南州草堂集》卷十九題作《佳山堂詩集序》。

後序

毛端士

余侍夫子八閱月矣，鎔範砥礪於大冶之門，宜何如其變化耶。而質非棠谿之金，難成令器，徒滋愧焉。雖然，近丹鑪者，爍其濁黑之氣，未有不轉爲青白者。顧余頑鈍姿，亦稍稍有得。

一日，輯夫子之詩既成，不覺躍然起而言曰：『夫詩者，人心之感物而形於言者也。心之所之謂之志，志有邪正，故言有是非，惟大人乘時在上，志之所向無不正，故其言無不是，而即爲法於天下後世。詩之教以忠厚和平，上自郊廟朝廷，而下達於鄉黨閭巷，無不粹然趨於厚，而能成弦歌雅奏者甚矣。作詩者忠厚和平之旨，乃轉移風俗人心之具也。所繫不綦重哉！』

夫子調鼎十年，豐功偉烈，炳若日星，不可殫述。獨是余侍夫子者久，得夫子於心志間者最微且切，故窺夫子之詩也亦獨深。方今海内漸致宴安，夫子沾沾以兵革未息、瘡痍未起爲慮，旱憂傷禾，澇憂傷稼，嘆息之聲，形於寤寐。六氣不和，五刑未措，屢乞恩避位，而天子不予。兢兢修職勿怠，猶恐一念不及古人，一事有同污俗。嘗曰：『梁伯鸞不因人熱，閔仲叔菽水可慕也。』身居執政，而澹泊寧静之風不殊寒士。推賢獎能，一才一技，必思所以善成之。人所不及，必以情恕之。人以非意相干，必以理遣之。孜孜焉惟好生恤命是務，敖氏之乳不棄於埜，華山之雀亦遂其天。拯人危，濟人困，不至有借車不言者。吁，此猶其小者爾。若夫進思盡忠，退思補過，讀書論道，坐致太平，真與古大臣比。每朝謁歸，即呼余曲席而坐，究論古今人品得失、心術隱微，有所感觸，即發爲詩歌，不事雕鏤刻苦，而循聲諧律，自奏和平之曲，殆所謂從心所欲者耶！

夫詩至今日，凌替極矣，纖靡炫亂，頗僻爭奇，變朱爲紫，目魯爲魚，無論陳、劉、阮、陸、謝、陶、李、杜、高、岑、王、孟之旨杳焉莫講，即北地、信陽嘉隆格調，亦不可復得。此無他，由其居心之不正，而輕薄爲文，將世運亦因之而日下也。夫子起而振衰式靡，爲狂瀾砥柱，調尚正聲，體從大雅，不必凌宋轢元，而宏音亮節，依然漢魏三唐之遺響矣。夫漢魏三唐，原本四始六義，四始六義無非忠厚和平，此夫子之詩所以獨厚也，此夫子之詩所以挽回風俗人心，而可以爲天下後世法也。

夫子性質直，不好馳聲譽，生平著作輒不留藁。是集也，冒聞世兄旁搜筆追，與躬暨世兄彙集之者，然猶僅什一耳。噫！文江學海，夫誰得而測其涯涘也耶！

康熙庚申秋八月毘陵受業毛端士頓首百拜撰。

後序

陸　棻

古之大臣輔弼乃辟弘乃丕績者，戡亂以武，致治以文，兩者求其兼善，殊未易能。而或以爲宰相之業，上佐天子，理陰陽，順四時，平章天下之事，使百官各盡其職，而民物無不遂其宜。若夫雍容詩歌，揚風扢雅，此學士大夫之藝，非相臣所當爲。嗟乎！其未審於作詩之體用者乎？《書》曰：『詩言志，歌永言，聲依永，律和聲』，由心之所感而形於詩，由詩而被之八音以爲樂。其體在性情之微，而其用至於移風易俗。聲音之道，與政相通，不綦重哉！故詩不始於《三百篇》，而肇自有虞之君相。當其時，帝作歌者一，臯陶賡歌者載，而苗民逆命，則舞干羽以格之。文治隆而武功闢，皆喜起明良德音之所被也。今堯舜之主穆穆在上，股肱耳目贊贊左右者，咸臯夔之良佐。聖學醇懋，文明日開，經溯河洛之大原，詩追《雅》、《頌》之正始，《南風》、《卿雲》，燦然作睹。

我師益都先生象叶乎三台，時敘乎百揆，入而論道，思日孜孜，退食自公，韋編不輟，發爲吟詠，鼓吹休和，如昔者賡歌拜颺之日。時或撫懷昏墊，恤彼維艱，言之不足而長言之，此又己飢己溺之心，誠中形外，不容自已者也。六七年來，滇逆構亂，聖天子宸斷在中，揮天戈，掃妖彗，趙興越郢，以次伏辜，咸有賢相折衝樽俎之助焉。豈非戡亂之武、致治之文兼而善之，彰彰較著者乎！

夫論治至於『光華復旦』，亦極盛矣。德威遠屆，至於三苗之格，其神武無以加矣。而當日者都俞吁咈，一堂賡和，詩歌之盛，恍然猶見於今。則由今視昔，論德較功，寧不絜權而齊量歟！邇者六師乘勝，南詔之孽旦夕剪除，天子敬禮元老，共致太平，方將明禮備樂，以應天地、諧神人，則出納五言，予聞女聽，播之九歌，協諸律呂，使府事修和、平成永賴，阜財解慍，媲美《簫》、《韶》。詩之體微而用鉅，如此，孰謂相臣之業，不於詞章風雅彪炳千古乎哉？

菉不敏，以《尚書》受知於先生者，十四年於兹。《佳山堂稿》剞劂告竣，忝附校讐之末，故本典謨所垂訓者，而爲之序。

康熙十九年歲次庚申十月上浣受業陸菉頓首拜撰。

佳山堂詩二集

佳山堂詩二集

序〔一〕

施閏章

相國易齋先生《佳山堂集》續成，命予敘。閏章嘗受知於先生，伏讀永歎者累日。夫詩與樂爲源流，古者詩作而被諸樂，後世樂亡而散見諸詩。大抵憂心感者，其聲噍以殺；樂心感者，其聲嘽以緩。君子懷易直子諒之心，則必多和平嘽緩之聲，誠積之於中，不自知其然也。故曰：溫柔敦厚，詩教也。先生起北海文敏公之後，懷仁輔義，沖然如不及，未嘗揭揭以詩名。跡其志行，皆溫柔敦厚之意，得之詩教爲多。嘗對客微吟，泉注雲奔，不屑爭字句工拙，晚乃益事追琢，出入三唐，樂府、五言古尤有漢魏遺音。其憂時慇事，不無《小雅》淒惻之言，而讀之蒼然油然，義切而辭隱，無嗚嗷噍殺之聲，所謂洋洋大國風者，茲其苗裔耶？

吾聞古君子在野則思廊廟，立朝不忘江湖。先生處綸扉，密勿獻替，以人事君，罔懈夙夜。引年乞免，書凡五六上，溫詔固留，而東山別墅之興，鬱不可已。間休沐，過萬柳堂，與賢士大夫一觴一豆，稱文字之遊，見者不知其爲相國也。且門無私謁，橐無長物，而好獎接羈旅憔悴詞賦之客，周其困乏，或藉以舉火，仁民惠物之事，未嘗一日忘於心。此其詩之溫柔敦厚所由來也。

今天子湛深古學，喜聲詩，使先生日進其所撰，豈不足以鼓吹正始也哉！嘗竊論詩文之道與治亂終始，先生則喟然歎曰：『宋詩自有其工，采之可以綜正變焉。近乃欲祖宋元而祧前古，風漸以不競，非盛世清明廣大之音也。願與子共振之。』夫孔子删《詩》而雅頌得所，延陵聽樂而興衰是徵。詩也者，持也。由是言之，謂先生以詩持世可也。

宛陵施閏章頓首撰。

【注】

〔一〕本序底本在《佳山堂詩集》卷首魏象樞序之後。茲以其作時，移於此。《施愚山先生學餘文集》卷七題作《佳山堂詩序》。

序〔一〕

梁清標

易齋馮先生所著古今體詩，凡十卷，其諸門人爲之雕板行於世。予友高君念東序其首，一時名賢之工詩者，累數千百言以繼之。所以敘述先生輔相天子，澤被萬物，持身勵俗，汲引寒賤，以及晚年好學不倦，退食之暇，坐一室，手一編，其用意之工，雖憔悴專一者不及也。夫先生之仕而見於朝，與學而可傳於天下後世者，既無乎不至，則凡舉以示乎人，而人欲求一言之當以頌說乎？先生亦難乎其言之矣。顧不以予之愚，又以續集若干卷屬爲序。

先生耳目所會，即事而爲言，不必言之必有所爲；而低徊反覆，若有欲言而不能竟者，則多托於景光物態、閑園廢寺，以寄其懷鄉退老之思。故讀先生之詩者，未必盡知其言之意。而以予之愚，亦妄爲測度，而不可遂謂之知言也。

先生仕於朝，迄今三十六年矣，在政府凡十有二載，引年之疏歲必屢上，皆不許。至是，又力請，天子知其意之必不可回，乃許之，所以褒美愛惜、隆禮以寵其行者，必備必盡。一時朝野之士，莫不動色嗟歎，以爲人生仕宦不出京國，坐至宰相，年七十餘，康强壽考，四體無恙，致政以歸，猶能不杖而登，不祝而飽，稱《詩》說《禮》，誨化其鄉黨。而天下想望名德，以爲出有關於社稷，處有繫於風教，如溫公之居河洛，豈非天下之至樂、生人之厚幸哉！

從來大臣去國，爲美之言者曰知幾，曰勇退，此猶存乎禍福榮辱之見，雖欲不去，而不可得。若先生之準諸時、當乎禮，如陰陽寒暑往來自然之序，則其始終進退何如也。

念東與先生爲鄉人，亦喜爲詩，其歸也，在一歲之前。予知聞先生之返，必戴笠跨驢，攜酒一壺、詩一卷，高吟傾倒於冶泉萬竹之下，回顧京邑，僕僕朝謁，在雞鳴霧露中，必有相得於塵壒之外者。先生於此起而爲詩，其言與意又豈予之愚所得而測度哉！

康熙壬戌秋日河北梁清標謹序。

【注】

〔一〕本序底本在《佳山堂詩集》卷首魏象樞序、施閏章序之後。茲以其作時，移於此。

序

徐乾學

吾師大學士益都公輔世長民，丹青元化，間發爲文章，以黼黻太平，潤色鴻業，皆宏博瑰瑋，於以發揮六義，尤爲窮奧極深。既集爲如干卷行於世，而又以近日所爲如干首，屬乾學序而刻之。

或謂乾學曰：夫公之志，將以致君堯舜，躋世唐虞，不朽之盛事，無大於是矣，而又奚必以詩之多且工傳乎哉？司馬遷云『《詩》三百篇，大抵聖賢發憤之所爲作』，而韓愈自言『餘事作詩人』，今公之詩多且工也，然則遷、愈之説非歟？

乾學應之曰：《詩》正小大雅，非周、召之徒，其孰能爲之乎？《豳風》七篇，其後四篇，皆美周公，其前之三篇，《序》皆以爲周公作。《大雅》、《公劉》、《洞酌》、《卷阿》，《序》皆以爲召康公之戒成王。二公者之道德勳業、富貴壽考，豈後人之可幾及哉！而《三百篇》之中，其名爲二公所作者，及其未嘗名爲二公而有以知其非二公莫能爲者，又往往而是也。此先王之教，所以列之爲經，而遷既失之，而愈亦止於爲愈之詩也。孟子言『誦其詩，論其世，可以知其人』，斯得之矣。《七月》陳王業之艱難，《東山》閔征歸之將士，《公劉》戒以民事，《洞酌》言皇天親有德、饗有道，《卷阿》戒以求賢人、用吉士，其憂盛世、危明時，老成謀國之心，形之爲忠厚悱惻之言，有不期其然而然也。

後世讀我公茲集者，見其勤勤懇懇，於旱潦之洊臻，輸將之告病，即《七月》、《公劉》之思乎？嘆師旅之未息、丁男之久戍，其即《東山》之志也。其入贊密勿，退接賢俊，《卷阿》之遊，庶幾其似之矣。

其於周公、召公之心，豈有間耶！則其詩之忠厚悱惻，亦有不期然而然者矣。

茲者逆孽蕩定，化理乂安，天地訢合，堂陛交泰，聲靈赫濯，恩澤汪濊，謂非輔世長民者有以致之者與！是歲皇帝御極之二十年也。門人徐乾學謹撰。

【注】

〔一〕本序底本在《佳山堂詩集》卷首曹禾序之後。依其作時，移於此處。

序

黄與堅

益都馮先生刻其《佳山堂詩集》成。已，所爲詩復纍纍成帙，以其未刻者命與堅序之。與堅受以卒業，喟然曰：『先生之詩，其有本者乎？』

昔者姬公以其道致治於天下，復以其詩述勤苦、恤勞疚，而《豳風》之《東山》、《七月》有深思焉。至於《大雅》之《文王》諸什，皆公所作也。孔子備而錄之，以爲王事之根本，而復以其後魯詩四篇躋之於《頌》，即魯所以爲詩與孔子之所以輯魯詩者，其本末可概而論矣。

先生處東魯千百年之後，世當休隆，與聞國政，所以息事寧人，與民更始，以其道幾於治安者甚久，顧天下之仰先生者，其跡耳。今欲舉詠歌之末以測我先生，而先生之所具，渾涵淵穆，莫可涯涘。其爲本也甚大，非一詩所能究，故詩亦不得而淺言也。蓋先生其得詩之深者乎！

與堅自乙未入太學，受業於先生，迄今二十餘年，復得負笈而從。竊見先生之吐納風雅，縱心調暢，自謙遊陪從，至於燕居之頃，無往而不爲詩，信手疾書，紙謖謖不移晷而篇已就。歎曰：『先生之精於詩也至此乎！』又見先生退朝之暇，輒手古詩一二編，咀諷不去口，復歎曰：『世之爲詩者，有勤於學至老不衰如先生者乎？』

蓋先生之得於天者全，而得於人者至。其爲道也，藏之固、行之廣而發之迅，所施於天下者類然。故所爲詩，若不經意而皆極夫古今之能事。世之拈髯嘔心而但求工於字句者，未之或幾也。不觀魯之泰山乎？夫泰山故高矣，天下山之高如泰山者不乏也，然所謂泰山之雲，觸石膚寸，不崇朝而遍天下，非雲之能，而出於泰山者之能。猶夫詩，詩不能自爲工，而所以能詩者工，自有在也。噫！天下之有本者率如此，獨詩乎？蓋天下之人知其說，可以讀先生之詩，而後世讀其詩，亦有以知先生也。

太倉受業門人黄與堅拜撰。

佳山堂詩二集卷一

五言古詩

雜詩三首

唐虞弘治化，五弦每時揮。豈爲自娱樂，念此民阻飢。一彈解民愠，再彈阜民財。民財不得阜，奚用袗衣爲？作訛有兆始，成易亦定期。逸豫昧此理，七政安可齊？君民洵一體，憂樂無相違。玉食亦畎畝，衮龍亦杼機。損上則和樂，損下致仳離。仳離鮮活計，盗賊用繁滋。流亢絀常供，徵求恐徒施。仁愛自天心，婦子實丕基。眷言獲薪載，勿使棘匕持。哲後鑒前代，一夫不敢遺。補助歌夏諺，咨茹誦周詩。民依一荒怠，深爲治理疵。祈天永命者，降鑒審勿疑。

其二

洪荒不可紀，舜典明五刑。遷善寡其過，五聽凜淵冰。念此下民愚，風動必精誠。降典煩禮臣，次律審和聲。書升簡秀良，禮樂以時興。治理無失序，神聽乃和平。王者備三驅，前禽亦所矜。奈何逮後世，深刻播威名。陰慘蔽陽曜，仁人測以驚。不見遷善者，徒聞扞網情。訊之無可貸，誰其戕民生。命如封羊豕，習見以爲恆。尋本窺化原，原濁流豈清？成康致刑措，漢文亦經營。至治不易幾，中才或可登。小人迫飢寒，君子念驅併。聖主握其樞，奏格養靡爭。寬徭布誠信，議獄求惟明。孝弟與力田，善惡自勸懲。俗吏非所任，風俗庶以更。

其三

植苗壅其本，樹木防其蠹。本壅苗根深，蠹去木液固。達者知其然，桑土及時鶩。風雨不得搖，侮予乃卻步。一德無嫌猜，抒獻託情愫。君子重龍光，燕笑敦親故。睹此上下交，謟瀆奚所附？吹笙鼓其簧，嘉賓何遲暮。旨酒亦已陳，昭德清皇路。太和自戩穀，豈徒美式度。省躬在干戈，輿徒尤審顧。有嚴共武服，況瘁勞遠戍。率師有丈人，紀律出素裕。安內以攘外，與民同好惡。聖主御神器，篤一藉一怒。邦憲文武資，燕嘉孝友具。順動識理臧，鑿凶神斯注。四方無拂威，廓清闐澤布。

買書

輟俸購遺書，書內有圖記。珍重示子孫，貧乏無輕棄。孰知骨未寒，紛紛委市肆。嗟哉此翁愚，校讎忘年歲。夢寐驅蠹魚，燥濕煩啟閉。妄意手澤存，足以永厥世。天地有劫遷，運會多隆替。如何披故紙，遂令精神繫。閱罷一嘆息，翻笑皆肬贅。購者與售者，理應同一致。智者不藏書，況爲子孫計。取其聊遮眼，寧能論價值。散佚與收藏，無爲作凝滯。束卷聽鳥鳴，莞爾適吾意。

送王良輔之任零陵六首〔一〕

南國有佳人，容華常自保。雲中辭鳳吹，江上拾瑤草。潔修遇物悲，闊别愁天老。

其二

鳳凰巢阿閣，乃謝瑯玕枝。九苞羽自異，一飽恆無時。顧此雝喈音，枳棘非所棲。

其三

美人怨離别，含情自返顧。非無桃李顔，恐及韶華暮。撫琴一再弄，金徽託情素。

其四

遙望祝融峯，還憩洞庭舟。岣嶁入高冥，蘭蕙非凡儔。將以河陽花，齊芳杜若洲。

其五

我愛濂溪子，於道得其真。聖傳躬負荷，千載仰清塵。采采芙蓉去，巖棲有遺民。

其六

道州鄰咫尺，元結懷當時。數十如公等，天下治可爲。賊退嚴官吏，慈和惠我師。

【注】

〔一〕王良輔：即王元弼，字良輔，又字慎餘，奉天人。著有《慎餘堂詩集》五卷，康熙二十年刻本。《民國零陵縣志》卷六《官師》：『王元弼，字慎餘，奉天人，康熙十八年令零陵。性詣高澹，爲政清簡，愛士恤民，惟恐不及。在永六年，遍歷巖壑，輒作詩文記遊。修邑志，搜采最博。風雅絕倫，署齋作「吏隱亭」，有句云：「家遠遲鴻信，官貧減鶴糧」，可以想其寄託矣。』此詩作於康熙十八年。洪昇亦有《送王良輔明府之任零陵》。

雨

晨霧塞遙空，午餘飛霡霂。濕氣潤衣裳，溫風蘇草木。蜂鬚粘蕊黃，蝶粉墜枝綠。抱膝苦吟者，炊烟時斷續。

夜

慮澹無可營，悠然遠物情。月華出雲端，窈窕媚前楹。微風動庭樹，棲烏還復驚。披襟幽意愜，潛焉道心生。撫我無弦琴，律呂相和鳴。恍惚睹真際，杳冥叩希聲。羣籟無生滅，憩息怡神明。

初夏二首

入夏氣猶寒，晨光清牖楝。披衣步庭際，和煦喜浮動。花繁無擇枝，鳥歡有餘哢。寒燠體共被，衰老乃殊眾。錯誤匪一端，當樂反成慟。安得四時備，不言神自洞。如何勇邁減，微覺慈悲重。雅量固所懷，太和尤時誦。依稀見物情，蕃育一氣供。毗陰與毗陽，偏至乖大用。呼吸昧斯理，神宇互爭訟。吾其返嬰兒，任運無迎送。

其二

萬彙當發生，況值春雨滋。初夏綠已遍，遊讌正及時。公子過我前，華美盛丰姿。旁騎佩弓弩，金彈光離離。微笑語少年，長養勿傷爲。左右顧我笑，其言竟老癡。此是行樂具，呰窳將奚施。昔人見獵喜，今人見獵悲。不聞大將鬬，殺傷如京坻。歸來方飲至，鐃吹列鼓鼙。自悔老增蒙，發言如井窺。

默默守初念，違世固其宜。

飲王大司馬怡園〔一〕

司馬邀我飲，園徑初衍曼。回轉驚巉崿，屐齒屢登頓。空翠欲沾衣，羣峯儼拱遜。偃側蛟龍蟠，玲瓏霧露噴。列樹叢青熒，春花紅未褪。豁達露廣亭，公輸煩尺寸。穿竇陟幽齋，洞壑卻塵坌。結構抒遐思，縹緗容棲遯。飛閣更奇絕，窈窕入雲遠。不憚攀躋勞，夕霞垂石堰。偶坐俯清渠，漣漪疏宿悶。笙歌正雜沓，頹然紅玉困。通籍敦僑札，膠漆借緒論。朅來三十載，我老公愈健。今日醉公園，援毫愧遲鈍。景密思不屬，餘情倍繾綣。

【注】

〔一〕王大司馬：即王熙。怡園：即王崇簡、王熙父子在京城的園林。

詠古五首〔一〕

遠公結蓮社，靈運不得預。跡其標風格，高騫擬鳳翥。殘馥所沾被，猶足數夫飫。蕩佚驚縣邑，遊讌或貴倨。靜侶勵潛修，卓識越凡庶。交篤得淵明，無酒攢眉去。

其二

二陸遭喪亂，閉戶十年餘。墳典志博綜，藻采肆敷舒。連珠繁衍綴，成敗燭淵魚。詞濁識乃闇，入洛謀議虚。輟筆笑傖父，疇能繼相如？秋風摧蘭蕙，英俊無保軀。宛洛埋憂地，千載一嗟吁。

其三

右軍去官時，作文復誓墓。懷祖信高翥，大令亦小誤。子弟患不佳，升沉何煩顧。悔吝生滯胸，山水藉幽趣。歡情有待然，清虚神奚駐？達士與理冥，坦焉略情愫。御景淩八極，天地爲奔赴。

其四

景略雄傑士，魚水得苻堅。既執讒慝口，遂操仲父權。太傅恪云亡，違歲竟俘燕。北拓滅貊境，西封及酒泉。治理尚嚴峻，尊崇無比肩。所恨遺孽在，雌雄紫宫駢。不待淮淝戰，本撥木易顛。大人格君心，霸術烏能全？

其五

支公善名理，蹤跡溷王謝。清言屈時流，逸韻留養馬。放達脱恆情，簡默與道寡。至人棲虚無，深悉外物假。不見博戲者，神清以注瓦。仲長示瘖疾，結廬臥河下。

【注】

〔一〕第一首詠廬山慧遠結白蓮社故事，第二首詠陸機、陸雲入洛事，第三首詠王羲之事，第四首詠王猛輔佐苻堅事，第五首詠支遁事。

送少司寇侄再來歸葬〔一〕

名賢川嶽英，坎壈或時見。嗣續嬰孺知，倫常歲月緬。吁嗟廢蓼莪，天地亦慘變。

其二

眷焉遡祖德，貽謀一何臧。黽勉期克紹，中道相淪亡。姑婦矢柏舟，艱貞泣旻蒼。

其三

無祿姑云沒，婦孀良獨苦。操作資火膏，撫孤念父祖。邁征鮮兄弟，早夜淒風雨。

其四

熊丸有嚴訓，戲弄絕兒時。性靈孰啟佑，天地總低垂。終藉劬勞力，含飴惜未知。

其五

崢嶸頭角露，差慰高堂情。寸草三春暉，罔極仍屏營。所念薄祜者，無以底於成。

其六

毛義喜及親，捧檄乃萬里。板輿導遠疆，孤舟浮秋水。慈惠稟懿教，苗蠻如父子。

其七

雙節風徽樹，丹綸琬琰陳。萱花正愛日，翟服恰宜春。戟門歡父老，忠孝是王臣。

其八

環珮歸聲早，蒼茫素旐開。豺狼塞道路，鸞鳳嗟徘徊。同穴天心護，松楸愜素懷。

其九

司寇平反久，廟堂鑒樸誠。窀穸全孺慕，閭里羨光榮。數載啼烏淚，阿咸亦應平。

其十

吾宗隔南北，雞絮久未飭。遙望靈輀歸，明哲千古式。襄事早能來，羽儀生顔色。

【注】

〔一〕再來：即馮甦（一六二八——一六九二），字再來，號蒿庵，臨海人。順治十五年進士，歷官至刑部左侍郎。著有《粤東奏議》、《滇考》、《劫灰録》、《見聞隨筆》、《蒿庵集》等。（黄與堅《通議大夫刑部左侍郎馮公行狀》）康熙二十年六月，刑部左侍郎馮甦請假葬親，見《清聖祖實録》卷九六。

秋夜二首

愛此枕簟清，怡然展老脚。呼吸踵息深，虚白室宇廓。勞人獲暫逸，如魚投廣壑。遥思鹿豕趣，天機匪假託。人生患有端，情馳與理縛。兩忘窺其微，擺落如秋蘀。近天兩角雲，仙人一丸藥。總無攖吾寧，庶其永藜藿。

其二

老至氣血衰，陰陽每偏呲。中和實爲難，醫藥詎能理。從容符元化，粹盎著前軌。爾思多朋從，奚以祛其累。虚衷待衆緣，清静晰原委。所愛非所養，莫與神爲市。澄心觀未發，淵然萬物始。無以氣爲神，此中有妙旨。

買鶴

田叟有逸興，賣穀易仙禽。爲愛千歲姿，兼聆九皋音。乘軒鄙同氣，凌雲契道林。春風既和柔，且念主恩深。引吭入霄漢，待控遊碧岑。人民有是非，蘇耽知我心。

觀長椿寺泥佛殿壁〔一〕

梵宫厄地灾，殿壁半傾側。寺僧勤補葺，經營匪易得。逡巡三載餘，竄伏多鼠跡。急者雖已就，緩者猶遺失。塵氛侵纓絡，遑問金與碧。春風漸和柔，取土郊外潔。揉紙以爲筋，斷麻如銼屑。飾之以密籠，沃之以米液。香澤光可鑒，細無髮紋裂。淨土規髣髴，已覺人天悦。恨無道子手，丹青諸相列。恨無子雲筆，題蕭勢飛越。幽靜禪宇深，虛明世慮絶。花香鳥語時，閒情怡步屧。

【注】

〔一〕康熙十八年七月二十八日，京師地震，長椿寺被毁嚴重，馮溥捐貲重建。

熱

炎暑銷金石，滲漉籲真宰。草木盡焦枯，奚遑問蘭茝。疇能呪鉢龍，轉使陰陽改。大叫走若狂，安得到滄海。兵戈甫脱離，饑饉恆相待。兼之厲役灾，死或非其罪。烈風飛沙塵，白日匿光彩。霾熱更酷毒，密雲徒靆靉。潛虬不奮翼，豐隆當自劾。不仁歸造物，爾職竟安在！憑生靡孑遺，神豈無罪悔。沛然蘇黍禾，與爾同樂愷。

觀長椿寺立碑簡彌壑和尚〔一〕

萬事以緣起，成毁亦天數。人力有補救，適然隨所遇。施者忘其勤，受者安其素。施受兩無我，豁達妙光露。佛像獲莊嚴，雙碣矗以樹。及其既成時，奔走紛如騖。不知緣本空，但覺相常住。此非堅固心，無爲耳目誤。見善而歡喜，見惡而恐怖。善惡俱泯時，茫茫如大霧。變滅歸須臾，何者是吾故。形神有離合，浮生失常度。但折我幔幢，直心是道路。

【注】

〔一〕彌壑和尚：法名行澧（一六三六—一六八四），俗姓胡，浙江寧海人。臨濟宗第三十二世高僧，曾住法華、興福、開元、元化等寺，入京住延壽寺，馮溥請至長椿寺。後圓寂於開封相國寺，其塔建於嵩山法王寺。毛奇齡《西河集》卷一〇九《傳臨濟正宗三十二世彌壑澧禪師塔志銘》：『彌壑大師從開化來，應和碩親王額駙尚公之請，卓錫城西延壽寺。會益都相國馮公修無遮大會，請師設戒於長椿寺中，京朝官假沐聽法者，車軿轂疊。予隨總憲徐公、宮詹沈公後參訊焉。』

贈別己未諸子〔一〕

諸子何濟濟，蔚矣廊廟材。菁華不易得，麟鳳非凡胎。建樹宜遠到，吾年惜衰頹。握手一言別，頓令心懷摧。仁人贈以言，坦衷勿疑猜。丈夫挺志操，矯焉離塵埃。含弘歸德量，狹度眾所媒。修己期賢聖，懼爲中道隳。松柏標勁姿，蕭艾詎可偕。相勵以堅貞，見異遷乃乖。立朝貴正色，匪曰著風裁。流俗理易汙，智者亦徘徊。衣鉢豈足傳，但願珍懷來。

【注】

〔一〕己未諸子：指康熙十八年應鴻博試諸儒。此詩作於康熙二十一年馮溥致仕將歸之時。諸子紛紛作詩送行，毛奇齡有《恭餞馮相國夫子還山》四首（《西河集》卷一八六）、施閏章有《益都相國夫子予告歸里奉送四首》（《學餘堂詩集》卷四二）、汪懋麟有《奉送益都公致政歸里五十韻》（《百尺梧桐遺稿》卷四）。

法慶寺訪靈巒禪師齋畢浴歸〔一〕

初日照禪林，已睹琉璃色。入門位置宜，莊嚴匪易得。創始心良苦，深謀貽典則。栽田博飯境，妙悟轉含識。鼓鐘攝威儀，恪共無忒職。大師臨濟宗，鎔冶具神力。來遊叩法堂，相對語默塞。西峯突崢嶸，冬溫鮮結嗇。竹覆堦際深，禪室淨如拭。齋罷供浴湯，除垢資功德。俯仰竟忘言，蕭灑脱徽墨。歸路般若光，同此水晶域。

【注】

〔一〕法慶寺：舊址在山東青州西郊營子村西側，是清代青州府規模最大的寺院。清初達法禪師化衡王府地産而建，初名大覺禪院。順治中，天岸昇公和尚住持此院，改名法慶寺。《咸豐青州府志》卷二六《營建》：「法慶寺在府城西二里許，國朝達法和尚建，原額大覺禪師院。順治中，弘覺和尚請易寺名，敕賜法慶禪寺，發帑金五百兩，大其門廡。康熙三十八年（按：「三」當爲「二」之誤），大學士郡人馮溥有碑記。《山東通志》：東省四大禪院，益都之法慶，諸城之侔雲、光明，及長清之靈巖也。」靈轡禪師：名元中，字靈轡，俗姓謝，河間任丘人，繼天岸昇公禪師接任法慶寺住持。（李象先《法慶堂上和尚傳》）

【箋】

李象先《織齋文集·法慶堂上和尚傳》：「先是，師（靈轡）隨弘覺赴召京師萬善殿結制，章皇帝賜紫衣，今大學士馮公謂宗風道力，嗣弘覺、天岸和尚，滹沱津梁，在吾青矣。」

王士禛《帶經堂集》卷七〇《法慶靈轡禪師塔銘》：「（師）諱元中，字靈轡，姓謝氏，河間任丘人……從（弘覺）國師北遊，入内道場，賜紫。國師南還，岸公嗣主大覺，師爲侍者三載。南覲國師於揚州龍津禪院……依龍津三載。師省岸公青州，歷書記、西堂，領首座，遂付法印，時三十二歲矣。又三歲，岸公省國師於金粟，命師攝院事。時敕賜大覺爲法慶寺，緇流雲湧川赴。師攝堂頭十載，岸公示寂金粟，遺命師主法慶，康熙十三年丙寅五月也……主法慶十五年，坐曲錄床，道風遐暢，名動諸方……康熙癸丑，廬居，始與師有支許之契。癸亥冬，師遊京師，與楊水心居士雪中見過，予賦詩爲贈云。』

喜曹州劉興甫送花

君家近洛陽，名花實繁夥。我乞數株栽，君云無不可。不憚人力勞，千里親封裹。策蹇君自來，惠我數百顆。天竹珊瑚珠，黄梅異凡朵。花王領羣芳，種植分右左。吾園本磽瘠，移换同蜾蠃。遠取土之宜，審視務其妥。兼教灌溉法，陰陽殊水火。滿溪色各别，暢遂如證果。因悟花性情，凡卉有真我。菀枯問所適，疆界詎能鎖？九畹蘭可滋，奚必湘之沱。明年花發時，酌酒衆香裸。

喜高念東唐濟武過訪即事〔一〕

與君鷗鷺盟，契闊亦已久。朋好良可念，歲月墮塵藪。聞我遂退閒，君歡不絶口。聯騎過草堂，笑言須我友。高論世莫聞，洒落同野叟。膠轕倏冰釋，疑義吾何有？黄精駐我顔，玉液延老朽。兼聆冰雪章，洪鐘匪小扣。望裏金晶飛，元神祕肘後。三山本咫尺，恍如踏星斗。豁然心胸開，共攜烟霞手。下士或大笑，蒼蠅聲可醜。冶水與般陽，往來無纖垢。人天有漏因，永言銘座右。

春日催兒輩七里溪莊種樹〔一〕

村居喜策杖，最愛嘉樹陰。溪色晴添碧，茅徑幽且深。風至聲琳瑯，雨過復蕭森。悠然遠韻來，適符靜者心。經春遲種植，孤露等土岑。炎蒸當夏日，瓦赤熱毒侵。如何獲清涼，瀟灑一披襟。果樹不易得，紫李與來禽。乞求數株栽，知故或可尋。灌溉須及時，人力宜專任。移竹問辰日，亦欲成一林。綠雲覆戶牖，室中有鳴琴。欣看書卷潤，獨愧德如金。祇覺增曠遠，兼聽啼鳥音。老人語瑣細，情鍾自不禁。雞栅何足重，猶費少陵吟。

【注】

〔一〕七里溪：即臨朐馮氏在冶源的莊園。明嘉靖年間，馮惟敏始建别墅於此，遂爲馮氏别業。

【箋】

朱彝尊《靜志居詩話》卷十三：『臨朐冶源，山水勝絶，高梧一林，修竹萬个，泉流其中。酈善長所云「分沙漏石」者也。土人謂園是海浮所築，緤馬林間，想見東山絲竹之盛。後遊莫再，恆縈於懷，讀先生《七里溪别墅》二詩，猶不禁神往。』

閒居四首答毛行九〔一〕

明農歲已晚，田居再逢秋。禾黍既復餘，坦懷散百憂。晨起未及盥，扶杖閲西疇。良友得過從，濁醪不外求。登高而賦詩，濯足或臨流。性情各有適，談笑惟林丘。書舍啟三楹，圖史足冥搜。慨嘆聖道湮，徒知名利謀。馳騖迷前軌，或爲達者羞。仰視鴻雁飛，東籬菊蕊稠。三爵已頹然，童子發清謳。笑問絲與竹，孰與辨劣優。安石王佐才，吾本非其儔。

其二

予性本坦直，幸而脱塵鞅。東皋有薄田，茅屋復疏爽。閉户或讀書，遊覽恣微賞。藜藿亦易足，暇豫快俯仰。良友款我廬，古樸乃吾黨。種植話所宜，弈棋每爭長。抗志鮮俗慮，風期徵夙養。入室共討論，賢聖亦已往。疑義時闕如，吾道非鹵莽。冶湖水竹多，扶杖邀蕩槳。作詩題壁間，高致晉魏仿。顧之一笑樂，益我烟霞想。疑是考槃人，秋風天宇廣。

其三

人生重道義，處世有恆操。老至狥貨殖，聖人戒其髦。予志在畎畝，巾車歷林皋。薄獲誠已足，第憫農人勞。秋深天氣清，快睹雲霞高。微雨不沾屐，登陟闢蓬蒿。愛此波濤闊，烟霧助揮毫。歸來茅屋下，弈者尋其曹。濁醪慰良夜，清歌祛煩囂。懷抱既浩蕩，雅句佐持螯。樂意藉友朋，秉燭續風騷。陶然終永夕，禽聲已嘈嘈。造物憐衰暮，君無笑老饕。

其四

端居無他好，怡情惟林壑。雲起倚杖看，聽水思盤薄。晴空雁影來，沙浦如酬酢。我友亦卬須，賦詠興寄託。緬懷古人賢，周諮欲商酌。默坐檢平生，能無深愧怍？德業互勉勖，衰髦資諤諤。莫以遊觀暇，蕩佚遂紛若。高懷遠塵氛，素心覬棲泊。佳客從我遊，襟期殊落落。笑語風雅宗，文字不徒作。鵬翼將奮飛，勿爲尺寸縛。汝去凌霄漢，安穩眠老脚。

【注】

〔一〕毛行九：即毛端士。

菊花

彭澤東籬醉，愛此菊花枝。胸中無一物，澹遠酒杯持。南山白雲飛，繁露綴英時。高風不可見，千載令人思。

喜蔣鴻緒至〔一〕

衰病寡知交，杜門拙獨守。非無少俊人，耦具厭老叟。近得王克讓與曹雲生〔二〕，每過開笑口。共知秉素心，機械無一有。蛩然喜足音，聽同谷中扣。風雨雞鳴夕，不得常聚首。非不勤憶念，中情難具剖。貧家各有事，稼穡掣其肘。蔣生從我遊，膠漆殷以厚。去春歸毘陵，隔歲訂重九。延期十月初，斯言乃不負。方食投匕箸，歡然執其手。信義夙所敦，今人等敝帚。道路忘飢渴，歎子真良友。入門顧我顔，問我安樂否？情至他語無，依戀欷嘘久。自言有老親，敦迫不敢後。父子一何賢，此義古人取。我本息機餘，近復忘老醜。休夏每自恣，扶杖或畎畝。時憩郭外廬，不爲計升斗。前月毛子來，謂行九也〔三〕。同飲冶湖酒。王曹二子俱，笑謔悉佳偶。老懷得暢遂，時復棄杖走。作詩題壁間，筋骨揖顔柳。歲月記同人，淵獻月建酉。陰雨倏淅瀝，小舟看魚罶。婆娑浮大白，唱和孚盈缶。此樂誠難遇，肆志理無咎。我詩皆君書，舊朋猶座右。君其悉載之，友善應不朽。後有尚論人，知青非鄙藪。

【注】

〔一〕蔣鴻緒：毘陵（常州）人，生平俟考。

〔二〕近得王與曹：底本「克讓」與「雲生」爲大字，蓋注文誤入正文。茲改。王克讓，字允恭，號文思，臨淄人。康熙四十六年（一七〇六）進士，選廣東始興知縣。在任擒盜賊，息訟鬥，革鹺政積弊，興學風。補浙江樂清縣，以追逋得罪痞棍，罣吏議去職。（《民國臨淄縣志·人物·宦績》）曹雲生，生平不詳。

〔三〕據本詩「前月毛子來」及「淵獻月建酉」之句，知毛端士來青州在亥年（淵獻）八月。又據馮溥《秋日同行九泛湖有作，時行九將赴都門，兼勗其連翩高第，光寵老夫也》，則知毛端士時將赴順天鄉試，時在康熙二十二年（癸亥）秋。

在昔

在昔獲友益，淑躬資疢砭。步趨循矩矱，邁征期無忝。文字尚爾雅，匪徒飾鉛槧。澹樸敦古誼，浣濯卻浮豔。睽遠輒相思，談笑理不厭。矜式鬢毛衰，中情如負欠。詎意故老希，澆漓滋憫念。厚德一以乖，得無爲世玷。子弟失嚴訓，美質等墮塹。勿用說箕裘，揖讓恆虧歉。悠悠老人心，深懼淪昏墊。不觀《曲禮》中，辟咡學負劍。仁義爲良田，斯言誠非僭。

勸善歌

我昔辭北闕，君王念庶黎。敕我勤勸導，務令獲安棲。衰耄奉旨歸，荏苒歲月移。德薄無感化，敢云習俗非？淳樸日以散，禮讓反嗤譏。强弱勢相凌，詭譎言無稽。殘虐安自然，遑恤姻睦離。積貯日以廣，慈惠何不思？報應乃天道，傾覆恆在茲。昏愚愍罔念，妄謂百世基。乃知刑弼教，盛世當其宜。忠言既逆耳，董戒將安施？即此負上諭，臣罪尚奚辭〔一〕？

【注】

〔一〕康熙二十一年八月，馮溥致仕，帝諭『教訓子孫，務爲安靜』，《清聖祖實錄》卷一〇四：『（康熙二十一年壬戌八月）辛丑，上諭講官牛紐、陳廷敬曰：「大學士馮溥，效力有年，請老歸里，今特賜詩一章、『適志東山』篆章一方、墨刻一冊，爾等傳諭朕意……馮溥久在禁密之地，歸里後，可教訓子孫，務爲安靜。故大學士衛周祚居鄉謹厚，在閭里中若未嘗任顯秩者。必如此人，方副朕優禮之意。」』

初度

老至苦寒侵，局促如蝟縮。今朝天氣和，欣然伸老脚。兒輩獻壽觴，親族立紛若。扶杖再拜難，遂爾廢酬酢。笑言談舊聞，所記半迂闊。習尚今昔殊，聽之或錯愕。典型日以邈，後生懼束縛。因思飲酒時，胡爲損其樂。絲竹趣亦佳，且聽笙簫聒。暢適得天真，老懷時一豁。須臾華燭張，少長恣歡謔。絮語本非宜，眼倦厭深酌。退聽更漏交，長嘯倚小閣。

小遊仙詩三首

日月周須彌，虛空奚所待。健行符次度，彊力生光彩。下士甘倦勤，幽暗蝕真宰。賢哲秉朗照，神理應無改。長嘯倚閬風，化跡如不逮。

其二

令尹占紫氣，書成發微旨。千載蘊奇光，天地無終始。至道匪易聞，拾瀋或不死。茫茫大化流，抱此徑寸咫。日月圜扉間，三山委素履。

其三

水火劑爲用，肌骨和且柔。不焚亦不溺，如載光明舟。中正非偏毗，貞固得好逑。至寶鎔玉液，如何復外求。赤虬有符命，鞭叱到神洲。

佳山堂詩二集卷二

七言古詩

答彌壑和尚求伊師浮石和尚塔銘原韻〔一〕

宗風崛起稱臨濟，掣電轟雷氣讋世。北地初聞獅吼音，千觔擔重一絲繫。密師遠紹秀孤峯，四海無敢歌棠棣。座下英豪法雨敷，奔走智愚如望歲。就中得髓孰最真，浮石親承爲法繼。三載天童復舊觀，百廢俱舉無巨細。維那白椎棒一堂，天女窺座花盈砌。蕭然杖履自怡雲，宛爾林泉不謁帝。徑山深處闢蓬蒿，白馬澗頭臥薜荔。機鋒老去利人天，幽靜巖藏司啟閉。千峯萬峯隻履遙，日面月面諸佛契。一天風雨護龍眠，萬衆涕淚攀螺髻。令子來求塔上銘，辯才無減當年慧。衰遲筆底愧商英，光明法藏茫無際。遙聞奇秀儼天成，豈有文章芬月窟。英靈呵護自不磨，貞珉一片永如礪。

【注】

〔一〕彌壑和尚：即行澧禪師。浮石和尚：即浮石賢禪師（一五九三—一六六七），名通賢，俗姓趙，浙江平湖人，明清之際臨濟宗高僧，生平見《天童寺志》卷三《浮石賢禪師》。

春耕歌

膏雨入地深一尺，耕夫鞭牛牛汗赤。楊柳纔生未有陰，飯牛樹底恣臥喈。主人窮困迫望歲，惟恐春耕不及格。借得官牛待還官，鞭長慎莫傷牛脊。去歲官糧欠孔多，千村萬落無人跡。今年稱貸力春耕，三冬無雪愁無麥。幸邀雨澤稍滂沱，即今薄收免溝瘠。稅債交催償未能，勤苦終作飢寒迫。喜看布種仍涕零，仰視青天千里碧。

送沈中立之永陽

有客新從永陽來，君今驅馬永陽去。客言永陽山水佳，君才卓犖如鳳翥。二月桃花滿地紅，吳鈎壓繡當春風。黃鶴樓邊多少恨，長歌還擬大江東。

育嬰歌

草堂置酒花正紅，鳴鳩乳燕西復東。蒼鷹怒攫斂其雄，此物亦在變化中。賓客滿座笑語融，吐詞芬鬱如清風。手把花枝老眼蒙，有錢且付養嬰童。慈惠喜得皆和衷，天地生意無終窮。震世勳名何匆匆，古人利達意獨崇。此事應與造化通，生死無令嘆飛蓬。起諸溝瘠保育豐，拯溺救焚將無同。作劇錢成大公，涓滴沾濡實龐鴻。龍蛇起陸凌九㝔，妖氛消除行挂弓。陰雨膏苗野芃芃，四海喁喁歌武功。幼者遂長老壽終，秋毫豈足補天工，與君一笑等虛空。

五日熱甚對酒不飲慨賦

天際陰雲望逾迥，當筵搖扇呼煮茗。小齋偪側蘊隆甚，衣衫緩盡復露頂。拍案大叫辭杯杓，如此百年徒鼎鼎。安得眼前雲水寬，榜人咿啞進小艇。不爾御風似禦寇，旬有七日泠然醒。誰能局促讓年少，坐看河朔恣酩酊，百川鯨吸真仙等。

長椿寺旛歌有序

胎仙舍弟於長椿寺爲太夫人祈福〔一〕，太夫人病旋愈，因施寶旛二樹，長六丈餘，名繒異錦，莊嚴具足。圖繪精妙，具種種相。萬衆仰瞻，咸歎目所未睹。鈴鐸之聲，遠聞數里，爲京師諸刹之冠。聊製小詩，以美其意。

弟也純孝古今無，禮足醫王母病蘇。長夏汗流不敢拭，祕笈靈文啟玉廚。欲報深恩靡所惜，繡出雙旛光怪殊。來懸長椿寺內竿，萬衆仰瞻神鬼趨。書成佛號莊嚴甚，圖繪微妙人天娛。旁綴寶幢尤奇絕，名繒異錦相爲須。鳳喙一一銜名珠，飛揚天半吹笙竽，乾闥婆舞魑魅驅。蛟龍盤礴朝帝座，鳥雀啁啾風雨呼。竿長十丈鐵層束，旛形裁製尺度足。華映鴛鴦瓦倍明，光徹琉璃吐寒玉。日月照回古殿開，遊人重到問蓬萊。綵霞繚繞黄金色，共陟丹梯續命臺。兼聽鐸聲引哺烏，甘露遍灑楊枝濡，弟也純孝古今無。

【注】

〔一〕胎仙舍弟：即馮源濟（一六三七—？），字胎仙，號穀園，涿州人。大學士馮銓之子。順治十二年（一六五五）進士，歷編修、侍講、侍讀、侍讀學士，以詿誤，降東城兵馬指揮，轉淮安省務同知、山清同知，遷侍讀、左庶子，累官至國子監祭酒、經筵講官。擅書畫。（《民國涿縣志》）與馮溥聯宗，稱兄弟。

贈吳采臣有序〔一〕

采臣諱盛藻，江南和州人。予在成均時，相得甚歡。後仕爲中書，屢任至廣東督糧道。遇變，杜門自守，不受僞職。旋報丁艱，今服闋赴補，銓部以無例難之，因作此歌贈焉。

圜橋早識歷陽彥，大篇奇字千人見。年少鬚眉如畫圖，閃閃雙眸巖下電。磊砢英多惜不得，鳳閣鸞臺侍筆硯。書法遒逸體製工，學士聚觀竝稱善。生成健翮自飛騰，邊塞據鞍雄顧眄。組練光搖天北頭，旌旗影動日南殿。鯨魚鼓浪駭奔雷，潛蛟怒舞風雲變。羽檄交馳非一家，書生株守絕親串。自信忠貞泣鬼神，詎知春色回鶯燕。苦塊淒涼雞骨存，崩奔荊棘淚如霰。將軍稱故醉呵尉，酷吏索金陸賈便。跰足謁帝趨承明，九閽虎豹噬人面。意氣相逢吾道孤，老來方覺文章賤。嗚呼！世態浮雲不可料，璞鼠周鄭疇能讞。君不見紛紛奴隸擁節旄，橫金拖玉恣歡讌。丈夫骯髒有特操，如此功名奚足戀。溽暑揮汗贈爾歌，急呼平頭搖大扇。

【注】

〔一〕吳采臣：即吳盛藻（一六二八—？），字觀莊，號采臣，和州人。由拔貢官至廣東按察司副使。著有《天門詩集》、《天門文集》。（《四庫全書總目》）

太倉行

太倉之屋崇其墉，太倉之粟如高峯。漢文皇帝躬節儉，紅腐不食蒼苔封。元狩之間開邊事，方朔苦飢不得舂。歷代本計重積蓄，東南舳艫無遏壅。山東粟麥路差近，中州同時鼓柁從。國家歲漕三百萬，怒濤巨浪爭蛟龍。黃河北徙無定處，長年呼號人力慵。軍興浩費折數多，百官廩給亦從容。已聞江漕留京口，復見牽挽出居庸。天子慈惠愛黎庶，恨不分食代爾供。内府車牛鱗次集，王公貴人情并急。邊外蕭蕭青草無，牛羊瘦斃穹廬泣。藩籬得歲鞏金甌，綢繆未雨損玉粒。居庸之口何巉巖，回旋巀嶪盤剝澀。怪石插天虎豹蹲，傾側錯失何嗟及。邇來雲中大苦饑，宵旰皇皇每於邑。發帑蠲租無虛日，咨詢嘉謨納百職。聖主回天豈有極，雨暘時若周原隰。人無酷吏橫索錢，會見逃亡歌舞入。嗚呼！物理細推平等觀，棧道劍閣摧肺肝。十鍾一石死亡繼，今日方知蜀道難。

龍鬚歌

友人遺我雙龍鬚，云自白龍山中得。此山相傳奇跡多，神龍往往潛伏匿。海氣遙連草木腥，雲烟滅沒日月黑。陰霾霹靂兩龍鬭，龍鬌墮地人不識。頷肉尚存衆驚視，或言炙服快胸臆。肉上連鬚十數莖，衆爭攫取歎難值。細如馬鬣光照人，疑是頷下寶珠色。友人珍重相餽遺，我驚開看三歎息。確乎不拔有特操，或供天御絶方域。六合望潤寧有涯，雲行雨施是其職。玄黄血戰胡爲乎，皮之不存虧龍德。至人相戒杜其機，淵默天倪作光輝。什襲深藏勿輕棄，恐逢風雨尚能飛。

夏日飲宋子飛同年園亭抱其幼子出見蓋七十四歲時所生也賦贈〔一〕

吾友磊落多奇致，仕歷中外政稱異。擂具曾懸御史車，蠻方猶記文章吏。屈指林泉十載餘，辟疆小築貯藏書。詩成奥衍含騷雅，酒熟賓朋得應徐。羡爾仙才本仙骨，白髮方瞳氣超越。窈窕慕予睇笑宜，鉛汞養出嬰兒突。僻巷棲遲歲月高，閉門三徑没蓬蒿。天上驚傳釋老送，人間忽睹鳳凰毛。昨朝開筵偶抱見，秋色爲神目如電。欣逢蘭玉復生枝，不用桃花來靧面。我年相亞兄弟行，吾衰已甚君方彊。明年若不棄官去，湯餅重來看弄璋。

【注】

〔一〕宋子飛：即宋翔（一六〇八—？），字子飛，大興（今北京市）人。順治三年進士，歷任封丘知縣、巡鹽御史、廣西左江分巡道僉事。（張茂節《康熙大興縣志》）

元夜詞

豐年樂事歲初改，燈月交輝倍光彩。月影含燈散玉毫，燈光帶月鋪銀海。月滿九霄飛暗塵，燈熒萬戶慶長春。銀花火樹燈千盞，寶馬香車月一輪。笛裏梅花吹彩色，橋邊履跡隨冰魄。問月人來鐵鎖開，看燈客過金鞍側。墮珥遺簪燈未收，歸家猶說月風流。太平燈月人如蟻，元夜光華兆有秋。

冶湖欸乃歌

南山南兮北山北，櫓聲咿軋蒹葭仄。霞起西峯一片紅，千條弱柳逞顔色。深潭十丈蛟龍舞，搖動瑯玕集風雨。榜人繫纜樹千尋，野老扶笻話三古。沽得酒好魚兒鮮，醉倒舟中自在眠。睡裏蘧蘧天宇闊，瞢騰何用數流年。在昔京華嘆偪側，夏日汗流秋蕭瑟。重裘縮頸冬苦寒，塵飛滿案餐不得。自從解組賦歸來，先業猶存舊釣臺。貧時竹換錢偏足，病起桑叢舍後栽。桃李春風夏芰荷，百花叢裏渡漁蓑。楫過鷗鷺鶩時少，話到興亡忘處多。靜中坐對白雲起，采采芙蓉露未已。秋月時懸略彴西，荇藻盡在光明裏。鹿門妻子近襄陽，梁父詩成意未央。何似太平身退老，扁舟兩岸蓼花香。

九月歌

去年十月天氣溫，今年九月風較厲。桃李田園遍作花，陰陽錯迕嗟乖戾。洗兵已見環海平，自昔王仁俟必世。窮黎望澤意誠殷，寒暑伏愆太和閉。前經饑饉半逃亡，賣作奴婢免生瘞。市肆蕭條田畝荒，菜色誰能强租稅。今歲薄收稍得過，又愁米貴苦糴多。貧家衣食真難足，聖人謹微將若何。

歲時歌

一日二日天風寒，三日四日君莫嘆。二氣回斡散幽滯，九重閶澤布履端。且披敝裘安衰殘，東望雲物連海嶠。荷鋤引領向西笑，官吏不擾租稅寬。斗米三錢誰能料，把酒會聽黃鸝叫。

長歌贈高念東

與君結交歲已久，當年意氣何飛揚。書卷滿床隨意讀，落筆千人萬人咨嗟而徬徨。美人佐觴城南莊，一飲百杯詩千章。春風策蹇長安道，君乃先我入玉堂。天地慘變鬼神泣，易形趼足歸故鄉。掃除兇逆賴先皇，咨詢舊德無遁藏。金匱石室前朝祕，喜得鴻儒發輝光。佐銓明刑舊典彰，脱屣意仍屬滄浪。揮手東門謝簪紱，了達生死資法王。金剛一注何周詳，千年釋子開津梁。積善不言，含弘多方。譬說獎勸，俾明故常。醉柳吟花精力强，昂藏不問升斗糧。入世出世意誠臧，日月昭曠人天翔。朱虚咫尺隔盤陽，衰老徒寄字八行。憶昔三人夙愿長，文定箕尾帝之傍〔一〕。大藥君曾煉就否，白雲空谷遥相望。

【注】

〔一〕文定：指孫廷銓，謚文定。馮溥與孫廷銓、高珩爲好友，故稱『三人』。

書懷答徐生〔一〕

艸堂高臥羲皇叟，渾噩罔識皋與夔。扶杖起觀田野綠，巾車適與西疇期。良苗茁新知情性，陶寫安用竹與絲。鳥啼花落天地閒，笑揖春風如解觿。流行坎止皆無我，一念萬年知復誰。瞥眼流光還自去，過濠野馬不須追。陰陽燥濕詢農師，較雨量晴費疇咨。帶經隴畔支離甚，雲窟仙巖隨所之。不分溟海三峯秀，欲問禪那四句離。納盡衆流吞日月，須彌樓觀何厜㕒。野老相過留麥飯，繾綣談笑無尊卑。林木鬱葱三徑幽，況復花開已滿墀。大造寬予歲月多，暗中磨礪恣鉗錘。深慚學道功難就，遇合無乃跡太奇。故人尺素遥相憶，穆如肆好清風吹。徐陵自合有仙骨，瀟灑往往映鬚眉。當年子美嗟遲暮，對雪洞門詠竹埤。矧今東觀給筆札，東華爭看車馬馳。著作千秋留寶鑑，大手豈復有參差。草萊老去良朋盡，憶舊每懷冰雪姿。前招毛子不肯就，謂大可也〔二〕。何日濁醪一賦詩。

【注】

〔一〕徐生：馮溥門生中舉博學鴻詞的徐姓門生有徐嘉炎、徐釚，此當是徐嘉炎（一六三一—一七〇四），字勝力，號華隱，嘉興人。康熙十八年召試博學鴻詞，授檢討，歷官内閣學士。有《抱經齋集》。（《清史列傳》）

〔二〕毛大可：即毛奇齡。徐嘉炎與毛奇齡同爲浙人，又拜於馮溥門下，故詩中及之。

佳山堂詩二集卷三

五言律詩

新春

協氣勾芒啟，卿雲滿帝都。稼多遲布穀，饁至望提壺。澤澤郊原遍，油油霡霂俱。雨階陽德暢，息馬問來蘇。

新水

凍盡泉初乳，溶溶落碧湍。蘋生芽未茁，鷺下浴猶寒。映日波紋細，盤渦煦氣團。磯頭閒望處，已有釣魚竿。

新草

天涯春布暖，和氣潤長堤。嫩綠侵唐肆，芳茵襯馬蹄。火焚根自保，雨洗葉初齊。何事王孫懶，垂鞭意欲迷。

新柳

柔條翻綠色，上苑正眠初。笛裏愁聽譜，閨中憶寄書。遊絲牽短絮，纖眼媚長渠。爲問靈和殿，風流詎得如？

新蝶

鮮豔爭芳日，蹁躚作隊辰。穿花雙翼巧，點黛兩蛾匀。滕幛思前世，羅裙認後身。漆園緣底夢，宫戲恐傷神。

新鶯

舌澀未成聲，綿蠻已略清。疏枝危坐樹，隔葉淺聞笙。碧澗依雌弱，黄袍點赭輕。雙柑斗酒在，相顧有餘情。

春日乍暖示行九

寒威侵病骨，乍暖喜晴餘。粥薄匙全廢，魚腥筯久疏。回眸疑遠嶂，弱腕笑斜書。幸有良朋在，談詩一起予。

送豐城令王維庵〔一〕

豫章爭戰地，連歲半蒿萊。民望瘡痍復，君真撫字才。吏閒知事少，春暖待花開。莫問豐城劍，霞光一酒杯。

【注】

〔一〕王維庵：即王永義，號維庵，上元（今江蘇南京）人，康熙中任豐城令。（徐清選《道光豐城縣志》）

春日戲題

略解春風意，相留慰白頭。干戈銷遠徼，花鳥總神州。祇識途資馬，誰能喘問牛。新恩懸望切，鳩杖拜天庥。

過沈洪生新寓留飲即事〔一〕

三徑蓬蒿滿，誰人解卜居。沈郎多逸興，翰苑有藏書。老樹留飢鵲，新函製蠹魚。來遊欣曠達，頓遣客情舒。

其二

公子華筵敞，經過似夙邀。晴窗皆有致，精饍恰能調。醴設因扶老，談深竟及宵。衰遲歡意怯，相對興偏饒。

【注】

〔一〕沈洪生：即沈朝初（一六四九—一七〇二），字洪生，號東田，江蘇吳縣人。康熙十八年進士，選庶吉士，授編修，官至侍讀學士。丁憂歸。有《不遮山閣詩鈔》、《洪崖詞》等。（《清詩別裁集》）

贈陸子啟讀書長椿寺

春雲盈戶牖，蕭寺讀書聲。鶴語來雙表，鐘鳴過短檠。千秋無謬鑑，五字有長城。寶劍宵猶吼，都非世上情。

其二

交道君能厚，幽懷我亦憐。乾坤雙眼在，詩禮一燈傳。儒術思前輩，家聲藉後賢。乘秋摶健翮，相望五雲邊。

盆中假梅

刀剪綴英稠，梅花儼自幽。巧逾楮上葉，神似棘端猴。客醉驚真豔，蜂來竟誤投。若教何遜在，斷不憶揚州。

寄懷高念東

春日風猶厲，終朝坐隱囊。干戈聞汗馬，臧穀戒亡羊。不爲希中散，真成憶侍郎。乾坤餘曠土，爾到水雲鄉。

胎仙舍弟禮懺長椿寺爲太夫人伯母祈福邀予拜佛感而有賦〔一〕

齋心來淨域，鐘梵共皈依。佛日輝金榜，慈雲覆帝畿。僧供香積飯，客憶水田衣。報德誰無母，深慚孝力微。

其二

醫王百拜切，仰睇白毫雙。玉殿行題額，金輪更建幢。三乘開寶懺，萬壽續蘭釭。精意求昭假，慈眉自錫龐。

【注】

〔一〕胎仙舍弟：即馮源濟。

燈下梅影同行九賦，相約禁犯題面字

一室幽初朗，佳人帶月來。鴻飛遵洛浦，鶴立並瑤臺。心跡離塵垢，形神妙剪裁。孤山棲隱士，欲臥更徘徊。

其二

素質倚蘭釭，清芬看有雙。額黄初拂鏡，衣練更臨江。姹女還新蜕，旁人認幻龐。嬋娟渾寫照，横側映南窗。

晨起讀書

顛倒衣裳慣，雞鳴夢屢驚。循墻饘粥具，開卷典謨清。坐忘人間世，詩還我輩情。悠然心自會，春日鳥啼聲。

喜雨

向晚雲方合，空階雨有聲。圖書行自潤，裘褐坐來清。優渥知天意，豐亨悅物情。更看花發好，把酒聽流鶯。

其二

已覺陰陽順，何愁虎豹爭。誰知一夜雨，能洗七年兵。庚癸終無慮，西南可罷征。圖新除積垢，祓禊近清明。

雨霽

朝霽露猶溥，鳥飛濕未乾。欣看堦草綠，轉憶杏花殘。片月流清影，疏星帶曉寒。平疇人覵土，牛力近能寬。

雨中垂柳

力弱雨全欺，枝枝向水低。流雲藏密葉，子夜愛前溪。嫋嫋金莖嫩，淒淒玉笛啼。風來時拂袂，遊騎折還迷。

喜王仲昭至京復有澤州之行賦贈

衰白重相見，歡娛倍少年。家貧猶道路，老淚更纏綿。詩酒談鋒壯，鶯花別恨牽。他鄉難久住，須蚤著歸鞭。

夜半

雨聲來夜半，幽意轉憐春。楊柳愁難綰，桃花笑漫親。鶯啼無去住，雁羽有烟塵。遥憶狂歌子，淒然念汝真。

三月三日萬柳堂修禊倡和詩二首〔一〕

雨洗平沙路，佳辰載酒遊。魚歡新水暖，鳥弄緑枝柔。禊事傳三日，清談到十洲。濠梁同逸興，密葉架扶留。

其二

禊飲當春暮，連鑣到水涯。鳴鳩啼宿雨，乳燕落平沙。情合如家宴，詩成自國華。蘭亭猶感慨，歸路惜殘霞。

【注】

〔一〕此詩作於康熙二十一年（一六八二）上巳修禊。

大風旬日不止

大塊何號怒，浹旬黄霧霏。驚沙瞇遠目，蔽日失晴暉。錯迕終人事，簸揚凜帝威。鷁飛應退盡，占夜月猶圍。

其二

氣逆蘊隆早，晨裘復薄寒。隔窗塵暗帙，入座客彈冠。茅屋三重卷，蠶功一歲單。凝眸時若處，霑灑潤凋殘。

同陳其年方渭仁善果寺浴和渭仁韻〔一〕

善果尤名勝，閒情曳杖過。僦居遴地少，入寺得天多。細雨沾紅藥，輕雲倚綠蘿。醫王離宿垢，入水喜除疴。

其二

入門嘉樹合，綠蔭滿禪關。静不疑塵市，佳還到夕山。鋤花三徑裏，聽鳥五雲間。瀹茗僧能共，蕭然半日閒。

【注】

〔一〕陳其年：即陳維崧。方渭仁：即方象瑛。

午睡

隱几觀虚白，依稀蝶化中。一枝棲不異，三疊韻元同。呼吸兵能洗，安甜歲屢豐。冥焉聞見滅，何處有哀鴻。

思歸四首

入世吾何有，村田好杖藜。觀生羞得壽，懲熱泛吹虀。一握寧辭笑，三乘未解迷。小山松桂影，猿鶴待同棲。

其二

莽莽風塵際，蟲沙有化魂。精靈依草木，警戒避朝昏。急待濯枝雨，誰開甘露門。故鄉鞋襪淨，到處問山村。

其三

戰伐餘氛在，耕桑憫後時。海魚猶作浪，野繭不成絲。日落孤村鼓，風鳴戍嶺旗。金城能報國，老去見支離。

其四

談兵嗟白首，往事笑醯雞。物理中和貴，人生得喪齊。遵時知代謝，尚論藉提攜。不作猶龍叟，飄然弱水西。

喜雨

風涼初入戶，雨密已侵堦。潤喜連宵至，清同故友偕。銷兵聲自靜，占歲悶能排。乞米休嫌數，通漕盡過淮。

其二

霢霂晨光暗，欹斜雨脚多。花繁添舊蕊，池沛倒新荷。農慶三秋穎，更淆五夜鼉。明朝趨署駕，莫令更滂沱。

題徐蝶庵詩枕〔一〕

高臥有餘清，珊瑚裁製成。當星横劍氣，映月動奎晶。蝴蝶留殘卷，華胥數落英。閨中傳巧思，好助謝宣城。

【注】

〔一〕徐蝶庵：即徐元夢（一六五五—一七四一），字善長，號蝶庵、蝶園，滿洲正白旗人。姓舒穆祿氏，舒與徐音近，故亦稱徐姓。順治十二年進士，選庶吉士，歷户部主事、中允、侍講，升内閣學士兼禮部侍郎。雍正初，官至户部尚書兼内閣大學士，以吕留良案革職。後至禮部尚書。卒謚文定。有《蝶園詩鈔》。（《清史列傳》）陳維崧《湖海樓全集》卷三亦有《詠徐蝶園詩枕》。

【箋】

施閏章《施愚山集》之《詩枕》題注：『徐善長庶常作一枕，虚其中，貯詩草，名曰詩枕。』民國天台野叟《大清聞見録》卷下《藝苑志異》：『施愚山分守湖西，製苧帳，題詩其上，寄林翁茂之，一時名士多屬和，名曰詩帳……徐蝶園創製詩枕，當世名流亦多題詠。二事極趣，並爲佳話。』

十月甚暖漫題小齋四首

小春天氣好，斗室喜晴餘。藥裹呼童檢，詩箋命客書。世情容碌碌，胎息自蘧蘧。曝背思愚獻，慇懃念起居。

其二

趺坐觀心際，慮懷久息機。乾坤兵氣淨，粥飯菜根肥。傍牖能開帙，迎陽欲減衣。瓶花猶自馥，時見小蟲飛。

其三

搖落方愁思，陽和滿敝帷。雁來榆塞緩，木下洞庭遲。典記煩頻檢，行藏只自知。五禽何用戲，舒泰荷隆施。

其四

只此天心假，須知人事和。羣兇皆授首，環海不揚波。隱几窺元化，扶筇憶壤歌。瘡痍今漸起，渙汗應如何。

送趙雷文榷揚州關〔一〕

軍需關税急，溢額問司農。趨利愚民拙，營私狡吏重。譏訶遺負販，紀敘喜從容。邗水腰纏慣，無令跨鵠慵。

【注】

〔一〕趙雷文：即趙隨，字雷文，浙江嘉興人，康熙六年進士。累官至福建按察司僉事、提調學政。（《乾隆福州府志》）

有人索予趵突泉詩兼懷滄溟先生〔一〕

白雪樓何在，空傳趵突泉。一泓珠散彩，數尺玉浮烟。噴薄蛟龍怒，光瑩日月懸。當年餘翰墨，憑弔意茫然。

其二

王屋山前水，潛流過濟南。何人思采藻，往歲想停驂。靈氣成三寶，高風只一龕。芙蓉華不注，遥對夜深談。『十里芙蓉華不注』，滄溟先生詩也。

【注】

〔一〕滄溟先生：即李攀龍（一五一四—一五七〇），字于鱗，號滄溟，歷城人。明嘉靖二十三年（一五四四）進士，明代文壇『後七子』之領袖。歷任郎中、陝西提學副使等，官至河南按察使。有《滄溟先生集》。（《明史·文苑傳》）四庫本《山東通志》錄此二詩，題作『題趵突泉兼懷李滄溟二首』；李文藻《乾隆歷城縣志》卷八《山水考三》錄其一，題作『題趵突泉兼懷李滄溟詩』。

喜王仲昭至都

崢嶸當歲晏，相見拂征塵。生計依親串，羈懷數水薪。乾坤吾自老，書劍爾常貧。且盡樽前酒，無爲話苦辛。

其二

相期天下士，念爾尚綈袍。岸幘人依古，登樓賦獨高。一官存姓字，數斗任顛毛。婁尾吾能共，交情慰濁醪。

兒協一書來訴其困迫乞憐之狀開緘淚下感而賦此〔一〕

千里爾號呼，開函痛切膚。老人勤顧復，稚子總癡愚。棄擲情何忍，衰殘力不敷。連朝籌畫拙，縮地憶長途。

其二

質典皆無術，吾心豈恝然。豪華空自命，顛沛竟誰憐。捫舌慚蘇李，求官愧祖鞭。所嗟衰病叟，千里夢魂牽。

【注】

〔一〕康熙二十一年（一六八二）秋，馮協一侍馮溥歸鄉，旋返京師參加謁選，並於康熙二十三年赴紹興府同知任。此詩當作於康熙二十二年前後。

秋日田居四首答貽仙舍弟〔一〕

粥飯安生事，柴扉晝不開。已嗟新興少，尤愛遠書來。人世嵇康懶，吾家謝朓才。池塘夢正好，詠嘯一登臺。

其二

嶺巘聳疊嶂，繞舍翠光浮。野色雲橫圃，山花雨映樓。被襟無俗韻，把釣有孤舟。老眼蒙初豁，新詩寄扇頭。

其三

野徑藩籬缺，秋風肺氣蘇。夕陽含衆籟，朝爽得吾徒。詩拙情難寄，酒輕杖易扶。瓜田新雨足，挾冊入平蕪。

其四

田家勤作苦，我稼喜逢年。門外無催吏，床頭足會錢。濁醪雞黍具，佳果藕菱鮮。問訊鶯來使，先生正醉眠。

【注】

〔一〕胎仙舍弟：即馮源濟。

送兒治世赴京迎其弟協一歸里〔一〕

汝去爲迎弟，吾衰忍淚看。豈因鴻雁隔，自是鶺鴒難。孝友知天性，關河尚曉寒。倚閭頻望切，先字報平安。

其二

汝病方能愈，胡爲即遠行？登車攜藥裹，愛弟見親情。緩急人時有，規箴爾用輕。浮名原我誤，舐犢愧平生。

【注】

〔一〕馮協一於康熙二十三年授興府同知，本年冬馮治世赴京迎其歸里省親。趙執信《祭馮退庵文》：『迨甲子，弟出使并門，而兄分麾越州，並以歲暮迂道歸省。』

三月三日萬柳堂雅集〔一〕

閒園耽曠僻，風雨亦相過。人是燕臺舊，詩成齊語多。老年吟忌苦，鄉思醉偏酡。尚喜羣賢集，春來足詠歌。

其二

今日文章伯，誰登李杜壇。嘉辰頻曳履，得句勝彈冠。珠玉揮毫就，雲霞放眼看。梁園真接武，不爲戀微官。

【注】

〔一〕此二詩作於康熙二十一年上巳修禊。毛奇齡《西河集》卷一七三《上巳萬柳堂修禊奉和益都夫子原韻二首即席》即步其韻。

小齋四首

一室纔容膝，悠然得所安。瓶花香易聚，案冊檢多殘。客至無迎送，詩成謝綺紈。虚窗來夕照，細字稍能看。

其二

結茅如舊隱，浮氣已全微。曉日開花徑，涼風撼紙扉。息心無去住，體道得皈依。物役從紛適，誰能辨是非？

其三

棲遲憐病叟，談笑得良朋。德業時相勉，行藏世共徵。豈云寧作我，自笑已如僧。陋室安吾素，無令愧寢興。

其四

身世吾何有，參稽愧道餘。乾坤容拙懶，日月任居諸。雨潤先徵硯，風微亦滿廬。淵明詩自好，時讀舊來書。

贈洪昉思〔一〕

之子東南彦，凌雲喜定交。門多長者轍，膳乏大官庖。旅況三年鋏，文成九色苞。天家需俊乂，特達鄙茹茅。

【注】

〔一〕洪昉思：即洪昇（一六四五—一七〇四），字昉思，號稗畦，又號稗村、南屏樵者，錢塘（今浙江杭州）人。國子監生，屢試不第。代表作有傳奇《長生殿》。（《清史列傳》）洪昇於康熙十九年秋至康熙二十年寓居京師，此詩當作於此期間。

夏日小齋雜詩八首

一雨葛衣輕，塵消筆墨清。多愁知客倦，久病悉醫名。老馬途空識，鉛刀割未成。九華丹可問，續命即凡情。

其二

溽暑清風值，翛然足嘯歌。形骸何偪側，天地本中和。藥裹詩成懶，花繁鬢自皤。時依僧舍憩，端似老維摩。

其三

夢裏湖山好，扁舟任去來。乾坤留覺路，日月照丹臺。寒暑原無著，風雷不用猜。非因清徹骨，家世本蓬萊。

其四

偶吟隨意得，匪爲協宮商。茗熟朝酲解，蕉陰午睡涼。未能窺半豹，何用説亡羊。客至無拘禮，談詩誤不妨。

其五

炎威依斗室，靜處絶煩囂。天闊原無悶，心閒不用調。沾濡知露沁，消息候星潮。展卷聊遮目，何勞隱者招。

其六

運會無終極，奚憂老病兼。雨涼人隱几，日烈幔遮檐。沙際鷗眠穩，花間蝶夢甜。誰能超物外，不帶少廉纖。

其七

真樂存微尚，忘機是大凡。何須分律吕，直似聽《韶》《咸》。錦繡山河潤，虛空日月函。林泉好風味，休認退思巖。

其八

微風起蘋末，雲氣倏多姿。於此生新悟，因之改舊詩。古人不可作，逝者復如斯。良友論心處，悠懷與汝期。

憶舊二首

修竹開深徑，茅廬俯淺溪。雲歸巖戶北，月映小橋西。良友留雞黍，癡兒覓棗梨。春風花信好，藤瘦正堪攜。

其二

雨足西疇報，青鞋鎮看山。耕耘分僕去，談笑伴僧還。舊約寧容負，新詩且共刪。室人藏斗酒，瓜菜一開顏。

午睡

枕畔自端倪，居然物我齊。坳堂舟泛檗，岱麓水分犀。智計無終始，情形有笑啼。疇能寤寐一，莫怪具茨迷。

其二

寢權《釋名》：假寐謂之寢權歸靜謐，神理自儒輸。《方言》：儒輸，愚也。幻態多新觀，坦懷無攘羭。爍金非夏焰，炊玉脱秋逋。孰意勞生者，蘧蘧病骨蘇。

予告賜遊西苑紀恩詩有序

予於康熙二十一年六月二十四日上疏乞骸骨，蒙恩予告。七月二日，赴乾清門謝恩，上賜飯，復傳旨云：『汝自今以後無有職掌，可常至瀛臺一看。』初四日，予至瀛臺，上令人引至所御閣東小閣内，賜飯訖，復傳旨令各處遊玩。有翟内侍扶予登小舟，至一所，予問内侍云：『此爲何處？』答云：『此係新造，尚未有名。』岸邊一亭，形製精工，金碧與水光相映。舍舟入亭内稍憩。傍皆疊石爲山，層次而上，有一門，御書『曲澗浮花』四大字，真有鸞翔鳳翥之勢。入門，曲檻畫廊，回繞千巖萬壑之内，合抱之木，復參差掩映其間。花氣蓊鬱，禽聲上下，至此不復知有暑氣矣。稍東一殿，内設大理石屏風一架，中安御座，後檐接一方亭，諸峯環列，涼氣襲人。在此坐甚久，復循廊而東，有一亭，下用數石柱撑之，水聲流其内，蓋此地皆水，以石爲山，玲瓏起伏，有若天成，視昆明石鯨、織女之類，不知何如也。曲折攀緣，内侍皆扶予而行。引至一殿，後皆種竹，啟後扉，則清風徐至，韻致宜人。旁一小門，入此多幽房曲室，有歷石磴數級而上者，邃深靜遠，則又别是一天地矣。既出，遥望有人舁酒榼果品而至者，則上所賜也。復傳旨云：『遊倦不妨稍歇息，且從容去。』予感泣謝恩。抵流杯亭，亭内石不相聯，水潺湲有聲。内侍令人置板缺處，扶予而過。石巉巇不能置案，取上所賜酒肴果品散布石上，又從上放杯流至予前，水勢回旋，酒杯隨之，曾無傾側，蘭亭泛觴，至此始睹其妙。予性不飲，樂甚，連飲數杯，亦不覺甚醉。復至前殿廊下，就石階而坐，候啟奏，復傳旨云：『今日甚熱，俟天氣凉爽再來。』因以果品諸物，付予家人帶出。伏念予以老病乞休，皇上恩禮有加，情誼殷渥，自謂從古大臣即以禮致仕者，亦無此隆遇也。感極涕零，恭紀以詩，亦不自知其言之無倫次矣。抵家將付之貞珉，令子孫世世寶藏云爾。

予告銜新命，還家過古稀。傾葵心尚在，報國志終違。休養皆王道，安危仗帝威。明農雖已晚，桑柘沐餘暉。

其二

聖意憐衰老，臣心愧寵榮。絲綸辭北闕，酒食賜西清。既醉歌魚藻，言歸感鹿苹。民恍應有示，則效夢魂驚。

其三

十載虚延佇，纖毫報稱難。徒慚臣職負，重戴主恩寬。薦享聽新奏，時新定樂章。章程改舊觀。時新定會典。太平多潤色，耕鑿說長安。

其四

承恩觀上苑，老病近臣扶。窈窕穿雲遠，炎蒸入座無。流觴真曲水，控鶴本蓬壺。緩步藤蘿外，從容記畫圖。

其五

遊興方能愜，肴尊上賜來。鳥聲知侑酒，花氣供浮杯。細葛風生腋，懸崖露骨苔。松橋容曳履，殊愧列仙才。

其六

笙鶴虛無裏，亭臺縹緲間。孤雲抱老樹，初日漾新灣。石罅流杯闊，松陰覆鳥閒。醇醪兼卻暑，不醉詎能還。

其七

衰病辭官日，神功定亂初。分州安錯繡，環海抵歸墟。鯨噴回龍沼，鷗來識鳳書。紅葉波盪越，冉冉襲衣裾。

其八

誼重生瞻戀，陳辭涕淚零。天顔雖咫尺，臣力已伶仃。對酒懷公讌，當歸拜御屏。松雲彌棟牖，猶憶水邊亭。

其九

梟雁依靈沼，光輝倍羽毛。誰令三殿隔，卻望五雲高。瀲灩含香遠，巉巘結秀牢。丹霞來片片，直是醉仙桃。

其十

猶記先皇語，臣無忝翰林〔一〕。官階隆鼎鼐，老病祗侵尋。一德虚難副，兩朝望已深。遊歌欣雨露，何以愜初心。

【注】

〔一〕毛奇齡《易齋馮公年譜》『五十歲戊戌』：『是時，世祖章皇帝屢幸内閣。一日，指先生謂諸大學士曰：「汝等以何者爲翰林？朕視馮溥真翰林也。」』

宿良鄉縣〔一〕

落日趨荒縣，肩輿未肯前。官貧愁客至，夫譟苦差連。三輔城猶惡，千家突待烟。寥寥鴻雁羽，尺五近天邊。

【注】

〔一〕良鄉縣：即今北京市西南房山區良鄉。此詩作於康熙二十一年八月致仕返鄉途中。

宿新城縣〔一〕

驅車懷北闕，冒雨望南村。寒露秋原冷，濁醪土坙溫。危樓多覆堞，荒驛半無門。悵別綸音在，勞勞入夢魂。

【注】

〔一〕新城縣：即今河北省保定市高碑店市。

過河間府連日天氣甚熱如同初夏也

九月瀛州路，征衣著絮難。微風收薄霧，旭日散輕寒。寒雁迷沙渚，山蜂聚藥欄。四時何失序，多病未能安。

景州作〔一〕

野曠人如蟻，橋危潦似繩。力疲憐老馬，秋盡足蒼蠅。無棣思齊履，層標閱佛燈。客宵多不寐，鄉夢轉相仍。

【注】

〔一〕景州：即今河北省景縣。

近章丘道中見其村居幽邃林木茂密土田沃衍風俗醇樸顧而樂之〔一〕

綠樹千章秀，柴門幾曲深。莊如摩詰畫，俗是武陵心。沃土田多闢，繩床夢易尋。醇醪能醉客，把臂共投林。

【注】

〔一〕章丘：在濟南東部，屬濟南市。

宿長山縣憫其水患民無寧居也〔一〕

小邑民堪惜，蛟龍仍怒號。祇今悲雁羽，無復試牛刀。河伯私征斂，城隍遠遁逃。睠懷渾不寐，秋氣冷霜袍。

【注】

〔一〕長山縣：位於山東省淄博市西北部，隋開皇十八年改武强縣爲長山縣，一九五六年撤。今爲鄒平長山鎮。

趙浮山過訪〔一〕

春日多閒暇，吾衰只晏眠。因天農事好，區地野花鮮。杖底浮香動，樽前飛鳥旋。起居煩客問，相對意悠然。

【注】

〔一〕趙浮山：即趙作舟（一六二三—一六九五），字乘如，又字浮山，山東登州大嵩衛人。康熙十八年進士，選庶吉士，改主事，補戶部四川司，轉江南司員外郎，遷廣東司郎中，歷至湖廣按察司僉事。有《文喜堂詩集》。（趙執信《趙浮山先生暨元配于宜人合葬墓志並銘》）

苦雨

陰霖動浹旬，寒氣迴霜晨。悵望郊原屢，遲回屐齒頻。炊烟同改火，書訊隔比鄰。方恐傷禾稼，空煩布穀嗔。

陰雨不輟是日偶晴至七里溪莊作

看花期屢易，春日每多陰。忽睹孤峯色，悠然愜素心。青鞋追急景，白水滌煩襟。不淺幽棲意，芳菲已滿林。

寄毛大可〔一〕

山水彈琴地，烟霞結伴居。韓康鄰藥市，焦隱得蝸廬。伐木知春永，通泉辨劫餘。惠然能命駕，花外望來車。

其二

讀書真樂在，知子性情存。靖節移南宅，王臣念北門。論文須友益，採藥得花源。晨夕留千古，考槃即道根〔一〕。

【校】

〔一〕『晨夕』二句：毛奇齡《西河詩話》卷五『益都夫子致政日』一則，此句作『於此期晨夕，悠然見道根』。

【注】

〔一〕毛奇齡《西河詩話》卷五：『益都夫子致政日，甫還里，即作札招予。恨不肖塵俗，兼約曼殊病起後同赴益都，遂致乖違。然夫子至情，何可忘也！札云：……。此夫子壬戌見寄者。』則知此二詩作於康熙二十一年壬戌。

春日村居四首

漸葺東郊爽，虛明靜所便。花枝横枕過，雲氣入窗偏。海上神仙窟，山中草木年。先生杯在手，逸興復陶然。

其二

爲圃花繁朵，禽聲噪曉寒。小紅椒結實，嫩緑筍抽竿。聽水時扶杖，看雲不著冠。良苗生意好，麥飯一加餐。

其三

筍蕨盤餐具，田家興自長。經年無剝啄，摩腹足徜徉。案冊留遮眼，瓶醪不過墻。莫嫌兼味少，耕鑿即陶唐。

其四

荷鋤自有事，不擬上農夫。樵徑榛纔闢，漁梁水未枯。經營分佃力，鹵莽報吾徒。粗糲寧辭供，真慚一腐儒。

秋禾將登霪雨不止廬舍傾頹民無寧處詩以憫之

野望波濤闊，村墟少爨烟。苔痕侵樹杪，泉溜出床前。接堵沉三版，比鄰聚一廛。荷鋤頻悵結，穎栗恐徒然。

蟋蟀

寒宵啼不徹，霜至草根枯。候氣依棲近，畏人振響無。機閒停素腕，役罷見休徒。仁育天心篤，軀微何處呼。

毛大可書來言約伴遊萬柳堂一望荒涼淒然淚下感而有作卻寄

綠野何能築，淒然萬柳堂。高賢貽白雪，舊冊足青箱。撫景如多誤，懷人不暫忘。鑑湖真帝賜，養拙亦吾鄉。

其二

羣賢集萬柳，海內見風流。樹是嵇康鍛，人同謝傅遊。和鸞麋野鶴，閒浴識浮鷗。嘯詠欣無恙，更煩憶去留。

老年二首

老年希物役，兀坐一愁空。扶杖隨花徑，開樽信竹風。忘機深自淺，無我異還同。愧彼巢居子，閒閒笑病翁。

其二

真樂誰能得，田園興自餘。故交煩遠字，老鈍怯催書。室小中和備，心閒物我除。生涯觀茂育，睡足正蘧蘧。

佳山堂詩二集卷四

七言律詩

春日漫興和高念東先生喜歸原韻十首〔一〕

世上浮名那是真，道人金屑眼中塵。窗前花鳥三生夢，畫裏蟲魚百變身。立定脚根方有路，解空識界始知人。隨宜茶話從吾懶，不向如來問果因。

其二

觸眼年光日日新，休教人唤作陳人。梅花落盡方辭臘，柳絮飛來又是春。成紀不侯疑有命，華山高臥已忘身。紛紛認取形骸隔，誰解窗前辨六塵。

其三

功名爭說古人期，得失難忘世所疑。入手祇緣隨物轉，到頭不破總情癡。且抛蝴蝶三更夢，記取寒山百首詩。念老最喜寒山子詩。自得智多殊自懈，一生迷處是無師。

其四

三十年來住帝畿，風塵荏苒看人歸。鑑湖有約難移宅，春酒常沽且典衣。邊塞時懷留寶劍，駑駘終自怯金鞿。未能補過焚香坐，笑問留侯事總非。

其五

每聞戶外屨聲頻，良友曾無笑我真。只恐高流迷道路，豈因倦羽壓風塵。敲成五字須經眼，守盡三尸患有身。芥納須彌沙劫老，乾坤何處不陽春。

其六

春回大地望新恩，奉職虛糜愧夢魂。欲卜千倉來上慶，誰知一絮亦奇溫。神荼守戶家家酒，布穀催耕處處村。膏雨未成瞻籲急，敢言吾道自能尊。

其七

宦況閒情萬柳堂，鶯聲巧喚日初長。僧包我學穿雲裹，仙籙誰抽餐玉囊。佳帖開來多乞米，故人辭去動思鄉。春風驢背狂吟客，不作雙雙燕子翔。

其八

前修難進問何由，鼷鼠貪河滿即休。我讀漁樵相對語，便知天地本虚舟。有園祗許開三徑，作客無教過五侯。細檢行藏隨分足，鶯花不用動深愁。

其九

避人無計可逃喧，花柳城闉恰一村。旭日初來方射牖，小山且喜正當門。棠枝放蕊迷蝴蝶，菜甲多肥長子孫。生意滿前重載酒，羣芳有譜待春溫。

其十

南郊雲物近天章，諸子相過伯仲行。豈有高談從北海，喜無私語避東廂。同人不厭張蒼老，三日能留荀令香。獨是眼昏書卷廢，牛腰束置滿匡床。

【注】

〔一〕此組詩作於康熙二十年春（一六八一），高珩於上年致仕。《棲雲閣詩拾遺》卷二有《春日漫興》一首，此組詩即和其韻。

賀王貽上新簡大司成〔一〕

新綸特簡大司成，中外欣瞻奎壁清。薄海文章衰漸起，圜橋模範論初平。已標魯史尊王例，旋定燕都課士程。鐘鼓煌煌於樂地，乞言千古重東京。

【注】

〔一〕王貽上：即王士禛（一六三四—一七一一），字貽上，號阮亭，又號漁洋山人，山東新城人。順治十二年（一六五五）進士，歷官至刑部尚書。謚文簡。著述宏富，有《帶經堂集》、《池北偶談》等。爲詩倡『神韻』，康熙朝詩壇領袖。（《清史列傳》）康熙十九年八月，王士禛遷國子監祭酒。

贈陸季雍子啟尊人也〔一〕

閉戶先生樂性真，豈將姓氏號遺民。栽花小院惟多菊，結社名山好作鄰。鷗汎扁舟時放眼，麴香酒甕正拖巾。辛勤紙筆難兄弟，寄語淵明不用嗔。

【注】

〔一〕陸季雍：陸子啟之父。

賀大中丞郝雪海巡撫粵西二首〔一〕

亂後遐荒服化初，天威震疊遍蒼梧。干戈久識壺漿苦，旌節還看父老呼。箐嶺無烟忘歲月，春膏有澤即江湖。協和歸命非難事，引領中丞到日蘇。

其二

撫定巖疆舊有名，臺班重入動公卿。淮陽計佐司農匱，柏府旁遷亞相清。人望但傳劉晏績，天恩還借伏波營。此行鎖鑰須長策，舞羽苗民亦厭兵。

【注】

〔一〕郝雪海：即郝浴（一六二三—一六八三），字冰滌，號雪海，直隸真定人。順治六年進士，授刑部主事，遷御史，巡按四川，因疏劾吳三桂，流徙奉天尚陽堡。補原官，遷左副都御史，至廣西巡撫。（熊賜履《光禄大夫巡撫廣西都察院右副都御史郝公墓志銘》）康熙十九年十二月，以右副都御史郝浴爲廣西巡撫，事見《清聖祖實録》卷九三。

八日過萬柳堂〔一〕

人日無詩也自疑，東郊雲物負前期。纔過柳市尋花處，便有天空野鶴思。烟火兒童開道路，池塘鷗鷺認鬚眉。衰遲自笑狂猶在，只此抽簪亦老癡。

其二

東風駘蕩吹楊柳，輿過千門景物鮮。對酒常懷浮世隘，辭官每恨故人先。休言胞與皆情性，且看雲霞幾變遷。聽取通衢簫鼓鬧，凱歌近在五雲邊。

【注】

〔一〕此詩作於康熙二十年（一六八一）辛酉正月初八日。

再贈郝雪海

嶺嶠山川舊鬱盤，新恩重被越裳寬。千秋公論惟清慎，我輩交遊在治安。幾許遺黎驚雁羽，數行辰告望雞竿。遥思畫戟凝香處，誰謂銅標再見難。

其二

當宁籌邊久借才，重臣拜命出烏臺。逃亡賦税蠲宜急，安集風聲信不猜。民隱豈容酷吏削，軍需莫待計臣裁。情殷遠别無他贈，務布天恩遍草萊。

答行九勵志詩原韻兼示兒輩

運甓英豪亦惜陰，喜將遜敏寄遥心。園無移步帷方下，學到希賢路可尋。勵志休教初易鋭，窮經始信古來深。辛勤近裏傳消息，豈爲閒情費苦吟。

其二

漫説三冬閉户餘，欣看春色倍妍舒。千秋不廢居稽力，一日能無灌溉書？漢水老人終抱甕，碧山學士尚焚魚。聖賢名理皆心得，肯效相如賦《子虚》。

元宵月食〔一〕

喜逢佳節薦春巵，笑詠盧仝《月食詩》。割去黑雲應半面，望來仙桂已多時。烏飛繞樹迷三匝，花影横窗借九枝。何物妖蟇工作惡，清輝倏蔽令人疑。

【注】

〔一〕康熙二十年（一六八一）正月十五日，月食，李興祖《課慎堂詩集》卷十二《辛酉元宵月食》可證。

送陸子啟赴淮徐道劉公之招即用其志别原韻〔一〕

駘蕩春風滿帝城，張燈沽酒送君行。劉公作鎮多雄略，陸氏傳家有盛名。賓客漫誇徒戲馬，機雲看入聽啼鶯。只今憲署深嚴地，若箇題詩寄遠情。

【注】

〔一〕淮徐道：據《江南通志》卷一〇六：『分巡徐淮道，原駐徐州，自康熙二年奉裁歸併淮海道管理。九年復設。康熙十五年兼轄夏鎮工部分司。』淮徐道劉公：即劉元勳（一六三三—一六九五），字漢臣，号介庵，陝西咸陽人。順治十六年進士，選庶吉士，出爲淮徐道，政聲卓然，調山西糧驛道，賑災救民，發粟處有槐一章，民懷其德，號爲劉公槐。歷官至廣東按察使。有《鶴雪堂詩集》。（劉安國等《民國咸陽縣志》）康熙二十年，劉元勳出任淮徐道副使，陸子啟赴招當在本年。

靜坐

薪火相傳事不兼，誰能有物更重拈。天倪靜裏呈三觀，雲笈翻來厭七籤。總使高懷標灑落，不堪一語帶廉纖。陽函大地皆生意，看取春光上畫檐。

二月八日過萬柳堂〔一〕

東望霞蒸萬樹烟，同人高會在花前。輕風拂燕偏宜舞，晴日聽鶯亦可憐。魚戲爭銜楊柳絮，我歌莫笑海棠顛。即今胞與皆皇化，誰謂慈悲近小禪。

【注】

〔一〕此詩作於康熙二十年辛酉二月八日。徐釚《南州草堂集》卷八《二月八日偶過萬柳堂和益都公韻》即和此詩。

清明二首

雨後清明絕陌塵，無邊花柳近人新。西園車蓋知吾老，北地鞦韆只自春。禁火龍團遲賜餅，銷兵鳳闕憶傳綸。誰能祓禊蘭亭暮，勉步風流一問津。

其二

小園春水漲新波，望裏群鷗逐隊過。雨洗千峯真次第，風吹萬樹正婆娑。中原寒具遺風少，故國酸漿舊俗多。余鄉清明以大麥米水作飯，水漬令酸，食之，曰推飯。綿上高蹤孚正則，湘江蘭蕙近如何。

閒題萬柳堂

豈是拋書學灌園，城東小圃已頹垣。閒亭箕踞聽鶯坐，傍舍駢聯汲井喧。伏櫪徒憐良驥老，題詩終覺古人尊。樊川韋曲皆佳地，何必高題通德門。

三月三日萬柳堂修禊倡和詩有序〔一〕

鶯啼綠樹，最怕春歸；燕語紅橋，重招我友。遡遺風於洛水，正郟鄏定鼎之年；尋勝會於蘭亭，多少長流觴之句。乃花迎人面，紛抱膝以言愁；況柳映河渠，恆回車而不度。昔賢有序，尤傳感慨之文；今日無詩，何當風流之目？不辭鄙拙，倡巴里之二章；耑望瑤華，競柏粱之七字。

永和修禊幾經年，上巳羣賢此地偏。晉代風流看未墜，燕臺車騎盡堪傳。春深料峭寒初減，雨霽便嬛花復妍。一曲鐃歌煩客製，草堂灑酒靖烽烟。

其二

良辰好友恰能偕，雨後清光淨宿霾。金谷觴嚴詩轉少，蘭亭詠暢序尤佳。文魚吹藻疑珠顆，粉蝶粘枝當玉釵。莫訝風流今日最，中原旗鼓幾人儕。

【注】

〔一〕康熙二十年三月三日上祀修禊。《施愚山先生年譜》：『康熙二十年辛酉，先生六十四歲……有《馮相國上巳召集萬柳堂限韻》。』此詩見《學餘堂詩集》卷四一，正次此二詩之韻。朱彝尊《曝書亭集》卷十一《上巳萬柳堂宴集同諸君和相國馮夫子韻二首》、毛奇齡《西河集》卷一七八《上巳易園修禊奉和益都夫子原韻二首，時陪游者皆同館前輩二十八人》、徐釚《南州草堂集》卷八《上巳萬柳堂讌集奉和益都公韻二首》亦和此二詩。

辛酉二月十九日沙河恭送仁孝皇后孝昭皇后兩梓宮赴葬山陵三月初八日葬禮成謹述三首〔一〕

祕殿晨開出鞏城，千官號泣拜前旌。幾年兩度徽音隔，萬古同傷懿德并。鳳羽低垂瑤駕遠，龍輿淒切至尊行。孝陵松柏長葱鬱，只恐君王未易情。沙河城名鞏華城。

其二

敷天堯母痛金樞，樛木深仁德總符。先後椒塗坤位正，淒涼蘭殿月明孤。玉衣晨舉天應泣，丹穴長封地不蕪。哀此憑生重喪妣，濛濛香霧濕啼烏。

其三

數載郊園祀典同，君王尤憶脱簪風。魂歸霜露驚分紀，春盡山陵起合宮。漫掩啼痕雙旐暗，應知羽化一棺空。香留環佩還虞路，緩緩歌聲慰聖衷。

【注】

〔一〕辛酉：康熙二十年（一六八一）。《康熙起居注》二十年二月『十九日癸卯。卯時，仁孝皇后、孝昭皇后梓宮啟行。諸王以下、八旗三品官員以上三分之一，四品官員以下、有頂帶官員以上一半，及王妃以下、八旗二品官命婦以上，漢官一品以下、七品以上齊集於梓宮，過時舉哀跪送。上自内慟哭出。諸王以下，滿漢三品以上官員三分之一及内大臣、侍衛等送往陵寢。至駐蹕處，奉安梓宮於享殿内，上食。上親臨舉哀，諸王、大臣等行禮舉哀。』仁孝皇后（一六五四—一六七四）：赫舍里氏，滿洲正黄旗人，輔政大臣索尼孫女，領侍衛内大臣噶布喇之女，索額圖之侄女。孝昭皇后（一六五三—一六七八）：鈕祜禄氏，滿洲鑲黄旗人，康熙帝第二任皇后，輔政大臣遏必隆女，鰲拜義女。

三月初八日萬柳堂

小圃垂楊帶淺汀，春風尤近狎鷗亭。迎門萬卉含朝雨，入座羣公映弁星。幾處池臺堪夢蝶，何人江漢正揚舲。酣餘握手還登眺，笑指山光向晚青。

歲前施愚山以自製綠雪茶見惠賦此識謝兼索新茗〔一〕

學士風流獨嗜茶，欲從仙掌鬬靈芽。火前摘露經營細，雨後驚雷道路賒。豈有王濛眈水厄，卻教陸羽號名家。故人消渴還凝望，遲爾江帆一片霞。

【注】

〔一〕施愚山：即施閏章。此詩作於康熙二十年春。施閏章《學餘堂詩集》卷四一《馮相國枉謝綠雪茶兼索新者走筆奉和》即和此詩。

有人送碧桃一株繁蕊壓枝輕紅盈幹適值宴客率爾口占

詩懷酒琖興尤豪，遲日開樽宴碧桃。遠徼兵銷千嶂靜，近天花發五雲高。將邀國老鳩頭杖，且醉燕奴鳳尾槽。笑問蕭曹誰伯仲，吾家熏冶有東皋。

飲祝氏園亭

羣公招飲藉芳園，壇近瑤花喜獨繁。陰洞風埋吹暗雨，崇巖雲羃隱層軒。思眠短榻攤書帙，旋聽高歌醒夢魂。陶寫須憑絲竹在，酣餘新月共留髡。

四月八日萬柳堂

小圃蔭緑潤芳堤，閒對朋儕論物齊。乳燕窺巢初試翼，流鶯隱樹故深啼。會心不遠時攜手，卿語能佳笑過溪。浴佛重教逢令節，笙簫響徹畫橋西。

大兵由廣西貴州兩路入滇諸郡皆降遂薄賊城蕩平旦夕可俟志喜十首〔一〕

天朝雨露舊封疆，寵錫尤隆帶礪光。七國蜂屯輕細柳，三湘虎踞鄙親王。遙連閩粵窺神器，自失妻孥殲夜郎。諸將功成欽廟算，淮碑不假段文昌。

其二

鐵券輕投眾逆喧，無端草竊禍元元。侯跛豕突忘君父，羊舌豺聲少子孫〔二〕。烏合豈能堅戰壘，冥誅先自蹙遊魂。空留遺孽俘天闕，望帝哀哀未與倫。

其三

自願移家傍舊京，詐謀已露逆謀成。鞭長鬼嘯湖南地，旅勁風馳薊北兵。儂氏憑關驚暗度，楊么舞楫敢横行。三絲荷弩終無輔，不待昆明鑿漢城。

其四

名爵推崇骨肉均，天潢異數列藩臣。尉佗已老驕生慢，劉濞忘親富不仁。欲肆鯨吞侵别郡，先將蠱毒啖比鄰。覆宗絶祀應同泣，月黑松滋聚暗燐。

其五

幕府初開上首功，擒來膏斧亦顓蒙。賊原賈豎人非勇，師稟天威氣自雄。兔縱三營嗟狡盡，鼯能五技泣途窮。偺成汗馬公侯貴，一代勳庸萬古同。

其六

堪笑蠶叢屢戰爭，饋糧劍閣險崢嶸。十鍾一石新簽戶，萬騎千屯舊在營。坐嘯真成乖大計，前驅孰意奮奇兵。滇池直擣巢傾覆，爲報將軍説太平。

其七

鐵騎千羣壓碧雞，旌旄直與萬峯齊。援兵已絕金沙北，潰卒尤傳玉案西。往日鴟張忘國憲，今朝組繫笑兒啼。黄金作穴徒延佇，寶玉焚時自噬臍。

其八

洗兵瀚海遷移日，犯蜀羣兇潰遁時。作賊何能邀白首，除殘奚足擬青絲。雲霄浩蕩多全活，苞蘗紛繁有附枝。最是來蘇徯望切，星占訝問使車遲。

其九

連歲軍儲旰食憂，普天敵愾賦同讐。東山零雨三農慶，南服從風四國遒。豈是武侯留戰蹟，誰教蘇峻在山頭。迢迢思婦閨中夢，次第歌聲滿帝州。

其十

六詔驚瞻日月華，辜恩敢釁等空花。紀綱震疊風聲樹，干羽從容雨澤遐。總使苗民知帝德，豈因蒟醬到天家。前朝簡鎮誠非易，喜得從龍盡兔罝。

【注】

〔一〕康熙二十年夏秋之際，雲南諸郡皆平。據《清史稿》卷六《聖祖本紀》，四月『己酉，貝子彰泰遣使招撫諸路，武定、大理、臨安、永順、姚安皆降』。七月『趙良棟遣總兵李芳述擊敗胡國柱，復建昌，入雲南』。

〔二〕侯跛豕突：指侯景。侯景足跛，《南史·侯景傳》：『景右足短，弓馬非其長，所在唯以智謀。』又《梁書·羊侃傳》：『侯景反，攻陷歷陽。高祖問侃討景之策，侃曰：「景反跡久見，或容豕突，宜急據采石……烏合之衆，自然瓦解。」』羊舌豺聲：晉國叔向之妻生子，其母聞其哭聲而知其必爲反賊。《國語·晉語八》載：『楊食我生，叔向之母聞之，往，及堂，聞其號也，乃還，曰：「其聲，豺狼之聲，終滅羊舌氏之宗者，必是子也。」』此二聯以侯景、楊食我比雲南王吳三桂。

送劉雙山巡撫江西〔一〕

比鄰廿載共長安，疏奏霜嚴鳳闕寒。桑梓籌兵深涕淚，詞華倒峽見波瀾。哀鴻久惜西江羽，杖鉞還臨大將壇。最是前賢遊宴地，滕王閣上幾回看。

其二

聖朝節鉞重儒臣，特簡中丞氣象新。反側從知遵道路，文章舊聽上星辰。匡廬秀合雲霄迥，彭蠡春深雁鶩馴。金甲潛消人賣劍，惟將耕鑿答皇仁。

其三

平反抗議一官輕，烏府重申款項清。劉在大理，嘗獨議重案，及爲憲副，復列款詳陳，爲上所重。務取仁心淪貫索，豈云直道博名卿。好攜賓客供談笑，上計桑麻足老成。遥憶高懷能下士，芙蓉采采不勝情。

其四

炎天千騎發神州，簡命威嚴不可留。斧鉞聲傳三楚靖，旌旄影動九江流。已知博洽傳中壘，更有經綸控上游。廊廟宵衣勤眷注，安危豈待古人求。

【注】

〔一〕劉雙山：即劉如漢，字倬章，號雙山，四川巴縣人。順治十六年進士，選庶吉士，授檢討，改給事中。歷吏、禮、兵、工四科，遷太常寺卿，言論丰采，爲時推重。遷左副都御史巡撫江西。（王爾鑒《乾隆巴縣志》）康熙二十年（一六八一）四月，以左副都御史劉如漢爲江西巡撫。事見《清聖祖實錄》卷九五。

五月

五月晴雲烘北極，一年穡事望西疇。薪原可載泉浸氿，弓未能櫜角喜觩。公子恌恌閥閱在，詞人衮衮斗升浮。殷勤爲問銀河水，洗甲春農亦有秋。

數月無雨酷暑不解是晚偶涼因而有作

小院藤床枕簟張，西郊雲氣襲衣裳。且貪睡美紓鄉夢，莫厭尊開趁晚涼。畢月頻瞻離遠近，箕星每怪吐光芒。長安米貴飢方朔，誰解餐霞玉作糧。

小雨

輕雲作雨帶長虹，向晚尤占少女風。爻取屯膏思得衆，詩傳秏斁欲丁躬。天涯庚癸收兵後，河上旌旗挽運中。宵旰憂勞知獨切，敢將仁愛卜蒼穹。

冶湖四首

竹裏柴門傍水潭，冶湖風物似江南。龍吟湫老生雲窟，僧梵鐘沉對石龕。花徑不除無客至，村醪小試帶朝酣。支笻到處聽啼鳥，偶值鄰翁即快談。

其二

千章夏木一溪雲，繞舍龍孫對鶴羣。閒話漁樵真濫漫，静調呼吸總氤氲。飛來翠巘迎虚幌，度去危橋仗老筋。儉歲人家憐乞米，池塘荷芰許平分。

其三

塵襟每憶接淵渟，紫海曾過亦漫經。舊是吾廬環素瀨，新添草閣貯遙青。松聲謖謖龍鱗老，荷露涓涓鷀首停。近挹芙蓉懷嶽麓，深慚風雨暗真形。

其四

禽聲上下午陰稠，千頃琉璃蕩小舟。山市村沽藏地窖，野籬新筍迸墻頭。溪邊垂釣雲移浦，竹裹行廚月滿樓。最是垂楊遮淺徑，清風五月已先秋。

送何雲子之任湖廣江防道何以御史屢任至福建漳泉道遇變不屈間關歸朝復有此除〔一〕

風鶴遺黎恰偃兵，兒童郢曲待霓旌。險同履尾初無恙，功在埋輪舊有名。赤壁人家談戰伐，木蘭舟上看澄清。知君慈惠酌君酒，南紀滔滔入望平。

【注】

〔一〕何雲子：即何可化，與馮溥順治三年同榜。康熙十六年三月，奉命大將軍和碩康親王杰書題請李光地、何可化、李重光、孟熊臣等不肯從逆諸臣議敘，得旨從優議敘，事見《清聖祖實錄》卷六六。

早起入署

城角笳聲啟早扉，殘霞猶帶雨絲飛。燈光菡萏初分穗，夜色星河欲上衣。幾處深巖探寶洞，誰家思婦夢金微。天顔咫尺懷書笏，奏對真慚副萬幾。

大宗伯沙公會清家居者十六年矣辛酉還朝詢其山中之樂但云閉門省事而已有味乎其言感而賦此〔一〕

幾年蹤跡託丘園，爭席從人道自尊。海上風雲占北斗，籬邊晨夕愛南村。芙蓉對眼山千髻，醽醁沾唇月一門。豈是松筠空鎖得，須知文獻待徵論。

其二

日月滄溟吞吐奇，樓臺蜃市對支頤。淵明好飲門虛設，司馬稱佳婦亦疑。重效儒修深下榻，舊瞻王佐定還期。風流謝傅原絲竹，醉尉呵人又一時。

【注】

〔一〕大宗伯沙公：即沙澄（一六二〇—一六九六），字淵如，又字會清，蓬萊人。順治三年進士，選庶吉士，歷檢討、弘文院侍讀、國子監祭酒、詹事府詹事，升禮部侍郎兼翰林院侍讀學士。（朱汝珍《詞林輯略》）康熙五年（一六六六）八月以禮部尚書丁憂歸里，康熙二十年（一六八一）還朝，二十一年十月補禮部尚書。

雨後過長椿寺

近寓招提仗履輕，閒情且喜廢將迎。金繩窈邈開塵鞅，花雨繽紛接化城。高坐無煩支遁辨，新詩那並玉琴清。茗香睡起忘言際，一片鄉心已暫平。

題毛司伯聽月樓〔一〕

層樓縹緲近嫦娥，似聽霓裳仙子歌。笥內珠光瞻玉兔，枕邊桂影亂金波。華觴客散尋聲細，靜夜風來得句多。露濕虛廊環佩杳，看君鵬翮拂天河。

【注】

〔一〕毛司伯：常州人，生平俟考。《宸垣識略》卷十六：『聽月樓未詳所在，相傳梁家園向東小樓即是也。毛西河有《題家司百聽月樓詩》：「金梯不必問霜娥，夜靜猶聞水調歌。穿槅碎投千片玉，當窗寒瀉萬重波。榆含星影拋錢細，桂入秋來落子多。自是淩雲遺構在，不須烏鵲更填河。」』此詩即《西河集》卷一七九《題家司百聽月樓詩和益都夫子原韻》。毛司伯與錢澄之、陳維崧均有交往，錢澄之《田間詩集》卷十八有《同山右史非常毘陵毛司伯登君山懷朗伯靖江》，陳維崧《湖海樓全集》卷十有《聽月樓爲毛司百賦》。

和胎仙弟題長椿寺寓齋

齋頭小飲劈蓮房，風雨聯床傍法堂。好句誰能同二謝，養生差可擬中黃。翻來梵冊心知止，煮得松花甑有香。莫笑衰遲惟短髮，仙人騎鹿耳偏長。

【注】

〔一〕胎仙弟：即馮源濟。

送李書雲都諫歸里〔一〕

秋風班馬踏新霜，嘹嚦寒空雁幾行。老去交情惟涕淚，世間岐路動蒼茫。時聞讜議推前輩，每憶高懷過草堂。喜得趨庭仍載筆，直聲青瑣見青箱。

【注】

〔一〕李書雲：即李宗孔（一六一八—一七〇一），字書雲，江蘇泰興人。順治四年進士，由部郎授福建道御史，遷工科、吏科給事中。康熙二十年前後歸里。康熙三十八年帝南巡，即家晉大理寺少卿，御書『香山洛社』額以寵異之。（阿克當阿《嘉慶重修揚州府志》）

九日集萬柳堂

秋老東籬菊正華，登臨把酒又天涯。小橋流水霜痕淨，大麓寒曛雁影斜。已愧西園矜筆墨，更無南牖撥琵琶。親朋故里囊萸處，款段應隨下澤車。

重陽後一日毛大可陳其年方渭仁徐勝力徐電發汪舟次潘次耕邀予集長椿寺兼送毛行九南還即席賦〔一〕

佳節纔過復此堂，世緣悟盡禮空王。一談一笑皆真諦，無我無人是醉鄉。菊傍旃檀香自遠，詩從陶謝興偏長。雲門雅奏宮懸妙，又聽迦陵到上方。

其二

雲霞掃盡澹秋容，泣玉何堪話別蹤。交道惟宜尋擊筑，人情原不愛真龍。君過稷下朱旛好，是科鄉試，山東最盛〔二〕。我憶毘陵白雁逢。定省餘閒休曠日，探花雙闕攬芙蓉。

【注】

〔一〕毛大可：即毛奇齡。陳其年：即陳維崧。方渭仁：即方象瑛。徐勝力：即徐嘉炎。徐電發：即徐釚。汪舟次：即汪楫。潘次耕：即潘耒。毛行九：即毛端士。此詩作於康熙二十年（一六八一）九月十日，陳維崧《湖海樓全集》卷十《重陽後一日陪益都夫子遊長椿寺兼送毛行九閩遊夫子有詩即和原韻》二首、徐釚《南州草堂集》卷八《重陽後一日集長椿寺送毛行九南還奉和益都公原韻二首》即和此詩。

〔二〕據岳濬《山東通志》卷十五，是科山東鄉試五十三人中舉。《清祕述聞》卷二『康熙二十年辛酉科鄉試』：『山東考官：編修曹禾字峨眉，江南江陰人，己未鴻博。刑部郎中林堯英字淡亭，福建莆田人，辛丑進士。題「子貢問曰賜也」一節，「寬裕溫柔」四句，「於是始興」四句。解元孫勷字子未，德州人，乙丑進士。』

【箋】

戴璐《藤陰雜記》：『長椿寺爲讌集之地，潘稼堂耒有《和重九益都公集長椿寺詩》：「纔陪秋禊過山堂，又赴離筵到竹房。隨地黃花皆栗里，有人皂帽憶鱸鄉。籠紗句入禪心妙，煨芋身貪佛日長。容得逍遙稱大隱，侏儒不用笑東方。」漁洋戊辰入都，總憲立齋徐公邀飯長椿寺，同集者相國馮公、刑侍高公、健庵徐公。』

李坦園先生園亭宴集〔一〕

君家臺榭擬神仙，窈窕雲巖怪石懸。洞裏簫聲如鳳吹，林間鳥語應鵾弦。重陽過後籬花豔，佳客臨時鱠鯽鮮。心遠亭閒乘退食，笑看鷗鷺對窗眠。

其二

幾年締構鳳城偏，嘉樹蒼蒼洞壑妍。徑繞飛泉浮瑞靄，亭餘丹筆注靈筌。上尊醽醁天家賜，異調笙歌内府傳。醉後西峯來晚霽，燈花明月玉生烟。

【注】

〔一〕李坦園：即李霨。

送納生侄督學四川時懿生侄新典試江南〔一〕

吾家鍾美古今同，異績人歌大小馮。江左名流瞻衛玠，蜀疆多士得文翁。銷兵愈覺峨眉秀，作賦應知灩澦雄。琴鶴蕭然無一事，不煩清獻告蒼穹。

【注】

〔一〕納生侄：即馮雲驤，字訥生、納生，康熙二十一年（一六八二）任四川提學僉事。懿生侄：即馮雲驌（一六四八—一七〇〇），字懿生，雲驤弟，康熙十五年（一六七六）進士，選庶吉士，授編修，歷官禮科給事中。（常贊春《山西獻徵》）康熙二十年（一六八一）六月，以編修馮雲驌爲江南鄉試正考官、檢討朱彝尊爲副考官，事見《清聖祖實録》卷九六。

十月八日集萬柳堂

空庭落葉擁寒雲，蕭瑟西風對晚曛。菜煮芹芽環客座，苔留屐齒見人文。聊抒俯仰鳶魚興，喜散河山虎豹羣。觀我觀生消息好，小春天意正氤氳。

高念東先生曾約致仕後過治水相訪念東抵里已久予以事羈遲未得歸緬懷情況慨焉有作二首〔一〕

留滯京華三十年，鑑湖一曲主恩偏。酒徒盡訝知章老，講席爭傳疎傅賢。好語吳音鄉去久，亡弓楚得客懷蠲。青鞋布襪君能共，風雨攜尊上釣船。

其二

嵇康正懶怯逢迎，載酒人傳阮步兵。麤庀肴樽留上客，快談晨夕見交情。蛟龍戲浴來新雨，鷗鷺開眠是舊盟。爲問霜芽丹竈火，仙翁應否許長生？

【注】

〔一〕高念東：即高珩。高珩以康熙十九年冬致仕還鄉，此詩作於次年（康熙二十年）。

月夜同人入署

銀河星淡夜烏飛，曉漏霜嚴欲濕衣。並轡衝寒橋齒滑，重裘斂袂酒痕微。東華貢使明駝滿，北闕晴光顧兔肥。雲物祥呈占太史，應知七政順璿璣。

送何與嘉榷天津關

津門亦是京華地，喜見舟車輻輳來。豈有九州趨輦下，翻令一水阻帆開。懋遷王制存商賈，滅澤皇心遍草萊。君去無嫌遲部錄，惟寬佐計藉長才。

曹峨眉典試山左文風丕振傖兒不知誤入其室詩以慰之〔一〕

海嶽英華徹九天，龍門一代使星懸。卷中冰雪皆成璧，袖裏珠璣宛挾仙。黑夜光芒原自幻，青氈風味故依然。傖兒應悔空來去，烏有先生一笑眠。

【注】

〔一〕曹峨眉：即曹禾。康熙二十年（一六八一）七月，以翰林院編修曹禾爲山東鄉試正考官，事見《清聖祖實錄》卷九六。

滇平志喜四首辛酉二月二十九日，克取滇城，諸部悉平〔一〕

聖武惟揚寰宇清，焜煌干羽大猷成。六師談笑無遺鏃，四海謳歌見洗兵。逆孽拊心驚細柳，狡謀焚骨棄昆明。唐家名將爭如許，藩鎮何曾盡削平。

其二

捷書五夜奏深宮，喜拜天顏蠟炬紅。求莫頻籌三殿草，來朝終慶萬方同。天心預兆陽回候，人事欣占睿慮中。膏雨春和聽渙汗，扶笻嗤說遍山東。

其三

櫜弓肆德仰懷柔，耆定奇勳盡匹休。諸將遵成神策合，九重不殺鬼方遒。皇猷豈必標龍豹，絕徼從茲散馬牛。堪笑夜郎成底事，不須銅柱紀春秋。

其四

幾年宵旰聖躬勞，曾鑿凶門解佩刀。三面弘開湯網協，兩階頻舞禹功高。仁如春律蘇羣蟄，威並洪爐燎一毛。屈指還朝諸將帥，從容寢廟薦櫻桃。

【注】

〔一〕《清史稿·聖祖本紀》康熙二十年二月：『乙巳，貝子彰泰、大將軍賴塔、將軍蔡毓榮先後入滇。賊將胡國柄、劉起龍迎拒，官軍分擊敗之，斬國柄、起龍。』

送喬石林典試粵西〔一〕

掄才典重簡相如，麗則曾經賦子虛。此去好攜遷史草，歸來還奏越裳書。五君高詠天垂盡，三叛餘氛地始除。卻羨敷文光被遠，秋風鶚薦逮春初。粵西以次年二月舉鄉試。〔二〕

【注】

〔一〕喬石林：即喬萊。康熙二十年十二月，補行廣西鄉試，以編修喬萊爲正考官，員外郎楊佐國爲副考官，事見《清聖祖實錄》卷九九。

〔二〕康熙二十年歲末詔補廣西鄉試，康熙二十一年二月舉行鄉試。

喜兒治世至京二首〔一〕

少長歡迎拜老人，一家聚首話情親。牽衣驚問顏何瘦，詢舊多忘語不倫。書卷漫愁難繼武，酒杯且喜共沾脣。干戈平定扶吾去，笑指雲山尚及春。

其二

昨年送汝憂豺虎，今汝來時慶削平。橫逆頻經乾唾慣，税糧早辦打門輕。旁人噂沓原堪恕，克己工夫未有成。自笑衰遲能忍事，休將遭際慶浮名。

【注】

〔一〕康熙二十年冬，雲南將平，馮溥以疾乞休，次子治世至京師迎溥。

長椿寺飯僧簡彌壑和尚

古寺幡幢初地開，攜筇重上曝經臺。慈雲香積飢鳥下，寶炬金繩戒納來。何肉奚堪持半偈，支談空自號多才。滹沱丈室無生法，喜看瓊花次第栽。

復集長椿寺

浹口清齋心跡雙，凍雲依座鉢龍降。閒開笑口離塵障，肅聽微言祛慢幢。夜話三車懸北斗，朝揮五派吸西江。我來問道慚衰朽，鐘鼓鏗訇對佛缸。

初度〔一〕

晨起招提禮佛筵，兒扶再拜客愁顛。自憐夙夜空皮骨，誰使蹉跎任歲年。驅盡豺狼欣脱劍，留餘雞犬擬成仙。太平時節林泉好，衰老寧無二頃田。

其二

熏冶池邊修竹多，閒看鷗鷺伴漁蓑。誤從牛馬爭蹄鞅，空自雲山負薜蘿。暖老不求燕市玉，銜杯爭羨魯陽戈。甲辰漫説雌堪笑，伏櫪雄心奈若何。

【注】

〔一〕初度：此指康熙二十年十二月初五日，馮溥七十三歲初度。施閏章《學餘堂詩集》卷四一《馮相國生日同諸君移尊長春寺讌坐》即和第一首，題注：『公即席有詩，率爾和韻。』

丁未諸子設席敝寓祝予初度是晚大雪喜作〔一〕

干戈定後喜同雲，把酒聽歌淨宿氛。謝傅庭前爭擬句，歐陽門下雅能文。當筵點袖輕還見，入夜隨風靜不聞。麰麥來年知帝賜，雙岐應紀史書紛。

【注】

〔一〕丁未諸子：指康熙六年丁未科會試馮溥所取士。從馮溥唱酬之作看，康熙六年進士中，汪懋麟、顔光敏、陸菜、喬萊、陳玉堪等與馮溥交往較多。

上疏乞休二首〔一〕

封章纔上即偷閒，雙淚龍鍾望遠山。高臥不知金闕曉，生還較似玉門關。舊餘猿鶴休相笑，剩有松筠未盡删。敢説知章邀寵餞，敝車羸馬亦怡顔。

其二

策勳不與舊時同，扶老誰稱第一功。卻病不離參朮外，陶情須在管弦中。家存十畝臨波緑，日上三竿穩睡紅。多少良朋期晚健，猶將擊壤託飛鴻。

【注】

〔一〕上疏乞休：康熙二十年十二月，馮溥上疏乞休，不允。《清聖祖實録》卷九九：『（康熙二十年十二月）己丑，大學士圖海、馮溥以病乞休，俱慰留之。』

入署感懷

羸馬依然怯曉風，勞勞心事夢魂中。君恩優禮桓榮老，臣誼虚慚疏傅同。絳縣論年應減役，鑑湖邀賜竟何功。明農多少田家計，極目雲山付斷鴻。

夜雪初霽晨起大霧感賦

雪滿簷牙静曉笳，披衣顛倒月初斜。寒風入夜聲偏厲，積霧凌晨勢轉加。半滯夢魂思諫果，尚餘清興嗅梅花。菟裘何用營吾老，隱几蕭然自有家。

十二月二十日午刻以滇平頒赦二十四日午刻以加上兩宫徽號再頒赦次日迎春時積雪未消人占豐年〔一〕

彩仗傳呼日正中，君王樂事萬方同。泰階玉燭欃槍淨，圜棘金雞貫索空。望去春牛人覘土，飛來臘雪柳含風。推原孝德恩重下，豐沛尤思帝賦雄。時有謁陵之議。

【注】

〔一〕康熙二十年十二月，兩次頒赦，《康熙起居注》康熙二十年十二月『二十日己亥，以雲南蕩平，頒詔天下，上不理政事……是日，上命大學士勒得（德）洪、明珠依議政王、大臣、九卿、詹事、科、道，爲奏聞加上徽號並傳太皇太后諭旨。』『二十四日癸卯，早，上以加上太皇太后、皇太后徽號行禮，不理政事……午時，上率諸王、内大臣、侍衛、文武大臣等恭進太皇太后、皇太后加上徽號冊寶。詣太皇太后、皇太后行宫行禮畢，又御中和殿……少頃，上御太和門，升座。王等以下文武各官上表行慶賀禮，隨即頒詔天下。』

除日侍宴〔一〕

傴僂難勝劍佩趨，椒盤空對意何如。君王親賜金樽滿，鵷鷺同瞻革帶疏。春盎玉墀兵靖後，陽回蔀屋赦銜初。衰遲蹩躠明良會，燕譽慚留太史書。

【注】

〔一〕除日：此指康熙二十年除日。《康熙起居注》康熙二十年十二月：『二十九日戊申，午時，以歲除，上御保和殿，賜來朝元旦外藩王、貝勒、貝子、公等及内大臣、滿漢大學士、上三旗都統、尚書、副都統、侍郎、學士、侍衛等官宴。』

歲暮人送水仙花

素質嫣然水石間，歲除縹緲洛妃閒。托根閬苑疑無地，著眼靈修別有山。蘭蕙應慚冰玉操，松梅好伴雪霜顏。椒盤對此增惆悵，笑把髭鬚問小鬟。

人送海棠

兩靨臙脂北地開，酣餘妃子壽陽才。豔同火齊全欺雪，紅比桃花卻並梅。覓句難從杜老得，尋香還似蜀都來。態濃意遠華燈下，婪尾因君進一杯。

守歲二首

天涯兒女倍情親，分歲喁喁繞膝陳。椒酒擎來知介壽，彩衣拜去似延賓。共將花炮迎新曆，誰解詩書慰老人。我亦童心隨眾說，恐當歡笑更傷神。

其二

銀燭清尊照鬢絲，分甘剪綵太平時。確知躍馬非吾事，稍識詢牛轉自疑。熟釜鑄成銘自在，金龜解換醉堪師。明朝新曆添籌老，索笑梅花有所思。

德州旅舍同諸公恭迎聖駕東巡漫紀二律〔一〕

于野同人興自豪，西風肅肅落林皋。情從旅舍深膠漆，德近良朋愧耄髦。舜典循來三古繼，嵩呼聽徹百靈號。秦碑漢碣應相遜，巨手誰爭燕許高。

其二

金繩玉檢古壇開，聖主登封萬騎來。逢湧祥光瞻藻火，鬱葱佳氣接蓬萊。禾成三穗升中藉，恩下諸州詔使回。共說皇躬承永命，受釐恭默憶埏垓。

【注】

〔一〕聖駕東巡：康熙二十三年十月，帝祀東嶽泰山，馮溥率孫光祀、高珩、任克溥、蕭惟豫、唐夢賚等致仕山東籍官員至德州迎駕。唐夢賚《志壑堂後集》卷三《聖駕東巡恭頌二律奉和益都相國易齋先生》即和此二詩。

【箋】

唐夢賚《志壑堂後集》卷三《聖駕東巡八詠序》：『康熙甲子十月初五日，臣原任内翰林祕書院檢討唐夢賚，隨原任大學士臣馮溥，原任兵部侍郎臣孫光祀，原任刑部侍郎臣高珩、臣任克溥，原任翰林院侍讀臣蕭惟豫，至德州恭迎聖駕，先到劉智天妃廟詣鴻臚司投職名。皇上乘舟至德水橋口，臣等隨地方諸臣跪迎河干。是晚啟奏行宫，恭候聖安，蒙聖問大學士臣馮溥安，命内侍扶歸寓，臣等皆退。明日早朝，行宫大學士臣明珠口傳上諭：「諭鴻臚司在籍官員，迎送原有定例。」又口傳班次儀注，遂導引行禮於宫門。又云：「皇上聞大學士等來迎，甚喜。」是日即跪送聖駕於德州南郊。上召大學士臣馮溥至御道傍，垂問起居，以次詢侍郎等臣年齒、諸臣姓氏。臣溥奏：「天氣寒冷，請皇上早回宫。」上云：「朕尚欲至南京，欽此。」臣等躬逢聖典，親瞻天顔，凡見之儀仗之下，或聞諸父老之言，肅成歌詠，播諸臣民。竊附於擊壤之餘，聊效夫華封之義云爾。臣夢賚謹記。』

喜仲符親家過訪草堂兼寄王子厚曹蓼懷兩賢契〔一〕

寒風歲暮正薰條，有客圍爐話聖朝。三子奮庸殊建樹，老夫静臥混漁樵。南村終賞奇文好，别墅還聞祀事遥。兒輩田間慚氣色，恍從天際識丰標。

【注】

〔一〕仲符親家：即趙執信（一六六二—一七四四），字仲符，號秋谷，益都顔神鎮（今山東博山）人。康熙十八年進士，官至翰林院檢討。趙氏與馮氏有姻親關係，故稱爲親家。（《清史列傳》）王子厚：即王曰溫（一六四四—一六八六），字子厚，尉氏人，占籍鄢陵。康熙六年進士，選庶吉士，累官太常寺少卿。有《都諫奏議》、《南行紀事》、《東行紀事》、《傳青堂集》等。（李時燦《中州先哲傳》）曹蓼懷：即曹鑑倫，字彝士，號蓼懷，一號忝齋，嘉善人。康熙十八年進士，累官至吏部侍郎，署尚書。詞翰並優，有《忝齋詩稿》。（王晫《今世説》）

兒協一書至有感

孝順人稱養志難，形聲未兆有承歡。欲知沂水春風趣，試取臨深履薄看。千古鴻名基聖哲，一庭和氣釀平安。晨昏定省尋常事，地義天經賴爾完。

俚句奉挽一士鍾老社丈二首有序〔一〕

余與一士累世姻親，弱冠之年即相契厚，晦明風雨，杯酒論文，未嘗少睽隔也。一士多才多藝，實罕儔匹。余友高念東侍郎、孫枚先相國咸歎爲不可及。迨前後涉歷仕途，而一士清操介節，不遜古人。去官之日，囊無餘財。家居，每質詩書以供饘粥。及其歿也，不能具含斂，聞者悲焉。余以老病，未能匍匐哭奠，伸此哀衷，爰撰俚詞二章，聊當《薤露》之歌云爾。

清標舊識大司空〔二〕，有任繩徽物望同。朝論當年歸勁節，鄉評此日羨遺風。塵氛不染原無憾，浩氣常伸是固窮。看取英魂箕尾去，玉樓澡雪對蒼穹。

其二

風流詞賦舊知名，棨戟參藩政早成。剩有冰霜嚴屬吏，毫無昏夜愧生平。琴心不爲挑邛婦，犢鼻何堪掩長卿。衰老知交餘涕淚，九原應悉故人情。

【注】

〔一〕鍾一士：即鍾諤（一六一九—？），字一士，山東益都人，崇禎十六年（一六四三）進士，入清官至觀察。

〔二〕大司空：即鍾羽正（一五五四—一六三七），字淑濂，號龍淵，山東益都人。明萬曆八年（一五八〇）進士，官至工部尚書。卒贈太子太保。有《崇雅堂集》。(《明史》)鍾諤爲鍾羽正之侄。

小閣

小閣寒風喜不侵，還山奚必白雲深。殘書亂束聊遮眼，良友高談可問心。栗里西疇初卜地，謝公東墅欲投林。春來仍擬村居好，空谷鳴琴取次尋。

佳山堂詩二集卷五

七言律詩

春盤

春盤生菜細如絲，羔酒良朋見惠時。老去朱顔仍未改，新來詩句轉多姿。三年艾蓄無憂樂，再拜人扶有恕辭。駘蕩風顛欺不得，上林猶許備棲枝。

春日小齋漫興

融融春日帶烟霞，不信茅齋傍物華。數點梅花清客夢，一爐丹火看霜芽。人傳梅尉逃吴市，近道麻姑過蔡家。只恐雲霄仍作吏，漫將姓字報瓊衙。

飲少司馬焦輯五同年寓〔一〕

司馬延賓邸第開，春風鳩杖故人來。西山對酒羊羔美，焦氏羊羔酒爲海内之冠。北斗當筵火樹催。燕市歲年真傲吏，瀛濱朋好本仙才。坐中客皆登萊。酣餘驪唱還停竚，商略重看雪後梅。

【注】

〔一〕焦輯五：即焦毓瑞（一六二七—？），字輯五，號石虹，山東章丘人。順治四年進士，選庶吉士，歷廣東道監察御史、京通二倉監察御史、宣大巡按御史、河東巡鹽御史、雲南道監察御史，升太常寺少卿、左通政，改太仆寺卿，遷太常寺卿、左副都御史、刑部侍郎，改兵部。（王士禛《少司徒焦公傳》）

人日懷高念東先生〔一〕

歲華此日傳人日，轉俾鄉心倍黯然。三輔雲山春正好，五更風雪柳初眠。綵成燕子連翩去，笛弄梅花次第旋。千里羈懷仍滯跡，不堪魂夢落君前。

【注】

〔一〕人日：此指康熙二十一年正月初七人日。

八日以病不赴萬柳堂之會補之以詩兼簡沈繹堂詹事沈久官不調故末句戲及之〔一〕

春日和風吹萬柳，蹣跚未敢逐屠蘇〔二〕。遙知談笑同人好，獨恨支離半臂枯。中散但堪依鍛柳，安豐空憶醉黃壚。不辭衰病成揆隔，爲問休文亦瘦無？

【注】

〔一〕沈繹堂：即沈荃，歷官至禮部侍郎。末句以沈約比之。

〔二〕屠：底本無，據詩義補。

送余佺廬巡撫蘇松〔一〕

九霄春始月華升，帝簡弘期庶績凝。敷奏嘉謨留左掖，直方公望倚中丞。希恩蔀屋猶懸磬，拜命臣心似飲冰。知到姑蘇頻按部，肯將香燕廢晨興。

【注】

〔一〕余佺廬：即余國柱（一六二四—一六九七），字兩石，號佺廬，湖廣大冶人，順治九年進士，歷兗州推官、戶部主事、戶科給事中、左副都御史、左都御史、戶部尚書，至武英殿大學士。與明珠勾結，一時稱『余秦檜』，以貪贓革職回籍。（《清史稿》）康熙二十年十二月，以左副都御史余國柱爲江寧巡撫，事見《清聖祖實錄》卷九九。

喜吳漢槎至都賦贈〔一〕

漢槎孝廉一代才人，以小誤移塞外，蓋二十有三年矣。諸友人憐之，助其修工，得還故里。至都謁予，丰神未改，著述尤多。詢其高堂，尚健飯無恙也。喜而賦此。

廿年飄泊大荒餘，回首鄉關淚滿裾。谿雪猶煩人問字，棲身無計婦愁廬。憐才早識君恩重〔一〕，入粟誰言友道紓。萬里歸來音未改，高堂白髮正蕭疏。

【校】

〔一〕『憐才早識君恩重』：清張廷濟輯《秋笳餘韻》卷下作『君恩原惜因才誤』。

【注】

〔一〕吳漢槎：即吳兆騫（一六三一—一六八四），字漢槎，號季子，吳江（今蘇州）人。少有才名，與華亭彭師度、宜興陳維崧有『江左三鳳凰』之稱。順治十四年（一六五七）江南鄉試，以科場舞弊案，遭流放寧古塔。康熙二十年，經友人顧貞觀、納蘭性德、徐乾學等營救贖還。有《秋笳集》。（《清史列傳》）

【箋】

劉禺生《世載堂雜憶》：『順治十四年丁酉科江南鄉試，正主考左必蕃，副主考趙晉。榜發，兩江士論嘩然。雖獲儁者多江南名士，而中式舉人大半由出賣關節獲選……吳漢槎兆騫，驚才絕豔，江南名士也，猶交白卷而出。或曰，漢槎驚魂不定，不能執筆，查初白所謂「書生膽小當前破」也。或曰，漢槎恃才傲物，故意爲此。結果正主考左伏法，吳兆騫則發往寧古塔戍所，以交白卷故，朝士不能力救也。時明珠當國，其子納蘭成德與無錫顧貞觀最善。顧跪求納蘭，挽救漢槎生還。漢槎獲赦還，京師朝野名流歡宴無虚日，投贈盈尺。益都馮相國詩：「吴郎才調勝諸昆，多難方知獄吏尊。」又：「太息梅村今宿草，不留老眼待君還。」最爲動人。』按：『吴郎』二句實乃徐乾學之詩。

袁枚《隨園詩話》卷三：『康熙初，吴漢槎兆騫謫戍寧古塔，其友顧貞觀華峯館於納蘭太傅家，寄吴《金縷曲》云：……太傅之子成容若見之，泣曰：「河梁生别之詩，山陽死友之傳，得此而三。此事三千六百日中，我當以身任之。」華峯曰：「人壽幾何？公子乃以十載爲期耶？」太傅聞之，竟爲道地，而漢槎生入玉門關矣。顧生名永者詠其事云：「金蘭儻使無良友，關塞終當老健兒。」一説：華峯之救吴季子也，太傅方宴客，手巨觥謂曰：「若飲滿，爲救漢槎。」華峯素不飲，至是一吸而盡。太傅笑曰：「余直戲耳。即不飲，余豈不救漢槎耶？雖然，何其壯也。」嗚呼！公子能文，良朋愛友，太傅愛才，真一時佳話。』

顧貞觀《彈指詞》之《金縷曲・季子平安否》附記：『二詞容若見之，爲泣下數行，曰：「河梁生别之詩，山陽死友之傳，得此而三。此事三千六百日中，弟當以身任之，不俟兄再囑也。」余曰：「人壽幾何？請以五載爲期。」懇之太傅，亦蒙見許，而漢槎果以辛酉入關矣。附書志感，兼志痛云。』

梁令嫻《藝蘅館詞選》：『容若寄梁汾《金縷曲》，有云「絶塞生還吴季子，算眼前此外皆閒事」，蓋指此也。漢槎既入關，過容若所，見齋壁大書：「顧梁汾爲吴漢槎屈膝處」，不禁大慟云。昔人交誼之重如此！』

用徐健庵韻再贈漢槎〔一〕

三千里外望巖關，涙灑冰天返照間。瀚海文章尊幕府，會寧子弟識師顔。共憐左校猶無恙，羣喜中郎得放還。知爾題詩遼水上，笳聲風雨帶潺湲。

【注】

〔一〕徐健庵：即徐乾學。徐乾學此詩不載《憺園集》。

正月十四日乾清宮侍宴恭紀〔一〕

芙蓉宮殿鬱嵯峨，湛露恩深振鷺歌。晝漏稀聞繁管合，月明纔上寶烟多。龍顔歡暢人皆醉，仙島光華事不訛。喜得乘槎真入漢，柏梁首唱瀉天河。是夕上命衆臣以柏梁體賦詩，上首唱云『麗日和風被萬方』。〔二〕

其二

寶炬金屏近十洲，鸞音一派殿東頭。人離塵界三千丈，月度銀潢萬頃流。燕譽臣心慚晝接，椒馨仙醖卜宵留。泰交盛事從來紀，不謂衰遲醉御甌。是夕，上親賜酒命乾，遂至大醉。

【注】

〔一〕正月十四日：康熙二十一年正月十四日，上御乾清宮，賜廷臣宴，命群臣賦柏梁體詩。《康熙起居注》康熙二十一年正月『十四日壬戌……申時，上御乾清宮，賜廷臣宴，内閣大學士、學士，各部、院、寺堂官，翰林院學士、侍讀學士、侍讀、侍講及日講官、編修、檢討，詹事府，坊、局等官，科、道掌印官九十三員，於乾清門序立……上傳内閣學士張玉書、翰林院掌院學士陳廷敬、學士張英近御座前，諭曰：「每見漢唐以來，君臣協樂，有賡和之詩。今朕雖不敢效古先聖王，亦欲紀一時之盛，可仿柏梁體賦詩進覽。」』

〔二〕《康熙起居注》康熙二十一年正月『十五日癸亥，早，翰林院學士陳廷敬、内閣學士張玉書至乾清門候旨。侍衛捧御製詩序出。群臣集太和殿下，以次各賦詩九十三韻……詩：麗日和風被萬方（御製），卿雲爛熳彌紫閶（内閣大學士臣勒德洪）。一堂喜起歌明良（内閣大學士臣明珠），止戈化洽民物昌（内閣大學士臣李霨）。蓼蕭燕譽聖恩長（内閣大學士臣馮溥）……』

元宵後十日長椿寺看烟火

梵宫燈火集人天，空際毫光散玉烟。匝地花成多寶樹，漫天雲結九枝蓮。共知色界同塵幻，且喜金輪代月圓。摩羯傳來風土記，元宵已過倍增妍。

二月八日萬柳堂

春遲白袷漸輕衣，細把柔條看蕊肥。花信幾番驚客夢，朋情有約上漁磯。攜尊聊爾供佳興，抱甕依然愧息機。欲問垂楊生左肘，晴霞天畔數鴻飛。

送沈繹堂宫詹奉詔祭遼太祖陵

春深榆塞尚裝裘，告祭詞臣出帝州。偏霸英靈還北望，太平車駕正東遊。牲牢鉅典幽明格，干羽鴻功薦饗周。經歷川原應有賦，雄文千載兩都留。

送張素存學士隨駕出關謁陵〔一〕

曲江風度動楓宸，講席頻霑雨露新。密勿謨猷依左右，端凝翰墨重絲綸。當春榆塞從龍日，陪祀陵園受祚辰。孝德神功超往代，欣看雅頌紀洪鈞。

【注】

〔一〕張素存：即張玉書（一六四二—一七一一），字素存，號潤甫，丹徒人。順治十八年進士，選庶吉士，授編修，累官左庶子、國子監司業、詹事、内閣學士、經筵講官、吏部侍郎兼翰林院掌院學士、刑部尚書、兵部尚書、文華殿大學士兼戶部尚書。卒謚文貞。（《清史列傳》）康熙二十一年（一六八二）三月初三日至初八日，帝至盛京，謁福陵、昭陵，事見《康熙起居注》。

送林澹亭督學中州〔一〕

藝苑聲華望獨高，曾登泰嶽試揮毫。風流前代推郎署，藻鑑人倫詠譽髦。山左文章留雅頌，天中弟子待薰陶。搴帷爭識君侯貴，憑軾還看下士勞。

【注】

〔一〕林澹亭：即林堯英，字蕢伯，號澹亭，福建莆田人。順治十八年進士，授饒陽知縣，遷北城兵馬司指揮、戶部主事。康熙十八年應博學鴻詞試，晉戶部員外郎，升刑部郎中，累官至河南學政。工詩，清初『燕臺十子』之一，有《澹亭詩略》。（《乾隆莆田縣志》）康熙二十年，林堯英爲山東鄉試副主考，故詩中有『曾登泰嶽試揮毫』、『山左文章留雅頌』之句。

送張敦復學士給假歸葬〔一〕

燕公巨手曲江清，風度從來識老成。曳履雲霄塵世隔，賜居禁近寵光榮。官階屢進推人望，啟沃頻聞愜聖情。講幄初違應計日，還朝莫待使車迎。

其二

珥筆常依日月邊，拜前拜後爾尤偏。只因風木求襄事，暫俾鹽梅隔講筵。寵錫應知隧道重，褒嘉驚見御書鮮。春和錦纜舟行穩，獨惜分攜是老年。

【注】

〔一〕張敦復：即張英（一六三七—一七〇八），字敦復，號樂圃，安徽桐城人。康熙六年進士，選庶吉士，累官至文華殿大學士兼禮部尚書。謚文端。（《清史列傳》）康熙二十一年（一六八二）二月，準假歸葬，事見《清聖祖實錄》卷一〇一。

三月三日萬柳堂雅集〔一〕

修禊重來曲水幽，嚶嚶鳥語正相求。京華車馬憐傾蓋，洛下文章愧薄遊。弱柳烟含仍旖旎，新萍風約故遲留。羣賢醉後拈毫處，蘭味還疑杜若洲。

其二

良辰薰祓坐傳觴，一代風流映草堂。冒雨花間人落屐，翕雲檻外鷺浮塘。詩存大雅追莘野，時際隆平憶柏梁。安得龍眠高手筆，爲圖逸韻近瀟湘。

【注】

〔一〕此詩作於康熙二十一年上巳修禊。施閏章《學餘堂詩集》卷四二《三月三日集萬柳堂奉和馮相國原韻》、毛奇齡《西河集》卷一八一《上巳雨中陪益都夫子修禊萬柳堂奉和夫子原韻》、王嗣槐《桂山堂文選》卷十二《三月三日萬柳堂修禊公宴詩》、徐釚《南州草堂集》卷八《上巳萬柳堂修禊和益都公韻二首》皆步韻此詩。此次雅集，結集爲《萬柳堂修禊詩》，王嗣槐作序。據其序，與會者有徐乾學、施閏章、徐秉義、陸棻、沈珩、黄與堅、方象瑛、曹禾、袁佑、汪霦、趙執信、尤侗、毛奇齡、陳維崧、高詠、吴任臣、嚴繩孫、倪燦、徐嘉炎、汪楫、潘耒、李澄中、周清原、徐釚、龍燮、汪懋麟、王無忝、林麟焻、馮慈徹、馮協一、王嗣槐。

【箋】

王嗣槐《桂山堂文選》卷一《萬柳堂修禊詩序》：『康熙二十一年，歲在壬戌，暮春三月，文華殿大學士兼刑部尚書益都馮公，修禊事於萬柳之堂。從遊者三十二人……是日微雨，車騎甫集，嵐霧忽開，日光鮮潔，倉庚鳩燕之屬，飛鳴於濕紅浮翠之間，所爲暮春洋洋，景物和暢，莫美於斯矣。公賦七律二章，屬和既畢，就席而飲，談笑彌日，油油如也……今我公遭逢明盛，主臣一德，馴頑服梗，坐贊昇平，當懸輿之年而乞休屢上，主上眷懷不許，公時以一朝之暇當香山洛社之游，招賓客，集生徒，先日而戒期，晨明而夙駕，禺中而畢會，賦成而坐飲，冠纓翰墨，蔚蔚彬彬，東城父老知爲盛事，莫不聚觀而太息……某客游京師，得與斯集，歎爲極盛，爲追論而序述之，使後之人，亦將有感於斯文也耶！』

《國朝詩人徵略》卷一引《熙朝新語》：『萬柳堂爲益都馮相國別業，每逢上巳，輒與朝士修禊賦詩。壬戌上巳，益都將有致政之意，首倡詩第六句云：「水萍風約故淹留」。徐健庵春坊和云：「盡日行吟步屧留」，施尚白侍講和云：「回溪時有斷雲留。」陸義山編修和云：「落花香倩蝶鬚留。」方渭仁編修和云：「烟宿含山翠欲留。」徐華隱檢討和云：「小雨泥看屐印留。」高阮懷檢討和云：「羽觴泛泛去還留。」汪蛟門主事和云：「輕陰時爲落花留。」林玉巖中書和云：「檻拂垂楊叫栗留。」騁妍角勝，佳句如雲，相國歎賞不絕，而意似未屬。後至潘稼堂檢討和云：「東山身爲草堂留。」相國拍案而起，稱爲第一。』

三月八日萬柳堂（二）

風和水木映清華，鷗鷺閒看戲淺沙。新補棠花惟一樹，舊存酒戶近三家。雲回北闕常依渚，黛點西峯並作霞。遊屐頻過忘客主，太平簫鼓靜鳴笳。

其二

荒圃欣聞客款扉，花飄絮舞覆漁磯。爲聽葉底黄鸝語，肯負樽前白紵衣。放眼乾坤三徑闢，驚心拱把十年肥。當時沂詠尋常事，瑟裏元音世總稀。

【注】

〔一〕此二詩作於康熙二十一年三月八日。

書萬柳堂修禊倡和詩後〔一〕

蓬徑高軒竟日留，溪毛采薦愧嘉羞。星聯東壁璿璣合，人到西園翰墨優。雲觸峯回常藴藉，烏窺花落故鈎輈。蘭亭遺事傳千載，著眼鳧鷺汎此洲。

【注】

〔一〕康熙二十一年三月三日上巳萬柳堂雅集，結集爲《萬柳堂修禊詩》，由王嗣槐作序。此詩作於此集後。

送蔣莘田之粵東糧道〔一〕

青蒲直節動西臺，南海驚傳漢殿才。奉檄猶聞徵翡翠，搴帷親見怨蒿萊。貔貅萬竈兵初撤，絢索千門首重回。舊日圖成休更進，隨車膏雨問招徠。莘田曾進《窮民圖》。〔二〕

【注】

〔一〕蔣莘田：即蔣伊（一六三一—一六八七），字渭公，號莘田，常熟人。康熙十二年進士，選庶吉士，升陝西監察御史，補廣東督糧道，官至河南提學副使。工詩文，有《莘田詩文集》、《萬世玉衡錄》等。（《清史列傳》）康熙二十一年補廣東督糧道，郝玉麟等《廣東通志》卷四二：『康熙二十一年，補廣東督糧道參議，革陋羨、嚴浮派，日用薪水皆自辦給。故事：吏下縣捧檄促解，勢張甚，縣不勝其擾，伊爲革去。又解省糧米價例浮於時，伊平準諸市而官無侵漁……尤加意文教，風厲後進，創立穗城書院、嶺南義學，置膳田六百餘畝以給四方來學之士。月吉課甲乙，海濱鄒魯駸駸盛焉。康熙二十四年，擢河南督學，解纜日，囊橐蕭然，士民號泣攀轅。及卒，粵人設位，嶺南義學哭者甚衆。』

〔二〕窮民圖：康熙十八年，監察御史蔣伊假歸途中見百姓流離失所，繪《流民圖》十二幅進呈。

四月八日萬柳堂〔一〕

初夏林塘散遠風，薜蘿猶罥落花紅。鐘聲蘭若晴雲迴，壇影圓丘曉日融。駝背人稱栽樹客，於陵叟是灌園翁。惟看仁育春常在，留得韶光萬古同。

【注】

〔一〕康熙二十一年四月八日浴佛日，馮溥與門人同遊萬柳堂，且至放生池放生。

【箋】

施閏章《學餘堂詩集》卷四二《四月八日奉和益都相國萬柳堂及放生池元韻》二首即和此詩，其二：『爛漫頻過花信風，早霞晴射一溪紅。聞思高論尋支遁，倦把清尊笑孔融。生計甘隨抱犢子，道心久許放麑翁。乞歸未遂行藏得，魚鳥親人濠濮同。』注：『是日齋，且有放生之會。』

大駕謁陵恭紀次李坦園先生韻〔一〕

昇平大業喜觀成，告祀東巡駿有聲。禁籞森沉嚴寢廟，威靈赫濯拂霓旌。千官扈蹕瞻新典，萬壑迎鑾遶舊京。對越仰窺霜露切，遙知淒惻動公卿。

其二

松楸殿閣鬱清芬，日暮平沙擁萬軍。金椀龍藏天上闕，玉階神蹕雨中聞。雲霞彩絢山河色，甲胄光涵虎豹文。大糦詞臣應有頌，溥將景命祝吾君。

【注】

〔一〕康熙二十一年（一六八二）三月初三日至初八日，帝至盛京，謁福陵、昭陵，事見《康熙起居注》。李坦園：即李霨。

送汪舟次奉使冊封琉球國王〔一〕

詞臣持節下雲霄，萬里波濤去路遙。列郡前驅人負弩，烝徒利涉海通潮。樓臺蛟蜃回天使，島嶼衣冠識聖朝。千載屏藩遵正朔，不教化外尉佗驕。

其二

九重柔遠錫王封，冊授中山雨露濃。水面鼉梁知壯麗，天邊龍旆去從容。相如諭蜀猶煩檄，陸賈囊金祗自供。帶礪嵩呼私語絶，行看環海盡朝宗。

其三

海邦奕葉兩承恩，寵錫天朝禮數存。典故無煩尋冊府，威靈先已懾那門。琉球國城門額曰『那化門』。木天玉立羣情愜，金篋綸音代語溫。望去仙舟同李郭，歸來殊俗細爲論。

其四

星槎勝槩攬遐荒，盛世共球載職方。貝闕珠宮遵道路，雲垂海立見文章。拜恩應識天顔近，專對尤驚漢使良。獨我衰遲重惜别，關河烟樹望蒼蒼。

【注】

〔一〕汪舟次：即汪楫。康熙二十一年四月，禮部題遣往冊封琉球國王，翰林院檢討汪楫爲正使，中書舍人林麟焻爲副使。八月二十五日，汪楫、林麟焻陛辭。自大學士李霨、馮溥以下，群臣皆送詩贈行。方象瑛《健松齋集》卷十九《和益都公韻送汪悔齋檢討奉使冊封琉球國王》、王嗣槐《桂山堂文選》卷十二《送汪悔庵太史冊封琉球和益都相公原韻》皆和此四詩。

送林玉巖副使冊封琉球國王〔一〕

奉使何殊晝錦歸，海邦潮接舊巖扉。詩篇雲湧千螺墨，旌節霞烘一品衣。案侍玉皇留彩筆，槎從織女問支機。青門折贈多楊柳，今日還同芝蓋飛。

其二

久知風雅冠京華，持節遙憐天一涯。故友驚看新羽葆，島王猶識舊詩家。恩榮映日羣峭角，溟渤連雲兩建牙。四牡歸來膺上賞，賢聲早振海東霞。

【注】

〔一〕林玉巖：即林麟焻（一六四六—？），字石來，號竹香，又號玉巖，福建莆田人。康熙九年進士，歷官貴州提學道僉事。有《竹香詞》、《玉巖詩集》等。（《清史列傳》）方象瑛《健松齋集》卷十九《又和益都公韻送林玉巖舍人使琉球》、王嗣槐《桂山堂文選》卷十二《送林中翰玉巖副使琉球冊封和益都相國韻》皆和此二詩。

長椿寺聽彌壑大師說戒漫賦俚言兼示戒子

定慧從來破積霾，初機語下莫安排。人言真諦原無字，我喜靈根亦有階。三界刳心依玉律，羣英撒手步金街。沉沉法鼓開圓覺，鞭影期教驥德儕。

挽陳其年〔一〕

窮巷棲遲寄一官，蕭條無減布衣寒。夢中彩筆重遺管，階下芳蓀未見蘭。照閣青藜憎好爵，修文白玉慶彈冠。《大招》欲賦盈眶淚，不盡低徊倚石欄。

其二

昨歲占爻困蒺藜，傷心溝水已東西。悼亡觸緒霜盈鬢，感舊孤吟月滿溪。天上仙音憐翽鳳，人間薄宦嘆醯雞。牛眠未卜歸何處，遺稿凄然漫品題。

【注】

〔一〕陳其年：即陳維崧。陳維崧卒於康熙二十一年五月初七日。陳維崧《迦陵詞全集》卷十《愁春未醒·墻外丁香花盛開感賦》陳宗石原注：『先兄即五月初七日捐館。』

端午

榴花蒲葉映屠蘇，笑看兒童綴綵符。蠶繭裝成雙艾虎，丹砂囊結赤葫蘆。天涯風景皆相似，老去襟懷恨獨殊。長命絲牽天上縷，羞將簪紱倩人扶。

題張伯明殉難圖卷〔一〕

張伯明諱國勳，楚之應城教諭也。明季流寇充斥，數犯應城，伯明守城殺賊，頗著奇績。後糧盡援絶，賊遂陷應城。伯明罵賊不屈，死之。其子世祜間關匍匐，斷指上疏，蒙恩俎豆學宫，許其子弟一人世奉祀弗絶。世祜圖繪成卷，持以相示，因作此贈之。世祜亦奇士。

綱常奚惜一身存，滅頂無凶世共論。血噀香留青史在，指亡疏拜紫宸恩。蕙蘭湘浦愁芳草，牲醴宫墻續斷魂。崇祀於今稱勿替，人生幾到聖賢門。

【注】

〔一〕張伯明：即張國勳，字伯明，湖廣黄陂人。明崇禎六年，授應城儒學訓導。崇禎九年冬，張獻忠圍應城，國勳固守兩月餘。城陷，被賊支解，投諸烈火，次子世福及家屬十餘口俱死之。長子世祜聞變，斷指上疏，敕贈國子監學正。《同治黄陂縣志》卷十《人物》：『張國勳，字伯明，性穎異，才名藉甚。由明經授應城訓，著《物鑒》諸書。寇亂，上督府平寇三策。及獻賊犯，城急，衆謂公曰：「公無城守責，請縋城出。」……公曰：「忠臣不避。」乃與縣令設奇堵截，親冒矢石，守三月。食盡城陷，公從容入齋，著朝服北面再拜曰：「吾得從二祖宗於地下矣。」遂抱先聖木主，駡賊請死。賊焚文廟，投公烈焰中，忽雷震，賊遂驚散。子世祜年僅十五，聞變，截指血書，詣闕上疏。於崇禎十二年謚忠烈，仍崇祀名宦鄉賢，蔭一子衣巾奉祀。』

送杜純一先生歸里（二）

十載追隨綸閣清，訏謀保乂見深情。履聲天上夔龍聽，詩興溪邊鷗鷺盟。尺寸不移歸博陸，山川抵掌羡營平。御書元夜看尊賜，觴引期頤念老成。

其二

喜説韓公晝錦堂，怡情獨住午橋莊。八千徼外三苗格，四十年來兩鬢蒼。戀主勞臣猶涕淚，分勞故老共傳揚。都亭圖書應仍昔，斟酌還添御墨香。

其三

近天尺五指村居，花發春城錦不如。倚杖蛟龍來舊雨，閒窗渤澥潤新畬。人從黄閣思操管，客到高齋有著書。只恐臣心仍夙夜，誤將蓮漏聽階除。

其四

逡巡衰病未辭官，把袂君歸減舊歡。仕路慚爲駑馬戀，天心喜向福人寬。爲詢赤舄原多健，自寫烏絲託遠翰。東渚鴻飛瞻望切，春明重入一彈冠。

【注】

〔一〕杜純一：即杜立德。康熙二十一年五月，杜立德乞休，《清聖祖實録》卷一〇二『康熙二十一年五月』：『己未，太子太傅保和殿大學士杜立德以病乞回籍調理。得旨：「卿輔弼重臣，端醇恪慎，簡任機務，效力有年，勤勞素著，倚任方殷。覽奏，年邁患病，情詞懇切，準解任調理，乘驛回籍，著差官護送，以示眷懷。」』

予告賜遊西苑紀恩二首〔一〕

洞天深杳見方壺，曲澗浮花畫檻扶。玉井蓮香蘭共遠，萬年枝蔭鳥相呼。山光水色仙巖迥，鳳翥鸞翔御墨孤。最是流杯亭子好，上尊涼沁勝醍醐。

其二

小舟徐引入桃源，一徑穿蘿虎豹蹲。瑶室霞光籠帝座，玉階花氣護天門。盪胸爽颯消炎暑，掬手清涼醒夢魂。醉裏不知仙路杳，披衣直欲臥雲根。

【注】

〔一〕康熙二十一年六月二十四日，馮溥乞休獲允。《清聖祖實録》卷一〇三『康熙二十一年壬戌六月』：『甲辰，文華殿大學士馮溥以老乞休，得旨：「卿輔弼重臣，端敏練達，簡任機務，效力有年，勤勞素著，倚毗方殷。覽奏，以年邁請休，情詞懇切，準以原官致仕，乘驛回籍，著差官護送，以示眷懷。」』七月四日，賜遊西苑。

贈僧華庵

華庵與予最契，然來往京師二十餘年，道力日減，俗累轉多。今予以告老歸，華庵亦辭去。於其行也，贈之以詩。道貴相成，故不能復爲諛言也。

來往風塵底事宜，途間得力草鞋知。已辜梅子十年熟，更負鹽官七日期。參學翻因行脚誤，從師應悔印心遲。今茲歘去垂垂老，好辦他生再會時。

送徐電發翰林假歸〔一〕

倦遊愁聽帝城砧，誰識文園病渴心。記載三長矜虎觀，風流一調動雞林。電發填詞，遠播朝鮮，讀之者流連歎慕，詠詞寄意，遂訂神交。舊山東墅吟偏好，秋水南華夢易尋。老去重嗟良友散，還朝須惠治湖音。

【注】

〔一〕徐電發：即徐釚。康熙二十一年秋，徐釚乞假將歸。

【箋】

徐釚《南州草堂集》卷八《奉送益都公致政歸里四首》其一：『乞歸屢疏謝簪纓，業致昇平退始輕。一代勛名堪鼎勒，兩朝耆德踐鷗盟。欲從東墅彈棋臥，閒傍香山倚杖行。回憶細旃資啟沃，去留真自感皇情。（公引年疏凡屢上，始得請。)』其二：『四海銷兵當此日，清時疎傅喜還山。妖氛已藉除三孽，密語曾聞動帝顏。宇内姓名童子習，壺中歲月老臣閒。蓬瀛詔許身親入，記取流觴水一灣。(公謝政後，上特召遊西苑，遣内侍扶掖，置酒流觴曲水處，令公小憩暢飲。)』其三：『泉名熏冶盡紅蕖，歸倚蘭橈泛碧虚。政事堂前初罷直，平津閣上自攤書。商巖霖雨真堪羡，韋曲風流總未如。蓮社記曾陪屐齒，招提幾次舁籃輿。(公於生日禮佛，每攜及門諸子遊長椿寺。)』其四：『喜從絲竹鬬身强，正值霜催一葉黄。酒餞青門思埽閣，烏啼白下惱回腸。(時余亦移疾將歸江南。)懶尋芝草千巖雨，閒拂春風萬柳堂。歸臥江邨艱藥裹，應憐夢到午橋莊。』

徐釚《詞苑叢談》卷五：『余舊有《菊莊詞》，爲吴孝廉漢槎在寧古塔寄至朝鮮。有東國會寧都護府記官仇元吉題余詞云：「中朝寄得《菊莊詞》，讀罷烟霞照海湄。北宋風流何處是，一聲鐵笛起相思。」故阮亭先生有「新傳春雪詠，蠻繳繡弓衣」之句，益都相國馮公有「記載三長矜虎觀，風流一調動雞林」之句，皆一時實錄也。同時有以成容若《側帽詞》、顧梁汾《彈指詞》寄朝鮮者，朝鮮人有「誰料曉風殘月後，而今重見柳屯田」句。惜全首不傳。』

《宸垣識略》卷十六：『徐電發少刻《菊莊樂府》，朝鮮貢使仇元吉見之，以金餅購去。貽詩云：「中朝攜得《菊莊詞》，讀罷烟霞照海湄。北宇(似當作宋)風流何處所，一聲鐵笛起相思。」可爲玉堂佳話。』

致仕將歸諸同人置酒萬柳堂話别漫題二律〔一〕

將歸還問舊垂楊，白露天高漸有霜。野老初回蕉鹿夢，故交重憶水雲鄉。靈和顧盼風流在，彭澤棲遲歲月長。莫遣婆娑生意盡，不堪搖落費平章。

其二

飲餞秋風得曠閒，驪歌欲續又重刪。須教唱歎歸名手，莫使笙簫感別顔。柳宿光芒連北極，馬曹逸興對西山。浮生去住原無繫，折贈盟心水一灣。

【注】

〔一〕此二詩作於康熙二十一年八月五日，毛奇齡《西河集》卷三六《公餞益都夫子於萬柳堂倡和詩序》：「先生唱韻二首，及門和成之。蕭山門人某謹再拜爲之序。時康熙二十一年八月五日。」《西河集》卷一八三《同朝士餞益都夫子於萬柳堂即席和夫子留别原韻》、施閏章《學餘堂詩集》卷四二《萬柳堂合餞益都相國即和元韻》、朱彝尊《曝書亭集》卷十二《送益都夫子馮先生集萬柳堂次韻二首》、彭孫遹《松桂堂全集》卷二一《奉和馮益都夫子秋日宴集萬柳堂留别之作》、王嗣槐《桂山堂文選》卷十二《秋日餞益都相國萬柳堂次韻》、汪懋麟《百尺梧桐閣遺稿》卷四《萬柳堂餞送益都公和席間原韻》皆和此二詩。

別萬柳堂

草堂萬柳憶初栽，手撫新枝日幾回。點黛遥從空際落，銜杯還喜故人來。不堪多病垂垂老，且使行旌緩緩催。他日烟霞逢客至，能無重問舊條枚。

別李坦園相公

待漏從公歷暑寒，當年蘭譜姓名寬。綸扉久挹寅恭盛，詩格還摹雅頌難。荏苒風塵惟藥裹，穿培溝瀆即漁竿。遠辭知己重回首，地僻深疑滯羽翰。

別孫屺瞻學士〔一〕

衰病曾無補萬幾，主恩猶照舊柴扉。蓬萊五色鸞龍迴，町疃三家日月輝。白首東山遊不厭，赤松北闕願非違。感君情好纏綿甚，日日詩篇接紫薇。

【注】

〔一〕孫屺瞻：即孫在豐（一六四四—一六八九），字屺瞻，浙江德清人，世居歸安。康熙九年榜眼，授翰林院編修，累官內閣學士兼禮部侍郎。有《尊道堂詩文》等。（徐乾學《內閣學士兼禮部侍郎孫公墓志銘》）

病中戲題

弱質奚堪二豎侵，披衣起坐自長吟。善藏爾伺膏肓便，弗藥予無固必心。軀殼從來原幻妄，鳶魚何處不飛沈。吾宗示後誰人識，只恐神巫未易尋。

題黃忍庵團溪莊居圖〔一〕

不離塵世泛仙槎，消得晨光與暮霞。妻子鹿門麋可煮，文章翰苑筆生花。林間鳥聚鳴知候，波面萍開水有華。應否桃源相約伴，從容洞裏話桑麻。

【注】

〔一〕黃忍庵：即黃與堅。

瀕行上遣侍衛臣二格翰林掌院學士臣牛鈕臣陳廷敬賫捧御製詩文一軸墨刻昇平嘉讌詩一冊適志東山印章一方到寓頒賜自念衰庸乃叨異數銜恩感愧恭紀三章〔一〕

君恩重惜勞臣老，玉案親裁五字詩。真有鳳鸞縈筆墨，豈同唐宋較文辭。巖廊望久慚三接，喜起榮沾自一時。詎敢歸裝珍什襲，頻教諷詠動離思。

其二

猶憶元宵醉玉漿，聖恩許進萬年觴。不教登降勞臣力，更藉扶持拜御床。一序虞廷皆喜起，羣工堯陛愧賡揚。鐫來琬琰藏天府，特賜歸途入錦囊。

其三

繩愆糾謬錫圖書，前代含褒坐論餘。豈有衰庸虚任使，猶煩雕刻問瓊琚。溫其如玉龍章巧，美秀而文鳳篆疏。泉石奚堪天上寶，期將奕葉賁蓬壺。

【注】

〔一〕康熙二十一年八月二十六日，上遣學士牛鈕、陳廷敬到馮溥宅頒賜詩文等。毛奇齡《易齋馮公年譜》：『上遣翰林院掌院學士牛鈕、陳廷敬，侍衛二格到宅，頒賜御製詩文一軸，内云：「内閣大學士馮溥，贊襄密勿，著有勞勩，乃以高年數請歸老。念深箕潁，頓謝簪紱，悵别之心，聊書四韻：『環海銷兵日，元臣樂志年。草堂開綠野，别墅築平泉。望切巖廊重，人思霖雨賢。青門歸路遠，逸興豁雲天。』康熙二十一年八月廿六日御筆。」又印章一方，上勒「適志東山」四字。又墨刻《昇平嘉宴詩》一册。』牛鈕（一六四八——一六八六）：字樞臣，滿洲正藍旗人。康熙九年進士，官至翰林院掌院學士、内閣學士兼禮部侍郎。著有《日講易經解義》等。（徐乾學《資政大夫經筵講官内閣學士兼禮部侍郎牛公墓志銘》）

【箋】

施閏章《學餘堂詩集》卷四二《益都相國夫子予告歸里奉送四首》其四：『深衷開濟老臣謀，合德綢繆聖主憂。禁苑獨遊酣御釀，（上獨命遊瀛臺禁苑，賜酒饌，飲酣。）宸章三錫重天球。（御製送歸序詩及銀章。）還山有使詢黄髮，屢疏言歸未白頭。重荷殊恩應戀闕，回看西北是神州。』

謝祖餞諸公〔一〕

東門祖帳繞朝鞭，凉德能無愧昔賢。卷冊增添行李重，詩文點染鄙情妍。陶潛嗜酒猶貧累，謝傅聽歌亦老憐。治水漁舟寬歲月，裁將欸乃答鴻篇。

【注】

〔一〕康熙二十一年八月二十七日，馮溥離京，朝士送行，毛奇齡《易齋馮公年譜》：『上遣翰林院掌院學士牛鈕、陳廷敬，侍衛二格到宅……次日辭謝，上遣中書舍人羅映台護送到家，京朝官數百人同餞之彰義門外，祖帳相望十餘里，京城小民有牽車泣下者。』

過蘆溝橋

澹遠秋光浮絳霄，蘆溝風細水蕭蕭。沙邊宿雁蒹葭老，田畔飢烏步啄遙。抗疏幾人猶涕淚，懸車今日得漁樵。堪憐遲暮君恩重，耕鑿還期答聖朝。

遇涿州家弟貽仙設席旅店豐腆華鮮情文備至眷念今昔不無時勢之殊又時當遠別愴焉於懷感而有賦時彌壑大師亦在座

旅館高筵燭四圍，驪歌清酒夜光輝。深秋鴻雁愁將遠，舊業聲華念式微。貽我珠璣冰雪似，懷人尊俎夢魂飛。大師剩説無生法，不使分離淚濕衣。

白溝河午飯〔一〕

野色平蕪四望開，遺黎猶住白溝來。俠通易水悲歌地，雄接燕藩閲戰臺。雨露千家三輔近，貔貅萬騎百鑾回。即今市肆安熙穰，共識皇恩遍草萊。

【注】

〔一〕白溝河：灤河支流，即今河北盧龍青龍河。

過雄縣

一水環居十萬家，曾聞雄鎮護京華。柳堤秋晚猶全碧，荻港風和未覆花。覓醉人爭誇市酒，還鄉客欲泛星槎。烟波入望渾無際，不斷芙蓉映早霞。

過獻縣時縣無官一典史守之

歸途秋盡似春和，旅宿猶聞雁羽過。官酒開來醇味少，郵程頻計客思多。側聽巷陌鄰齊語，翹首河山入趙歌。採得民謠憐疾苦，荒城無吏欲如何。

宿阜城縣聞其令甚賢詩以贈之〔一〕

驅馬欣看一縣花，當年頽壁半無家。流亡戸口人初復，瀟灑公廷吏不譁。始信鳴琴關道脈，詎云理邑詘才華。御屏姓字應親注，召杜勳名未有涯。

【注】

〔一〕阜城縣：在河北東南部，屬今衡水市下轄縣。其令：時阜城縣令當爲王焯，《光緒阜城縣志》卷十六《宦續》：『王焯，陝西三原人，庚戌科（一六七〇）進士，康熙二十一年任。涵養純粹，宇度洪深，汪洋如千頃波。先是，刑司吏某爲盜主持，欺隱上官，阜境遂爲盜藪。甫下車，即灼燭其姦，嚴捕重擬，次第清除，閭閈始得安居。尤優於待士。』

過德州

故鄉風物半親疏，久客重過入境初。地接燕齊勞駐防，漕通南北重河渠。誰人撫字傳庚壘，幾處樵蘇護草廬。形勢關梁全扼要，莫教棘匕嘆空虚。

九日宿禹城縣〔一〕

風寒霜落菊應黃，去歲登高憶醉鄉。躡屐歌聲凌絶巘，開樽花色映回塘。即今官舍多頹壁，何處人家問舉觴。萸佩良朋猶在眼，不知此地遇重陽。

【注】

〔一〕禹城縣：在山東西北部。馮溥於康熙二十一年八月二十七日離京，至禹城縣爲九月九日。

夜宿禹城風雨驟至黎明冒雨趨齊河道中作

風雨重陽夜漏遲，荒城旅思問何其。計程差喜家園近，詢事尤憐僮僕癡。北望雲深恩不斷，東來日遠淚常垂。低徊樂志承天語，安石風流有遜辭。

宿齊河縣

河流郭外柳環堤，斥鹵堪憐草舍低。策府魚鹽謀損益，土風筐篚問提攜。致强終羨夷吾巧，居絀爭能范蠡稽。滿眼荊榛天聽遠，誰將貨殖記東齊。

自濟南至章丘攬其風土閱其人物慨焉有作

山河泱漭繡江開，迢遞風塵首重回。每閱雲臺多畫像，始知星漢有庸才。滄溟憤世原非達，中麓閒居亦可哀〔一〕。《繹史》於今稱博物〔二〕，玉清宮闕肯重來？

【注】

〔一〕滄溟：即明代『後七子』領袖李攀龍，濟南人。與馮溥高祖馮惟訥有交往。中麓：指明代『嘉靖八才子』之一的李開先（一五〇二——一五六八），字伯華，號中麓，章丘人，嘉靖八年進士，歷官太常少卿，有《閒居集》。（《明史》）與馮溥高祖輩馮惟健、馮惟敏交厚。

〔二〕《繹史》：一百六十卷，紀事上自太古，下自秦亡，廣采百家，考訂精詳，自創一家之體。其作者馬驌（一六二一——一六七三），字宛斯，鄒平人，順治十六年進士，官至靈璧知縣。《清史稿·卷四八一·馬驌》：『驌又撰《繹史》

一百六十卷，纂錄開闢至秦末之事，博引古籍，疏通辨證，非《路史》、《皇王大紀》所可及也。時人稱爲馬三代。四十四年，聖祖命大學士張玉書物色驌所著書，令人至鄒平購板入内府。』

初歸遊佳山堂園〔一〕

園行策杖更扶孫，笑指松筠舊植存。老去雲山欣再晤，醉來俯仰竟忘言。漫愁薄殖田無獲，且喜閒居道自尊。回首塵勞筋力盡，誰知養拙是君恩。

【注】

〔一〕佳山堂園：即今青州偶園，是馮溥在奇松園的基礎上建成的。《咸豐青州府志》卷四六《人物·馮溥》：『既歸，辟園於居第之南，曰偶園，輦石爲山，佐以亭池林木之觀，優遊其中者十年』。

亭子莊

茅茨郭外迥無鄰，儉歲荒田種未匀。水内蛟龍時作雨，亭前松柏半生鱗。捲簾山色迎眸見，歌枕濤聲入耳真。廿載歸來如故友，徘徊三徑話情親（一）。

【校】

（一）情親：底本作『親情』，據韻改。

遊冶湖五首

繞村竹樹覆沙汀，樹裏人家户不扃。十月風和無落葉，一簾山静有孤亭。烟嵐交羃茅檐緑，荇藻横拖水面青。不盡禽聲鳴上下，漁歌樵唱總堪聽。

其二

良友過從興不孤，欣將老脚倩人扶。平安竹信留丁報，睍睆禽聲隔樹呼。海内交遊來阮向，謝家子弟得封胡。秋風更喜無蕭瑟，觴詠披襟舊酒壚。

其三

小艇穿林趁早霞，笙簫不斷引星查。撫松孫綽無多樹，愛竹王猷是别家。徐聽龍吟探水窟，遐招鳳翽問桐花。西園勝會名僧在，不使紅裙笑鬢華。

其四

雞黍相邀客率真，林泉佳致迥無塵。鄰家送酒情偏好，雨後支笻氣更新。設榻僧來開白社，看山人倦坐青茵。逍遥高寄羲皇上，谷口誰能訪隱淪。

其五

萬樹垂楊萬斛泉，人家盡在綠蘿烟。生機活潑魚龍舞，靜味深長歲月遷。貰酒攜壺穿竹徑，看雲緩步到山巔。子孫閒說桃源始，屈指宗支不記年。

贈王仲昭有序

予與仲昭周旋日久，學既淵博，才復閎通，詩文之妙，直追作者。惜命與時違，未獲一遇耳。兼爲人孤介，澹於名利，往往所入不合。以文字與予交，頗稱契厚。上下古今，每以古之賢哲相勗。復善於養生，其言皆平易可行，非世俗竊取龍虎嬰姹之説。性直既無逢迎，學深咸有根柢，直予之益友也。歲暮將别，贈之以詩，奥藴未窺，亦略述其梗槩云爾。

交情握手笑彈冠，薦達慚教負羽翰。貧恥因人常去熱，老能服氣不知寒。展禽道直和彌著，司馬才高史弗難。誓墓右軍多少恨，風流晉代好評看。

寄懷周立五同年〔一〕

插天雲望九華峯，周黨辭官得杖筇。廿載緘書猶斷絶，千秋高蹈自從容。鹿門此日人無恙，賀監當年意久慵。老去低徊思壞在，倦餘蕭寺一聞鐘。

其二

爽氣朝來第幾峯，寒裳孰與共支笻。扁舟我久懷張翰，薄禄君真類邴容。嶺上看雲情自適，林間設鍛意還慵。開函芳訊知常健，更羨多聞似扣鐘。

【注】

〔一〕周立五：即周啟嶲。

兒協一赴選口占送之〔一〕

老年舐犢未全無，執手叮嚀説宦途。語恐侵人休浪出，財能損己莫輕圖。法嚴三尺非寬假，德著千秋是丈夫。念我衰遲閒歲月，常虞憂患到江湖。

【注】

〔一〕康熙二十一年歲末，馮協一返京赴選。

寄李坦園相公〔一〕

勳名不減舊甘盤，蘭譜相依禮數寬。故典詢來疑網破，新詞讀罷寸心安。燕臺衮繡三更夢，冶水漁蓑一釣竿。回首春明天上望，太平潤色正揮翰。

【注】

〔一〕李坦園：即李霨，與馮溥、杜立德同朝爲相，馮、杜皆於康熙二十一年致仕，李霨則於康熙二十三年致仕。

寄王胥庭相公〔一〕

三槐家譜舊青箱，調燮餘閒萬柳堂。魚鳥飛沉欣茂樹，嬰孺溝壑費平章。秋風話别寅情重，春日懷人午夢長。不腆一絲相問訊，鹽梅聲譽滿漁莊。

【注】

〔一〕王胥庭：即王熙。康熙二十一年五月，兵部尚書王熙遷保和殿大學士，事見《清聖祖實録》卷一〇二。

治湖泛舟之作簡寄毛大可〔一〕

盤飧鱻具命漁船，童子高歌雜管弦。細雨欲來移樹下，微風初過簇花前。東山豈得同安石，比部差堪擬樂天。白公亦爲太子太傅、刑部尚書。爲憶故人方載筆，歲時共醉緑楊烟。

初度二首〔一〕

年年初度苦寒多，今歲歸田氣轉和。野鶴閒身官不繫，山園舊徑杖能過。驚傳老態深深盞，喜囑優人緩緩歌。醉後兒扶眠正穩，夢中酬酢笑成窩。

其二

鞋襪兒孫獻壽觴，笙歌吹徹黍華香。龐眉鳩杖燈雙引，萊服貂冠酒兩行。漫說神仙平地好，且看菽水故鄉長。一年一度嗟南北，此日歡呼醉滿堂。

【注】

〔一〕初度：據『今歲歸田』句，知爲康熙二十一年十二月初五日七十四歲初度。

人日迎春

家人剪綵燕雙飛，春色東郊映翠微。擊缶兒童誇歲稔，簪花官吏喜牛肥。風飄弱柳堤邊暖，雲壓殘蝗麥底稀。滿眼昇平多樂事，村醪社鼓醉扶歸。

小閣

雪晴小閣倚朝暉，馥郁梅香暗入衣。謝傅閒情棋尚賭，沈郎癡慮帶重圍。觀心久識人無悶，問字多忘客到稀。杯酒花前春意足，移家更欲傍漁磯。

夜坐

量腹加餐節處多，晚來猶自百回摩。酌留元氣扶衰老，認取天真養泰和。閉目深觀書不檢，澄心無語客閒過。氤氳生趣春常住，誰謂年華似逝波。

其二

三更獨坐一爐香，踵息能參靜味長。晝夜回環無止晷，坎離斟酌有奇方。希夷嗜臥原非睡，函谷留書久已忘。試取璿璣圖上看，風雷樞紐在中央。

寄王仲昭〔一〕

調心握固注元辰，呼吸無聞二至匀。謂冬至夏至也。但使坎離能會合，即看天地絕埃塵。憧憧來往原非我，默默沖融別有身。試問庖丁曾滿志，桑林舞罷總長春。

【注】

〔一〕王仲昭：即王嗣槐。此詩當作於康熙二十二年。

贈別蔣鴻緒

春風楊柳送將歸，惜別尊前理舊衣。莫嘆征途知己少，須看世路此人稀。誠能動物神堪鑒，語鮮招尤道可幾。靜穆交情真耐久，還家應憶冶湖磯。

其二

兩載相依道氣深，真醇尤見古人心。青囊得後書全錄，白社歸來義獨尋。十畝初閒塵外夢，一樽還念谷中音。蕭蕭行李江南路，賸有鶯花滿舊岑。

偶題

一線綿綿暗裏分，誰能遵養晦時文。天倪欲動塵先起，熟徑纔拈火自焚。稍識星躔皆次第，須教日御絶氤氲。休將龍德殊潛躍，艮止無心紀大勳。

朐令廖崧庵送鹿賦贈時令將去官〔一〕

仙人騎鹿下雲中，來會蓬瀛把釣翁。髮短驚看雙鬢緑，囊空喜見一丸紅。因留芝草年年長，爲引春風處處同。貽我兩麑牽轂好，期將並駕訪崆峒。

【注】

〔一〕廖崧庵：即廖弘偉，號崧庵，江西奉新人。康熙九年進士。善書法。（余潮等《乾隆奉新縣志》）張敦仁《臨朐編年録》卷七：『（康熙）十七年戊午，知縣廖弘偉至。江西奉新人，進士。二十二年癸亥，知縣何如芩至。』則此詩作於康熙二十一年至二十二年間。

春日飲佳山堂

花樹參差鶯燕嬌，閒雲浮動欲遮橋。高峯隱約含朝雨，小閣低徊聽晚簫。釀就酴醾遲杖履，翻將書傳紀漁樵。東山絲竹資陶寫，泉石於今足藥苗。

同彌壑和尚遊法慶寺〔一〕

南山作案北洋朝，傑閣平臨散佛寮。人聚英賢千里合，法通靈鷲一峯遥。清規百丈無孤窟，踌跳雲門有扇招。識解休將形筆墨，西來宗旨隔層霄。

【注】

〔一〕康熙二十二年，彌壑和尚至青州訪馮溥，遊法慶寺（舊址在今市區西北前營子村西側）。

彌壑和尚不遠千里過訪數日言别詩以贈之

長椿法雨接芳猷，契闊還勞憶舊遊。水色山光遲杖笠，鶯啼花落佇風流。西家來止人非黯，南陌偕行地自幽。昕夕期將塵慮絕，詎云瓜菜足淹留。

和督學試士遇雨韻〔一〕

漫空雷雨逼玄陰，檐溜淙淙几案侵。嶽倒湫傾愁祕藏，雲垂海立見文心。蛟龍力奮波回頓，潘陸才多藻满襟。燒尾休教頻點額，天街鞀鐸正沉沉。

【注】

〔一〕督學：當指桑開運。康熙十七年底至二十三年底，桑開運任山東按察司僉事，提調學政。桑開運（一六二三—？），字雨嵐，直隸玉田人。順治十二年進士，歷官至廣西布政司參議，著有《恤刑策略》。（法式善《清祕述聞》）

代諸生答

何事商羊集伏陰，轟雷湧向墨池侵。文成詎許蛟龍攫，業就爭無霖雨心。天漏何妨暫韞櫝，陽升終快一披襟。風雲自是書生志，芒射天門肯陸沉。

送子明内弟赴蜀中縣尹任〔一〕

百里花封天盡頭，依稀景物勝南州。山區奥衍離枝熟，水色澄泓丙穴秋。香稻千重皆穲稏，蠻箋十樣最風流。閒看飛鳥情多暇，剩有郫筒佐酒籌。

【注】

〔一〕子明内弟：即房星著，字子明，山東益都人。康熙五年（一六六六）舉人。康熙二十二年授四川峨眉縣令。曾主纂《峨眉縣志》。（《康熙峨眉縣志序》）

行九不遠千里過訪詩以贈之

老習齋心策晚勳，掩關獨坐久離羣。良朋邂逅深題竹，舊業溪山半貯雲。欲慰衰殘留夕話，行將旗鼓振前軍。碎琴燕市悲歌日，遲爾高名動聖君。

秋日同行九泛湖有作時行九將赴都門兼勗其連翩高第光寵老夫也〔一〕

一溪流水度橫橋，鷗鷺羣飛不用招。山掩東皋分徑路，人從南國訊漁樵。草堂經歲雲封近，濁酒遲君屐齒遙。欲話情親兼味少，月明松下聽吹簫。

其二

竹閣茅檐蘆荻秋，徵歌把臂命扁舟。波光淺映沙紋細，日氣遙連樹影浮。衰病多時閒杖履，冶湖此日見風流。題詩漫說蛟龍護，助爾扶搖上帝州。

其三

南山入戶矗芙蓉，松菊溪雲紫翠重。落日孤霞邀翰墨，參天老樹隱蛟龍。故人雞黍三年約，江左文章四國宗。且藉笙歌期汗漫，莫將長劍拂晨鐘。

其四

秋氣蕭森映酒巵，西園佳會尚宜時。不妨漁釣遊三日，應識樵雲託一枝。竹裏鳳來聲翽翽，磯邊露下影遲遲。他年憶我重相訪，冠蓋榮添野鶴姿。

【注】

〔一〕康熙二十二年秋，毛端士赴京參加順天鄉試，便道過青州、臨朐訪馮溥。

秋風

蘆荻花沉水有烟，雁横秋浦落霜前。斜陽絡繹催砧杵，畫閣風箏咽管弦。從事舊傳傾玉露，玉露，酒名也。息機近學禮金仙。乘遊禦寇凌虚遠，老至披襟亦灑然。

賦得高秋爽氣相鮮新

千山景霽斷秋毫，萬壑松聲響碧濤。纖垢吹餘金體露，寸懷遥寄玉笙高。閒鷗浴罷眠沙渚，野鶴飛來惜羽毛。共此空明真氣象，寤歌詎黯五陵豪。

九日

歲歲登高憶故鄉，恰來兒女薦重陽。龐眉鳩杖孫扶慣，曲徑崇臺老興狂。放眼雲門稱舊友，開樽菊釀試新嘗。東籬醉倒忘言處，不信囊萸更有方。

冬日佳山堂有感

寒風瑟瑟木蕭蕭，手策枯藜過小橋。雁齒橫空當石罅，龍鱗聳幹抱山腰。閶闔揖讓由來少，巖壑丰姿夙見招。春色明年誰最早，移家更欲問漁樵。

十月建東莊草亭

冬月東莊治草亭，期將小圃戶常扃。聽鶯春日聲聲好，種藥堦前處處馨。鄰叟共知栽樹客，村童遥指老人星。支頤靜坐無愁寂，雨歇青山足畫屏。

冬日甚寒高念東書來極言五濁世界之苦寄此答之用蘇長公韻

避寒小閣試焚香，鬅發羊裘納手涼。老去心閒情自少，故人書詞憶偏長。共知濁劫殘仙界，誰叩醫王指病方。拋卻眾緣拚一醉，久藏斗酒待君嘗。

壽鍾一士〔一〕

伏枕經冬憶舊歡，詎期老至論心難。衰遲杖履惟三徑，契闊交遊愧一官。南牖琵琶跂脚在，西園詞賦並頭看。梅花笑逐生申日，咫尺崗陵託羽翰。

【注】

〔一〕鍾一士：即鍾諤。

喜兒協一抵舍〔一〕

定省思承膝下歡，驅馳千里歲將闌。嚴霜旅店寒偏劇，積雪河橋凍未乾。汝幸一官遲計日，吾逾七袠愧加餐。辛勤綵舞憐孱弱，只恐君恩報稱難。

其二

寒風匹馬護萊衣，慚愧承歡歲月希。敢望人家佳子弟，須知吾道鄙輕肥。傳來詩禮心庸慢，念到箕裘力尚微。且藉一巵稱壽考，梅花不厭伴漁磯。

【注】

〔一〕馮協一於康熙二十三年選授紹興府同知，歲末便道歸省。趙執信《祭馮退庵文》：『迨甲子，弟出使并門，而兄分麾越州，並以歲暮迂道歸省。雖同州邑，實隔二百里，僅以握手而別矣。』

臘日飲酒

釀得酴醾介壽杯，纔傾一盞笑春回。膝前賸有兒孫問，壚畔原無嵇阮才。喜說梅開拖杖去，閒邀友到弈棋來。東軒靜寄逢殘臘，看取晨光印綠苔。

再贈房子明〔一〕

苜蓿寒氈缺俸錢，那堪蜀道上青天。浣花谿畔屯羆虎，濯錦江頭聽杜鵑。萬里孤蹤能叱馭，幾家小市趁炊烟。遺黎應識君行苦，爭看壺漿接大賢。

【注】

〔一〕房子明：即房星著，馮溥内弟。

春日田家即事

東皋近郭看躬耕，已聽春禽次第鳴。婦拾墮樵供午饁，農攜破笠望朝晴。茅根出土傷牛力，車脚經墝碎耳聲。宵晝艱難謀始事，採風孰爲繪圖成。

其二

春日初晴氣較寒，飯牛誰念客衣單。老人應計輸千畝，田畯居然試一官。麤糲尋常供子婦，灾祥報賽説平安。巾車到處憐艱苦，對食盤中未忍餐。

其三

春耕牛瘠未能深，宿草秋枯力不任。已遣操鞭休浪下，更憐飢雀漫相尋。人情自昔存微尚，物命由來繫寸心。一上高臺騁遠望，天真豁露遍雲林。

其四

勤求補葺愛吾廬，一榻雲深問起居。自笑濁醪盆是瓦，誰知真樂子非魚。山溪泉乳珠相續，菜圃梧稀鳳到疏。偶爾蘧蘧春睡足，先生空負一床書。

寄胡朏明

文定淵源自一門，肯將憔悴羡留髡。鶯花欲醒塵中夢，燕酒難招别後魂。好藉鄭莊資客騎，來看謝傅弈棋墩。衰遲相約君休笑，疑義猶能細與論。

佳山堂詩二集卷六

五言排律

行九子啟買醉酒樓觀燈聯詠每吟一詩限酒乾即就因走筆各成十章旁觀駭愕不知爲何許人余喜其意致豪邁風期雋上遂作此詩贈之〔一〕

乾坤原寄嘯，風月正相呼。攜手蘭同臭，登樓興不孤。烟花喧市鼓，詩酒見吾徒。豪氣千人廢，時名一念無。揮毫囊穎脱，入洛席珍敷。傳語驚三老，聳肩問二蘇。蛟龍雲雨待，鬼魅笑歌初。扛鼎椽無敵，摶鵬羽自扶。羣遊花月夜，爭寫醉歌圖。白眼看人盡，奇懷幸爾俱。山川存特達，廊廟孕苞符。枳棘無棲鳳，終期慰老夫。

【注】

〔一〕行九：即毛端士。子啟：即陸子啟。

舍弟虎臣省余京師即有江左之行詩以送之虎臣甲辰武進士〔一〕

家世青齊舊，衣冠君子鄉。文章尊海嶽，奕葉守縹緗。子弟知揮麈，風流匪面墻。野王才最著，大樹武偏長。投筆今何早，棄繻自不妨。一機成貫蝨，七札藉穿楊。技勇誇司馬，弓刀耀尚方。陰符季子冊，黃石老人囊。豹變資深霧，龍韜重遠疆。吾衰慚鳳掖，汝志奮鷹揚。孝弟原情性，深醇善退藏。十年依母病，千里問兄强。鄉黨推豪俊，朝廷用棟梁。吳鈎時燦爛，楚塞正蒼茫。定遠威邊域，金城策糗糧。行間惟德重，臨事好謀臧。麟閣他年畫，彤弓姓字香。

【注】

〔一〕馮虎臣：字孔武，康熙二年（一六六三）中武舉，次年中武進士。（《光緒臨朐縣志》）父士鼎，祖珂，曾祖子履。高祖惟重，爲馮溥高祖惟訥之仲兄。

辛酉秋七月廿一日上召内閣部院卿寺諸大臣翰林詹事科道及部屬五品以上宴於瀛臺賜綵緞蓮藕各有差恭紀〔一〕

聖情逢暇豫，秋苑倍澄鮮。爲愛芙蓉沼，旋開玳瑁筵。華舟迎劍舄，綵幣錫駢闐。天語勞諄復，臣心愧仔肩。露凝荷偃蓋，風静鷺聯拳。帳錦依繁蔭，蘭馨入廣氈。千官盈座肅，百味大庖傳。晴日龍樓影，飛霞御柳烟。乘槎真入漢，食髓即爲仙。西嶺瞻金爽，南薰聆舜弦。蛟龍看沐浴，日月共回沿。

酒獻華封祝，詩歌《伐木》篇。觥籌交錯久，菱藕醒醒便。既醉歸鞍緩，懷縑汗背懸。賡颺符喜起，魂夢五雲邊。

【注】

〔一〕《康熙起居注》康熙二十年辛酉七月：『二十一日壬申，辰時，上召大學士以下、各部院衙門員外郎以上官員，齊集瀛臺，命内大臣佟國維，内務府總管費揚古，學士張英，親隨侍衛敦柱、薩碧漢傳諭曰：「大臣、侍衛在朕左右，時加賞賚，惟内閣及部院各衙門諸臣，比年以來，辦事勤勞，未沾恩賜，故特召集爾等，以盡一日之歡。今日並非大筵宴，因朕方駐瀛臺，即以太液池中魚藕等物賜諸臣共食。又特賜綵緞表裏以製衣服，亦非大賞賚可比。諸臣其悉知之。」傳諭畢，頒賜諸臣緞疋有差。』

再送毛行九落第南還將由浙至閩省覲即同歸毘陵十八韻〔一〕

楓葉凌霜赤，離亭樽酒孤。勞人偏愛菊，塞雁正銜蘆。談笑追前日，文章念後途。芙蓉惜劍佩，麋鹿問姑蘇。每憶剡溪棹，長歌西子湖。仙霞雲突兀，黯淡水模糊。明月珠還握，蟠泥蠖未敷。山川容滯跡，舟楫著潛夫。精切寧留憾，纖毫欲自鋤。登峯猶涕淚，卑論或虛無。青眼容終假，天心自不辜。龍門書紀盛，季主卜詞蕪。深洞陰陽妙，虛懷時命符。趨庭聞鯉對，慰老喜烏哺。海嶠兵初靖，斑衣杖不扶。幾年嗟瑣尾，今日飫蓴鱸。壽酒仍鄉社，雄文注《兩都》。凌霄期指顧，莫負海南圖。

【注】

〔一〕康熙二十三年秋，毛端士應順天鄉試落第，南還。

送李厚庵學士奉旨送太夫人還里二十韻〔一〕

錫類皇恩渥，承歡遊子歸。萱花遲畫舫，御墨濕班衣。夙夜絲綸慎，晨昏甘旨肥。巖廊三不朽，忠孝兩無違。憶昔干戈滿，疏詞涕淚揮。間關達黼座，逆順決天威。寇盜終淪滅，謀猷或庶幾。牛羊供犒足，枕席過師希。雷動軍聲壯，風馳鯨浪微。延平深道脈，德裕悉兵機。環海欽韓范，維桑斷鼠狶。還朝寧戀戀，將母獨依依。崇秩看金馬，慈闈映紫薇。霞裾分絳節，鄉味厘巖扉。帝念哺烏苦，人欣彩鷁飛。導輿迎潞水，扇枕卻炎暉。大節存吾道，芳名著帝畿。風雲隨驛路，日月帶征旂。抵舍離枝熟，歸裝榕葉稀。君王顒望切，慎勿愛漁磯。

【注】

〔一〕李厚庵：即李光地。康熙二十一年五月，内閣學士兼禮部侍郎李光地以送母回籍乞假，允之。事見《清聖祖實録》卷一〇二。

贈峴山施撫軍十二韻〔一〕

開府弘經濟，羣黎悅奠安。化成知魯變，躬儉卻齊紈。清獻焚香久，長孺賑粟寬。貔貅歸虎節，風雨問龍湍。點黛山臨秀，澄波水閲瀾。民咸欣樂育，士不恥彫殘。孔壁傳心正，秦銅照膽寒。分榮安閭左，公義在朝端。黄閣猶虛席，白駒矢考槃。舊恩依衮繡，夙契託芝蘭。儒術名非假，誠身道可觀。公如參國政，幸弗忘東藩。

【注】

〔一〕峴山施撫軍：即施維翰（一六二二—一六八四），字及甫，號峴山，江南華亭人。順治九年進士，歷官臨江推官、職方主事、監察御史、山東巡撫、浙江總督，卒於福建總督任，謚清惠。施維翰於康熙十八年任山東巡撫，康熙二十一年十一月遷浙江總督。

佳山堂詩二集卷七

五言絶句

得兒治世家信卻寄〔一〕

知汝歸途穩，書來慰白頭。茅齋勤補葺，兼欲理漁舟。

其二

謀生在力田，力田生計拙。試觀恆産棄，迢迢伴星月。

其三

問架錢尤急，加增税若何。荷池愁涸盡，汝力恐無多。

其四

親朋待舉火，未語先垂泣。有餘汝須念，君子重周急。

其五

詩書先澤在，貧賤汝尤甘。勗哉修德業，逢人問指南。

其六

五十知非早，前賢語不虛。吉逢思惠迪，努力惜居諸。

【注】

〔一〕馮治世（一六三一—？）：馮溥長子。從『五十知非早』句看，當作於馮治世五十之年，即康熙十九年。

漫題

天地何所際，聖賢骨已朽。拄笏望青山，我負青山否。

其二

飛蟲有弋護，浮雲無定姿。春風一鼓盪，深淺上花枝。

其三

來者既無窮，運者自不息。槖籥在何許，紛紛辨太極。

其四

共道蓬萊淺，仙人幾度看。天風應有待，納袖我知寒。

其五

默識斲輪意，桓公已廢書。千言無異路，端的要明渠。

其六

合之彌恍惚，離離成懈惰。窈冥入無垠，朝夕共起臥。

其七

在昔亦有言，淚下真堪把。前不見古人，後不見來者。

偶感

慷慨懼辜恩，一言没齒存。悠悠世上客，曾否過夷門？

簡彌壑大師

庭前新月出，遥挂白雲端。不用推移力，清輝徹骨寒。

其二

德雲何處覓，樓閣影重重。相見無由識，居然在别峯。

詠史十章

侯嬴終擊柝，不遇信陵君。救趙無奇策，鼓刀那復聞。

其二

博浪誤中後，雄心那更爲。黄石呼孺子，一足橋下垂。

其三

漢陰稱忘機，東陵瓜無賴。持籌入相府，焉得不再拜。

其四

羽翼功成日，赤松不可即。避穀復强食，一得而一失。

其五

共説還山好，二疎亦偶然。賜金歡故舊，恰值太平年。

其六

深心謀國士，遠猷在廟堂。魏相稱賢哲，多知漢舊章。

其七

中原正鬬爭，襄陽多耆舊。幽人共往來，雞犬相保守。

其八

一統華夷附，吳蜀成破竹。阮籍終日醉，奚爲獨痛哭。

其九

景略真奇傑，勳名不再世。用兵豈久長，一子難終濟。

其十

謝艾具謀略，阻志在崎嶇。神龍貴變化，潛德烏可渝？

平原

尚憶平泉酒，誰傾北海觴。秋風滿庭樹，明日是重陽。

其二

爲問東籬菊，朝來應作花。休教容易盡，留待客還家。

彭澤

得錢付酒家，種秫亦云久。猶待白衣來，向花開笑口。

少陵

獨酌何不可，奚必待豪家。竹葉雖無分，閒情對浣花。

佳山堂詩二集卷八

七言絶句

和高念東松筠庵詩〔一〕

隱几僧寮戶不開，天親無著憶從來。而今相對渾忘卻，祇識維摩是辨才。

其二

得歸便作笑顔開，且向招提禮佛來。靜悟浮生都幻夢，消磨不盡是詩才。

其三

豐干饒舌道眸開，卻引寒山拾得來。煨芋夜深真誤聽，鄴侯誰信具仙才。

其四

載酒堂封晝不開，東山絲竹待君來。生天作佛休閒計，出水芙蓉羨異才。

附原倡

念東先生將東歸，余就晤松筠庵，念老口占一絕云：『戶倚雙藤禪宇開，無人知是相公來。從容一笑忘朝市，風味依然兩秀才。』喜其敏妙出於自然，便成佳句，因依韻和之。

【注】

〔一〕高念東：即高珩。松筠庵：位於北京宣武門外達智橋衚衕，亦名楊椒山祠，原是明代嘉靖年間楊繼盛的故居。

【箋】

王士禛《池北偶談》卷十七《松筠庵詩》：『康熙庚申，刑侍高公珩再致政，歸淄川，未行，移居宣武門西松筠庵。相國益都馮公溥過之，流連竟日。高公贈詩云：「戶倚雙藤禪宇開，無人知是相公來。從容一笑忘朝市，風味依然兩秀才。」馮公和云：「隱几僧寮戶不開，天親無著憶從來。而今相對渾忘卻，祇識維摩是辨才。」予亦和云：「二老前身二大士，相逢半日盡爐灰。它年古寺經行地，記取寒山拾得來。」』

袁枚《隨園詩話》：『馮益都相國溥，訪高念東侍郎於松雲僧舍，竟日留連。高賦絕句云：「戶倚雙扉禪宇開，無人知是相公來。相看一笑忘塵市，風味依然兩秀才。」馮答云云。相傳：公二十一歲，鄉舉報到，而公酣眠不醒。太夫人大驚，以水噀面，乃張目，曰：「夢登泰山，雲氣擁身而行，至一殿上，碧霞元君迎之，置錦幔，張樂飲酒，未終，見海日如車輪，大驚而醒。」醒時猶帶酒氣。』

題天祿校書圖〔一〕

校書天祿喜傳經，藜火初看眼倍青。憂國封章忠鯁盡，憑將《説苑》答朝廷。

其二

屬在宗支睹未形，深探遺籍戶常扃。文光感得星精見，好與人間作畫屏。

【注】

〔一〕天祿校書圖：作者及存佚不詳，所畫爲劉向校書之場景。

題宮袍覆學士圖〔一〕

天子傳呼幸玉堂，詞臣穩睡夢尤長。宮袍覆暖悄然去，視草爭疑翰墨香。

其二

夢中應見舞霓裳，賜得銖衣夜未央。醒後天香身上滿，謝恩不許到昭陽。

【注】

〔一〕宫袍覆學士圖：作者及存佚不詳，所畫爲李白醉書後覆袍之場景。

宫詞二首〔一〕

龍池燈火徹雲霄，簫鼓聲中轉畫橈。釵廝衣蘭鬬鳳輦，承恩盡許過紅橋。

其二

梨園翻譜奏新聲，學士《清平調》已成。别殿遥聞喧鳳吹，五雲彩徹月華明。

【注】

〔一〕二詩詠李白故事。

元夜春詞十二首

寶襪貂褕是内妝，香車冉冉過垂楊。共説今年春意早，玉河已見柳絲長。

其二

手拂流黄看淚痕，毵毵柳色怕黄昏。正陽橋上停車望，喜見飛章入午門。

其三

聞說天兵已過滇，元戎百隊下西川。不愁灩澦灘頭險，白帝從來有杜鵑。

其四

一望平沙萬里遥，月明何處尚吹簫。旁人爭說前門好，姊妹牽衣過小橋。

其五

誥封已授是夫人，何事奇功萬里身。奴輩不知强勸慰，封侯只說畫麒麟。

其六

亦有音書慰寂寥，征夫尚憶可憐宵。邊城不是無楊柳，誰贈歸鞍折一條。

其七

欲換羅衣尚怯寒，元宵烟火滿長安。軍中只是聽刁斗，那識花燈帶笑看。

其八

禁城蠻女唱秧歌，更有闍黎調笑多。如此春光成兩誤，鋒車幾日度黄河。

其九

滿街簫鼓月華澄，墮馬妝成只自矜。更得男兒遮護好，遍身香汗看珠燈。

其十

鐘聲纔罷淚眸含，曉起梳頭禮佛龕。憶得前春郊外去，寺傍有草號宜男。

其十一

春衣寄去即雙魚，苦憶征人是獨居。十二銀箏歌舞地，生兒已會讀詩書。

其十二

太平預兆銷金甲，兒女情多勝建牙。但使普天皆有婦，誰人肯負鳳城花。

題兒治世畫冊牡丹

繡幕雕闌護日華，天香爭到野人家。洛陽多少名園記，總是春風第一花。

班婕妤怨

長信宮前宿雨收，月明猶照楝花浮。遥聽别院簫聲歇，惟有銀河似水流。

再送王良輔之任零陵〔一〕

風流仙令舊文園，筆底烟霞政不煩。羨爾城頭羣玉勝，會看雞犬盡桃源。

其二

已息烽烟婦子寧，琴堂何意復傳經。風淳人説桑麻好，笑指西山分外青。

其三

五溪蠻女布纏腰，爭識軒車不憚遥。開數循良屈指遍，前賢若個等丰標。

其四

三公不就求勾漏，自昔神仙未易才。驪唱何須多激楚，雙鳬天畔喜重來。

【注】

〔一〕王良輔：即王元弼，字良輔，又字慎餘，奉天人。康熙十八年任零陵縣令。

和施愚山惠茶之作原韻〔一〕

思歸日日憶山河，消渴忻攜綠雪過。常笑茂陵徒貰酒，解煎雀舌更情多。

其二

老去耽茶過少年，得君佳惠即先煎。煩痾已喜消除盡，冰雪重看潤玉篇。

五日絕句四首

長空兀硉火雲升，蒲葉榴花亦鬱蒸。寄語兒童安穩好，今年不用避兵繒。

其二

道士沿門送紙符，人家疫氣未全無。聞說天師亡玉印，空教依樣畫葫蘆。

其三

菖蒲角黍進芳羞，洒掃庭堦慰遠遊。遥憶湘江應競渡，何人爲上木蘭舟。

其四

佳辰約客共開尊，蓄艾三年可細論。兒輩讀書强解事，當筵猶自誦《招魂》。

紀夢

辛酉七月十一日夜二鼓，夢余在家中，將有宴客之事，廚役紛然。忽傳有一人欲求見者，余整衣冠而出，亦不見其人，但見羣犬亂吠，似有物共舁余而行，亦不知所座何物，微覺其安適耳。行數里，見道旁臥一石牛，其大如象，其狀亦不甚類世間牛。有一人執鞭，語余云：『吾在此相候久矣，此觀音菩薩送汝乘座者。』余視其牛，雖一白石琢成，毛色柔順可愛，因乘之。牛即起立，行步甚穩。一路烟水浩淼，林樹蒼然。至一處，茅屋數間，中開大門。余下牛入門，見一老僧，亦彼此不爲禮，第語余云：『汝從今以後，諸事慎莫思議。』因指壁間畫云：『譬如此畫，樹即是樹，水即是水，石即是石，何用思議？』余云：『和尚見解止於如此，抑尚別有？』僧亦不言，第以手指云：『前途尚遠，好事盡多。』旁復有一僧，以拂子指余云：『汝非凡人也。』余笑云：『誠如君言，觀音菩薩送牛尚在。』遂別去。過一牌坊，候牛不至，余呼之而來，旁別有一牛，其狀相類，此牛因相逐而走。余云：『汝去，余何所乘？』忽有一人甚長大，手執磬槌擊之，牛咆哮作吞噬狀。其人將磬置牛口中，牛即俯首順從。牽之而至，余復乘之。行數里，至一村店，僮僕輩數人候余，云飯熟。余下牛入店，因責備僮僕等不照管牛，呵叱之，遂寤。以詩紀之。

夢裏仙人爲指迷，金繩引入大峯西。禪機自是無多語，牛背安舒勝馬蹄。

其二

石牛能走不須牽，夢裏分明息衆緣。頑劣調來遵道路，大千世界總安然。

其三

不犯禾苗露地牛，餐風臥雪幾經秋。本來草料無教減，認得家園即便休。

村居詩

弘景攜雲贈已難，砂飛勾漏不成丹。愚公應悔移山計，權作留侯辟穀看。

其二

小山冬日暖如春，曝背行吟未覺貧。絲繡平原無用處，相逢總是葛天民。

其三

一片浮雲湖上來，漁歌欸乃笑成堆。世人錯認桃源水，爲有胡麻飯客回。

其四

斗帳雲屏麝有香，鶴飛不到午橋莊。閒庭芍藥圍金帶，憶得天漿徹髓涼。

其五

日影紅窗琥珀絲，花飛蝶粉夢來時。仙人不隔銀河路，惆悵風前火鳳詞。

其六

三徑初除絕世塵，鸞飛鳳舞客來賓。麻姑只用砂爲米，世上焉知脯是麟。

其七

彭澤巾車綠影偏，野人問姓尚疑年。不逢拾履橋邊路，錯認商山是漢仙。

其八

一溪綠水鷗來往，百尺青松鶴去還。滿榻烟雲遲午夢，烹葵呼黍號閑閑。

其九

戴笠攜鋤漸不驚，蓬心尚愧謝浮名。田家籬落相過處，空裏猶聞打麥聲。

其十

衰病誰能一起予，西園松竹正蕭疏。閑雲到處迎笻杖，野老時來看素書。

其十一

一夜西風入枕寒，家人晨起問平安。農夫土塟炊烟冷，扶杖時來閲早餐。

寄高念東

羅家釀法知名久，焦氏羊羔亦共傳。安得甕邊千日醉，送君直上大羅天。

春郊雜詩十首

微雪初晴淑氣新，春郊錯繡動芳輪。誰家横笛吹梅落，不見當年拂額人。

其二

柳枝寒約未成黄，遥望離亭酒正香。只此盧溝衣帶水，并州錯認又何妨。

其三

香車絡繹出城闉，馬上桃花別是春。燕趙從來佳麗地，羅巾掩淚訴三秦。

其四

白虎文章天祿書，高懷猶自棄銀魚。鳳城春色寰中少，何似鶯聲對草廬。

其五

牛背兒童橫短簫，太平春色借來饒。九衢車馬紛如織，也有閒人過畫橋。

其六

紅杏青蒲未有期，春光一片到疏籬。不知風味誰能似，雞黍應堪健老脾。

其七

共頌皇恩免稅糧，春來婦子倍輝光。雞豚斗酒田家樂，近水樓臺是帝鄉。

其八

一溪春水帶朝烟，茅屋漁船繫柳邊。種得藕花三數頃，今年剩有打魚錢。

其九

西山雪後露孤峯，石勢嶙峋挂白龍。鸞鶴不知何處去，馬曹愁對玉芙蓉。

其十

野望無心步屧寬，春風拂面不知寒。鄉情喜得吾家似，睡鴨旁邊是藥欄。

答彌壑和尚元宵見憶之作原韻

戒衲羣趨仰法施，神光猶自照龍墀。醉中歸騎瞢騰甚，卻憶先皇問道時。

其二

法壇花雨近諸天，寂寂孤燈丈室懸。知道禪心清似水，好看明月萬家圓。

早春小遊仙詩四首

春風明月海光凝，人在瑤臺第幾層。逢著東皇相笑語，六鼇首戴九華燈。

其二

桑田溟渤不須疑，好把珊瑚作附枝。費盡仙家搏捖力，免教二月賣新絲。

其三

鞭駕風霆引綵旂，天書捧下祕圖球。赤文綠字無人識，取次光華遍十洲。

其四

一曲霓裳試早春，蒼顏鶴髮映冰輪。廣寒仙子應相笑，醉後人扶上玉麟。

長椿寺觀劇

梵宮簫管動春城，一奏吳歈入耳清。内府傳來天上曲，紛紛花雨護流鶯。

其二

金屏罽毯敞華筵，抗墜珠聯供梵天。試問迦陵音似否，給孤應另布歌田。

其三

梨園子弟擅名場，冠佩高賢到上方。盡令西來知此意，燒猪沽酒也尋常。

施愚山尤展成黄庭表邀飲長椿寺是日微雨〔一〕

法堂深處草芊芊，霧隱觚稜萬樹烟。醉後詩成歌不得，晚風清磬兩悠然。

其二

春歸蕭寺共看花，細雨廉纖帶晚霞。酒酹花魂留半偈，誰能更問趙州茶。

【注】

〔一〕施愚山：即施閏章。尤展成：即尤侗（一六一八—一七〇四），字同人、展成，號悔庵，又號艮齋，晚號西堂老人。長洲人。順治三年副榜貢生，九年授永平府推官，旋致仕。康熙十八年舉博學鴻詞，授編修，與修《明史》。有《西堂集》、《鶴棲堂集》等。（朱彝尊《翰林院侍講尤先生墓志銘》）黄庭表：即黄與堅。三人皆以應博學鴻詞試至京師。

和高念東題龍石樓瓊花夢傳奇〔一〕

得官得婦總堪疑，誰道書生是夢時。寶劍香閨緣並合，庸夫原不解情癡。

其二

雙娥秀映繁鼇觀，一劍雄登射柳堂。牽得紅絲天上種，瓊花原是大花王。

其三

玉茗新聲筆已荒，歌場三夢絕華堂。誰知後起多情思，檀板輕敲滿座香。

其四

生來仙骨本應仙，了得仙緣正可憐。連理枝成花並蒂，卻教點破夢中天。

【注】

〔一〕高念東：即高珩。龍石樓：即龍燮（一六四〇——一六九七），字理侯，號石樓、改庵、雷岸居士，望江（今屬安徽）人。康熙十八年舉博學鴻詞，授檢討，官至屯田員外郎。喜作劇，有《瓊花夢》、《芙蓉城記》兩種。（秦瀛《己未詞科錄》)《瓊花夢》又名《江花夢》，演宋朝荊州人江霖得揚州花神瓊花仙使指引，以一詩一箋投陝西經略种世衡，平李元昊叛亂，又娶女秀才袁餐霞、俠女鮑雲姬。後官拜極品，晉爵楚國公，經呂洞賓點化，歸於清修。劇成於康熙十四年。

致仕將歸雨中訪智方上人話別〔一〕

少陵舊識贊公房，冒雨題詩到上方。悟得浮生無去住，旃檀片片落天香。

其二

住持功德護諸天，不歷僧祇是法緣。三昧禪心柏樹子，從教門外草芊芊。

其三

雨裏蟬聲抱葉幽，夕陽猶帶片雲流。捲簾妙悟誰能領，好看西峯最上頭。

其四

禪室清齋香味薰，更兼檐溜薦芳芹。深談般若離諸相，不使華嚴大衆聞。

【注】

〔一〕智方上人：即超宗和尚，字智方，曾任善果寺住持。據馮溥《善果寺碑》：『超宗字智方，世籍宛平，祖山地禪師剃度弟子，而大覺□□國師之孫，所謂親見慈明者也。』此詩作於康熙二十一年。

豁堂和尚葦庵師也道力深穩與予神交有年往往寄予詩文皆孤迥靈秀大非時輩所及今讀集中所載豁堂不復有真面目矣道眼不明彼此帶累不少可爲三嘆因以小詩弔之〔一〕

一上三峯悟獨先，詩文餘技盡堪傳。誰將惡水渾污卻，辜負禪心四十年。

【注】

〔一〕豁堂和尚：即正嵒禪師（一五九七—一六七〇），字豁堂，號隨山，原籍江寧，俗姓郭，臨濟宗第三十三代傳人。

宿任丘縣其令范龍舊歷城令也相別二十年矣今仍作令嘆其遲鈍賦此爲感舊焉〔一〕

稷下曾聞治劇才，琴堂廿載復重開。臨邛舊識相如渴，今日親爲負弩來。

【注】

〔一〕范龍（一六二八—？）：字雲生，江南長洲人，順治六年進士。歷任歷城、任丘、儀封縣令。（李光祚等《乾隆長洲縣志》）此詩作於康熙二十一年八月馮溥致仕歸途中。

過濟南施撫軍邀飲水面亭感舊有作〔一〕

一片烟波憶舊遊，笙歌環繞蜡湖秋。當年沽酒漁舟唱，猶記題詩在上頭。

其二

水邊亭子少陵詩，亭有舊對云『海右此亭古，濟南名士多』，少陵句也。名士風流攘臂時。四十年來人散盡，華筵重對鬢如絲。

【注】

〔一〕施撫軍：即施維翰，時任山東巡撫。水面亭：又稱天心水面亭，元代李泂建，據汪廣洋《鳳池吟稿》卷八《過故翰林李慨之天心水面亭遺址》及楊基《眉庵集》卷十《天心水面亭》二首，可知元明之際此亭已有廢興。王士禛《漁洋詩話》卷上：『余少時在濟南明湖水面亭賦《秋柳》四章，一時和者甚衆。』《道光濟南府志》卷十一《古蹟》：『天心水面亭，《通志》云「在府城北明湖上，元學士李泂建。天歷三年詔虞集爲《記》，又有《題李溉之湖上諸亭》詩。」』此亭現在大明湖中秋柳園北側。

再送蔣鴻緒

風雪園林未著花，空囊羸僕又天涯。不堪頻話交遊重，淚挹征裘望晚霞。

其二

東墅棋聲落子遲，驪歌欲續轉淒其。平生不識春風惡，吹盡雙痕入酒巵。

其三

龍泉三尺舊期存，一片丹誠不負恩。曾記魏公談笑處，平津若個到夷門。

其四

喜得君來慰老年，三生或說是前緣。日暮孤帆天際遠，紅牙誰唱想夫憐。

春日題佳山堂有序

易齋老人行年七十有五矣，童心未化，幻質猶存。皇恩既許其優遊，蒼穹復假以歲月。園林景色，曳杖觀來，時序推遷，冥心任去。浩浩乎得無所得，煩惱不挂眉端；熙熙然言已忘言，嘯詠聊抒胸臆。蕭然高寄，柴桑自信羲皇；澹矣寡營，安石猶煩絲竹。魚魚雅雅，坦坦如如。滯跡者亡，已泯拘墟之見；豫順而動，奚迷大道之歸。一片空明，此中非相，千般幻化是法；無生妙用，雖有多門，攝心惟此一路。雷轟電掣，從古來自別具神機；兔角龜毛，學道人弗認爲己物。

嗒焉喪其故我，渙兮若釋春冰。和氣迎人，喜話西疇與南陌；浮雲過眼，敢云今是而昨非。山翠幾重，溪光一帶。柴扉草舍，滄浪聽清濁之歌；竹雨松風，夜月聆笙簧之奏。覩於無始，鹿蕉不入夢魂；率其本然，粥飯何關榮辱。達天知命，活潑潑地盡是生涯；步柳隨花，樂溶溶兮另有情性。委形造物，不記春秋；保質嬰兒，庶全賦畀云爾。

其二

燕舞鶯啼喜客歸，晴雲低繞樹頭飛。何當沐浴春風便，盡與山人脱垢衣。

一園春色似京華，彭澤南山正是家。莫寫閒情貪作賦，無端觸忤舊烟霞。

【注】

〔一〕據序，此詩作於康熙二十二年癸亥（一六八三）春。

春冬

寒消三月尚披裘，沂水春風詠未休。嘉遯何能生羽翰，玉簫吹徹海東頭。

佳山堂詩二集卷九

五言三韻律

豔曲八章

綠樹隱紅樓，珠簾控玉鈎。晴雲浮碧渚，彩艦列芳洲。簫管春風合，楊花滿御溝。

其二

不識鄉關路，輕肥厭五陵。鵝黄笙舊炙，熊白俎新登。休問人眠未，九華夜夜登。

其三

錦襠雙蒯緱，少小已封侯。購寶胡猶待，留珠價未酬。五花新上賜，不馭舊驊騮。

其四

桃李已成蹊，垂楊綠帶齊。園臨長樂北，家住翠華西。檀板雜鶯燕，流雲去復低。

其五

春日百花開，香風四面來。蠻箋書記筆，螺鈿侍兒杯。鸚鵡頻相喚，行雲夢未回。

其六

金鋪當繡戶，銀甲按冰弦。庭植合歡樹，客催博進錢。莫愁南國至，恰直豔陽天。

其七

小徑芝莖短，高軒蕙帶長。人遊香霧裏，蝶近鬢雲旁。日暮殘霞亂，春思倍渺茫。

其八

華轂方連軌，歌吹動四鄰。秦箏嬌上客，楚袖及芳辰。莫報金壺漏，花飛起陌塵。

六言詩

花朝戲爲六言絶句四首

茶湯春餅花朝，小閣良朋久要。墻外杏花幾樹，溪邊弱柳千條。

其二

室陋琴書略備，春和晴雨皆宜。日晏人催盥面，午餘客到談棋。

其三

楊柳依依欲緑，山桃灼灼初紅。日煖禽啼芳樹，酒酣人在春風。

其四

優渥欣覘麥隴，襏襫初試耕犁。但得歲登四𨠥，何須日膳雙雞。

後序〔一〕

毛奇齡

夫子致政將東歸，予時羈史館，不能從，然心切依之。於其餞也，走馬出長安門外，望後車既遠，猶竚大柳下，迨暮而返。既而夫子貽書來招予，云：『鄉林雖遙，然有田可畊，有書可讀，城中佳山堂與城外冶湖相望，可往來遊從。』于是爲五字詩示之，今集中詩有所爲《寄大可》者是也。予時約小妻曼殊竝車往，作偕隱計。無何，曼殊死。予嘗過萬柳堂，觀夫子種柳處，徘徊思之。嗣是，予請急，繞道謁夫子於佳山堂，宿三日去。其迨今夫子之子爲予郡司馬，以廉吏薦，遷信安太守，瀕行，乃出夫子所爲詩，命予校訂。

《書》曰：『詩言志。』子夏曰：『在心爲志，發之爲詩。』當夫子致政時，本期以明農之志，迄還東山，而天子賜詩曰『元臣樂志年』，且復琢文石作印記以貺行，曰『適志東山』。

夫人惟心閒故意適，性定故情樂，而皆於志乎統之。志適則無往不適，志樂則無往不樂，故人謂夫子之詩一隨乎遇，而不知志之所在，詩即因之。毋論薦荷被芰，優游畎畮，其志悠然；而即其槐堂判事，身勞而志適，乘時秉政，所憂者在民，而所樂者仍在志，亦安往而不自得矣。

《佳山堂詩》一集，刻自庚申，閱二年而後致政。今之二集，則半猶辛酉、壬戌詩也，自庚申以後、戊辰以前，同一適志，亦同一樂志。故夫子之詩，不以出處殊，不以顯晦異，不以勞逸岐，不以安危變，猶造化然。獨予自壬戌之春隨諸朝士餞夫子東歸，閱四年而始請急，過謁通德，又三年而餞夫子之子。

椎輪臥轍，而究不能從我夫子遊。而逮已老也，讀夫子之詩，而感可知已。

康熙戊辰孟冬月門人毛奇齡百拜謹書。

【注】

〔一〕此題據《西河集》卷四十二《佳山堂二集序》。

詩文輯佚

詩文輯佚

詩

吊明季楊左二公句

忠魂莫再傷冤抑，今日猶能廑聖衷。

【箋】袁枚《隨園詩話》卷十三：『偶讀馮益都相公集，有《吊明季楊左二公詩》，云：「忠魂莫再傷冤抑，今日猶能廑聖衷。」下注：「面奉聖祖云：『二臣死於廷杖，非死於獄也。』」』馮溥此二句不見於《佳山堂詩集》，俟考。

聯語

楹聯

一樹一花影，無時無鳥聲。

【箋】李龍石《李龍集》之《與劉東閣書》：『僕數年前，環垣種柳數百株，大者拱把，高與簷齊，今已森然矗立，繞屋扶疏矣。春來小鳥啁哳其中，開軒面樹，如聽笙簧，得意忘言，對之消日。嘗誦六朝句云：「春秋多佳日，林園無俗情。」又益都相國楹聯云：「一樹一花影，無時無鳥聲。」我思古人先得我心，北窗高臥，不減羲皇上人。』

贈聯

北闕上書識盡西京才子，東軒賜食歸貽南國佳人。

【箋】王培荀《鄉園憶舊錄》卷一：『徐仲山夫人商氏，明豔如畫。仲山舉博學鴻詞詔，試歸，益都馮文毅公贈一聯云：

「北闕上書識盡西京才子，東軒賜食歸貽南國佳人。」一時傳爲佳話。』亦見王蘊章《然脂餘韻》卷三。

柏梁體聯句

蓼蕭燕譽聖恩長。

【箋】

《康熙起居注》『康熙二十一年壬戌』：『（正月）十五日癸亥。早，翰林院學士陳廷敬、内閣學士張玉書至乾清門候旨。侍衛捧御製詩序出。群臣集太和殿下，以次各賦詩九十三韻……詩：「麗日和風被萬方。（御製）卿雲爛熳彌紫闥。（内閣大學士臣勒德洪）一堂喜起歌明良。（内閣大學士明珠）止戈化洽民物昌。（内閣大學士臣李霨）蓼蕭燕譽聖恩長。（内閣大學士臣馮溥）……」』

文

臨朐縣志敘

志書之流傳遠矣。編纂成書，往往出自鄉祭酒與賢有司，稱邑乘，不敢塵御覽。今上御極之十有一年壬子，俞禮臣請詔天下郡邑聘集名儒纂輯成書，彙爲《大清一統志》，用昭一代之文獻，誠盛典也。朐志成，里中諸老暨諸文學索予言爲弁，予何能辭？

夫朐，古駢邑也，傳自《論語》。凡幼而讀書，海内三尺童子皆知之。泱泱大國之風，未必人人能識，而朐獨以聖人之一言傳諸久遠，四方之人聞之，或遥想稱大國者宜如何盛，而孰知朐固瘠土也。《傳》云：『瘠土之民，莫不向義，勞也。』夫民勞則思，思則善心生。吾朐之人，質樸少文，弗即於淫，至今猶然。彬彬風雅或不逮於上邑，而服田疇、勤紝織，山居野處，人人習之，勞而忘倦，所謂『其心安焉，不見異物而遷焉』。兼有牽車牛走四方以食力者，不下數千人，皆因土瘠民貧無以資生之故。其能識詩書、崇禮讓、敦教誨者，望而知爲黌序弟子、文學世家。一聞忠孝節義之事，歡欣踴躍，稱道弗絶，其意中亦不多讓。風俗如是，是或庶幾於道。

昔史佚有言曰：『動莫若敬，居莫若儉，德莫若讓，事莫若咨。』予平生兢兢，佩兹無斁，尤願與吾朐之人共勉之，以純於道。若夫山川封域之觀、輿圖疆里之制、財賦户口之數、古今因革之宜，則是志載之詳矣，予何言？是爲敘。

賜進士出身、資政大夫、文華殿大學士兼刑部尚書、邑人馮溥撰。

（尹所遴主纂《康熙臨朐縣志》卷首，康熙十一年刻本）

重修臨朐縣儒學碑記

夫子以一中接堯舜之統，爲歷代帝王之師。日月中天，容光必照。大化初無畛域，子輿氏私淑自信，猶幸地之相近，世之不遠。太史遷亦言：『齊魯之士，文學天性，豪杰雖無待而興。』若朐之引領尼山羑墻，旦暮風起，良有自也。粤稽朐之爲邑，據《晉書》，建自有商之初。縣立而序設，朐庠之所由起也。逮漢，廟祀孔子，鼎建即於斯，歷今三千有餘歲。廟學輝映，未之遷改。前代豐碑，千年喬木，巋然雲漢昭回。想斯文之在兹，恍林藻之入目焉（一），緊惟歷年久瞻炙近，沐聖人之澤深且遠。生兹土者，四科之選，代不乏人；賢吏之維新起廢，亦歷歷可稽。明季，人事絀而清廟頹，大觀剥落。戊戌，祁門謝公賜牧捧檄來治朐，晉謁先聖魯司寇遺像，穆然興思，以崇修爲己任。當爲邑之再稔，天子廣厲學宮，以弘新廟堂敕守令，公即庀材鳩工而經始焉。出三年之節省，審緩急而盡力經營。壞者葺、廢者興、湮沒者補（二）。閲期且再，殿廡門垣，翼翼秩秩，廟貌焕然一新。

先是，頖宮鞠爲茂草，前令修明倫堂未竟，公纘其事而成之。百廢俱興，鉅細畢舉，視前之飭一隅、新一宇者，奚啻徑庭。是役也，會其終始，錢千緡計；采木於野，夭喬一百章計；資陶於濱，瓴甓以億萬計；工師匠石及庶民之子來者約千有餘計；灰石丹堊，積數不可勝計；自揆日以訖落成，閲日七百有奇計。惟公無倦之神，淵塞之心，不可以簪筆計。嗣是肄業於兹者，鞭暮氣而湛清明，中宏通而外肅括。文學政事秉之德心，節義勛名勵其天性。繼由、賜、求、赤以黼黻皇猷者，皆公之殫厥心以先聖門，澟王言而端風化之貽澤也。若夫竊近宫墻，溯源久遠，朐之乞靈尼山，子輿氏已先言之矣，誰謂無裨於來許哉！工竣，爰記其事，以勒貞珉，且以勵後之君子踵前修而勿替啟祐云。

（《康熙臨朐縣志》卷四）

【校】

（一）焉：底本作『馬』，形近而訛兹據文意改。

（二）湮：底本作『烟』，形近而訛兹據文意改。

漢史億序

自秦并天下建郡縣而後，能以治幾比隆於三代者，惟兩漢而已。上之恭儉仁厚、寬刑薄賦；下之危言讜論、豐功偉節，雖至於末世不改。又得司馬、班、范之徒爲之摭拾衆史，鋪張揚厲，垂之後世，而其間始治而終亂，此忠而彼佞，又能一一摹畫，傳神寫照，以盡筆之於書。若能讀三史而貫串融會之，以上下二十一史之編纂，可一屈指而數之矣。

自唐以來，讀史家除注解諸家外，厥體有二：一則鈎稽年月，分裂體製，是爲考訂之家，如劉知幾、劉敞之類是也；一則敷陳事情，旁及文字，是爲辨論之家，如蘇轍、呂祖謙之類是也。然皆蔽於目睫，未爲兼通。昔人云：『讀史者，要如我身處其地，平情而論之，孰爲得孰爲失，務得其至當而後已。』然非經事多而嘗變久，則其識見容有所不及，而其議論亦未免陷於一偏。此讀史之難也。

大學士孫公，弘才偉抱，出入中外，參預密勿者有年，所當天下事之成敗利鈍，人才之邪正賢愚，諳於神明，熟於睹記。其致政之暇，著述滋富，寄予《漢史億》一書，蓋隨其所得筆之，摘隱鈎深，批郤導窾，不特以資談麈、廣聞見，當其精神契會，直置身於數百年之間。旁取蔡邕、荀悦、袁宏、謝承、華嶠、袁山松諸家之説，與之揮斥其意見，折衷其是非，豈僅涉其藩籬、擷其英蔓而已哉？較之考訂、辨論之家，其相去何如耶？予讀而快之，思以一言寄公，而政務旁午，應接不暇，又衰年疏於筆墨，數易稿而不就。因念公雖僻居籠水之原，其宅近市，街帘巷鼓，奮袖吹脣，睥睨公卿，喧穢雜沓，非嗜利之牙儈，則驩博之酒徒也。公以世業，不欲移諸爽塏，第楗戶著書，冥息聞見，既無東山絲竹之樂，亦鮮午橋綠野之適，焚膏繼晷，呫嗶字句，經生之所難而台鉉安之，是實有性情焉，非可學而致也。

考昔黄文簡公淮當宣廟之初，際承平之會，引疾侍父林居二十餘年，每一入朝，則宴錫頻仍，賡歌互答，當世榮之。以公之厚德，豈有讓焉，而遇不同矣！

予與公生同里，幼同學，復同舉。公前爲太宰，予以翰林佐公。其入直中書也，又於公爲後進，思退從公遊，而性情雅不逮公。將亦侍公之側，讀公之書，以觀公筆墨之磅礴、意興之閒適而已。或亦沾其膏馥，文其鄙陋也歟！

駢邑馮溥。

（孫廷銓《漢史億》，南開大學藏清康熙刻本）

唐嵐亭詩文集序

世人動訾北地，而究其所造，則不逮遠甚，豈識有餘而才不足耶？抑入宮見妒，蛾眉之性然耶？以天地之大，古今生才不一，豈必盡同？即如名山大川與夫培塿細流及花木鳥獸之類，種種各別，而皆有其致。若必襲形肖貌，位置無差，事事定爲粉本，則可笑孰甚焉！

詩文一道亦然。今人於詩文，不務深造自得，動輒誹謗前人。閫奧未睹，口說易騰，如此膏肓之病，鍼砭不能施也。杜子美云：『今人嗤點流傳賦，反覺前賢畏後生。』又云：『王楊盧駱當時體，輕薄爲文哂未休。爾曹身與名俱滅，不廢江河萬古流。』真可爲後人龜鑑。好學深思之士，當自得之。

予友唐子，少負不羈之才，早讀天祿石渠之書，倜儻好言事，亦因言事去官。歸而寄情山水，閉戶讀書，益肆力於詩歌及古文辭，自以爲期登作者之堂而未逮也。且與高念東先生比鄰而居，朝夕過從，過失相規，奇文共賞，剖晰疑義，闡發性靈。心所欲言者，即了了言之，無矻矻膠轕之病，無靡靡萎薾之病。夫讀書既博，則依附轉工，佐饔者嘗，佐鬭者傷，其勢然也。今觀其詩文，無一句一字之剿說，是爲難耳。夫雲霞無定姿而不能窮其變，花卉有殊種而不能一其香，唐子於詩，豈必盡合古法，要皆有一段光氣不可磨滅。當其運思振藻、伸楮搖筆之際，不知孰爲北地，孰爲竟陵，又何況虞山一叟蒙茸雜亂耶？其所著《或問》數篇，皆留心經濟，實實可見之施行，非無用之學也。予故因唐子之詩文，并告夫天下之爲詩文者，其無以予言爲怪異哉！
康熙己未春王正月騈邑馮溥撰。

（唐夢賚《志壑堂詩集》，清康熙刻本）

西山集序〔一〕

张西山少參刻文集若干卷，既竣，介使問敘於予。予惟文者載道之器，苟不足以載道，則文可以無作。天下能文家多矣，裒然有集，而中無與乎理學經濟之故者，余竊非之，何也？以其道不存也。譬之大廈之木，構櫨梁棟，非不鏤丹堊白，而質已銷亡，則不終日而就傾矣。雖然，言之非難，行之爲難。聖如孔子，猶曰：『文莫猶人，躬行則未之有得。』故夫理學經濟，分之若或殊途，合之則爲一本。無如侈談經濟者，每謬於言理；而崇尚理學之士，又迂闊不切事情。二者本交相用而反相背馳，所爲見道安在哉？大凡士君子，未仕則立言，既仕則立功。功者，副乎言者也。漢代大政大禮，必使諸儒以所學廷對，天子稱制、決可否，故兩漢之世，治行斐然可觀。若宋人之學，與漢特殊。吾意其時驅進士爲學究，所云『小試之井田而小不效，大試之周禮而大不效』者，亦槩論其流弊耳。周、程、張、朱五大儒，非理學之宗乎？其致君澤民之道，載在史冊，莫不炳然可考。下至元許文正、明王文成，皆赫赫相表裏。近見容城孫徵君作《理學宗傳》一書，以姚江直接周子之統，令後之欲訾嚽者皆卷舌不敢吐。由是知求理學而徒語正心、誠意，高自標置，而於致君澤民之道有未盡者，非真理學也。

少參博學思深，歷仕皆有殊政，以其暇彙《西山》一集，其間談理學者若而文，談經濟者若而文，井井秩秩，若燭照而蓍卜。嗚呼！今之爲仕者，其皇皇利禄者弗論，有竭蹷於官守，思稱厥職，可謂賢矣。烏得有其暇博涉經史，爲文章，冀可傳於永久？況其所言又皆有關聖賢學問之大者哉！此余所以掩卷太息，而歎爲不可及也。予尤於集中所載孔孟門人諸議而心折之，蓋從祀之議，斟酌進退於明嘉靖間程、張、桂三公者，是非予奪，亦既不爽，今少參更欲匡其不逮，厥功偉焉。然余嘗思宋元明人之應祀而未祀者，尚有其人，不無遺憾。楊月湖、薛方山、王鳳洲、鄭端簡諸公之議具在，余不知少參又何以損益之，爲定論矣。是爲序。

駢邑治年弟馮溥撰。

（張能麟《西山集》，清華大學圖書館藏清刻本；亦見熊象階修、武穆淳纂《（嘉慶）濬縣志》卷二十，清嘉慶六年刊本）

【注】

〔一〕陳玉璂《學文堂集》有《西山集代序》，與此文頗有重合，知此文在陳文基礎上潤色而成。

桂山堂文選序

往戊戌、己亥間，仲昭遊京師，日與士大夫賦飲高會，有舉酒屬爲文者，輒援筆立就，都下以子安呼之，余心折其人久矣。歲戊午，上徵海内鴻博諸儒，仲昭待詔闕下，爲《長白山》、《瀛臺》諸賦，余讀而歎美之。以語中書舍人徐勿箴、許翼蒼介而相見，客余東軒，日與論詩，每歎古人沉雄高渾之作不可復見。其論古文詞，自周秦以迄宋明諸家，其文采音節如皮革羽毛，與時變易，人有不同，而氣骨神韻相合無間，未有不如一父之子也。及與論立國規模，治安要略，原本經述，通達時宜，一一見諸施行，莫非可大可久。國家以文辭招致才名，所謂『經國大業，不朽盛事』，私幸猶有其人。

比上臨軒親試，余奉命入閣閱卷。卷盡而仲昭以詩韻誤改一字，於落卷搜得之。余語閣中閱卷諸公曰：『此錢唐王仲昭卷也。賦既典贍，序尤莊雅。國家如此曠典，何可失此人！一字之誤，余於上前白奏之。』甫簽擬，而中書以上卷封記鈐印至矣。不得已，擬中卷第一。上既親定上卷次第，出語閣臣：『中卷多佳篇。』命更撿知名十人以進。上抑置九人，獨取仲昭卷留案前，以不足充數而止，授中書舍人，罷歸。

余嘗覽古高才絕學之人，多淹抑無所見。在上者徒嘆『吾安得若人而用之』，其人或數上書執政而不報，自傷汲引無人。及在上者既已知之，如賈太傅之於漢主；或執政從而汲引之，如孟山人之於唐宗，終於偃蹇不偶，不得不委其事於天，爲其遭命之奇薄也。仲昭才名如許，天實生之，豈置無用？上既召試而知其人，余又力薦上前，卒不得當而罷。雖其時命爲之，然比年以來，日與坐斗室中，對其靜氣深息，生平見道得力者深矣。此其於榮落得喪之間，不獨以時命任之，亦其安貞素履，無所加損於性分者然也。

今歸臥西湖十年，平昔著述，裒輯成書，所爲藏名山而傳其人者，具在也。文章之頡頏古人，治術之通貫世務，海内有目者自能品騭之，何俟皇甫氏一言而始見重於時哉！至於抉濂洛之奧義、發孔孟之真傳，闡微辨惑，以覺寤迷繆之後人。澹靜寡營求，無愧守身之賢者。與余上下古今，無事不以古之賢哲相勗，老年益友，余亦未嘗多得也。

今年春，上閱河南，巡駕幸浙省，聞仲昭於靈隱山前上謁，獻賦頌二册，賡颺孝德。上顧問周詳，頻詢年紀幾何，仲昭以衰老力陳不堪用。上覽賦嘉歎，命發翰林院以備採擇。駕旋於關河水次，復召至御舟前慰諭之。噫嘻，亦安可不謂受主上之知遇哉！

獨余知仲昭最深，力薦引之而不得當，致令上欲用之而仲昭已老矣。每與友人言及，未嘗不引爲已過。嘗爲詩以貽之曰『才爽欹遺駿，鑑昏玉失輝』，又曰『交情握手笑彈冠，薦達慚教負羽翰』，志余憾也。今集成而請序於余，聊爲敘述之，使天下知有才如仲昭，僅見於文詞，然其屈於前而伸於後，足以接武古人，傳之不朽者，猶有在也。余豈徒諛言以謾世哉！

時康熙歲次己巳孟夏中澣駢邑馮溥拜題。

（王嗣槐《桂山堂文選》，青筠閣藏板）

健松齋詩序

余每讀方子之詩，輒歎其淵雅秀潤，謂爲王摩詰一流。蓋其神理之似，非仿佛詞句者所能工也。會梓成帙，方子欲得余一言爲弁，余因爲之序曰：

詩道之難言久矣！夫詩，原本於性情，資深於學力，夫人而知之也。若夫掇拾膚竊，嗜古未融，妍皮癡骨，識闇神離，其病非一端而止也。譬之織縑然，一手弗柔，便有浮絲；譬之審音然，一聲未諧，便乏逸響。揆諸古人得心應手之妙，何啻倍蓰？蓋古人佳句，往往於無意得之。今刻畫求奇，氣傷弗貫，一不似也。古人沉鬱頓挫，海立雲垂，皆好學深思，兼得山川之助，聞見之廣，積久而發，不自知其然而然也。今以弱腕而持六鈞之弩，跛足而希二華之巔，二不似也。古人藴藉深厚，或澹而可思，或遠而愈妙，雋永之味，咀而始出。東坡亦云『說詩即此事，定知非詩人』，今澹則凡近，遠或晦蒙，三不似也。持此以觀方子之詩，亦有數者之病焉否乎？

方子系出華胄，少掇巍科，值干戈擾攘之際，僑寓錢唐，與其地之名人碩彥相交遊，暇則以詩文切劘，雖在窮愁落寞中，顧不以傷其氣也。西湖之勝甲於宇内，籃輿尋春，畫舫載酒，一觴一詠，蕭然遠寄，謂非得山川之助、聞見之廣乎？其詩怨而不怒，哀而不傷，絕去凡近晦蒙之習，而一歸清遠澹逸之旨，可以興矣。雖然，學力無盡，才識亦隨時會爲消長。

方子以徵辟來京師，旋蒙清華之選，與修《明史》，方將揚榷古今，卓然立不朽之業，詎止以詩文見長？然一時被召而來者，皆四方英俊之士，多聞直諒之友，樽酒論文，形諸篇什，亦所必至也。則異日所進，又豈可量乎哉！予故樂得而稱道之，以勗方子，併以質夫世之言詩者。

康熙己未長至日騂邑馮溥題。

（方象瑛《健松齋集》，清康熙世美堂刻本）

學文堂集序

今舉子第進士後，率十年而始得謁於選人，故言者往往以仕路壅塞爲病。此甚不然，孔子曰：『學而優則仕。』仕者以行其所學也。漢世朝廷有大政事可疑者，則令公卿以下與博士以經義雜議之。近代士未第時，爲制舉家之業，不暇旁及一書。一旦舉於禮部，殿試後畀以民社之責，或有在六曹者，當事有所難決，問以前代之典與所宜行，瞪目咋舌而不知。所謂有志者，乃始恨不讀書爲學問，然固有所不暇矣。故其以鹵莽敗者無論，即守繩墨，所至以爲良吏，不過二三十年，退而頹然身與名俱滅也。

若今第進士後十年，得以其間肆力於學，考古今治亂得失之故，上以經術佐天子，而下亦不失以閎覽博物，自命作者之林，斯不亦善乎？乃每三年所得士，即甚少，猶百五十人，當數載謁選，畀以民社，問以所難決，則猶然無知。鹵莽者既敗，而守繩墨者，退而無所聞於後世自若也。蓋其十年之力，固或盡之干謁請託奔走勢利之途，及傲睨鄉曲，以習爲肥家保身之學，而無事且棄之飲食博塞而已。視讀書爲文章，不以爲此經生之事，則曰名士之習，吾不暇以爲。嗟乎！此士負朝廷，而非朝廷之負士也。

毘陵陳子椒峯，予所取士也。成進士六年，而咋者寄予《學文堂集》，裒然已等於歐陽子、蘇子之多。讀其文，則歐陽子之文也。其學自六經、諸史、百家、曆律、讖緯，當世之時務，以迄稗官小說，無不究其本末；而文自序記、傳論、碑版之文以迄詩賦小詞，無不各極其致。如是雖古今天下之事，當無有難之者；於以服官，則無適而非其學之所及；至於以是傳之後世，固不徒爲文章之士而已。

夫陳子，毘陵之名族也，少年登高第，使藉家世之餘業，以爲今人之所爲者，所得不倍蓰乎？然陳子視若沙蟲糞土，而自以其十年之力，矻矻於學，以能卒有成如是，所謂人之度量相越，豈不遠哉！自是以往，吾誠不知其所止矣。讀之既卒業，喜而書以寄之。

（沈粹芬等輯《清文匯》甲集卷五，北京出版社一九九六年影印國學扶輪社本）

喟亭集序〔一〕

臧子成進士將及十稔，補魯山令。甫下車，即能爬搔民疾苦，治聲遠聞。會丁内艱，當事惜其才，欲奏在任守制，臧子斷然不可，即投劾去，其集中所上劉刺史書是也。已，服闋，需次謁選，會有宏辭博學之舉，都下物色臧子者衆，即裹書一囊歸，若深有以自匿者。吾於是知臧子大節凜然，不苟名譽如此。其兩府三事中人乎？殆非止守令才也！

吾即就其文而論之，謖若長風之松，嶄若千尺之桐，論必本於經，體不詭於史，其元和之昌黎、天聖之廬陵乎？是集之傳，亦可必也。吾觀元紫芝亦令魯山，歌《于蔿》，人稱忠焉；柴車將母，人稱孝焉。今臧子固忠孝人也，後魯山庸渠不如前？然元子不能發抒於李唐，臧子必有建立於本朝。宣室承明之上，吾且望其《卷阿》之什、《説命》之篇矣。

時康熙歲次丁巳立秋後六日，著於燕邸之敬慎堂。

（臧眉錫《喟亭文集》，清康熙十六年刻本）

【注】

〔一〕底本原題後有落款『駢邑馮溥題』。

日下舊聞序

昔漢婁敬言形勢，首關中，次三齊，而他不與焉。金源粱襄則以燕爲京都之選首，其地左滄海，右太行，後倚關塞，南面而臨區夏，壯哉！度越東西秦遠矣。歷年既久，市廛古跡漸多。游京師者，尋覽名勝，發爲歌詩，匪掌故奚由哉！

朱子竹垞博極經史，述而不作，輯爲《日下舊聞》。聞者，聞之於昔也，非一人獨撰之書也。乃廣其義例，首星土、世紀，次形勝，次宫室，次城市，次郊坰，京畿僑治附焉。又次邊障、戶版、風俗、物産，而終之以雜綴及石鼓考，共四十二卷。上自軒轅，下迄明季，所采輯經史與稗官家言，計千六百有奇。其經緯宏遠，備矣。後有作者，蔑以加矣。

曩歲在己未，上召海内文學之士試闕下，時予承乏政府，讀竹垞卷，歎爲奇絕。同時五十人，皆拔置禁林，而竹垞獨供奉内廷。未幾罷去，乃僦居古藤書屋，風雨一編，青燈永夕。人見其蕭然闔戶，疑有牢愁羈旅之思，不知其搜拾舊聞，訂訛辨誤，與古人角勝於楮墨間也。竹垞在翰苑，著有《瀛洲道古錄》一書，宜並出問世，使官詞林者知職守之所在。纍朝禮下之典，亦與有助焉。

予退處田間，老而廢學，得此二編以送餘年，庶幾京師舊遊歷歷在目，亦可以消玉堂天上之感也已。益都馮溥序。

（朱彝尊《日下舊聞考》卷一百六十）

平閩紀序

初，少保楊公提督山左，實開閫青郡，威德孔彰，兵民允協。余時以翰林佐銓，給假歸里門，一見如舊，後遂定交焉。時周櫟園先生亦分臬此地，詩酒風流，岸然自命。余三人朝夕過從，談笑讌會，殆無虚日。自謂友朋之樂可侔古人，而運會隆詘過之。未幾，公移駐省會，櫟園改參藩江左，余亦以假滿赴部，星分雲散矣。會公不樂居東土，而繼至者復不善於其職，廷推，復强起公鎮之。蒙上召見，俾從獵南苑，試以弓馬，喜動天顔，錫賚有加。上曰：『此真大將才也。』既而上以海氛時警，改命公建牙江左之松江。青齊之民惜公之去，思公之德，迄今未嘗一飯忘也。歲癸丑，值吴逆構亂。明年，耿精忠竊據閩省以應之，勾引海寇，侵犯漳、泉，蜂屯蟻聚，奸淫擄掠，閩民之苦百倍他境。逮精忠勢窮歸命，而海寇改陷海澄，斷泉之洛陽橋，以爲久住之計。皇上惻然遠念，拊髀思將帥之臣，余待罪内閣，復以公請。上曰：『可，是朕所熟悉也。』乃進公少保兼太子太保，復加昭武將軍，帥師討之。

公抵閩，謁康親王，面陳進兵機宜。退與督撫提鎮商畫籌策，婉轉開譬，大得滿漢之和。遂引兵攻賊。將弁同心，士卒用命，一戰而奪洛陽橋，破其砲城，斬殺不可勝記，遂解泉州之圍。再戰而劉國軒敗遁，因克海澄。水師亦乘勝而取金門、廈門，賊勢窮促，逃竄歸島。其入犯也，船數千艘，賊數萬人，其遁歸也，船不過數百隻，賊不過數千人而已。傷亡既多，遂不復振。公仍處處布置，永爲善後之計。靖邊陲以安黎庶，振天威而息鯨鯢，自此始也。虜事之始末詳略，具載在公自序《平閩紀》中，茲不煩贅。獨是九天九地，動罔不臧；知彼知己，戰無不克，亦未易以言詞傳矣。《易》曰『師出以律』，又云『師貞，丈人吉』，其斯之謂乎？

奏聞，上心嘉悅，溫旨褒美，廕公子世襲拜他剌布勒哈番。公復以衰老乞休，上以爲松江，公之故鄉也，藉老臣之力鎮定海壖，予晝錦之榮，香凝棨戟，不亦可乎？乃詔公復還松江。昔人有言：『爲將之道，必智仁勇具備而復稱焉。』公料敵制勝，不失纖毫；御衆整嚴，不廢慈惠；搴旗斬將，身先士卒。暇則輕裘緩帶，與士大夫相浹洽，口不言兵事，揆諸古人，其羊叔子、郭汾陽之流歟！

公命余爲序，余辱公知契最深，不敢以不文辭，然余意非徒序閩事也，亦天下後世之爲將者有所取法，勿止以材武自命云爾。

時康熙二十三年歲次甲子仲秋之吉，賜進士出身、光祿大夫、太子太傅、刑部尚書、文華殿大學士加一級予告、前奉敕纂修實錄總裁、管理誥敕、經筵講官、刑部尚書、都察院掌院事、左都御史、吏部左右侍郎、丁未己未會試主考、文武殿試九充讀卷官、內祕書院侍讀學士、內弘文院侍講學士、國子監祭酒、內國史院侍讀、司經局洗馬兼修撰、壬辰會試同考、內弘文院編修、庶吉士、駢邑眷弟馮溥頓首拜撰。

（楊捷《平閩紀》，北京圖書館藏古籍珍本叢刊影印清康熙刻本）

御定資政要覽序

皇上製《資政要覽》書成，復序於其首。文章爾雅，訓詞深厚，期與天下革薄從忠，以臻蕩平之治。既昭德以塞違，復仁育而義正。臣拜手稽首，伏而讀之，而仰皇上至德之廣淵也。竊惟致治之要，始厥修身；建極之主，先資教化。道不越於庸行，事足取以寡過。自古帝王，身爲律，聲爲度，無非同患斯民之意，時廑於懷焉爾。蓋理道之原，聖作而明述；風俗之本，上行而下效。皇上敬德於上，以誕敷文教，紹百王之鴻業，昭至治之休聲。凡兹臣民，智不師古，愚或多僻，非所以示大順也。今捧誦是書，廣大悉包，精微共貫，上自朝廷，下逮委巷，咸有成模，足資勸戒，聖狂分於念慮，妍媸較若鬚眉。雖戶說以渺論，曾何以加焉。且惠則吉，逆則凶，有心者所共喻也。況以經傳之菁華，入宸衷之陶鑄，如衣之有領，如農之有畔，習之者謹身守典，以共趨於同風，斯則無負皇上以身作法之美，而移風易俗，還淳返樸，端在是矣。臣仍得拜手稽首，颺言曰：惟帝綏猷，式是四國，作善致祥，勿遂爾慝。其是訓是行，以近天子之光哉。

國子監祭酒文林郎臣馮溥謹序。

（四庫全書本《御定資政要覽》）

豁堂禪師語錄序

豁堂禪師，祖三峯而高曾龍池、太白，獅弦所震，狐外潛蹤。雖太白諸嗣子無不折行輩，自以爲不及，無論緇素歸仰也。三峯與太白法乳相承，密印別傳，不啻克家之子，顧以從上宗旨，貽書往復，蓋太白機鋒迅利，如太阿鋌刃，刜鍾無聲，而三峯慈憫導引，法雨沾濡，欲令人人自得，故密雲漢月之辨論，無殊溈仰父子之唱酬，虛空逼拶，落草盤桓，有何分別。而愚者妄指淄澠，自忘鹽水，至今猶惑。試讀豁公語錄而後知函蓋之地，截斷眾流，二老婆心，無不爲之呈露。南屏曉鐘，西陵夕照，亦似無不爲豁公提唱也。豁公天才敏異，其詩與西陵諸子相贈答，說者以爲晝公再出。世諦文字，瀾翻犀穎，皆足以表裏黑白，故士大夫往往從之扣擊。

余友高念東謂豁公著述，夐出寂音尊者之表，然要以迦葉慶喜，拈花倒竿，心心相授，遠至臨濟，於今又三十餘傳。而明星不改，海印依然，則公語錄具在，不愧嫡裔，而又豈近日諸方所能仿佛也。余未及見豁公，讀其書而慕之，嘗欲延之都門，豁公不可。聞其性愛山水，雖卓錫之地，四眾坌集，常輕衣曳杖，獨買小舟，於六橋之側，嘯詠移日。是殆不可强致，故不復更申前請。而豁公今已示寂數年矣，侍者定悉以余之嘗知豁公也，裒其生平語錄，總爲一編，以乞余序。余往從檇李覓化城藏板，留供善果寺，中間時輩所附，痛爲汰去，非敢妄意稱量也，欲使醍醐出乳，都無雜味。若豁公之錄，此真足繼古德，以續佛慧命，固余向之所皈慕而不勝贊歎者也。世有達太白、三峯之旨，以追印世尊之正法眼藏者，當不河漢余言矣。康熙己未初夏撰。

（沈鑅彪《續修雲林寺志》卷五，清光緒刻本）

恭賀量翁張太老公祖壽序

余嘗讀太史公《列傳》，至萬石君，觀其世家右族，爵位之蟬聯，閥閱之光寵，既已震耀於當世矣。而家法淳謹，循循然於禮教，以爲天下楷模，未嘗不流連致頌於其際也。韓子曰『莫爲之先，雖美弗彰；莫爲之後，雖盛弗傳』，斯二者，皆天也。然人之迓庥致福，遠媲古賢，而爲世罕覯之盛，則孰有如我太先生者哉！

太先生冢君履翁張老公祖，以甲寅憲雁門，曩常官中祕，與余有一日之雅，故余得知其家世之詳。今冢侄小司農隸公宇下，故余復悉其政事之美。今歲乙卯，公晉少參，兼治雲中，久任，是以迎太先生至署。太先生八月抵代，嘉平十有八日，適爲太先生覽揆初度，邑人紳士、余馮氏子孫謀所以爲太先生壽者，郵函以丐言於余。不及遠引符瑞爲稱觥升堂之獻，夫亦述其近而可瑞者。功名之鼎盛，家學之淵懿，足以垂譽千祀，集祉無疆。如萬石君，子孫至卿相、封列侯，蟬冕簪笏者十三人，而教家之法，天下式也。若是者，可以爲太先生壽矣。太先生揚歷南北，經文緯武，旌麾所指，削平安集，中州鎮撫之勳，三吳七閩勘定之烈，山左榆園蕩平之績，率皆勒之鐘鼎，垂之史冊，彰彰可考也。

太先生起家武闈。世祖章皇帝定鼎之初，悉征天下豪杰。太先生譽望達帝廷，值豫王南下，從征江浙，樓船下瀨，羽蓋紅旗。太先生以奇謀決策，耆定南服，三江五湖之間，威名奕如也。遂以功授浙閩節度使護軍。已，又因漳浦龍溪之地，鷹膦未化，萑藪叢姦，復移師討之，太先生鞭弭所及，千里悉定。當事者咸以爲邊海窮荒，地多山谷，人多嘯聚，非得文武兼資，弗克彈壓重地，乃以彰南道改授。入請而廷議，以格於例，不果行也。然太先生勳勞茂著，晉三省節度使護軍、都督僉事，畿輔近地倚以爲長城保障焉。既榆園之役，太先生指揮方略，鐵騎先登，臨機制度，動合古法，一時鴟張反側之子，胥懾服於天戈雷霆之下。自是聲華鵲起，行且建節鉞，擁牙纛。汝寧天津闕鎮乏人，兵曹以太先生名上矣。而太先生乃抗疏辭榮，謝病免，家居，不汲汲於富貴福澤也。此非有大過人者，安能於顯赫焜耀之時，脱然無累，以自頤其天和如是哉？而履翁老公祖方其馳譽京華，讀書祕閣，繼又樹大猷於黔蒼爨道之間、魚海龍荒之域，羽儀丰采，天下望爲鉉鼎，而今乃大庇我三晉也。功名之際，詎不盛與？

然余聞太先生之爲教也，簡正詳密，遽關、閩、濂、洛之學。凡觀察公之所以出政治民者，無一不稟命太先生，而太先生猶時時勖以公忠亮節，正身率物。以故，觀察公之治雁門，疏釐爬剔，撫摩抑搔，煦濡董成，涵育陶冶，朝廷簡兵裕餉之重，兆人耕桑水火之利，師儒學宮，講習討論之。故城郭修葺補綴、疏壅導滯之事，老羸貧疾衣服飲食、藥餌糜粥之細，無不一一盡善。三閩雲代之區，士歌有德，民懷不諼。而觀察本必推本所自，曰太先生之教也。家庭之内，申申怡怡，窟窟翼翼，燕惰必謹，冠履必飭。四境化之，相率而敦於孝謹，則太先生家學之淵懿，爲何如哉！夫萬石君不言躬行，天子尊禮以爲師相，耆年碩德，爲海内具瞻。如太先生之功名家學，安在古今人不相及乎？是太先生之德未艾，是太先生之壽正未有艾也。彼夫大椿之頌，醴泉之英，又何足言！是爲序。

（《彭城張氏族譜》卷九《補遺篇》，二〇一五年張氏排印本）

西樂山樵文集序

歲庚寅，鍾子以尺書來曰：『不佞待罪下邑，弦歌之化，未有當也。惟是牛馬餘晷，間操柔翰，竊以金荃蘭畹之遺，佐子燕市一觴。』予啟緘而大吒之，曰：『異哉！鍾子之强敏而肆於志也。』往予總角時，即與鍾子爲筆硯交，劘切藝林，數睥睨當世士，期各以文章馳驅天下，蓋交相勖也。久之，予困頓文場，鍾子率一再先登，拔蝥而舞，爲吾黨軍鋒冠矣！

比年來，予承乏詞館，人謂當以鞶帨爲功，乃興意蕭然，如秋後籜。因自笑向者喜負稜稜，恥爲跗注之君子，後一何童心未盡也！又以年逾强仕，非與子墨客卿鬥春華時，欲向脚跟下稍究實際，作焚硯君苗，八識田中綺語，根株槁盡矣。乃鍾子佩組堂皇，比聞茹荼百狀，廚傳蕭然，杞菊可賦也，而韝拳事，貴人義不可。但已一盛旨酒，已歌『褐父之睨之』，而芟芻幾何？糗糧幾何？郡赤符又旁午至矣。吾意：即元道州當此捉襟攢眉，或不復能染毫鏤思，作《賊退》詩示州邑吏。乃鍾子戴星之瘁，不廢鳴琴。曉衙填委，方軌召杜之塵；退食委蛇，高揖周秦於座。總持前彥，不亦太乎可異也夫！豈其邑大夫雖云窘瘁，而瘗仍有鹿，懸尚得魚，不至如金馬浮沉，曼倩欲死。即有時單騎謁大吏，歲不過二三出耳。視長安客子，日以高骨馬蹩躠緇塵中，風霾乍來，鬚眉俱失者，則有間矣。外此而印床丹筆之中，指揮如意，騶卒伍伯，累累魚貫，而蒲伏階前，俛首北望，儼若神明。兼之鈴下小吏，或亦堪代雪兒之唱。故鍾子苦矣，而亦有所愉快。於此而流爲宮徵，以代鼓吹耶？是未可知也。

且鍾子少席貴介，閒雅多藝能。文史之暇，自以絲竹度曲，殊不減仁祖天際真人。想造物者故以艱危吏事苦之，而鍾子不受，則曰：『是區區者，固無若予何！撫字之字，魯有鳩也，猶不廢我嘯歌。』其倔强猶昔、風流自喜如此。苟造物者不紓其技，而必思有以逞之也。遺大投艱，將後來者益甚，或賜履而分陝，提封千里，連百城而授之，鍾子安所逃焉？

然吾即以詩餘策之，而知鍾子敷政之有餘勇可賈，彰彰於此。何者？使鍾子而非槃槃大器，短綆汲深，將朝夕鞭策，案餘積牘，如日有食之。奔走周呼，鳴鼓擂鐸，而不給於救也。即不然，恢恢遊刃有餘矣，而以辱在泥塗，自傷枳棲之羽，日作捉襟攢眉之狀，戚戚無歡，其器爲已狹矣，何能燕寢清香，琅然而聞于蔿之音乎？夫才有以肆應拏，而中復有以自廣，天下行必賴之矣！然則鍾子將何以自免於艱大乎？

時順治庚寅季冬，内國史院編修眷社弟馮溥題。

（鍾諤《西樂山樵文集》，清光緒刻本）

光祿大夫内祕書院大學士吏部尚書孫文定公墓志銘（一）

閭里光祿大夫、内祕書院大學士以疾請告，家居垂十年，於康熙十三年九月初八日終於正寢。有司以訃聞，皇上念耆舊大臣，深用震悼，敕祭葬如例，復予謚曰文定。先是，公在吏部時，每事多以吳文定公寬爲法，至是易名之典適與相符，亦異數也。越明年，將於九月十七日葬公於三台山陽，其子寶仍、寶侗持狀走京師乞銘於予。予與公生同里，少同筆硯，又同舉於鄉。公爲冢宰，予以翰林出而佐公；其入直内閣也，又於公爲後進，知公生平事甚悉，則銘公者，予之責也，何可以辭？

按：公諱廷銓，字枚先，别號沚亭，世爲益都之西鄉人。曾祖諱延壽，以名德重於閭里，還金之義，詳邑乘中，邑人至今稱柳溪公云。祖諱震，以明經任濰縣教諭，品行端方，教士有法，濰人祀之。皆以公貴，贈光禄大夫、户部尚書，加一級；曾祖母姚氏、祖母趙氏，皆贈一品夫人。父諱元昌，爲諸生祭酒，直諒多介節，以公貴，封光禄大夫、户部尚書，加一級；母張氏，封一品夫人。

公博大沉塞，淵渟嶽峙，與人和藹，而秉義正堅。少時具有風度，長益肆力於文章，於書無所不窺，而純粹和雅，雖根柢於秦漢，藻采益燦然可觀矣。即小試有司之作，亦傳誦海内。崇禎己卯舉於鄉，明年庚辰成進士，筮仕得魏縣令，再調撫寧。所至有治績，復改監紀推官，以假去官。

甲申，皇清定鼎。乙酉（二），召赴闕廷，授河間司理，分司天津。閱三月，入爲吏部主事。丙戌，典陝西鄉試，得人爲盛。歷任爲文選郎中。時國家初創，選舉尚希，宇内需材，仕途雜宂，公典選數年，大有清通之譽。溧陽陳公諱名夏者爲太宰〔一〕，性峭激，頗有知人之鑒，見公敏毅强幹，深穆鎮静，數加歎異，常目之曰『宰相材也』。庚午，陞翰林院，提督四譯館、太常寺少卿，奉使祭告禹陵，南鎮南海，作《南征紀略》二卷。壬辰，在道加太僕寺卿，再調管左通政事。世祖章皇帝每於朝端目公進止詳審，風采端凝，問姓名里居甚悉。癸巳，升户部右侍郎。甲午歸省，還，補兵部右侍郎，管左侍郎事。尋轉吏部，兼左右如故。未幾，大司馬缺員，庭推再上，不得旨。特傳諭云：『中樞重任，宜慎簡畀，其以孫廷銓爲兵部尚書。』莅事之日，諸司凜肅，骩法之吏無敢譁者。提鎮大帥耳目一新，如李光弼入河陽之軍也。先是，位大司馬者多不利，公暇而整，戎事以章，人歸嘉德焉。

丙申，晉户部尚書。公自爲户侍時，已熟悉國計，每謂：『古者月有計、歲有會，所以制贏絀、重民命也。今國家新造，費用無節，司農復不上其數，有餘不足，皇上何從知之乎？』殫力總理，不遺絲髮。錢穀舊隸諸部者，各還所司，條緒釐然。歲會之成自此始。時王師進取，供應浩繁，公疏請責成督撫，清察墾荒，寬有司考成，皆蒙俞旨允許，事賴以濟。其爲裕國裕民計經久者類如此。

丁酉，覃恩加一級，授光禄大夫，賜玉帶。戊戌，加太子太保，晉吏部尚書。公起家吏部，及正位家宰，閉户絶報謁，益以慎重名器、疏通淹滯爲己任。虚公不爲適莫，然當其義所不可，雖舉朝動色，不能奪其正議。嘗語同列曰：『臨事討論，勿徒爲一司計也，其通格之關於諸司者當并計之；勿徒爲一時計也，其利害之陰伏於天下後世者當并計之。』可謂通達國體之識矣。

己亥，加少保。十八年辛丑，世祖章皇帝升遐，今皇帝嗣位。公勤修庶政，首效匡勷。康熙二年，以内祕書院大學士入參機務，用舊德也。公入政府，竟歲未嘗休沐。或謂公過勞。曰：『吾等臺閣日淺，將以學從政也。』其恭慎如此。公素有怔忡之疾（三），至是增劇，遂以病請歸。家居十年，每飯未嘗忘君，元旦萬壽，必整肅衣冠，望闕叩頭，恪恭震動，如在上前。

公始典銓曹，歷掌中樞，繼司國計，晉冢宰，端揆百寮，所至不務爲虚名，而練達掌故，堅確有守，朝而從政，夕而退思，繼之者卒莫能及焉。大約公寡交遊，故力之蓄也厚；絶請托，故神明澄澈，能悉諸曹利弊（四），然不輕有所變易以事更張；贊畫廟謨，綸思密勿，正色讜言，務求至當，不隨時爲可否。生平忠孝，秉於至性，兩朝殊眷，恩禮兼隆，君臣之際，可謂始終無間矣。封尚書公及太夫人又皆春秋壽考，公屢疏省覲，後以三公歸養。逾年，封尚書公捐館舍，公里居襄大事，哀毁骨立。太夫人八十餘矣，公日偕諸弟率子姪會食太夫人前，稱說高曾規矩及里中老人語，以爲笑樂。性恬淡寡營，周歷膴仕而家無餘資；持躬謙退，高而能下；施於族黨，樂善不倦。晚年惟楗戶讀書，雖嬰疾，手不釋卷。所著有《顔山雜記》四卷、《漢史億》二卷，自訂詩文集各一卷，《歸厚錄》十八卷未成書，《春秋考》僅成一卷，未及命名也。皆自成一家言。自抱膝草茅，以及登任台鼎，其質樸之衷、清慎之操，始終如一，無少變更，豈非古大臣之純行者哉！

公生於故明萬曆四十一年癸丑三月十二日寅時，終於皇清康熙十三年甲寅九月初八日寅時，享年六十有二。元配翟氏，贈一品夫人，早卒無出；繼配宋氏，封一品夫人，子二：長竇仍，次竇侗。孫男五人：續端、續厚、續勤，仍出；嗣端，侗出；嗣忠，仍出（五），公命侗撫爲次子。孫女三人，仍出。此後繩繩振振，未有紀極。銘曰：

厚足範俗，直不避彊。惟公惟虛，與道爲常。大猷秩秩，以布紀綱。詢謀稽言，黼黻之章。進止有矩，其儀則一。三命滋恭，守而弗失。秉心陳力，三事是式。蹇蹇夙夜，翊我皇極。操履堅定，外務不搖。職業所司，各歸其曹。折衷群議，動中纖毫。品流式序，罔即于囂。清畏人知，貴與瘁併。抗疏言歸，值此具慶。三公舞彩，施於有政。鄉曲羡榮，樂存天性。東陌西田，優遊杖舄。含芳漱潤，坐卧圖籍。杼軸予懷，不踐不摭。海涵地負，曠致斯懌。勒銘於石，備公終始。惟忠與孝，爲國之紀。勿替引之，神貺所庇。千秋大業，光亙瀧水。

時皇清康熙十四年歲次乙卯八月吉旦賜進士出身、資政大夫、文華殿大學士兼刑部尚書、奉敕纂修《實錄》總裁、前經筵講官、刑部尚書、都察院左都御史、吏部左右侍郎、丁未會試主考、癸丑武會試主考、文武殿試六充讀卷官、内祕書院侍讀學士、内弘文院侍講學士、國子監祭酒、内國史院侍讀、司經局洗馬兼修撰、壬辰會試同考官、内弘文院編修、庶吉士，同里眷門年弟馮溥拜撰。〔六〕

（孫會正一九五四年抄本；亦見《淄博石刻》，淄博市政協文史資料委員會、博山區政協文史資料委員會編，一九九八年版）

【校】

〔一〕《淄博石刻》題作《皇清光祿大夫内祕書院大學士前少保兼太子太保吏部尚書孫文定公墓志並銘》。

〔二〕乙：抄本作『己』，據《淄博石刻》改。

〔三〕仲：抄本作『沖』，據《淄博石刻》改。

〔四〕弊：抄本無，據《淄博石刻》補。

〔五〕仍出：抄本無，據《淄博石刻》本補。

〔六〕《淄博石刻》文末有：『仲弟廷鍾薰沐篆蓋，侄寶仁頓首書丹。（蓋篆文）皇清光祿大夫、内祕書院大學士、前少保兼太子太保，吏、戶、兵部尚書沚亭孫文定公墓志銘。』

【注】

〔一〕陳名夏（一六〇一——一六五四）：字百史，江南溧陽人。崇禎十六年廷試探花，官翰林修撰，兼戶、兵二科都給事中。福王時，降李自成。清順治二年降清，累官祕書院大學士。以徇私植黨，被劾論死。有《石雲居集》。

戶部侍郎郝公墓志

皇上御極之十有六年己亥，少司徒郝公以疾終〔二〕，長君今少宰敏以訃聞於朝（一）。皇上惻焉，念厥前勞，詔祭葬，皆如例，禮也。長君以余嘗侍公杖履，悉公行事，因以狀來請銘。余不敢以不文辭。

按狀：公諱傑，字君萬，別號棫清。先生始祖郝文忠公經〔三〕，元初僑寓於燕，因家焉，遂世爲霸州人。文忠節義文章，無論識與不識，咸卜其後之必昌。迺歷元明之世，子孫繁滋，無大貴顯者。傳至智庵公諱九思，喜行其善於鄉，隱德寖寖彰矣。生子二，次諱鴻猷，世稱銘燕先生，公父也。

公生而瑰異，幼不好弄。稍長，慷慨有大節。十餘歲出就學，使者試爲文，立數千言，學使者奇之。由是聲名籍甚，畿輔士子無敢望項背。少丁母王夫人艱，水漿不入口，哀毁幾至滅性，鄉黨之言孝者歸焉。甲子舉孝廉，時銘燕先生爲秦之延長令，當流寇衝斥之時，公周旋艱險，守禦孤城，流寇不敢窺。及銘燕先生以病去，延之士民皆哭。未踰年，城陷。至今延人思銘燕先生，即思公（二）。丁丑舉進士，授太常寺博士。戊寅，銘燕先生卒，公哀號毁瘁，祭葬一依古禮，不用二氏，里中化之。甲申，皇清定鼎，召收遺逸。公既夙負重望，且近在畿輔地，因首膺召命，入拜戶科給事中。念國家初創，必先爲根本計，且民志不定，則僭踰易生，惟禮可以已之，因上言宜開經筵，祀闕里，以示天下所先，中云：『有一國者，有一國之規模；有天下者，有天下之規模。皇上爲天下主，必紀綱定而朝廷尊。滿洲貴人宜辨章服，別儀從，使漢人望而知敬；漢官亦宜辨章服，別儀從，使滿人見而加禮。』疏上，内外是之。公雖居言路，未嘗掇拾人短長以沽直名，凡有所言，皆存忠厚開國之意。時庶務未定，廷臣有過，無大小輒下刑部。公復上言曰：『法者，天下之平也。法量過以爲受，則法行而人知恩。若罪無大小，悉歸司寇，則考功之法廢矣。使天下之士朝囚首而對簿，暮冠帶而服官，非所以尊體統而養廉恥也。』自是乃分别降罰，先議而後請旨，羣下始無輕詣西曹者。

未幾，江南平，降臣蔡奕琛、阮大鋮等咸冀復用。公上疏謂：『奕琛以賄得内閣，與大鋮等朋黨爲姦，以亡江南。《易》曰「開國承家，小人勿用」，正謂此也。奕琛等宜黜歸。』公於天下事，知之明而守之固，雖不務苛細，而顰笑亦未假人，故其奏對皆關治道之大，而不爲目前之計。晉通政司右參議，丁繼母邊夫人艱，服闋，補光禄少卿。尋以少廷尉晉大廷尉。時重囚不時報決，公以天道生殺，各有其時，王政同天，則陰陽之氣不至乖戾，因上言熱審及秋決例。得旨報可，自是始定秋後律。狀中所載，皆其大節班班可紀者。至於他所建白，不可勝紀。

癸巳，晉户部右侍郎。時長君敏亦自閩之藩參内徵爲通政司右參議。公曰：『盈虚消息，天道也！豈有父子同列九卿而不知止者哉！』遽移疾歸。歸而優游里閈，與諸父老故舊爲歡，恂恂如也。處横逆犯而不校，有干有司者，則一切遜謝曰：『吾故吾也，豈以此改其初服耶？』丁酉，敏以少司徒遇覃恩晉級，封公如其官。公家距京甚近，間或至京邸，輒去。敏以公不樂居京師，思上疏爲溫清計，草已就而訃聞。病革，語不及私，惟諄諄以兩世爲大臣，勗敏以盡所未盡。忠孝之性，不忘於彌留之際，嗚呼，難哉！

逝之日，親族哭於寢，百姓哭於路，朋友設位哀泣，鄉人會弔，宅不能容。公平生事繼母倍孝，内外無間言。繼祖母張氏雙目失明，年九十，病危，公扶掖出入，侍湯藥不少懈。兄弟之間，備極友愛。嫂李氏少寡，公以子子之，以女女之，且爲之纖悉籌畫，俾無憾，以終其節，族黨義焉。尤喜教育人才，凡族姓里巷諸幼子弟以貧失學者，無不委曲成就；其婚葬無資時緩急者，蓋不可以更僕數。比歲大祲，公傾囊賑給，人人飽德。以故仕宦累年，而四壁蕭然，晏如也。嗟乎！言以教宣，行以道傳！公在朝，剛毅正直，磊落可觀，然皆以坦易之意出之，與人不爲城府，人亦不可犯以非禮。其進退容與，無少繫吝，尤人所難。樂善忘勢，雖田夫野老，尤必盡誠。跡其行事，可謂篤實輝光君子者。其以啟少宰之緒不誣云。

（沈粹芬等輯《清文匯》甲集卷五，北京出版社一九九六年影印國學扶輪社本；亦見李衛《（雍正）畿輔通志》卷一百九，文淵閣四庫全書本）

【校】

〔一〕長君：《畿輔通志》作『長公』，下皆同。

〔二〕即思：《畿輔通志》作『不忘』。

【注】

〔一〕郝公：即郝傑（？—一六五九），字君萬，别號棫清。崇禎十年進士，授太常寺博士。入清，授户科給事中，升户部右侍郎。

〔二〕郝文忠公經：即郝經（一二二三—一二七五），字伯常，祖籍陵川，生於臨潁，元初名儒。有《陵川集》。

汪母李孺人墓志銘

江都汪舍人懋麟，聞母李孺人病，力請假於朝。行有日矣，而凶問至，爲位辟踊以哭，受朝士大夫弔奠畢歸。將營兆以葬，來乞銘。予與舍人有一日之知，每相見，詢其家事，習聞孺人懿行。今觀其狀，無溢詞，可謂不誣其親者，孝子也。

孺人先世鹽城人，處士汪君如江之配。幼失父母，既嫁，事舅姑如父母。舅好飲酒，日六七索，隨索必具。姑卒，親斂含盡禮，族黨交稱其才。歲乙酉，揚州被圍，母慷慨指樓下井語汪君曰：『事急矣，此井可以畢命。』俄而城陷，遽赴井。時舍人尚幼，與諸兄環井哭。兵既釋，兩家人投以綆，縋孺人出，竟不死。舍人兄弟皆好學，讀書至夜分，母喜，給以酒。及舍人成進士，之官京師，拊其背，誡之曰：『兒行，第少飲酒，毋多言。』舍人以是每飲不敢至醉。

平居，聞其子臧否人物，輒痛責曰：『爾曹讀得幾句書耶？乃輕侮人，人必將侮汝。』故舍人兄弟文雖工，詩極正變之體，與人交，恒若不及也。孺人性簡靜，蒿簪布裙，終身不易，姻戚有讌會，多不赴。茹蔬五十年，日誦佛書。年七十餘，髮未白。寢疾，未嘗作呻吟聲，蓋能達觀生死之際，故如是。

嗚呼！臨危不懼，士君子之所難，孺人一女子，視死如歸，使其泥於井，豈有所憾？幸而不死，更相夫子三十年，睹其子策名於朝，文譽著於當世。天之所以報之不爲不厚，亦由孺人教子之能勤也。

孺人有子七人，男五人：振麟、兆麟先後卒；起麟庶出；耀麟，郡諸生，與懋麟並有名。女二人，皆早卒。有孫九人：男三人，女六人，皆幼。

卒之日爲康熙十二年八月十一日，年七十有七。其葬也，在江都之某原。銘曰：

譬彼貞木，不折而榮。陷水復活，克延其齡。既相厥夫，以誨哲嗣。靡不有文，其幼則仕。作詩肆好，修詞有章。子永其傳，母以不亡。江都之鄉，度茲幽宅。我銘其藏，千載無泐。

（李蘇《康熙江都縣志》卷十四，清康熙五十六年刻本；亦見崔華、張萬壽《康熙揚州府志》卷之四十，清康熙刻本）

皇清誥授光祿大夫湖廣湖北等處提刑按察司按察使加五級拙存張公墓志銘〔一〕

光祿大夫、湖廣湖北等處提刑按察使司按察使、加五級拙存張公〔二〕，以勞瘁卒於官。今其嗣彦琦營佳宅，將歸窀穸矣，乞余志銘。余叨世講，且公囊官中祕，余曾久炙丰儀，故得知其家世之詳。及公來憲雁門，家侄小司農隶公宇下，故余復悉其政事之美。既稔知公，安敢以固陋辭？謹按狀如左：

公諱道祥，字履吉，號拙存，世爲江南徐州人。曾、高而上，耕讀傳世，孝行純篤，代有聞人。祖曙三公，諱垣，别駕睢陽，勝國時身殉於難，事載郡志。父伯量公諱瞻，登前癸酉科武舉，授河南歸德城守參戎，隨天兵南下，平定浙閩，屢建殊勳，歷任至都督同知。生六子，公其冢男也。

公生而穎異過人，讀書能數行俱下。由蔭生考授内祕書院中書舍人。順治庚子，隨定西將軍征定滇南，題授洱海僉事。時滇境初入版圖，王師雲集，由姚安、大理轉粟入省，計運費之資，每一斛約四五十金，以致官民坐困，擔運不前。公乃申請遞運之法，檄知沿途郡縣，每三十里值一撥堡，遞接遞運，夫既不勞，粟行轉疾。共設撥堡三十餘所，即於沿途傍依林莽之間，葺蓋松棚，免夫露宿。自此綿亙千里，烟火相望，不三閲月而數十萬軍糈先期畢至。此公之才智，已於發軔之始露其一斑矣。藩兵素橫，每出則私役民夫代其負載，任情騷擾，爲地方害。公能不避嫌怨，力懲數四，自此境内肅然，一時威望遐邇景服。屬吏供給印膏，以銀匣進，公收其膏而卻其匣，廉介之風，尤令人不可及也。

康熙戊申，洱海缺裁，回部，改補山西雁平僉事。甫抵任，即奉有升授廣東督糧參議之命。山右撫軍以要地需才，題准留代。旋因逆藩蠢動，而大同西連秦境，雲中地方遼闊，餉務殷繁，非道員管理不可，題請改銜，兼轄大同糧餉。陝西賊朱龍寇掠延安府地方，而黄河一線，晉省危機。方是時，秦軍糧匱，檄取於晉。公奉檄星馳，保德州一帶沿邊屬邑，勸諭積粟之家如值購辦，趕運萬有餘石軍糧接濟，賊寇立平。丙辰冬，欽差大人於應州之邊耀山開礦，特旨命公監督礦務，公則預發己資，選干役，遍覓能事工匠，備辦爐廠、器物等具，不費絲毫帑金，五閲月而事竣，辦銀四萬餘鎰，報部題貯晉省司庫。斯時也，干戈擾攘於外，姦宄覬覦於旁，而能於環山疊嶺之中采銀數萬，四境晏然，皆公籌策之力也。辛酉，蒙古告饑，敕命在京現行各省捐納事例，俱移大同，屬公管理，將以備賑也。開例月餘，捐者寥寥，米價且復騰踴。例限八月報竣，爲期甚促，公曰：『雲、代浹歲旱災，米何從出？若俟西成，何慮不足耶？』權以八月批呈，九月納米。又曰：『勢分則價賤，以二十餘萬之多而急公者均取於郡城，勢必不能。』乃與監收使者定議，檄委近境朔州倉分收，一時價果漸平。捐米二十餘萬如期而足，邊儲賴之。

癸亥秋，皇上御駕侍太皇太后幸五臺進香，山徑崎仄，步輦難行，奉文先期修路。公即率屬，西至長城嶺，東至懷臺，指示相度，厚備工價募雇民夫。先是，臺民疑畏張皇，多有逃避者。聞公至，相率子來，視同樂郊。是歲十月朔、五日，代州、崞縣、平、忻州、太原等處地大震，公即查實鄉城壓死人數，按口賑給棺資，次崞次忻，莫不皆然。原、平之震極慘，舍宇全覆，屍骸盈野，存者無幾。無地棲身，凍餒號泣之聲，耳不忍聞。公則賑錢瘞死，煮粥救生。措置稍安，隨白撫軍，題報恩遣賑恤，民生始遂。

公歷代數載，凡設義塾四區，延師生教授生童。塾近於肆，市廛租入足供修脯，可爲垂遠計。先是，大同大饑，公出己資設粥廠，日煮米三十餘斛，自庚申初冬至辛酉入夏而止，約計賑米四千餘石。例應詳院題敘。公曰：『吾用此作陰德耳，何事表暴爲？』晉多樂戶，乘機誘買饑民女子爲娼，公力捕諸惡，追驗文契約數百人，立捐俸代贖，仍各繩之以法，悉拘諸女子置空廨，命諸老卒掌明禁，給飲食，檄令原籍州縣，按照開載居址、姓名，曉諭親屬領回，並給路費使去。一時喧傳，稱爲異政云。雲、代荒祲之後，疫癘大行，死亡過半。公慮丁戶既減，則地荒糧缺，里下包賠從此始矣，乃力懇撫軍題請開豁，由代至省三百餘里，往返請命者數四甫允。具疏部議，上准免糧差地丁三年。此公在代諸政也。

甲子春，升授湖廣湖北觀察使。故事：參議無升臬司之例。而公特膺殊寵，此前未曾有也。去代之日，黃童白叟攀轅臥轍，所過填擁不得行，號泣之聲聞於數里，於此知仁義之漸摩久且深矣。公至楚江，謂其屬吏曰：『湖北自鄰省用兵以來，轉餉輸粟，差徭絡繹，凋殘極矣。民苦刻深，我當治以寬大；民苦困窮，我當予以休息。然必協力，方克共濟，君其勉之。』公操守則益勵廉潔，讞鞫則力求平允。清炎天之犴狴，給以茶鹽；矜冬日之罪囚，散之絮襖。他如特拔英俊，登鄉薦者林林；捐贖難民，免離散者比比，建義冢於洪山，拯災黎於江滸，彰彰在人耳目者，難於枚舉。然而案牘紛繁，應酬旁午，心神漸耗，憂瘁每形，乃引疾申請。兩臺援例具題，奉旨：『張道祥著在任調理。』公受此特恩，益復矢志捐糜，誓圖報稱，無奈積勞愈深，竟致不起。嗚呼！使天假公歲月，騁公之才，必將秉鈞當國，作清時霖雨，豈不大有造於斯民耶？嗚呼惜哉！

公自中翰至觀察，宦途數十年，兢兢奉職，從無罣誤致干吏議。公孝事二親，必敬必誠，於昆季始終無間。篤於友誼，道義相親，故人之子靡不刻意提拔，成其功名，助其婚娶。設有失業無歸者，必代經理，務令得所而後已。或銜恩叩謝，則曰：『管鮑知交，此我分内事，不足云德也。』生平樂善好義，難更僕數，姑舉其大者云耳。

公生於前明崇禎丁丑三月十四日卯時，卒於康熙丙寅正月十九日辰時，得壽五十。配馬氏，同郡世襲千戶馬玉斗女，誥封一品夫人。次配趙氏，廣西左江道加少司馬銜趙璧球女。子一，名彥琦，國學生。女五，俱嫁名族。

余於觀察公沐德奉教者亦既有年，公之生平、事功、德業莫可殫述，愧不能爲有道之文，以表公於萬一，乃作銘曰：

徐環海岱，毓秀鍾靈。篤生國幹，岳峙川渟。顯仁藏用，地義天經。宏猷碩業，炳耀汗青。陶鎔景化，爲世儀型。神托箕尾，上比列星。佳城郁郁，馬鬣丰形。綿綿歲月，永奠斯銘。

（《張氏族譜》御册『志銘』，乾隆四十二年刊本）

【注】

〔一〕原題下有落款：『賜進士出身、資政大夫、文華殿大學士兼刑部尚書、撰修《實錄》總裁、前經筵講官、刑部尚書、都察院左都御史、吏部左右侍郎、丁未會試主考、癸丑會試主考、文武殿試六充讀卷官、内祕書院侍讀學士、内弘文院侍講學士、國子監祭酒、内國史院侍讀、司經局洗馬兼修撰、壬辰會試同考、内弘文院編修、庶吉士、年家治弟馮溥撰文』；『賜進士出身、户部給事中、前翰林院庶吉士、家眷北車萬育書丹』；『分守武昌道布政司參政、年家眷弟成光篆蓋』。

〔二〕拙存張公：即張道祥（一六三七—一六八六），字履吉，號拙存，徐州人。張竹坡從兄。以父蔭授祕書院中書舍人。順治十七年從定西將軍平雲南，授洱海僉事。康熙七年改雁門僉事，進參議。二十三年授湖北按察使，多善政。升湖北觀察使，卒於任。

豁堂喦禪師塔銘

淨慈豁堂大師者，原籍江寧，俗姓郭，臨濟第三十三代孫也。法諱正喦，字豁堂，别號隨山。幼不茹葷，稟異姿於夙慧；長無俗緣，擅穎悟於叢林。早絶塵緣，悟三空之妙諦；繼宏大化，匯五派以同流。潔己親賢，積功累德。博通世典，同龍樹之遐心；綜貫三乘，全阿難之道力。丰神瀟灑，氣宇汪洋。力護法輪，寺基無侵於豪右；聲聞耆宿，正論端藉於辨才。淡泊自甘，心期獨許。吮筆備虎頭之妙，烟霞變於毫端；行吟兼摩詰之長，逸韻飄乎紙上。當仁不讓，臨濟之旨全提；見義必爲，權貴之門不到。弱齡稟戒，三德已具於童年；一鉢尋師，千偈頓翻於舌底。入三峯之室，既虎視以龍驤；建淨慈之幢，洵金聲而玉振。開億兆人之正知正見，晴翳消除；續數千年之傳法傳衣，頂伽脱盡。鳴塗毒之鼓，山中宿衲皆驚；拈般若之華，座下英靈微笑。鸞翔鳳翥，智刊情亡。豐儉常適其宜，寵辱不關乎慮。榾柮之火，品字煨來；曲彔之牀，横肱睡去。一生蕭散，誠船子之風流；不事王侯，政黄牛之標致。蘆花泛月，響震魚龍；屐齒登山，春歸奚錦。迨廢宗之詿誤，致法席之零丁。明屬明夷，毒歸無妄。從容就逮，圜門聞振錫之聲；勸化無方，羈囚悟雨花之義。形骸土木，胸中傲骨彌存；饘粥文辭，筆底青山不老。教無幽而不被，德經晦而益光。化火宅之凶燄，感胥役以皈依。黄龍不改舊形，芙蓉仍歸别院。鬼神呵護，頓現吉祥；天龍回翔，永圍法座。紳衿崇信，頻來問道之書；檀護追從，更滿入山之屨。師乃睹白雲以高臥，侶浮鷗而賦詩。月夕風晨，畢遂投閒之願；南屏北渚，永矢物外之蹤。三千大千，一任蘧廬之化；日面月面，誰知椰栗之鋒。方擇吉以歸休，竟泊然而委順。徒瞻紫氣，莫寄遥心。攀泣無從，蓮社之風規邈矣；典型易謝，衲子之矜式虚焉。《詩》曰『誰將西歸，懷之好音』，可不痛哉！

師没之明年，其侍者定悉持其法嗣戒青所爲行狀來乞銘。據狀，師生於故明萬曆丁酉七月初三日未時，示寂於皇清康熙庚戌七月二十日午時，世壽七十有四，僧臘三十有五。所著語録、拈頌若干卷，尺牘若干卷，詩偈若干卷，啟疏雜著若干卷行世。得法弟子十有五人，奉全身建塔於慧日峯左，塔名宏濟。侍者定悉素遊京師，余嘗問道焉，有退之與三平之義，夙契也，不可以辭，遂爲之銘。

銘曰：正法式微，末學簧鼓。盲師相承，寖失其武。我師大興，有力如虎。障彼狂瀾，如作斯睹。乘願而降，生此名區。烟水南□，誓見文殊。忘眠廢食，深探道樞。一上三峯，頓獲衣珠。再問再答，厥旨無忤。法無等級，乃推爲祖。橫山繼出，雁行輩伍。阿難迦葉，道符今古。滌凡滋聖，六坐道場。萬衆皈依，嵯峨輝煌。説法無畏，舌吐廣長。機用自在，隨宜宣揚。筆墨之妙，甲於天下。烟雲正幻，寫其瀟灑。含芬吐花，采齊肆夏。擬諸古人，難爲作者。佛法現前，活潑潑地。解之去縛，是爲真氣。擲筆而笑，空虛無際。如龍一吟，如鶴時唳。行乎患難，不失安貞。道俗崇信，覺性圓明。時逢其否，吾道則亨。化凶爲吉，矢此至誠。杖拽而返，不淄不磷。惟山之阿，惟水之濱。斂鋒戢鍔，樵漁爲鄰。數聲清磬，一個閒人。一堂風冷，四壁霜寒。樂矣融融，寤寐盤桓。去來無礙，雲淨天寬。那伽不動，鐵蛇莫鑽。滹沱正派，典型云缺。言念芳躅，心乎藴結。繼序一人，一燈勿滅。昭茲來許，瓣香永爇。我作斯銘，潸焉出涕。匪曰過傷，綱宗所繫。此碑勿磨，鬼神拱衛。雲漢昭回，千秋萬歲。

（《中國佛寺史志匯刊》第一輯第一七——一九册，清釋際祥《淨慈寺志》卷十二）

孝廉張先生傳

嘗考孝廉之科，始漢元光中，其制：必先孝行，有餘力乃學文法。後世取士專尚詞章，以其鄉薦里選，近於郡國之舉察，故亦稱孝廉。然而名不賓實，識者病之矣。余求近世鄉舉，不愧孝廉之稱者，其惟紹海先生乎！

先生姓張氏，諱嗣倫，字勉斯，紹海其號，青之安丘人。以貢士，主武安簿。諱澄者爲曾祖，以諸生；諱守蒙者爲祖，以諸生，贈大名推官；諱民感者爲父。生十一歲而孤，卓然有以自立。面目嚴毅，少許可，不妄言笑。其所不顧，萬夫不能回其首也。天性孝友，事母王，極志物之養，果蔬有鮮必進乃敢嘗。四時之祭，豫戒内外，祇事具饌，務致豐潔。兩弟皆幼，攜以自隨，保抱嫗撫若嬰兒。季弟嘗遘虐疾，先生日夜調護，醫藥禳禜，悲號涕泗。累旬之間，不解衣，不就枕，足不履私室也。又恐其墮《詩》《書》之業，出師入友，交勸以學。久而業成，出應場屋，兄弟更擅甲乙，一時有『三張』之目。萬曆壬子，先生以第六人舉于鄉，其後弟繼倫成明經，緒倫擢進士，官御史。先生鄉舉後，益束脩自好，扶植綱常，羽翼名教，一規一矩、一折一旋，皆足風厲流俗。故未嘗輕言人之是非，而邑人之折衷可否者，無不陰覘先生之風指爲向背焉。

先生學既老，德既卲，極爲縣大夫所重。邑有大事，必就謀之。先生亦慷慨論列，鬚髯盡張，不達其意不已，然不肯豪髮涉請托也。名列賢書幾二十載，先人敝廬不增一椽，故疇尺寸無所拓。晚謝公車不赴，退處涼水灣頭，種樹數十畝，松竹千，桃杏梨李倍之。春氣方殷，草木怒發，蒼鬱青葱，紅英間錯，爛若舒錦。草廬一區，隱約水際，則所築『當亦亭』也。先生讀書其中，或曳杖挾冊，長吟嶺畔，聲振林木，見者不知其爲今人矣！居平慨然慕蘇端明之為人，而又能學其文章，所遺題跋、尺牘，儼然東坡集中語。書法清勁，与《西樓帖》並陳，不知所左右矣。

先生素彊無疾，母病驚心，遂成癲癇。母亡，疾益甚，綿延數年。一昔呼母而卒，得年僅五十二。子喜聞，諸生，前先生一年卒。從子貞，哀先生無子，以其第二子在戊爲之後。貞賢而有文，即屬余爲先生傳者。

贊曰：余讀劉少傅所爲《志》，方先生之生也，其先公夢羅公一峯入臥内，故生而以其名名之。生平出處雖不盡同，其行義文學多相似，亦可怪矣。昔人謂邊鎬爲謝靈運後身，故小字康樂；范淳夫爲鄧仲華後身，故名祖禹；魏鶴山爲陳瑩中後身，故名了翁，是皆前賢明有徵應。蘇子不云乎『申呂自嶽降，傳說爲列星』，又曰『在天爲星辰，在地爲河嶽，幽則爲鬼神，而明則复爲人』。此理之常，無足怪者。信夫！

賜進士出身、光禄大夫、文華殿大學士兼刑部尚書加一級騑邑馮溥拜撰。

（山東安丘張氏家譜《張氏家乘》，清康熙間刻本）

明覺聰禪師塔銘并序〔一〕

粵自聖王御籙，苞符啟著，遂有靈傑挺生，爲龍爲光，蔚爲景從。嗣後西方聖人崛起，厥與儒道竝隆，良有以也。欽惟世祖皇帝天縱英姿，神功武略，萬幾之暇，雅志禪宗。總持三教之全，化毓斯民之要。幸我憨翁和尚，賦性穎異，慈惠廣被，篤生應運，適逢其會，一時問答，機緣不滅，都俞盛際。夫一代鉅典，史氏載之，若茲帝僧良遘，可無筆述以記其顛末哉？

按：師諱性聰，字憨璞，閩人也。俗姓連。母章氏，庭前夜坐，見星入懷感孕，後紅光蓋室，師生焉。年十有五歲，出家天王寺。越三歲，乃祝髮。至年二十有五，恥州縣庸碌僧不足尚，慨然動參學之念。由是出遊，詣支提山本輝法主，習教數年，乃知經論之學非究竟法也，辭去。主曰：『汝要成龍，須歸大海。』始往南海普陀巖大雲和尚處，圓具足戒。入武林，過夏，遇默淵師開示宗旨，自是頓發疑情，銳志參禪矣。見永覺大師，教從萬法歸一做工夫，迄一年，如蚊子咬鐵牛，直無下嘴處。參紹興東山爾密和尚，驀然有省，晚詣方丈，白其所得，密頷之。時天童密老人恢宏濟宗，緇素雲臻。師臥病延壽堂，幾瀕於死，書偈有『八苦煎逼，靈符護肘』之句。是秋，抵溫州，參魚潭。語次，潭密加印可，爲法通古淵和尚首座。古問：『興化打克賓，意旨如何？』師云：『嚴父出孝子。』古云：『且道他還甘去也無？』師云：『知恩者少，負恩者多。』古便打師，一喝解制。

擬往金粟，至杭州，聞百癡和尚住黄岡太平寺，道邁諸方，特往見。問：『罽賓國王斬師子尊者，因甚手臂自墮？』尚云：『自作自受。』師云：『還有過也無？』尚云：『南泉斬貓，歸宗斬蛇，喚作有過得麼？』師云：『今日親見古人作用也。』便禮拜，遂命掌書記。一日，呈《十牛頌》。會百和尚意退隱天台，參林野和尚。問答頗確，命職維那，因飯中咬著砂，大徹洞山雪峯淘米公案，其膺頓釋，作偈，有『無端彈破牙，猢猻沒尾巴』之句，呈方丈，林深肯之。後百和尚住瓶窑、長慶，復往瞻依。百贈師偈云：『劍戟鳴秋世欲康，買舟先我渡錢塘。應知此去雲山杳，豈料今來草樹蒼。倦策喜同撐破戶，輪槌煩任震虛堂。他時熱面輕翻轉，勿作克賓孝順郎。』丁亥冬，百和尚受金粟，請留師住長慶。戊子夏，付師拂子。是歲，辭歸徑山住靜。己丑春，臨安邑侯劉公請住金山觀音禪寺。庚寅夏，入金粟，祝百和尚，再爲首座。百題自像讚，有『一肩重擔足千鈞，分付錦山聰長老』之句，極付法衣源流。蓋自是，師嗣百和尚，出世振臨濟宗矣。

辛卯，餘杭都諫嚴公及諸紳縉請主法喜寺。壬辰，杭城禮部陳公請主廣福院。未幾，仍辭歸山，二六時中，豐儉隨緣。越三歲，以門人化被四方，闡揚道法，故憨翁和尚名重金門，都人紳士削牘禮請。

丙申渡江，住都城南海會禪寺，蓋而師之道法傳聞帝庭矣。

先是，丁酉秋，師感異夢。遲明，世祖皇帝駕幸南海子，道出寺前，止輦，命近侍延師出。師云：『山僧疏野愚昧，曷以仰瞻天表？』近侍云：『皇上爲國爲民，深重佛法，向和尚久矣。』師即便衲，出山門傍立。上出輦，顧視久之，頗有怡色。命歸方丈。暨回輿，即命近侍問師俗家址籍、幾歲出家、年若干歲、何緣挂錫海會？師具書委悉回旨。連遣官致問者三。次日駕幸海會寺方丈，師立門左。上喜，逾時而去。

十月初四日，僧錄司傳旨，延師入萬善殿。命内院大人看方丈安單，别山禪師偕僧官陪候。次晨，駕至，安慰至再至三。夜漏五下，近侍傳云：『駕到，不用和尚接送，不行拜禮。』上至方丈，賜坐，問佛法公案，師應機酧對。上喜，賜紫衣。問答經句，文長，載語錄中。師知上意欲留久住禁庭，奏云：『臣僧愧領衆匡徒，海會衲子望臣久矣。』上鑒師願力真切，遂送回寺。

戊戌春，結制期畢，金佟、固山等請主延壽禪寺，師即奏聞前事（一）。秋九月，上幸海會，問及，監院洞玄跪奏其故。上回，遣大人近侍之延壽問慰。十八日，上親幸延壽方丈，甚喜。承面召，請師入内萬善殿，結制開堂。上乘馬屢顧，師謝恩。二十九日，回海會。十月初一日，僧錄司延入，賜紫，宣海會禪客百人，俱入結制。旨問道法，凡上堂，小參不輟。既而風扇大都，王公大人，三院内外，向師之切矣。上又問南方尊宿，師單名奏起，復有大覺、弘覺之封。己亥春，賜銀印敕書，封明覺師號，敕有『戒律精嚴，規模淳樸。跡超俗外，恆持不染之心；理寄忘言，了悟無生之旨。引入禁林，召開覺路，邁次第之禪者』等語，謂師始創宗綱於禁林，獨爲三覺之首也。師素機用，殺活縱奪，始終一如，復奚愧哉！

住内善殿八越月，四月十五日辭出。六月，上幸海會問慰。九月，詔入，敕愍忠寺結制。庚子春，回海會，屢疏南旋，未允。秋七月，又疏請。八月，奉俞旨准行。

辛丑，入閩祭掃畢，邵武邑侯胡公紳衿等請住安國禪寺，制解如省城，掃費和尚塔。過建寧府，適地方官奉行查皇戒牒，以師敕印疏聞。今上敕地方官還之，回住安國。六載修葺，頹廢一新。丙午年十二月初八日，戒期圓滿，知世緣有盡，集大衆，付遺囑，散衣钵。十三日午時，索筆書偈云：『今年五十七，捏碎娘生鼻。一生受用中，無得亦無失。昨夜兩個泥牛鬭入海，直至如今無消息。咦，真消息，今朝西廊打倒東廊壁。收拾傀儡歸去來，莫教特地成狼藉。』放筆右脇而逝。蓋自是來去分明，始末聲光，蓋天蓋地。誠哉！如來復世矣。

師世壽五十有七，僧臘三十有九，嗣百癡和尚，癡嗣費隱和尚，隱嗣天童密老人。師，天童之嫡派也〔二〕。跡其生平，參大善知識十餘人，住大刹十數處，語録十六卷，付法弟子寂空、海鯨等二十餘人。舍利塔瘞於樵川台山安國寺右。

予惟憨翁和尚，道眼精明，鉗錘老辣，且誠樸純謹，大類儒者，成己成物，行履確實，不屑屑取辨口頭，機鋒落世套活計，俾天童一燈，孤孤迴迴。下之化導群迷，同臻彼岸；上之感通聖君，大轉法輪。不墮人天小果，聖諦不爲，冤親平等。以彼寵遇恩隆，誠堪耀古騰今，增輝佛日，豈偶然哉？予前珥筆禁苑，侍從世祖章皇帝，所以悉禪師梗概。又採嗣法門人吼林、鯨公編輯事實，總其行住大略如此。是爲銘。

銘曰：　聖王御世，鳳瑞麟祥。道洽德備，虎驟龍驤。耆老古錐，巍巍堂堂。閩寰降跡，蓋室紅光。

秉金剛劍，佩扣諸方。志要成龍，讖曰東洋。梅子既熟，桂樹彌昌。金粟擔子，一肩承當。大江南北，十坐道場。正令全提，如師子王。高豎赤幟，萬指翊從。恢宏祖道，太白家風。漫天網布，打鳳羅龍。法燈遍照，名爲世重。禪學如雲，鉅卿王公。鉗錘海甸，導利帝鄉。天子勸善，寶敕金章。召開覺路，大啟津梁。賜紫談禪，三覺始彰。奏准南旋，錫據樵陽。爲霖爲雨，迺梯迺航。風回帆轉，界莫囊藏。泥牛海鬬，木馬火翔。去留不吝，得失無妨。天華散彩，佛日輝煌。奠安台山，八面玲瓏。行果圓成，出世功終。破砂盆碎，正法眼空。一念萬年，奕葉永弘。嗣焰聯輝，光燭無窮。

時康熙六年歲次丁未五月朔日。

（《乾隆大藏經》第一六一冊《此土著述》）

【校】

〔一〕此處底本衍『戊戌春，結制期畢，金佟、固山等請主延壽禪寺』，徑删。

〔二〕嫡：底本作『滴』誤，徑改。

【注】

〔一〕題下原署『通議大夫吏部左侍郎前經筵講官内翰林祕書院侍讀學士馮溥撰』。

伊公墓志銘節文〔一〕

伊覺民，字效吾。其先徙自棗强，累業耕讀，七傳至澤，舉五丈夫子，覺民季也。甫就外傅，能識經傳大義。天性孝友，父母有疾，手自調藥，衣不解帶者累月。兄四人，腴壤美宅，悉以讓之。慷慨好施予，姻族無不周恤。有某坐贓數百，將鬻田宅，覺民傾囊救之，卒不責償。邑有輓漕等大役，皆力辨無誤，縣令屢給扁旌獎。豪役勢族或侵牟之，弗與較，而爲德益力，曰：『强弱者，時爲之也；禍福者，天爲之也。吾不能違時，所恃者惟天而已。』尤好從文士遊，延師教子，必恭必誠。子光前、光啓相繼補博士弟子。識者謂伊氏世德，食報當不止是。覺民亦毅然自信曰：『大吾門者，其在孫闢與巘乎？惜吾老，不及見也。』厥後順治乙未、戊戌，中丞、望江兩掇巍科。以中丞任銀臺時，恭遇覃恩大典，例得貤封王父母，誥贈中大夫、通政使司右通政。

（《康熙新城縣志》卷七《人物》）

【注】

〔一〕底本無題，據傳補。《康熙新城縣志》原傳末有『大學士馮溥撰志銘節文』，馮溥原文已佚。

湖廣兵備王公顯傳〔一〕

憶溥鄉舉時，受知夫子，恩最渥。今夫子居林下，溥以機務繫京邸，朝夕函丈，不獲奉几從。乃者山頹見告矣。哲人既萎，典型安在？泫然不知涕之何從也！追維盛德，竊附誄章之義，輒敢援筆紀實。曰：

夫子諱顯，字純伯，曲周人。父國卿，含章隱曜，以夫子貴，贈某官。夫子以前丁丑成進士，釋褐聊城令。决水環塹以禦寇，民用獲寧。奏最，遷戶曹，督興平倉。旋命督中州勸餉。當是時，闖逆踞河南，勢張甚，汴圍且浹歲。歲比不登，所在多嘯聚，揭竿剽劫，郵傳幾不達。夫子一身執部符，行羣寇中，白刃交前，殭屍仆道，從者無人色。卒談笑出入，歷瀛、滄、德、棣、魏、博、懷、衛，以達於封丘，事克有濟。歸調吏部，主銓事。已而乞養歸。甲申後，杜門不出，諸大吏交章薦，起河南道御史，視鹺兩浙。於時兩浙未盡平，有私載爲姦利者，夫子擒治以法。疏陳招商、恤竈及掣驗、銃毀諸制，商民戴德，爲肖像六橋三竺間。任既滿，調巡按蘇松，母憂未赴。服闋，補貴州道，轉湖廣僉事，備兵下江。下江治蘄黄，獷悍生獰，叛服率不常。夫子修垣備舸，部勒諸將士隨方擊逐，皆破散，崩角效順。久之遂定，而夫子亦蟬蛻軒冕，乞身去矣。癸巳引歸後，種藥蒔花，不預外事。居常集邑中知名士與諸子侄講課，手自披閱，多所造就。或巾車農圃，訪親故，飲酒賦詩，世事灑然不復置冰炭云。居二十五年，以壽卒，里中爲不謳相者久之。

　　夫子性至孝，事親無違。初上春官，時將入闈，心忽動，急束裝歸，而父果卒。膺命按蘇松，思母甚，枉道馳省，遂以憂謝事。人皆異之，以二事爲孝感焉。始，夫子之生也，有異徵，表格殊絕，河口鳶肩，目爠爠如電。贈翁曰：『是將顯吾宗。』故以命之。已而果然。夫子喜讀書，至老不輟。所著有《蓮馨齋詩》、《按浙奏議》，皆已行世。子男九人，孫若干人。

（《乾隆曲周縣志》卷十八《藝文》）

【注】

〔一〕《曲周縣志》原題下注『益都馮溥，大學士』。

祭禮議

吾家祭祀，舊分四支。先人立有祭禮條約，所以崇本敦倫，期世世子孫遵守勿失也。但今傳歷既久，墳墓漸多，子孫日眾，且自改革以來，各家門戶衰微，富厚者鮮。輪至一家，多有不能舉其事者。古人窮則必變，若不及時更定，恐致廢墜，貧者既不能管，多至祭日不赴，忘崇本之心，失睦族之意，吾甚懼焉。今擇其簡便可行者與合族公議，務期貧富適均，人人可以申其孝敬而又不戾於禮法，庶可永守勿失。亦以今日時勢不得不然，非敢輕變先人之成規也。若眾以爲不然，則姑闕之可耳。

一、祠堂照舊祭。內七老爺、七老奶奶忌日不行。

一、墓祭四支輪管，主祭者止設后土祭一分、虛祖祭一分。

一、憲副老爺祭一分、孝廉大老爺祭一分、行人二老爺祭一分、別駕四老爺祭一分、光祿五老爺祭一分。子孫無人，祭共一分。紙共用百包。清明、十月一日用豬羊祭，六月二十四日不用豬羊。祭畢，各家分祭其各家墳墓，厚薄從之。

一、祭畢會食，古人謂之餕餘，所以享神惠也。今主祭者設至五六桌尚不足用，甚非享神惠之意。今議主祭者設飯四桌，即用祭餘，不許祭餘外別增一物。每桌不過八碗，米面二飯，庶可足用。即有不足，各家亦自有祭餘也。其散家人饅首一切停之，庶主祭者簡而久易從。

溥白。

（臨朐梨花埠藏本《馮氏世錄》）

父字示兒治世

家中祠堂祭祀、上墳規矩：

一、元旦，今議將光祿老爺太太、封君老爺太太神像皆送祠堂供養。老爺奶奶神位、爺奶奶神像俱應在汝大爹處供養，每元旦設祭二分。若汝大爹嫌繁費，即在吾家。吾家并汝三叔，止供養爺奶奶神位。

一、上墳雖舊分四大支，但其間有力不能辦者，俱應吾家代管。今議上墳日期：北墳一百五日祭、十月一日祭；南墳清明日、九月晦日祭。祠堂遇元宵、端午、七月十四日、八月十五日、九月九日、冬至各節祭祀，有不到者，俱應吾家代管。先期問主祭者，若有人辦則已。

一、祠堂每朔望行禮，俱家中自伺候茶酒，務要潔淨，不許令看祠堂人代。

一、凡祭祀，務從豐潔，遵先人所定。但時至今日，各人力有不能者，豐儉自應隨其貧富，以圖可久。至吾家則不可，古人以祭祀爲本，必不肯厚於自奉而薄於祭祀，但亦視其力之所能爲與其分之所得爲者，以伸其孝思。今議各家止供養父母，禮也。又可以隨其豐儉，無不盡之心，無難爲之事，自是常便可行。且吾家一遇元旦，必輪流請神，似屬非禮也。且輪至某家，其間力有不能者，或典衣服，或從借貸，是其未至祭祀之時，力已竭、心已苦矣，安有孝思之可言乎？如此光景，諒亦非祖先所忍也。當與叔侄兄弟共商酌之。

（臨朐梨花埠藏本《馮氏世錄》）

提督楊公德政碑

大都督少保楊公，建牙治六郡兵。三年，士馴於伍，賈安於廛，氓戲於野，交相善也。會康熙四年，奉旨移駐省城。五年春啟行，萬姓皇皇，奔走祖道，間且謀所以紀公者。猶憶公一日過余，語而嘆焉。余驚謂：『公重臣，奉天子璽書鎮要害地，今鯨頭息波，萑苻銷警。聖天子神靈一統，威懷所暨，公得以春秋耀甲士，鎮撫其間，山以左最所稱無事之國也。公何嘆？』公曰：『頃彗出，長竟天，水數涸，地震東牟、成山之區，凡屢告。語有之：「天垂象，吉凶見焉。」吾疑騂若舞於郊，宄若横於市，而枹鼓之鳴猶之乎宇下也。脱不然，水旱弗時，黔首告匱，以吾總統六師，當南北孔道，亦期爲朝廷安輯此數郡遺黎耳，豈僅勒兹諸部曲爲耶？』余退而拜手曰：『青無恐，有社稷臣矣。』乃未幾，旱甚，二麥枯焦，秋禾未布，郡人大困。公乃虔率二三有司將吏，詣諸祠宫，鈴鐸祝冊、木郎女青錯於道。公日露冕步禱虚皇壇暨諸山川社稷之祇，至泣下。無何，公又曰：『此祝釐之事也，神人不相孚，奈何？』遂出俸金，濟諸困乏。無何，公又曰：『此湊洧之事也，貲用不相繼，奈何？』乃走書大中丞周公，歷陳青民困阨狀，激切剴至。周公捧其牘大駭，曰：『青至是耶！』因屢疏控闕下，詔發内帑金、太倉粟米有差。周公更力請蠲六郡賦租，以蘇窮黎，大司農覆例免十之三。朝廷謂：『無民，是無國也。特渙綸音，盡蠲見年額徵，榜示衆民，俾沾實惠。於是父老子弟歡呼載道，咸謂穹昊之肹蠁、聖主之德意、中丞之呼籲，今古罕覯。揆厥其由，非公之力不至此，蓋舊例六月報夏災、九月報秋災，有司率不敢先期請。公謂事急矣，復因循按舊例，民惟有枕藉死耳，痛哭移諮，究於奉旨。以國事爲家事，以民命爲己命，實心民瘼，不肯少稽，即家繪公像以事公，未能報也！

當公之過余談也，情急於中，憂形於色，何啻於宋璟之數言？且步祠官、捐清俸、繪流亡狀，大中丞所比得報，而恩膏遍齊魯之郊矣。仁人之功，不綦普乎？史云段太尉戢涇州暴卒，折焦令諶，亦利及一方止耳。富鄭公雖全活河朔民百萬數，彼既膺安撫之命矣，招徠流移，明修厥職，宜也。公雖職三公，弗耑治民，豈富鄭公可同日而語哉？余謂公在青郡，蓋今昔無兩云。

公諱捷，字元凱，江南揚州寶應籍，遼東義州人，世職。公前鎮九江、維揚，援粵，提督江西，援閩，有開國大功。殲萊山寇，績稱最，布於司馬，載在盟府，論功論德，筆不勝書。請更聽諸輿人之頌詞曰：

皇帝四載，海隅日出。有截封疆，東撫東土。以遏亂略，政教休明。念公偉績，南北赫奕，閥閱重光。公秉厥德，甘霖布濩，上達穹蒼。天子其諮，賜租頒賑，民用悅康。民曰我公，惠及數世，沒齒靡忘。公之家世，簪紱華胄，三韓名族。作鎮南邦，閩粵豫揚，罔不懾服。民之戴公，大東小東，恩齊覆育。坰野閒閒，市肆于于，部伍肅肅。姦宄衰息，以耕以耘，買牛買犢。曷以祝公？子子孫孫，百祿萬福。

（《康熙益都縣志》卷十一《藝文》；亦見《光緒益都縣圖志》卷二十三《武職官表》）

□□□□□也，□亦□□敬者則人心□之，□□□□□則華蓋勝境歷歷現前，□□□□□瓊樓□□，此之法爾。如然□□神□□□□，或爲列王大臣，或爲宰官居士，或爲優婆塞比丘，大都夙願弘深，此倡彼和，毁者成之，成者增之。凡二證既往之果，植方來之因。財法二施，功德平等，不得謂三輪本空，□□任相，蔑有爲也。

【注】

〔一〕原題下注：『大學士馮溥，益都籍臨朐人。』

善果寺重建碑

今京師宣武門之西有善果寺，創於南梁，初名唐安，日久而廢。故明天順時，太監陶榮等捐資恢復，門殿廊廡悉復其舊，奏改今額。此善果寺所由始也。

世祖章皇帝以天縱之姿，留心□上神怪，天開□□□旨，一時濟宗龍象雲集，京師菩提種子遍滿羣心，洵爲希有盛事。先是，順治十七年，爲董皇后設無遮會，駕臨，旁皇周覽，聖情嘉悦，愛其喬木陰森，院宇弘敞，不離闤闠，宛然名山，歎爲京師第一勝地，復選振庵月禪師住錫斯寺，車駕凡五過焉。斯地殆黄帝之崆峒而放勳之衢室歟！未幾，振公還山，院虚主席，人衆費煩，兩度鉢盂幾憂不給。今住持超宗者，戒律精嚴，四衆共仰，羣謀僉同舉主院事。宗以千年祖庭，守先待後，必俟世人，遂慨然以興復爲己任，修其廢墮之宇，百丈清規，近宗雲栖規範，六時禪誦，令見者聞者歡喜讚歎，靈山一會，儼然未散也。

超宗按形家言，寺地深邃，且前昂後低，宜建傑閣以爲寺之後鎮。予爲捐俸創成之，瑯函貝葉，悉貯其中。閣之前爲浮屠，浮屠之前爲大士、大雄兩殿，又前而南則天王殿在焉。天王殿歲久傾圮，方謀鼎新，而遂有善信李芝英慨發弘願，獨力經營，鳩工庀材，盡撤其舊，丹堊金碧，焕然一新。至彌勒、韋天與天王六像以及供具，超宗皆罄力以佐之。此居士上人願力弘深，此倡彼和，不□鷲□之囑，共成祇樹之林，非所謂一念莊嚴，即華藏勝境歷歷現前，不妨於莖草毫端顯諸吉祥瑞相者哉！從此，宗風遐暢，法侶鱗臻，上爲國家祝釐而皇圖因以鞏固，下爲蒼生祈福而民物因以繁庶，皆操券像之矣。至於龍象縱起，善信協心，創所未有，使毀者畢成；葺其將頹，使成者不毀。阿育王十萬八千塔在震旦，與世尊十萬八千舍利同是恒沙，殊勝不可思議者也。安得謂財施法施有殊觀乎？然六波羅蜜，布施居第一。若不住於相，雖兜率、忉利且將土苴視之，矧區區人天福祚云爾哉！

超宗字智方，世籍宛平，祖山地禪師剃度弟子，而大覺□□［道忞］國師之孫，所謂親見慈明者也。李芝英法名明善，男致瑞，法名實學，三韓人敬之。工創於康熙十一年二月，成於九月初吉。超宗乞予言，將壽諸貞珉。予深喜勝事有成，而樂爲之記。

太子太傅、文華殿大學士、刑部尚書加一級、駢邑馮溥撰。

（錄自《北京圖書館中國歷代石刻拓本匯編》六四冊第三十四頁《善果寺碑》，中州古籍出版社，一九八九年）

【箋】

《日下舊聞考》卷五九《重建善果寺碑略》即此碑節文：京師宣武門之西有善果寺，創於南梁，初名唐安，日久而廢。故明天順時，太監陶榮等捐資恢復，奏改今額。此善果寺之名所由始也。順治十七年，聖駕臨幸，嘉其喬木陰森，院宇宏敞，不離闤闠，宛然名山，歎爲京師第一勝地，選振庵月禪師駐錫兹寺。車駕凡五過焉。未幾，振公還山，住持超宗嗣主院事，修舉廢墜。按形家言，寺地深邃，前昂後低，宜建傑閣以爲寺之後鎮。予爲捐俸創成之，琅函貝葉，悉貯其中。閣之前爲浮圖，浮圖之前爲大士、大雄兩殿，又前而南則天王殿在焉。天王殿歲久傾圮，三韓李芝英新之。工創於康熙十一年二月，告成於九月初吉。

重修儒學落成記銘〔一〕

嘗謂文運興而國運斯隆，士習端而風化斯茂。未有文運不興、士習不端，而可言國運、言風化者也。古之王者，建國居民，學校爲先，所以維國運、培風化，治登郅隆，莫要於此。今昭代聿興，天下統一，偃武修文，崇尚學校，内而胄監，外而郡邑，皆尊崇孔子之廟庭，而學宫附焉。廟以報其禮，學以施其教，聖道大彰，炳如星日，極天地之覆載，莫不家説而户曉之。於戲，盛哉！自生民以來，道德之高厚者，莫盛於孔子；其祭享之崇重者，亦莫盛於孔子。蓋二帝三王之道被於一時，孔子之道垂於萬世，誠所謂出類拔萃，賢於堯舜遠矣。

穀城爲兖州名邑，舊建文廟儒學，歲久傾圮，幾無完楹。前之爲邑宰者，當軍興旁午，雖有修繕，終有缺略，識者憾焉。茲邑侯徐公，以三韓之名世家，將相繼承，衣德有本，來蒞茲邑。甫下車，他務未遑，先詢風化，以學校爲風化之本。釋奠之初，顧瞻祠宇樸陋，榱桷頹朽，且講肄之所不足以容周旋，其何以開文運而端士習哉！乃慨然捐俸，以爲重新之舉。爰卜吉期，命工擇木，運石陶甓，即以學博姜君、郝君分董其事。姜君果以侯心爲心，捐俸助修，仍勸輸紳衿有差，各無難色。至於竹頭木屑以及工廩開支，井井有條，郝君之力居多。人心既懌，如子來之趨事焉。先舉大成殿五楹，易朽以堅，易舊以新，金粉輝煌，壯觀奪目。次爲東西兩廡各七楹，南爲戟門三楹。門之前爲泮池，廣深二丈四尺。池之東西爲名宦、鄉賢二祠，各三楹。又南爲櫺星門三楹。殿之西偏爲明倫堂五楹。向來棟宇折裂，視爲巖牆，莫敢措足，乃撤其舊址，重建鼎新，彩飾煥然，鳥革翬飛，較昔大爲改觀。堂之前爲明德、新民二齋，兵燹之餘，僅存其址，亦相繼而起。殿之東偏爲啟聖祠三楹，殿之後爲文昌閣三楹。前之廢者營治之，前之備者葺補之，極其修繕，以圖久遠，大異往昔樸陋之規矣。

斯役也，經始於庚申之春，落成於壬戌之冬。學博姜君以癸卯經魁，振鐸茲邑，與余有年家之誼，屬余爲文紀侯之蹟。余方平章軍國，延訪風化，冀得實狀，爲朝廷奏得人之效，不意穀城竟得之徐侯。即此一事，已誠爲政之大體，其他之宜民宜人者，概可知矣。今而後穀城士子遊於庠者，朝而誦，暮而課，從此而正心、修身、齊家、治國、平天下，不裕如哉！此所謂文運興而國運愈隆也。倘多士有激，以詩修自勵，不負國家教養之意，藹藹吉士，將與周才媲美矣。此所謂士習端而風化愈茂也。

余不敢文其辭，因質言其事，俾勒諸石，以彰侯之美云。侯名徐天時，三韓人。署教諭舉人姜銘鼎，膠西人；訓導郝毓秀，德州人；縣丞馬元翰，陝西涇陽人；典史周應昌，江南淮安人，均有分理之勞，例得並書。既紀其事，復爲之銘。銘曰：

有新宣廟，翼翼言言。用敦祀典，木本水源。有美徐侯，修廢補墜。厥衷維虔，神明可對。肅肅廟庭，煌煌威儀。祀饗不忒，弦歌以時。濟濟多士，入室升堂。靡不有敏，企望宮牆。東山峨峨，西河湯湯。維茲穀城，山高水長。國運昌隆，風化光霽。天子萬年，永永弗替。

（周竹生修、靳維熙總纂《民國續修東阿縣志》卷十三《藝圖文志上》，《中國地方志集成·山東府縣志輯》第九十二冊）

【注】

〔一〕原題後注「康熙二十二年」，題下署「文華殿學士馮溥，北海人」。

寄毛大可〔一〕

僕在京時，早知足下爲一條冰所苦，計明年當有典試一差，或可藉此出游，稍抒鬱積。然過此以往，升沉難料。人生貴適志耳，足下請自量可能捐棄俗累，與不佞同處此僻壤否？雖敝地大非貴郡山水人物可挈比，然入山惟恐不深，苟能自决，豈必擇地而蹈耶！有屋可居，有書可讀，有酒可飲，有田可耕，伴侶烟霞，棲遲歲月，淵明所謂「既耕亦已種，時還讀我書」也。足下亦有意焉否乎？雖驟爲此言，近於招隱，然與足下肺腑相見，殊非他人所解，故特布區區耳。二詩并及：

山水彈琴地，烟霞結伴居。韓康臨藥市，焦隱得蝸廬。伐木知春永，通泉辨劫餘。惠然能命駕，花外望來車。

讀書真樂在，知子性情存。靖節移南宅，王臣念北門。論文須友益，採藥得花源。于此期晨夕，悠然見道根。

【注】

〔一〕見毛奇齡《西河詩話》卷五。作於康熙壬戌（一六八二）。

【箋】

毛奇齡《西河詩話》卷五：『益都夫子致政日，甫還里，即作札招予，恨不肖塵俗，兼約曼殊病起後同赴益都，遂致乖違。然夫子至情，何可忘也。札云：……此夫子壬戌見寄者。越三年，予始告歸，且僅於歸時裁得一過覲益都，然又不能留。今則墮淚轉深矣。千秋之期，至死有負，因記此以志餘憾。』

啟方渭仁〔一〕

前別時，承遠送西郊，執手依戀，至今憶念。拙詩二首，用博一笑。更祈善飯自愛，勿以官貧爲念。後晤有期，望足下志吾言也。不盡。名另具。

【注】

〔一〕題目原札無，茲代擬。見清吳修編《昭代名人尺牘小傳》卷三，文末小字注曰：『益都中堂馮夫子親筆，方象瑛』，知此札爲馮溥寄與方氏者。

與韓菼書札〔一〕

舍侄馮撫世〔二〕，不佞官監也，今於廿七日赴雍試，祈致意令弟老先生收錄。愧其尚不能文，亦不敢過求前列耳。容晤謝。不一一。賤名另具。

【注】

〔一〕題目原札無，茲代擬。

〔二〕馮撫世：馮溥長兄馮涵之子，官監生。

附錄一　年譜

文華殿大學士太子太傅兼刑部尚書易齋馮公年譜

蕭山毛奇齡

謹按：先生諱溥，字孔博，別字易齋，山東青州府益都縣人，世籍臨朐。明洪武初，徙實遼左，遂爲遼之廣寧人。數傳有閭山公諱裕者，從賀黄門講學，有契悟，中正德戊辰科進士，復還青州家焉，後仕至貴州按察使司副使，則先生始祖也。閭山公生五子：長惟健，字汝强，別字陂門，舉人，所著有《陂門集》。子子咸，舉人，以德行聞於鄉。孫士標，崇禎庚辰進士，仕至閩海道。次惟重，字汝威，嘉靖戊戌進士，仕至行人。子子履，隆慶戊辰進士，仕至參政。孫琦，萬曆丁丑進士，禮部尚書，謚文敏，所著有《北海集》、《經濟類編》諸書。又次惟敏，字汝行，別字海浮，稱海浮山人，舉人，仕至通判，所著有《山堂辭稿》，王弇州所謂『北曲惟馮海浮擅場』者也。孫瑗，萬曆乙未進士，仕至遼東開原道。又次惟訥，字汝言，嘉靖戊戌進士，仕至江西布政使，内陞光禄寺卿，所著有《詩紀》、《風雅廣逸》諸書，則先生高祖也。又次惟直，早卒。

曾祖諱子臨，字仰洲，隱居不仕，皇清誥贈光禄大夫、文華殿大學士兼刑部尚書。祖諱珣，字璞庵，仕至陝西漢中府同知，皇清誥贈光禄大夫、文華殿大學士兼刑部尚書。父諱士衡，字于平，仕至浙江湖州府孝豐縣知縣，皇清誥贈光禄大夫、文華殿大學士兼刑部尚書。

萬曆三十七年己酉（一六〇九）

先生生。

四十三年乙卯（一六一四）

先生七歲，就外傅。越一年丙辰，先生八歲，孝豐公取《左傳》、《國語》及秦漢唐宋諸雜文，命先生讀。先生初難之，塾師謂非幼學所宜，孝豐公不顧也。已而塾師謝之去。

又二年戊午（一六一八）

先生十歲，孝豐公延先生外王父白公諱采者授先生書。白公爲諸生，有盛名，顧性頗嚴刻。先生讀書務領會，不事攻苦，白公督責之。時太夫人在堂，憐先生，爲涕泣請貸於白公。白公嘆曰：『汝之子，吾之甥也。吾愛是子，寧必不如汝？顧是子穎悟非常，而使之優游以就狎習，非所望也。』久之，先生誦讀忽有解，取孝豐公所給《書經》、《左》、《國》以下，皆卒業了了。又久之，先生乃發憤，窮極經史，旁及外氏六通、五覺、十祕、九府之書，目追手錄，以至俯仰觀察，推步占驗、奇門遁甲、三命六壬諸學，皆親爲圖畫，張之屏幃以求必得。又久之，棄去。故先生學如左海，元元本本，隨處流見，而未嘗輕於一用。

天啟五年乙丑（一六二五）

先生十七歲，娶夫人房氏。

十八歲丙寅（一六二六）

補益都縣學生。時提學使者爲夢原項公，頗簡重，不可干以私。覆試日，執先生卷亟稱之，且謂先生曰：『幸自愛，他日非凡器也。』

二十二歲庚午（一六三〇）

孝豐公筮仕，得湖州孝豐縣知縣，留先生守家。先生往來定省者凡數年。

崇禎四年辛未（一六三一），先生二十三歲

子治世生。

二十四歲壬申（一六三二）

孔有德反，青州戒嚴。

二十五歲癸酉（一六三三）

補廩膳生。

二十八歲丙子（一六三六）

孝豐公以治最，行取入都。時司馬公春秋高，孝豐公不欲仕，遂謝病歸。無何，孝豐縣典史解錢糧京師，與戶部書辦博，爲廠衛人所持，其書辦誣服云：『非博也，實典史解錢糧來賄我銀八兩耳。』事聞，孝豐公以原任堂上官詿誤，入都辨白。先生往來都下者又二年。時四川花君上苑、廣東宋君兆龢亦以詿誤留京師，與先生遊覽唱和無虛日。會刑部尚書鄭公三俊者，君子也，謂孝豐公曰：『典史賂書役，毋論其事之有無，藉有之，與縣官何與？汝第歸，吾自爲汝白之，勿復累也。』於是先生得隨孝豐

公歸里。

三十歲戊寅（一六三八）

先生以累赴鄉試不利，賃城西藥王庵僧舍，讀書其中。住僧璽文者，高年有行，見先生禮佛，從坐驚起，云：『老僧甫入定，見東方紅光熊熊，雷聲硿硿然，悸而寤，不知是公至也。』先生疑僧諛己，頷之。時僧舍淺狹，惟門前列數松，長且茂，中有磐石可坐，一水從南來，直流數里，當寺門。先生每盤桓石間，以觀流水，璽文忽告云：『願公毋坐是也。』曰：『何也？』曰：『不覩在傍土地祠乎？夢以不安告，而令予言之。』先生曰：『此世俗習語耳，安有是也？且夢亦何足據哉？』數日復來云，如是者三。先生曰：『果爾，亦壘一牆以遮之。』至今祠前蔽一牆，以是也。時錄科，青州舊例：學使將案臨府縣，先試之而上其名。知府錢君良翰者，紹興人也，由進士起家。閱卷，拔孫文定公廷銓第一，先生次之，又次則今少司寇高公珩也。大言云：『三人者，必以是科中。否則，不復相天下士矣。』

是年，大兵破兗州，又破濟南，擄其藩王去。青州戒嚴。

三十一歲己卯（一六三九）

先生與孫、高二公同舉於鄉。報至，先生方熟睡，家人呼之不醒。太夫人大驚，令扶先生起，以水噀之，亦不醒。舉家獐徨。時先生夢登泰山，似有召者擁霧氣蓬勃而上，迴視十八盤、天門，歷歷如平時所見。至則張薦，殿懸錦繡於門，眾樂齊作，鼎鬴漿醴俱設，元君親揖讓，酬酢成禮。將退，適聞雞鳴，海中紅日如車輪湧出，遂輾然寤。寤則鼻息猶酒氣焉。

三十二歲庚辰（一六四〇）

先生會試下第。值王父司馬公卒，孝豐公高年哀毁，得怔忡疾。是冬，葬司馬公堯山祖塋側。

三十三歲辛巳（一六四一）

孝豐公卒。時太夫人遘重疾方愈，聞變，一慟亦卒。兩喪相距祇六日。先生哭，晝夜不止，亦氣絕如屬纊然。醫者云：『是哭泣傷藏耳。五氣結轖，匪藥可療，俟其偃蹇一二日，當醒也。』已而果然。是冬，葬孝豐公、太夫人於雲門山之新阡。

三十四歲壬午（一六四二）

大兵攻青州，州人懼城陷，皆挈家避城外。先生云：『出城將安之？且家口露處，安所得食？生死俟命可也。』既而出城者皆被害，而城内無恙。

三十五歲癸未（一六四三）

先生守制，不會試。

三十六歲甲申，即大清順治元年（一六四四）

青州人殺闖賊僞官，時先生在山中，不與聞。既而戶部侍郎王君鰲永奉命招撫山東，駐劄青州城。時闖賊前鋒趙應元、參謀楊王休，尚擁精兵五百餘，詣城詐降。王君受之，左右執不可，君不從。應元等至，即馳入察院，縛王君斬之。且據王府，以恢復爲名，招集亡命數千人，張僞諭，遍撫屬縣。越十七日，大兵至，陽與賊講和，遽入城，屯北門城樓。是夕，斬應元等并其頭領數十人，遍搜城中賊，盡殲之。城中人多被剽鹵。先生以勞瘁，熟睡未覺也。大兵越門過，一若不見有門者。及啟門，則門外之屍滿矣。

三十七歲乙酉（一六四五）

有司敦請謁選，先生至京師。既而歸。

三十八歲丙戌（一六四六）

會試中式，時以乏資費，未放榜即歸。

三十九歲丁亥（一六四七）

復行會試，先生至京，補殿試，得二甲，授庶吉士。

四十歲戊子（一六四八）

讀書館中。

四十一歲己丑（一六四九）

散館，授翰林院編修。

四十二歲庚寅（一六五〇）

四十三歲辛卯（一六五一）

先生奉使頒詔江寧，並蘇、松、常、鎮諸府。

四十四歲壬辰（一六五二）

會試同考，得張暚等二十三人。

四十五歲癸巳（一六五三）

陞司經局洗馬兼修撰。未幾，陞侍讀。

四十六歲甲午（一六五四）

陞國子監祭酒。舊例，考課撥歷出咨給假，皆有獻。先生悉禁之，惟按期課士，親閲試卷，務使學術一底醇正。會秋試録科，或謂：『每科監元必以當科中式爲勝，今搶卒，恐未必得。』先生笑答曰：『安知一顧無良馬也？』既而以全椒吴國對卷置第一，果以是科中式，戊戌廷對第三人。

四十七歲乙未（一六五五）

四十八歲丙申（一六五六）

陞侍講學士。

四十九歲丁酉（一六五七）

轉侍讀學士，考四品滿，賜幣二，羊酒各一。

五十歲戊戌（一六五八）

是時，世祖章皇帝屢幸内閣。一日，指先生謂諸大學士曰：『汝等以何者爲翰林？朕視馮溥真翰林也。』

五十一歲己亥（一六五九）

陞吏部右侍郎。新例：學士皆兼内閣銜，不得復陞侍郎，故先生以侍讀學士佐銓焉。是時尚書爲孫文定公廷銓，左侍郎爲石公申。先生到任日，二公皆以目告暫假，值各省學道缺，部郎不副，以知府補之。已，經史、禮二部會同議放，而給事中張惟赤，妄以徇私劾先生。有旨命先生回奏。先生奏略云：『臣初任吏部，此事同禮部公議，非臣一人所得私也。且徇庇何人？張惟赤既能發覺，亦何妨指名題參，而故爲懸揣之詞以快私意，何以服衆？』世祖章皇帝云：『吾固知馮溥不爲也。』置不問。

五十二歲庚子（一六六〇）

京堂三品以上官自陳，忽奉嚴旨黜去滿尚書科爾坤及兩侍郎，而獨留漢官在部。先生偕孫公等上疏云：『部事滿漢同辦。今滿臣得罪，漢臣安得免？臣等無狀，伏候皇上一體處分。』有旨著供職，不必求罷。會滿堂官缺，將以漢官考滿官未便，復疏請補滿堂官。奉旨令先生等得考察滿洲大小官員。而先生等復疏辭，謂：『漢人官員，臣等不辭嫌怨，自行考察。若滿洲，則素無生平，第令其人當前，猶不能別識其面目而記其姓與氏也，況得而定其優劣哉？』奉旨會同五部尚書及都察院考察，此一時破例，其重先生等若此。

五十三歲辛丑（一六六一）

世祖章皇帝升遐。今上幼沖登極，四大臣同秉國政。有御史李秀者，旗下人，先以京察被黜而怨之。至是，夤緣復故官，遂列四款參先生，謂先生爲故相劉正宗黨人，其主銓選時，尚書孫廷銓目昏不能視文書，侍郎石申多病不進衙門，而某以一手遮天，部事徇私任行，改易舊例。其言皆荒謬無實據，先生一一面奏。奉旨謂李秀誣奏大臣，肆口橫詈，殊不合理，著嚴飭行。

五十四歲壬寅(一六六二)

五十五歲癸卯(一六六三)

先生給假回籍。

五十七歲乙巳(一六六五)

五十八歲丙午(一六六六)

五月，入都。七月，復補吏部侍郎。時四大臣欲各省差大臣二員，設立衙門於督撫之傍，以廉督撫。吏部滿尚書阿思哈、侍郎太必兔，議設衙門於各省東西，一切書役蒯隸人員聽其招募，須與敕印等項。先生執不可，謂：『創造衙門費將不貲，內之傷度支，外之勞民力，毀房壞屋，勢必不免。且國家設立督撫，皆係重臣，今又不信，復遣兩大臣，實逼處此東西相望而稽察之，甚無謂也。夫權太重則勢相軋，勢相軋則當之者碎。保無下屬仰承左右、譏苛爲民害者？』時太必兔、蒙古人，性暴無禮，聞見先生語，則大恚，瞋目起立，張拳向先生。先生徐應曰：『雞肋何足安尊拳哉？夫爾我等也，既係公議，汝必不容吾兩議，何耶？且議之可否，自有聖裁，豈爾我所得而專主之？』時四司滿漢官皆恐懼股栗，率書吏人等環跪先生前，請先生稍貶損，從滿議。先生曰：『國家大事，非汝等所知也。』堅執不可，疏遂上。上是先生議，其事得止。其後太必兔反修好，每事就先生商酌，然終以夤緣得官伏誅。

先是，先生入都時，諸翰林以新例有五部員外與翰林較俸，陞侍讀者，毋論翰林俸不能較，且部司雜處，彼此不安；又翰林論俸不論資，即前後倒置，亦非所宜，乞先生改正。先生許之。至是，盡改，從初例焉。

五十九歲丁未(一六六七)

會試主考，得黄礽緒等一百五十人。時建育嬰會於夕照寺，收無主嬰孩，貰婦之乳者育之。就其傍買隙地，種柳萬株，名萬柳堂。暇則與賓客賦詩飲酒其中。是年，長孫肅生。

六十歲戊申(一六六八)

陞都察院左都御史，掌院事。先生首具『王言不宜反汗』一疏，謂『當慎重於未有旨之先，不當更移於已奉旨之後』。以是時盛京缺工部侍郎，多規避，已，會推奉旨，不旬日而三易其人，故首及之。次有『廣東盜賊充斥總兵官宜嚴加處分』一疏。是時首相爲班布爾善，惡先生言直，但擬旨云：『知道了。』上取先生疏閱之，即云：『此二本俱說的是，何以批「知道了」？』令改票，因得旨云：『這本說的是，該部確議具奏。』時逃人法最嚴，先生疏根本之計，終及逃人，大略謂：『初年所逃，皆係八旗戰爭所得之人，故禁之當嚴。今天下承平日久，或係投充，或係新買，或係入官，似此人等，即在地方，有司尚難稽察。愚民無知，鮮有不爲其所欺者，此非敢於抗朝廷之法也。臣以爲，若逃者係舊人，則當用舊法；若係新人，亦當稍示寬典，使督捕詳議，分别以爲定例。此亦本治之一端也。』

又疏謂：『國家重兵多在閩粵，但各處駐防過多，恐轉輸易困。古者防邊之士不帶家口，及期則换，今皆攜家而往，約略計之，十萬之師便有百萬。途中口糧、人夫及到地方一切養育之資，無一不取之朝廷，故藩王提鎮其各處貿易，雖曰擾民，其實不可禁止也。且室家重則難於轉動，夫兵隨將轉，將到便行，使一旦他處有緩急之調，而此家口重累之將與兵，能符到即行乎？則伍籍定額，所當與軍政計通變也。』

又疏請：『有司初授不當限年。近見吏部選人，進士、舉人以及廕生等項俱論年分，進士則壓於歷科揀選之餘，舉人則待之五科不中之後，非遲數十年之久不能預選，保無有老耄昏聵不堪民牧者乎？如其有之，則自上京領憑赴任，道路貲費不知凡幾。及履任，而上司以昏聵去之。即或姑留嘗試，事敗聽參，而地方被害，各案羈留，至有老死他鄉，而妻子代累者矣。是官與地方兩受其病。乃吏部雖有臨選面驗之例，而參摘未嘗多見也。廕生應得州縣者，部例准十八歲選授。夫天生人才，少年早成者自不乏人，然上智不常有，保無有童心尚在，操刀使割者乎？如其有之，是以知識未諳之人，使之驟膺民社之重，內不得不聽之主文之導引，外不得不聽之衙役之指使。及既敗，而官與地方兩受其病。乃吏部但有計年授職之例，而考試未嘗講求也。臣請敕吏部，當截取投供之日，照兵部考驗弓馬之例，略試其身言書判，取其堪授職者，以次銓除；而不堪任者，則予以應得之銜頂帶休致。其幼稚不通者，或停其授官，寬以年限，待學成再補；或照品改授佐領，待練習世務，照常陞轉。則遲速老幼，均得之矣。』

又疏請申嚴內外職任之要務，謂：『六部堂官於事之合於例者，照例行之，持守必堅；于例之不符於事者，據理行之，擔當必力。惟於疏內題明，公私自見。若各部司官滿漢同辦，其賢否進退，總在本堂鑒別之內。乃京察六年之後，陞遷轉易，計其時，堂上執筆所注之人，半皆素昧平生之輩，懸揣定評，勸懲何處？臣謂宜倣外督撫糾劾之例，一年摘參一次，則賢智盡勉而愚不肖無所容矣。若夫朝廷之委任在督撫，督撫之委任在司道，總覈錢糧者藩司之責，訊讞刑獄者臬司之責，惟守巡各道乃承上發下之官，皆有激揚表帥之任。倘或私收餽遺，詭其蹤跡以明廉，實政廢弛，文其告條以欺眾，官吏之貪汙不問，百姓之疾苦不知，迨有司敗露，乃急補一揭，以避平日徇庇之罪。今大計在邇，臣謂宜首嚴此輩，以儆官常。即督撫尋常舉劾，果係揭報，始列其具揭名銜，或別有訪聞，不必定列府道公揭以爲此輩掩飾之地。如此互相覺察，則賢者不敢蔽，不肖者不敢容矣。』

又嘗因遵諭陳言，請寬刑稅，如曰：『省刑者，非謂其犯罪而姑寬之也。古者，罪人不孥；今一事而連數人，或數十人，此等人非其本身犯大罪也。雖事終亦必省釋，但其候審之勞、盤費之苦，至有本犯尚未完結，而牽連者先朝露矣。且問官貪懦，不即審結，多有遲至二三年或七八年者，縱或未死，而抛家失業，棄妻離子，可矜孰甚！乞皇上敕部嚴禁，諸凡案件，除叛逆外，不得牽累多人。其無益証佐，槩免提究。有寬限者，即治督撫以才力不及之罪，則刑可省矣。且薄稅者，非謂其應納而姑免之也。古云：「二月賣新絲，五月糶新穀」，言在上徵收之急也。今者正月即開徵矣。慶酬未已，追呼已至，舊逋未償，新貸又起。而有司之不肖者，更設重刑以懲之。臣前有緩徵一疏，部覆未准。乞皇上再行酌議，夏稅定於六月，秋稅定於十月，上緩國脉，下寬民命，則稅已薄矣。』

其餘敷陳時政、有關民瘼者，不可勝僕。即密疏入告，尚有請禁三藩貿易、酌議三藩買馬諸疏。其稿不存，然載在政府，可稽也。

六十一歲己酉（一六六九）

六十二歲庚戌（一六七〇）

陞刑部尚書。先生甫到部，即有『愚民犯法日衆，朝廷教化宜先』一疏，上嘉納之。未幾，以年老疏請骸骨，不許。

六十三歲辛亥（一六七一）

授文華殿大學士。有『首薦原任光祿丞魏公象樞、兵部主事成性』一疏。又以歲豐穀賤，有『宜廣行積貯』一疏。上俱嘉納之。

六十四歲壬子（一六七二）

先生復上疏求去，有曰：『臣今年六十有四，筋力衰憊，機務何地，堪此昏憒？臣前任刑部時，會以老病乞休，未蒙俞允。今相距又二年，精力愈衰，不得不冒昧再瀆天聽。』上曰：『不肯相助爲理耶？朕豈不知卿年高，但六十四歲未衰也，俟卿七十乃休耳。』

六十五歲癸丑（一六七三）

武會試主考。冬十一月，吴三桂反，時閣事旁午，先生早入晚出，不敢言去。

六十六歲甲寅（一六七四）

六十七歲乙卯（一六七五）

夫人房氏卒。

六十八歲丙辰（一六七六）

六十九歲丁巳（一六七七）

七十歲戊午（一六七八）

福建平。時先生以蒙上許可，又上疏求去。大略云：『《禮》曰：「大夫七十致政。」今臣年已七十矣。臣向所以不即請者，緣時方多事，皇上宵旰不暇，臣何敢以犬馬餘生爲自便之計？今四方漸次平定，皇上盛德大業與日俱新，而臣以衰朽之軀溷玷朝右，此臣所夢寐不寧者也。且皇上曾許臣七十乃休，息壤在彼。』不許。

七十一歲己未（一六七九）

會試主考，得馬教思等一百五十人。時兩廣平，朝廷徵天下文學之士，倣古制科例，名博學鴻儒。先後詣闕，御試賜酒饌，優禮選取五十人，皆授以翰林官。餘高年者，間授中書職銜，遣回籍。闢門之典，於此爲最，但是時上親閱卷訖，糊名付閣下覆閱。先生審慎甲乙，所取盡名士，一時伏先生冰鑒。

是年五月，先生嬰熱疾，乞疏益切。上遣翰林滿學士喇薩里就家問病，且傳諭：『調理稍痊，即出供職，不必求去。』及小愈，先生復入閣面奏請乞。上親留先生，仍遣還宅調理，俟强健入閣。

七十二歲庚申（一六八〇）

四川平。

七十三歲辛酉（一六八一）

雲南平。先生復求去。上曰：『朕知卿年高，顧朝有老臣，不綦重耶？』因以其疏還先生，不許。

七十四歲壬戌（一六八二）

元夕前一日，上賜宴大臣及詞臣、講官以上於乾清宫，許羣臣至御座傍觀鰲山燈。上親賜先生巨觥，命釂。先生不能飲，遂大醉。及先生捧觴稽首，登臺獻觴，旋下臺，復稽首候釂。上止先生曰：『汝老矣，登降不便，即在此候釂可也。』及出，上命二内侍扶掖，又傳令先生家人輩用心扶侍到家。是日，上命賦柏梁體詩，上首唱云：『麗日和風被萬方』，羣臣各續成之。既而，上東出闕，祭告諸陵。先生日入閣，不敢怠。暨上歸，先生復上疏請。奉旨：『卿輔弼重臣，端敏練達，簡任機務，效力有年。勤勞素著，倚毗方殷。覽奏，以年邁請休，情詞懇切。准其原官致仕，馳驛回籍，遣官護送，以示眷懷。』

及先生謝恩，上賜飯，復傳旨云：『卿自今後無有職掌，可常至瀛臺一看。』越數日，先生至瀛臺，上令人引至上所御閣東小閣内，賜飯訖，命先生遍遊西苑。遣内侍二人扶先生登舟，歷諸亭臺及曲檻迴廊巖壑之勝，内有御書『曲澗浮花』四大字。迤邐登陟，至浮杯亭，上遣侍臣攜酒菓隨先生，令每至一處坐飲三爵，力倦且稍憩，勿遽出。遊畢，告歸，即以酒菓送至家。

先生遂有『微臣去國戀主』一疏，内列五事：一曰皇上不宜費財；二曰皇上不宜遠出；三曰皇上勿輕遣官；四曰臺灣不宜輕剿；五曰關税鹽課不宜增額。上嘉納之。上遣翰林院掌院學士牛鈕、陳廷敬，侍衛二格到宅，頒賜御製詩文一軸，内云：『内閣大學士馮溥，贊襄密勿，著有勞勩。乃以高年數請歸老，念深箕潁，頓謝簪紱。悵别之心，聊書四韻：環海銷兵日，元臣樂志年。草堂開綠野，别墅築平泉。望切巖廊重，人思霖雨賢。青門歸路遠，逸興豁雲天。康熙二十一年八月廿六日御筆。』又印章一方，上勒『適志東山』四字。又墨刻《昇平嘉宴詩》一冊。次日辭謝，上遣中書舍人羅映台護送到家，京朝官數百人同餞之彰義門外，祖帳相望十餘里，京城小民有牽車泣下者。時值《太宗文皇帝實錄》告成，賜銀幣鞍馬，加太子太傅。一時榮之。

七十五歲癸亥（一六八三）

先生家居。

馮溥年譜續編

張秉國

七十五歲癸亥（康熙二十二年，一六八三）

正月，作《人日迎春》、《小閣》、《夜坐》、《寄王仲昭》、《贈别蔣鴻緒》等詩。臨朐縣令廖弘偉以鹿贈，作《朐令廖崧庵送鹿賦贈時令將去官》。

張敦仁《臨朐編年録》卷七：『十七年戊午，知縣廖弘偉至。江西奉新人，進士。』『二十二年癸亥，知縣何如苓至。』《光緒臨朐縣志》卷十一《秩官表》：『廖宏偉，江西奉新進士，十七年任。何如苓，二十二年任，有傳。』知廖去官在本年。

作《春日村居》四首、《春日飲佳山堂》。

尋，僧彌壑自京師來訪溥，作《同彌壑和尚遊法慶寺》、《彌壑和尚不遠千里過訪數日言别詩以贈之》。

夏秋間，霪雨不止，作《秋禾將登霪雨不止廬舍傾頽民無寧處詩以憫之》。

秋，毛奇齡有書寄至，作《毛大可書來言約伴遊萬柳堂一望荒凉淒然淚下感而有作郤寄》答之。

毛端士來訪，作《行九不遠千里過訪詩以贈之》、《秋日同行九泛湖有作時行九將赴都門兼勖其連翩高第光寵老夫也》。

秋冬之際，友人法若真來訪。

法若真《黄山詩留》有《登佳山三首》。題注曰『馮青州家園』，其一有『雪淡齊宫分水北，霜含楚嶺半城東。尋秋葉落書床上，問偈聲喧石洞中。』其三有『避地離家羞白髮，清秋江山不堪聞』之句，俱寫秋冬之景。

是年，於家建適志堂，以志帝『適志東山』之賜。

毛奇齡作《馮太傅適志堂記》（《西河集》卷六七）。

是年，溥年譜一編，由毛奇齡撰寫，溥刪定，此即《文華殿大學士太子太傅兼刑部尚書易齋馮公年譜》。徐乾學作《太子太傅益都馮公年譜序》，方象瑛亦作《馮易齋先生年譜序》。

徐乾學《憺園集》卷十九《太子太傅益都馮公年譜序》：『吾師益都公致仕歸之明年，手次年譜一編，以書抵京師，屬予小子序之。』《健松齋集》卷一《馮易齋先生年譜序》：『（公）謂毛子奇齡曰：「子能之爲一銓次其梗概，使吾後世子孫知吾居家立朝，其質行如此。」毛子再拜受命。譜成，象瑛受而讀之，因語毛子曰：「先生之言語行事，表見於時者多矣，子所記毋乃略乎？」毛子曰：「是先生之志也。余嘗以草稿上先生矣，先生刪者半，存者半，謂『以是概吾生平，是吾真面目也。苟一語過其實，吾反已而弗安，吾滋不悦矣』。」』

七十六歲甲子（康熙二十三年，一六八四）

子協一授紹興府同知。

趙執信《祭馮退庵文》：『迨甲子，弟出使并門，而兄分麾越州，並以歲暮紆道歸省。雖同州邑，實隔二百里，僅以握手而别矣。』《乾隆紹興府志》卷二六《職官二・國朝同知》：『馮協一，山東人，康熙二十三年任。』《益都縣圖志》卷三七《人物·馮協一》：『馮協一……康熙二十三年以蔭授紹興府同知，升廣信府知府。』

十月，帝祀東嶽泰山，溥率孫光祀、高珩、任克溥、蕭惟豫、唐夢賚等致仕山東籍官員至德州迎駕，作《德州旅舍同諸公恭迎聖駕東巡漫紀二律》。

唐夢賚《志壑堂後集》卷三《聖駕東巡八詠序》：『康熙甲子十月初五日，臣原任内翰林祕書院檢討唐夢賚，隨原任大學士臣馮溥，原任兵部侍郎臣孫光祀，原任刑部侍郎臣高珩、臣任克溥，原任翰林院侍讀臣蕭惟豫，至德州恭迎聖駕。』

七十七歲乙丑（康熙二十四年，一六八五）

七十八歲丙寅（康熙二十五年，一六八六）

毛奇齡南還，赴青州拜謁馮溥。

毛奇齡《西河集》卷一八五《康熙二十五年予請急歸里自京門赴益都特謁馮相公夫子恭呈八章共九十六句》；卷一八一《南還候益都夫子未得過淄川謁唐豹岩前輩書此志懷》其一云：『敢言客路逾千里，不到師門已四年。』自康熙二十一年馮溥致仕歸鄉至本年恰四年。

七十九歲丁卯（康熙二十六年，一六八七）

八十歲戊辰（康熙二十七年，一六八八）

正月，以叩拜孝莊太后梓宮，與高珩同赴京。事畢，與王士禛同返，三月初抵青州。

王士禛《漁洋山人文略》卷十三《北征日記》：『（康熙二十七年戊辰正月）二十六日，前相國益都馮公、前刑部侍郎高公念東至……（二月）十二日，同年前左都御史徐公立齋邀飯長椿寺，同集者相國馮公、刑部侍郎高公……（十五日）是日，禮部啟奏叩謁梓宮，在籍諸臣自大學士馮公已下十五人，其大學士杜公已下八人先到京者竟未啟奏，蓋先到即隨朝班，反忽之也……（二十二日）是日有旨，大學士杜公、馮公陛見……（二十五日）晚，相國馮公使來，約以明日行。是日，公同寶坻杜公陛辭，各賜綵幣五表裏。本朝閣臣恩禮始終如二公者，不多見也……（二十六日）遂發，晚宿寶店，馮公先至。二十七日，過涿州……晚宿新城縣，過馮公寓，述昨陛見既出，傳諭問：「向服至寶丹否？」對曰：「臣向實服之，今不服數年矣。」亦不測上何由知之也……（三月）初四日，馮公將往灤口，晨詣別。』

子協一離紹興同知任，赴京。升廣信府知府。

是冬，協一請毛奇齡校訂溥詩稿，是爲《佳山堂二集》。

毛奇齡《西河集》卷四二《佳山堂二集序》：『《佳山堂詩集》錄自庚申，閱二年而後致政。今之二集，則半猶壬戌以前詩也。自庚申以後、戊辰以前，同一適志，亦同一樂志……獨是予壬戌歲隨諸朝士餞夫子東歸，閱四年而始請急，過謁通德，又三年而餞夫子之子。椎輪臥轍，始得讀夫子二集，較讎之而附以一言，然猶未得決從遊而遂以志也。若夫佳山堂，則已別名爲適志堂云。』

毛奇齡此序落款爲『康熙戊辰孟冬月門人毛奇齡百拜謹書』，可知《二集》所收詩爲庚申至本年（戊辰）冬以前作品。毛奇齡自壬戌（康熙二十一年）送溥歸，四年後（二十五年）曾前往青州探望，又三年即本年，遇溥子協一，始校《佳山堂二集》。

十二月，馮溥八十壽誕，友人法若真有詩寄之，門生徐嘉炎作《益都相國馮老師八十壽序》，毛奇齡作《此日行寄祝益都夫子八十》。

法若真《黄山詩留》卷十二《寄壽馮相國易齋八十》，題注『十二月朔五日』。

徐嘉炎《抱經齋文集》卷十二《益都相國馮老師八十壽序》：『今天子改元二十七載，歲在戊辰臘月，吾師相國益都公壽躋八十矣。先是，公秉國時，天子特開文學之選……此五十人者，遂皆爲公門下士……退朝之暇，輒召諸門下士詣蕭齋講道談藝，時時過從，甚且恤其飢寒、軫其勞瘁，敦勉慰勞，備極諄摯者，蓋數年如一日……今年春，公適當杖朝之歲，以國家之銜恤，復至京師，諸子服官京師者僅十餘人矣。幸得更一睹公，如嬰兒之遇慈母，如飢烏之逢故巢，動色相告，舉手相賀，悲喜雜沓，不可名狀。』

毛奇齡《西河集》卷一六五《此日行寄祝益都夫子八十》：『曾因請急過通德，佳山冶水風光并。佳山堂、冶湖皆益都住處。凌晨啜茗聽笙瑟，傍晚種竹量雨晴。出郭相訪誰氏叟？將車剛及予門生。曾幾何時忽彈指，賜杖復得中壽稱。』

八十一歲己巳（康熙二十八年，一六八九）

四月，王嗣槐求序，溥爲作《桂山堂文選序》。

馮溥《序》末題『時康熙歲次己巳孟夏中澣駢邑馮溥拜題』。

潘耒來訪，有《呈益都相公二首》及《佳山堂四首》。

八十二歲庚午（康熙二十九年，一六九〇）

八十三歲辛未（康熙三十年，一六九一）

十二月十一日（西曆一六九二年一月二十八日），卒於家。

臨朐冶源車家溝本《馮氏世錄·奉祀神主》：『顯考光禄大夫、太子太傅、刑部尚書、文華殿大學士加一級謚文毅府君馮公諱溥……卒於康熙三十年辛未十二月十一日子時，享年八十三歲……孝子治世奉祀。』

王士禛《居易錄》卷十四：『十二月十一日，前太子太傅、文華殿大學士兼刑部尚書馮溥卒。公益都人，本籍臨朐。順治丙戌會試中式，丁亥進士。卒年八十三。是歲内閣大學士卒者凡六人。』

《清史列傳·馮溥》：『三十年十二月，卒於家，年八十有三。遺疏上，賜祭葬如典禮，謚文毅。』《清史稿·馮溥》：『三十年，卒，年八十三，謚文毅。』張敦仁《臨朐編年錄》卷七：『（三十年辛未）十二月十一日，前太子太傅、文華殿大學士兼刑部尚書馮溥卒。』潘耒作《哭益都相公》十首（《遂初堂詩集》卷十六）。

馮溥列傳

馮溥，山東益都人。順治三年進士。四年，補殿試，改庶吉士。六年，授編修。十年五月，遷司經局洗馬。七月，遷國史院侍讀。十一年，授國子監祭酒。十三年正月，遷弘文院侍講學士。十二月，轉祕書院侍讀學士，充經筵講官。十六年九月，擢吏部右侍郎。十一月，給事中張維赤疏言：『向例，各部郎中等咨送學道，聽候吏部掣籤，遇別項應陞缺出，理合扣留。今郎中吳六一等待掣學道，竟行別補，顯係朦混徇私。』上命吏部回奏。時尚書孫廷銓、侍郎石申並暫假，溥奏言：『學道員缺，以各部送到郎中、員外、主事考補，乃舊例也。此次已奉特旨停考，止論俸深部員及知府應陞者補用。吳六一等雖經保送，不復候考，學道遇別項缺出，應即陞補，實非朦混。臣初任吏部，此事同禮部公議，非臣一人所得行私。』奏入，事得釋。

聖祖仁皇帝康熙元年，轉左侍郎。時左都御史阿思哈已奏停各省巡按，因議遣大臣二人巡察督撫，設衙署於城東西，聽其召募書役。溥疏言：『國家設立督撫，皆係重臣。今弗信之，又遣兩大臣稽察，權既太重，勢復相軋，保無下屬仰承、胥役恣横之弊？況創設衙署，勞費頓民，事多不便。』疏入，遂寢前議。二年四月，御史李秀疏劾：『溥與尚書孫廷銓同郡同官，腹心相結。廷銓目疾，百事聵聵，凡遇會推會議，溥任意徇私，毫無顧忌。廷銓弟舉人廷鐸於會試後，赴部考取推官。廷銓借名回避，實假手於溥，無異自定優考。大臣藐法，何以振肅百僚？』上諭責李秀恣詞詬詈，仍命廷銓與溥回奏。溥奏言：『下第舉人赴部考選推官、知縣，本無不許大臣子弟揀選之例。考試時糊名，公閲取定高下。孫廷鐸試卷現貯部庫，請敕滿、漢諸大臣公同磨勘，則公私自見。』疏入，報聞。七月，溥乞假還葬。

五年七月，命以左侍郎管右侍郎。六年，充會試副考官。明年，擢左都御史。時有紅本已發科鈔，輔政大臣鼇拜取回改批。溥奏言：『本章既經批紅發科，不便更改。』鼇拜欲罪溥，上特旨嘉奬『溥所言是』，諭輔政大臣此後當益加詳慎批發。八年三月，溥因江南有捕役誣良、非刑斃命事，請旨嚴定失察官員處分例，又疏言：『皇上軫念民生窮困，令臣等各陳所見。臣以爲，欲民安居樂業，一在省刑，省刑者非謂犯罪而姑寬之也。古者，罪人不孥。今一事牽連證佐，或數人，或數十人。往往本犯尚未審明，而被累致死者已多。又或遲至七八年，仍不結案，雖有部限，屢請寬期，遂至力穡供税之人，抛家失業，甚可憫惻。乞敕部嚴飭，以後除叛逆外，不得提究多人，牽累無益證佐；若督撫屢請寬限者，治以才力不及之罪。一在薄税，薄税者非謂應納而姑免之也。古人云：「二月賣新絲，五月糶新穀。」言徵收之急也。百姓之財，不過取之田畝，今則正月已開徵矣。舊歲之逋甫償，新歲之田未種，錢糧從何辦納？有司不能設法勸諭，或用重刑以懲，真有目不忍視、耳不忍聞者！請敕部酌議，自後徵賦緩待夏秋，仍無虧於國課，有益於民生。』疏下戶、刑二部議。刑部議：凡强盜人命重情，依限一年速結，不得牽累無辜，督撫及承審問官如有隱漏及延遲者，並議處；戶部議：春季兵餉不能待之夏秋，宜仍舊例。得旨：『錢糧夏秋徵收，本當允行，但國用尚在不敷，俟充足時，戶部奏請更定。』

八月，戶部書役陳一魁用部印行文冒領直隸清苑等縣地丁錢糧，事發，溥疏言：『錢糧者，百姓之脂膏也。其已輸在官，則朝廷之帑藏也。若任胥役侵盜，職掌謂何？請嚴定所司處分，懲前毖後。』又言：『藩王、將軍、督撫、提鎮購買馬匹以資戰守，事屬相同。今平南王尚可喜、靖南王耿繼茂、續順公沈永忠獨牒戶部，請免其所買馬匹之稅。臣思若許霑恩免稅，似應一例遵行；若國課所關，可喜等不應獨邀異數。且恐有匪人借買馬匹之名，漏稅作弊。請照順治十六年定例，概行收稅，以昭畫一。』比下部議行。九年，擢刑部尚書。

十年二月，授文華殿大學士。十一年五月，疏言：『直隸、山東、河南、山西、陝西二麥皆登，秋禾並茂，民間穀價每斗不過值銀三四分。當此豐稔之時，宜廣爲積貯，以備荒年。至陝西近邊處所，更宜多積，以實軍儲。又見連年河決未塞，所需夫役及柳枝甚眾，請及此豐登，將沿河州縣寬免租稅，責令種柳，庶人無棄力，而不進之需亦豫。』部議：下各督撫議行之。是年，薦起原任光祿寺丞魏象樞、兵部給事中成性，俱得旨以科道起用。十二年，充會試正考官，又充重修《太宗文皇帝實錄》總裁官。十七年，詔舉博學鴻儒，溥同大學士李霨、杜立德合薦原任布政使法若真，副使道曹溶，參議道施閏章，進士沈珩、葉舒崇，中書曹禾、陳玉瑾，知縣米漢雯，並得旨召試。施閏章授侍講，沈珩、曹禾、米漢雯俱授編修。是年，疏言：『向者逆賊狂逞，聖主宵旰不暇，臣何敢爲自便之計。今四方漸次平定，盛德大業與日俱新。臣已衰朽，乞賜罷歸。』上慰留之。十八年，充會試正考官。二十一年六月，復乞休，得旨：『卿輔弼重臣，端敏練達。簡任機務，宣力有年。勤勞素著，倚毗方殷。覽奏，以年邁請休，情詞懇切，准以原官致仕。乘驛回籍，遣官護送，以示眷懷。』

八月，溥將歸，疏言：『臣遠辭闕下，敬抒愚悃。伏見皇上掃除遺孽，廓清四海，無念不思安全百姓，日未出而求衣。臣下章奏，無不披覽，勞百倍於臣下。尚望皇上靜以宜民，寬以敷政。凡事非萬不得已者，勿爲勞費。如旗人遠出，籌備糗糧，半由借貸，祈皇上曲加體恤。外省訐告事，非督撫所能審者，則遣官，其餘勿遣，以省騷擾。臺灣小醜，不數年必自戕滅，勿輕遽進剿。鹽課關税，借諸商，實出諸民。近者山海關、潼關，蒙皇上停罷部差，人情莫不感悦。其鳳陽及湖口亦祈特涣德音，并刪去鹽、關二差溢額議敘之例，休養閭閻，扶植元氣。』上嘉納之。尋，諭講官牛鈕、陳廷敬曰：『大學士馮溥請老歸里，特賜詩一章，「適志東山」篆章一方、墨刻一冊，爾等傳諭朕意。朕聞山東之仕於朝者，大小固結，彼此援引。凡有涉於己私之事，不顧國家，往往造爲議論，彼唱此和，務使有濟於私而後已。又聞其居鄉，多擾害地方，朕皆稔知其弊。馮溥久在禁密之地，歸里後可教訓子孫，務爲安靜，副朕優禮之意。』是年冬，《太宗文皇帝實錄》告成，加太子太傅，賜銀幣、鞍馬。三十年十二月，卒於家，年八十有三。遺疏上，賜祭葬如典禮，謚文毅。

（《清史列傳》，中華書局，一九八七年）

馮文毅公事略

李元度

國初諸大臣，宏獎人才，以益都相國馮文毅公稱首。公嘗薦原任光禄寺丞蔚州魏象樞、兵部主事成性，各以科道用，後皆爲名臣。康熙己未，詔舉博學鴻詞科，公薦原任布政使法若真，副使道曹溶，參議道施閏章，進士沈珩、葉舒崇，中書曹禾、陳玉瑾，知縣米漢雯，皆海内耆宿。其餘應召至者，公皆傾心延攬，貧者爲授館，病饋以藥，喪者賻以金。聞人有異才，輒大書姓名揭座隅，汲引如不及。天下名士歸之，如百川之赴巨海焉。及試，上命公與高陽李相國霨、寶坻杜相國立德、崑山葉掌院方靄並爲閲卷官，中選者五十人，皆入史館。於是閏章授侍講，珩、禾、漢雯皆授編修，餘高年如杜越、傅山、孫枝蔚等七人，皆授中書銜遣歸。天下頌聖祖得人之盛，而公好賢下士出天性，爲足仰贊闢門之盛治云。

公諱溥，字孔博，一字易齋，山東益都人。順治三年丙戌進士，丁亥補廷試，選庶吉士。尋授編修。壬辰，分校禮部試，累遷祕書院侍讀學士。世祖幸内閣，指公謂閣臣曰：『朕視馮溥乃真翰林也。』未幾，擢吏部侍郎。會各省學道缺，部郎不副，以知府補之。經吏、禮部共議奏，而給事中張惟赤以徇私劾公。有旨令回奏，公疏辨。世祖曰：『吾固知馮溥不爲也。』置之不問。

次年，京堂三品以上官自陳，忽嚴旨黜滿尚書科爾坤暨兩侍郎，而獨留漢官在部。公與尚書孫廷銓疏言：『部事滿漢同治。今滿臣得罪，漢臣安得免？臣等無狀，乞並黜。』有旨命供職。會考績，公疏請補滿堂官，得旨令公等考察滿員。公以素與滿員不習，無從定優劣，辭，特旨命會同五部尚書及都察院考察。其逾格見重多類此。

聖祖沖齡御極，内大臣索尼、蘇克薩哈、遏必隆、鼇拜並受顧命同輔政，號曰『四大臣』。御史李秀初以考績黜，至是夤緣復官，劾公爲故相劉正宗黨人，主銓時破例徇私。公疏辨，嚴旨飭秀誣訐。康熙四年，停各省巡按，議遣大臣廉察督撫，每行省各二人。吏部尚書阿思哈、侍郎太必兔遂議設公廨，頒敕印。公執不可，謂：『國家設立督撫，皆重臣，今謂不可信，復遣兩大臣監之，甚無謂也。夫權重則勢相軋，難保屬吏不仰承左右啟隙端。』太必免性暴伉，聞公言，大恚，瞋目起立，奮拳將毆公。公徐曰：『會議也，獨不容吾兩議耶？且可否，自有上裁，豈爾我所敢專主？』時曹屬環跪公前，使稍貶損，從滿議，公堅持不可。疏入，上韙公言，事遂寢。其後太必免反修好，禮下於公，然終以罪誅。

先是，公假滿入都，時諸翰林官以新例『五部員外郎得與翰林較俸，遷侍讀，無論翰林俸不能較，且論俸不論資，則前後皆倒置』，爭乞公釐正，至是始改循舊例。丁未會試，充主考官。奏設育嬰堂崇文門外，厥後宛平王相國熙繼之，其式遂遍於天下。又就其旁買隙地，種柳萬株，名萬柳堂，暇則與賓客觴詠其中，文采風流，照耀一世。戊申，遷左都御史。時有紅本已發科鈔，鼇拜取回改批，公奏言『本章既經批發，不便更改』。鼇拜欲罪公，上特旨嘉公言，命輔政大臣此後當慎批發。會盛京工部侍郎缺，規避者多，已，會推奉旨矣，不旬日三易其人。公疏稱：『王言不宜反汗。當慎重於未有旨之先，不當更移於已奉旨之後。』又疏言：『廣東盜賊充斥，總兵官宜嚴加處分。』首相班布爾善惡公言直，閣其奏。聖祖取公疏覽之，稱善，命飭部施行。時鼇拜晉太師，於二等公爵外加賜一等，專恣益甚，日與班布爾善等比黨構陷，既族誅輔政大臣蘇克薩哈，復矯詔殺大學士蘇納海，內大臣飛揚古，侍衛倭赫西住、折克圖、覺羅塞爾弼，及直隸總督朱昌祚、巡撫王登聯等。滿漢內外大臣莫敢攖其鋒，其敢訟言其失者，惟公及熊公賜履二人而已。

公又請寬逃人之禁，分別新舊定讞，又疏稱閩粵重兵，皆攜家口，約計十萬之師，即不下百萬，一切途費及養育之資，皆取諸朝廷，且家累重則緩急難於徵調，宜申禁。又疏稱：『吏部選官，俱論年分，進士則壓於歷科揀選之餘，舉人則待之五科不中之後，豈無昏耄不堪民牧者乎？如其有之，則謁選赴任路費不貲，及履任而大吏以昏聵去之，爲累不淺；即姑留嘗試，事敗聽劾，而地方已被其害。且有老死他鄉、妻孥代累者矣。廕生應得州縣者，例准十八歲選授，豈無童心尚在，操刀使割者乎！如其有之，則幕友丁役得攬其權，而吏治不可問矣。應請敕部，當截取之日，略試以身言書判，可者錄之；否則以原銜休致。其幼稚未通者，停其授官，俟學成再補，或改授佐領等官，待練習世務後照例遷除。

又嘗遵旨陳言，請寬刑稅。謂：『古者，罪人不孥。今一事牽連數人，或數十人，雖事終省釋，生死已不可知。且問官貪懦，不即審結，遲或一二年，或七八年，株累何堪？請敕部嚴禁。有逾定限者，即治督撫以才力不及罪。』又『正月開征，追呼太急，請夏稅定於六月，秋稅定於十月，上培國脈，下寬民命。』疏入，上皆嘉納焉。又言：『平南王尚可喜、靖南王耿繼茂、續順公沈永忠均牒戶部，請免所買馬匹稅。恐匪人借端滋弊，請照例徵稅，以昭畫一。』從之。

庚戌，遷刑部尚書。甫涖任，即疏言：『愚民犯法日衆，朝廷教化宜先。』上韙其言。未幾，引年請告，不許。辛亥，授文華殿大學士。疏請於豐歲廣行積貯，從之。明年，復乞骸骨。聖祖云：『六十四歲，未衰也，俟卿七十乃休耳。』癸丑典會試。冬十一月，吳三桂反，公不敢言去。戊午，福建平，公疏言：『皇上曾許臣七十乃休，息壤在彼，敢申請。』仍不許。明年己未，典會試。尋命閱召試博學鴻儒卷。所取五十人，皆北面稱弟子。是年夏，公得熱疾，乞歸。上遣學士就家問疾，傳諭『調理稍痊，即出視事』。辛酉，雲南平。公請告，上還其疏，仍弗許。壬戌上元，上賜宴諸大臣及詞臣、講官於乾清宮，許羣臣至御座帝觀鼇山燈。上親賜公巨觥，命釂。公不能飲，遂大醉。尋捧觴稽首登臺獻。及出，命内侍扶掖歸。是日，上賦柏梁體詩，首唱云『麗日和風被萬方』，群臣各續成之。聖祖親書，命曰『昇平嘉宴詩』。既而上東謁二陵，返蹕，公乞休，得旨：『卿輔弼重臣，端敏練達。覽奏，以年老請休，情詞懇切，可原官致仕。馳驛回籍，仍遣官護送，以示眷懷！』及陛辭，上賜食，傳旨云：『卿自今無職掌，可常至瀛臺一看。』越數日至瀛臺，賜飯訖，命遍遊西苑，上遣侍臣攜酒果隨公，令每至一處，坐飲三爵。力倦且稍憩，勿遽出。及歸，仍以酒果即家賜之。公疏言：『伏見皇上掃除逆孽，廓清四海，無念不思安全百姓，日未出而求衣。臣下章奏，無不披覽，其勞百倍於臣工。尚望靜以宜民，寬以敷政，凡事非萬不得已者，勿爲勞費。外省訐告事，非督撫所能審者則遣官，其餘弗遣，以省騷擾。臺灣小醜，不數年必自戕滅，不宜輕勦。關税鹽課，借諸商，實出諸民，不宜增額，並請停止部差，以休養閭閻，培植元氣。』溫旨報聞。

尋賜御製詩一首，印章一，其文曰『適志東山』。次日辭謝，上遣中書羅映臺護送到家。京朝官數百人，同餞彰義門外，父老有牽車泣下者。會《太宗文皇帝實録》成，賜銀幣鞍馬，加太子太傅。三十年十二月，薨於家，年八十有三。賜祭葬，予謚文毅。所著有《佳山堂集》。

公愛才若命，立朝屢忤權貴，嶽嶽無所回，風節尤高。當鄉舉時，報至，公方熟睡，呼之不省，太夫人大驚，以水噀其面，亦不省。時公夢應召遊泰山，乘雲而上，至則張樂設宴，將退，聞雞鳴，海中紅日如車輪。既寤，口鼻間猶餘酒氣焉。其應鄉試也，寓省會藥王庵，僧璽文有道行，公方禮佛，驚起曰：『老僧甫入定，見東方紅光熊熊然，悸而寤，不知爲公至也。』寺門古松數株，中有磐石，流水環之。公盤桓其間，璽文忽告曰：『願公毋坐此也。旁有土地神祠，夢以不安告。』公笑謝之。數日後復來，言如是者三。公曰：『果爾，可壘墻障之祠前。』至今蔽一墻，以公故也。事雖誕，亦可想見公之生有自來云。（李元度《國朝先正事略》卷三《名臣》）

文華殿大學士馮文毅公溥事實節錄

錢儀吉

公字孔博，別字易齋，青州益都人。順治丙戌會試中式，丁亥進士，仕至文華殿大學士兼吏部尚書。康熙三十年卒，年八十三。父孝豐公士衡卒時，太夫人遘重疾方愈，聞變一慟亦卒。兩喪相距祇六日，先生哭晝夜不止，亦氣絶如屬纊然。醫者云：『是哭泣傷藏耳。五氣結轖，匪藥可療，俟其偃蹇一二日，當醒也。』已而果然。（毛奇齡撰《年譜》）

康熙丙午，時四大臣欲省差大臣二員，設立衙門於督撫之旁，以廉督撫。吏部滿尚書阿思哈、侍郎太必兔議設衙門於各省東西，一切書役蒯隷人員聽其招募，頒與敕印等項。先生執不可，謂『創造衙門，費將不貲，内之傷度支，外之勞民力，毀房壞屋，勢必不免。且國家設立督撫，皆係重臣，今又不信，復遣兩大臣，實逼處此東西相望而稽察之，甚無謂也。夫權太重則勢相軋，勢相軋則當之者碎。保無下屬仰承左右、譏苛爲民害者？』時太必兔，蒙古人，性暴無禮，聞見先生語，則大恚，瞋目起立，張拳向先生。先生徐應曰：『雞肋何足安尊拳哉！夫爾我等也，既係公議，汝必不容吾兩議，何耶？且議之可否，自有聖裁，豈爾我所得而專主之？』堅執不可，疏遂上。上是先生議，其事得止。（同上。儀吉案：

公時官吏部左侍郎。）

戊申，升都察院左都御史，掌院事。先生首具『王言不宜反汗』一疏，謂『當慎重於未有旨之先，不當更移於已奉旨之後』，以是時盛京缺工部侍郎，多規避，已，會推奉旨，不旬日而三易其人，故首及之。（同上）

時有紅本已發科鈔，輔政大臣鼇拜取回改批。溥奏言：『本章既經批紅發鈔，不便更改。』鼇拜欲罪溥，上特旨嘉獎『溥所言是』，諭輔政大臣『此後當益加詳慎批發』。又言『藩王、將軍、督撫、提鎮購買馬匹，以資戰守，事屬相同。今平南王尚可喜、靖南王耿繼茂、續順公沈永忠獨牒戶部，請免其所買馬匹之税。臣思若許霑恩免税，似應一例遵行。若國課所關，可喜等不應獨邀異數。且恐有匪人借買馬之名，漏税作弊，請照順治十六年定例概行收税，以昭畫一。』皆下部議行。（史館日）

時逃人法最嚴，先生疏『根本之計終及逃人』，大略謂：『初年所逃，皆係入旗戰爭所得之人，故禁之當嚴。今天下承平日久，或係投充，或係新買，或係入官，似此人等，即在地方，有司尚難稽察。愚民無知，鮮有不爲其所欺者，此非敢于抗朝廷之法也。臣以爲若逃者係舊人，則當用舊法；若係新人，亦當稍示寬典，使督捕詳議，分别以爲定例。此亦本治之一端也。』又嘗因遵諭陳言，請寬刑税。如曰：『省刑者，非謂其犯罪而姑寬之也。古者，罪人不孥。今一事而連數人，或數十人，此等人非其本身犯大罪也，雖事終亦必省釋，但其候審之勞、盤費之苦，至有本犯尚未完結，而牽連者先朝露矣。且問官貪懦，不即審結，多有遲至二三年或七八年者，縱或未死，而拋家失業，棄妻離子，可矜孰甚？乞皇上敕部嚴禁，諸凡案件，除叛逆外，不得牽累多人。其無益證佐，槩免提究。有寬限者，即治督撫以才力不及之罪，則刑可省矣。且薄税者，非謂其應納而姑免之也。古云：「二月賣新絲，五月糶新穀。」言在上徵收之急也。今者，正月即開徵矣。慶酬未已，追呼已至，舊逋未償，新貸又起。而有司之不肖者，更設重刑以懲之。臣前有緩徵一疏，部覆未准。乞皇上再行酌議，夏税定於六月，秋税定於十月，上緩國脉，下寛民命，則税已薄矣。』（《年譜》）

魏敏果公言：『康熙壬子，予患怔忡之證，正調理間，大學士馮公溥一疏爲薦舉賢才等事，内稱「魏象樞清能矯俗，才堪任事，用之於内，必能爲朝廷振飭紀綱；用之於外，必能爲朝廷愛養百姓」等語，部議奉旨「魏象樞著來京引見」。維時同列薦章者爲兵部主事成性，性江南人也，爲余己丑分校所得房首，理學清品，孤介澹寧，先奉旨以科員用。師弟同膺盛典，一時傳爲美談。閏七月引見。八月補授貴州道監察御史。偶於朝班見馮公，曰：「某與先生雖同榜成進士，然素無深交，乃何以見知於先生而辱薦章耶？」先生曰：「公居諫垣，赫赫有直諫聲，此人所共知也。若余之知公，則更有在。憶余爲祭酒時，每值丁祭，凡不與陪祀各官，例於前一日瞻拜。公每期必至，敬慎成禮。一日大雨如注，泥深三尺，同事者曰：『此番必無一人來矣。』言未畢而公至，肅然瞻拜而去。此外果無一人。余益起敬而深信之，知爲至誠君子。即此一節，他事可類推矣。太夫人在堂，未敢有違大孝。今服闋應召而來，此後皆報君之日，公其勉旃！」余聞公言，感愧交集。古云：「觀人於其所忽。」其先生之謂乎！』（《寒松堂集》）

乞休臨行，陳五事，言：『愿皇上無費財，無遠出，勿輕遣官，勿輕剿臺灣，勿增關税鹽課。』俱報聞。（《測海集》）

（錢儀吉《碑傳集》卷十一，明文書局一九八五年影印本）

馮溥傳

趙爾巽

馮溥，字孔博，山東益都人。順治三年進士，選庶吉士，授編修。累遷祕書院侍讀學士，直講經筵。世祖幸内院，顧大學士曰：『朕視馮溥乃真翰林也！』十六年，擢吏部侍郎。會各省學道缺，部郎不足，以知府補之。已，會禮部議奏，時尚書孫廷銓、侍郎石申並乞假。給事中張維赤因劾溥徇私，溥疏辨。上曰：『朕知溥不爲也！』置勿問。明年，京官三品以上自陳，忽嚴旨黜滿尚書科爾坤及兩侍郎，獨留漢官在部。溥與廷銓疏言：『部事滿、漢同治，今滿臣得罪，漢臣安得免，乞並黜。』詔供職如故。

康熙初，停各省巡按，議每省遣大臣二人廉察督撫。吏部尚書阿思哈、侍郎泰必圖議設公廨，頒冊印。溥謂：『國家設督撫，皆重臣。今謂不可信，復遣兩大臣監之。權既太重，勢復相軋，保無屬吏仰承左右啟隙端？』泰必圖性暴伉，聞溥言，恚，瞋目攘臂起。溥徐曰：『會議也，獨不容吾兩議耶？且可否，自有上裁，豈敢專主？』疏入，上然溥言，事遂寢。御史李秀以考績黜，後夤緣得復官，劾溥爲故相劉正宗黨，主銓時違例徇私。溥疏辨，嚴旨責秀誣訐。六年，遷左都御史。内閣有紅本，已發科鈔，輔臣鼇拜取回改批。溥抗言：『本章既批發，不便更改。』鼇拜欲罪之，上直溥，戒輔臣詳慎。盛京工部侍郎缺，已會推，奉旨以規避者多，不旬日三易其人。溥疏言：『王言不宜反汗，當慎重於未有旨之先，不當更移於已奉旨之後。』首輔班布爾善寢其奏，上聞，取溥疏覽之，稱善，飭部施行。

八年夏，旱，應詔陳言，請省刑薄稅，略謂：『古者，罪人不孥。今一事牽連佐證，或數人，或數十人，往往本犯尚未審明，而被累致死者已多。且或遲至七八年尚未結案，遂致力穡供稅之人拋家失業。請敕部嚴禁。百姓之財，不過取之田畝。今正月已開徵，舊稅之逋甫償，新歲之田未種，錢糧從何辦納？請敕部酌議。自後徵賦，緩待夏秋。』下戶、刑二部議：刑部議，承審强盜、人命重案，限一年速結，不得牽累無辜。督撫及承審官隱漏遲延，皆有罰。戶部議：春季兵餉不能待至夏秋，仍舊例便。得旨：『俟國用充足，戶部奏請更定。』戶部吏陳一魁冒領清苑等縣錢糧，事發，溥言：『錢糧者，百姓之脂膏也；其已輸在官，則朝廷之帑藏也。若任胥吏侵盜，職掌謂何？請嚴定所司處分，懲前毖後。』擢刑部尚書。十年，拜文華殿大學士。疏言：『直隸、山東、河南、山西、陝西米麥豐收，穀價每斗值銀三四分。當此豐稔之時，宜廣積貯，以備凶年。』

先是，溥以衰病累疏乞休，上曰：『卿六十四歲，未衰也，俟七十乃休耳。』自吳三桂反，軍事旁午，乃不敢復言。十四年，建儲禮成，内閣議恩赦，滿大臣以八旗逃人應不赦。溥不可，遂兩議以進。詔下：閣臣畫一奏聞。有謂當從滿大臣議者，溥持之力，仍以兩議進。上卒從之。十七年，福建平，溥以年屆七十，復申前請。上仍慰留。二十一年秋，詔許致仕，遣官護行馳驛如故事。比將歸，詣闕謝，賜遊西苑，内侍攜酒果，所至坐飲三爵。臨發，疏請清心省事，與民休息。言甚切，溫旨報聞。賜御製詩及『適志東山』篆章，命講官牛紐、陳廷敬傳諭曰：『朕聞山東仕於朝者，彼此援引，造爲議論，務有濟於私，又居鄉多擾害地方。朕審知其弊。馮溥久居禁密，可教訓子孫，務爲安靜。』《太宗實錄》成，加太子太傅。三十年，卒，年八十三，謚文毅。

溥居京師，辟『萬柳堂』，與諸名士觴詠其中。性愛才，聞賢能，輒大書姓名於座隅，備薦擢，一時士論歸之。

（趙爾巽《清史稿》卷二五〇，中華書局一九七七年）

大學士馮溥

朱方增

馮溥，山東益都人。順治三年進士，四年補殿試，改庶吉士，六年授編修。康熙元年，擢吏部左侍郎。時左都御史阿思哈已奏停各省巡按，因議遣大臣二人巡察督撫，設衙署於省城東西，聽其召募書役。溥疏言：『國家設立督撫，皆係重臣，今弗信之，又遣兩大臣稽察，權既太重，勢復相軋，保無下屬仰承、胥役恣横之弊？況創設衙署，勞費損民，諸多不便。』疏奏，寢前議。七年，擢左都御史。時有紅本已發科抄，輔政大臣鼇拜等取回改批。溥奏言：『本章既經抄紅發抄，不便更改。』鼇拜欲罪溥，上特奬溥所言，諭輔政大臣：『此後當益加詳慎批發。』

八年，疏言：『皇上軫念民生窮困，令臣等各陳所見。臣以爲欲民安居樂業，一在省刑。省刑者，非犯罪而姑寬之也。古者，罪人不孥。今一事而牽連證佐，或數人，或數十人，往往本犯尚未審明，而被累致死者已多。又或遲至七八年仍不結案，雖有部限屢請寬期，遂致力穡供税之人拋家失業，甚可憫惻。乞敕部嚴禁，以後除叛逆外，不得提究多人，牽累無益證佐；督撫屢請寬限者，治以才力不及之罪。一在薄税。薄税者，非謂應納而姑免之也。古人云：「二月賣新絲，五月糶新穀。」言徵收之急也。百姓之財，不過取之田畝，今則正月已開徵矣。舊歲之逋甫償，新歲之田未種，銀錢從何辦納？有司不能設法勸諭，或用重刑以懲。請敕部酌議，自後徵賦，緩待夏秋，無虧國課，有益民生。』疏下戶、刑二部議。

又言：『藩王、將軍、督撫、提鎮購買馬匹，以資戰守，事屬相同。今平南王尚可喜、靖南王耿繼茂、續順公沈永忠獨牒戶部，請免其所買馬匹之税。臣思若許霑恩免税，似應一例遵行。若國課所關，可喜等不應獨邀異數。且恐有匪人借買馬之名，漏税作弊。請照順治十六年定例，概行收税，以昭畫一。』下部議行。

十年二月，授文華殿大學士。二十一年六月，乞休，准以原官致仕，馳驛回籍。溥將歸，疏言：『臣伏見皇上掃除逆孽，廓清四海，無念不思安全百姓，日未出而求衣，章奏無不披覽，勞百倍於臣下。尚望皇上靜以宜民，寬以敷政，事非萬不得已，勿爲勞費。如旗人遠出，籌備糗糧，半由借貸，祈皇上曲加體恤。外省訐告，事非督撫所能審者，則遣官，其餘勿遣，以省騷擾。臺灣小醜，不數年必自戕滅，勿輕遽進勦。鹽課關税，供諸商，實出諸民，近者山海關、潼關，蒙皇上停罷部差，人情莫不感悦。其鳳陽及湖口，亦祈特渙德音，並刪去鹽關一差溢額議敘之例。』上嘉納之。三十年十二月卒，賜祭葬，謚文毅。

（朱方增輯《從政觀法錄》卷四）

大學士馮溥孔博山東益都人，順治四年進士，謚文毅

彭紹升

康熙五年，孔博官吏部侍郎。時輔臣鼇拜等議每省遣大臣二人巡察督撫，孔博力言不便，乃止。七年，遷左都御史，疏請寬刑税，言：『古者，罪人不孥。今一事或連數人，或數十人，雖事終省釋，生死已不可知。且問官不即審決，遲者或一二年，或七八年，俱當敕部嚴禁。』又言：『方今正月開徵，追呼太急，舊逋未償，新貸又起。有司更設重刑以懲之，民何以堪？臣請夏税定於六月，秋税定於十月，庶得上緩國脈，下寬民命。』十年，授文華殿大學士。二十一年乞休，臨行，陳五事，言：『願皇上無費財，毋遠出，勿輕遣官，勿輕勦臺灣，勿增關税鹽課。』俱報聞。居常好宏奬人物，嘗特薦魏象樞、成性，在京師築萬柳堂，與諸名士觴詠其中。堂尚存。

『聖祖仁如天，四海普覆幬。馮公佐太平，發政首無告。推轂盡英豪，投簪寄吟嘯。池館有餘清，苻菜誰同芼。』

（彭紹升《測海集》卷二）

馮溥傳

梁章鉅

馮溥，字孔博，又字易齋，山東益都人。順治四年進士，文華殿大學士，謚文毅。

公官吏部侍郎時，輔臣鼇拜等議每省遣大臣二人巡察督撫，公力言其不便，乃止。（《測海集》，下同）

遷左都御史，疏請寬刑罰，言：『古者，罪人不孥。今一事或連數人，或數十人，雖事終省釋，生死已不可知。且問官不即審決，遲者或一二年，或七八年，俱當敕部嚴禁。』又言：『正月開徵，追呼太急，請夏稅定於六月，秋稅定於十月。』居常好宏獎人物，在京師築萬柳堂，與諸名士觴詠其中。

（梁章鉅輯《國朝臣工言行記》）

馮溥傳

李圖　等

馮溥，字孔博，士衡子。順治三年進士，改庶吉士，授編修，累遷祕書院侍讀學士，尋擢吏部右侍郎。康熙元年，轉左侍郎。會停各省巡按之例，朝議各遣大臣二人廉察督撫，溥以督撫重臣，又兩大臣稽查之，權既太重，勢復相軋，非政體所宜，執不可。吏部侍郎某瞋目起立，張拳向溥。溥徐應之曰：『何遽爾？兩議可也。』時四司滿漢官皆股栗，環跪溥前，請從某議。溥曰：『國家大事，非若所知也。』獨抗疏直陳。上是溥議，事乃寢。六年，充會試副考官，明年擢都察院左都御史。時有紅本已發科鈔，輔政大臣某又改批，溥疏言：『批本發鈔不宜改。』幾得罪，而中旨獨獎溥所言。溥在臺省二年，言事最切，又顧惜大體，凡時政所繫，章疏迭奏，無紛更苛細之言。平南王尚可喜、靖南王耿繼茂、續順公沈永忠牒戶部，請免其買馬之稅。溥疏言：『藩王、將軍、督撫、提鎮買馬備戰守，事例相同，可喜等不應獨異，請依例收稅。』下部議行。九年，擢刑部尚書。有『愚民犯法日眾朝廷教化宜先』一疏。未幾，以年老乞骸骨，不許。十年，授文華殿大學士。明年，又上疏乞休，上慰留之。十七年，又請焉。明年，爲會試正考官。是時，方詔試博學鴻儒，原任布政使法若真，副使道曹溶，參議道施閏章，進士沈珩、葉舒崇，中書曹禾、陳玉璂，知縣米漢雯，皆溥所薦。閏章授侍讀，珩、禾、漢雯授編修，而毛奇齡、朱彝尊、陳維崧等，一時皆出其門，稱爲極盛。五月，乞休益切。二十年，復上疏求去。上曰：『朕知卿年高，然朝有老臣，不綦重耶？』明年，溥年七十四矣，復上疏請，辭甚懇，溫旨俞允。八月，溥復疏列五事，言：『臣遠辭闕下，敬抒愚忱，願國家毋費財，毋遠出，毋輕遣官，臺灣小醜毋輕遣進勦，鹽關課税祈删除溢額議敘之例。』上嘉納之。頻行，上親灑宸翰賦詩以寵其行。既歸，闢園於居第之南，曰偶園。輦石爲山，佐以亭池林木之觀，優遊其中者十年。溥善知人，不妄進取。初入相，薦起蔚州魏象樞。其入相之前年，即乞休。既入相，十一年間，疏凡五上，然後得請。卒，賜祭葬，謚文毅。著有《佳山堂詩集》四卷，見錄於《四庫全書》，山東巡撫采進本也。國史有傳。子協一，別有傳。

（李圖等纂《咸豐青州府志》卷四十六）

馮溥傳

鄧嘉緝　等

馮溥，字孔博，士衡子，家世貴顯，代有名人。八歲受《左氏春秋》暨秦漢以下古文，即能貫穿根柢。稍長，窮極經史。凡天文圖緯及兵書地志，罔不博綜。順治三年進士，改庶吉士，授編修，屢遷祕書院侍讀學士，尋擢吏部右侍郎。康熙元年，轉左侍郎。時尚書孫廷銓病目，右侍郎石申亦以事注籍，凡一切推補，溥獨主之，悉秉至公，無所曲庇。會停各省巡按之例，四大臣方秉政，議各省遣大臣二人廉察督撫。溥以督撫重臣，復遣大臣稽查，權既太重，勢必相軋，恐有傷政體，執不可。侍郎某與之力爭，聲色俱厲。溥獨抗疏陳之，乃止。六年，充會試副考官。明年，擢都察院左都御史。時有紅本已發科抄，輔政大臣又改批，溥疏言批本發抄不宜改，幾得罪。在臺二年，言事最切，又顧惜大體，有申嚴職任、省刑、薄税等疏。平南王尚可喜、靖南王耿繼茂、續順公沈永忠牒戶部免其馬税。溥言：藩王、將軍、督撫、提鎮買馬備戰守均不免税，可喜等事例相同，不宜獨異。下部議行。遷刑部尚書，授文華殿大學士，特薦魏象樞、成性。又請發帑備荒。屢上疏乞休，不許。十八年，爲會試正考官。適詔博學鴻儒，溥所薦法若真、曹溶、施閏章、沈珩、葉舒崇、曹禾、陳玉璂、米漢雯等各授侍讀、編修；而毛奇齡、朱彝尊、陳維崧一時皆出其門，得人極當世之選。在閣二載，開誠布公，不矯激詭隨。商略大政，或僉謀可用，即庶僚不遺；若義所不可，雖貴近交口，而溥必力爭改正，求裨國是而無成心。二十一年，乞休益切。既得請，復疏列五事，以毋費財、毋遠出、毋輕遣官、臺灣小醜無輕遣進剿、鹽關税課毋仍溢額議敘之例爲言。歸家，辟園於居第之南，曰偶園，優遊其中者十年。尋加太子太傅，卒謚文毅。著有《佳山堂集》，采入《四庫全書》。國史有傳。子協一，自有傳。（采省志、府志修。）

（鄧嘉緝等纂《光緒臨朐縣志》卷十四《人物·先正下》）

馮溥傳

法偉堂　等

馮溥，字孔博，一字易齋，士衡子。順治三年進士，次年補殿試，選庶吉士，尋授編修。充九年會試同考官，累遷弘文院侍講學士，轉祕書院侍讀學士。世祖幸内閣，指溥謂閣臣曰：『汝等以何者爲翰林？朕視馮溥真翰林也。』十六年，升吏部右侍郎。時尚書孫廷銓、左侍郎石申皆在假，有學道缺，部郎不副，會同禮部議，以知府補之。給事中張惟赤劾溥徇私，溥疏辯。世祖曰：『吾固知馮溥不爲也。』明年，京堂三品以上官自陳，忽嚴旨黜滿尚書科爾坤及兩侍郎，獨留漢官在部。溥偕尚書等疏云：『部事滿漢同辦。今滿臣得罪，漢臣安得免？請同黜。』有旨命供職，且命會同五部尚書及都察院考察滿洲大小官員，蓋異數也。

康熙二年，以遷葬假歸。五年五月，入都，補原官。時輔政四大臣欲每省遣大臣二人，設公廨於督撫之側以廉察之。溥謂：『創造衙門，費將不貲，内傷度支，外勞民力。且國家設立督撫，皆係重臣，今又不信，復遣兩大臣，實偪處此東西相望而稽察之，甚無謂也。夫權太重則勢相軋，勢相軋則當之者碎。保無下屬仰承左右、譏苛爲民害者？』疏入，事遂寢。明年，充會試副考官。尋升左都御史。會盛京工部侍郎缺人，多規避，不旬日三易其人。溥言：『王言不宜反汗。當慎重於未有旨之先，不當更移於已奉旨之後。』又疏『陳廣東盜賊充斥，總兵宜嚴予處分』，皆飭部議行。

時逃人法最嚴，溥疏謂：『初年所逃，皆八旗戰爭所得之人，故禁之當嚴。今承平日久，或係投充，或係新買，似此人等，即地方有司尚難稽察，愚民無知，鮮不爲其所欺者，此非敢抗於朝廷之法也。臣以爲，若逃者係舊人，則當用舊法；若新人，亦當稍示寬典。』又疏謂：『駐防過多，恐轉輸易困。古者，防邊之士不帶家口，及期則換。今皆攜家而往，約略計之，十萬之師便有百萬，一切養育之資無不取之朝廷。且室家重，則難於轉動，一旦他處有緩急，而此家口重累之將與兵，能符到即行乎？所當與軍政計通變也。』

又疏請：『有司初授不當限年。近見吏部選人，進士則壓於歷科揀選之餘，舉人則待之五科不中之後，保無有老耄昏聵、不堪民牧者？始則姑留嘗試，久則卒挂彈章，官與地方交受其病。吏部雖有臨選面驗之例，徒爲虛文耳。至蔭生應得州縣者，部例准十八歲選授。天生人才雖不論年，然豈無童心尚在，操刀莫割者乎？以知識未諳之人，使之驟膺民社之重，內不得不聽之主文之導引，外不得不聽之胥吏之指使。及既敗，而官與地方已交受其病矣。吏部但有計年授職之例，而考試卒未講也。』

又疏請：『國家大事專任六部，堂官於事之合例者，照例行之，持守必堅；於事之不合例者，據理行之，擔當必力。今各部司官滿漢雜處，賢愚難辨，此其進退全在本堂之鑒別。乃京察舉於六年之後，陞遷轉易，計其時，堂上執筆所注之人，半皆素昧平生之輩，茫無定評，勸懲何據？臣謂宜仿在外督撫糾參之意，一年摘參一次，則賢智益勉而愚不肖無所容矣。若夫地方之委任在督撫，督撫之委任在司道，總覈錢糧者藩司之責，訊讞刑獄者臬司之責。惟守巡各道，乃承上發下之官，激揚表帥，於此爲要。儻或外飾虛文，實政叢脞，官吏之貪污莫問，百姓之疾苦不知，迨有司敗露，急補一揭以避平日徇庇之罪。今大計在邇，臣謂宜首嚴此輩，以肅官常。即督撫尋常舉劾，果係揭報，始列其具揭官銜；

儻別有訪問，不必定開府道公揭，以爲此輩掩飾之地。則賢者不敢姑息，不賢者不敢欺罔矣。』

六年，充會試副考官。明年，擢左都御史。時有紅本已發科抄，輔政大臣鼇拜取回改批。溥奏言：『本章既經批紅發抄，不便更改。』鼇拜欲罪溥，上特旨嘉獎『溥所言是』，諭輔政大臣：『此後當益加詳慎批發。』八年三月，溥因江南有捕役誣良、非刑斃命事，請旨嚴定失察官員處分例。又疏言：『皇上軫念民生窮困，令臣等各陳所見。臣以爲欲民安居樂業，一在省刑。省刑者，非犯法而姑寬之也。古者，罪人不孥。今一事而牽連證佐或數人，或數十人，往往本犯尚未審明，而被累致死者已多。又或遲至七八年仍不結案，雖有部限，屢請寬期，遂致力穡供税之人拋家失業，甚可閔惻。乞敕部嚴飭，以後除叛逆外，不得提究多人，牽累無益證佐；督撫屢請寬限者，治以才力不及之罪。一在薄税。薄税者，非謂應納而姑免之也。古人云：「二月賣新絲，五月糶新穀。」言徵收之急也。百姓之財，不過取之田畝，今則正月已開征矣。舊歲之逋甫償，新歲之田未種，銀錢從何辦納？有司不能設法勸諭，或用重刑以懲，真有目不忍睹、耳不忍聞者！請敕部酌議，自後徵賦，緩待夏秋，仍無虧於國課，有益於民生。』疏下戸、刑二部議。刑部議：凡强盗人命重情，依限一年速結，不得牽累無辜；督撫及承審官如有隱漏及遲延者，並議處。戸部議：春季兵餉不能待至夏秋，宜仍舊例。得旨：『錢糧夏秋徵收，本當允行。但國用尚在不敷，俟充足時，戸部奏請更定。』

八月，戸部書役陳一魁用部印行文冒領直隸清苑等縣地丁錢糧事發。溥疏言：『錢糧者，百姓之脂膏也。若任胥役侵盗，職掌謂何？請嚴定所司處分，懲前毖後。』又言：『藩王、將軍、督撫、提鎮購買馬匹，以資戰守，事屬相同。今平南王尚可喜、靖南王耿繼茂、續順公沈永忠獨牒戸部，請免其所買馬之稅。臣思若許霑恩免稅，似應一例遵行；若國課所關，可喜等不應獨邀異數。且恐有匪人借買馬匹之名，漏稅作弊。請照順治十六年定例，概行收稅，以昭畫一。』皆下部議行。

九年，擢刑部尚書。十年二月，授文華殿大學士。十一年五月，疏言：『直隸、山東、河南、山西、陝西，二麥皆登，秋禾並茂。民間穀價不過值銀三四分。當此豐稔之時，宜廣爲積儲，以備荒年。至陝西近邊處所，更宜多積，以實軍儲。又見連年河決未塞，所需夫役及柳枝甚衆。請及此豐登，將沿河州縣寬免租稅，責令種柳，庶人無棄力，而不進之需可給。』部議下各督撫議行之。是年，薦起原任光祿寺丞魏象樞、兵部給事中成性，俱得旨以科道起用。十二年，充會試正考官，又充重修《太宗文皇帝實錄》總裁官。

十七年，詔舉博學鴻儒，溥同大學士李霨、杜立德合薦原任布政使法若真，副使道曹溶，參議道施閏章，進士沈珩、葉舒崇，中書曹禾、陳玉璂，知縣米漢雯，並得旨召試。施閏章授侍講，沈珩、曹禾、米漢雯俱授編修。

是年，疏言：『向者逆賊狂逞，聖主宵旰不暇，臣何敢爲自便之計。今四方漸次平定，盛德大業與日俱新。臣已衰朽，乞賜罷歸。』上慰留之。十八年，充會試正考官。二十一年六月，復乞休，得旨：『卿輔弼重臣，端敏練達。簡任機務，效力有年。勤勞素著，倚毗方殷。覽奏，以年邁請休，情詞懇切，准其原官致仕，馳驛回籍，遣官護送，以示眷懷。』

及入謝，上賜食，復傳旨云：『卿今後無有職掌，可常至瀛臺一看。』越數日，溥至瀛臺，上賜館訖，命遊西苑，遣内侍二人扶登舟，歷諸亭臺及曲檻回廊岩壑之勝，内有御書『曲澗浮花』四大字。迤邐登陟浮杯亭，上遣侍臣攜酒果相隨，令每至一處，坐飲三爵，力倦不妨稍憩，勿遽出。遊畢，告歸。即以酒果送至家。

溥遂有『去國戀主』一疏，内列五事：一曰皇上不宜費財，二曰皇上不宜遠出，三曰勿輕遣官，四曰福建兵馬太多、臺灣不宜征勦，五曰關稅鹽課不宜增額。其言皆關國計民生，不爲浮詞。

瀕行，上遣翰林院掌院學士牛鈕、陳廷敬，侍衛二格，到寓頒賜御製詩一章。序云：內閣大學士馮溥，贊襄密勿，著有勞勩，乃以高年數請歸老，念深箕潁，頓謝簪紱。悵別之心，聊書四韻：『環海銷兵日，元臣樂志年。草堂開綠野，別墅築平泉。望切岩廊重，人思霖雨賢。青門歸路遠，逸興豁雲天。』墨刻《升平嘉宴詩》一冊，印章一文，曰『適志東山』。次日辭謝。及出彰義門，東城之民扶老攜幼，執香跪送，不啻數百人。而搢紳之祖餞者，列帳相望，殆數里餘，無不嘆息泣下。抵里之日，知與不知，夾道拜迎，至擁擠不得行。時值《文宗皇帝實錄》告成，加太子太傅。

闢園於居第之南，曰偶園。築假山，樹奇石，環以竹樹，優遊其中者十年。三十年十二月卒，年八十三。賜祭葬，予謚文毅。《居易錄》曰：『康熙三十一年三月，內閣傳問九卿故大學士馮溥品行官業，皆奏云：「品行端方，服官敬慎。」遂覆旨。上諭內閣云：「溥有耿介之氣。」賜謚文毅。』

溥善知人，不妄進取。聖祖沖齡御極，內大臣索尼、蘇克薩喝、遏必隆、鼇拜，號輔政四大臣，專恣任意，誅戮大臣，中外莫敢攖其鋒。惟溥持正不阿，一時倚以爲重。官京師日，得元人萬柳園地，種柳其中，名萬柳堂，暇則集諸名士賦詩其中。著有《佳山堂集》，朱彝尊稱其詩『恢博浩大，似李北地而精嚴過之』。性喜施予，益都池令、臨清鄧令卒於官，貧不能歸，力爲助之。出俸二千金代完益都逋賦。

平生愛才若渴，以故天下之士歸之，如魚龍之趨大壑。子三人：蔭生慈徹，字冒聞，官兵部司務；協一，字退庵，有傳。（以《家傳》及毛奇齡《年譜》及《府志》修。）

（法偉堂等纂《光緒益都縣圖志》卷三七《列傳》）

馮溥小傳

顏光敏

馮溥，字孔博，號易齋，山東臨朐人，遷益都。順治四年進士，歷官大學士，加太子太傅，謚文毅。有《佳山堂集》。《山東通志》：溥生八歲，授《左氏春秋》暨秦漢以下古文，即能貫串根柢。稍長，窮極經史，凡天文圖緯，及兵書地志，罔不博綜。陞吏部侍郎，時尚書孫廷銓病目，右侍郎石申亦以事注籍，凡一切推補，溥獨主之，一秉至公，無所曲庇。康熙初年，四大臣秉政，議各省遣大臣二人巡察督撫，溥力爭以爲不可，乃止。陞左都御史，有申嚴職任暨省刑、薄稅諸疏。拜大學士，時薦魏象樞、成性。又有發帑備荒疏。在閣二載，開誠布公，表裏洞達，既不詭隨，又不矯激。商略大政，或僉謀可用，即庶僚不遺；若義所不可，即貴近交口，而溥必力爭改正。總求有益有於國，而中無成心。王士正《漁洋詩話》：『馮氏自閭山先生起家進士，以詩名海岱間，四子惟健、惟重、惟敏、惟訥皆有詩名，兼工詞曲。惟訥纂《古詩紀》、《風雅廣逸》諸書，有功藝苑。惟重之孫，文敏公琦也。文毅則惟訥之玄孫云。』

（顏光敏輯《顏氏家藏尺牘·姓氏考》）

新世說

易宗夔

卷二　政事第三

馮孔博奏設育嬰堂於崇文門外，厥後宛平王相國熙繼之，其式遂遍於天下。又就其旁買隙地，種柳萬株，名萬柳堂，暇則與賓客觴詠其中，文采風流，照曜一世。

馮名溥，山東益都人。順治三年丙戌進士，丁亥選庶吉士，授編修，累官至文華殿大學士。年八十三卒於家。予謚文毅。所著有《佳山堂集》。公愛才如命，立朝屢忤權貴，嶽嶽無所回，風節尤高。

卷三　方正第五

清初各部尚書、侍郎，滿漢各一人，漢尚、侍多仰滿人鼻息，不敢有異議。馮孔博爲吏部侍郎，時議各省遣大臣二人廉察督撫一案，滿侍郎太必兔與公議相左，盛氣相陵，奮拳欲擊公。公徐曰：『會議也，獨不容吾發言耶？且可否，自有上裁，豈爾我所敢專主？』時曹屬環跪公前，使稍貶捐從滿議，公堅持不可。疏入，帝亦卒韙公言。

馮公爵里見前。康熙四年，停各省巡按，議遣大臣廉察督撫。每省各二人。吏部尚書阿思哈、侍郎太必兔遂議設公廨，頒敕印。公執不可，曰：『國家設立督撫，皆重臣，今謂不可信，復遣兩大臣監之，甚無謂也。夫權重則勢相軋，難保屬吏不仰承左右，啟隙端。』太必兔性暴伉，聞公言大恚，瞋目起立，舉拳以毆公。公故云云。其後太必兔反修好，禮下於公，終以罪誅。

卷三　識鑒第七

馮孔博宏獎人才，精於鑒别，嘗薦原任光禄寺丞蔚州魏象樞、兵部主事成性，各以科道用，後皆爲名臣。康熙己未，詔舉博學鴻詞，公薦原任布政使法若真，副使道曹溶，參議道施閏章，進士沈珩、葉舒崇，中書曹禾、陳玉璂，知縣米漢雯，後皆爲海内耆宿。故天下士歸之，如百川之赴巨海焉。

馮公爵里見前。博學鴻詞之試，應召至者皆一時名宿，公無不傾心延攬，貧者爲授館，病者饋以藥，喪者賻以金。聞人有異才，輒大書名姓揭座隅，汲引如不及。

卷七　輕詆第二十六

宏博科之初開，以議修《明史》始。主司爲竇坻杜文端、高陽李文勤、益都馮文毅、崑山葉文敏四公。有以詩諷之者，曰：『自古文章推李杜，而今李杜實堪嗤。葉公懵懂遭龍嚇，馮婦癡獃被虎欺。宿構零拚璿玉賦，失粘落韻省耕詩。若教修史真羞死，勝國君臣也皺眉。』按：是科試題爲《璿璣玉衡賦》、《省耕詩》。

附錄三　集評

國朝詩人徵略初編卷一

張維屏

馮溥，字孔博，號易齋，山東臨朐人。順治四年進士，官至大學士，謚文毅。有《佳山堂集》。

康熙己未，召試博學鴻詞，溥與高陽李霨、寶坻杜臻、崑山葉方靄四人同爲閲卷官，得人最盛，故毛奇齡等爲作集序，皆稱門人，其詩則未爲精詣也。（《四庫提要》）

康熙初年，議遣大臣巡察督撫，以溥力爭而止。大拜後，力薦魏象樞、成性，爲名臣。在閣一任至公，不詭隨、不矯激。年七十四乞休，歸里而卒。（《山東通志》）

孔博遷左都御史，疏言：『古者，罪人不孥。今一事或連數人，或數十人，雖事終省釋，生死已不可知，且問官不即審決，遲或一二年，或七八年，俱當敕部嚴禁。』又言：『正月開徵，追呼太急，請夏税定於六月，秋税定於十月。』居常好宏奬人物，在京師築萬柳堂，與諸名士觴詠其中。（《測海集》）

萬柳堂爲益都馮相國別業，每逢上巳，輒與朝士修禊賦詩。壬戌上巳，益都將有致政之意，首倡詩第六句云：『水萍風約故沿留』，徐健庵春坊和云：『盡日行吟步屧留。』施尚白侍講和云：『回溪時有斷雲留。』陸義山編修和云：『落花得倩蝶鬚留。』方渭仁編修和云：『烟宿含山翠欲留。』徐華隱檢討和云：『小雨泥看屐印留。』高阮懷檢討和云：『羽觴泛泛去還留。』汪蛟門主事和云：『輕陰時爲落花留。』林玉岩中書和云：『檻拂垂楊叫栗留。』騁妍角勝，佳句如雲。相國歎賞不絕，而意似未屬。後至潘稼堂檢討云：『東山身爲草堂留。』相國拍案而起，稱爲第一。（《熙朝新語》）

摘句：

閒消客況花千樹，徐聽民謠雨一犂。

龍窺方丈三更雨，天假重陽一日晴。

舊聞隨筆卷一

姚永樸

益都馮文毅公溥，立朝不畏强禦，而喜薦賢。魏敏果公由科道降官，公密保之，得復職。魏公謁曰：『吾何以見知於公？』公曰：『吾昔爲祭酒，值丁祭，凡不陪祀各官，例於前一日瞻拜。會天大雨，默計必無人來，而君獨至，拜如禮。因知居心恪慎，必異恆流也。』其觀人於微如此。公嘗入直，適詞臣進頌，以『貧而樂富而好禮』爲對句，有謂其不工，應依《坊記》作『貧而好樂富而好禮』者，聖祖徐曰：『猶不如從《史記·仲尼弟子列傳》，後漢東平王論作「貧而樂道富而好禮」，比偶悉敵，未嘗不對也。』公退語人曰：『天子幾餘游心典籍，淵博乃爾。吾輩生長寒窗，乃未能古訓是式，寧不汗顔邪？』

清詩别裁集

沈德潛

馮溥，字孔博，山東臨朐人。順治丁亥進士，官至大學士，謚文毅。○文毅力薦魏環極爲名臣，在閣不詭隨，不矯激。詩以雅正爲主，不爭長於字句之間。

四庫全書總目 佳山堂集十卷

國朝馮溥撰。溥字易齋，益都人，順治丁亥進士，官至大學士。康熙己未召試博學鴻詞，溥與高陽李霨、寶坻杜臻、崑山葉方靄四人同爲閲卷官，得人最盛，故毛奇齡等爲作集序，皆稱門人。其詩則未爲精詣也。

晚晴簃詩匯

徐世昌

馮溥，字孔博，别字易齋，益都人。順治丁亥進士，官至文華殿大學士。謚文毅。有《佳山堂詩集》。詩話：文毅壯歲登朝，回翔臺閣，一時高文典冊多出其手。康熙己未，召試博學鴻詞，與高陽李文勤、寶坻杜尚書、崑山葉文敏同閲卷，得人最盛。在京城東隅築萬柳堂，偕諸名士觴詠其中，風流儒雅，照耀當世。《佳山堂集》，王貽上、毛大可、陳其年諸人爲之序，至謂其『言大義深，渾括萬有，上繼謨、誥、《風》、《雅》之遺』。稱頌師門，不無太過。

清詩紀事初編卷二

鄧之誠

馮溥……青州馮氏世皆有集。溥詩或傷之率，然捷才鬪靡，不失雅音。其時文網未峻，略無忌諱，是集不難見之。又其時居高位者，皆稱好士，遺民野老，常與黄閣均禮數。溥尤喜延接，以此頗得士心。相業雖無可稱，而言不宜以大臣監督撫、言春收夏糧及預借關鹽税之非、言强盗人命宜定限結案免累證佐，皆有裨補，爲人所不敢言。詩中每可考見當時典故。告歸、紀恩三章，述上遣侍衛二格、翰林院掌院學士牛鈕、陳廷敬，賜之詩文墨刻印章。以侍衛列於掌院之前，足見康熙時侍衛之重。納蘭成德以進士爲之，蓋傳宣之任，幾與後來御前大臣相同，故一時皆以侍中擬之。與南書房繕擬御旨，同屬機要。爲康熙八年革四輔政後特制。蓋不待軍機處之設，而内閣早成贅旒矣。

參考文獻

史料

王先謙《東華錄》,光緒十年長沙王氏刻本
《清實錄》,中華書局,一九八五年版
《康熙起居注》,中華書局,一九九四年版
王鍾翰點校《清史列傳》,中華書局,一九八一年版
趙爾巽等《清史稿》,中華書局,一九七七年版

方志石刻

馮惟訥《嘉靖青州府志》,《天一閣藏明代方志選刊》影印明嘉靖刻本
崔華、張萬壽《康熙揚州府志》,康熙刻本
屠壽徵等《康熙臨朐縣志》,康熙十一年刻本
于琨、陳玉瑾等《康熙常州府志》,康熙三十四年刻本
李衛《雍正畿輔通志》,《四庫全書》本

嚴有禧等《乾隆萊州府志》，乾隆五年刻本
胡德琳、李文藻等《乾隆歷城縣志》，乾隆三十八年刻本
張鳴鐸、張廷寀等《乾隆淄川縣志》，乾隆四十一年刻本
熊象階、武穆淳《嘉慶浚縣志》，嘉慶六年刊本
李圖、毛永柏等《咸豐青州府志》，咸豐九年刻本
劉昌緒、徐瀛等《同治黃陂縣志》，同治十年刻本
許瑤光、吳仰賢《光緒嘉興府志》，光緒四年鴛湖書院刻本
嵇有慶等《民國零陵縣志》，光緒元年修民國二十年補刊本
姚延福主纂《光緒臨朐縣志》，光緒十年刻本
盧文弨《常郡八邑藝文志》，光緒十六年刻本
陸福宜、多時珍等《光緒阜城縣志》，光緒三十四年鉛印本
沈鑅彪《續修雲林寺志》，光緒刻本
《乾隆大藏經》第一六一冊《此土著述》
釋際祥《靜慈寺志》，《中國佛寺史志匯刊》影印清刻本
朱一新《京師坊巷志稿》，北京古籍出版社，一九八二年版
于敏中等《欽定日下舊聞考》，北京古籍出版社，一九八三年版
于欽撰、劉敦願等校釋《齊乘》，中華書局，二〇一二年版

李龍石《李龍石專輯》(《盤錦文史資料》第二輯),盤錦政協,一九八八年版
《北京圖書館中國歷代石刻拓本匯編》,中州古籍出版社,一九八九年版
《淄博石刻》,淄博市政協文史資料委員會、博山區政協文史資料委員會編,一九九八年版

年譜類

法若真《黃山年略》,乾隆十六年刻本
臨朐七賢本《馮氏世録》,臨朐七賢梨花埠藏本
青州本《馮氏世録》,青州馮氏後裔藏本
臨朐冶源《馮氏世録》,臨朐冶源車家溝藏本
《彭城張氏族譜》,乾隆四十二年刊本
《彭城張氏族譜》卷九《補遺篇》,二〇一五年張氏排印本
張敦仁《臨朐編年録》,山東省新聞出版局《臨朐縣舊志續編》,二〇〇三年版

筆記類

王培荀《鄉園憶舊録》,道光刻本
法式善《槐廳載筆》,臺灣文海出版社《近代中國史料叢刊》本
阮葵生《茶餘客話》,中華書局,一九五九年版

劉禺生《世載堂雜憶》，中華書局，一九六〇年版
李斗《揚州畫舫錄》，中華書局，一九六〇年版
錢泳《履園叢話》，中華書局，一九七九年版
戴璐《藤陰雜記》，北京古籍出版社，一九八二年版
王士禛《池北偶談》，中華書局，一九八二年版
吳長元《宸垣識略》，北京古籍出版社，一九八二年版
天台野叟《大清見聞録》，中州古籍出版社，二〇〇〇年版

别集類

馮雲驤《約齋文集》，順治間刻本
孫廷銓《漢史億》，康熙刻本
丁耀亢《陸舫詩草》，順治康熙遞刻丁野鶴集八種本
宋徵輿《林屋文稿》，康熙九籥樓刻本；《林屋詩稿》，清抄本
唐夢賚《志壑堂集》，康熙刻本
唐夢賚《志壑堂後集》，康熙二十五年刻本
毛奇齡《西河文集》，康熙西河合集本
韓菼《有懷堂文稿》、《有懷堂詩稿》，康熙四十二年長洲韓氏刻本

孫廷銓《沚亭文集》、《沚亭詩集》、《顏山雜記》，康熙刻本
孫蕙《笠山詩選》，康熙刻本
汪楫《悔齋集》，康熙刻本
徐乾學《憺園集》，康熙冠山堂刻本
方象瑛《健松齋集》，康熙世美堂刻本
王嗣槐《桂山堂文選》，青筠閣藏板
臧眉錫《喟亭文集》，康熙十六年刻本
潘耒《遂初堂詩集》，康熙刻本
陳玉璂《學文堂集》，康熙刻本
郭棻《學源堂文集》，康熙刻本
法若真《黄山詩留》，康熙刻本
魏象樞《寒松堂全集》，康熙刻本
杜臻《經緯堂文集》，康熙刻本
李霨《心遠堂詩集》，康熙刻本
徐釚《南州草堂集》，康熙三十四年刻本
楊捷《平閩記》，《北京圖書館藏古籍珍本叢刊》影印清康熙刻本
田雯《古歡堂集》，康熙乾隆間刻德州田氏叢書本

宋琬《安雅堂文集》，康熙五年刻本
吳農祥《流鉛集》，稿本
王鴻緒《横雲山人集》，康熙刻增修本
周體觀《晴鶴堂詩鈔》，康熙十八年刻本
李天馥《容齋集》，康熙刻本
李興祖《課慎堂詩集》，康熙三十二年刻本
汪懋麟《百尺梧桐遺稿》，康熙五十四年汪文蓍瞻芑堂刻本
陳廷敬《午亭文編》，康熙四十七年林佶寫刻本
陸棻《雅坪詩稿》，康熙四十七年陸淩勳傳經閣刻本
朱彝尊《曝書亭集》，民國涵芬樓影印清康熙五十三年刻本
李呈祥《東村集》，康熙五十八年儀一堂刻本
張能麟《西山集》，華大學圖書館藏清刻本
唐夢賚《阮亭選志壑堂詩》，雍正刻本
李漁《笠翁一家言全集》，雍正八年芥子園刻本
彭孫遹《松桂堂全集》，乾隆八年刻本
高珩《棲雲閣集》、《棲雲閣詩拾遺》，乾隆刻本
宋琬《安雅堂未刻稿》，乾隆三十一年刻本

陳維崧《湖海樓全集》，乾隆六十年浩然堂刻本
施閏章《學餘堂詩集》，《四庫全書》本
葉方靄《讀書齋偶存稿》，《四庫全書》本
李鍈《詩法易簡錄》，道光二年刻本
鄧旭《林屋詩集》，道光三年刻本
張應昌《詩鐸》，同治八年秀芷堂刻
房可壯《偕園詩草》，光緒間房氏家刊本
戴名世《南山集》，光緒二十六年刻本
李煥章《織齋文集》，光緒刻本
傅山《霜紅龕集》，宣統三年山陽丁氏刻本
陳維崧《迦陵詞全集》，《四部叢刊》初編本
顧貞觀《彈指詞》，《四部備要》本
沈荃《一硯齋詩集》，民國十一年（一九二二）刻本
梁令嫻《藝蘅館詞選》，中華書局，民國二十四年（一九三五）本
周清原《西湖二集》，浙江人民出版社，一九八一年版
袁枚《隨園詩話》，人民文學出版社，一九八二年版
徐釚著、王百里校箋《詞苑叢談校箋》，人民文學出版社，一九八八年版

趙蔚芝等校《趙執信全集》，齊魯書社，一九九三年版
沈德潛《清詩別裁集》，上海古籍出版社，二〇一三年版

總集類

張廷玉《皇清文穎》，《四庫全書》本
張維屏輯《國朝詩人徵略》，清刻本
徐珂《清稗類鈔》，中華書局，一九八四年版
朱彝尊《靜志居詩話》，人民文學出版社，一九九〇年版
沈粹芬等輯《清文匯》，北京出版社一九九六年影印國學扶輪社本
錢仲聯《清詩紀事》，江蘇古籍出版社，二〇〇四年版

工具書類

朱保炯、謝沛霖《明清進士題名碑録索引》，上海古籍出版社，一九七九年版
錢實甫《清代職官年表》，中華書局，一九八〇年版
方詩銘、方小芬《中國史曆日和中西曆日對照表》，上海辭書出版社，一九八七年版
楊廷福、楊同甫《清人室名別稱字號索引》（增訂本），上海古籍出版社，二〇〇一年版
江慶柏《清代人物生卒年表》，人民文學出版社，二〇〇五年版